LE PORTRAIT DU MAL

OUVRAGES DE LA COLLECTION « TERREUR »

Iain Banks
Le seigneur des guêpes

Clive Barker
Secret Show

William P. Blatty
L'Exorciste : la suite

Robert Bloch
L'écharpe
Lori
Psychose
Psychose 2
Psychose 13

Randall Boyll
Froid devant
Monssstre
Territoires du crépuscule

Ramsey Campbell
Envoûtement
La secte sans nom

Matthew J. Costello
Cauchemars d'une nuit d'été

Martin Cruz-Smith
Le vol noir

John Farris
L'ange des ténèbres
Le fils de la nuit éternelle

Raymond Feist
Faërie

Ray Garton
Crucifax
Extase sanglante

Linda C. Gray
Médium

William Hallahan
Les renaissances de Joseph Tully

Thomas Harris
Dragon rouge
Le silence des agneaux

James Herbert
Dis-moi qui tu hantes
Fluke
Fog
La lance
Les rats
Le repaire des rats
L'empire des rats
Le survivant

Shirley Jackson
Maison hantée

Stephen King
La part des ténèbres
Salem

Dean R. Koontz
Le masque de l'oubli
Miroirs de sang
La mort à la traîne
La nuit des cafards
La nuit du forain
La peste grise
Une porte sur l'hiver
La voix des ténèbres
Les yeux des ténèbres

Steven Laws
Train fantôme

Charles de Lint
Mulengro

Graham Masterton
Démences
Le démon des morts
Le djinn
Le jour J du jugement
Manitou
Le miroir de Satan
La nuit des salamandres
Le portrait du mal
Les puits de l'enfer
Rituels de chair
Transe de mort
La vengeance de Manitou

Robert McCammon
L'heure du loup
La malédiction de Bethany
Scorpion

Michael McDowell
Les brumes de Babylone
Cauchemars de sable

Andrew Neiderman
L'avocat du diable

Anne Rice
Lestat le vampire
Entretien avec un vampire
La reine des damnés
La momie

Fred Saberhagen
Un vieil ami de la famille

John Saul
Cassie
Hantises
Créature

Peter Straub
Ghost Story
Julia
Koko
Mystery

Michael Talbot
La tourbière du diable

Sheri S. Tepper
Ossements

Thomas Tessier
L'antre du cauchemar

Thomas Tryon
L'autre
La fête du maïs

Jack Vance
Méchant garçon

Lawrence Watt-Evans
La horde du cauchemar

Chet Williamson
La forêt maudite

Douglas E. Winter
13 histoires diaboliques

Bari Wood
Amy girl

Bari Wood/Jack Geasland
Faux-semblants

T.M. Wright
L'antichambre
Manhattan Ghost Story
L'autre pays

COLLECTION TERREUR
dirigée par Patrice Duvic

GRAHAM MASTERTON

LE PORTRAIT DU MAL

Traduit de l'anglais
par François Truchaud

POCKET

Titre original:
Family Portrait

Si vous souhaitez recevoir régulièrement
notre zine **« Rendez-vous ailleurs »**, écrivez-nous à :

« Rendez-vous ailleurs »
Service promo Pocket
12, avenue d'Italie
75627 PARIS Cedex 13

PRESSECO
PAPIER RECYCLÉ
NATURE PROTÉGÉE

ISBN 2-266-03043-4
ISSN 1144-7214

1.

Bouillon, 12 novembre

Dès qu'il la vit sous les tilleuls, le pouce levé, son sac à dos en nylon rouge appuyé contre le parapet à côté d'elle, il sut qu'elle était une victime idéale. Il continua de rouler sur une vingtaine de mètres, puis gara l'immense limousine Vanden Plas noire sur le bas-côté de la route.

Il resta assis sans bouger, le moteur ronronnant doucement ; il la regardait fixement dans le rétroviseur. Il la vit prendre son sac à dos, faire deux ou trois pas vers lui, puis hésiter, se demandant manifestement s'il s'était arrêté pour elle ou non. Elle est jolie, songea-t-il. Elle est parfaite.

C'était une matinée brumeuse et spectrale. Au-delà du parapet, les eaux de la Semois s'écoulaient silencieusement. De chaque côté de la rivière, les vieilles maisons de Bouillon recouvraient les coteaux, serrées les unes contre les autres, ressemblant aux nids abandonnés de martinets et de roitelets. C'était le mois de novembre dans les Ardennes, non loin de la frontière française. Un temps de feuilles mouillées, d'arbres ruisselants d'eau et de longs silences. Un temps où les nuages étaient si bas qu'on pouvait facilement s'imaginer que le reste du monde avait entièrement disparu.

A présent la jeune fille s'était mise à courir vers lui, son sac à dos en bandoulière. Il prit une cigarette dans son étui en or mais ne l'alluma pas. Comme elle s'approchait de la voiture, il baissa la vitre et l'attendit. Il y avait dans l'air du matin une odeur forte de viandes fumées, de tabac et d'eau de rivière.

— *Merci, monsieur,* dit la jeune fille en haletant. *Je suis en voyage à Liège*[1].

— *A Liège?* sourit-il.

Bien qu'il fût assis dans la voiture, elle pouvait voir qu'il était grand, plus d'un mètre quatre-vingts. Il avait un visage osseux aux traits aristocratiques. Des cheveux grisonnants, coiffés en arrière, des joues creuses, des yeux aux paupières épaisses. Une bouche aux lèvres minces, finement ourlées. Il portait l'un de ces costumes gris faits sur mesure qui semblent spécialement destinés aux propriétaires de somptueux hôtels italiens. Sa chemise crème pâle était d'une qualité classée « lingerie pour gentlemen ». Il portait à son poignet gauche noueux une montre-bracelet Piaget, si fine et miniaturisée qu'elle avait dû coûter une fortune.

— *Allez-vous vers Liège?* demanda la jeune fille.

Son accent était américain, et maintenant qu'elle était près de lui, il se rendait compte à quel point elle était américaine. Des cheveux blond foncé coiffés en de longues nattes ; de grands yeux bleu clair ; une bouche aux lèvres pleines, provocante en toute innocence, pleine de dents blanches et saines. Elle était plus jeune et plus petite qu'il ne l'avait pensé tout d'abord, mais sous son anorak matelassé jaune, il décela le genre de silhouette aux formes arrondies qu'il préférait depuis toujours.

— Vous êtes américaine? demanda-t-il.

— Oui, répondit-elle, le dévisageant avec curiosité parce que son accent était également américain. (Les consonnes écourtées, la prononciation châtiée des régions chic de la Nouvelle-Angleterre. Cape Cod peut-être, ou le Connecticut.) Et vous? Vous êtes américain? Si je ne suis pas trop indiscrète?

1. En français dans le texte [sic!] (NdT).

— Je vous en prie, dit-il. Montez. Il m'est impossible de faire tout le trajet jusqu'à Liège, mais je peux vous laisser à Rochefort. De là il vous sera plus facile de faire du stop.

— Je pense que vous m'avez sauvé la vie, lui dit la jeune fille. Je commençais à croire que j'allais rester plantée ici pour l'éternité.

Il se pencha et lui ouvrit la portière, côté passager. Elle lança son sac à dos sur la banquette arrière et monta.

— Au moins j'ai réussi à prendre un bain et à me laver les cheveux ce matin, dit-elle.

— Ah, fit-il.

Lui-même sentait l'eau de cologne Christian Dior.

— C'est une magnifique voiture ancienne, commenta-t-elle en refermant la portière. Mais regardez-moi ce tableau de bord. Du bois véritable.

— Une limousine Vanden Plas Princess, lui apprit-il. Elle a été construite en Angleterre dans les années soixante pour le comte Louis de Rochelle. Il me laisse la conduire de temps à autre, lorsque j'éprouve le besoin de sortir et de me promener dans la région.

— Vous êtes l'ami d'un comte ?

Il sourit de nouveau, un sourire plutôt vague cette fois.

— Ma famille et moi avons habité dans son château durant la plus grande partie des années de l'après-guerre. Il vit la plupart du temps dans le sud de la France ; aussi le voyons-nous très rarement. C'est un joueur, vous comprenez. Il a hérité une grosse fortune, plus que cela n'était bon pour lui, et il se sent obligé de jeter cet argent par les fenêtres.

Il s'engagea sur la chaussée sans mettre son clignotant. La transmission de la voiture gémit brusquement comme il se dirigeait vers le croisement, sur le côté ouest du pont de Bouillon.

— Je ne me suis pas encore présenté, dit-il en lui tendant la main. Je suis Maurice Gray.

— Je devrais vous connaître? s'enquit la jeune fille, surprise par la façon dont il avait décliné son nom.

— Non, bien sûr que non, répondit-il. Je suis américain, certes, mais je vis à l'étranger depuis si longtemps que plus personne ne se souvient de moi. Pas plus tard que la semaine dernière, j'ai lu dans le magazine *Times* que la toute dernière des personnes que j'avais connues jadis venait de mourir.

La jeune fille s'apprêtait à signaler qu'il ne *semblait* pas aussi vieux que cela. Cinquante-cinq ans, peut-être. Soixante tout au plus. Puis elle se ravisa. C'était sans doute plus poli de s'abstenir de cette remarque. Aussi elle se contenta de sourire, hocha la tête et déclara : « Hé oui, *tempus fugit* », ce qui, songea-t-elle, était un affreux *cliché*, mais cela valait mieux que de dire quelque chose d'embarrassant. Sa mère disait toujours des choses embarrassantes, comme de demander à des docteurs en philosophie d'examiner ses oignons, et elle s'était promis de ne jamais ressembler à sa mère.

— Je m'appelle Alison Shrader. Université de Ball State, Muncie, Indiana.

— Tiens, tiens, dit Maurice Gray. Muncie. Autrefois j'ai connu un opticien originaire de Muncie. Il s'est suicidé peu de temps après la guerre.

Alison ne sut quoi répondre à cela. Ils franchirent le vieux pont en pierre tandis que, au-dessous d'eux, la brume montait de la rivière et tournoyait tel un souvenir plein de regrets.

— Avez-vous mangé? demanda-t-il.

Alison montra du doigt, derrière elle, la berge opposée de la rivière où il y avait deux ou trois cafés à l'apparence sordide.

— J'ai pris mon petit déjeuner au *Café de la Citadelle*, répondit-elle, prononçant ce nom comme s'il s'agissait du meilleur restaurant de toute la Belgique. Du boudin noir et un verre de Stella. C'était formidable. Enfin, pas mal. Mangeable.

Maurice Gray sourit :

— J'espère que vous savez avec quoi l'on fait le boudin noir.

— Inutile de me le rappeler. Mais c'est nutritif, non ? Et je ne peux pas m'offrir autre chose. Je fais très attention à mes dépenses, pas plus de cent cinquante francs par jour.

— Tout à fait louable. Vous pouvez vivre royalement avec cent cinquante francs par jour, si vous savez où manger et si vos amis sont riches.

A présent ils traversaient les faubourgs de la ville. Tenant le volant d'une main, il chercha avec l'autre son étui à cigarettes dans la poche de sa veste.

— Voulez-vous une cigarette ?

— Je ne fume pas, mais que cela ne vous empêche pas de fumer.

— Non, non, dit Maurice Gray, en remettant la cigarette non allumée dans l'étui. Je respecte les droits de ceux qui ne fument pas.

— C'est un étui splendide.

— Oui, répondit-il. Mon père me l'a offert, à l'occasion d'un voyage au Soudan. L'un des côtés est extrêmement poli, regardez, il peut servir d'héliographe.

Il inclina l'étui d'un côté et de l'autre, faisant semblant d'envoyer des signaux en morse à travers le désert. « Chameaux... morts... envoyer... champagne... »

Ils ralentirent comme un vélomoteur, transportant un vieil homme et sa femme aux grosses cuisses, pétaradait et zigzaguait devant eux. La femme était perchée sur le porte-bagages, serrant dans ses bras des baguettes, du céleri et des saucisses.

— Vous habitez vraiment un château ? demanda Alison.

— Oh, ce n'est pas un château de premier ordre, je regrette d'avoir à le dire. Ma foi, c'est très souvent le cas. La plupart ont été pillés au cours des siècles par les envahisseurs successifs, et la plupart ont été sérieusement endommagés. Le nôtre ne fait pas exception à la règle.

Ils sortirent de Bouillon et montèrent la côte sinueuse pour rejoindre la route de Liège. De chaque côté, les champs étaient gris et recouverts par le brouillard ; des vaches blanches, de race frisonne, ruminaient parmi l'herbe argentée, comme dans un paysage de Bruegel. En haut de la colline, il y avait un gigantesque monument commémoratif de la Seconde Guerre mondiale, un assemblage abstrait, commençant à rouiller, de glaives et de socs de charrue. Dans le brouillard il semblait déchiqueté et primitif, le symbole d'une bataille païenne.

— En fait j'effectue une sorte de pèlerinage, dit Alison.

— Un pèlerinage ? demanda Maurice Gray.

Il jeta un coup d'œil à ses jeans décolorés, à ses Care Bears maculés de boue. Elle avait un profil typiquement américain, plein de désinvolture. Marilyn Monroe, Candice Bergen et Bo Derek, le tout bien secoué pour produire un cocktail de taches de rousseur et de fraîcheur.

— Quel genre de pèlerinage ? voulut-il savoir. Spirituel ou temporel ?

— Mon père s'est battu ici durant la guerre, dit Alison. Il a participé à la Bataille des Ardennes.

— Ah, fit Maurice Gray, le regard curieusement vide comme si cette déclaration avait peu de signification pour lui.

— Il a été blessé à Liège, expliqua Alison. Un mortier allemand, c'est ce qu'il nous a dit. Les éclats d'obus sont entrés dans sa tête. (Du bout des doigts elle toucha sa tempe gauche comme si elle pouvait sentir le shrapnell.) Je n'ai jamais su à quoi il ressemblait lorsque ma mère a fait sa connaissance, bien sûr, mais elle disait toujours qu'il était plein d'entrain, et drôle. Je me souviens seulement qu'il était très lointain, très distant. On le regardait et on lui parlait, et on se rendait compte qu'il pensait à autre chose. A quoi, il ne l'a jamais dit. Maman disait souvent que, lorsqu'il est revenu, après la guerre, elle a senti qu'elle l'avait perdu, exactement comme s'il avait été tué. Elle avait perdu l'homme qu'elle avait épousé. A la place, elle avait une personne qui *ressemblait* à son mari et qui *parlait* comme son mari, mais ce n'était plus du tout lui. Je pense qu'elle a voulu m'avoir uniquement pour voir si elle pouvait le faire revenir ; vous savez, mentalement, le faire revenir du monde, quel qu'il soit, où il continuait à vivre.

Maurice Gray resta silencieux un moment. Puis il dit, levant la main en un léger geste de regret :

— Il y a eu tellement de tragédies durant la guerre. C'est très bien que vous soyez venue ici pour les honorer et garder leur souvenir.

Alison essuya la buée sur le pare-brise avec l'extrémité de son écharpe.

— Mon père est mort à présent. Il est mort l'année dernière. J'ai senti que je devais venir voir la région où il avait été blessé, l'endroit où il avait été vraiment *lui-même*. Je pensais que cela m'aiderait peut-être à le comprendre. Je ne sais pas. Je pensais, d'une façon bizarre, qu'il serait peut-être toujours là. C'est étrange, non ?

Maurice Gray secoua la tête.

— Certaines parties de la présence humaine survivent longtemps après qu'elles sont censées avoir disparu. Qui oserait affirmer le contraire ?

— Une amie devait faire ce voyage avec moi, poursuivit Alison, puis elle a changé d'avis. En fait, ses parents l'ont obligée à changer d'avis. Ils ont dit qu'ils n'approuvaient pas cette « chasse aux fantômes ».

Maurice Gray sourit.

— Les habitants de Muncie, Indiana, n'ont pas le quotient intellectuel le plus élevé de la terre, dites-moi ?

— *Je* suis originaire de Muncie, merci tout de même.

— Bien sûr. Mais il y a toujours de brillantes exceptions… dont vous êtes le parfait exemple… à tout préjugé.

Ils avaient quitté la route principale et suivaient la

route droite et étroite conduisant à Rochefort. Le brouillard avait commencé à se dissiper et un soleil timide éclairait les champs, les granges peintes en gris et les arbres couleur d'ambre.

— Votre château est loin d'ici?

— Non, pas très loin, répondit-il. Il se trouve juste après un petit village appelé Vêves. Je ne pense pas que vous en ayez entendu parler.

Alison secoua la tête. La lumière du soleil ruissela soudain à l'intérieur de la voiture et se refléta sur le tableau de bord en noyer impeccablement ciré.

— Vous avez hâte d'être à Liège, je suppose? demanda Maurice Gray.

— Pas particulièrement. Il me reste encore une semaine à passer en Europe.

— Eh bien, je pensais à une chose.

— Laquelle?

Il lui adressa un sourire triste.

— Je me demandais si cela vous dirait de visiter mon château et de déjeuner avec moi. Je déteste la solitude; c'est pour cette raison que je me suis arrêté et vous ai proposé de vous emmener. J'adore avoir de la compagnie et des conversations intelligentes. Mais ne vous croyez pas obligée d'accepter. Si vous préférez, je vous conduirai directement à Rochefort, sans être bouleversé pour autant.

Alison ne put s'empêcher de sourire.

— Vous êtes tellement vieux jeu. Oh, veuillez m'excuser. Ce n'est pas un reproche. Ça me plaît énormément. Mais vos manières sont tellement... je ne sais pas... on se croirait dans un film. *Autant en emporte le vent*. Un truc comme ça.

— Ma foi, je vis en Europe depuis pas mal de temps, expliqua Maurice Gray. Je suppose que le charme des manières du vieux continent déteint sur quiconque. Les Européens sont des gens tout à fait charmants.

Alison ouvrit la fermeture Eclair de son anorak. D'un furtif regard de côté, Maurice Gray entrevit la courbe d'un sein sous un pull-over blanc, le reflet lumineux d'un crucifix en argent.

— Il fait très chaud dans cette voiture, soit dit sans vous offenser.

— Je peux régler le chauffage de deux façons seulement. Antarctique et Enfer.

Alison éclata de rire.

— Vous voulez vraiment que je déjeune avec vous? Je ne dérangerai personne?

— Qui pourriez-vous déranger ?

— Je ne sais pas. Vous avez bien des domestiques? Maurice Gray inclina la tête.

— En effet, nous avons des domestiques. Mais ils sont là pour nous *servir*. Nous n'avons pas tout à fait les mêmes problèmes qu'aux États-Unis. Nos domestiques sont serviables et obéissants, exactement comme ils l'étaient jadis, en ces temps bénis.

— Dans ce cas, si tout se passe bien.

Maurice Gray leva une main comme pour la poser sur la cuisse d'Alison, puis il se ravisa et la posa de nouveau sur le volant.

— Je vous promets, dit-il de la plus douce des voix, que tout se passera très bien.

Il leur fallut une heure pour atteindre le haut massif dominant la vallée de la Meuse. Les nuages s'étaient amoncelés de nouveau et le ciel était gris acier. Néanmoins ils pouvaient voir à des kilomètres à la ronde, comme s'ils se trouvaient sur le toit du monde. Des forêts, des champs et des montagnes lointaines, et le vent soulevant des tourbillons de paille sur la chaussée.

Maurice Gray tourna à droite et descendit une route étroite, passant devant le poteau indicateur « Vêves ». Il sentit pour la première fois qu'Alison commençait à regretter d'avoir accepté son invitation; aussi il lui adressa un sourire rassurant et fredonna quelques mesures d'une chanson stupide, *Le Pingre de Paris*.

La route serpentait entre des champs en pente. Le ciel devint si menaçant que Maurice Gray fut obligé d'allumer ses phares. La pluie se mit à tomber, des gouttelettes transparentes qui frissonnaient sur le pare-brise.

— Mon père répétait sans cesse qu'il voulait revenir ici, dit Alison. Cette région est vraiment sauvage, n'est-ce pas ? J'ai l'impression de me trouver dans une sorte de conte de fées. Vous savez, *La Belle au bois dormant,* avec les ronces qui poussent autour du château.

— Vous ne devriez pas lire autant, fit remarquer Maurice Gray. Lire est mauvais pour l'esprit. Souvenez-vous de ce que quelqu'un a dit un jour : « Ceux qui lisent le symbole le font à leurs risques et périls. »

— Je ne suis pas certaine de comprendre.

— Cela veut dire qu'il est toujours dangereux d'aller au-delà de la surface des choses.

Ils passèrent devant le château de Vêves, une haute construction aux tours rondes, censé avoir servi de modèle à Walt Disney pour le château magique de *Blanche-Neige*. Maurice Gray dit qu'il n'arrivait pas à s'imaginer Walt Disney, en pantalons de golf et veste élimée, se trouvant ici, au fin fond des Ardennes, et admirant le château de Vêves. « Ceux qui vivent à Hollywood n'admirent jamais rien, surtout quelque chose qui promet d'être immortel. Lorsqu'ils tournent leurs satanés films dans un endroit magnifique — un château ou un palais — ils le détruisent aussi sûrement que s'ils étaient venus avec une équipe de démolition. Il en va de même avec les gens. Ceux qu'ils filment, ils les tuent, tout aussi efficacement que s'ils avaient braqué sur eux un fusil chargé, au lieu d'une caméra. »

— Je ne vous suis pas très bien, dit Alison.

Maurice Gray leva un doigt.

— C'est très simple. Votre image est ce que vous êtes. Comprenez-vous cela ? L'image que vous présentez au monde est ce que vous êtes effectivement. A votre avis, pourquoi les indigènes en Afrique étaient-ils aussi terrifiés lorsqu'on les prenait en photo ? Ils savaient — en ce temps-là — que notre orgueil nous permet de nous cacher à nous-mêmes. Ils savaient que, à chaque fois que quelqu'un fait votre portrait ou vous prend en photo, c'est exactement ce qu'il fait... littéralement il *prend* quelque chose de vous, un peu de votre image, un peu de vous-même. Votre image ne vieillit pas de l'intérieur, par suite de l'âge, mais de l'extérieur, du fait de l'usage et de l'abus qu'en font d'autres personnes. Votre visage vieillit à force d'être regardé, à force d'être photographié. Vous ne comprenez toujours pas? Bon, vous allez comprendre. Votre visage est exactement comme un pneu de voiture, si vous voulez bien me pardonner cette métaphore aussi peu flatteuse. Il est éraflé et usé par toutes les choses avec lesquelles il entre en contact. Pas de l'intérieur, mais du fait de la friction externe. Pourquoi croyez-vous que les femmes arabes portent le *yasmaq?* Ce n'est pas par pudeur, mais afin de se protéger du regard des autres, afin de rester jeunes.

— Je ne sais pas, dit Alison. Je ne sais vraiment pas. Vous dites que le visage des gens vieillit uniquement parce que d'autres personnes les regardent et les photographient?

Maurice Gray ralentit et tourna à droite, roulant sur du grès meuble, puis remontant une allée escarpée et ombragée. Sous les arbres aux branches basses, à sa gauche, Alison aperçut un pré anormalement vert où paissaient des moutons. Devant, c'était l'obscurité, le tunnel formé par les arbres. Maurice Gray s'engagea dans ce tunnel avec l'insouciance que donne une longue pratique. Puis ils émergèrent sur une vaste terrasse de gravier blanc, et devant eux se dressa un gigantesque château gothique avec une haute tour centrale. Parmi les flèches, les tourelles et les mansardes d'ardoise bleue, il devait y avoir au moins une centaine de fenêtres; aux étages inférieurs, il y avait de grandes portes-fenêtres, des rangées et des rangées, luisant comme du mercure dans le gris du matin, signifiant des salles de bal, des salons de réception et des corridors.

C'était comme si une massive gare de Londres avait été transportée magiquement vers les forêts de Belgique et posée sur le faîte d'une colline donnant sur un jardin romantique avec une pièce d'eau, une fontaine et des bosquets de frênes. L'effet était à la fois théâtral et dérisoire : l'homme s'efforçant avec arrogance d'imposer sa volonté à la nature. Pour une raison qu'elle était incapable de définir, Alison commença à se sentir isolée et déprimée. Lorsque Maurice Gray arrêta la voiture devant les marches de pierre grise du perron, elle aurait voulu avoir le courage de lui demander de la reconduire tout de suite jusqu'à la route de Liège afin de poursuivre son voyage.

— C'est incroyable, dit-elle en jetant des regards à la ronde.

Maurice Gray se tenait légèrement à l'écart, les mains enfoncées avec élégance dans les poches de sa veste, telles des lettres roses attendant d'être postées. Il sourit et demanda :

— Vous aimez ? En fait, c'est plutôt vulgaire. Mais venez, nous allons déjeuner. Ensuite, je vous ferai visiter le château. Vous aimez le civet de lièvre ? Le gibier est excellent dans la région.

Ils gravirent les marches et s'avancèrent dans un immense vestibule sonore aux dalles de marbre blanc. Il y avait des palmiers dans des pots et un Chesterfield rouge et poussiéreux, mais l'endroit donnait la sensation lugubre qu'il était abandonné depuis longtemps.

Les sneakers d'Alison crissèrent sur le marbre comme elle se tournait et disait :

— Nous ferions peut-être mieux d'oublier ce déjeuner. Pourquoi pas me ramener jusqu'à la route, tout simplement ? Je suis sûre que je pourrai facilement faire du stop jusqu'à Liège. Je ne voudrais pas vous déranger davantage.

— Vous ne me dérangez pas du tout, assura Maurice Gray. Je vous en prie, ne vous laissez pas impressionner par l'aspect prétentieux de cette demeure. Venez, montons l'escalier, je vais vous montrer la tour. Elle est tout à fait exceptionnelle.

— Écoutez, je me sens gênée, dit Alison.

La voix de Maurice Gray résonna dans le vestibule

— Vous n'avez aucune raison de vous sentir gênée Pourquoi seriez-vous gênée? Je vous prie. (Il écarta les mains et lui adressa un sourire encourageant.) Je vous demande seulement de déjeuner avec moi.

Alison frotta nerveusement l'ongle de son pouce contre ses dents et ne dit rièn.

— Je vous en prie, répéta-t-il.

Alison parcourut le vestibule du regard. De la poussière tombait silencieusement au sein de la pénombre, une poussière qui avait dû tomber et se déposer depuis des dizaines et des dizaines d'années.

Elle déclara finalement:

— Je suis désolée, mais il y a quelque chose qui ne va pas. Je me fais l'effet d'être une intruse.

— Absolument pas, la rassura Maurice Gray. (Il tendit une main magnifiquement manucurée.) C'est moi qui vous ai invitée, je m'en souviens très bien. Il ne saurait être question d'une intrusion. (Il sourit). Venez. Tandis que nous attendons ici, je pourrais vous montrer la tour.

— Je ne pense pas que j'aie envie de la voir. Ecoutez, je sais que c'est stupide, mais cet endroit me flanque la frousse. C'est la première fois que je rencontre quelqu'un qui vit dans une maison aussi *vieille*.

— Vieille? s'étonna Maurice Gray. Pas du tout. Ce château a été achevé en 1911. On ne peut pas dire que cela soit très *ancien*. Ne soyez pas impressionnée. Je sais que cet endroit est plutôt sinistre. Aucun membre de ma famille ne l'a jamais aimé, à l'exception de ma sœur, et elle a toujours eu la folie des grandeurs. Mais nous habitons ici, vous comprenez, et en été le château peut être tout à fait agréable.

— Je crois que j'ai commis une erreur, dit Alison, un peu paniquée à présent. Je crois que je ferais mieux de partir. Je vous en prie. Cela vient seulement de moi, je suis dans tous mes états. Mais je me sens oppressée, écrasée par cet endroit, si vous voyez ce que je veux dire. Je vous assure, je préférerais que vous me raccompagniez tout de suite.

— Sans déjeuner? demanda-t-il.

— Je vous en prie. Je n'ai pas très faim.

Maurice Gray sourit.

— Pour l'amour du ciel, je ne vous retiendrai certainement pas ici contre votre volonté. Si vous ne voulez pas déjeuner, entendu, je comprends. Je réalise que je me suis montré trop autoritaire. Veuillez me pardonner. Je me sentais seul et je m'ennuyais, et je n'ai pas songé un seul instant à l'effet que je pourrais produire sur vous, en vous tenant des propos aussi étranges et en vous amenant dans ce château à l'aspect rébarbatif. Je suis désolé. Veuillez me pardonner. Dites que vous me pardonnez.

— Très bien, je vous pardonne, murmura Alison d'une voix incertaine.

— C'est merveilleux. Vous n'avez pas à avoir peur de cet endroit. A présent je vais vous montrer la tour. Elle est tout à fait splendide.

— Bon, d'accord, dit-elle. Mais où sont vos domestiques?

— A la cuisine, je suppose, répondit Maurice Gray avec désinvolture.

Il la précéda et franchit une énorme porte en chêne qui donnait sur un long corridor à la haute voûte et au sol de marbre. A leur droite, un grand escalier descendait des étages supérieurs. Les murs étaient couverts de tableaux, des portraits représentant des hommes à la mine renfrognée, en costumes d'époque.

— La famille de Rochelle, fit remarquer Maurice Gray. Rien à voir avec *notre* famille, je m'empresse de vous le dire. Regardez leurs yeux porcins. Cela demande des siècles d'avarice pour produire de tels yeux. La dynastie la plus cupide d'Europe, dirai-je.

Il commença à gravir l'escalier, et Alison ne put faire autrement que de le suivre. Elle nota que l'arrière de ses chaussures italiennes noires était impeccablement ciré. Il s'arrêta sur le palier du premier étage et lui montra un cabinet de porcelaines de Sèvres.

— Vous voyez ce service de porcelaine ? A l'origine il appartenait à Louis XVI. Il comporte quatre cent quatre-vingt-cinq pièces, et chacune a été peinte à la main.

Ils étaient arrivés au deuxième palier lorsqu'une porte latérale fut ouverte et qu'un jeune Belge apparut. Il était maigre et élancé, avait un nez pointu et des cheveux qui se dressaient sur le dessus de sa tête comme une crête de cacatoès.

— Ah, Paul, dit Maurice Gray. Je me demandais où vous étiez. J'ai invité cette jeune fille à déjeuner.

Le jeune homme regarda fixement Alison. Il avait des yeux d'un gris délavé. Puis il hocha la tête et répondit avec un fort accent flamand :

— Bien sûr, monsieur Gray. Je vous préviendrai dès que nous serons prêts.

Alison se sentait plus rassurée à présent qu'elle savait ne pas se trouver seule avec Maurice Gray. Être amenée ainsi dans un étrange château gothique, au milieu des forêts belges, cela ressemblait un peu trop au début d'un film d'horreur. Malgré tous ses efforts pour se persuader que Maurice Gray était un homme parfaitement respectable et qu'il y avait quantité d'autres personnes à proximité, elle avait toujours la sensation de faire un rêve étrange tandis qu'elle montait une nouvelle volée de marches. En regardant par les fenêtres de la tour, elle aperçut la cour de gravier au-dehors, les pelouses d'un vert éclatant et le ciel noir comme de l'encre. La voiture de Maurice Gray, garée près des marches, semblait aussi minuscule qu'un jouet.

— Ma chambre se trouve en haut, lui dit-il. C'est le seul endroit où je peux jouir d'une certaine solitude.

— Vous avez une vue fantastique, c'est sûr, dit Alison.

Ils entrèrent dans la chambre de Maurice Gray. Elle

était relativement exiguë. Les fenêtres gothiques aux vitres plombées étaient exposées à l'ouest, vers les collines bordant la Meuse. Le parquet de chêne ciré était recouvert d'un tapis persan bleu et gris. Il n'y avait pas de tableau aux murs et la pièce était à peine meublée : un lit de chêne recouvert d'une courtepointe blanche au point de Bruxelles, et un bureau avec une chaise.

— Une austérité monastique, dites-moi, fit remarquer Alison.

Maurice Gray acquiesça de la tête, amusé.

— Vous avez sans doute raison. Mais une fois que l'on a goûté les mets les plus raffinés, dégusté les meilleurs vins et connu toutes les aventures romanesques... que reste-t-il sinon une vie monastique ?

— Nous redescendons à présent ? demanda Alison.

— Bien sûr. Mais d'abord je désire vous montrer la vue que l'on a depuis la tour de l'horloge.

Ils montèrent la dernière volée de marches... un escalier en colimaçon aux degrés en fer forgé. Le bruit de leurs pas retentit jusque dans le couloir du bas, au pied de la tour. Tout en haut, il y avait une petite pièce sombre dans laquelle le mécanisme des quatre cadrans de l'horloge tic-taquait lentement. Des roues dentées, des ressorts et des pivots, graissés avec soin et luisant doucement. Seul un rai de lumière pénétrait dans la petite pièce, se glissant par une lucarne minuscule, près du cadran est de l'horloge.

— Regardez donc par cette lucarne, suggéra Maurice Gray. Vous serez tout à fait étonnée par ce que vous verrez.

Alison se pencha et regarda par l'ouverture. Un soudain rayon de soleil illumina son œil droit, comme si elle avait été examinée par un optométriste. Un œil aussi bleu qu'un bleuet. Maurice Gray se tenait derrière elle, les mains à ses côtés, le menton légèrement relevé ; un homme exerçant son arrogance dans l'intimité de sa tour de l'horloge.

— J'aperçois la fontaine, dit Alison.

— Et quoi d'autre?

— Les écuries. En tout cas, on dirait des écuries.

Maurice Gray sortit de sa poche intérieure un petit couteau à large lame. Comme il le levait, la lame étincela.

— Que voyez-vous, juste au-delà des écuries?

— Un verger, il me semble. Ce sont des poiriers?

— Oui. Ils donnent d'excellentes poires Williams.

Le mécanisme de l'horloge tic-taquait et ronronnait Maurice Gray s'avança sans bruit, tenant le couteau dans le creux de sa main.

— Il est bientôt midi, dit-il. Nous devrions redescendre maintenant, avant que l'horloge ne se mette à carillonner. Autrement nous aurons des bourdonnements d'oreilles toute la journée!

— C'est un potager là-bas, après le mur? demanda Alison.

Maurice Gray se pencha en avant, comme pour regarder par la minuscule fenêtre. Puis il plongea le couteau dans le dos d'Alison Shrader. La lame s'enfonça en produisant un craquement.

— Ah-h-h, fit-elle en suffoquant, puis elle s'affaissa sur le plancher poussiéreux.

Maurice Gray se tint immobile au-dessus d'elle un moment. Il laissa le couteau où il était, enfoui dans le dos d'Alison. Il l'avait poignardée avec l'intention de la paralyser, et non de la tuer. Retirer le couteau maintenant provoquerait une hémorragie. Avec un soin exagéré il s'essuya les doigts puis se pencha vers Alison pour examiner son visage.

Elle était très pâle. Ses halètements étaient précipités et rauques, comme la respiration de quelqu'un qui dort profondément et fait un cauchemar. Ses yeux étaient grands ouverts, mais elle ne pouvait pas bouger.

— Bien, dit Maurice Gray. Le coup parfait.

La porte de la petite pièce s'ouvrit derrière lui. C'était Paul: il avait ôté sa veste et retroussé ses manches. Ensemble ils soulevèrent Alison, Maurice Gray la prenant par les pieds et Paul la tenant sous les aisselles. Ils la portèrent avec précaution jusqu'au bas de l'escalier en colimaçon. A un moment, elle poussa un geignement, mais aucun des deux hommes n'y prêta attention. Dehors, la pluie tombait de nouveau, et des gouttes tambourinaient contre les vitres, comme pour manifester leur présence.

— Je l'ai trouvée à Bouillon, expliqua Maurice Gray. Elle faisait du stop. Elle était venue seule en Europe. Personne ne s'apercevra de sa disparition avant des mois ; d'ici là, ceux qui l'ont peut-être vue l'auront oubliée.

— Mademoiselle sera enchantée, dit Paul, d'un ton peu respectueux.

Ils portèrent Alison dans la chambre de Maurice Gray, et l'étendirent sur le tapis persan. D'un geste brusque, Paul retira le dessus-de-lit blanc, découvrant un drap d'hôpital amidonné. Puis ils la portèrent sur le lit et l'allongèrent, sur le ventre ; le manche du couteau dépassait toujours du dos de son anorak jaune.

Maurice Gray se pencha et examina attentivement le visage d'Alison. Ses yeux le fixèrent, exprimant une terreur impuissante. *Que m'avez-vous fait ? Que s'est-il passé ? Je vous en prie... je ne peux pas bouger. Je vous en supplie... je ne sens plus rien.*

Maurice Gray sourit et dit à Paul :

— Vous rendez-vous compte combien cela doit être terrifiant de se trouver totalement impuissant ? (Puis il dit à Alison :) Ne vous inquiétez pas, ma chère enfant, tout sera bientôt terminé. Bientôt vous serez en paix.

Paul dénoua les lacets des Care Bears d'Alison et posa soigneusement les sneakers par terre, l'un à côté de l'autre. Puis il glissa sa main sous le ventre d'Alison, déboucla sa ceinture, ouvrit sa fermeture Eclair et lui retira ses jeans et ses collants. Ils étaient souillés de taches sombres et trempés ; lorsque Maurice Gray l'avait poignardée, ses sphincters s'étaient relâchés.

A l'aide de ciseaux ils découpèrent le dos de son

anorak et de son chandail afin de pouvoir les retirer sans être obligés de dégager la lame. Comme Alison ne portait pas de soutien-gorge, elle était nue à présent, à l'exception de son crucifix en argent.

— Les pansements, dit Maurice Gray.

Paul ouvrit le tiroir du haut du bureau et en sortit une boîte de pansements antiseptiques. Maurice Gray détacha la bande d'un coup de ciseaux et posa la boîte sur le lit. Puis il saisit le manche du couteau et retira lentement la lame. Aussitôt du sang rouge sombre jaillit de la plaie et coula de part et d'autre de la taille d'Alison, mais Maurice Gray appliqua vivement le pansement sur la plaie et colla le sparadrap.

— Bon, dit-il, davantage pour lui-même que pour Paul. A présent puis-je avoir les instruments?

Paul avait déjà pris dans le second tiroir un petit coffret en acajou, garni de velours bleu foncé. Il le posa à côté du couteau maculé de sang. Maurice Gray releva le couvercle. Il y avait des rangées de scalpels ainsi que des clamps, des aiguilles et des bobines de fil de suture. Sans la moindre hésitation, il prit l'un des scalpels et le tint entre le pouce et l'index.

— Ils ont tous été affilés ce matin, dit Paul précipitamment, comme s'il craignait d'être critiqué.

Maurice Gray lui adressa un sourire crispé, équivoque, puis se pencha sur le dos nu d'Alison.

— Et si vous m'apportiez un cognac, suggéra-t-il. J'en ai pour une heure ou deux, au moins.

— Désirez-vous manger quelque chose? s'enquit Paul.

Maurice Gray lui décocha un regard irrité.

— Bien sûr que non, imbécile.

Paul se contenta de hocher la tête. De toute évidence il sentait que, dans un moment comme celui-là, il pouvait montrer son mépris pour Maurice Gray. Dans un moment comme celui-là, Maurice Gray était d'une vulnérabilité extrême, comme l'est tout homme lorsqu'il s'abandonne à ses désirs les plus coupables.

Maurice Gray se mit au travail ; ses gestes étaient rapides et précis, la dextérité que donne une longue pratique. Il prit dans le coffret une lame plate, de forme triangulaire, ressemblant plutôt à une pelle à tarte. Il l'introduisit de côté dans une incision qu'il avait pratiquée dans le dos d'Alison et entreprit petit à petit de détacher et de séparer l'épiderme de son corps, méthodiquement, et avec une certaine élégance.

Paul revint une heure plus tard et alluma les lampes de chevet, tandis que Maurice Gray reculait de quelques pas et se reposait un instant.

— Tout à fait splendide, vous ne trouvez pas? demanda-t-il au domestique.

Alison avait des seins fermes et pleins, une taille fine, un estomac encore jeune et plat. Maurice Gray frotta entre ses doigts quelques-uns des poils pubiens, fins et blonds, d'Alison, comme s'il frottait des feuilles de tabac.

— Tout à fait splendide. Et à peine une imperfection.

Puis il se pencha et continua de couper et de détacher l'épiderme, jusqu'à ce qu'il ait finalement un fantôme de peau — un extraordinaire manteau translucide — qui avait appartenu à Alison Shrader.

Dehors, la nuit tombait. La pluie cinglait les carreaux avec force. Maurice Gray transpirait et il dut se tamponner le visage avec son mouchoir.

— Votre plus belle réussite, monsieur, fit remarquer Paul d'un ton faussement obséquieux. (Il disait toujours cela, à chaque fois.)

— Contentez-vous de porter ceci à mademoiselle, lui ordonna Maurice sèchement. Et dites-lui que le visage sera bientôt prêt.

— *Monsieur*, acquiesça Paul. Tout ce que vous voudrez, monsieur.

Une fois Paul parti, Maurice Gray se pencha sur Alison et scruta son visage. Elle le regardait fixement sans le voir. Il comprit qu'elle souffrait atrocement. Si seulement il avait pu lui dire combien *il* avait souffert, lui et chaque membre de sa famille. C'était vie pour vie, peau pour peau. Il la plaignait sincèrement. Un remords sincère. Mais si elle avait su à quel point *sa* vie avait été angoissante, affreuse, menacée, *damnée*, au moins elle aurait compris pourquoi elle devait mourir dans de telles souffrances... même si elle aurait été incapable de lui pardonner du fond de son cœur et de son âme. Il soupira et commença à travailler sur son visage.

Elle ouvrit les yeux, une fois encore. Il comprit le message contenu dans son regard. Il hocha la tête et sourit. Puis, prenant le scalpel d'une main, lui envoyant un baiser de l'autre, il lui trancha la gorge, d'un geste rapide et sûr.

Il recula, sa main droite couverte de sang. Une bonne façon de mourir, songea-t-il. Une heure ou un peu plus de souffrances horribles, et puis la délivrance instantanée. Les souffrances qu'elle avait endurées lui permettraient d'aller directement au ciel, sans passer par le purgatoire, c'était certain.

Paul revint, apportant une serviette blanche dans laquelle envelopper la peau du visage, puis il repartit. Maurice Gray descendit au deuxième étage et entra dans la salle de bains pour se laver les mains. Du sang zébra la céramique blanche du lavabo. Se regardant dans la glace, il trouva qu'il avait l'air harassé. Dans peu de temps il devrait trouver quelqu'un d'autre. Cordelia, à la fin de l'automne, avait toujours besoin de chercher de nouvelles personnes ; lui, c'était au plus fort de l'hiver. Cela le fatiguait. Cela le peinait également. Mais que pouvaient-ils faire d'autre ?

Il se cacha le visage dans les mains comme pour méditer. Les années pesaient si lourdement sur lui à présent.

Il s'avança dans le corridor jusqu'à la bibliothèque. C'était une petite pièce, eu égard aux dimensions du château, remplie de livres ; quelques-uns étaient reliés en cuir, des reliures vieilles et craquelées, mais la plupart étaient récents. Presque tous traitaient de la beauté, des produits cosmétiques et de la chirurgie. Mais Maurice Gray ne consulta aucun de ces livres. Il traversa la pièce jusqu'au cabinet de chêne dans le coin de la pièce, l'ouvrit et en sortit une carafe de cognac. Ses mains tremblaient lorsqu'il remplit son verre.

— « Ceux qui vont sous la surface des choses le font à leurs risques et périls », cita-t-il pour lui-même. « Ceux qui lisent le symbole le font à leurs risques et périls. »

Il alla jusqu'à la fenêtre et contempla au-dehors le parc du château. Il avait raconté des mensonges à Alison, bien sûr. Le château avait effectivement appartenu au comte de Rochelle, mais la famille Gray le lui avait acheté, il y avait des années, alors que les bâtiments étaient délabrés et inoccupés, et la moitié de la toiture effondrée. Qui savait ce que le comte Rochelle faisait en ce moment? Il était probablement mort, ou ivre, ou à moitié mort, ou à moitié ivre. Maurice Gray se signa et pria sans le moindre espoir que Dieu lui pardonnerait pour ce qu'il avait été obligé de faire.

Il resta dans la bibliothèque pendant presque deux heures, tandis qu'Alison Shrader gisait, morte, à l'étage supérieur et que le sacrifice qu'elle avait fait était mis à profit. Il but trois grands verres de cognac avant que ses oreilles commencent à bourdonner. Il n'était plus certain de pouvoir se tenir sur ses jambes.

Finalement, alors que la nuit était tombée au-dehors et que les vitres étaient noires comme l'encre, il entendit la musique du gramophone résonner dans les couloirs. *L'Arlésienne* de Bizet, l'un des airs préférés de Cordelia. Il s'extirpa de son fauteuil, avec difficulté. Au même instant, Paul surgit à l'entrée de la bibliothèque avec un verre de Perrier pétillant et un sourire dédaigneux.

— Miss Gray est prête à vous recevoir maintenant, monsieur, dit-il.

— Vous allez, euh...? demanda Maurice Gray en montrant de la tête la chambre, à l'étage supérieur, où gisait Alison Shrader.

— Bien sûr, monsieur. Comment dit-on déjà, dans

Blanche Neige? Dans la partie la plus profonde et la plus noire de la forêt? Du gibier pour le gibier.

Maurice Gray prit le verre de Perrier sur le plateau et en but avidement les trois quarts. Puis il poussa Paul de côté, doucement mais avec fermeté, et remonta le couloir jusqu'à la chambre de Cordelia. Il frappa à la porte en chêne.

— *Entrez*! lança Cordelia.

Il ouvrit la porte et franchit le seuil. La chambre était spacieuse, trois fois les dimensions de la bibliothèque, mais les rideaux étaient soigneusement fermés, de telle sorte qu'elle était plongée dans l'obscurité la plus complète.

— Ne pourrions-nous pas avoir de la lumière? s'enquit-il patiemment. (Il laissa sa main sur la poignée de porte.)

— Demain tu pourras me voir, lorsque tout sera en ordre, répondit-elle.

— Mais... tu vas bien?

Il y eut un long silence. Il comprit qu'il n'aurait pas dû poser cette question ; Cordelia était bouleversée.

— C'était une peau magnifique, dit-il.

— Elle était adéquate, rétorqua-t-elle.

Maurice Gray savait qu'il était inutile de discuter avec Cordelia lorsqu'elle était de mauvaise humeur. Il ouvrit plus largement le battant et dit :

— Je te verrai au petit déjeuner?

Elle resta silencieuse un long moment. Puis elle dit :

— Maurice, je n'en peux plus.

— Tu ne peux plus *quoi*?

— Tu sais très bien ce que je veux dire. Cet exil. Cet isolement. Ce genre de vie.

Maurice ne dit rien. Bien des fois auparavant, il avait entendu cette plainte de la part de Cordelia. Et bien des fois auparavant il l'avait raisonnée. Rentrer chez eux était beaucoup trop dangereux. En Belgique, au moins, ils pouvaient continuer de survivre sans être découverts ; ils pouvaient traîner leurs victimes au fin fond des forêts et les enterrer sommairement, où elles seraient finalement dévorées par les sangliers. Inconnues, non découvertes, oubliées, comme ils l'étaient eux-mêmes.

— Demain je parlerai à Père, encore une fois, dit Cordelia.

— C'est ton privilège, bien sûr.

— Pour l'amour du ciel, Maurice, ne sois pas aussi doucereux. Tu es mon frère, pas mon confesseur.

— J'essaie d'être ton protecteur.

Un autre silence. Puis:

— Je sais, dit-elle. Excuse-moi. Mais j'ai vraiment envie de rentrer chez nous.

— Il suffirait qu'une seule personne nous reconnaisse pour que ce qui s'est passé autrefois recommence...

— Pas si nous avons le tableau.

Maurice Gray baissa la tête et déclara avec le calme d'une impatience monumentale:

— Tu sais aussi bien que moi qu'il n'y a pas la moindre chance pour que nous le retrouvions un jour. Nous avons été mis en fuite, Cordelia ; c'est le seul terme qui convienne. Mis en fuite et contraints à l'exil.

— Je retournerai au Luxembourg. Je dois parler à Eustachio Rossi.

— Je ne peux pas t'en empêcher.

— Non, tu ne peux pas, répliqua-t-elle. Et, oui, je le ferai.

2.

New York, 12 décembre

Il dit à Edward qu'il serait probablement revenu à cinq heures, ou six heures au plus tard.

— Et si quelqu'un désire acheter quelque chose? demanda Edward.

— Si quelqu'un désire acheter quelque chose, vendez-le-lui, répondit Vincent, en enfilant son pardessus Bijan bleu foncé. Nous tenons un commerce, vous savez. Pas un musée.

Edward parcourut la galerie du regard, avec une tristesse évidente.

— Peut-être devrais-je attendre que vous soyez revenu. Les préraphaélites, ce n'est pas vraiment ma partie.

Vincent tira sur ses gants de cuir noir.

— Il s'agit seulement de tableaux, bon sang!

— Oui, bien sûr, reconnut Edward.

C'était typique de la part de Vincent, cette façon irrévérencieuse de parler de chefs-d'œuvre de l'époque victorienne d'une valeur totale de dix-sept millions de dollars. « Il s'agit seulement de tableaux. » Il y avait trois Rossetti, deux Holman Hunt et un portrait, récemment découvert, exécuté par Millais. Mais il faut dire que la famille de Vincent avait acheté et vendu des œuvres d'art longtemps avant que Rossetti, Millais ou Holman Hunt aient commencé à se servir d'un pinceau. Le grand-père de Vincent prenait des cuites avec Monet, et son arrière-grand-père avait été l'ami de Sisley. Vincent lui-même avait été l'un des plus proches admirateurs de Mark Rothko, et il déjeunait régulièrement avec Richard Anuskiewicz.

Lorsque Edward lui ouvrit la porte, une bourrasque du vent glacé de décembre s'engouffra dans la galerie bien chauffée. La porte était toujours fermée à clef: toute personne désirant entrer et regarder les tableaux devait d'abord appuyer sur la sonnette et attendre avec espoir de l'autre côté de la vitre de sécurité. Dehors, une sirène retentit; un semi-remorque klaxonna rageusement. Il y avait une odeur d'hiver, de circulation et de *bagels* en train de brûler.

— Oh, je pense à une chose, dit Vincent. Surtout ne vendez pas le Millais pour le moment. Dick n'a pas encore eu l'occasion de le photographier. Et si jamais Aaron Helperin téléphone, dites-lui que je passerai le week-end à la campagne. Je lui apporterai deux Johnson à nettoyer.

— A vos ordres, commandant.

Edward leva la main pour saluer puis referma la porte. Il resta là un moment, observant Vincent s'éloigner dans la rue, avant de se retourner et de regarder les tableaux accrochés aux murs de la galerie comme s'ils étaient des enfants désobéissants confiés à ses soins.

— Et merde, dit-il.

Il détestait cette responsabilité. A chaque fois qu'il devait se débrouiller tout seul, quelqu'un de difficile se présentait à la galerie. Comme le jour où un vieil Iranien en exil avait voulu acheter quatre John Kanes immédiatement, comptant, et les avait fait livrer au Pierre Hotel par taxi. Par *taxi,* nom de Dieu. Et puis il y avait eu la fois, avant cela, où un homme bien habillé, aux cheveux argentés, apparemment fortuné et apparemment sain d'esprit, s'était brusquement et furieusement jeté sur un bronze original de Paul Fairley, pour le frapper à coups de parapluie. L'art, pour une raison inconnue, semblait attirer les excentriques, tel un aimant, et Edwards semblait toujours être là, seul, lorsque ces excentriques faisaient leur apparition.

Durant la première demi-heure, personne n'appuya sur la sonnette ; c'était le milieu de la matinée, une matinée glaciale, un temps peu propice pour la vente d'œuvres d'art. Au début de l'après-midi, après le déjeuner, c'était beaucoup plus rentable, lorsque des hommes riches s'en retournaient à leur hôtel, sortant du Four Seasons ou du « 21 », repus de plats trop gras et de vins trop capiteux, vivement désireux d'impressionner ces femmes jeunes et jolies avec qui ils n'auraient pas dû déjeuner.

Edward monta au premier étage de la galerie. Il tambourina des doigts sur la balustrade du balcon. Agé de vingt-cinq ans, c'était un jeune homme au corps mince et athlétique, aux cheveux frisés. Il portait un complet gris anthracite, avec gilet, et le genre de cravate Ivy League[1] que le titulaire de la rubrique modes de *Playboy* aurait certainement approuvé. Bien qu'il fût élégant et raisonnablement coquet, il donnait toujours l'impression qu'il aurait été beaucoup plus à l'aise dans un survêtement de jogging.

Edward était le fils cadet d'une famille de trois garçons. Son frère aîné, agent de change, était tout de suite entré dans l'affaire familiale. Son plus jeune frère avait tout laissé tomber et était parti s'installer à San Diego où il vendait des catamarans. Mais Edward — en grande partie parce qu'il n'avait pas trouvé autre chose à faire, et également parce qu'il désirait prouver à son père qu'il était indépendant — avait finalement abouti ici, à la galerie Pearson, dans la 61e Rue Est, avec le titre équivoque d'« assistant ». En fait, il répondait au téléphone, tapait les lettres, présentait des excuses, tenait le livre de comptes et était le factotum de Vincent Pearson.

Edward aimait la peinture, surtout les impressionnistes, mais il n'avait aucun talent artistique lui-même.

1. Nom collectif des dix *colleges* « aristocrates » des États-Unis (NdT).

S'il avait été capable de représenter cet hiver sur une toile, cependant, il l'aurait peint en noir de fumée. En octobre, il avait eu un accident sur l'autoroute de New Jersey, et sa Dodge Charger bien-aimée était irréparable. En novembre, sa fiancée, Laura, l'avait plaqué au profit d'un as du barreau aux larges épaules et aux complets serrés qui, de l'avis d'Edward, ressemblait plus à un boucher arménien qu'à un avocat ; et deux jours plus tard, il avait été victime d'une agression à main armée, juste devant son immeuble, et on lui avait volé toutes ses cartes de crédit.

Tandis qu'il arpentait la galerie, ce matin, il se disait qu'il était né sous une mauvaise étoile.

Comme il regardait en bas, depuis le balcon du premier étage, il vit la femme pour la première fois. Elle se tenait devant la vitrine de gauche de la galerie, où un petit tableau de Holman Hunt, *Amos et la corbeille de fruits,* était exposé sur un fond de soie vert émeraude.

Elle était très pâle : pourtant, même à cette distance, et malgré les reflets de la devanture en verre Sécurit, elle était très belle. Elle portait une toque et un manteau de fourrure noire. D'une main aussi blanche et parfaite qu'une esquisse de Léonard de Vinci, elle serrait contre elle le col de son manteau.

Edward l'observa un long moment. Elle paraissait étrangement agitée ; elle n'arrêtait pas de s'éloigner de la vitrine pour revenir aussitôt. De temps à autre, elle levait la main comme pour protéger ses yeux de la lueur éblouissante des spots de la galerie.

Oh non, pria Edward, surtout pas une autre lanceuse de brique. Elle ne parviendrait pas à briser la vitre, mais il serait obligé de prévenir la police, et il y aurait des curieux, et des questions, et les disputes habituelles. Une femme avait écrasé un gâteau à la pacane sur la vitrine, l'étalant consciencieusement, uniquement pour protester contre « l'indécence » de deux cubes de métal peints en rose intitulés *Nus incertains*.

Mais cette femme restait à distance de la vitrine et elle

ne sortait pas de briques de son sac à main. Elle ne se décidait pas non plus à partir, malgré le froid et la foule se bousculant à l'heure du déjeuner.

Au bout de cinq ou six minutes, Edward descendit au rez-de-chaussée et s'approcha de la devanture pour mieux la regarder. Elle était grande — beaucoup plus grande qu'il ne l'avait cru tout d'abord — et elle était d'une beauté frappante. Elle avait le visage fin et racé d'une Européenne appartenant à la haute société, peut-être une Anglaise, plus vraisemblablement une Française. Elle avait des yeux immenses, félins, aux paupières prononcées ; ses lèvres étaient entrouvertes, et Edward pouvait apercevoir l'éclat de dents avançant légèrement. Pour une raison inconnue, des dents comme celles-là l'avaient toujours attiré ; c'était comme si la femme affligée de cette légère malformation allait peut-être éprouver un plaisir érotique.

Il continua de l'observer. De temps à autre, elle regardait fixement dans sa direction, mais son expression restait la même. Elle ne l'avait pas vu, ou bien elle se moquait d'être l'objet de son attention soutenue.

Finalement, au moment où il commençait à croire qu'elle allait partir, elle s'approcha de la porte de la galerie et appuya sur la sonnette.

Bon, d'accord, pensa-t-il. *C'est reparti pour un tour. L'excentrique du mois.* Il s'avança, arborant un sourire chaleureux, et ouvrit la porte. Un vison glacé lui frôla la main comme elle entrait dans la galerie. Edward referma consciencieusement la porte à clef derrière elle, puis se tourna. Son visage était très pâle ; elle avait un port de tête hautain.

— Êtes-vous le propriétaire? demanda-t-elle d'une voix cristalline.

— Je suis son assistant. Il est absent pour le moment.

— Sera-t-il absent longtemps?

— Eh bien, il m'a dit de ne pas l'attendre avant cinq heures, et avec lui, cela veut dire habituellement six heures.

— Ah, fit la femme. Puis, plus calmement : — Ah.

Elle se dirigea lentement vers le tableau le plus proche. *Le Festin de noce,* impeccablement peint, impeccablement verni, chatoiement sur chatoiement, jusqu'à ce qu'il soit presque impossible de le contempler.

— Rossetti, annonça-t-elle.

Edward acquiesça de la tête.

— Je peux vous indiquer le prix si vous êtes intéressée.

Elle redressa la tête et jeta un coup d'œil aux autres tableaux.

— Admirable. Une admirable collection.

— Je vous remercie, répondit Edward.

La femme fronça les sourcils.

— Ce n'est pas vous que je complimentais, mais les artistes. Ce sont les artistes qui créent. Les collectionneurs se contentent de collectionner. Et les galeries... les galeries sont les marchands du temple.

Edward s'efforça de rester impassible.

— Je crains que les préraphaélites ne soient pas exactement mon fort, dit-il. (Comme il parlait, la femme lui tourna le dos. Il ajouta :) Personnellement, je préfère les impressionnistes.

Le visage caché, elle rétorqua :

— J'ai toujours associé les impressionnistes à la faiblesse. Ils tentent d'interpréter la lumière plutôt que la forme. La lumière n'est rien ; la lumière n'a pas de substance. Seuls la peau et les os ont une véritable signification. La chair et les muscles.

— C'est un point de vue intéressant, fit observer Edward, essayant d'être poli.

Après tout, la femme était riche, à l'évidence. Qui sait ? Elle pouvait faire une offre pour l'un des Holman Hunt. Il la suivit, les mains jointes derrière son dos, tandis qu'elle faisait le tour de la galerie semi-circulaire et jetait un coup d'œil à chacun des tableaux.

— En haut, dit-il d'un ton serviable, nous avons un Millais authentifié tout récemment. Un portrait de Wilkie Collins, peint peu de temps avant qu'il épouse Effie Ruskin.

— Oui, dit la femme, et Edward eut la sensation étrange qu'elle connaissait ce tableau.

— C'est, euh..., fit-il levant la main vers le balcon. Aimeriez-vous le voir ?

— Non.

— Oh, murmura Edward. (Il y eut un silence gêné. Puis il dit :) Êtes-vous intéressée par autre chose ?

— Oui. (Elle examina les tableaux une nouvelle fois avant de se retourner et de regarder fixement Edward.) Waldegrave. Avez-vous des tableaux de Walter Waldegrave ?

Edward se pencha en avant comme s'il n'avait pas très bien entendu.

— Waldegrave ? Excusez-moi.

— Il était anglais, né à Londres. C'était un paysagiste, principalement. Très peu de portraits. Mais il y a un portrait en particulier dont je désirerais vivement faire l'acquisition.

— Pourriez-vous... le décrire ?

— Ce tableau fait un mètre cinquante-deux de large sur quatre-vingt-douze centimètres de haut. C'est un portrait très sombre, en fait une composition de groupe, représentant une famille de douze personnes dans un salon aux rideaux rouges.

Edward hésita un instant puis secoua lentement la tête.

— Je regrette infiniment. Vous devriez en parler au propriétaire.

Il se sentait embarrassé et, pour une raison inconnue, bizarrement effrayé. Alors qu'il travaillait depuis deux jours à la galerie Pearson, Vincent l'avait emmené dans la réserve, où deux cents ou trois cents tableaux de l'époque victorienne étaient soigneusement rangés dans de grands casiers à glissières, et maintenus à une température et à une humidité constantes. Vincent lui avait montré certaines de ses plus belles pièces ; d'autres qui étaient de simples croûtes amusantes ; certains tableaux qu'il était prêt à vendre à n'importe qui et pratiquement à n'importe quel prix : et d'autres, enfin, dont il lui aurait été difficile de se défaire.

Cependant, lorsque Edward avait sorti de son casier un tableau de grandes dimensions, le faisant coulisser sur la glissière, Vincent s'était aussitôt approché et avait repoussé le tableau dans le casier.

— Celui-ci n'est pas à vendre, avait-il dit d'un ton brusque. Il fait partie de la collection privée des Pearson.

Edward l'avait à nouveau sorti de son casier, de quelques centimètres.

— Cela ne m'étonne pas, avait-il fait remarquer. C'est une excellente composition. Mais ne sont-ils pas tous hideux ? Je n'aimerais pas les rencontrer par une nuit sombre, et surtout pas *en masse*[1].

— Ce tableau appartenait à mon grand-père, avait expliqué Vincent, le repoussant avec insistance et le cachant à la vue. Pour une raison inconnue, il se montrait très superstitieux au sujet de cette toile. Il avait coutume de dire que c'était comme un porte-bonheur pour notre famille... aussi longtemps que nous garderions le tableau, il nous garderait sains et saufs.

— Dans ce cas, je comprends pourquoi vous ne voulez pas le vendre, avait dit Edward. Mais pourquoi le gardez-vous ici ? Il ferait un effet sensationnel dans votre appartement.

— Lorsque j'étais enfant, il était accroché au-dessus de la cheminée dans le living-room, lui avait appris Vincent. Mais récemment il a commencé à se détériorer. Je l'apporterai à Aaron Helperin la semaine prochaine pour qu'il le restaure.

— Ce tableau est plutôt lugubre, avait repris Edward. Toutes ces vieilles personnes hideuses. Vous croyez que Waldegrave a peint d'après nature ?

Vincent avait haussé les épaules.

— Ces personnages sont probablement imaginaires. Un pur produit de l'imagination de l'artiste. Waldegrave

1. En français dans le texte (NdT).

était plutôt bizarre vers la fin de sa vie, passionné de magie, de démonologie et de toutes ces stupidités. Notez bien, Stuart Heathcliff pensait que ce tableau était en fait une satire : Waldegrave aurait représenté sur cette toile tous les critiques d'art qui avaient écrit des choses peu favorables à son sujet, les faisant paraître aussi laids que leurs articles.

— Ce tableau doit avoir une certaine valeur, ne serait-ce que d'un point de vue historique, avait commenté Edward.

— Oui, mais il n'est pas à vendre, avait répliqué Vincent d'un ton qui mettait un point final à cette discussion.

Edward avait hésité un instant puis, faisant une grimace, il était sorti de la réserve sur les talons de Vincent.

Et voilà que, seulement deux mois plus tard, cette femme au visage pâle et en manteau de fourrure lui posait des questions sur ce même tableau. Douze personnes dans une pièce aux rideaux rouges ; bien que, d'après ce qu'*elle* avait dit, ces douze personnes ne soient pas critiques d'art, mais les membres d'une famille. Peut-être que Waldegrave les haïssait tout autant. Peut-être était-ce sa belle-famille.

— Je crois savoir de bonne source, dit la femme, que Mr Pearson est l'actuel propriétaire du Waldegrave. En fait j'essaie de localiser ce tableau depuis très longtemps.

Edward se surprit à sourire d'une façon plutôt niaise : il n'en avait pas eu vraiment l'intention, mais c'était apparemment la seule réponse que son visage était capable de faire.

— Ce nom, Waldegrave, cela me dit quelque chose, déclara-t-il.

— Walter Waldegrave, prononça-t-elle distinctement en gardant les yeux fixés sur le visage d'Edward. (Des yeux tellement extraordinaires ; ils le regardaient et pourtant ils ne semblaient pas du tout le voir. Ils ressemblaient plus à des miroirs qu'à des yeux.) Né le 7 mars 1843. Mort le 13 avril 1886. C'était un mardi, très précisément, dans le Connecticut, et il pleuvait.

Edward pensa : *Nous y voilà. Les premières fissures d'un extérieur apparemment sain. Dans un instant, elle va arracher ses vêtements, ou s'en prendre aux tableaux, armée d'une bouteille d'encre de Chine.*

— J'ignore tout d'un tel tableau, dit-il. J'ai vu toute la collection de Mr Pearson, même ses aquarelles, et je crains de...

Il leva les mains pour lui montrer qu'il ne pouvait lui être d'aucune aide.

— Vous l'avez vu, n'est-ce pas ? demanda-t-elle. Je le lis à l'expression de votre visage. Vous avez vu le tableau. Dans quel état est-il ? Est-il abîmé ? Est-il toujours intact ?

— Je suis désolé, dit-il, mais il s'agit certainement d'un malentendu. Il serait préférable que vous reveniez un peu plus tard pour en parler avec Mr Pearson.

La femme hésita puis dit :

— Je suis prête à vous donner beaucoup d'argent pour ce tableau, le cas échéant.

— Eh bien, je le dirai à Mr Pearson. Je suis sûr qu'il prendra votre offre en considération.

— Vous êtes très loyal, n'est-ce pas ? Un assistant très loyal. Il me serait difficile de vous le reprocher. Il fut un temps où les hommes étaient entreprenants. A présent ils ont beaucoup trop peur de perdre leur emploi.

— Dois-je dire à Mr Pearson que vous reviendrez ? s'enquit Edward.

— Si vous voulez.

— Dois-je lui dire votre nom ?

— Vous le pouvez, si vous y tenez.

Edward alla jusqu'au petit secrétaire où les acheteurs se perchaient sur une chaise rococo pour libeller leurs chèques. Il prit un feutre dans le plumier en ivoire et dit :

— Oui ?

— Dites-lui que vous avez eu la visite de Miss Vane. Miss Sybil Vane. Je ne vous donne pas mon numéro de téléphone. Je séjourne chez des amis pour le moment ; je ne pense pas qu'ils apprécieraient d'être dérangés par des appels pour affaires.

— Et quand comptez-vous revenir?

— Demain. Je ne sais pas si ce sera le matin ou l'après-midi. Mais certainement demain.

— Je vous remercie, fit Edward poliment, et il la raccompagna jusqu'à la porte.

— Vous ne plaisantez pas avec la sécurité, fit-elle remarquer comme il ne manquait pas de jeter un coup d'œil dans la rue avant de tirer le verrou.

— Ma foi, c'est nécessaire. Vous comprenez, nous ne sommes pas Woolworth's.

Elle lui sourit.

— Vous avez été charmant. Je vous reverrai demain avec le plus grand plaisir.

— Au revoir, madame, dit Edward respectueusement.

Il poussa le verrou après qu'elle fut sortie, et la regarda traverser la 61e Rue en dépit de la circulation intense. En un instant elle avait disparu. Il revint vers la galerie et alla jusqu'au secrétaire sur lequel était posé le carton, avec le nom « Sybil Vane » griffonné dessus. Il le prit et l'agita comme un éventail, le tenant entre le pouce et l'index.

Il émanait de cette femme quelque chose de singulier. Quelque chose qui ne semblait pas tout à fait réel. Elle s'était montrée froide et irritable, pas particulièrement polie ; pourtant une sorte de charisme glacé se dégageait de tout son être. A présent il sentait qu'il aimerait beaucoup la rencontrer à nouveau, ne serait-ce que pour la regarder. Elle avait également laissé un étrange parfum dans l'air. Il n'avait jamais respiré une telle odeur. C'était l'odeur de chambres aux portes closes, remplies de fleurs ; c'était l'odeur d'aromates conservés dans des pots en céramique hermétiquement bouchés ; cela ressemblait à un parfum de femme se dégageant d'un petit mouchoir brodé, que l'on hume longtemps après qu'elle est partie.

Il pouvait presque s'imaginer qu'elle avait été nue sous son long manteau de vison noir. Des cuisses au doux éclat, des bas de soie noirs.

Il se sentit brusquement très jeune et immature, exactement ce qu'il avait ressenti au lycée lorsqu'il avait demandé à Sally Vanderhogh de sortir avec lui, cependant plein de joie, aussi, et légèrement effrayé.

Il reposa la carte sur le secrétaire et se retourna. Il eut un léger choc en s'apercevant qu'un homme, dehors dans la rue, l'observait à travers la porte vitrée. Leurs regards se croisèrent un instant, puis l'homme s'en alla. Pour quelque raison, Edward se souvint des paroles de la femme : « C'était un mardi, très précisément, dans le Connecticut, et il pleuvait. » Et c'était le souvenir de cette remarque, la manière étrangement prosaïque dont elle avait dit cela, qui le troublait plus que toute autre chose.

3.

Nepaug, 12 décembre

Il tombait de la neige fondue sur toute l'étendue du lac, en rafales obliques et avec une telle violence qu'ils discernaient à peine la rive. Gordon s'était réfugié sous son ciré des surplus de l'armée ; tout ce que Wesley voyait de lui, c'était l'extrémité rougeoyante de sa cigarette et les reflets jumeaux qu'elle produisait sur les verres ronds de ses lunettes de pluie. Wesley restait où il était, à l'avant de la barque, lançant sa ligne, la remontant et la lançant à nouveau, en dépit de la neige fondue, son chapeau imperméable lui tombant sur les oreilles comme un chou-fleur trempé, bien décidé à ne pas regagner la rive avant d'avoir pris au moins encore une perche. Les poissons s'étaient moqués de lui aujourd'hui, et Wesley n'était pas le genre d'homme à qui cela était égal qu'on se moque de lui, que ce soient les poissons ou les femmes. Cela aurait été égal à Gordon que l'on se moque de lui, mais Gordon n'était pas passé par deux divorces, et Gordon n'avait pas perdu un fils de dix ans dans un accident de canotage, comme c'était le cas pour Wesley.

La police avait dragué cette partie de Candlewood Lake trois fois, mais on n'avait jamais retrouvé le corps du garçon. Cela faisait six longues années à présent, et Wesley passait toujours sa colère sur les poissons. Personne n'en parlait jamais, pas ouvertement en tout cas, mais la colère de Wesley suggérait quelque chose de terrible... c'était que les poissons avaient dévoré son fils.

Gordon alluma une nouvelle cigarette à l'aide du mégot de la précédente et se racla la gorge bruyamment.

— Au bulletin météo ils n'ont pas annoncé qu'il allait neiger, fit-il remarquer, comme si cela allait remonter le moral de Wesley.

— Tous ces types n'y connaissent rien, fit Wesley en tirant sur sa ligne. N'importe qui ayant la moitié d'un œil aurait pu voir qu'il allait neiger. Il suffit de regarder les nuages.

— Tu veux un sandwich ? demanda Gordon. Marjorie m'en a préparé au pepperoni.

— Je prendrais bien une bière, s'il en reste.

— Bien sûr.

Gordon farfouilla à l'intérieur de la tente rudimentaire de son ciré kaki et trouva finalement une boîte de Miller. Il était trempé et glacé jusqu'aux os, et il en avait assez, mais pour rien au monde il n'aurait suggéré à Wesley qu'il était temps de rentrer. Lorsque vous alliez pêcher avec Wesley, vous deviez rester sur le lac jusqu'à ce que Wesley estime qu'il avait massacré suffisamment de poissons. Et c'était seulement à ce moment que vous pouviez rentrer chez vous. La compensation, c'était que lorsque vous alliez pêcher avec Wesley, vous attrapiez trois fois plus de poissons que si vous étiez allé pêcher avec n'importe qui d'autre ; de plus, Wesley vous donnait toute sa pêche. Wesley ne mangeait jamais de poisson. Personne n'aurait osé lui demander pourquoi.

La neige fondue crépitait sur la surface du lac en des salves grises et glaciales. A présent, il était pratiquement impossible d'apercevoir la rive, à l'exception de la ligne sombre, en dents de scie, que formaient des pins. Wesley renifla et essuya sa moustache rousse du dos de la main. Puis il tira sur l'anneau de la boîte de bière et but.

— C'est dingue, non ? dit-il à personne en particulier. Je suis assis dans ce canot au-dessus de milliers de litres d'eau, il me tombe sur la tête je ne sais combien d'autres milliers de litres d'eau, et pourtant j'ai soif.

Gordon souffla un nuage de fumée et ne dit rien.
Durant un long moment il n'y eut pas d'autres bruits que la neige fondue, le clapotis persistant des vaguelettes contre la coque du canot et le vrombissement sec du moulinet de Wesley.

— Enculés de poissons, marmonna-t-il.

Gordon jeta son mégot dans l'eau.

— Tu vois toujours Marlene Adams? s'enquit-il.

Il ne se lançait jamais dans des discussions sur la pêche.

— Bien sûr. Je l'ai emmenée à Bridgeport la semaine dernière, pour assister à un concert de Johnny Cash.

— Elle aime Johnny Cash?

— Toute la country music. Dolly Parton, Waylon Jennings, Smoky River Boys, et j'en passe.

— Je ne m'en serai jamais douté, à son air.

Wesley finit sa bière et écrasa la boîte dans son poing gauche.

— Toutes les femmes adorent la country music. Parce que c'est sentimental, voilà la raison. Donne-leur quelque chose de sentimental et c'est tout ce qu'elles demandent. Quelque chose qui les fait pleurer. Tu sais quelle est sa chanson préférée? Celle sur la petite fille qui passe la nuit dehors, sur le pas de sa porte, avec son jeune chien, et puis qui meurt.

Gordon renifla avec philosophie.

— Eh bien, je ne m'en serais jamais douté, pas en la regardant. (Il marqua un temps d'arrêt et demanda :) La petite fille, tu veux dire?

— Hein?

— C'est la petite fille qui meurt durant la nuit?

— Et le jeune chien, tous les deux.

Gordon hocha la tête puis jeta un coup d'œil à sa montre. Dans peu de temps il ferait vraiment noir. Il se demanda s'il devait manger son dernier sandwich au pepperoni ou bien le garder pour plus tard. De l'endroit où était assis Gordon, Wesley ressemblait, dans le crépuscule et la pluie glacée, au capitaine Achab à la recherche de son châtiment. Voûté, déterminé et implacable. *Moby Dick* était le seul roman classique que Gordon ait jamais lu, en dehors de *Pas d'orchidées pour Miss Blandish,* et il n'avait pratiquement rien compris. Mais il aimait dire aux gens qu'il l'avait lu, et faire des citations de temps à autre. « Mieux vaut dormir avec un cannibale sobre qu'avec un Chrétien ivre. » C'était sa phrase préférée.

Il s'interrogeait toujours à propos du sandwich lorsque Wesley tira brusquement sur sa ligne.

— Merde ! cria-t-il. J'ai ferré quelque chose, quelque chose de très gros !

Gordon voulut le rejoindre, mais Wesley cria :

— Reste où tu es ! Ne fais pas remuer ce putain de canot comme ça !

La ligne se dévida avec un bref sifflement, puis Wesley commença à tirer.

— C'est un gros ! fit-il d'une voix excitée. Le plus gros de la journée, à l'aise !

Gordon s'accroupit au milieu du canot et scruta l'obscurité.

— J'vois rien du tout, dit-il.

— Là-bas ! Mais regarde, là-bas, bon sang !

— J'vois toujours rien.

— Alors viens ici et donne-moi un coup de main, abruti. Ce putain de poisson pèse au moins une tonne.

Gordon se dirigea maladroitement vers l'avant du canot et aida Wesley à tenir la canne à pêche. Quoi que ce fût que Wesley était en train de remonter, cela présentait une incroyable force d'inertie, en dépit de tous leurs efforts ; mais, pour Gordon, cela ressemblait davantage à un poids mort. Cela ne se débattait pas, cela ne leur résistait pas, ne luttait pas ; cela traînait simplement dans l'eau comme une souche à demi immergée. Si cela avait été vivant, n'importe quoi de cette taille les aurait fait basculer du canot. Gordon avait pêché le makaire noir au large des Florida Keys, et il savait à quel point ces enculés pouvaient être puissants et coriaces.

— C'est un tronc d'arbre, dit-il à Wesley.

— Ne dis pas de conneries, ce n'est pas un tronc d'arbre. C'est le gros. C'est ce putain de gros!

Nepaug, comme tous les lacs, naturels ou artificiels, avait son poisson légendaire, d'une taille monstrueuse. Les mordus de la pêche de la région l'avaient surnommé « Vieilles Moustaches », mais Wesley le désignait toujours sous le nom de « le gros ». La moitié des pêcheurs de Litchfield affirmaient avoir ferré Vieilles Moustaches, un jour ou l'autre. Tous, bien sûr, avaient été obligés de trancher leur ligne et de le laisser filer.

— J'vois toujours rien, dit Gordon. Si c'était un poisson, il lutterait. Mais cela ne lutte pas. C'est un tronc d'arbre.

Wesley se tourna et le regarda fixement, le visage livide.

— Serais-tu en train d'insinuer que je ne sais pas reconnaître un putain de tronc d'arbre lorsque j'en attrape un? Ce n'est pas un putain de tronc d'arbre! C'est lui! C'est le gros!

Presque hystérique, Wesley tirait et ramenait sa ligne. Gordon voulut l'aider, mais Wesley le repoussa avec colère. Malgré les rafales de pluie mêlée de neige, Gordon aperçut des rides en chevrons dans l'eau, là où Wesley remontait sa prise vers eux. Quoi que ce fût, c'était sombre et c'était gros, et cela ressemblait sacrément à un tronc d'arbre. Gordon retira ses lunettes et essuya les verres avec son mouchoir humide et chiffonné.

A présent la forme sombre dans l'eau flottait dans leur direction, de son propre élan. Gordon pensa que Wesley avait compris que ce n'était pas un poisson, qu'il s'agissait seulement d'un rondin ou d'une masse d'algues et d'ordures, mais Wesley continua de ramener la ligne jusqu'à ce qu'elle soit tendue et que l'objet heurte la coque du canot avec un bruit sourd.

— A nous deux, salopard! cria Wesley, presque en sanglotant, et il tira en arrière sa canne à pêche pour sortir l'objet de l'eau.

Gordon cria comme une femme. L'objet jaillit à la surface, surgissant de l'eau quasiment comme s'il était vivant. C'etait un corps humain... sans cheveux, la chair à vif, partout, rouge, de l'écarlate affreux de l'appât pour poissons. Ses yeux n'avaient plus de paupières, ses dents étaient mises à nu, et la chose les regarda fixement, un regard de souffrance muette, avant de retomber dans l'eau et de disparaître.

— Nom de Dieu ! glapit Wesley. Nom de Dieu !

Il saisit maladroitement son couteau pour trancher la ligne et libérer le cadavre ; il tremblait, gémissait et jurait. Le cadavre, ballotté par les vagues, virevolta et vint heurter de nouveau le canot. Wesley poussa un hurlement.

— Fous le camp ! Fous le camp ! Pour l'amour du ciel, fous le camp !

Finalement, ne parvenant pas à trancher la ligne, il jeta sa canne à pêche par-dessus bord et resta assis, transi d'horreur, observant le cadavre flotter, tourner sur lui-même et s'éloigner.

Gordon regagna l'arrière du canot et tira d'un coup sec sur le starter du vieux moteur Evinrude. Pour une fois, le moteur partit du premier coup, lâchant un rot assourdissant. Sans un mot, Gordon vira de bord et se dirigea vers la rive. Wesley était silencieux, lui aussi, mais il s'agenouilla et se cramponna au plat-bord, les phalanges blanches, la tête inclinée sur sa poitrine ; seules ses épaules trahissaient les spasmes de peur et de dégoût qui parcouraient tout son corps.

Et, le pire de tout, les mots non prononcés : *Mon fils devait ressembler à cela après que les poissons se sont occupés de lui. Oh, Dieu du ciel, mon fils devait ressembler à cela !*

Ils atteignirent la jetée en bois sur la rive nord-ouest. Gordon amarra le canot ; il avait les mains gelées, les doigts gourds, le visage crispé. Wesley resta à genoux, les yeux fixés sur le panier-repas de Gordon comme si, d'une certaine façon, il contenait le terrifiant secret de la chose atroce qu'ils venaient de voir.

Gordon le prit par le bras.

— Wes. Allons, Wesley, viens.

Wesley leva les yeux. Son visage donnait l'impression d'avoir été démonté puis remonté tant bien que mal.

— Allons, Wesley, nous devons prévenir la police. Leur signaler ce cadavre.

— Ce n'était pas... ? commença Wesley.

— Non, le rassura Gordon. Ce n'était pas Donnie. Donnie est parti depuis longtemps, souviens-toi. Et Donnie était un jeune garçon. Ce cadavre était celui d'un homme, ou peut-être d'une femme. En tout cas, un adulte.

Wesley se leva en titubant et laissa Gordon le tirer et le hisser sur la jetée. Le break Chevrolet de Gordon était garé un peu plus loin, son pare-brise recouvert d'une couche de neige durcie. Gordon aida Wesley à marcher jusqu'à la voiture et à prendre place sur le siège du passager.

— Cette chose a surgi de l'eau d'une telle façon, dit Wesley. Bon Dieu, Gordon, ça m'a flanqué les jetons !

— A moi aussi, si tu veux le savoir. Bon, allons prévenir la police.

Il y avait une station-service à Warren. Il leur fallut plus d'une demi-heure pour y arriver, en suivant les sentiers défoncés à travers bois ; pourtant ils échangèrent à peine quelques mots. Les essuie-glaces crissaient d'une façon monotone, dégageant des triangles dans la neige qui se déposait sur le pare-brise. Gordon fumait tout en conduisant, plissant les yeux et scrutant la route dans la nuit tombante. Wesley était assis de biais sur son siège comme s'il était infirme, comme si chaque nerf de son corps avait été frotté et mis à vif.

Wesley resta dans la voiture, affaissé sur son siège, pendant que Gordon appelait le shérif Jack Smith à Torrington. Les yeux vitreux, il observait Gordon dans la cabine téléphonique cinglée par les rafales de pluie et de neige ; ce dernier faisait des gestes avec sa cigarette. Lorsque Gordon revint en courant et ouvrit la portière, Wesley demanda :

— Alors ?

— Ils arrivent. Nous devons retourner au lac.

Wesley secoua la tête.

— Je ne veux pas y retourner, Gordon.

— Il le faut. Tu pourras rester dans la voiture si tu le désires. Tu n'es pas obligé de... tu sais, le regarder et tout ça. Ils ne peuvent pas t'obliger à faire ça.

Lentement, d'une façon pathétique, Wesley se mit à pleurer. Il se cacha le visage dans les mains, mais les larmes coulaient sur ses poignets. Gordon le regarda, se mordillant la lèvre, se sentant impuissant ; puis il mit le contact et repartit en direction du lac de Nepaug.

La voiture du shérif arriva moins d'une heure après, ses gyrophares bleus scintillant dans la nuit. La pluie mêlée de neige avait cessé de tomber, remplacée par une bruine humide et pénétrante. Gordon et Wesley restèrent dans le break tandis que le shérif venait dans leur direction, sa torche électrique dodelinant à chacun de ses pas. Il ouvrit la portière de Gordon et dit :

— Comment ça va, les gars ? Le jour est plutôt mal choisi, pas vrai ?

Gordon descendit et hocha la tête vers Wesley, resté dans la voiture.

— Wesley a très mal pris la chose, shérif. Il est rudement secoué. Je pense, vous savez, cela a dû lui rappeler ce qui était arrivé. A son fils. Il ne s'en est jamais remis.

Le shérif Jack Smith était un homme trapu, de petite taille, avec un visage ouvert aux traits réguliers qui avait toujours rappelé à son épouse, Nancy, celui de Richard Burton. Il portait une casquette de chasseur bleu foncé et un imperméable bleu foncé. Il avait trente-huit ans, le shérif le plus pragmatique que le comté de Litchfield eût élu depuis des années. Il croyait à la lutte contre la drogue, à l'assistance sociale constructive et au travail communautaire pour les jeunes délinquants ; et il n'avait jamais tiré sur quelqu'un. Il savait qu'il était le gardien légal d'une région où la population rurale diminuait rapidement, où les anciennes valeurs et les coutumes de jadis étaient en train de disparaître. Après tout, cette partie du Connecticut, dans les années 1980, avait une population inférieure à celle dont elle avait pu se targuer dans les années 1780.

Jack Smith savait également que l'une de ses obligations était de veiller sur les propriétés, le plus souvent inoccupées, des riches New-Yorkais qui venaient dans le Connecticut seulement durant les week-ends, aussi bien que d'avoir l'œil, *lorsqu'ils* venaient, sur leurs goûts de citadin pour la cocaïne, sur les femmes qui n'étaient pas leurs épouses, et sur les querelles de ménage.

Je parie, songea-t-il tandis qu'il se tenait sous la pluie fine, que ce macchabée n'était pas originaire de Litchfield, et je parie également qu'il n'est pas mort ici.

— Dan Maskell est en route, dit Jack à Gordon. Il apporte le canot pneumatique et un projecteur. Il devrait arriver d'un moment à l'autre.

— Wesley a cru qu'il avait ferré un poisson, commenta Gordon.

— De quel côté était-ce ? demanda Jack en braquant le faisceau de sa torche vers les ténèbres.

— Il flottait quelque part là-bas, au milieu du lac. Mais vous auriez dû voir ça. C'était entièrement rouge, partout, comme s'il était enduit de peinture ou je ne sais quoi, ou brûlé. Vous avez déjà vu un corps carbonisé ?

— Fréquemment, répondit Jack. (Ses yeux marron ne trahirent aucune émotion.)

— Eh bien, je souhaite ne plus jamais revoir ça, croyez-moi, fit Gordon en secouant la tête. Ce putain de truc va me donner des cauchemars jusqu'à la fin de mes jours.

Vingt minutes plus tard, Dan Maskell arriva à bord d'un pick-up truck[1] de la police, transportant à l'arrière un canot pneumatique et tout un assortiment de générateurs électriques, de projecteurs, de filets et de gaffes.

1. Camion léger, en général monté sur un châssis d'automobile, dont l'arrière ouvert autorise tous les transports (NdT).

Tandis qu'ils gonflaient le dinghy, une Datsun appartenant aux services du coroner du comté survint. Wallace Greenstreet en descendit, aussi grand et hautain qu'une cigogne, portant un imperméable London Fog tout chiffonné.

— Désolé de vous avoir fait venir par un temps pareil, Wallace, dit Jack, ôtant le papier d'une barre de chewing-gum et se la fourrant dans la bouche.

Wallace se frotta les mains avec entrain.

— Cette fois je dois avouer que c'est plutôt un soulagement, dit-il d'un ton affable. Ma sœur vient juste d'arriver avec son demeuré de mari. Lorsque vous avez téléphoné, il se lançait dans une discussion sur les mérites comparés des couvertures chauffantes de location.

— Un chewing-gum ? demanda Jack.

Wallace secoua la tête avec une délicatesse exagérée.

— Bon, de quoi s'agit-il exactement ? Vous l'avez localisé ?

— Donnez-nous une heure ou un peu plus. Ce ne devrait pas être trop difficile de le trouver.

Pendant les vingt minutes qui suivirent, Jack et Dan ramèrent et parcoururent toute l'étendue du lac, décrivant des cercles méthodiques, scrutant attentivement la surface. Les faisceaux de leurs torches s'entrecroisaient dans les rafales de pluie ; leurs voix résonnaient.

Tout à fait soudainement ils heurtèrent quelque chose. Jack braqua sa torche dans cette direction... et c'était là. Ecarlate, comme Gordon avait dit, emmêlé dans une ligne de canne à pêche. De prime abord, cela lui rappela un phoque mort qu'il avait vu un jour sur une plage à Terre-Neuve ; on l'avait écorché pour prendre sa peau. Le cadavre flottait sur le ventre, ce qui indiquait habituellement une personne de sexe masculin. En dépit du froid, l'odeur de la chair en décomposition était très forte.

— Nous allons le remorquer, dit-il à Dan. Crochez cette ligne avec une gaffe ; ensuite nous le tirerons derrière nous jusqu'à la rive.

Le visage de Dan Maskell luisait dans la lueur de la torche, ressemblant à une citrouille de Halloween ridée. Il était âgé de cinquante-trois ans, avec trente-deux ans de service dans la police. Il avait sorti tellement de cadavres de voitures accidentées, de lacs, de chambres à coucher, de rivières, de bois, qu'un de plus ne faisait pas grande différence en ce qui le concernait. Il attrapa la ligne de Wesley, l'attacha solidement puis dirigea le dinghy vers la rive.

— Nous ne cherchons personne en particulier, hein? s'enquit Dan.

D'ordinaire, lorsqu'un gangster disparaissait à New York, les services de Jack étaient aussitôt avertis, afin que l'on recherche son cadavre. Un jour ils avaient trouvé Vittorio Seccone dans une voiture calcinée au fin fond des bois, près de Ivy Mountain.

Jack jeta un regard vers le cadavre rouge qu'ils avaient pris en remorque.

— Pas à ma connaissance. De plus, je ne pense pas qu'il s'agisse d'une histoire de gangsters. Trop affreux. Seuls des amateurs peuvent faire un truc aussi affreux.

Ils halèrent le corps vers la grève et le portèrent avec précaution jusqu'à l'extrémité de la jetée. Jack et Dan portaient des gants; néanmoins, Jack sentait la nature glissante de la chair. Lorsqu'ils déposèrent le corps sur la civière de Wallace Greenstreet, les autres s'approchèrent pour l'examiner.

— Est-ce le cadavre que vous avez vu? demanda Jack à Gordon.

Gordon put à peine le regarder. Le visage ressemblant à un masque sans paupières et sans lèvres, le torse rouge et visqueux. Il hocha la tête et dit:

— A moins qu'il y ait un autre cadavre flottant dans le coin, identique à celui-là.

— Ça m'étonnerait bigrement, intervint Dan Maskell, allumant un petit cigare puis regrettant visiblement de ne pas avoir d'abord retiré ses gants.

— Wesley veut-il identifier le corps? demanda Jack

Gordon secoua la tête.

— Wesley s'est mis dans la tête... allons, vous êtes au courant. Vous savez ce qui est arrivé à Donnie. Il a vu cette chose surgir brusquement de l'eau et il n'a rien trouvé de mieux que de croire que c'était Donnie.

Jack mastiquait son chewing-gum calmement.

— Bon, d'accord, dit-il. Je parlerai à Wesley plus tard. Pourquoi ne pas le reconduire chez lui, et lui faire boire quelques verres? J'appellerai pour prendre de ses nouvelles.

— Entendu, fit Gordon en serrant l'épaule de Jack. Et merci pour tout.

Tandis que Gordon remontait en voiture et partait, les autres se groupèrent autour de la civière. Dan avait été chercher le projecteur dans le dinghy ; il le fixa sur son trépied, à quelques mètres de distance, pour leur permettre d'examiner le cadavre plus soigneusement.

— Bon, sexe masculin, pas de problèmes, déclara Wallace en soulevant avec son index la masse gluante des organes génitaux. Un individu de race blanche, à en juger par ses yeux bleus, bien qu'on ne puisse pas le savoir d'après sa peau. Tout l'épiderme a disparu.

— Pourtant les poissons ne lui avaient pas encore bouffé les yeux, fit remarquer Jack.

— Exact, dit Wallace, et cela me donnerait à penser, comme à vous très certainement, que ce corps ne se trouvait pas dans l'eau depuis très longtemps. Disons, quelques heures.

— Alors, comment se fait-il qu'il soit dans cet état? demanda Dan. Il n'est pas brûlé, n'est-ce pas? Et il n'a pas non plus été déchiqueté par les poissons.

Wallace regarda le corps de plus près.

— Ce que vous voyez ici c'est le derme, la partie profonde de la peau. La couche superficielle, l'épiderme, a complètement disparu. Non pas par lambeaux comme on pourrait s'y attendre à la suite d'une brûlure ou d'un accident, mais complètement et parfaitement. Regardez ici, et là. Ce sont des marques laissées par un couteau. Un scalpel, vraisemblablement, ou quelque chose de similaire.

— Je ne vous suis pas, intervint Jack. Où voulez-vous en venir ?

— Bien sûr, je ne peux pas donner de conclusions définitives, répondit Wallace. Pas au bord d'un lac et sous une pluie battante. Mais je dirai que ce pauvre diable a presque certainement été littéralement écorché.

La mastication de Jack se ralentit. Il regarda fixement Wallace.

— *Ecorché ?* Vous voulez dire, de propos délibéré ?

Wallace acquiesça de la tête.

Jack, les mains sur les hanches, examina le cadavre de la tête aux pieds.

— *Ecorché ?* répéta-t-il. Nom de Dieu !

— Vous pensez qu'il était toujours vivant lorsqu'on lui a fait ça ? demanda Dan. Y a-t-il un moyen de le savoir ?

— Eh bien, non, pas vraiment, avoua Wallace. Mais j'aurais tendance à *croire* qu'il était toujours vivant, et probablement conscient, également. Autrement, pourquoi lui faire ça ? A mon avis, on voulait le torturer. Une torture délibérée, calculée, et exécutée avec une très grande efficacité. Celui qui a dépouillé cet homme de sa peau était un expert.

Jack baissa les yeux vers le visage horrible.

— Pourquoi diable quelqu'un voudrait-il faire une chose pareille ? Bon sang, vous pouvez faire souffrir quelqu'un tout aussi atrocement sans avoir à le peler comme une pomme.

— Ma foi, c'est à vous de découvrir le mobile, lui dit Wallace. (Il déplia un plastique avec lequel il recouvrit le cadavre.) Peut-être s'agit-il d'un rituel de la Mafia. Peut-être voulaient-ils faire un exemple avec ce type.

— Mais si telle était leur intention, pourquoi l'ont-ils jeté dans le réservoir ? Nous l'avons découvert tout à fait par hasard. A quoi bon faire une chose aussi affreuse à un type, afin de faire un exemple, et ensuite jeter son cadavre là où toutes les chances sont réunies pour que jamais personne ne le découvre jamais?

Wallace boucla les sangles autour du corps puis regarda Jack avec l'une de ses expressions affables « ne me le demandez pas ».

— Je suis seulement le coroner, d'accord? Tout ce que je peux vous donner, ce sont des faits, pas des suppositions. Et voici les faits: cet homme a été écorché, vraisemblablement alors qu'il était encore vivant, et vraisemblablement par quelqu'un d'aussi habile qu'un chirurgien esthétique de haut niveau. D'accord, ils se sont peut-être débarrassés du cadavre, mais vous connaissez la vieille plaisanterie juive: « Lorsqu'ils m'ont circoncis, mon vieux, ils ont jeté à la poubelle le mauvais bout. »

— Mais qu'est-ce que vous racontez? demanda vivement Jack.

Wallace leva une main pour le calmer.

— Je dis simplement que, bien qu'ils se soient débarrassés du cadavre, ils ont gardé la peau.

Jack ouvrit de grands yeux. Il cessa de mastiquer son chewing-gum.

— Et vous pensez qu'ils se sont peut-être servis de sa peau... à titre d'exemple? Qu'ils l'ont montrée à tout le monde? Voici la peau de Don Machin-Chose ; si vous ne faites pas attention, la même chose pourrait vous arriver?

Wallace haussa les épaules.

— Je vous l'ai déjà dit, Jack, toutes les hypothèses sur le mobile, c'est votre boulot.

Tandis qu'ils parlaient, une autre voiture arriva, une vieille Volkswagen toute déglinguée. Un jeune homme en duffel-coat en descendit et courut vers eux, tenant un appareil photo à la main.

— Salut, Dennis, l'accueillit Jack.

Dennis était un jeune journaliste du *Sentinel* de Litchfield. Il était grand et efflanqué, avec un début de moustache noire et une quantité de boutons irrités sur le menton.

— Quelqu'un est mort? voulut-il savoir.

— Non, non, c'est le shérif adjoint Cohen qui est là-dessous. Il répète son rôle dans *Frankenstein.*

— Donc c'est un macchabée, fit Dennis, aucunement décontenancé.

— Nous l'avons trouvé flottant sur l'eau, commenta prudemment Jack.

— Alors il ne s'est pas noyé?

Jack secoua la tête.

— Tué d'abord, balancé à la flotte ensuite. Pour le moment, je considère cela comme un homicide.

— Je peux prendre une photo?

— Pas cette fois.

— Oh, allons, shérif, les lecteurs ont le droit de savoir.

— Savoir ne veut pas dire fourrer son nez partout, rétorqua Jack. Et cela ne veut pas dire non plus prendre des photos obscènes.

— Qu'est-ce qui est obscène? C'est un cadavre, pas une « playmate » de *Hustler.*

— Donne-moi ton appareil photo, dit Jack.

— Quoi?

— Donne-moi ton appareil photo, répéta Jack en tendant la main.

A contrecœur, avec hésitation, Dennis obtempéra.

— Maintenant tu peux regarder, fit Jack. Vas-y. A toi de juger si c'est obscène ou non.

Wallace, avec un amusement à peine dissimulé, découvrit la tête du cadavre, maniant bruyamment le plastique noir. Dennis resta immobile, à le regarder fixement durant presque une demi-minute. Puis il détourna les yeux, hocha la tête et revint vers Jack afin de récupérer son appareil photo.

— Que lui a-t-on fait? demanda-t-il d'une voix rauque. Merde, que lui a-t-on *fait*... pour qu'il ressemble à ça?

— D'après nos premières constatations, il semblerait qu'on l'ait fait beaucoup souffrir pour obtenir ce résultat, répondit Jack. Si tu veux plus de détails, viens à mon bureau demain matin.

— Vous pouvez compter sur ma visite, fit le journaliste, et il s'en alla.

Ils regardèrent ses feux arrière s'éloigner à travers champs et disparaître au sein des bois.

— Pauvre gosse, fit remarquer Dan, se grattant l'estomac comme s'il avait de furieuses démangeaisons.

Mais Jack dit :

— Bon, allons-y. Nous avons du boulot. Wallace... emportez ce cadavre à la morgue. Dan, vous pouvez commencer à effectuer des recherches dans tout ce secteur, tout autour du lac. Je vais téléphoner aux médecins légistes et leur dire de rappliquer ici. Nous devons trouver des empreintes de pas, des vêtements, des taches de sang, n'importe quoi.

— Et si nous trouvons sa peau ? s'enquit Dan.

Jack le regarda : son visage avait un air maléfique dans la lueur du projecteur et les ombres accentuaient ses rides.

— Ne me posez pas de questions dont vous ne souhaitez pas entendre la réponse, rétorqua-t-il. Bon, au boulot, maintenant.

Il retourna à sa voiture, une Caprice avec une portière cabossée. Il appela les services de Torrington et demanda Frank Davis et Marshall Pryor, les médecins légistes. Puis il demanda au standard de téléphoner chez lui, à Harwinton, et de lui passer la communication.

— Nancy ? C'est Jack.

— Oh, chéri. Tu penses rentrer tard ?

— Très tard, selon toute vraisemblance. Nous venons de repêcher un cadavre dans le lac de Nepaug.

— Oh, non. Il s'agit d'une noyade ?

— Je ne peux pas en parler maintenant. Je te verrai plus tard. Mais embrasse Benny pour moi, d'accord ? Et je t'embrasse aussi, très fort.

Dan le rejoignit, tenant à la main la canne à pêche de Wesley.

— Vous voulez que je mette ce truc dans votre voiture ? demanda-t-il. Vous pourrez le lui rendre plus tard.

Jack reposa l'interphone. Il sortit de son papier une nouvelle barre de chewing-gum.

— Cela m'étonnerait fort que ce pauvre Wesley ait envie de revoir ce foutu attirail de pêche.

Dan resta là et attendit sous la pluie glacée, et ni l'un ni l'autre ne savait ce qu'ils devaient faire.

4.

New York, 13 décembre

A trois heures, cet après-midi-là, la femme qui avait dit s'appeler Sybil Vane ne s'était toujours pas manifestée. Vincent sortit de la réserve, où il avait enveloppé les deux Johnson qu'il voulait faire restaurer, et fit remarquer :

— J'ai l'impression qu'elle vous a fait faux bond.

Edward, une fesse perchée sur le bord du secrétaire, surveillait l'entrée de la galerie. Il lui était impossible d'expliquer à Vincent combien il était déçu par le manquement de Sybil Vane à sa promesse de venir. Il avait presque le sentiment de l'avoir inventé : fantasme frustré d'un jeune homme que sa fiancée venait de plaquer pour un boucher arménien. Rectificatif, pour un avocat.

— Vous êtes sûr que c'était bien le Waldegrave qu'elle recherchait ? demanda Vincent.

Il avait ôté sa veste ; avec son gilet à sept boutons et sa chemise blanche empesée, il semblait plus détendu que d'ordinaire. Il était beau, bien que d'une façon un peu trop tranchée, avait des cheveux grisonnants et frisés, un visage carré à l'italienne et un nez court et droit. Il aurait pu poser pour le *David* de Michel-Ange, sauf qu'il n'avait pas un air aussi efféminé. Sa petite amie du Metropolitan Museum d'Art Moderne, Charlotte Clarke, l'appelait « Dieu en complet trois-pièces ». Ils ne couchaient pas ensemble ; sinon elle lui aurait sans doute donné un autre surnom.

— Elle a décrit le tableau avec une grande précision, dit Edward. Douze personnes dans une pièce aux rideaux rouges. Elle connaissait les dates de Waldegrave, l'année de sa naissance, celle de sa mort. Elle a dit qu'elle recherchait le tableau depuis très longtemps.

Vincent consulta sa montre.

— Tant pis, je ne peux pas rester plus longtemps. Pas si je veux arriver à New Milford à temps pour prendre Thomas.

— Je pourrai toujours lui dire de revenir la semaine prochaine, suggéra Edward.

Vincent attacha ses boutons de manchette.

— Je ne pense pas que cela soit très utile. Je n'ai pas l'intention de lui vendre ce tableau, quelle que soit son offre.

— Elle a dit qu'elle était prête à y mettre le prix.

Vincent redressa sa cravate, prit sa veste sur le dossier de la chaise rococo et l'enfila.

— Je regrette, insista-t-il. Il n'est pas à vendre, point final. En dehors de cela, il commence à tomber en morceaux. Vous savez comment étaient ces amateurs de l'époque victorienne. Ils ne mélangeaient jamais correctement leurs couleurs. Trop d'essence de térébenthine et pas assez de pigment. Et Waldegrave était l'un des pires.

— Que dois-je lui dire, alors, si elle vient ?

— Dites-lui exactement cela. Dites-lui que le tableau n'est pas à vendre. Dites-lui qu'il est en très mauvais état et que même si elle tenait à l'acheter, elle dépenserait son argent inutilement. Tout à fait sérieusement, je donne à ce tableau encore deux ans, tout au plus. C'est toujours ce qui se passe, même avec les meilleures peintures. Peu avant que vous arriviez ici, j'ai dû retirer de la vente un John Frederick Lewis. Un tableau magnifique, *Samedi matin au harem,* l'une de ses études orientales. Mais la peinture s'écaillait et tombait comme des pellicules.

Edward lui lança sur un ton légèrement impertinent :

— Seriez-vous en train de me dire que vous êtes superstitieux à son sujet ? Je veux parler du Waldegrave.

Vincent eut l'ombre d'un sourire.

— Bien sûr que je suis superstitieux à son sujet. Pourquoi ne le serais-je pas ? Mon grand-père a dit que si nous le gardions en notre possession, il protégerait notre famille. Et si c'est ce que mon grand-père pensait, cela me va parfaitement.

— Mais vous n'y croyez pas *vraiment,* allons !

— Cessez de me psychanalyser. Vous voulez une prime pour Noël, oui ou non ? Et n'oubliez pas de brancher le système d'alarme avant de partir. Je serai de retour en ville très tôt lundi matin et je passerai probablement chez vous pour prendre les clés.

— Entendu, répondit Edward.

Aucun d'eux ne fit de commentaires sur le fait que c'était la première fois que Vincent confiait à Edward le soin de fermer la galerie en son absence. Edward sentait le commencement d'une agréable familiarité entre eux, la naissance de rapports de travail amicaux qui se développeraient peut-être et se transformeraient en une véritable amitié. Vincent était guindé dans ses manières, conventionnel dans sa façon de s'habiller, mais Edward savait qu'il appréciait sincèrement les gens qui travaillaient pour lui.

Vincent sortit et alla jusqu'au coin de la 61e Rue et de la Troisième Avenue, où il monta dans sa Bentley Eight vert foncé. Il revint jusqu'à la galerie et se gara devant afin qu'Edward puisse lui apporter les deux Johnson.

— Si Milo Kasabian téléphone, dites-lui qu'il peut me joindre à la campagne, fit-il. Et si Charlotte appelle, dites-lui que je serai là-bas dans cinq minutes pile, si la circulation le permet. (Il regarda des deux côtés de la rue.) Toujours aucun signe de votre mystérieuse Miss Vane ?

Edward secoua la tête.

— Vous pensez qu'il va neiger ? demanda Vincent.

— C'est mon anniversaire, la semaine prochaine, répondit Edward. Et il ne neige jamais avant mon anniversaire.

Vincent partit et Edward retourna dans la galerie. Il jeta un coup d'œil à sa montre. Encore une heure et il pourrait rentrer chez lui. Mais Vincent se faisait un devoir de respecter scrupuleusement les heures d'ouverture et de fermeture de la galerie, citant l'histoire du soir où Nubar Gulbenkian était entré à cinq heures moins une et lui avait demandé s'il était trop tard pour acheter un Thomas Hart Benton, *Suzanne et les vieillards*.

Edward traversa la galerie et entra dans la petite pièce attenante, servant de bureau, où il brancha la bouilloire électrique ; Vincent n'aimait pas les cafetières électriques. Sur un plateau posé sur le dessus du fichier métallique, il y avait une cafetière belge en cuivre et un pot en cuivre contenant du café Douwe Egberts.

Edward était assis à son bureau, en train de lire la biographie des James Thurber par Charles Holmes, lorsque la sonnette retentit. La sonnerie le fit sursauter, à tel point que cela lui laissa un goût salé dans la bouche. Il posa son livre et se dirigea vers la porte, tout en sortant les clés de la poche de sa veste. C'était elle, le visage pâle comme la première fois et emmitouflée dans son manteau de fourrure.

Il ouvrit la porte. Elle entra dans la galerie avec la souplesse d'un animal. Elle jeta un regard circulaire et demanda :

— Il est là ?

— Mr Pearson ? J'ai peur que vous ne l'ayez manqué de peu. Il devait se rendre à la campagne pour le week-end. Je pensais que vous viendriez plus tôt. Il est parti, oh, il y a une dizaine de minutes.

— Oh, quel dommage, dit la femme, bien que cette nouvelle la laissât visiblement indifférente. J'aurais été tellement contente de faire sa connaissance.

— Je suis désolé, fit Edward. Pourriez-vous revenir lundi ? Il sera là.

— Lui avez-vous parlé du Waldegrave ?

— Oui, certainement.

Elle s'approcha de lui, scrutant son visage aussi intensément que si elle lisait les pages d'un livre. A nouveau Edward sentit ce parfum étrange, de fleurs séchées, de chambres aux portes closes, de musc, et de sexe. Son souffle régulier agitait la fourrure sur le large col de son manteau.

— A-t-il admis qu'il *l'avait?* Le Waldegrave?

— Euh, oui, il l'a en sa possession, effectivement. Ce tableau appartient à sa famille depuis soixante-dix ans.

— Soixante-dix ans, oui, acquiesça-t-elle. Soixante-treize, pour être exact.

— Mais je... euh, je ne pense pas qu'il ait l'intention de le vendre.

La femme pressa le bout de ses doigts sur ses lèvres comme si elle avait peur de ce qu'elle pourrait dire. Puis elle se détourna.

— Je le lui ai demandé, reprit Edward.

— Et? s'enquit-elle sans se retourner.

— Il a dit que c'était comme un héritage de famille, et que le tableau n'était pas à vendre. En dehors de cela, le tableau n'est pas en très bon état. La peinture est en train de s'écailler. Apparemment, Mr Waldegrave était plutôt incompétent, en ce qui concerne le mélange de ses couleurs. Mr Pearson a dit qu'il ne donnait pas plus de deux ans à ce tableau, même en le faisant restaurer. Il a dit que vous dépenseriez inutilement votre argent, si vous voulez toute la vérité.

La femme le regarda fixement ; ses yeux ressemblaient à des miroirs dans la nuit.

— Deux ans? C'est ce qu'il a dit?

Edward eut une grimace embarrassée.

— Je suis désolé. Mais il a été catégorique sur ce point. Le tableau n'est pas à vendre.

— Vous lui avez dit que j'étais prête à payer comptant, quelle que soit la somme qu'il me demanderait? Lui avez-vous dit combien c'était important pour moi?

— Je suis désolé, répéta Edward.

Sybil Vane joignit les mains et tapota les bouts de ses doigts les uns contre les autres, l'air préoccupé. Puis elle prit conscience qu'Edward l'observait et elle sourit.

— Ah, très bien. S'il est impossible de persuader Mr Pearson de vendre le tableau, inutile d'insister, n'est-ce pas?

— Je peux vous montrer d'autres tableaux, si vous êtes intéressée, suggéra Edward.

Il se sentait bizarrement bouleversé d'avoir été obligé de la décevoir ; c'était comme s'il avait besoin de son approbation. Il ne voulait pas qu'elle sorte de la galerie en étant déçue et, par-dessus tout, en étant déçue par *lui.* Il n'arrivait pas à comprendre cette sensation, mais elle était suffisamment forte pour le rendre soucieux, d'une façon inhabituelle.

— Je recherche ce tableau-là depuis si longtemps, expliqua-t-elle, davantage pour elle-même que pour Edward. J'ai entrepris de reconstituer une collection de tableaux, vous comprenez, qui appartenaient jadis à ma famille. Il ne me reste plus que quelques tableaux à localiser ; onze ou douze, c'est tout. Mais le Waldegrave est le plus important à mes yeux. Je dois vous avouer, Monsieur... ? Elle s'interrompit et haussa un sourcil interrogateur.

— Merriam, lui dit Edward. Edward Merriam.

— Pas les Merriam de Norfolk ?

— Euh, non. Les Merriam de Rochester.

— Je vous demande pardon ?

— Je ne pense pas que vous les connaissiez, sourit Edward. Ils n'appartiennent pas à la haute société.

— Ah, dit-elle.

Puis elle leva la main vers lui. Il la prit, se demandant s'il était censé lui baiser la main. Ses doigts étaient froids et ils étaient ornés de suffisamment de bagues de diamants pour mettre en lambeaux le visage d'un homme, comme la griffe d'un ouistiti. Lorsqu'il la regarda, elle s'attendait qu'il le fasse. Aussi il posa légèrement ses lèvres sur la peau douce. La main d'une très jeune femme : pas de rides, pas de tavelures, pas de veines saillantes.

— Bien sûr, je ne m'appelle pas Sybil Vane, dit-elle. C'était une petite plaisanterie de ma part.

Edward ne dit rien mais la regarda, attendant qu'elle lui donne une explication. Il ne comprenait pas quelle sorte de plaisanterie cela pouvait être, une femme se présentant sous le nom de Sybil Vane, mais il s'aperçut qu'il était disposé à l'écouter. Peut-être était-ce une plaisanterie à l'adresse d'elle-même, une moquerie portant sur sa propre vanité.

— En réalité, je m'appelle Cordelia Gray. Si vous aviez trente ans de plus, vous auriez entendu parler des Gray. En ce temps-là, tout le monde en avait entendu parler. Mais nous sommes partis en Europe. En fait, nous y sommes restés plusieurs années. Il est tout à fait remarquable de constater avec quelle rapidité l'on vous oublie. Vous n'avez pas à avoir honte du fait que votre famille ne fait pas partie de la haute société. La haute société est un nid de serpents, à la mémoire aussi courte que leur queue.

— Je suis très content de vous connaître, dit Edward avec circonspection.

— Ma foi, Edward, fit-elle, ce plaisir est tout à fait réciproque.

— Depuis combien de temps êtes-vous revenue d'Europe ?

— Depuis moins d'un mois. Pour le moment, nous séjournons à Newport. Mais nous espérons retourner d'ici peu habiter notre demeure familiale dans le Connecticut. C'est pour cette raison que je m'efforce de retrouver les tableaux et les meubles qui nous appartenaient autrefois. Beaucoup de nos biens ont été dispersés lorsque nous avons dû partir.

— Reconstituer une collection d'objets d'art est un travail de longue haleine.

— En effet. Néanmoins, mes efforts ont été couronnés de succès, jusqu'à présent.

— Jusqu'à présent, mais le Waldegrave fait problème, fit remarquer Edward.

Cordelia acquiesça, écartant la fourrure de son visage d'un geste brusque.

— C'est vrai, le Waldegrave fait problème, admit-elle.

Il y eut un bref silence, rempli d'avances muettes. Lorsqu'ils parlèrent à nouveau, ils le firent en même temps et ils éclatèrent de rire.

— Je vous en prie, dit Edward. Après vous.

— Cela peut paraître audacieux de ma part, reprit-elle, mais je me demandais si vous accepteriez de m'aider.

— Vous voulez dire, à reconstituer votre collection de tableaux ?

Cordelia hocha la tête.

— Cela ne vous prendrait pas beaucoup de votre temps. Et cela n'affecterait en rien votre travail ici. Mais je vous paierais très bien pour ce travail de recherches, et peut-être pourriez-vous venir dans le Connecticut pour m'aider à accrocher tous ces tableaux et pour dresser le catalogue.

— C'est une offre très alléchante. Enfin, cela pourrait être amusant. Mais je vous préviens, je ne réussirai jamais à faire l'acquisition du Waldegrave pour vous. Cela ne peut pas faire partie de notre accord.

— Oh, naturellement, dit Cordelia. J'ai compris ce que Mr Pearson vous avait dit, et si le tableau est en mauvais état, de toute façon... eh bien, nous ferions mieux de ne plus y penser. Mais j'apprécierais énormément votre concours. Vous pensez que vous pourriez être intéressé par ma proposition ?

Edward hésita un instant, puis il lui adressa un signe de tête joyeux et affirmatif.

— Entendu. Je pense que cela me plairait énormément. Si vous me donniez une liste de votre collection, nous pourrions en discuter.

Cordelia consulta sa montre.

— Je dois partir à présent ; j'ai un rendez-vous. Mais êtes-vous en ville ce week-end ?

— Oui, très certainement.

— Etes-vous libre dimanche, à l'heure du déjeuner ?

Disons midi ? Il y a un petit restaurant dans la 60e Rue Est, *Les Images*. Je vous retrouverai là-bas.

— Très bien. Mais j'insiste pour être votre hôte.

Cordelia s'approcha et effleura le revers de la veste d'Edward, comme si elle pouvait lui transmettre une pensée supplémentaire du bout de ses doigts.

— Il n'en est pas question. C'est moi qui vous invite.

Edward resta à regarder fixement la porte longtemps après qu'elle fut partie. Il se sentait comme s'il avait bu trop de vin blanc sec : un goût aigre dans la bouche, un mal de tête insidieux. Il but une gorgée de café, mais il était froid à présent, et il fit une grimace de dégoût.

Sans aucun doute, la présence de Cordelia Gray avait un effet inhabituel sur lui : cela ne ressemblait à rien qu'il ait jamais éprouvé jusqu'à présent. Edward avait plongé en apnée seulement deux fois, mais c'était quasiment la même sensation. Les mineurs devaient ressentir quelque chose comme cela lorsqu'ils étaient asphyxiés peu à peu par le grisou. C'était seulement lorsqu'ils respiraient à nouveau de l'air frais qu'ils réalisaient qu'ils avaient été au bord de l'asphyxie.

Il brancha le système d'alarme et ferma la galerie, puis il resta un moment dans le renfoncement de la porte. La nuit était froide et bruyante, il y avait foule dans les rues, et les feux arrière des voitures qui passaient étaient noyés dans un lac d'asphalte humide. Il marcha jusqu'à la Cinquième Avenue, le col de son manteau relevé, les mains dans les poches. A un moment, il crut apercevoir, sur le trottoir d'en face, le visage de l'homme qui l'avait observé par la porte vitrée de la galerie, la veille, après le départ de Cordelia Gray. Un camion passa, s'interposant entre eux ; un instant plus tard, le visage avait disparu.

Edward héla un taxi. Trois passèrent près de lui, l'ignorant et faisant gicler de l'eau sur ses chaussures, puis un quatrième consentit à s'arrêter. Le chauffeur était un Portoricain au visage de saint qui donnait l'impression de planer depuis un bon moment. Santana faisait vibrer sa stéréo, *Samba Pa Ti*.

— Immeuble Wenthworth, dit Edward. 63e Rue et Dixième Avenue.

— Plus vite qu'une fusée, répondit le chauffeur de taxi.

Edward était cahoté sur la banquette arrière du taxi tandis que celui-ci se dirigeait vers l'ouest et traversait Central Park South ; il essaya de ne pas penser au déjeuner du lendemain. Après tout, c'était seulement une femme entre deux âges. Une femme entre deux âges appartenant à une famille collet monté du Connecticut, et tout ce qui l'intéressait c'était sa collection de tableaux. Alors pourquoi s'exciter ainsi ? Pourquoi penser à ses yeux, à ses mains douces et lisses, au léger bruissement d'une cuisse gainée de soie frottant contre l'autre ?

— 63e Rue et quoi, déjà ? hurla le chauffeur de taxi en se tournant vers lui.

5.

New Milford, 13 décembre

Ils sortirent de New York et roulèrent vers le nord, se dirigeant vers un soir aux ténèbres étouffantes. Vincent fut obligé d'allumer ses phares ; ils éclairèrent un monde futuriste, froid et hostile, de passages souterrains en béton, de pâtés de maisons lointains, d'arbres rabougris et de Thunderbird abandonnées et dépouillées de leurs roues.

Charlotte Clarke était assise à côté de lui, le bord de sa jupe Oleg Cassini relevé plus haut qu'il n'aurait dû l'être, révélant des jambes fuselées dans des collants gorge-de-pigeon. Elle fredonnait la musique de Vivaldi. Vincent passait toujours *les Quatre Saisons* lorsqu'il quittait New York et retournait dans le Connecticut. Il disait que cela préparait son esprit à revoir la campagne : de vrais arbres, des gens qui ne grognaient pas contre vous, des restaurants tranquilles au bord de la route et des champs de maïs rouge et jaune.

Charlotte rétorquait qu'il était prétentieux, mais Vincent ne s'en souciait pas vraiment.

Charlotte était la plus jeune femme travaillant au Metropolitan Museum d'Art Moderne. Et aussi la plus jolie, de loin. Vincent aurait accepté presque n'importe quoi de la part d'une femme possédant tous ces diplômes. Il aimait que ses compagnes soient intelligentes plutôt que belles. Lorsqu'elles étaient les deux à la fois, et c'était le cas de Charlotte, il appelait cela un « bonus céleste ».

Charlotte affirmait qu'il était arrogant et vieux jeu. Mais elle savait également qu'il était exceptionnellement bon et que, en dépit de ses airs autoritaires, il ne lui ferait jamais de peine.

Ses goûts en art étaient beaucoup trop modernes, de l'avis de Vincent. Elle aimait les taches de couleur sur des toiles immenses, et les entassements de briques et de vieilles baignoires, avec d'inexplicables crottes en émail tombant sur le côté. Mais physiquement, elle était exactement son genre de femme. Elle était grande, avait la silhouette d'un mannequin d'Eric Lagerfeld et une masse soyeuse de cheveux jaune paille. Ses yeux étaient d'un violet surprenant ; son visage avait la forme parfaite d'un cœur, avec le menton un peu mou et la bouche aux lèvres pleines et pâles d'une authentique Vierge de la Renaissance. La première fois qu'il l'avait rencontrée, Vincent l'avait appelée sa « Vénus », ce qui l'avait ennuyée mais également flattée. Pour qui se prenait-il, pour le Hugh Hefner de l'art? Pourtant ils étaient devenus amis dès l'instant où ils s'étaient serré la main, et ils déjeunaient fréquemment ensemble et ils passaient des week-ends tous les deux dans la maison de campagne de Vincent, à New Milford, Connecticut.

Néanmoins, ils n'étaient jamais devenus amants. Pour quelque raison, leur amitié étroite et profonde ne s'était jamais transformée en une liaison amoureuse.

Vincent sentait que c'était probablement parce qu'ils se ressemblaient beaucoup trop ; et tous deux avaient compris que si leurs relations devenaient physiques, leur amitié n'y survivrait pas. Ils s'embrassaient souvent. A New Milford ils partageaient le sauna et le jacuzzi, mais ils faisaient lit à part. Charlotte n'avait pas d'amant pour le moment, « le temps de souffler un peu », disait-elle, et s'intéressait beaucoup plus à son travail qu'aux hommes.

Vincent sortait de temps en temps avec une jeune

femme de vingt et un ans, Meggsy, attachée de presse dans une petite maison d'édition spécialisée dans les livres d'art. Meggsy adorait Meat Loaf, portait des lunettes design à verres teintés et des soutiens-gorge pigeonnants, et était beaucoup trop jeune pour lui. Elle était originaire d'Akron, Ohio. Vincent l'emmenait à des dîners prestigieux et à des vernissages uniquement pour mettre au supplice les membres plus âgés de *l'establishment* artistique de New York et pour exaspérer les homosexuels.

Ils traversaient la vallée du lac Taconic ; le ciel était aussi sombre qu'une couverture ramenée sur eux.

— Cette femme est-elle venue te voir ? demanda brusquement Charlotte.

— Quelle femme ?

— Tu sais. La femme qui voulait le Waldegrave.

Vincent lui jeta un regard, lorgnant ses genoux luisant de nylon, et répondit :

— Non. Des paroles en l'air, c'est tout. Exactement comme ces provinciaux qui restent vingt minutes en contemplation devant un Monet, te demandent combien il coûte et qui promettent de revenir le lendemain matin avec un chèque certifié.

— Cela semble bizarre, fit Charlotte.

— Quoi donc ?

— Eh bien, si tu veux faire de l'épate dans une galerie, tu ne demandes pas un Waldegrave, non ? C'est comme d'entrer chez Sardi's pour commander un sandwich au thon.

— Oui, je ne sais pas, avoua Vincent. (Les lumières du tableau de bord se reflétaient sur son visage, lui donnant une étrange teinte verdâtre.) Peut-être était-ce un très grave cas de snobisme à rebours.

Charlotte sourit.

— Cela me paraît vraiment curieux qu'elle tienne tellement à acheter ce tableau.

— Il y a bien un type à Houston qui collectionne les pneus usagés. Waldegrave avait ses admirateurs. Un jour la reine Victoria lui a demandé de peindre un paysage, la vue que l'on avait depuis sa bibliothèque à Osborne.

— Et il l'a fait?

Vincent secoua la tête.

— Il est mort environ trois mois plus tard. Il s'est noyé, autant que je m'en souvienne.

— Pauvre Walter Waldegrave.

— Dieu l'a sans doute puni pour avoir peint des tableaux aussi médiocres.

Charlotte demeura silencieuse un moment. Ils passèrent devant un panneau jaune indiquant « Danbury, population : 54 900 ». Puis devant le champ de foire de Danbury, sur leur droite, suivi d'entrepôts, de maisons de banlieue et de rangées de bus scolaires.

— Pourquoi ne le vends-tu pas? demanda Charlotte.

— Le Waldegrave? Je ne *veux* pas le vendre, c'est tout.

— Tu ne crois pas vraiment qu'il protège ta famille? Comment le pourrait-il?

Vincent fit une grimace.

— Je ne sais pas. Mais si ta grand-mère t'avait donné quelque chose — une bague, disons, ou un collier — et qu'elle t'ait fait promettre de ne jamais t'en débarrasser parce que cela te porterait malheur, à toi et à tes enfants, si tu le vendais, eh bien, que ferais-tu?

Charlotte haussa les épaules.

— Je le garderais, je suppose. Mais pas par superstition. Je le garderais par amour et respect, et en souvenir de ma grand-mère. Non pas qu'elle *m'ait* donné quoi que ce soit.

— C'est ce que je fais, lui dit Vincent. Je garde le Waldegrave par amour et respect, et aussi parce que je n'aime pas vendre une peinture médiocre. Ce qu'est le Waldegrave. C'est un très mauvais tableau. Mal composé, mal peint et il tombe en morceaux sous tes yeux. Je ne le vendrai à personne, même si l'on m'offrait une fortune.

— Mais pourquoi ton grand-père désirait-il le garder, si ce tableau est aussi médiocre ?

— Je n'en ai pas la moindre idée.

— Mais ton grand-père était un très bon marchand de tableaux, n'est-ce pas ? Enfin, c'est bien lui qui a mis sur pied l'affaire familiale ?

— C'est exact.

— Alors pourquoi voulait-il garder un tableau aussi médiocre que le Waldegrave, à moins qu'il n'ait eu une raison particulière ?

— Charlotte, fit Vincent avec quelque humeur, je n'en sais vraiment rien.

— Mais ton *père* ne te l'a jamais dit ? Il devait savoir.

— Mon père était trop occupé à parcourir l'Europe et à prendre du bon temps avec des actrices connues et de temps en temps célèbres.

— Est-ce ce que Thomas dit de toi ?

— Bien sûr que non, répliqua Vincent. Tu n'es pas une actrice, et tu n'es pas célèbre. Et tu ne viens pas d'Europe.

— Je continue de trouver cela étrange, cette femme désirant le Waldegrave avec un tel acharnement. Et je continue de trouver étrange le fait que tu ne veuilles pas le lui vendre.

— Je suis un homme intègre, dit-il à moitié en plaisantant.

Charlotte tendit le bras et lui effleura la joue, puis les lèvres.

— Est-ce pour cette raison que tu ne fais pas l'amour avec moi ?

Ils prirent la Route 7, vers le nord, traversèrent Brookfield et arrivèrent finalement à New Milford : une petite ville coloniale bâtie sur le versant d'une colline dominant la pointe nord du lac Lillinonah. Il y avait la place du village, une taverne, les bureaux à la façade prétentieuse du journal local, la New Milford Savings Bank et une église peinte en blanc avec une girouette. Au centre de la pelouse, sur la place, il y avait même un canon datant de 1775, un kiosque à musique et, sur le pourtour, des rangées de bancs où les habitants les plus âgés aimaient s'asseoir les jours d'automne et regarder les feuilles cramoisies voleter et se déposer à leurs pieds.

Charlotte l'appelait la « Région des Femmes de Stepford »[1] et affirmait que tout homme vivant ici était soit un vieillard cacochyme soit un sale phallocrate, et chaque femme un robot domestiqué.

Vincent, quoi qu'il pensât de cette définition, se sentait chez lui. Parce que cinq miles plus loin, en haut d'une route sinueuse, se dressait l'immense demeure familiale, appelée Candlemas, le siège rural des Pearson ; et même s'il vivait la plupart du temps à New York, à Londres et à Los Angeles, Vincent ressentait toujours le besoin de revenir à Candlemas, sinon pour se reposer et se détendre, du moins pour rendre hommage à ses origines. Son arrière-grand-père avait vécu et était mort ici ; son grand-père avait vécu et était mort ici ; son père avait vécu ici et était mort à Omaha Beach. Lui-même était né ici, le jour où la Grande-Bretagne avait déclaré la guerre à l'Allemagne.

Ils franchirent le grand portail ; les chaînes avaient été ôtées et les grilles en fer forgé ouvertes, en prévision de la venue de Vincent. La maison se trouvait au bout d'une longue allée de gravier, éclairée par des lanternes de coche aux globes en verre. Des lumières brillaient aux fenêtres du rez-de-chaussée, et une fumée de bois odoriférante s'élevait des cheminées. Vincent avait téléphoné à Mrs Miller deux heures avant de quitter New York, et lui avait demandé d'aérer la maison et d'allumer les feux. Mrs Miller et son fils infirme, Ben, demeuraient un demi-mile plus loin, en direction de New Milford, dans ce qui avait été autrefois un restaurant, à l'époque des années vingt. Ben rouspétait toujours que sa mère avait suffisamment de travail comme ça, à laver les sols au supermarché de New Milford, sans en plus « trimer » pour les Pearson. Mais Mrs Miller avait « fait le mé-

1. Allusion au roman d'Ira Levin (NdT).

nage » chez les Pearson durant presque trente-cinq ans, et elle avait le sentiment que Candlemas et la famille Pearson lui appartenaient de droit et de devoir. Elle n'aurait jamais pu supporter l'idée de Harriet Whitney lavant les vitres pour Mr Pearson, ou de Betty Elsmore farfouillant dans « son » armoire à linge.

Mrs Miller apparut à la porte de devant dès que Vincent freina et gara la Bentley dans l'allée. C'était une femme de petite taille — sérieuse, portant des lunettes, aux allures de martyre — avec des cheveux blancs se clairsemant et une drôle de façon de se tapoter l'épaule gauche tandis qu'elle parlait, comme pour s'assurer qu'elle était toujours là.

— Bien, bien, juste à l'heure, dit-elle comme Vincent portait les valises dans le vestibule. Mais quelle journée sinistre, n'est-ce pas? J'ai préparé du faux filet à votre intention. Il devrait être prêt dans une demi-heure.

— Mrs Miller, vous serez récompensée au ciel, dit Vincent, posant les valises à côté de l'énorme buffet colonial. J'en toucherai un mot à l'archange Gabriel en personne.

Mrs Miller lui adressa un sourire flatté mais déconcerté. Elle désapprouvait les blasphèmes. N'avait-elle pas suffisamment prié pour que Ben retrouve l'usage de ses jambes? N'avait-elle pas aspergé ses genoux atrophiés avec de l'eau rapportée de Lourdes? N'avait-elle pas assez supporté la colère et la frustration de Ben? Et à présent s'entendre dire comme une plaisanterie qu'elle aurait une place au paradis. Eh bien, le jeune Mr Pearson n'était pas la moitié de ce que son père avait été.

— La maison semble très agréable, dit Charlotte.

Mrs Miller renifla, s'efforçant de ne pas montrer qu'elle était ravie.

— Il y a du faux filet et des *champignons des bois*, reprit-elle.

Il n'y avait pas le moindre soupçon d'accent français dans la façon dont elle dit *Cham Pig Nons Des Boys*.

C'était écrit comme ça sur le carton au supermarché et c'était comme ça qu'elle le prononçait.

Mrs Miller préférait Charlotte à toutes les autres « visiteuses » de Vincent, comme elle les appelait. Charlotte était la seule à dormir effectivement dans la chambre d'ami qui était préparée pour elle... avec savon, draps, lotion, absolument tout. Les autres faisaient seulement semblant de l'occuper, et Mrs Miller savait très bien qu'elles dormaient avec Vincent dans le lit à colonnes de la grande chambre de maître donnant sur le jardin. En ce qui la concernait, la chambre de maître était la « chambre à coucher conjugale », et l'avait toujours été. Mrs Pearson avait dormi seule dans cette chambre durant vingt ans, après la mort de son mari. Et forniquer dans ce lit ressemblait à un sacrilège, un lit qui avait connu tellement de bonheur et de chagrin.

— Comment va Ben? demanda Vincent, en entrant dans la grande salle de séjour à plafond bas. (Un feu de bois crépitait joyeusement dans l'âtre, et les rideaux de velours vert avaient été tirés.) Charlotte, tu veux boire quelque chose?

— Ben n'est pas un garçon heureux, répondit Mrs Miller en retirant son tablier. Il dit que les navettes spatiales ont un effet néfaste sur ses jambes, sans parler de ses rythmes alfafa.

— Rythmes alpha, la reprit Charlotte prudemment.

— C'est bien ce que j'ai dit, admit Mrs Miller. Il dit que nous avons tous des rythmes alfalfa différents; certains sont perturbés et d'autres ne le sont pas.

Vincent posa une main sur l'épaule de Mrs Miller.

— Si je peux faire quelque chose pour lui...

— Le docteur lui donne des comprimés pour ça, répondit Mrs Miller.

Vincent savait qu'elle désapprouvait toute médication, particulièrement l'emploi de placebos. Si le docteur donnait des placebos à Ben, cela voudrait dire que l'invalide avait le cerveau détraqué, et Mrs Miller refusait absolument d'admettre que son fils avait le cerveau détraqué. Il était infirme ; il était très agité. Mais il n'avait certainement pas le cerveau détraqué. Toutes ces fois où il jurait et sacrait, toutes ces fois où, assis dans son fauteuil roulant, il hurlait et maudissait son sort... Mrs Miller pouvait les accepter, tant que son fils n'avait pas le cerveau détraqué.

— Ce sont les navettes spatiales, insista-t-elle. La façon dont elles affectent l'atmosphère... cela le déprime.

— Pourriez-vous venir lundi et faire le ménage ? demanda Vincent, posant doucement sa main sur le dos de Mrs Miller.

— Oui, bien sûr, répondit-elle. Je peux aussi m'occuper du petit déjeuner, si vous le désirez.

Vincent secoua la tête.

— Nous devons rentrer à New York de très bonne heure. Vous savez ce que c'est. Les affaires... le temps c'est de l'argent !

— Je me souviens de votre père, dit Mrs Miller.

Elle n'avait pas besoin de dire autre chose. Vincent se souvenait de lui, également, bien que, en grande partie, à l'aide de photographies et de films d'amateur en noir et blanc, et des histoires que sa mère lui avait racontées. Il y avait six ans de cela, durant un voyage en Europe, Vincent était allé à Omaha Beach ; avec de l'eau jusqu'à hauteur du genou, il avait alors compris que son père était parti pour toujours. Jusqu'à la fin de ses jours, son père lui manquerait. Ainsi qu'à Mrs Miller. D'une certaine façon, elle s'était attendue que le monde soit différent après la Seconde Guerre mondiale. Ressemblant plus à *When A Girl Marries* qu'à *Peyton Place.*

Après que Mrs Miller fut partie dans sa vieille Rambler beige, Vincent revint dans la salle de séjour et remplit deux grands verres de whiskey Jameson's pour Charlotte et pour lui-même. Il s'assit près du feu et leva son verre pour porter un toast.

— A notre santé. Et puissent les navettes spatiales laisser en paix ce pauvre Ben Miller. Particulièrement ses rythmes alfafa.

— Pauvre femme, fit remarquer Charlotte.

— Ce n'est pas une aussi pauvre femme qu'elle aimerait te le faire croire. Elle recherche la compassion, c'est tout.

— C'était très gentil de sa part de nous préparer à dîner, reprit Charlotte, se pelotonnant sur le canapé.

Vincent but une gorgée de whiskey et haussa les épaules.

— Elle agit ainsi uniquement pour avoir l'impression qu'elle s'occupe de tout ici. Je suis persuadé qu'elle n'a jamais pardonné à ma mère de mourir et de me permettre d'hériter cette maison.

— Oh, ne sois pas aussi dur avec elle. Comment peux-tu dire cela?

— Je peux le dire parce que c'est vrai. Mais c'est une excellente ménagère, alors qui s'en plaindrait?

Ils allèrent au premier étage pour prendre une douche et se changer. Ils partageaient la salle de bains sans la moindre gêne, bien que, lorsqu'ils étaient nus, ils fussent plus conscients de l'accord tacite auquel ils étaient parvenus. Vincent se rasait, debout devant le miroir, avec seulement une grande serviette de bain nouée autour des reins. Charlotte se déshabilla, pliant soigneusement ses vêtements et les posant sur la chaise noire en *papier mâché*. Elle avait des seins menus, était « mince comme un fil » de l'avis de Vincent, mais d'une minceur élégante. Ses mamelons étaient rouge foncé, de la couleur des prunes ; sa peau était encore légèrement bronzée — elle avait passé ses vacances de septembre dans le Colorado — et ses poils pubiens se dressaient comme une houppette duveteuse.

Vincent mit une chemise de soie crème Pierre Cardin et un pantalon italien gris. C'était l'idée qu'il se faisait d'une tenue « décontractée ». Charlotte portait une robe en cachemire de Geoffrey Beene, retenue à la taille par une fine ceinture en cuir. Vincent l'embrassa sur la joue et dit:

— L'image même du chic!

Charlotte lui rendit son baiser.

— Je ne pouvais tout de même pas faire honte à ta sacro-sainte demeure ancestrale en mettant mes jeans et mon T-shirt « Fruit-of-the-Loom ».

Ils retournèrent au rez-de-chaussée pour mettre un disque et finir leur verre. Ils s'apprêtaient à aller dans la cuisine pour s'occuper du dîner lorsque la sonnerie du téléphone retentit. Charlotte décrocha le combiné puis le tendit à Vincent.

— C'est pour toi. C'est Mrs Miller.

— Mrs Miller? fit Vincent, se levant pour démêler le fil du téléphone.

— Oh, Mr Pearson. Je ne voulais pas vous déranger, mais c'est Ben.

— Que se passe-t-il, Mrs Miller?

— Il allait très bien lorsque je suis rentrée à la maison. Il était tout à fait calme. Il avait son dîner TV et regardait le *Dean Martin Comedy Hour*. Et puis il a renversé son dîner sur lui-même et par terre, et il se comporte d'une façon si *étrange*, Mr Pearson, si *étrange!* Je ne sais pas quoi faire.

— Avez-vous appelé le docteur?

— J'ai laissé un message sur son répondeur. Je lui ai dit que c'était urgent.

— Bon, écoutez-moi, Mrs Miller, dit Vincent d'un ton rassurant. J'arrive tout de suite. Il ne présente pas de troubles respiratoires? Vous n'avez pas l'impression qu'il étouffe?

— Il se comporte étrangement, c'est tout. Je suis incapable de vous expliquer.

— Tenez bon, Mrs Miller. J'arrive dans un instant.

Il raccrocha.

— Qu'est-ce qui ne va pas? demanda Charlotte. Elle avait l'air affolée.

— Elle dit que Ben se comporte étrangement. Je ferais mieux d'aller là-bas et de voir ce qui se passe.

— Tu veux que je t'accompagne?

Vincent alla jusqu'à la commode dans l'entrée, ouvrit

le profond tiroir au milieu et en sortit l'un des gros chandails Arran qui étaient toujours rangés là, au cas où un invité pour le week-end aurait envie de faire une promenade à pied. Il le fit passer par-dessus sa tête et l'enfila, puis il dit :

— Je n'en ai pas pour très longtemps. Commence donc à dîner. Il y a une caisse de *Beaune* dans le placard à côté du garde-manger ; débouche une bouteille et sers-toi un verre.

— Les Femmes de Stepford frappent à nouveau, se plaignit Charlotte. Mais qu'y a-t-il donc au Connecticut pour que des hommes gentils et parfaitement sains d'esprit se transforment en des rustres tyrannisant les femmes ?

Vincent l'embrassa, puis se dirigea vers l'allée et monta dans la Bentley. Ses cheveux étaient encore légèrement humides, après sa douche, et son cuir chevelu le picotait en raison du froid. Il franchit le portail et descendit vers la route principale.

Il mit la radio et écouta la fin du bulletin d'information : « ...a annoncé qu'un deuxième corps, découvert en fin d'après-midi dans un égout pluvial à Oyster River Point, avait été mutilé exactement de la même façon et qu'il y avait toutes les raisons de croire que l'auteur de ces deux crimes était une seule et même personne... ».

Il éteignit la radio. Sur sa gauche, à côté d'un petit parc pour caravanes vétuste et d'un poste d'essence, séparée de la route par une palissade dont la peinture s'écaillait, il y avait l'ancien restaurant où Mrs Miller avait habité depuis ces onze dernières années, après l'accident survenu à Ben. Les phares de la Bentley éclairèrent la façade en planches délabrée, la petite cour envahie par les mauvaises herbes, les tables et les chaises rouillées qui étaient restées à la même place depuis la fermeture du restaurant. Il y avait toujours une enseigne décolorée au-dessus de la porte, avec l'inscription « La Marmite » en lettres gothiques.

Vincent gara la Bentley et descendit. Un chien aboyait

près du parc de stationnement. Dans la caravane la plus proche, quelqu'un regardait la télévision, le volume sonore mis sur « cataclysmique ». Probablement Mr Dunfey ; Vincent l'avait croisé un jour. Sourd comme un pot, mais refusant de l'admettre.

Il gravit les marches en bois inégales et frappa à la porte. Mrs Miller vint lui ouvrir presque immédiatement ; elle portait un grand tablier à fleurs et semblait très pâle et très inquiète.

— Je vous suis tellement reconnaissante d'être venu, lui dit-elle. Le docteur a appelé, il y a une minute à peine. Il était à Washington, une visite ; il va venir dès que possible.

Vincent entra. La maison était encombrée de meubles bon marché, les murs tapissés de papier peint à bandes Régence rouge et blanc. Il y avait une odeur de moisi, commune à toutes les vieilles maisons, à laquelle se mêlaient des effluves plus aigres de nourriture, de fumée de cigarette et de liniment pour escarres. Des rampes pour fauteuil roulant avaient été installées sur les marches qui descendaient vers la cuisine et celles qui montaient vers la salle de séjour. La porte du cabinet de toilette au rez-de-chaussée était entrouverte, et Vincent aperçut les poignées en chrome installées à l'intention de Ben Miller.

— Il est là, dit Mrs Miller. Il ne va pas mieux. Il a vomi, il y a quelques instants. J'ai eu peur qu'il ne s'étouffe.

Ben Miller était assis dans un fauteuil roulant, au milieu de la salle de séjour, la tête rejetée en arrière, le cou enflé. La pièce empestait le vomi, une odeur suffocante ; une bassine en plastique était posée sur le plancher, remplie d'une eau blanchâtre.

Ben aurait bientôt vingt-sept ans, mais onze années dans un fauteuil roulant lui avaient donné l'apparence d'un enfant gros et difforme. Ses cheveux étaient hérissés et ébouriffés, il était mal rasé, et il avait perdu la plupart de ses dents de devant à force de manger continuellement des sucreries. Pour le moment, il avait les yeux fermés et émettait des grognements rauques.

— Il a été comme ça tout le temps? demanda Vincent.

Mrs Miller tordit son tablier dans ses mains.

— Il n'ouvre pas les yeux, mais il n'arrête pas de parler et de dire des choses. Je ne comprends pas ce qu'il dit. De temps en temps, il donne des coups de poing dans le vide. Mr Pearson, je ne sais pas quoi faire pour le calmer. Je ne sais pas ce qu'il a.

Vincent s'approcha prudemment et regarda Ben plus attentivement. L'invalide marmottait, secouant la tête par instants. Ses yeux papillotaient sous ses paupières comme s'il faisait un cauchemar.

— Ben? dit Vincent en touchant son épaule. Ben? Est-ce que tu m'entends? C'est Vincent Pearson.

Brusquement Ben lança son bras en avant, frappant sauvagement dans le vide, en un mouvement si violent qu'il faillit basculer de son fauteuil. Vincent le retint par les épaules, mais Ben se contorsionna et se libéra, puis il se pencha en avant et voûta les épaules, sa tête enfouie sous ses mains.

— Ils *gah!* marmonna-t-il. Ils *gah!* Ils *gah!*

— Ben! Je t'en prie! C'est Maman! implora Mrs Miller. (Elle s'agenouilla près de lui, essayant d'écarter ses doigts entrelacés et de lui relever la tête.) Ben, écoute-moi; personne ne te veut de mal. Il ne t'arrivera rien.

— Ils *gah!* Ils *gah-gah!* répéta-t-il d'une voix étouffée.

— Aidez-moi à lui soulever la tête, dit Vincent.

Il saisit les poignets de Ben et, petit à petit, utilisant presque toute sa force, il parvint à lui desserrer les doigts et à lui faire lâcher prise. Puis il plaqua sa cuisse contre le dossier du fauteuil et redressa Ben vers une position assise.

Le visage de Ben était empourpré et convulsé; la langue lui sortait de la bouche, il roulait des yeux, l'air hagard.

— Ben, pleurait sa mère. Ben.

— Ils *gah,* ils *gah,* bredouilla-t-il, se contorsionnant sur sa chaise et s'agrippant à la robe de sa mère.

— Ben, Ben, Ben, murmura Mrs Miller, des larmes coulant sur ses joues.

Elle leva les yeux vers Vincent ; sa détresse était si grande qu'elle ne pouvait pas parler. Vincent continuait de maintenir Ben, lui emprisonnant le torse aussi fermement qu'il le pouvait, mais Ben frissonnait et se débattait avec une telle violence qu'il était quasiment impossible de l'empêcher de glisser progressivement et de s'affaisser sur son fauteuil. Ses jambes maigres et paralysées étaient repliées sous son corps obèse, ressemblant à des cintres brisés.

Pendant presque cinq minutes, Vincent et Mrs Miller le maintinrent tant bien que mal, sans dire un mot, tandis qu'il luttait contre des démons que personne d'autre ne pouvait voir.

— Ils *gu*... ils *gah*... ils *gah!*

— Ben, sanglotait sa mère.

Il tourna brusquement la tête de coté et la regarda fixement, en proie à une fureur catatonique.

— Ils sont revenus ! écuma-t-il. Ils sont revenus ! Ils sont *revenuuuuus!*

Sa voix donna l'impression qu'il s'arrachait des lambeaux de chair au fond de la gorge.

— Que *dit-il?* gémit Mrs Miller à l'adresse de Vincent. Par pitié, que dit-il ?

— Ils sont revenus, ils sont revenus, ils sont revenus ! cria Ben d'une voix de fausset. (Ses mains martelaient furieusement les accoudoirs du fauteuil.) Oh, mon Dieu, protégez-moi, ils sont revenus ! Ne les laissez pas me prendre ! Je t'en supplie, maman, empêche-les de me prendre !

Il rejeta soudainement sa tête en arrière, et sa colonne vertébrale se bloqua en une courbe rigide, tellement rigide que Vincent fut incapable de le redresser. Ben serra les dents jusqu'à ce que du sang coule des commissures de ses lèvres ; son corps se mit à frissonner comme s'il était à la limite de la combustion spontanée. Il y eut un moment de convulsion extrême ; puis il commença à secouer frénétiquement la tête, d'un côté et de l'autre, de plus en plus vite, projetant autour de lui du sang et de la bave tel un chien enragé.

— Oh, maman, j'ai si peur ! Oh, maman, oh, Seigneur, *j'ai si peur !*

Puis, d'une façon pitoyable, il urina : une fontaine affaiblie qui traversa son pantalon de survêtement gris et coula sur ses cuisses.

Finalement ses tremblements commencèrent à s'atténuer. Au bout d'un moment, il tomba dans un coma léger, agité ; ses paupières clignotaient, ses muscles tressautaient, sa respiration était sifflante, laborieuse et intermittente.

Précautionneusement, Vincent le relâcha et s'écarta. Mrs Miller se releva et resta immobile, regardant son fils avec perplexité et angoisse. De temps en temps, Ben agitait l'un de ses bras et grommelait d'une façon inintelligible. Quels que fussent les fantômes qui le poursuivaient dans les couloirs obscurs de son esprit inconscient, ils étaient terrifiants et impitoyables, et ils ne le laisseraient pas s'échapper.

— Ils *gah...*, marmotta-t-il.

Vincent aida Mrs Miller à porter le corps inerte jusqu'à la chambre à coucher, de l'autre côté du couloir. Il y avait un lit étroit avec une courtepointe de candlewick jaune, un bureau et une table de chevet sur laquelle était posée une lampe ornée d'un abat-jour à franges. A côté du lit, il y avait une pile de numéros récents de *Playboy*. Mrs Miller avait beau être pudique et très pieuse, elle ne pouvait guère refuser à son fils paralysé de regarder ce qu'il ne connaîtrait jamais, en raison de son accident.

Il était monté sur le toit de la maison des Parket et clouait des bardeaux. L'échelle avait glissé, et il était tombé comme un nageur, la tête la première, bras tendus, droit sur le trottoir en ciment. Les chirurgiens avaient été certains qu'il allait mourir. Il avait souvent dit à sa mère qu'il aurait dû mourir. Il lui avait également dit qu'il aurait préféré avoir des lésions encore plus graves ; ainsi il aurait pu passer le restant de sa vie à contempler béatement le plafond, inconscient de tout ce qu'il ratait... tous les plaisirs dont il était frustré.

Ils l'étendirent sur le lit. Mrs Miller tremblait, mais elle déboutonna les poignets de son corsage, retroussa ses manches et entreprit d'ôter à Ben son pantalon de survêtement afin de pouvoir le laver. Vincent l'aida. Il savait qu'elle avait besoin de faire quelque chose de prosaïque et de terre à terre afin de retrouver son calme. Elle alla chercher une cuvette d'eau savonneuse et un gant de toilette, puis frotta et nettoya les jambes décharnées et paralysées de Ben avec la dextérité de quelqu'un qui a fait cela de nombreuses fois auparavant.

— Il a eu un tas d'accès de frayeur depuis son accident, dit-elle. Il n'en avait jamais eu auparavant ; seulement des peurs enfantines, comme du croque-mitaine et des loups cachés dans l'armoire. Mais depuis son accident, il en a toujours eu.

— Mais pas des frayeurs aussi intenses que celle-là ?

— Non, jamais.

Vincent l'aida à glisser les jambes de Ben dans un pantalon de pyjama propre. Elle ramena la couverture sur lui et posa une main tremblante sur son front pour voir s'il était fiévreux.

— Il ne semble pas trop mal à présent. On dirait qu'il s'est calmé.

Vincent observa Ben assoupi.

— Quel genre de frayeurs ? s'enquit-il.

— Cela ressemble à des cauchemars, sauf qu'il est éveillé. Certains ont un rapport avec ses efforts impuissants pour marcher, bien sûr. Mais il y en a d'autres. Des choses vraiment étranges qu'il est incapable de m'expliquer. Et certaines sont si terrifiantes qu'il est obligé de rester assis dans son fauteuil roulant toute la nuit, parce qu'il a peur de se rendormir au cas où le cauchemar reviendrait et s'emparerait de lui alors qu'il ne peut pas se défendre.

— Que pense le docteur de ces cauchemars?

Mrs Miller prit la cuvette d'eau.

— Je crois que nous pouvons le laisser maintenant, dit-elle. Il doit être épuisé après tous ces cris et ces contorsions.

Vincent la suivit dans la cuisine. Elle vida la cuvette dans l'évier, puis rinça l'évier avec de l'eau chaude.

Elle déclara, tout en fermant le robinet:

— Le docteur m'a dit que les gens qui réchappent à la mort de peu — ce qui est arrivé à Ben lorsqu'il est tombé de ce toit — eh bien, ils acquièrent parfois une sorte de seconde vue. Vous comprenez ce que je veux dire? Parce qu'ils sont effectivement morts, parce qu'ils sont allés effectivement au-delà de la fin de leur vie, ils ont vu à quoi cela ressemble vraiment lorsque vous mourez.

Vincent la regarda un moment.

— Et c'est ce qui leur donne ces cauchemars à l'état de veille?

— Il semblerait. On ne peut pas le savoir avec certitude. Vous devez mourir vous-même pour le savoir avec certitude.

— Dites-moi, cela ne semble pas être une publicité très encourageante pour l'au-delà.

— Non, non, fit Mrs Miller. Ce n'est pas l'au-delà lui-même qui leur donne ces frayeurs. Le Dr Serling dit que la plupart des malades qui sortent d'un coma profond se mettent à pleurer parce qu'ils n'ont pas réussi à rester de l'autre côté, et ils passent le restant de leur vie à attendre la mort avec impatience parce qu'ils ont vu par eux-mêmes combien c'était beau.

— Qu'est-ce qui leur donne ces frayeurs, alors?

Mrs Miller essuya le plateau de la table de cuisine, d'un air affairé.

— Ce qui leur donne ces frayeurs, c'est ce qu'ils ont appris sur le monde et sur ce qu'il renferme. Voilà ce qui leur fait si peur.

— Je ne comprends pas.

— Ma foi, vous n'êtes pas le seul, soupira Mrs Miller.

— Ben vous a-t-il décrit ces frayeurs?

Elle secoua la tête.

— Il dit qu'il ne peut pas. Il dit qu'il ne veut pas. Mais je me souviens qu'une nuit, il y a deux ans environ, il a eu l'une de ces crises, très violente. Il ne pouvait pas dormir, ou plutôt il ne *voulait* pas dormir, et il a supplié le docteur de lui donner de la benzédrine afin de rester éveillé. Je lui ai demandé ce qui n'allait pas, et il a répondu que c'étaient à la fois des cauchemars et des rêves éveillés, sauf que cela ne ressemblait pas du tout à des rêves ; ils semblaient réels. Et, en même temps, ils n'étaient pas vraiment réels.

Elle marqua un temps d'arrêt, s'essuyant lentement les mains sur son tablier, puis poursuivit :

— Il m'a dit que c'était comme de voir le monde pour la première fois. Il m'a dit : « Maman, il y a tellement de mal dans le monde, et les gens passent à côté sans le voir comme s'il était invisible. » Il a dit que son accident lui avait donné des lunettes spéciales, si vous comprenez ce que je veux dire. Avant l'accident, il pouvait s'asseoir dans une pièce et celle-ci semblait remplie d'amis. Mais après l'accident, il pouvait voir qu'il y avait également des démons dans la pièce, et des gens habités par le mal, et des esprits tellement lubriques qu'il refusait de les décrire à quiconque. Et pourtant tous ses amis étaient tranquillement assis, comme s'ils ne voyaient rien du tout.

Ils entendirent une voiture au-dehors, puis une portière claqua.

— C'est certainement le Dr Serling, dit Vincent.

Mrs Miller le prit par le bras.

— Vous savez, Mr Pearson, parfois je me montre un peu vive avec vous, ne m'en veuillez pas.

Vincent lui tapota la main.

— Ne vous en faites donc pas pour ça, Mrs Miller. Vous êtes la meilleure ménagère du comté de Litchfield. Et probablement de tout cet État.

— Et merci encore d'être venu aussi vite pour m'aider, lui dit-elle. Une chose encore, toutes ces histoires sur les lunettes spéciales, les démons et le reste, je vous en prie, ne le répétez surtout pas. Ben a suffisamment de mal comme ça à se faire des amis par ici. Si on pensait que c'est un détraqué, en plus d'être un infirme... eh bien, sans aucun doute il perdrait les deux ou trois amis qu'il a.

On frappa à la porte de devant.

— Je ne le répéterai pas, promit Vincent. (Il l'embrassa sur la joue.) A présent je ferais mieux de laisser la place au Dr Serling, et vous devez vous reposer. De plus, il y a du faux filet qui m'attend à la maison. Mais si jamais vous avez besoin de quelque chose, durant la nuit, n'hésitez pas à m'appeler.

— Que Dieu vous bénisse, dit Mrs Miller.

C'étaient de simples mots de remerciements, et pourtant il y avait une inflexion inhabituelle dans sa voix, ce qui amena Vincent, tandis qu'il repartait, à se regarder dans le rétroviseur en fronçant les sourcils.

— Que *Dieu* vous bénisse, avait-elle dit.

Comme si elle essayait de s'assurer qu'il n'était pas béni par quelqu'un ou par quelque chose d'autre.

6.

West Haven, 13 décembre

Le capitaine Hoskins le conduisit vers la morgue, son énorme derrière remuant activement, un pan de sa chemise chiffonnée dépassant de son pantalon.

— J'ai pensé tout d'abord à un chirurgien, dit-il. L'un de vos refaçonneurs de nichons de première classe devenu dingo. Ça arrive, vous savez. Tous ces types travaillent dans un tel stress, ils en viennent à considérer le corps humain avec mépris, vous voyez ce que je veux dire ? Lorsque vous et moi regardons une voiture, nous voyons l'extérieur brillant, mais que voit un mécanicien ? Il voit de la rouille et de la crasse, des fils et de la ferraille, et c'est la façon dont ces chirurgiens voient le corps humain.

Jack Smith suivait en silence le capitaine Hoskins dans le long couloir au parquet ciré, la tête penchée, sous l'effet de la frustration. Un cadavre écorché par semaine, en ce qui le concernait, c'était largement suffisant. Et la police de New Haven venait d'en découvrir un autre, sur la plage, et, d'après les premières descriptions données par le capitaine Hoskins, cela paraissait encore pis que le corps qu'ils avaient repêché dans le lac de Nepaug. Qui pis est, il n'était même pas capable de proposer au capitaine Hoskins la moindre hypothèse sérieuse sur celui qui avait tué et écorché ces personnes.

Il avait été incapable de trouver un quelconque indice

au lac de Nepaug ; pas d'empreintes de pas, pas de traces de pneus, pas de fibres de vêtement, pas de gouttes de sang. Personne ne s'était présenté pour dire qu'il avait été témoin de quelque chose de bizarre ; pas de bossus traînant des sacs par une nuit sombre ; pas de cris ; pas de mystérieuses limousines noires.

Mais quelqu'un avait fait monter dans sa voiture un jeune homme de vingt-trois ans, inscrit à l'Université du Connecticut à Storrs, un étudiant dénommé Karl Madsen, alors qu'il faisait du stop depuis Canaan, où habitaient ses parents, pour se rendre à Storrs. Et ce quelqu'un, ou peut-être étaient-ils plusieurs, avait emmené Karl Madsen quelque part et l'avait complètement écorché avant de l'abandonner, flottant sur le lac de Nepaug. Le médecin légiste avait déclaré n'avoir jamais rien vu de semblable. On avait retiré seulement l'épiderme, avec une très grande dextérité, et cela revenait à détacher le papier de riz collé à la croûte d'un gâteau aux amandes sans déchirer le papier et sans faire tomber une seule miette du gâteau.

Et à présent il y en avait un autre.

— Les mouettes s'acharnaient sur lui lorsqu'on l'a découvert, dit le capitaine Hoskins. Plutôt difficile de savoir dans quel état il était lorsqu'on l'a balancé à la flotte. Mais quelqu'un l'a écorché, et l'a écorché vivant, il n'y a pas de doute là-dessus.

— Qu'est-ce qui vous permet de penser cela ?

Le capitaine Hoskins poussa une porte va-et-vient sur laquelle un écriteau annonçait « Morgue de la Police ».

— Je ne sais pas. Quelque chose à voir avec la façon dont le sang s'est coagulé. Aux endroits où les mouettes n'avaient pas pu le déchiqueter, le corps ressemblait à une énorme escarre. Je n'y connais rien. Vous devriez en parler avec le toubib.

Ils s'avancèrent dans la morgue, une vaste salle sonore, revêtue de carrelage. Il y avait une forte odeur de désinfectant industriel, et une autre odeur, douceâtre et écœurante, qu'il était impossible de faire disparaître, malgré tous les désinfectants du monde. Elle était instantanément reconnaissable pour quiconque avait fait la guerre, ou travaillé dans un hôpital, ou ouvert le coffre d'une voiture abandonnée pour découvrir à l'intérieur le cadavre d'une personne morte depuis une semaine.

Un jeune laborantin aux cheveux hérissés et aux caoutchoucs d'une taille exceptionnelle sortit du bureau et vint à leur rencontre. Il portait des lunettes attachées avec du sparadrap, et il avait un point rouge au bout du nez.

— Vous voulez voir le type qui n'a plus de peau? demanda-t-il.

— Vous êtes vraiment trop aimable, répondit le capitaine Hoskins avec une politesse exagérée à la Oliver Hardy.

Le laborantin alla jusqu'au mur de la chambre froide où les corps de ceux qui étaient morts récemment à West Haven dans des circonstances violentes ou suspectes étaient impartialement réfrigérés et conservés à une température de deux degrés centigrades. Il tira l'un des compartiments du milieu et dit :

— Servez-vous. J'espère que vous n'avez pas pris de petit déjeuner.

Un seul regard rapide suffit à Jack. Le corps était à vif, d'un rouge éclatant, exactement comme le cadavre du jeune Karl Madsen. Il n'avait plus d'yeux ; les mouettes s'en étaient occupées. La bouche était distendue par un horrible sourire, découvrant les dents.

— Ça va, vous pouvez le rentrer, ordonna le capitaine Hoskins.

Ils sortirent de la morgue et traversèrent le parking, marchant vers la voiture du capitaine Hoskins. C'était une matinée venteuse et humide, les feuilles tombant dans les flaques d'eau et les nuages passant rapidement et silencieusement dans le ciel. Le capitaine Hoskins, tout en boutonnant sa canadienne, dit à Jack :

— Tout ça est sacrément inquiétant, croyez-moi, et si vous et moi n'obtenons pas de résultats, très vite, nous serons dans la merde. S'il y a une chose dont le préfet de police Neuman ne veut pas, c'est bien de « L'affaire de l'Éventreur du Connecticut ».

— Vous n'avez trouvé aucun indice? demanda Jack.

— Pas de sang, pas de traces de pas, pas d'empreintes digitales, pas de fibres de tissu, absolument rien. Exactement comme pour vous.

Jack alluma une cigarette et exhala de la fumée dans le vent.

— La question que je n'arrête pas de me poser, c'est pourquoi maintenant?

— Que voulez-vous dire?

— Eh bien, quelqu'un se met soudainement à enlever des jeunes gens et à les écorcher. Et je me pose la question: pourquoi maintenant?

— Je n'en ai pas la moindre idée. Il faut bien commencer un jour ou l'autre. Vous pourriez poser cette question à propos de n'importe quoi. Pourquoi vous êtes-vous engagé dans la police le jour où vous l'avez fait? Pourquoi tout le monde a brusquement décidé de voter pour Ronald Reagan l'année dernière? Pourquoi Christophe Colomb a-t-il décidé de faire route vers l'Amérique en 1492?

— C'est exactement où je veux en venir, fit remarquer Jack. Je me suis engagé dans la police le jour où je l'ai fait pour des raisons bien précises: à cause de mon âge, à cause de la durée de la formation à l'école de police, parce que je voulais emmener Nancy en vacances à Key West avant de prendre effectivement mon service. Et il en va de même pour les gens qui ont voté pour Ronald Reagan, et pour la décision de Christophe Colomb d'appareiller. Il y a des raisons expliquant pourquoi ces choses se sont produites justement à ce moment-là, et il y a une raison expliquant pourquoi ces jeunes gens ont été assassinés au moment précis où ils l'ont été.

Le capitaine Hoskins enfonça ses mains dans les poches de sa canadienne et détourna les yeux. Jack connaissait le capitaine depuis longtemps. Hoskins n'accordait aucune confiance aux théories ou aux savantes analyses. Il préférait des indices que l'on pouvait voir, et toucher et montrer au tribunal, portant une étiquette marquée « Pièce à conviction n° 1 ».

— Si nous parvenons à répondre à la question « pourquoi maintenant », nous devrions être en mesure de répondre à la question « pourquoi », poursuivit Jack. Et si nous pouvons répondre à la question « pourquoi », nous devrions être en mesure de répondre à la question « qui ».

— « *Qui* » est un fou à lier, répliqua le capitaine Hoskins. Un dingo de première, ça fait pas un pli !

— Bon, vous avez probablement raison. Mais il possède une dextérité incroyable, même s'il est complètement timbré. Vous savez ce que le coroner de Hartford m'a dit ? Il m'a dit que le tueur avait même pris la peau des couilles de Madsen. Il les a pelées comme des tomates, vous vous rendez compte ?

— Oui, à mon grand regret.

Ils convinrent de se tenir mutuellement au courant. Le capitaine Hoskins repartit vers son quartier général ; Jack monta dans sa Volkswagen Passat et prit la direction du comté de Litchfield et de la petite ville de Harwinton, son foyer. La vue du corps à la morgue de West Haven l'avait déprimé et perturbé, mais lui avait également donné matière à réflexion. Il réalisait à présent que l'homicide du lac de Nepaug n'était pas un simple meurtre, un meurtre isolé. Ce n'était pas une affaire de curiosité macabre, une expérience sadique menée afin de voir à quoi ressemblait un corps humain, une fois dépouillé de sa peau, ou de constater les hurlements qu'un homme pouvait pousser lorsqu'on l'écorchait vif. Non, cela avait été fait dans un but précis, et ce but s'inscrivait dans un plan d'ensemble, même si le meurtrier avait jusqu'à présent frappé seulement deux fois. Une fois voulait dire hasard ; deux fois voulait dire une raison. Et même s'il priait le ciel pour que cela ne se reproduise pas, Jack avait le pressentiment, né d'une conviction professionnelle morose, que cela se reproduirait.

Quelque chose avait dû changer dans la vie du meurtrier pour qu'il agisse de la sorte. Ce n'était pas simplement un changement de localité. Jack avait effectué des recherches, par l'intermédiaire des ordinateurs du FBI à Washington, remontant jusqu'en 1908, date des premiers dossiers, et il avait appris que pas une seule personne dans tous les États-Unis n'avait été découverte morte après avoir été écorchée vive. Les seuls parallèles historiques qu'il avait pu trouver, c'était l'utilisation de peau humaine au Moyen Age pour la reliure d'ouvrages de nécromancie, et le sort réservé à certains Juifs dans les camps de concentration durant la dernière guerre, dont la peau servait à faire des abat-jour, des étuis à cigarettes et d'autres objets. Le seul indice pertinent que l'on pouvait relever dans l'Histoire était sans doute le suivant : ceux qui avaient écorché d'autres personnes ne semblaient pas l'avoir fait par cruauté, mais parce qu'ils *avaient vraiment besoin de leur peau.* Et ils présentaient un autre trait distinctif : une attitude de totale supériorité sur leurs semblables. Ils avaient pris les peaux parce qu'ils considéraient leurs victimes comme des animaux stupides, et leurs peaux comme des trophées.

Jack arriva chez lui peu après l'heure du déjeuner. Le vent s'était calmé ; les flaques d'eau ne formaient plus que des taches sombres sur le trottoir. Il s'engagea dans Torrington Park, un petit ensemble de six nouvelles maisons dans un cul-de-sac, avec des tricycles sur la chaussée, du linge en train de sécher dans les arrière-cours et des gosses couverts de graisse occupés à démonter consciencieusement une Imperial Le Baron délabrée dans une allée. Jack se gara devant sa maison, l'avant-dernière de la rangée. Il aperçut Nancy dans le living : elle bavardait avec son amie Pat Lerner. Il n'avait pas vu Pat depuis un bon bout de temps, et il se dit que sa visite était de circonstance, juste cette semaine, avec tous ces événements sinistres. Pat était institutrice et une obsédée du macramé, mais elle était également médium. Elle disait la bonne aventure (feuilles de thé ou tarots) ; elle pouvait communiquer avec les esprits des chers disparus (même si, apparemment, ils disaient rarement quelque chose de sensé) et elle était capable de prédire le temps en écoutant le grésillement des grillons. Mais Jack et Nancy la connaissaient depuis si longtemps qu'ils considéraient le don médiumnique de Pat comme un simple tour d'adresse ; c'était comme si elle savait jouer de l'accordéon ou jongler avec des oranges.

Jack sourit et fit un geste de la main ; Nancy vint lui ouvrir. Elle était petite, jolie et blonde comme les blés, et Jack adorait sa voix parce qu'elle donnait toujours l'impression d'être sur le point de fondre en larmes, même lorsqu'elle était la plus heureuse des femmes. Elle travaillait le matin à l'école maternelle de Harwinton. Il l'aimait passionnément ; il n'avait jamais eu à lui mentir, sauf une fois, il y avait trois ans de cela, lorsqu'il avait désarmé un homme à Washington Depot qui menaçait sa femme et ses enfants avec un fusil de chasse. Si Nancy avait appris ce qu'il avait fait ce jour-là, elle ne l'aurait jamais laissé repartir à son travail.

— Tu rentres de bonne heure, dit-elle en l'embrassant. (Elle portait des jeans et une chemise à carreaux bleue... ce qu'il appelait sa tenue « campagnarde ».) Pat est venue me tirer les cartes.

Jack accrocha son manteau dans l'entrée. La maison n'était pas très grande, mais Nancy l'avait arrangée avec goût. Il y avait une cheminée en pierre véritable avec des objets en verre sur la tablette et une reproduction des *Pioneers* de William Ranney accrochée au-dessus. Il y avait des médaillons de cuivre, un aquarium et une table d'époque en noyer.

— On recommence à prédire l'avenir, hein? lança Jack à Pat, tout en se frottant les mains pour se réchauffer. Obtiendrai-je de nouvelles voitures de patrouille cette année?

Pat secoua la tête.

— Jusqu'à présent, tout ce que j'ai lu dans les cartes pour Nancy, c'est une croisière en mer, une lettre inattendue et un nouveau mari.

— Ma foi, c'est un début encourageant, sourit Jack, prenant place dans son fauteuil préféré. Je pars quand?

Pat était agenouillée devant la petite table du salon ; elle battait les cartes. C'était une femme mince, aux longs cheveux noirs tressés et aux traits anguleux, presque le profil d'une Peau-Rouge, bien qu'elle fût juive. Son mari vendait des Pontiac. Elle s'occupait de toutes les œuvres de bienfaisance qu'elle pouvait trouver, aussi bien que des affaires de tout le monde à Harwinton, du moins de ceux au-dessous de soixante-dix ans et susceptibles de commettre ou pouvant être soupçonnés d'adultère.

— Aujourd'hui je me sers de nouvelles cartes, dit-elle. D'habitude, j'utilise le tarot, mais aujourd'hui j'ai décidé d'essayer le jeu de cartes de Mademoiselle Lenormand.

Jack se pencha vers la table.

— Puis-je les regarder?

Il prit deux ou trois cartes et les examina. L'une d'elles représentait des étoiles luisant dans le ciel par une nuit sombre, avec un vers promettant que « Une aubaine survient cette nuit ». Sur une autre, il y avait un crucifix en or avec l'avertissement suivant : « Une croix apporte le chagrin, triste historiquement ».

— Je ne connaissais pas ces cartes, fit-il remarquer.

— Vous voulez que je vous tire les cartes? demanda Pat.

Nancy revint dans le living et dit :

— Tu veux du café? Pat et moi allions en boire.

— Bien sûr. Je ferais bien de prendre une dernière tasse de café avant que ton nouveau mari rapplique.

— Les cartes n'ont pas vraiment dit cela, commenta Nancy, s'asseyant à côté de lui sur l'accoudoir du fauteuil et passant un bras autour de ses épaules. Pat essaie seulement de provoquer une dispute conjugale. C'est son passe-temps favori. Ça et la Fondation pour le Cœur, naturellement.

Pat étala rapidement les trente-six cartes sur la table basse, quatre rangées de huit cartes et une rangée de quatre.

— Ceci, c'est vous, le Cavalier, carte numéro vingt-huit. Votre avenir immédiat est représenté par les cartes les plus proches de vous ; les autres cartes ont une moindre influence sur vous, selon qu'elles sont plus ou moins éloignées.

Jack examina ses cartes soigneusement.

— Qu'est-ce que c'est ? Un champ de blé ? Je vais cesser d'être flic et acheter une ferme ?

— Oh, cela ne veut pas dire grand-chose, affirma Pat.

Elle regarda les cartes et fronça les sourcils ; puis elle les ramassa brusquement.

— Qu'y a-t-il ? s'enquit Jack. Je n'ai pas d'avenir ?

— J'ai mal disposé les cartes, c'est tout.

— Alors, recommençons. Je tiens à savoir si je vais obtenir ces voitures de patrouille.

— On dirait que le café est prêt, dit Nancy, et elle alla dans la cuisine. Un instant plus tard, elle lança : — Vous voulez des petits gâteaux ? Au choix, chocolat, noix de coco...

— Je surveille ma ligne, lui répondit Pat comme elle battait les cartes et les étalait à nouveau. Cela ne me rend pas plus mince, mais je la surveille tout de même.

Jack se pencha vers la table.

— Bon, voyons ce que disent ces cartes magiques cette fois ? Hé, regardez, je vais toujours devenir fermier. Pat, vous ne les avez pas assez bien battues.

— J'ai battu les cartes, protesta Pat. Jack, je vous jure que je les ai battues.

— Ce sont les mêmes. Ce sont exactement les mêmes.

Nancy revint, portant un plateau.

— Peut-être est-ce ton avenir, quelle que soit la façon dont on batte les cartes. Il y a plus de choses au ciel et sur terre, Horatio...

— Horatio? demanda Pat, levant les yeux avec surprise. Tu l'appelles comme ça?

— C'était une citation, lui répondit Nancy.

— Bon, regardez, je vais être fermier. C'est ce que les cartes prédisent, et il n'y a rien à ajouter, insista Jack. Et je ferais mieux de boire cette tasse de café en vitesse parce que je dois être à Bristol à deux heures.

— Jack, cette carte ne veut pas dire que vous serez fermier, dit Pat.

Jack la regarda. La voix de Pat avait été cassante, de manière inattendue.

— Ce ne sont pas de mauvaises nouvelles, hein? s'enquit-il en souriant.

— Il y a une faux sur cette carte. Ici, regardez, posée contre les épis de blé. Et l'interprétation est: *« Là où la faux est nue, c'est là où rôde le danger. Méfie-toi des inconnus, parce qu'ils peuvent te blesser. »*

Jack posa sa tasse de café sur la table.

— Pat, dit-il. Je suis un policier, pas un facteur ou un voyageur de commerce. Quinze heures par jour, j'ai affaire à des inconnus qui peuvent me blesser. Ce ne sont pas des nouvelles. Ce n'est même pas une prédiction.

Pat se montra solennelle, avec obstination.

— Vous devez faire attention aux couteaux et aux objets tranchants. Si vous n'y prenez garde, quelqu'un va vous blesser, très grièvement.

Jack resta silencieux un moment; puis il prit la carte représentant le champ de blé et l'examina attentivement. La reposant sur la table, il demanda:

— Que disent les autres cartes?

— Ce ne sont pas de bonnes cartes, assura-t-elle. Peut-être une question de mauvaises vibrations. Peut-être ne s'agit-il pas du tout de *vos* vibrations. Vous n'avez pas récemment approché des criminels vraiment dangereux, dites-moi?

— Seulement mon conseiller fiscal.

— Je vous en prie, Jack, ce n'est pas un sujet de plaisanterie.

Il reprit sa tasse de café et avala deux gorgées brûlantes. Nancy le taquinait toujours parce qu'il buvait son café trop vite.

— Ce matin, j'ai identifié un cadavre, dit-il.

— Un cadavre? Vous voulez dire, la victime d'un meurtre?

— C'est exact.

— Et est-ce que ce... la mort de cette personne avait-elle quelque chose à voir avec des couteaux? Ou un objet tranchant?

— Je ne peux pas vous répondre, pas pour le moment. C'est encore confidentiel. Je n'en ai même pas parlé au préfet de police, mais je pense le faire bientôt.

Pat fit glisser son index vers la carte suivante, la carte qui était placée exactement au-dessus de la tête du Cavalier. La carte numéro sept, le Serpent. Un serpent vert venimeux, se lovant sur un rocher. La carte avertissait: « Vil est le serpent qui endort avec une morsure... enfuis-toi dès l'instant où elle exerce son charme... »

— Qu'est-ce que cela veut dire? demanda Jack.

— Cela veut dire que vous devez vous méfier d'une femme très rusée et très séduisante, répondit Pat. Elle semble très attirante mais, en fait, elle a l'intention de vous faire du mal, beaucoup de mal, même de vous tuer.

Jack lança un coup d'œil à Nancy puis dit:

— Continuez. Et cette carte, à gauche du Cavalier? Les hiboux perchés sur un arbre.

— Chagrin, dit Pat.

— Mais j'ai eu cette carte, l'interrompit Nancy, et tu m'as dit que cela voulait dire une croisière en mer.

— Pour toi, la carte était placée très loin. Cela signifiait un voyage. Mais pour Jack, regarde, elle est tout près. Cela signifie du chagrin.

— Autre chose? reprit Jack. Histoire de me mettre de bonne humeur.

— Au-dessous de vous, ici, la Montagne, lui montra Pat. Cela signifie que quelqu'un se tient à l'affût et vous guette, que vous connaîtrez des moments très difficiles dans les semaines à venir, et que, lorsque vous serez persuadé d'avoir terminé ce que vous aviez entrepris, juste au moment où vous penserez avoir gagné, cette « Bête dans Sa Tanière » vous frappera.

Jack but le restant de son café et se frotta les mains, lentement et pensivement.

— A votre connaissance, toutes ces prédictions se réalisent-elles ? demanda-t-il à Pat.

— C'est seulement la sixième ou septième fois que je me sers de ce jeu de cartes, répondit-elle, mais tout ce que je puis dire, c'est qu'il contient un pouvoir de prédiction très fort, tout à fait remarquable, d'une façon inquiétante.

— Et vous y croyez ?

— Je n'ai aucune raison de ne pas y croire. On se sert de ce jeu de cartes depuis plus de cent ans à présent, et cela a donné des résultats étonnants.

— Des résultats vérifiés, démontrés, évalués empiriquement ?

Pat rassembla les cartes.

— Une telle chose n'existe pas, Jack. Les cartes, c'est comme la capture de criminels, ou même la cuisson d'un gâteau au chocolat.

— Ah ! ah ! prise en flagrant délit, la taquina Jack. Je croyais que vous surveilliez votre ligne.

Pat remettait les cartes dans leur boîte lorsque l'une d'elles tomba par terre. Jack se baissa pour la ramasser. Lorsqu'il la tendit à Pat, il s'aperçut brusquement que sa main était couverte de sang. Du sang coulait abondamment sur sa manche, tachant sa veste, tombant goutte à goutte sur le tapis orange et sur la table basse, tout cela en l'espace de quelques secondes silencieuses, atterrées, horrifiées. Il fallut à Jack un moment ou deux pour réaliser ce qui s'était passé. La tranche de la carte lui était rentré dans la paume, l'entaillant profondément, d'une façon indolore, juste à l'endroit où les artères du radius et du cubitus se rejoignaient, et son cœur expulsait avec empressement le sang de son corps, à raison de soixante-dix jets par minute.

Nancy regardait fixement le sang giclant sur la table basse ; elle n'arrivait pas à comprendre d'où il provenait. C'était presque comme si le plafond s'était entrouvert et que du sang pleuvait du ciel. Puis Jack tira d'un coup sec le napperon à thé de dessous les tasses, les faisant tomber et renversant du café, et le pressa fortement contre sa paume. Instantanément le tissu se teinta d'un rouge vif, mais la pression exercée par son pouce commença à diminuer l'hémorragie.

— Jack ! s'écria Nancy.

Pat lâcha ses cartes et le regarda avec horreur.

— Tout va bien, les rassura-t-il. Je me suis coupé à la main, la tranche de la carte m'a entaillé la paume, juste à l'endroit d'une artère. C'est profond, mais pas très étendu. Tout ce que je vous demande, c'est d'aller me chercher une bande Velpeau, dans l'armoire à pharmacie, un grand mouchoir et quelque chose comme un stylo ou un crayon.

Pat regarda en silence tandis que Nancy pansait la main de Jack, puis nouait un mouchoir sur la blessure et, à l'aide d'un crayon, le tournait plusieurs fois et le serrait comme un garrot.

— Ça devrait tenir, dit Jack. (Il était calme, mais il commençait à se sentir mal, et fortement commotionné.) Si vous pouviez me conduire au Service des Urgences, je suis sûr qu'ils arrangeront cela en un clin d'œil.

Nancy et Pat l'aidèrent à monter dans sa Volkswagen et à s'installer sur le siège du passager. Lorsque Nancy tendit le bras pour lui attacher sa ceinture, il tenta de lui sourire courageusement.

— Tu as une figure de cadavre, dit-elle en l'embrassant sur la joue.

— Je n'arrive pas à *croire* qu'une carte à jouer ait fait ça, dit Pat tandis qu'ils sortaient de Torrington Park. Cela semble irréel.

— Cela arrive tout le temps, affirma Jack. Vous connaissez la fabrique de papier de Silver Lake ? Il y a deux ans environ, l'un des employés a perdu la moitié d'un bras, complètement sectionné par le bord d'une grande feuille de papier kraft. En comparaison, ceci n'est rien !

— Je suis tellement désolée, dit Pat. Si je n'avais pas apporté ces stupides cartes. Si je n'avais pas été aussi maladroite...

— Ce n'est pas votre faute, la rassura Jack. J'aurais dû faire attention à ce que je faisais.

Au Service des Urgences, on lui fit des points de suture et un nouveau pansement. Une jeune infirmière avec un grand sourire, des seins énormes et de séduisantes taches de rousseur, lui apporta une tasse de café. Le toubib lui fit une piqûre antitétanique, tout en éternuant bruyamment, et sortit son mouchoir pour se moucher.

— Les trucs que l'on peut attraper, shérif, quand on travaille dans un hôpital. Vous ne me croiriez pas. Et plus l'hôpital est chic, plus chic est la maladie.

Le toubib le laissa partir au bout de deux heures. Nancy et Jack déposèrent Pat devant chez elle, puis regagnèrent leur propre allée. Nancy avait déjà appelé le shérif adjoint Norman Goldberg, au commissariat de Harwinton, pour lui dire que Jack serait en retard.

— Je boirais bien quelque chose, dit Jack comme ils ouvraient la porte et s'avançaient dans le vestibule.

La pendule murale sonnait juste trois heures.

— Tu sais ce que le médecin a dit, pas d'alcool. Cela dilate les artères et fait recommencer l'hémorragie. Un café ?

— Je suis saturé de café.

Ils allèrent dans le living. On aurait dit que quelqu'un avait été assassiné dans la pièce. Il y avait du sang partout, sur le tapis, sur la table basse et sur le fauteuil. Il y avait des empreintes de pas sanglantes sur le parquet, ainsi que des traînées de sang sur le mur et des gouttes en forme de larmes sur les rideaux or pâle.

— Oh zut, soupira Nancy. Tu n'as jamais eu beaucoup d'ordre, dis-moi ? Tu ne sais même pas saigner *proprement*.

Jack l'enlaça et l'embrassa.

— J'appelle tout de suite une teinturerie. Tu connais celle de Bristol ? Ils ont nettoyé le tapis de Gilbert, tout le sang avait disparu, un travail impeccable.

Gilbert Wagner demeurait à environ un mile de chez eux. Il s'était accidentellement sectionné le pouce gauche avec un couteau électrique alors qu'il découpait la dinde de Thanksgiving[1] l'année précédente.

Nancy ramassa le napperon à thé taché de sang et les cartes de Pat.

— Voilà la carte avec laquelle tu t'es coupé, dit-elle en la lui tendant.

Jack prit la carte, la tenant soigneusement entre le pouce et l'index. Le dos de la carte était orné d'un motif rouge avec, au centre, le dessin d'une chouette aux yeux grands ouverts. Il la retourna. Sur la face, il y avait le dessin d'un champ de blé, une faux appuyée contre les épis. Le tiers inférieur de la carte, qui comprenait la lame de la faux, était maculé du sang de Jack.

« Là où la faux est nue, le danger rôde également. Méfie-toi des inconnus, ils peuvent te blesser. »

Jack tourna et retourna la carte plusieurs fois, puis haussa les épaules et la rendit à Nancy.

— Tu ne penses pas que... euh..., commença-t-elle.

Jack secoua la tête.

— C'était un accident, rien de plus.

— Tu sais, Pat a souvent vu juste.

— En prédisant quoi ? Que le chien de Mrs. Piatkowski allait attraper un virus ? Qu'il y aurait un orage le jour de la fête de l'école ?

— D'accord, c'étaient de petites choses, mais...

— Mais quoi ? demanda Jack en souriant.

— Je ne sais pas. Mais *quelque chose*. Il y a quelque chose... quelque chose qui ne va pas. Je le sens. Pas toi ?

1. Thanksgiving Day : jour d'action de grâces. Fête célébrée chaque année le quatrième jeudi de novembre (NdT).

7.

New York, 15 décembre

Cordelia Gray l'attendait à une petite table au fond du restaurant. Son rouge à lèvres était agressivement écarlate, et elle portait un curieux chapeau gris, orné d'une plume d'autruche grise. Le restaurant était ravissant, murs ornés de glaces, nappes roses et vases de cristal contenant des freesias.

— J'espère que je ne suis pas en retard, dit Edward.

Lorsque Cordelia lui tendit la main, il fut légèrement surpris. Elle s'attendait manifestement qu'il lui baise la main. Fermant les yeux, il s'exécuta.

— J'ai commandé du champagne. J'espère que ce n'est pas trop audacieux de ma part, fit-elle remarquer.

Aujourd'hui son parfum était légèrement différent, mais il en émanait toujours quelque chose qui troublait Edward et lui montait à la tête, comme s'il était assis dans une chambre aux fenêtres hermétiquement fermées tandis qu'un serpent se glissait sensuellement vers le haut de la jambe de son pantalon.

— Du champagne, c'est parfait, dit-il.

Cordelia sourit, les lèvres serrées.

— Krug, 1963. Pour le prix d'une bouteille, on pourrait nourrir toute une famille éthiopienne pendant un mois.

Edward se passa la main dans les cheveux. Il y avait eu beaucoup de vent dehors, dans la 60e Rue.

— Vous voulez que je me sente coupable ? demanda-t-il.

— La culpabilité est une affaire compliquée, répliqua Cordelia. Il y a ceux qui devraient se sentir coupables, mais il n'en est rien, et il y a ceux qui se sentent coupables alors que c'est inutile. Et puis, bien sûr, il y a ceux pour qui le concept de culpabilité n'a pas la moindre signification.

Ils commandèrent le *potage du Père Tranquille*[1], un velouté de laitue, sur le conseil de Cordelia.

— On a donné à ce potage le nom d'un mystérieux moine, un capucin, lui apprit Cordelia. Mais il est également appelé ainsi en raison de l'assoupissement que la laitue procure, dit-on, à ceux qui en mangent.

Après le potage, ils prirent du bar grillé. « Un mets très simple, excellent pour la santé et parfait pour le teint ». Elle ne prit pas de dessert, seulement du fromage et des fruits, mais Edward commanda des marrons glacés.

A la table voisine, des cadres commerciaux venus de Cleveland buvaient beaucoup et riaient bruyamment. L'un d'eux chantait les louanges de la Mercedes-Benz qu'il venait d'acheter.

— D'accord, c'est une voiture allemande. Qu'y a-t-il de mal à cela ? Cela ne veut pas dire qu'on s'est servi de la peau de votre grand-père pour confectionner les housses.

Cordelia sourit et but une gorgée de champagne.

— Je suis ravie que vous soyez venu, Edward. Sans vous, j'aurais été contrainte de manger seule aujourd'hui, et je déteste manger seule. Cela ressemble à une punition, vous ne trouvez pas ? Chaque bouchée vous rappelle que vous n'avez personne avec qui partager votre repas.

— Je commence à m'y habituer, dit-il.

— Vous vivez seul ?

— Ma fiancée vivait avec moi. Puis elle est partie et a

1. En français dans le texte (NdT).

épousé un autre type. Danny Monblat. A présent elle est Mrs Laura Monblat, je vous demande un peu !

— Laura Merriam aurait été un nom beaucoup plus doux.

— Hum, oui, marmonna Edward avec résignation. Je pense que j'ai surmonté tout cela à présent.

— L'aimiez-vous vraiment ?

Il leva les yeux de son dessert.

— Oui, acquiesça-t-il de la tête. Je l'aimais.

— Mais vous ne l'aimez plus ?

— Je ne sais pas. Même si je l'aimais encore, quelle différence cela ferait-il ?

— Mais vous la trouvez très belle ?

— Oui, effectivement.

Avec sa cuiller il prit un marron glacé, se demandant où toutes ces questions allaient les mener.

Cordelia mangeait d'une façon tout à fait singulière. Edward s'en était aperçu pour la première fois lorsqu'elle avait commencé à manger son bar, mais, bien sûr, il ne lui en avait pas fait la remarque, par politesse. D'abord elle prenait un morceau avec sa fourchette ; puis, lorsqu'elle le portait à sa bouche, au bout de sa fourchette, elle plaçait son autre main devant, de telle sorte que la nourriture disparaissait comme par un tour de passe-passe. Après lui avoir jeté des regards discrets plusieurs fois au cours du repas, il réalisa qu'il ne l'avait pas vue ouvrir la bouche une seule fois et mettre directement dedans un morceau de nourriture.

Elle mâchait également d'une façon étrange. Apparemment, elle ne remuait pas les mâchoires ; pourtant ses joues ondulaient. C'était la seule manière dont Edward pouvait décrire ce mouvement. Il songea que ce serait grossier de sa part de la regarder avec trop d'attention. Peut-être portait-elle un dentier, en dépit de son élégance et de sa beauté, et elle avait du mal à mâcher. Après tout, elle devait avoir au moins... au fait, quel âge avait-elle ? Trente-huit, quarante ans ? Peut-être plus. Difficile à dire. Sa peau était encore aussi douce que celle d'une jeune fille; elle n'avait pas de rides au coin des yeux. Et cependant il émanait d'elle quelque chose qui l'amenait à penser qu'il partageait cette table avec une femme beaucoup plus âgée. Il la regarda à nouveau et prit conscience avec une certaine perplexité qu'il était absolument incapable de décider quel pouvait être son âge.

— Ainsi elle est devenue Mrs Danny Monblat, dit Cordelia en se découpant délicatement une minuscule part de Brie.

— C'est exact, répondit Edward. (Il n'avait pas vraiment envie d'en parler. Ce sujet était toujours douloureux.)

— Et maintenant vous vivez seul?

— L'ermite de l'Immeuble Wentworth.

Cordelia plaça sa main devant sa bouche, avalant la parcelle de fromage qu'elle venait de couper. Comme elle faisait cela, un petit morceau blanc tomba de derrière sa main dans son assiette. Aussitôt elle le saisit entre le pouce et l'index et le fit disparaître dans sa bouche par le même tour de passe-passe.

Son geste fut si rapide que Edward aurait été incapable de dire ce qui s'était passé exactement. Pourtant cela lui laissa l'impression désagréable qu'il avait vu le morceau *se tortiller,* comme s'il était vivant. Il regarda Cordelia dans l'espoir d'une explication spontanée, mais elle lui retourna son regard, lointaine et impassible selon son habitude, fixant sur lui ces yeux qui étaient seulement des miroirs.

Il s'éclaircit la voix.

— Serait-ce impertinent de ma part de vous demander la véritable raison pour laquelle vous m'avez invité à déjeuner? s'enquit-il. Bon, je sais que vous aimeriez que je vous aide à reconstituer la collection de tableaux de votre famille. Mais cela a également un rapport avec ce tableau, le Waldegrave, non?

— Vous êtes délicieusement naïf, dit-elle en souriant. Et si nous allions nous promener dans le parc? Nous pourrions parler de la collection de ma famille tout en marchant.

Edward but le restant de son verre de sambuca.

— Avec plaisir. Du moment que le vent ne vous gêne pas.

— Le vent? fit Cordelia en éclatant de rire. Je me souviens qu'un jour, je me trouvais sur un yacht au large de Long Neck Point, et le vent...

Elle s'interrompit au milieu de sa phrase. Elle le regarda fixement avec une expression qu'il était incapable de déchiffrer. Prudence? Peur? Elle semblait étrangement anxieuse. Puis elle baissa les yeux et dit doucement :

— Le vent était très fort, vous savez. Quasiment un vent de tempête.

Elle régla l'addition en espèces, remarqua-t-il, des billets de cinquante dollars récemment imprimés. Puis ils sortirent du restaurant et se dirigèrent vers le parc, marchant contre le vent. De la poussière et des journaux tourbillonnaient dans l'air, tandis que la fumée provenant des stands de marrons chauds et des charrettes de bagel flottait dans les rues du centre ville, ressemblant à des fantômes cendrés.

Cordelia prit sa main tandis qu'ils flânaient dans le parc. Des adeptes du jogging passaient près d'eux, dans le claquement monotone de leurs sneakers ; des enfants criaient et appelaient leur mère, on aurait dit le cri de mouettes dans le lointain, trouva Edward. Ils croisèrent trois Noirs ; l'un d'eux portait sur son épaule un énorme Ghetto Blaster qui martelait « Chaka Khan ».

— J'espère que vous avez décidé de dire oui, fit Cordelia.

Edward sourit.

— J'ai réfléchi à votre proposition d'une manière très favorable. Cela me semble un travail intéressant. Mais je ne suis pas certain de disposer de suffisamment de temps, avec mes heures de travail à la galerie.

— Vous pourriez travailler uniquement pour moi,

durant un certain temps. Je suis sûre que Mr. Pearson n'y verrait pas d'objection. Je suis prête à le payer pour le dédommager de la perte temporaire de vos services.

— Eh bien, s'il est d'accord... alors, oui, cela m'intéresse.

— Et le Waldegrave? demanda-t-elle.

Edward serra la main de Cordelia. Il se sentait le cerveau étrangement vide, comme s'il avait inhalé du gaz hilarant. C'était sans doute en raison des deux bouteilles de Krug qu'ils avaient réussi à boire à eux deux, plus le vent et l'air vif.

— Je suis certain de pouvoir persuader Vincent de vendre le Waldegrave. Il a des idées très conventionnelles et des préjugés vieillots, c'est tout. Il aurait dû vivre au XIXe siècle et non au XXe.

— Vous n'habitez pas très loin d'ici, n'est-ce pas? demanda Cordelia. (Edward eut l'impression que sa voix lui parvenait depuis l'autre bout d'un tunnel.) L'Immeuble Wentworth, si je ne me trompe?

— En effet. Vous connaissez l'immeuble où ils ont tourné *Rosemary's Baby?* Eh bien, c'est celui d'à côté.

— Je prendrais avec le plus grand plaisir une tasse de thé chaud, lui dit-elle, se serrant contre le bras d'Edward. Avez-vous du thé?

— Du thé de Chine, si vous aimez. *Lapsang-Souchong*.

— C'est mon préféré.

Ils sortirent du parc et prirent un taxi devant le Plaza. Le chauffeur se prenait pour Enrico Caruso, ou tout au moins pour Mario Lanza, et il chanta « Vesti la Giubba » d'une voix de baryton défaillante durant tout le trajet jusqu'à l'Immeuble Wentworth, dans la 65e Rue Ouest. Cordelia était assise près d'Edward, sa main gantée de noir tenant son bras gauche avec une fermeté possessive. Il lui adressait un sourire de temps en temps, et se demandait pourquoi il se sentait aussi insouciant et la tête vide.

Lorsqu'il paya le prix de la course, le chauffeur lorgna

le pourboire de vingt *cents* comme si un pigeon s'était oublié sur sa paume.

— Vous n'aimez pas l'opéra ? demanda-t-il.

— J'adore, rétorqua Edward. Et c'est pour cela que vous aurez seulement vingt *cents*.

Cordelia attendait sur le trottoir, emmitouflée dans son long manteau noir, les revers relevés et serrés contre son visage comme les pétales d'une tulipe noire. Elle sourit à Edward et lui tendit la main. Il trouvait que sa repartie avait été très spirituelle. Le chauffeur de taxi grommela : « Trou du cul », et redémarra dans un crissement de pneus.

Ils franchirent les portes massives de verre et d'acajou de l'Immeuble Wentworth et entrèrent dans le vaste hall, silencieux et poussiéreux. Au-dessus d'eux, un immense lustre ressemblait au squelette transparent d'une araignée géante, morte au sein de sa toile. La faible lumière du soleil de cet après-midi hivernal filtrait à peine par les vitres, plombées afin de ressembler aux fenêtres d'un château gothique. Il y avait même des boucliers accrochés aux murs, ornés d'armoiries.

— C'est incroyablement prétentieux, j'en ai peur, dit Edward. Mais mon grand-père avait acheté un appartement ici dans les années trente et nous l'avons gardé.

Cordelia resta immobile un moment et regarda autour d'elle, respirant l'odeur de renfermé.

— J'aime énormément cet endroit, dit-elle. Cela me rappelle... je ne sais pas. Je n'arrive pas à me souvenir de ce que cela me rappelle. Mais je sais que je me suis déjà trouvée dans un endroit ressemblant à celui-ci. Un endroit presque identique.

— Peut-être êtes-vous déjà venue *ici*, suggéra Edward avec une certaine hésitation. Cet immeuble n'a rien de remarquable.

— Peut-être, admit-elle.

Ils s'avançèrent dans le hall jusqu'à l'ascenseur, orné de portes en bronze avec blasons, lions rampant et heaumes ceints de couronnes. Edward ouvrit la grille pour permettre à Cordelia d'entrer.

Elle hésita un instant.

— Je n'ai pas été trop brusque avec vous, j'espère? demanda-t-elle, mais il était évident d'après son intonation qu'elle n'attendait pas d'autre réponse que « Non ».

— Non, dit Edward.

Elle prit le poignet gauche d'Edward, l'encerclant de ses doigts gantés de cuir noir.

— Il y a des moments dans la vie où nous devons laisser le destin nous entraîner, quel que soit l'endroit où il désire nous emmener. Il ne faut jamais essayer de nager à contre-courant.

Edward referma les battants de la porte et l'ascenseur monta en émettant un bourdonnement assourdi. A la différence de la plupart des femmes, Cordelia ne se regarda pas une seule fois dans la glace au fond de la cabine. Elle garda constamment les yeux fixés sur Edward.

— Vous vous demandez quelle sorte de femme je suis? fit-elle remarquer. Une femme qui insiste pour inviter un jeune homme à déjeuner et qui lui demande ensuite de l'emmener chez lui pour prendre un thé?

— Vous voulez que j'effectue des recherches pour votre collection de tableaux, lui rappela Edward.

Cordelia ne dit rien, un instant, puis elle éclata de rire, découvrant ses dents. Il nota que ce n'étaient pas de fausses dents et qu'elles n'étaient pas gâtées. C'étaient bien ses dents et elles étaient parfaites.

L'ascenseur arriva au septième étage et s'arrêta doucement. Edward ouvrit la porte et ils avancèrent dans le couloir. Il la précéda de quelques pas, se retournant de temps en temps pour s'assurer qu'elle le suivait bien. A chaque fois, elle lui adressait ce sourire étrange. Elle avait entièrement raison, bien sûr: il se demandait quelle sorte de femme elle était. Mais il était beaucoup trop flatté par son offre de reconstituer la collection Gray et beaucoup trop intrigué par son érotisme extraordinairement claustrophobe pour mettre brutalement fin à cet étrange après-midi.

Il atteignit son appartement, le numéro 797. Il ouvrit la porte, puis se mit poliment de côté pour la laisser entrer la première. A l'intérieur, il faisait chaud et sombre ; Edward actionna l'interrupteur des lampes posées sur les tables. L'un des radiateurs au fond de la salle de séjour cliquetait bruyamment ; il le faisait toujours. Le grand-père d'Edward avait coutume de se plaindre à ce sujet, disant que cela donnait l'impression que le comte de Monte-Cristo était emprisonné dans l'appartement d'à côté et cognait sur la tuyauterie. La salle de séjour était entièrement marron. Rideaux de velours marron foncé, chaises et tables marron foncé aux pieds contournés imitation Stuart, tapis couleur tabac. Au-dessus de la cheminée en chêne était accroché un tableau représentant un homme en veste marron, coiffé d'un béret marron déformé. La cheminée elle-même abritait une petite collection de plantes d'appartement : deux fougères marron, deux petits cactus noueux et un yucca lépreux.

Sur la table basse, des numéros récents de revues d'art et de design étaient entassés en piles désordonnées. Un banjo était posé contre l'un des accoudoirs du sofa démodé. Il n'y avait de fleurs nulle part. Seulement des cendriers et des verres à vin vides.

— Dites-moi, cet appartement est superbe, mais on voit tout de suite que c'est un homme, et un célibataire, qui vit ici, sourit Cordelia.

Edward regarda autour de lui, les mains posées sur les hanches avec embarras.

— Oui, vous avez sans doute raison. La présence de Laura dans cet appartement me manque. Tous ces petits détails comme des nappes repassées avec soin et des vases de fleurs séchées. Lors de la dernière petite fête que j'ai donnée ici, l'un de mes amis a *fumé* toutes mes fleurs séchées. Il a affirmé que c'était meilleur que de la marijuana colombienne.

Edward alla dans la cuisine et tira bruyamment le panneau du passe-plat donnant sur le living. Il remplit la bouilloire puis farfouilla dans le placard pour trouver sa petite boîte de *Lapsang Souchong*.

— Si je dois m'occuper de votre collection, dit-il, quand aimeriez-vous que je commence ?

Il regarda par l'ouverture du passe-plat, et lorsqu'il vit Cordelia Gray, il baissa les mains le long de son corps et ouvrit de grands yeux.

Elle avait ôté son long manteau noir. A présent elle lui avait tourné le dos et déboutonnait son tailleur gris, lentement et posément. Elle avait gardé son chapeau, son chapeau gris à plume. Sur sa nuque, ses cheveux noirs étaient magnifiquement coupés. D'un mouvement souple, elle fit glisser sa jupe de ses hanches, la ramassa et la plia avant de la poser sur l'accoudoir du canapé.

Aucune parole ne fut prononcée. Elle se tenait au milieu de la pièce, sa peau était aussi blanche qu'une page non imprimée et, exactement comme il avait fantasmé, elle portait des dessous noirs. Un soutien-gorge de dentelle noire, un porte-jarretelles noir et des bas noirs diaphanes, avec des coutures, luisant et moulant ses jambes longues et fines. Un minuscule cache-sexe noir la couvrait à peine entre les jambes et était tendu avec de la soie aux cordonnets noirs entre ses fesses blanches.

Puis elle se retourna et lui fit face. Il apercevait la tache rouge foncé de ses mamelons sous la dentelle de son soutien-gorge. Les plumes de son chapeau ondoyèrent telles des plumes funèbres dans la pénombre de l'après-midi.

— Ce n'est guère le moment de parler d'art, dit-elle à voix basse mais distinctement.

Edward ne dit rien mais, momentanément, pencha la tête de côté et laissa échapper un bref « Hah ! » de surprise et de plaisir ; puis il lui sourit timidement, ravi et plus que stupéfait par ce qui lui arrivait.

Elle ramena les bras derrière son dos et dégrafa son soutien-gorge ; celui-ci glissa de ses épaules, découvrant des seins menus et ronds. Puis elle dégrafa son porte-jarretelles et ôta lentement ses bas. A présent elle était nue, à l'exception du petit triangle noir qui dissimulait son sexe.

— Apporte-moi un couteau, dit-elle.

— Un couteau?

— Apporte-moi un couteau. Le plus long et le plus tranchant que tu aies.

Edward fronça les sourcils. Puis, docilement, il ouvrit le tiroir où étaient rangés les couteaux et en sortit son couteau à découper Sabatier, trente centimètres d'acier chromé, aiguisé et réaiguisé jusqu'à ce que la lame puisse trancher des os. La bouilloire se mit à siffler ; il la débrancha.

Cordelia se tourna vers lui comme il entrait dans le living. Son regard était provocant, mais elle se tenait les bras le long du corps, ne faisant aucune tentative pour cacher sa nudité. Ses seins, haut placés et fermes, ressemblaient presque à ceux d'une adolescente de seize ans, mais ses mamelons étaient épanouis et d'une teinte cramoisie, comme si elle avait pris une poignée de fraises et les avait écrasées contre chacun d'eux. Son estomac était légèrement arrondi, ce qui était le signe d'au moins un accouchement, mais son corps ne présentait pas le moindre défaut. Elle était étrangement parfaite, comme si elle avait été moulée dans de la porcelaine blanche, tel un biscuit de Saxe.

— Apporte le couteau ici, chuchota-t-elle.

Edward s'approcha d'elle, tenant avec hésitation le couteau dans sa main droite. Son parfum semblait plus fort que jamais, et il s'aperçut qu'il avait du mal à accommoder. Cordelia tendit le bras et lui caressa la joue, passant légèrement le bout de ses doigts sur ses lèvres, autour de ses yeux, lui touchant le front, les cheveux et les lobes de ses oreilles. Edward pouvait voir ses mamelons se durcir.

— Maintenant, murmura-t-elle, tu dois trancher le fil pour gagner le gros lot.

Elle baissa les mains et tira sur le mince cordonnet de

soie qui maintenait son cache-sexe en place. Edward finit par comprendre ; sans hésiter plus longtemps, il glissa la lame froide entre une cuisse blanche et nue et le mince cordonnet de soie.

Cordelia ferma les yeux à demi.

— Coupe, insista-t-elle, d'une voix si douce qu'il ne fut pas certain de l'avoir entendue.

Il y eut l'infime chuintement de l'acier sur de la soie, puis son cache-sexe glissa sur ses cuisses. Elle avait seulement un léger duvet noir en éventail sur sa vulve, comme si elle était une adolescente qui commence tout juste à avoir des poils. Edward sentit son pénis durcir, et il comprit alors qu'il ne pourrait plus lui résister. Cela ressemblait à un rêve extraordinaire : la vision floue et granuleuse d'une scène qu'il avait vécue une nuit, durant son sommeil, mais qu'il avait oubliée depuis longtemps. Il sentit les doigts de Cordelia défaire le nœud de sa cravate ; puis les boutons de sa chemise, lentement, un par un ; et lorsque sa chemise tomba par terre, elle parut flotter et virevolter et se froisser comme si elle tombait au ralenti.

Nu, le temps oublié, le thé oublié, il prit Cordelia dans ses bras et se dirigea vers la chambre à coucher. Elle était si légère qu'elle était aussi facile à porter qu'un enfant. Il l'étendit sur le dessus-de-lit en satin bleu foncé et l'embrassa, savourant son parfum, sa peau, timidement au début puis avec une impatience grandissante. Elle lui rendait ses baisers ; sa langue était si longue qu'il avait l'impression qu'elle lui léchait le fond de la gorge. En même temps, elle faisait glisser ses longs ongles sur son estomac et le caressait tendrement.

Faire l'amour à Cordelia Gray ne ressemblait à rien qu'Edward ait jamais connu jusqu'à ce jour. Elle était soumise mais cruelle, le mordant continuellement au cou et aux mamelles, le griffant continuellement, puis écartant les cuisses, largement et impudiquement, ou bien se retournant afin de pouvoir le prendre dans sa bouche, si profondément qu'il n'arrivait pas à comprendre comment elle faisait pour ne pas étouffer.

Elle l'entraînait de plus en plus loin de la sécurité et de la réalité, le plongeant dans un océan sombre, érotique, où elle-même semblait capable de nager avec une habileté extraordinaire, mais où Edward sentait qu'il était en train de se noyer.

Il lui sembla que des heures entières s'écoulaient. Il entendait seulement des murmures, des baisers, accompagnés du bruissement du satin et de la peau moite. La chambre s'assombrit. Il frissonna — allongé sur le dos, Cordelia le chevauchant — l'ultime orgasme dont il était capable. Elle se pencha vers lui, ses mamelons effleurant la poitrine d'Edward, et chuchota : « Peut-être est-ce l'heure du thé à présent. » Puis, elle le laissa.

— Mmm, acquiesça-t-il.

Il posa sa tête sur l'oreiller. Il ferma les yeux. Il entendait le radiateur cliqueter dans la salle de séjour, et Cordelia aller et venir. Il ne s'était jamais senti aussi heureux de sa vie. Un excellent déjeuner, un après-midi au lit avec la femme la plus exigeante qu'il ait jamais connue, et à présent la paix, l'obscurité et une chance de dormir.

Il songea brièvement à Cordelia, et à ce qu'ils avaient fait ensemble. Son corps était endolori d'une manière satisfaisante. Les sensations qu'elle lui avait procurées avaient été stupéfiantes. Il y avait même eu un moment, au plus fort de son premier orgasme, où l'intérieur du vagin de Cordelia avait littéralement *bouillonné*. Edward ne s'était jamais imaginé une chose pareille.

Il l'entendit revenir dans la chambre à coucher. Elle s'assit au bord du lit, à côté de lui, et lui toucha légèrement l'épaule.

— Chéri, chuchota-t-elle, tu dors ?

— Hon-hon, répondit-il sans ouvrir les yeux. Pas encore, mais c'est tout comme.

— Tu dois dormir, murmura-t-elle en touchant les paupières d'Edward du bout de ses doigts.

Edward s'endormit, d'un sommeil profond que ne troublait aucun rêve, sombrant si loin dans l'inconscience que sa respiration devint presque imperceptible, et le battement de son pouls diminua. Cordelia appela « Edward ? » une ou deux fois, puis, au bout de cinq minutes, elle se leva et retourna, entièrement nue, dans la salle de séjour.

Elle se rhabilla rapidement, sans oublier de récupérer son cache-sexe qu'elle glissa dans son sac à main. Avant de s'en aller, elle ramassa également la veste d'Edward, la brossa puis fouilla systématiquement toutes les poches. Dans celle de droite elle trouva ses clés. Dans celle de gauche elle trouva son carnet d'adresses en cuir marron. Elle le feuilleta jusqu'à ce qu'elle trouve ce qu'elle cherchait. « Laura Kelly », avec ce qui était sans doute l'adresse de ses parents, 2206 Maple Avenue, New Rochelle. En dessous, Edward avait écrit, en lettres plus petites : « Mrs D. Monblat, 10e Rue Ouest, 65 ». Cordelia arracha la page du calepin, la plia et la mit dans son sac, ainsi que les clés.

Elle jeta un regard à la ronde pour s'assurer qu'elle n'avait rien oublié. Puis elle s'en alla, refermant la porte sans bruit.

Edward entrouvrit les yeux, tiré de son sommeil par l'étrange sensation qu'il était seul, et que quelque chose n'allait pas. Il savait qu'il aurait dû se lever et rejoindre Cordelia dans la salle de séjour, mais il se sentait comme paralysé par la fatigue ; il lui était impossible de rassembler l'énergie nécessaire pour bouger. Il referma les yeux et s'endormit. A présent il était six heures, par une soirée sombre de décembre ; au-dehors, New York grondait et s'affairait : plus que deux semaines avant Noël, neuf jours ouvrables pour faire les derniers achats. Plus loin, de l'autre côté du parc, des enfants étaient agglutinés devant les vitrines illuminées des magasins Schwarz, regardant le château enchanté resplendissant de lumière, et le train miniature, et l'ours souriant qui décrivait des cercles sans fin à bord de son hélicoptère jaune citron.

Cordelia Gray avait pris les clés d'Edward et une page

de son carnet d'adresses. En échange, elle lui avait laissé quatre ou cinq souvenirs.

Tandis qu'Edward dormait, un petit ver blanchâtre émergea des gerçures chaudes et humides autour de ses testicules et chemina lentement le long de sa cuisse poilue, la tête brunâtre et aveugle se tournant d'un côté et de l'autre. Bientôt il atteignit le bout du pénis flasque, là où il reposait contre la jambe. Le ver rampa sur la partie supérieure du pénis, puis se glissa en dessous, jusqu'à ce qu'il trouve la fente de l'urètre. Il se tortilla et s'enfonça peu à peu à l'intérieur, puis disparut.

Le ver fut bientôt suivi d'un autre, et d'un autre. Un quatrième ver entama le long voyage, se tortillant et remontant l'estomac d'Edward, jusqu'à son torse, puis vers sa bouche entrouverte.

Edward dormait toujours. La pendulette sur sa table de chevet sonna sept heures. Le dernier ver se dressa finalement sur la lèvre inférieure d'Edward et tomba silencieusement dans sa bouche.

8.

Bantam, 14 décembre

Vincent arriva chez Aaron Halperin à la tombée de la nuit. La maison était située sur un coteau sombre et boisé, juste à l'extérieur de Bantam, sur la route de Litchfield. Aaron vivait dans une demeure pleine de coins et de recoins qui avait été un relais de poste au XVIIIe siècle. Elle était dominée par un chêne immense ; tandis que Vincent se dirigeait vers la maison, passant entre les arbustes mal entretenus, il aperçut le chêne s'élevant très haut au-dessus de la toiture et tendant ses branches vers le ciel, semblable à un géant poussant un cri silencieux.

Vincent se gara devant l'atelier, un appentis long et bas adossé au bâtiment principal, sortit les deux Johnson du coffre et traversa la cour jusqu'au porche éclairé. Il y avait une enseigne en céramique bleue indiquant « Halperin », et un écriteau au-dessous annonçait *« Ars Longa, Vita Brevis »*, qu'Aaron traduisait de la manière suivante : « Celui qui a un gros cul devrait éviter de porter des slips trop petits. » Vincent appuya sur la sonnette à l'ancienne mode et l'entendit tinter à l'autre bout de l'atelier, où Aaron travaillait habituellement.

Au bout de quelques instants, la porte s'ouvrit en grinçant et Aaron apparut. « Mon petit vagabond ! » s'écria-t-il en tendant les bras. Il était grand et avait une barbe rousse, portait des lunettes à monture en or, et son nez donnait l'impression d'avoir mariné dans du cherry-brandy. Il portait un tablier blanc tombant jusqu'à terre, zébré d'une multitude de couleurs: bleu outremer et rouge alizarine, jaune de Naples et vert émeraude, Terra Verte et jaune de chrome. Aaron se servait plus de ses tabliers que de ses chiffons. Vincent avait coutume de lui dire qu'au lieu de les laver, il devrait les vendre comme des œuvres d'art.

— Tu es en retard, dit Aaron. Mais rassure-toi, il me reste encore du vin. Tu peux en boire ou t'en servir pour nettoyer tes pinceaux: c'est tout aussi efficace dans les deux cas.

— J'ai eu un petit ennui chez moi, dit Vincent en posant les deux Johnson contre la table de travail maculée de peinture. Le fils de ma femme de ménage a décidé d'avoir une crise de nerfs.

— Mrs Miller? Son fils? Il est infirme, non?

— Exact. Mrs Miller dit qu'il n'a plus jamais été le même depuis qu'il est tombé sur la tête. Il fait constamment des cauchemars, de jour comme de nuit. Il voit des démons, des esprits maléfiques, toutes sortes de choses.

— Eh bien, fit Aaron, cela ne semble pas très réjouissant.

Il alla chercher une bouteille, taille magnum, contenant du vin rouge foncé, étiquetée *Beaujolais de Bantam,* et en versa un plein verre à Vincent. Vincent huma le vin et fit remarquer:

— Ma foi, c'est un bouquet intéressant.

Aaron finit son propre verre et s'en servit aussitôt un autre.

— Ici nous n'appelons pas cela un bouquet; nous disons *odeur.*

Vincent posa son verre, chercha dans la poche de sa veste son canif en or et fendit le papier d'emballage protégeant les deux tableaux.

— Ils sont réellement splendides. Ça te plaira certainement de travailler dessus. Ils ont surtout besoin d'un bon nettoyage, mais je pense que la marine ne dirait pas non à une petite restauration, dans le coin gauche ici. Regarde, la peinture commence à s'écailler.

Aaron regarda les tableaux, l'un après l'autre.

— Ils sont excellents. Deux des meilleurs Johnson que j'aie vus à ce jour.

Vincent se promena dans l'atelier pendant qu'Aaron examinait les tableaux plus attentivement. La table de travail s'étendait sur presque toute la longueur de l'appentis ; elle était encombrée de palettes, de brosses, de bouteilles d'huile de lin et d'essence de térébenthine, de plâtre à mouler, de toiles enroulées, de colle forte, de fixatifs et littéralement de milliers de tubes de peinture à l'huile de toutes les couleurs imaginables, pour la plupart provenant de France et d'Angleterre, tous écrasés, ratatinés et entassés.

Près de la fenêtre du fond, qui était exposée au nord, il y avait quinze ou seize chevalets, chacun supportant une toile qu'Aaron était en train de restaurer. Bien qu'il fût reconnu comme l'un des meilleurs restaurateurs américains de peintures à l'huile du XIXe siècle, Aaron était incapable de travailler sur un tableau, quel qu'il fût, plus de sept ou huit jours d'affilée ; pour cette raison, il entreprenait toujours au moins une douzaine de boulots en même temps, afin de pouvoir se changer les idées en passant d'un paysage à un nu, d'un portrait à une nature morte, toutes les fois qu'il commençait à se sentir fatigué.

Vincent prit un petit paysage de John Frederick Kensette et l'inclina afin de pouvoir mieux le regarder.

— C'est celui que tu restaures pour Milos ?

Aaron leva les yeux.

— Exact ; il est presque terminé. Il est magnifique, tu ne trouves pas ?

— Tu me disais que tu avais des problèmes avec le Waldegrave.

— Oui. Vraiment tu devrais y jeter un coup d'œil. Ce foutu machin me rend complètement dingue. Je me demande même si cela vaut la peine de le restaurer. Tu vas dépenser cinq cents dollars et te retrouver avec une peinture d'une valeur de cinq *cents*. Au maximum.

Aaron reposa les Johnson et fit le tour de la table, se dirigeant vers l'un des chevalets de plus grande taille qui se trouvait dans le coin. Le tableau avait été sorti de son cadre ; pourtant il était immense, un mètre cinquante-deux de large et quatre vingt-douze centimètres de haut. Un vieux dessus-de-lit à franges, de velours vert, recouvrait la toile.

— Pour commencer, dit Aaron en faisant signe à Vincent de le rejoindre, *sens-le*.

Vincent s'approcha et renifla prudemment. L'air dans l'atelier était tellement imprégné des effluves de peinture et d'essence de térébenthine qu'au début il ne sentit pas l'odeur, puis ses narines la détectèrent. Une odeur forte, douceâtre, comme la chair d'un poulet qui a pourri et est devenu verdâtre ; seulement, l'odeur était plus pénétrante, plus écœurante.

— Nom de Dieu ! s'exclama-t-il. C'est abominable.

— Attends, tu n'as encore rien vu, dit Aaron, et il ôta le dessus-de-lit qui recouvrait la toile.

Et ils étaient là : douze personnages au visage blanc, posant avec raideur, le dos droit et l'air guindé, dans une pièce cramoisie ; costumes noirs et robes noires ; les hommes tenant les revers de leur habit avec toute la dignité sévère d'entrepreneurs de pompes funèbres ; les femmes aux mains jointes sur les genoux, deux d'entre elles tenaient des éventails de dentelle noire ; l'autre caressait un petit animal noir qui était peut-être un chat. Vincent n'avait jamais été capable d'établir avec certitude quel était cet animal, et son grand-père avait catégoriquement refusé de le lui dire, bien qu'il ait toujours affirmé le savoir. Il s'agissait peut-être d'un rat, supposa Vincent, ou bien c'était tout simplement de la fourrure noire. Peut-être un manchon, ou une cape en fourrure de renard.

La pose était la même, la pièce était la même, mais les

visages avaient changé et étaient méconnaissables. La peinture blanche s'effritait, leur donnant une apparence lépreuse et décomposée. Certains étaient tellement défigurés qu'il était impossible de distinguer leurs traits ; des nez s'étaient écaillés et avaient disparu, des yeux s'étaient détériorés à l'intérieur d'orbites d'un gris fuligineux. Ils avaient l'air d'une famille atteinte d'une maladie fatale et irrévocable ; une assemblée funèbre de douze personnages.

Vincent fronça les sourcils et regarda le tableau.

— Il sent vraiment mauvais, hein ? commenta-t-il. (A l'aide d'une spatule il gratta précautionneusement l'un des visages et examina la peinture à la lumière.) Qu'est-ce qui provoque cela ? Tu as une idée ?

— De toute ma carrière je n'ai jamais rien vu de semblable, répondit Aaron. D'ordinaire ce genre de dégradation résulte de la toile qui se désagrège au dos et détruit la pellicule de peinture sur le devant. Mais, dans le cas présent, la toile est parfaitement saine. J'ai examiné la peinture au microscope et j'ai pris une vingtaine de photos aux rayons ultraviolets de chaque visage. Parfois la peinture de surface se dégrade si quelqu'un a peint par-dessus le tableau original. Comme tu le sais, cela arrive très souvent avec les portraits. Quelqu'un a peint un nouveau visage sur l'ancien, ou modifié les vêtements, ou le décor à l'arrière-plan. Mais tout est absolument d'origine dans ce tableau.

— Waldegrave a peut-être utilisé un additif peu courant ? Il a peut-être mélangé à ses couleurs quelque chose qui a commencé à se détériorer ?

Aaron but une gorgée de vin et haussa les épaules.

— Cela se produit parfois. Je suis tombé sur des colorants végétaux et du sang de bœuf. Gauguin avait coutume de mélanger certains de ses jaunes avec du curcuma. Mais cette peinture ressemble tout à fait à une peinture à l'huile ordinaire, bien mélangée, à base d'essence de térébenthine.

Vincent contempla le Waldegrave un long moment. Il

y avait quelque chose dans ce tableau aux visages anonymes et pourrissants qui le déprimait, qui le mettait mal à l'aise. Il ramena le dessus-de-lit sur la toile et se retourna.

— Y a-t-il quelque chose que tu pourrais essayer? demanda-t-il.

— J'ai envoyé un petit échantillon au laboratoire de Hartford afin qu'ils procèdent à une analyse complète. Mais je ne pense pas qu'ils trouveront quelque chose de nouveau. Ton tableau est en train de tomber en morceaux, et ni moi ni personne d'autre ne peut empêcher que cela continue.

— Eh bien, attendons que le labo t'ait fait parvenir les résultats.

— C'est cette putain d'*odeur,* se plaignit Aaron. Van Gogh ne vient même plus dans l'atelier. Il croit que c'est un putois. Et lorsque j'ai travaillé sur ce tableau, il ne m'a pas laissé le caresser tant que je ne me suis pas lavé les mains.

Van Gogh était le chat roux tigré d'Aaron.

— Il serait difficile de le blâmer, fit remarquer Vincent en reniflant ses propres doigts.

— C'est étrange que ce tableau ait commencé à se détériorer aussi soudainement, reprit Aaron. En fait, pourquoi *maintenant,* tout à coup? Il appartient à ta famille depuis une éternité, n'est-ce pas?

— En ce qui me concerne, c'est un souvenir. Mais mon grand-père a toujours insisté pour que nous le gardions, et pour que nous le mettions en lieu sûr. Il disait que c'était comme un talisman ; il protégeait notre famille du mal.

— Cela ne ressemble guère à ton grand-père. Il n'avait rien d'un homme superstitieux, dis-moi?

Vincent secoua la tête.

— Je suppose que tout un chacun a son porte-bonheur. Une patte de lapin ou un trèfle à quatre feuilles.

— Ou une gousse d'ail, renchérit Aaron.

— Tu as raison, dit Vincent. Merde, ce tableau ressemble à un congrès annuel de vampires.

Aaron remplit à nouveau le verre de Vincent, malgré les protestations de ce dernier.

— Aaron... ce vin est excellent. Beaucoup de corps. Très fruité. Mais je conduis. Et en dehors de cela, je dois rentrer à New York demain matin, de très bonne heure.

— Trop tard ! Tu as déjà bu un verre. Ce qui veut dire que tu es irrémédiablement condamné à une gueule de bois carabinée, et probablement à une amende pour conduire en état d'ivresse.

Vincent leva les mains avec résignation.

— Dans ce cas, Aaron, *prost!* Et puisse ta mère faire un heureux mariage très vite !

Aaron prit la bouteille de vin par le goulot et précéda Vincent vers la maison. Elle était en désordre mais accueillante, avec des bûches crépitant dans les cheminées. Des dizaines de tableaux anciens étaient accrochés aux murs, pour la plupart des aquarelles des Primitifs américains et des broderies puritaines dans des cadres. Les trois filles d'Aaron jouaient aux dames dans le petit salon ; sa femme, Marcia, faisait cuire des gâteaux dans la cuisine au plafond bas ; et son seul fils, Michael, faisait une partie de « Hunchback » sur son ordinateur. Aaron adorait le chaos, les rires, et avoir un tas de gens autour de lui.

— Assieds-toi près du feu, dit-il à Vincent. Marcia va apporter ces gâteaux dans un instant ; ce serait une honte d'avoir fait tout ce trajet jusqu'ici et de manquer ça. Tu as déjà mangé des Kinkawoodles chauds ?

— Non, jamais, sourit Vincent.

— Eh bien, c'est extrêmement intéressant. Au XVIIIe siècle, toutes ces dames de Nouvelle-Angleterre, si méticuleuses, avaient coutume d'inventer des noms stupides pour leurs gâteaux, uniquement pour le plaisir de les prononcer. Il y avait les Kinkawoodles, et les Snicker Doodles, les Jolly Boys et les Rhyming Jacks.

— Comment se fait-il qu'un gentil garçon juif originaire de Newark, New Jersey, s'intéresse à l'histoire gastronomique des goym ?

Aaron éclata de rire.

— Peut-être que si je mange suffisamment de gâteaux de goym, je me changerai en goy moi-même. Tu sais. Dr Jekyllstein et Mr Hyde.

Puis Aaron redevint sérieux.

— Parlons un peu de ce tableau. J'ai consulté les archives de l'Académie Royale de Londres ; c'est là où il a été montré au public pour la première fois.

— C'est exact, acquiesça Vincent.

Il avait vu lui-même l'étiquette décolorée de l'Académie Royale, toujours collée au dos de la toile. Dans une encre brunâtre, elle certifiait que le tableau de Waldegrave, *Portrait de famille,* avait été exposé au salon d'été de 1881, douze ans après que l'Académie eut été transférée depuis la National Gallery à Trafalgar Square jusqu'à son emplacement actuel à Burlington House.

Aaron traversa la salle de séjour pour prendre trois vieux volumes reliés en cuir, qu'il disposa sur le devant du foyer. Vincent nota que le bout de ses chaussures était moucheté de milliers de minuscules gouttelettes de peintures multicolores.

— Ah, voilà, déclara Aaron. *Portrait de famille,* par Walter John Waldegrave. Dimensions, un mètre cinquante-deux sur quatre-vingt-douze centimètres. Huile. Tableau peint en février 1883, à Northwood House, près de Harrow.

— Autre chose ?

— Pas beaucoup. Waldegrave est répertorié dans l'ouvrage de Duxford, *Biographies des Peintres Illustres,* publié en 1902 par Blackie. Je te lis le passage le concernant : « Walter Waldegrave, né le 7 mars 1843 à Bourne, dans le Lincolnshire. Se fait une réputation de peintre à l'âge de dix-huit ans, alors qu'il était au service de Peter Robert, Lord Willoughby de Eresby, afin de restaurer des fresques et des plafonds à Grimsthorpe Castle. A cette époque, il s'intéresse à des sujets religieux et ésotériques. Il exécute une série remarquable de six peintres allégoriques représentant le voyage de l'âme après la mort. Ces tableaux furent exposés à la Underwood Gallery de Londres en 1865 mais retirés moins d'une semaine après, en raison de plaintes concernant leur contenu pernicieux et blasphématoire. Les tableaux furent réexpédiés à Grimsthorpe Castle pour être remisés dans les caves, où ils sont restés jusqu'à ce jour. Waldegrave revient à Londres en 1867 et gagne sa vie durant plusieurs années en tant que portraitiste mineur. Très peu de ses portraits datant de cette période de sa vie sont parvenus jusqu'à nous, bien que son portrait de Mrs Adrian Hope constitue une exception notable. Au début des années 1880, Waldegrave se lie d'amitié avec Oscar Wilde et Frank Miles, lesquels partageaient à cette époque le même appartement dans Salisbury Street, à proximité du Strand. Waldegrave est reçu dans la société grâce aux relations de Frank Miles, et en 1882 il effectue un voyage en Amérique, en compagnie de Lily Langtry. En 1883, Waldegrave peint ce qui constitue sans doute ses trois meilleures œuvres: *Portrait de famille, Lady Archibal Campbell* et *Ellen Terry.* En 1885, à l'âge de quarante-deux ans, Walter Waldegrave renonce à la peinture, pour des raisons inconnues, et s'en retourne dans le Lincolnshire. On découvre son corps, mort par noyade, sur la plage de Skegness en avril 1886. »

— C'est tout? demanda Vincent. On ne donne pas plus de détails sur le tableau?

— Il y a une note en bas de page, dit Aaron. « *Portrait de famille* fut exposé au Salon d'Été de l'Académie Royale des Arts de 1881, et il figure dans le coin inférieur droit du célèbre tableau de William Powell Frith *Inauguration de l'Exposition de 1881 à l'Académie Royale* — tableau dont le personnage central est Oscar Wilde[1]. *Portrait de famille* fut retiré de l'exposition à la demande de l'artiste, trois jours seulement après l'inauguration, sans que celui-ci donne de raisons précises.

1. Pour l'anecdote, précisons que le tableau en question, bien réel celui-là, de William Powell Frith sert de couverture à l'édition du Livre de Poche de... *Le portrait de Dorian Gray* d'Oscar Wilde! (NdT).

Beaucoup d'hypothèses ont été avancées au fil des années, concernant l'identité de la famille représentée sur ce tableau, ainsi que le lieu, puisque la pièce figurant sur le tableau *n'est pas* Northwood House, où il avait été peint. Waldegrave lui-même aurait seulement déclaré que ses sujets appartenaient à une famille de qualité et qu'il avait peint la pièce de mémoire. »

Vincent but une gorgée de vin et reposa son verre. Le *Beaujolais de Bantam* était aussi fort qu'Aaron l'avait promis, et il était incapable d'en boire une goutte de plus.

— Dis donc, fit-il, nous tenons une histoire ici, une histoire sensationnelle. Un jeune peintre de province obtient son premier travail professionnel en restaurant des huiles, dans le château particulier de quelqu'un ; puis il s'intéresse à l'occultisme ; ensuite il peint une série de tableaux qui scandalisent tout le monde ; après cela, il devient l'ami d'Oscar Wilde et de Frank Miles, peint trois tableaux très connus, et cinq ans plus tard, on le retrouve noyé.

— J'ai essayé de découvrir si Waldegrave se servait d'une peinture spéciale, reprit Aaron. Mais tout ce que j'ai réussi à apprendre sur sa technique, c'est la chose suivante ; regarde ici, il y a une référence, quelques lignes, dans l'ouvrage d'Andrews et Milner, *Le Réalisme au XIXe siècle.* « Certains portraitistes étaient renommés pour la ressemblance photographique de leurs portraits. Le plus accompli d'entre eux fut peut-être Henry DeVere, dont le portrait de Richard d'Oyley fut considéré par certains critiques comme « trop réaliste pour être bon ». Il y avait également Walter J. Waldegrave, dont le tableau le plus remarquable, *Portrait de famille,* était considéré par Whistler comme « tellement vivant que c'en était presque effrayant. »

— Pas de doute, il a vécu ! admit Vincent.

Aaron referma les livres, l'un après l'autre, et prit place dans son fauteuil.

— Chaque peinture est différente. Chaque peintre a

sa technique particulière d'appliquer sa peinture. Certaines fois, lorsque je restaure un tableau, je sens la personnalité du peintre, comme si elle m'imprégnait. Je sais qu'il approuverait ce que je tente de faire ; je sais qu'il apprécierait mes soins minutieux. Mais ce tableau, ce Waldegrave, on dirait un marécage ; plus je travaille dessus, plus il tombe en morceaux. J'ai l'impression d'être un médecin légiste essayant de disséquer un cadavre en décomposition. Les visages sur ce tableau, lorsque je les touche, je n'ai même pas la *sensation* de peinture. On dirait de la chair en putréfaction.

— Si tu ressens cela, ne travaille plus dessus. Mets-le dans le coffre de ma voiture et je le remporterai.

— Non, non, ce travail est un défi. Quelque chose de nouveau pour moi. Attendons que j'aie reçu les résultats de Hartford.

— Comme tu voudras.

Marcia fit son entrée, apportant les Kinkawoodles : des gâteaux chauds et friables, au goût d'amande. Marcia était svelte, drôle et très New York, même si elle jurait sans cesse qu'elle avait renoncé à la ville pour toujours. Elle s'assit en tailleur devant le feu, caressant Van Gogh, et voulut connaître les dernières nouvelles de la ville.

— C'est Noël, lui dit Vincent.

— Je sais. Le tintement des clochettes et les rues animées. La musique, les lumières, les arbres de Noël. Des gens qui font du patin sur glace à Rockfeller Center. Emmener les gosses chez Macy's afin qu'ils soient terrifiés par le Père Noël.

— Bantam, Connecticut, c'est parfait, sourit Vincent.

— Bien sûr, dit Marcia, en s'appuyant contre le genou du pantalon maculé de peinture d'Aaron. C'est incroyable ce que vous pouvez faire pour l'homme que vous aimez !

Van Gogh sauta des genoux de Marcia et se dirigea vers la cuisine. Vincent et Aaron mangèrent d'autres Kinkawoodles, et Vincent réussit à boire encore du vin.

Marcia commença à lui expliquer ses projets pour réaménager les étages supérieurs de la maison, et à lui décrire de quelle façon elle allait rendre le living plus confortable. Brusquement, Aaron leva la tête et dit :

— N'était-ce pas un cri ?

— Un cri ? demanda Vincent.

— Je ne sais pas. J'ai cru entendre quelqu'un appeler.

Vincent posa son verre.

— Je n'ai rien entendu.

— J'en suis sûr, insista Aaron.

Il se leva et traversa la pièce jusqu'à la cuisine.

— Où est Van Gogh ? demanda-t-il à Michael.

Michael mangeait un sandwich au beurre de cacahouète qu'il venait de se préparer. Le pot était ouvert, le couteau gluant était posé sur l'évier, et des miettes de pain étaient éparpillées partout.

— J'sais pas, répondit Michael, la bouche pleine.

Aaron sortit rapidement de la cuisine pour aller à l'atelier. Se demandant quelle mouche avait piqué Aaron, Vincent se leva et le suivit. La porte de l'atelier était toujours ouverte, comme ils l'avaient laissée, et les lumières étaient toujours allumées. La pièce semblait anormalement éclairée, après la douce lueur du feu dans le living ; c'était comme s'ils se trouvaient sous l'un des vaisseaux spatiaux de *Rencontres du troisième type*.

— Qu'y a-t-il ? demanda Vincent. Quelque chose ne va pas ?

— Je ne sais pas. J'ai entendu quelqu'un crier, c'est tout.

— Tu es sûr ? Ce n'était pas le jeu vidéo de Michael, ou l'une de tes filles ?

— J'ai entendu quelqu'un crier, maintint Aaron.

Ils jetèrent un regard à la ronde ; vers les chevalets, vers les tubes de couleurs écrasés, vers les piles de cadres et de toiles. Ils voyaient leur propre reflet dans le verre sombre des fenêtres de l'atelier, pâles et hésitants.

— Il n'y a personne ici, dit Vincent. Tu as certainement imaginé ce cri.

Aaron resta immobile et silencieux un long moment.

— Ma foi, c'est bien possible, reconnut-il finalement.

Marcia les rejoignit, mâchonnant un gâteau.

— Que se passe-t-il, chéri ? demanda-t-elle à Aaron en le prenant par le bras.

— Rien. Il m'a semblé entendre un cri, c'est tout. Peut-être était-ce seulement un effet de mon imagination surmenée.

— Aaron, susurra Marcia en partageant son gâteau avec lui. Tu n'as pas besoin d'avoir de l'imagination. (Elle sourit à Vincent.) Crois-moi, Vincent, il n'en a vraiment pas besoin.

— Bien sûr, bien sûr, dit Vincent, perplexe, les mains dans les poches.

Il jeta un dernier regard circulaire dans l'atelier. Il avait le sentiment qu'il aurait dû aller jusqu'au Waldegrave et ôter le tissu qui recouvrait le tableau, mais il n'en avait pas particulièrement envie.

— L'imagination est la voleuse de la raison, cita-t-il incorrectement, puis il éteignit les lumières en sortant.

9.

New York, 16 décembre

— Il n'est pas là, annonça Vincent, remontant dans la voiture et claquant la portière avec irritation.

— Comment cela, il n'est pas là ? demanda Charlotte. Il est seulement sept heures et demie du matin. Où pourrait-il être ?

— Peut-être est-il allé à la galerie ?

— A sept heures et demie du matin ? De toute façon, tu lui avais dit que tu passerais à son appartement pour prendre les clés. Tu es sûr qu'il n'est pas chez lui ?

— J'ai sonné au moins deux cents fois ; ensuite je suis redescendu et j'ai demandé au concierge de téléphoner chez lui. Rien.

— Peut-être était-il invité à une soirée qui s'est terminée à l'aube, suggéra Charlotte. Cela se fait toujours, tu sais, même si de vieux fossiles comme nous sont incapables de veiller au-delà de vingt-trois heures.

Vincent passa la première et démarra ; les essuie-glaces frissonnèrent et couinèrent. La circulation était encore fluide à cette heure matinale.

— Crois-moi, Charlotte, je me moque de ce que Edward peut faire, tant que cela ne m'incommode pas. Et, en ce moment, je suis incommodé.

— Oh, ne sois pas aussi emphatique, le taquina Charlotte.

— D'accord, je suis emphatique. De temps à autre un

homme a le droit d'être emphatique. Particulièrement à sept heures et demie du matin, alors qu'il est très pressé et qu'il essaie de mettre la main sur les clés de sa putain de galerie.

Il effectua un demi-tour, s'attirant aussitôt le courroux (un médius levé d'une manière significative) d'un chauffeur de taxi qui roulait immédiatement derrière lui, et celui d'un camionneur (un coup de klaxon ressemblant au braiment d'un élan) qui avançait péniblement dans la Huitième Avenue.

— Fais-nous tuer, lança Charlotte d'un ton désinvolte. Simplement parce que tu as le droit d'être emphatique.

— Ça va, je suis désolé, marmonna Vincent.

Il repartit dans l'autre sens, passant par Central Park South. A présent la pluie tombait à verse et tambourinait sur le toit de la Bentley ; les essuie-glaces s'agitaient frénétiquement.

— Il ne manquait plus que ça, fit remarquer Vincent.

— Tu ne veux pas que les arbres et les fleurs poussent ? le fit enrager Charlotte.

— Les arbres et les fleurs, bon Dieu !

Ils arrivèrent à la galerie vingt minutes plus tard. Vincent dit : « Attends-moi ici » et descendit de la voiture. Baissant la tête, le col de son imperméable relevé, il se précipita vers le trottoir et courut jusqu'à l'entrée de la galerie. Il jeta un coup d'œil à l'intérieur. Seuls les spots de la devanture étaient allumés, et ils étaient commandés par une minuterie. Pas d'Edward. Vincent s'abrita les yeux de la main afin de pouvoir voir jusqu'au fond de la galerie, mais il n'y avait personne là-bas.

Il revint jusqu'à la voiture en courant.

— Alors ? s'enquit Charlotte.

Vincent secoua la tête ; son imperméable Jupiter était trempé.

— Je vais passer un sacré savon à ce garçon, lorsque je l'aurai retrouvé, tu peux me croire.

— D'ordinaire on peut compter sur lui, non ?

— Une fois c'est suffisant, fulmina Vincent.

— Peut-être est-il bloqué quelque part, dans un encombrement. Peut-être n'a-t-il pas trouvé de taxi, et a-t-il été obligé de venir à pied.

— Il aurait mis moins de temps que nous pour venir de la Huitième Avenue. Même en *marchant*.

— A-t-il de la famille ? demanda Charlotte.

— Je ne vois pas le rapport !

— Eh bien, il est peut-être arrivé quelque chose à ses parents et il a dû partir précipitamment.

— Sans même me téléphoner ? Il connaît mon numéro à Candlemas. Et il sait parfaitement que je n'ai pas les clés de la galerie.

— Que comptes-tu faire ?

Vincent écarta ses doigts sur le volant.

— Pour être tout à fait franc avec toi, je n'en ai pas la moindre idée. J'ai une cinquantaine de tableaux à cataloguer ; je dois téléphoner à un directeur de Sotheby's à neuf heures trente ; j'ai trois rendez-vous avec des marchands et deux avec des artistes, sans parler d'une vingtaine de factures à vérifier. Et je ne peux même pas ouvrir la porte.

— Tu es sûr qu'il n'est pas là ?

— Va voir toi-même.

Charlotte hésita un instant puis ouvrit la portière. La pluie s'était calmée, et le trottoir était luisant et mouillé. Elle alla jusqu'à la galerie et regarda à l'intérieur. Vincent baissa la vitre du côté du passager et l'entendit frapper du dos de sa main gantée de vert.

Vincent lança :

— « Y a-t-il quelqu'un ? demanda le voyageur en frappant à la porte éclairée par la lune. »

Charlotte, sans se laisser décourager, frappa à nouveau, puis elle tourna la poignée.

— C'est ouvert, dit-elle.

— Quoi ? s'exclama Vincent.

Il venait de mettre le contact, prêt à repartir ; il coupa le moteur de la Bentley.

— C'est ouvert, répéta Charlotte.

Et, d'un grand geste, elle ouvrit et poussa la porte de la galerie.

— Bon Dieu, murmura Vincent. Il y a là-dedans des tableaux d'une valeur totale de treize millions de dollars !

Il la rejoignit précipitamment à l'entrée de la galerie. Charlotte avait raison. La porte n'était pas fermée à clé, le système d'alarme n'était pas branché, et le premier venu qui aurait tourné la poignée, par hasard ou par curiosité, comme venait de le faire Charlotte, aurait eu accès, sans la moindre restriction et en toute liberté, à l'une des plus belles collections privées de tableaux préraphaélites que New York ait jamais vues.

— Edward ! cria Vincent en s'avançant dans la galerie. Edward !

Il n'y eut pas de réponse. Vincent ouvrit la porte de la petite pièce attenante, jeta un coup d'œil à l'intérieur, puis revint vers le milieu de la galerie. Il resta là, les mains sur les hanches, une expression d'incrédulité abasourdie inscrite sur son visage.

— Il n'y a personne, dit-il.

— Quelque chose a disparu ?

Il secoua la tête.

— Pas dans cette collection. A moins que quelqu'un ait pris l'un des tableaux et l'ait remplacé par un faux parfait.

— Et dans la réserve ?

— La réserve est munie d'une serrure à combinaison. Edward ne connaît pas le code.

— Néanmoins, suggéra Charlotte, tu devrais peut-être aller voir.

Il s'avança dans le couloir jusqu'à la réserve, allumant les lumières au passage. Charlotte détourna les yeux pendant qu'il formait le code ; elle respectait sa sécurité. Mais elle lui emboîta le pas lorsqu'il entra dans la réserve et alluma les néons.

— Je n'arrive pas à m'imaginer Edward s'en allant

comme ça, laissant la galerie ouverte à tout vent, dit-elle. Il est tellement consciencieux ; cela ne lui ressemble pas du tout.

Il faisait froid et sec dans la réserve, en comparaison de la chaleur mal ventilée, desséchant les sinus, de la galerie elle-même. Les néons clignotèrent un instant puis éclairèrent brutalement les rangées de rayonnages métalliques, chaque rangée portant une étiquette sur laquelle étaient indiquées l'école et l'année. Vincent écouta attentivement, la tête levée, puis appela :

— Edward ? Vous êtes là ?

Charlotte tendit le bras, saisit le poignet de Vincent et dit : « *Chut !* » Mais il n'y eut pas de réponse, pas de cri étouffé provenant d'un Edward bâillonné et ligoté par des voleurs de tableaux, rien. Seulement le ronronnement terne de la climatisation et le bruit sec du thermostat, de temps à autre.

— Peut-être était-il déjà arrivé ici ce matin, dit Charlotte. Peut-être est-il juste sorti pour acheter un sandwich ou prendre un café.

Vincent secoua la tête.

— Il savait que je devais le retrouver à son appartement ; c'était parfaitement clair. Et même s'il s'était absenté pour quelques minutes, jamais il n'aurait laissé la galerie ouverte ainsi. Du moins, je l'espère.

Il remonta l'une des allées, effleurant de la main le bord des tableaux rangés dans leurs casiers.

— Quelqu'un aurait pu l'agresser et lui prendre ses clés, c'est entendu. Mais pour quoi faire ? On n'a rien volé. Du moins, pas dans la galerie elle-même. De toute évidence, je vais devoir vérifier le stock ici, mais je ne vois pas comment quelqu'un aurait pu trouver la combinaison de la serrure. C'est l'une des meilleures sur le marché.

— Le voleur n'aimait pas les préraphaélites, voilà tout !

— C'est une possibilité. Et d'ordinaire, il est beaucoup plus facile de revendre un magnétoscope volé qu'un Holman Hunt.

Ils s'apprêtaient à sortir de la réserve lorsque la sonnerie du téléphone sonna. Vincent décrocha l'appareil mural près de la porte et dit :

— Galerie Pearson. A votre service.

Il écouta un moment, puis il dit : « Entendu, je vous remercie », et il raccrocha.

— Qu'est-ce que c'était ? demanda Charlotte, remarquant le froncement de sourcils de Vincent.

— Le concierge de l'Immeuble Wentworth, celui qui assure le service de jour. Il vient d'arriver. Je lui avais laissé un message pour qu'il m'appelle.

— Et ?

— Il a dit que Edward était rentré chez lui hier après-midi, accompagné d'une femme, et que la femme est repartie vers les six heures du soir, seule.

— Ce qui veut dire ?

— Ce qui veut dire que ni le concierge de jour ni le concierge de nuit n'ont vu Edward quitter son appartement. En ce qui les concerne, il est toujours chez lui.

— Mais il n'a pas répondu à tes coups de sonnette.

— C'est bien ce qui m'inquiète.

Vincent alla dans le bureau et feuilleta rapidement son carnet de rendez-vous.

— Le premier marchand n'arrivera pas ici avant dix heures trente, bon, ça va ; et je vais demander au service des abonnés absents de prendre mes appels.

— Comment vas-tu fermer la porte, puisque tu n'as pas les clés ?

— Je peux la fermer au loquet. Il ne me restera plus qu'à prier le ciel pour que personne ne tente de briser une vitrine et pour que je réussisse à trouver ces clés avant mon retour ici.

Ils ressortirent vers la pluie. Vincent claqua la porte de la galerie, maudissant silencieusement sa chance. Il monta dans la Bentley et démarra dans un crissement de pneus.

La circulation s'était légèrement améliorée ; ils mirent moins de temps pour retourner à l'Immeuble Wentworth. Ils traversèrent le hall sonore jusqu'à la petite loge aux cloisons en verre où était assis le concierge. Il lisait le *New York Post* à l'aide d'une grosse loupe et fumait un cigare King Edward.

— Je suis Mr Pearson, annonça Vincent. Vous m'avez téléphoné il y a quelques instants, au sujet de Mr Merriam.

— C'est exact, acquiesça le concierge. (Il toussa et retira le cigare de sa bouche.) Mr Merriam n'est pas sorti de chez lui depuis hier après-midi, je suis prêt à le jurer.

— Y a-t-il un autre moyen de sortir de l'immeuble, à part cette entrée?

— Un type pourrait sauter de sa fenêtre, je suppose.

— J'espère que non, dit Vincent. Pas de problème si je monte à son appartement et frappe à nouveau à sa porte, à tout hasard?

— Faites comme chez vous! répondit le concierge.

Vincent et Charlotte prirent l'ascenseur jusqu'au septième étage.

— Je ne pensais pas qu'Edward habitait un immeuble aussi imposant, dit Charlotte.

— L'appartement appartient à sa famille. Son père est agent de change, quelque chose comme ça. Ils ont tourné *Rosemary's Baby* dans l'immeuble situé juste en face.

Charlotte fit une grimace.

— Cet endroit me rappelait quelque chose, pas étonnant!

Ils arrivèrent devant la porte d'Edward et appuyèrent sur la sonnette. Il n'y eut pas de réponse, bien qu'ils entendissent distinctement la sonnerie dans l'appartement.

— Il dort peut-être, dit Charlotte.

Vincent cogna du poing contre le panneau de la porte et appela:

— Edward! Edward! C'est Vincent.

Toujours pas de réponse.

— Tu veux bien me rendre un service, Vénus? dit-il

ensuite. Demande au concierge de venir ici avec son passe. Pendant ce temps, je continue de frapper.

Vincent frappa et frappa. Puis la porte de l'appartement d'en face s'ouvrit et une femme aux cheveux argentés, drapée dans un peignoir de soie rose, lui lança sèchement :

— Cessez ce vacarme immédiatement ! Mon mari est souffrant, et il ne supporte pas un tel boucan !

— Je suis désolé, s'excusa Vincent, s'essuyant le front du dos de la main. Mais je n'arrive pas à réveiller mon assistant qui habite ici.

— Dormant du sommeil du pécheur, cela n'aurait rien de surprenant, fit remarquer la femme.

— Je vous demande pardon ?

— Eh bien, je n'ai pas l'habitude d'écouter aux portes ou de me mêler de ce qui ne me regarde pas, mais hier après-midi Mr Merriam était avec une femme dans son appartement, et d'après les bruits qu'ils faisaient, ils ne jouaient pas aux cartes, croyez-moi !

— Oh, vraiment ? fit Vincent d'un ton vif.

La femme croisa les bras sur sa poitrine, pas du tout décontenancée.

— Elle est repartie plutôt vite, rapidement et silencieusement, comme quelqu'un qui n'a pas la conscience tranquille. En moins de deux, elle était au bout du couloir et entrait dans cet ascenseur.

— De quoi avait-elle l'air ?

La femme renifla.

— Bon genre, dirai-je, mais de nos jours, on ne peut être sûr de rien, vous ne trouvez pas ? Même les prostituées sont bien habillées. Trente ans peut-être, allant sur la quarantaine. Visage pâle, pommettes saillantes ; une femme séduisante. Correspondant plus à *votre* goût et à *votre* âge, si je puis me permettre, qu'à ceux du jeune Mr Merriam. Cette Laura qui vivait avec lui, ah, voilà une jeune femme tout à fait charmante !

— Je suis surpris que vous ayez vu sa visiteuse aussi distinctement, dit Vincent.

— Oh, bien sûr. Je refermais la porte pour aller chercher les médicaments d'Howard, lorsqu'elle est sortie de l'appartement de Mr Merriam.

A ce moment, Charlotte revint, accompagnée du concierge. Celui-ci faisait cliqueter ses clés bruyamment, visiblement furieux d'être dérangé de la sorte.

— Bonjour, Mrs Turzynski, marmonna-t-il du coin de la bouche.

— Mr Maggs, répondit la vieille dame, puis elle battit en retraite dans son appartement, telle une tortue se retirant dans sa carapace.

— Bon, qu'y a-t-il ? demanda le concierge en regardant Vincent, un œil fermé en raison de la fumée de son cigare.

— J'ai beau frapper, mon ami ne vient pas ouvrir, lui dit Vincent. Et cette dame et convaincue, comme vous, qu'il est toujours chez lui.

— Ma foi, dit le concierge, aucune loi ne l'oblige à venir vous ouvrir, pas vrai ?

— Tout de même, fit Vincent d'un ton aussi encourageant que possible, cela nous semble très étrange qu'il ne réponde pas à nos coups de sonnette et à nos appels. Nous vous serions très reconnaissants si vous acceptiez de vous servir de votre passe, uniquement pour nous assurer qu'il n'est rien arrivé à Mr Merriam.

— Les types de la société immobilière me passeront un sacré savon si jamais ils apprennent que j'ai fait ça, protesta le concierge. Ceci est censé être un immeuble à haute sécurité, vous savez ? Les locataires paient pour avoir cette sécurité.

En langage codé, cela voulait dire « Combien acceptez-vous de me payer pour que cela en vaille la peine ? »

— Nous devrions pouvoir arriver à une sorte d'arrangement, dit Vincent.

Il sortit son portefeuille et compta cinq billets de cinq dollars.

— A l'école j'ai tout appris sur Abraham Lincoln, dit le concierge, lorgnant rapidement le visage sur les billets avant de les fourrer dans la poche de son cardigan. Le discours de Gettysburg, je le connaissais par cœur.

— Bravo, répliqua Vincent d'un ton acerbe.

Le concierge ouvrit la porte de l'appartement d'Edward et Vincent poussa le battant. Il entra prudemment et appela « Edward? », mais seul le silence l'accueillit, ainsi que les ténèbres. Vincent chercha à tâtons l'interrupteur, finit par le trouver et alluma. Les rideaux étaient fermés, et une curieuse odeur imprégnait la pièce, comme du parfum, mais plus cendreuse. Cela rappela à Vincent l'appartement de sa grand-mère dans le Beresford ; une odeur de jadis. Dans le coin opposé du living-room, le radiateur cliquetait par intermittence. Dehors, dans Central Park, une sirène de police émit une plainte lugubre.

— Edward? répéta Vincent, plus doucement cette fois, comme s'il savait qu'il n'obtiendrait aucune réponse.

Charlotte prit Vincent par le bras.

— Il n'est pas là, dit-elle dans un chuchotement. Autrement, il répondrait.

— Je vais voir dans la chambre à coucher.

— Je, euh, je préfère attendre ici, lui dit Charlotte. Au cas où il... eh bien, tu sais, ne serait pas présentable.

Vincent traversa la pièce, en direction de la chambre à coucher. La porte était entrouverte. Il hésita, sans savoir pourquoi. Il n'avait pas peur. Du moins, il ne pensait pas qu'il avait peur. Mais supposons qu'Edward soit malade, ou endormi? Il ne serait pas particulièrement ravi que Vincent et Charlotte fassent irruption dans sa chambre à coucher, n'est-ce pas?

Tu cherches des faux-fuyants, se dit-il. *Allez, entre.*

Il poussa lentement le battant. La chambre était totalement silencieuse. Il voulut appeler Edward à nouveau, mais d'une certaine façon les mots se desséchèrent sur sa langue.

Edward était là. Il était couché, le dessus-de-lit en satin ramené jusqu'à son cou. Ses yeux étaient fermés ; il avait une main posée sur l'oreiller près de son visage.

Vincent se retourna et chuchota à Charlotte:

— Il dort.

— Il dort? Tu es sûr qu'il n'est pas mort?

— Non, il ne peut pas être mort. Regarde. Le dessus-de-lit bouge. Charlotte s'avança un peu plus près.

— Il semble affreusement pâle.

— Peut-être a-t-il été malade.

— Tu penses que nous ferions mieux de le réveiller?

— Eh bien, oui, certainement. S'il *a été* malade, nous devons appeler un médecin.

Vincent alla jusqu'à la fenêtre et tira les rideaux. La lumière d'un jour gris et pluvieux éclaira la pièce. Puis il revint vers le lit et se pencha vers Edward.

— Edward, Edward, c'est Vincent. C'est l'heure de vous réveiller.

Edward demeura silencieux, les yeux fermés.

— *Edward!* appela Vincent, et il secoua Edward par l'épaule.

Charlotte se tenait légèrement en retrait. Elle fronça les sourcils.

— Il n'est pas dans le coma, dis-moi, ou quelque chose comme ça?

— Je ne pense pas. Regarde... ses yeux papillotent sous ses paupières, comme ils le font quand on rêve.

— Oui, tu as raison.

— Edward! répéta Vincent.

— Examine ses yeux. Peut-être *est-il* dans le coma.

Vincent tendit le bras et releva la paupière droite d'Edward avec son pouce. Aussitôt, poussant un cri horrifié, il écarta vivement sa main et faillit perdre l'équilibre tandis qu'il se rejetait en arrière d'un bond.

Charlotte hurla.

Car, sortant de l'orbite droite d'Edward, une grappe de vers blanchâtres dégringola et tomba sur l'oreiller, où ils se séparèrent et se tortillèrent tandis qu'ils essayaient de se mettre à l'abri. Deux ou trois autres s'extirpèrent de dessous la paupière d'Edward en se tortillant.

Tremblant de dégoût et de terreur, sourd à tout excepté aux hurlements de Charlotte, Vincent avança la main et empoigna le dessus-de-lit d'Edward, le dessus-de-lit qui avait bougé comme si Edward respirait en dessous. Il hésita un moment, puis il l'arracha violemment.

— Oh, mon Dieu ! s'exclama-t-il, et il sentit un flot de bile lui monter à la bouche.

C'était le grouillement qui écœurait Vincent, plus que toute autre chose, une vision qu'il ne pourrait jamais effacer de son esprit. Les contorsions dépourvues d'intelligence de milliers de corps semi-transparents qui se tordaient et se tournaient en tous sens, et la façon dont ils luisaient dans la lumière du jour.

Le bras de Vincent se releva d'un mouvement brutal, sous le choc. « Dieu ! », ce fut tout ce qu'il réussit à dire. Puis il prit Charlotte par le bras — elle semblait trop hébétée pour savoir quoi faire — et l'entraîna hors de la chambre. Il referma la porte derrière lui puis resta là, la regardant fixement, les yeux dilatés par l'incrédulité et l'horreur.

— Vincent, que lui est-il arrivé ? demanda Charlotte d'une voix suraiguë. Comment cela a-t-il pu arriver ?

Vincent secoua la tête. Il avait un goût amer dans la bouche et il s'aperçut qu'il lui était impossible de parler.

Charlotte se cacha le visage dans les mains, durant un moment, puis elle fut prise de nausées.

— Vite, la cuisine, dit Vincent, en la conduisant vers l'évier.

Elle se pencha, tenant ses cheveux à deux mains, et rendit son petit déjeuner. Vincent sentit son propre estomac se nouer, mais il parvint à déglutir deux ou trois fois et à se maîtriser.

— Ça va ? lui demanda-t-il au bout d'un moment. Je ferais mieux de prévenir la police. Et d'appeler une ambulance, également, mais je ne sais pas ce qu'ils pourront faire, à part l'emporter.

Charlotte acquiesça de la tête. Son visage était livide, empreint de dégoût.

Le concierge entra dans la cuisine, toujours en faisant cliqueter ses clés.

— Bon, c'est terminé, dites-moi ? Je dois redescendre à présent.

— Je suis obligé de prévenir la police, dit Vincent. Mr Merriam est mort.

— Mort ? Mais qu'est-ce que vous racontez ? Mort ?

— Il est mort, c'est tout, dans la chambre à coucher.

Le concierge ôta le cigare de sa bouche et regarda fixement la porte de la chambre à coucher comme s'il tentait de voir au travers.

— Hé, il s'est suicidé, un truc comme ça ?

— Je ne sais pas. Je ne crois pas. Bon, vous voudrez bien m'excuser.

Vincent décrocha le combiné et composa le 911. Le concierge continuait de s'agiter près de lui, tirant bruyamment sur son cigare.

— De quoi s'agit-il ? Il s'est tiré une balle dans la tête, un truc comme ça ?

— Je ne sais pas. C'est impossible à dire. Maintenant, je vous en prie. Tous deux nous avons été sacrément secoués, et j'aimerais beaucoup prévenir la police.

Charlotte, toute tremblante, sortit de la cuisine et vint dans le living. Elle prit un paquet de cigarettes et en alluma une pour Vincent, puis une pour elle-même. Vincent fumait très rarement, mais il accepta la cigarette avec reconnaissance et tira une longue bouffée. Tout était bon pour désinfecter l'air vicié qu'il avait respiré dans cette chambre remplie de vers.

Le concierge mâchonna son cigare et s'aperçut qu'il était éteint.

— Je vais vous dire une chose, marmonna-t-il. Je ne trouve que des tragédies dans ces appartements. Les choses que j'ai vues, pouvez pas savoir ! Des tragédies. Vous refuseriez de me croire. Toutes ces vies solitaires que mènent les gens ici, même les riches, foutrement solitaires! C'était un jeune type, pas vrai? Vingt-cinq, trente ans?

Vincent obtint facilement la police.

— Je désire signaler un décès, dit-il d'une voix qui ne ressemblait pas du tout à la sienne.

10.

New York, 16 décembre

Laura coupait des courgettes en rondelles dans le Cuisinart lorsque la sonnette de la porte d'entrée retentit. Elle s'essuya les mains avec un torchon et lança : « J'arrive tout de suite ! » Puis elle débrancha l'appareil et s'avança sur le parquet ciré, dans ses sandales japonaises, ses mains aux ongles écarlates écartées de part et d'autre de son corps, comme les ailes d'un chérubin.

Elle atteignit la porte d'entrée et regarda par le judas, ses longs cils battant comme elle essayait d'accommoder. Les deux garçons habitant à l'étage du dessous ayant l'habitude « d'emprunter » les ampoules électriques dans le couloir, il lui était quasiment impossible de voir qui était là. Mais elle aperçut un visage très pâle, un visage qui semblait être celui d'une femme, et cela la rassura. Danny lui répétait sans cesse que si c'était le visage d'un homme, ou celui d'un Noir, ou les deux à la fois, elle ne devait pas ouvrir la porte, même si le visiteur disait *qui* il était.

— Etes-vous Mrs Laura Monblat ? demanda la femme.

Une voix haut perchée, un ton distingué.

— C'est moi, répondit Laura. Que voulez-vous ?

— Je m'appelle Sybil Vane. Je suis une vieille amie de votre mère. Puis-je entrer ? J'ai peur qu'un accident ne soit arrivé.

— Un accident? Quelle sorte d'accident?

— Il s'agit de votre père. Je vous en prie. Ce n'est pas facile de vous parler ainsi.

— Qu'est-il arrivé? insista Laura.

— Il a fait une mauvaise chute. On l'a transporté à l'hôpital. Je vous en prie, ouvrez la porte et je vous raconterai tout.

Laura tira les verrous, en haut et en bas, puis tourna la clef dans la serrure à huit crans. Deux viols et huit cambriolages avaient été commis dans cet immeuble en moins d'une année, et Danny Monblat n'était pas homme à aller au bureau en laissant sa jeune épouse sans protection.

La femme entra dans l'appartement. Elle était légèrement plus grande que Laura, mais c'était peut-être à cause de ses chaussures noires à hauts talons. Elle portait un long manteau d'hiver noir, sur lequel des flocons de neige fondue scintillaient comme des étoiles dans un univers suffocant, et un chapeau noir, orné d'une plume grise qui ondoyait. Son visage était aussi blanc que du papier de soie. De toute évidence, elle avait été très belle, mais à présent elle semblait fatiguée et ridée.

— Quand cela est-il arrivé? demanda Laura. Et pourquoi ne m'a-t-on pas téléphoné?

La femme ôta ses gants.

— Votre mère a essayé de vous appeler, depuis l'hôpital, mais votre ligne était occupée. Aussi m'a-t-elle téléphoné pour me demander de venir ici. J'ai un appartement à Gracie Square.

— Est-ce très grave? demanda Laura.

— Les médecins semblent croire que votre père s'est fracturé une ou deux vertèbres. Ils doivent lui faire passer d'autres examens demain, et procéder à d'autres radiographies. Cela pourrait être très grave si la colonne vertébrale est atteinte. Je suis désolée.

Laura était bouleversée et atterrée.

— Il ne va pas... eh bien, sa vie n'est pas en danger, n'est-ce pas?

— Je ne le pense pas, ma chère enfant. Mais il risque de perdre partiellement l'usage de ses jambes.

— Oh mon Dieu, c'est horrible. Puis-je appeler ma mère ? Vous avez le numéro de téléphone de la clinique ? Quelle clinique est-ce ?

La femme qui s'était présentée sous le nom de Sybil Vane effleura le bras de Laura et lui adressa un sourire compatissant.

— Votre mère espérait que vous pourriez venir tout de suite à New Rochelle. C'est pour cette raison qu'elle m'a demandé de venir ici. Ma voiture est garée en bas. Je peux vous conduire.

— Eh bien, je ne sais pas. Je dois d'abord appeler Danny.

— Je vous en prie, faites donc. Mais votre mère tenait tellement à ce que vous veniez le plus vite possible.

Laura enleva son tablier et se dirigea vers la cuisine.

— J'étais en train de préparer un pair de courgettes, dit-elle, presque honteusement, comme si, au lieu de cela, elle aurait dû penser à son père.

La femme resta dans le living-room. L'appartement était lumineux, bien exposé et confortable. Il y avait des palmiers et des fougères dans de grands bacs, et le mobilier était en verre, chrome et bois naturel. Les doigts de la femme touchèrent les murs comme si elle désirait sentir les vibrations des vies qui étaient vécues ici, comme si elle captait les émotions de Laura.

Laura sortit de la cuisine et se donna un coup de peigne à la hâte.

— Savez-vous comment cela est arrivé ?

— Je n'en suis pas très sûre, lui dit la femme. Il me semble que votre mère a dit qu'il est allé boire un verre d'eau dans la salle de bains et qu'il a glissé. Elle était tellement bouleversée.

Laura décrocha le combiné et pianota le numéro du bureau de Danny.

— Mon père qui était toujours en bonne santé, dit-elle en attendant la communication. Oh, suis-je bête, vous savez tout cela, puisque vous êtes une amie de ma mère.

— Votre mère et moi étions à l'école ensemble, dit la femme, puis elle sourit à nouveau, comme si cela expliquait tout.

Finalement, Laura put parler à la secrétaire de Danny. La femme l'observait pendant qu'elle parlait. Une très jolie jeune femme, en vérité. Des cheveux auburn, des yeux verts, un visage ovale ; presque les traits d'une Irlandaise. Une peau aussi fine et pâle que des pétales d'orchidée. Trop maquillée, bien sûr, comme l'étaient la plupart des femmes américaines, mais un peu de cold-cream remédierait à cela. Et aussi une silhouette élégante. Des hanches étroites, des jambes bien proportionnées, une poitrine pas trop provocante. Une très légère marque sur la joue gauche, sans doute un accident remontant à l'enfance, mais rien de très sérieux.

— Je vois, dit Laura, parlant à la secrétaire de Danny. Puis :

— Entendu. Mais pouvez-vous lui expliquer la situation dès son retour ?

— Il n'est pas là ? demanda Sybil Vane.

— Il a été appelé en ville. L'un de ses plus importants clients envisage une fusion de sociétés. Sa secrétaire ne pense pas qu'il reviendra avant au moins une heure.

Néanmoins, la femme sourit à nouveau. Elle avait un sourire étrangement doux et indulgent ; malgré elle, Laura trouva ce sourire réconfortant.

— J'ai un téléphone dans ma voiture, dit la femme. Vous pourrez essayer de rappeler Danny durant le trajet. En attendant, pourquoi ne pas lui laisser un mot ?

Laura griffonna un message sur le tableau noir, dans la cuisine.

— Savez-vous de quel hôpital il s'agit ? demanda-t-elle.

— Le Boardman. Je n'ai pas noté le numéro de téléphone, mais votre mari le trouvera facilement, en appelant les renseignements.

— Parfait. Le temps de mettre mon manteau et nous partons.

— Ne soyez pas trop longue. Ma voiture est garée en interdit.

Sybil Vane attendit patiemment, examinant un poster encadré de *It Happened One Night*[1], tandis que Laura enfilait son manteau, éteignait les lumières et rajoutait du gravier dans la caisse du chat.

— Vous n'avez pas vu mon chat ? demanda-t-elle à la femme en fronçant les sourcils. Il était là, il y a un instant.

— Il doit dormir quelque part. Vous savez comment sont les chats.

Laura se mit à genoux, tout en boutonnant son manteau, et regarda sous les meubles.

— Il n'est pas là. Phoebe ! Phoebe ! Minou, minou !

Elle alla dans la chambre à coucher et regarda dans la salle de bains, mais ne trouva pas le chat.

— Je ne voudrais pas vous bousculer, dit Sybil Vane, mais il est grand temps de partir.

Laura appela Phoebe une dernière fois, en vain. Elle sortit dans le couloir, à la suite de Sybil Vane, et ferma consciencieusement la porte à clé. Ensemble elles descendirent les quatre volées de marches jusqu'à la rue. Les talons hauts de la femme claquaient comme des clous enfoncés à coups de marteau dans du bois de chêne.

— Pourvu que mon père puisse marcher de nouveau ! Les médecins n'ont rien dit ? demanda Laura.

La femme secoua la tête.

— Trop tôt pour émettre un pronostic précis. Du moins, c'est ce que votre mère m'a dit. Nous pouvons l'appeler, cependant, lorsque nous serons dans la voiture, et vous pourrez le lui demander vous-même.

— Pauvre vieux papa ! dit Laura. Lui qui a toujours été si actif. Il a remporté le tournoi de golf amateur de New Rochelle, voilà deux ans.

1. *New York-Miami*, film de Frank Capra (NdT).

— Oui, je sais, fit Sybil Vane. (Elle prit la main de Laura et la serra.) Allons, ne soyez pas aussi inquiète, ajouta-t-elle en souriant. Je suis sûre qu'il se rétablira très vite.

— Oh mon Dieu, j'espère que vous avez raison, dit Laura.

La voiture était garée près du trottoir : une limousine Fleetwood noire, un modèle d'une dizaine d'années. Le capot étincelant était couvert de gouttes de pluie.

— Vous conduisez vous-même cette voiture ? s'étonna Laura.

La femme lui ouvrit la portière du côté du passager. Il y eut une odeur prenante de cuir et de cendres de roses.

— C'est mon seul luxe, dit-elle. Elle appartenait à mon frère. Il affirmait que tout Américain digne de ce nom ne devrait conduire que des limousines.

Laura monta dans la voiture et referma la portière. Sybil Vane retira ses chaussures à talons hauts. Puis elle tourna la clé de contact et le moteur de la Fleetwood émit un rugissement. Elle démarra sans mettre son clignotant et s'inséra dans la circulation. Elle roula jusqu'au bout du pâté de maisons, puis tourna dans la Sixième Avenue.

— Vous avez assez chaud ? demanda-t-elle.

Elle conduisait avec une sorte d'insouciance autoritaire, poussant des exclamations désapprobatrices et faisant des gestes impatients chaque fois qu'un autre véhicule se rabattait devant elle, ralentissait ou l'irritait d'une manière ou d'une autre.

— Il fait très chaud, merci, répondit Laura.

En fait, il faisait une chaleur étouffante dans la voiture et elle avait déjà déboutonné son manteau.

— Je ne supporte pas le froid, vous comprenez, déclara la femme. (Ses bagues brillèrent comme elle tournait le volant.) Le froid me donne la migraine.

Elles passèrent devant Radio City et ses lumières rouges se reflétèrent sur le long capot noir de la Fleetwood. Il neigeait toujours ; sur les trottoirs, les passants s'abritaient sous des parapluies.

— Vous disiez que vous aviez connu ma mère à l'école ? demanda Laura.

— C'est exact. Nous étions des amies intimes ; et ensuite, nous avons continué de nous voir.

— Vous auriez dû venir à mon mariage.

— Je voulais venir. Votre mère m'avait envoyé une invitation. Malheureusement je me trouvais en Europe à cette époque. Une affaire de famille à régler de toute urgence.

— Cela m'étonne que vous ne soyez jamais venue à la maison.

Sybil Vane se tourna et la regarda.

— Mais je suis venue, bien sûr ! Je venais très souvent jusqu'à ce que mon pauvre mari tombe si gravement malade. Je me souviens de vous alors que vous étiez une toute petite fille.

Laura s'attendait que la femme donne plus de détails sur ses souvenirs mais elle n'en fit rien. Elles demeurèrent silencieuses jusqu'à ce qu'elles atteignent Central Park South, où la femme tourna à droite. Les amortisseurs usés de la Fleetwood grinçaient bruyamment sur les nids-de-poule et dans les flaques d'eau, et les essuie-glaces frémissaient et protestaient tout en balayant le pare-brise. Laura étouffait — la voiture était tellement parfumée — aussi baissa-t-elle sa vitre d'un ou deux centimètres. L'air glacial de la fin de l'après-midi s'engouffra à l'intérieur et, pendant un moment, elle se sentit mieux. Puis Sybil Vane dit :

— Si cela ne vous fait rien, laissez la vitre fermée. Le froid m'incommode tellement, vous comprenez.

— Oh, je suis désolée, dit Laura, et elle remonta la vitre.

Elles se dirigeaient vers le nord. Comme elles atteignaient la 125e Rue, la neige redoubla de violence, et la femme faillit entrer en collision avec l'arrière d'un bus. Elle ne donna pas de coups de klaxon, mais marmonna d'une façon menaçante et se lança dans une manœuvre compliquée pour le contourner, provoquant un embouteillage et un concert d'avertisseurs de la part des voitures et des taxis bloqués dans la file. Laura commença à regretter de ne pas avoir attendu que Danny rentre à la maison pour qu'il la conduise à New Rochelle, et elle s'aperçut qu'elle s'agrippait à la poignée et au cuir élimé du siège, priant le ciel pour que la femme n'ait pas un accident.

— Plus aucune politesse de nos jours, fit remarquer la femme. Vous devriez voir comment ils conduisent en Europe. Avec du *style,* et une très grande courtoisie. Ici... ce sont des porcs, c'est le seul terme qui convienne. Des porcs !

— Vous êtes sûre que cela ne vous cause pas trop d'ennuis ? demanda Laura.

— Des ennuis ? rétorqua Sybil Vane, comme si c'était un mot dans une langue étrangère qu'elle entendait pour la première fois.

— Eh bien, le temps est plutôt épouvantable, et cela représente un long trajet jusqu'à New Rochelle. Je ferais peut-être mieux de prendre un taxi. Si vous préférez, vous pouvez me déposer, je trouverai bien un taxi pour m'emmener là-bas.

La femme eut un rire cassant.

— Vous déposer ? Dans Harlem ? En pleine nuit et avec toute cette neige, alors que votre père se trouve à l'hôpital ? A votre avis, qu'est-ce que votre mère me dirait si je faisais une chose pareille ? Oh, regardez ce fou dangereux, il freine juste devant moi !

— Je vous en prie, soyez prudente, lui conseilla Laura. La chaussée est très glissante.

— Ma chère enfant, répliqua la femme, je conduis depuis plus d'années que... *regardez* cet abruti, mais regardez-le !

Laura ne pouvait rien faire, sinon rester assise sur son siège et prendre son mal en patience. Sybil Vane avait raison : elle pouvait difficilement descendre de voiture ici, avec ces rafales de neige, au milieu de Harlem, après la tombée de la nuit. Ses chances de trouver un taxi étaient quasiment nulles, ses chances d'être agressée, ou pire, étaient plus qu'appréciables.

— Mon frère *adorait* conduire lorsqu'il neigeait, dit la femme d'un ton désinvolte. C'est toute la différence entre les tigres et les veaux, avait-il coutume de me dire. Lorsqu'il neige, vous devez conduire comme un tigre!

— Vous m'avez dit qu'il y avait un téléphone dans la voiture, reprit Laura.

— Oui, effectivement. Mon frère faisait toujours installer un téléphone dans ses voitures. Il roulait tellement! Un vrai Wolf Barnato.

— Puis-je l'utiliser? demanda Laura.

— Quoi?

— Le téléphone. Puis-je l'utiliser?

— Naturellement. Il est dans la boîte à gants.

Laura ouvrit le compartiment. Il y avait un téléphone soigneusement rangé à l'intérieur, ainsi qu'un sachet de bonbons à la menthe de chez Taylor's, Bond Street. Elle décrocha le combiné et appuya sur la touche. La petite lumière rouge clignota, mais tout ce qu'elle entendit dans l'écouteur, ce fut un sifflement, lent et prolongé.

— Je ne pense pas qu'il fonctionne.

— Probablement la neige. Apparemment, il ne fonctionne jamais quand il neige. Ou quand il pleut, à vrai dire.

— Je dois appeler Danny, insista Laura. Il va se faire du souci pour moi.

— Mais bien sûr! dit-il la femme d'une voix agréable. Dès que nous verrons une station-service, nous nous arrêterons et vous pourrez lui téléphoner.

— Oh, je vous en prie, si cela ne vous dérange pas.

A présent elles traversaient le Bronx. La circulation était moins intense et la femme conduisait plus calmement. Laura regardait la neige fondue trembloter sur la vitre à côté d'elle, et écoutait le chuintement continuel des pneus sur l'asphalte. Elle regrettait toujours d'avoir accepté l'offre de Sybil Vane de la conduire à New Rochelle, mais elle commençait à se sentir plus en sécurité maintenant, et elle se rassurait en se disant que ses parents seraient très contents de la voir, et que Danny la rejoindrait très vite, et que tout irait très bien. Elle n'avait pas vu sa mère depuis son mariage et elle avait hâte de la retrouver.

Sybil Vane, tout en conduisant, se mit à parler. Tout d'abord, elle raconta à Laura ce qu'elle avait fait en Europe. Puis elle continua en discutant mode, et chaussures, et combien elles étaient de mauvaise qualité de nos jours. C'était un monologue extraordinaire, sur tout et sur rien, et elle le récitait d'une voix singulièrement répétitive, appuyant sur les mêmes groupes de syllabes, encore et encore. Laura avait l'impression d'entendre un morceau de musique, long et monotone, plutôt que la voix d'une femme. La Fleetwood continuait de rouler dans la nuit, les essuie-glaces se déplaçaient régulièrement d'un côté et de l'autre du pare-brise, et la femme parlait toujours, sur le même ton hypnotique. Laura ferma les yeux un moment, puis durant un moment plus long, et puis elle s'endormit.

Elle rêva tandis qu'elle dormait. Elle volait à travers la nuit, chevauchant une créature noire et squameuse, une créature dont les ailes immenses perdaient des fragments de chair et d'os à chacun de leur ample mouvement. Elle rêva qu'elle était perdue dans un labyrinthe de haies noircies, calcinées et rabougries ; un labyrinthe où elle entendait des voix au-delà de chaque coude mais où elle ne voyait jamais personne. Elle rêva qu'elle se trouvait seule dans une maison cinglée par la pluie, une maison que l'on était en train de démolir. Elle pleurait dans ses rêves, parlait et se tordait les mains ; et lorsque, brusquement, la Fleetwood décrivit un demi-cercle et qu'il y eut un crissement de pneus sur du gravier, et que le moteur se tut soudainement, elle se réveilla pour s'apercevoir que ses joues étaient humides de larmes.

Elle ouvrit des yeux étonnés vers la femme, qui était toujours assise à côté d'elle. Puis elle regarda à travers la vitre. Dehors, il faisait sombre, la seule lumière étant celle d'un vieux réverbère. La neige avait cessé de tomber, mais il pleuvait.

— Nous sommes arrivées? demanda-t-elle, encore désorientée. J'ai dû m'assoupir un moment.

— Nous sommes arrivées, répondit la femme.

Elle se tourna et sourit à Laura, et Laura réalisa brusquement à quel point le visage de la femme semblait ridé et ratatiné. C'était comme si elle avait vieilli de dix ans depuis cet après-midi. Son regard avait également changé. Il n'était plus bienveillant, mais froid et scrutateur, comme si la femme regardait Laura à travers des orifices pratiqués dans un masque.

— C'est l'hôpital? demanda Laura.

Elle se frotta les yeux ; elle se sentait la tête lourde et les idées brouillées, comme si elle avait la gueule de bois. Elle regarda au-delà de la vitre tachetée de gouttes de pluie de la Fleetwood.

— Ce n'est pas l'hôpital, déclara-t-elle.

— Non, bien sûr que non. Nous sommes chez moi. Vous avez dormi si longtemps ; aussi j'ai pensé que vous aimeriez entrer et faire un brin de toilette avant que nous poursuivions notre route. J'ai également une ou deux choses que j'ai promis d'apporter à votre mère.

— Quelle heure est-il? s'enquit Laura.

Sa montre semblait s'être arrêtée.

— Sept heures dix.

— Sept heures dix ? Mais cela veut dire que j'ai dormi plus de deux heures! Pourquoi ne m'avez-vous pas réveillée? Nous devions nous arrêter à une station-service pour que j'appelle Danny.

— Ne vous inquiétez pas, sourit la femme, bien que son sourire ressemblât plutôt à une grimace. (Elle tapota la main de Laura.) Vous pouvez lui téléphoner d'ici si vous le désirez. Ah, voilà mon frère Maurice.

Un homme de grande taille aux cheveux grisonnants, portant un imperméable noir, surgit de l'obscurité et de la pluie. Il se pencha et regarda à l'intérieur de la voiture, puis sourit et ouvrit la portière de Laura.

— Bonsoir, dit-il. Vous êtes certainement Laura. Cordelia m'a tellement parlé de vous. Je vous en prie, venez ; je vais vous montrer le chemin jusqu'à la maison. Je suis sûr que vous prendrez une tasse de thé avec plaisir, après toute cette route !

Laura s'extirpa de la Fleetwood et boutonna son manteau. L'air était glacial et humide, et il y avait l'odeur de forêts. Il était impossible de voir grand-chose ; la femme avait éteint les phares de la Fleetwood, et il n'y avait aucun éclairage, à part le réverbère datant du début du siècle. L'imperméable noir de l'homme produisit un bruissement, exactement comme les ailes de la créature noire et squameuse dans le rêve de Laura. Quelque part, pas très loin, un chien aboyait.

— Les chiens sentent toujours la présence d'étrangers, fit remarquer Maurice Gray d'un ton joyeux. Venez, suivez-moi. L'allée est assez sombre, et les dalles sont glissantes, faites attention. Nous n'avons pas encore eu le temps d'enlever toute cette mousse. Cordelia, ma chérie, sois prudente, toi aussi !

— Cordelia ? s'étonna Laura. Vous m'aviez dit que vous vous appeliez Sybil.

La femme les rejoignit et prit Laura par le bras. Il y avait toujours cette odeur de cendre de roses, malgré la pluie.

— Le fait de me présenter sous le nom de Sybil Vane est seulement l'une de mes petites excentricités, dit-elle. C'était mon nom de théâtre, il y a bien des années. J'étais actrice, vous savez. Une excellente actrice, à ma façon. J'étais une merveilleuse Magda.

Ils s'avancèrent prudemment dans l'allée obscure. Finalement, ils arrivèrent devant un haut mur de brique rouge, recouvert de clématite, nue et brune à présent, et ruisselante de pluie. Maurice poussa une grille en fer, rouillée, qui émit un grincement plaintif. Au-delà de la grille, il y avait une grande cour puis les contours sombres d'une maison immense. Il n'y avait pas de lumière aux fenêtres et, tandis que Laura suivait Maurice vers le porche, elle sentit une odeur de terre récemment retournée, et une odeur d'égout, et d'humidité.

Maurice ouvrit la porte d'entrée, dont la peinture grise s'écaillait.

— Tout est plutôt délabré pour le moment, je le crains. Cordelia vous a probablement dit que nous avions effectué un séjour prolongé en Europe. Nous sommes revenus il y a deux semaines seulement, et nous n'avons pas eu le temps de faire grand-chose.

Laura ne dit rien pendant que Maurice cherchait à tâtons l'interrupteur électrique, se déplaçant dans l'obscurité. Elle ne comprenait pas pourquoi il n'avait pas laissé la lumière allumée lorsqu'il était sorti pour aller à leur rencontre. Finalement il trouva le bouton, et une ampoule brilla avec éclat dans une lanterne couverte de toiles d'araignée, éclairant le perron. Maurice la fit entrer.

— J'aimerais téléphoner tout de suite, s'il vous plaît, dit-elle.

— Mais bien sûr. Venez, je vais vous montrer le téléphone.

— Sommes-nous loin de l'hôpital? demanda Laura. J'ai dormi et cela m'a fait perdre tout sens de l'orientation. Nous sommes bien à New Rochelle, n'est-ce pas?

— Le téléphone est par ici, dit Maurice.

Il alluma le grand lustre dans le vestibule, éclairant des murs lambrissés d'une boiserie de chêne, un escalier tournant et un parquet mat sans tapis. Il faisait très froid dans la maison, ce qui surprit Laura puisque Sybil — ou Cordelia, ou quel que soit son nom — avait fait tellement d'histoires à propos du froid. En fait, il faisait si froid que leur haleine ressemblait à des embryons de fantômes.

— Nous sommes *bien* à New Rochelle ? répéta Laura, soudain prise de doute.

Il y avait quelque chose dans la façon dont Maurice se tenait à l'autre bout du vestibule, les mains jointes comme un acteur de mélodrame ; quelque chose dans la façon dont Cordelia s'était éloignée des lumières... il y avait quelque chose d'anormal dans tout cela, quelque chose de préparé et d'inquiétant.

— Nous nous trouvons à *proximité* de New Rochelle, lui certifia Cordelia.

— A proximité ? A quelle distance exactement ? Allons, j'ai fait tout ce trajet jusqu'ici en toute confiance. Je veux savoir où je suis, très précisément, où se trouve l'hôpital, et quel est le numéro de téléphone de l'hôpital afin que je puisse appeler ma mère.

Il y eut un long silence. Maurice adressa un regard à Cordelia et haussa les épaules comme pour dire : « A quoi bon ? » A présent, Laura était irritée et effrayée ; elle dit d'une voix incertaine :

— Je *dois* savoir.

Cordelia s'approcha d'elle, ses talons claquant sur le parquet comme un métronome. Elle tendit une main, mais, de toute évidence, elle ne s'attendait pas que Laura la prenne.

— Ma chère enfant, déclara-t-elle, je dois vous avouer que votre père est en parfaite santé, du moins à ma connaissance. Vous n'êtes pas à New Rochelle ; en fait, vous êtes à Darien, Connecticut.

Laura la regarda fixement.

— C'est incroyable, dit-elle. C'est absolument incroyable. Mais pourquoi ? Pourquoi m'avoir amenée ici ? Je veux téléphoner à mon mari, *maintenant.*

— Je suis désolé, dit Maurice doucement. C'est impossible.

— Mais il y a un instant, vous alliez me laisser lui téléphoner !

— Certainement pas, ma chère. Je me contentais de vous conduire à la bibliothèque. En fait, j'avais l'intention de vous *enfermer* dans la bibliothèque.

Laura sentit sa respiration s'accélérer et son cœur battre douloureusement contre sa poitrine.

— Je m'en vais, dit-elle. Vous ne pouvez pas m'en empêcher. Je m'en vais.

— Vous n'avez aucune raison d'avoir peur, assura Maurice.

— Je m'en vais! lui cria Laura. Je m'en vais, point final!

Elle fit demi-tour et se dirigea rapidement vers la porte d'entrée. Elle l'ouvrit violemment, et il était là. Un jeune homme, grand et beau, aux cheveux noirs frisés, portant un costume gris bien coupé et fumant une cigarette. Un œillet était glissé à sa boutonnière, et Laura eut soudain la sensation que tout le vestibule était imprégné du parfum d'œillet. Le jeune homme ne bougea pas mais tira tranquillement une bouffée ; il souriait à Laura, avec amusement et plaisir.

— Tiens, tiens, dit-il nonchalamment. Est-ce la jeune femme dont tu parlais, Cordelia?

— Tu étais sorti? lui demanda Cordelia. (Il était évident qu'elle était mécontente.)

Le jeune homme s'avança dans le vestibule et referma la porte d'un geste ferme. Il hocha la tête, juste une fraction de seconde, comme s'il percevait la peur et le désarroi de Laura.

— Je me suis promené dans la roseraie, c'est tout. J'avais besoin de prendre l'air. J'avais pris mon grand parapluie noir, celui que Frank m'a donné. C'était très agréable. Quelque peu pervers, également, je suppose ; mais très agréable.

Maurice s'approcha et toucha l'épaule de Laura d'une main douce et bienveillante. Elle recula et son regard alla de l'un à l'autre. Elle ne parvenait pas à croire que ce qui lui arrivait était réel. Elle était à demi convaincue qu'elle se trouvait toujours sur le siège du passager de la Fleetwood, roulant vers New Rochelle à travers les bourrasques de neige, endormie et rêvant.

— Voici Henry, dit Maurice. Henry est notre neveu le plus *âgé*, le fils du frère de notre père, John. Henry, je te présente Laura. Cordelia est allée la chercher aujourd'hui.

— Hé, elle est très jolie, dit Henry en tournant autour

d'elle. Elle est pour Tante Isobel, ou bien la gardes-tu pour toi, Cordelia?

— Pour celle qui en a le plus grand besoin, répondit Cordelia sur un ton dur.

— C'est ta mère, fit remarquer Henry avec une fausse désinvolture. Que tu désires qu'elle survive ou non, cela te regarde, bien sûr. Je dois avouer que les roses sont dans un état pitoyable.

Laura déglutit avec effort et annonça:

— Je m'en vais. Vous voulez bien me laisser passer?

— Partir? s'exclama Henry, faisant tomber d'une chiquenaude la cendre de sa cigarette sur le parquet. Allons, ma toute belle, vous ne parlez pas sérieusement! Rendez-vous compte, vous vous trouvez parmi les gens les plus hospitaliers et les plus amusants que l'on puisse rencontrer dans tout le Connecticut! Vous pouvez certainement rester pour prendre un verre? Vous pouvez certainement rester pour manger l'un de ces délicieux gâteaux préparés par notre chère Tante Isobel? Allons, vous devez rester pour Noël.

Cordelia saisit le poignet de Laura; sa poigne était osseuse, implacable et étonnamment forte.

— Noël *chez* les Gray est toujours une merveilleuse occasion, dit-elle d'une voix traînante. Vous devez rester, ne serait-ce qu'en esprit.

Elle embrassa Laura sur la joue; ses lèvres étaient aussi froides que du foie congelé. Ce fut à ce moment que Laura sentit la terreur la submerger lentement. Il lui sembla qu'elle avait crié, mais elle n'en était pas certaine.

11.

New York, 17 décembre

— Vous vous rendez certainement compte, monsieur, que votre histoire ne tient pas debout, dit l'inspecteur noir à l'imperméable tanné tout neuf.

— Oui, répondit Vincent, mais je peux seulement vous dire la vérité.

— Le corps de votre employé se trouvait dans le genre d'état que nous constatons normalement au bout de dix jours de décomposition, en été. Pourtant vous maintenez que vous l'avez vu vivant vendredi soir, vers cinq heures?

— C'est exact, confirma Vincent. (Il rassembla méthodiquement les feuilles de son dernier inventaire, puis les agrafa avec un soin exagéré, à l'aide d'une agrafeuse en or Gucci.) Je suis sûr qu'un tas d'autres personnes l'ont également vu, si vous vous donnez la peine d'interroger les commerçants du quartier.

— Ma foi, nous l'avons déjà fait, monsieur, et personne ne se souvient très bien.

— N'est-ce pas ce que l'on appelle une amnésie sélective, provoquée par la peur chronique d'être assigné comme témoin?

— C'est concevable, reconnut l'inspecteur. Ce qui est *plus* concevable, néanmoins, c'est que Edward Merriam n'ait pas du tout été ici vendredi, mais qu'il était déjà mort, gisant sur son lit et se décomposant dans son appartement, une situation que vous connaissez, et que connaît peut-être également Miss Clarke.

— Inspecteur Green, dit Vincent aussi patiemment que possible, le concierge de Mr Merriam se souvient l'avoir vu, rentrant à son appartement, dimanche, accompagné d'une femme entre deux âges. S'il se promenait le dimanche, comment aurait-il pu être mort et commencer à se décomposer, le vendredi ?

L'inspecteur Green tira sur sa petite moustache à la Little Richard.

— Notre théorie est la suivante : l'homme que le concierge affirme avoir vu n'était pas Mr Merriam, mais un sosie. Ce concierge ne pouvait pas très bien voir. De plus, il porte des lunettes aux verres épais ; assis dans sa loge, il a pu se méprendre très facilement.

— J'ai des factures signées par Mr Merriam en date de jeudi et de vendredi, insista Vincent en s'efforçant de refréner son irritation. Bon sang, il a vendu deux aquarelles jeudi matin. Je peux me mettre en rapport avec l'acheteur, il vous le confirmera !

L'inspecteur Green soupira avec agacement.

— Ces factures ne prouvent rien. Il vous suffisait de changer la date. Et admettons que vous ayez fait venir ici quelqu'un qui ressemblait à Mr Merriam, cela serait amplement suffisant pour induire en erreur ce client, au cours d'une identification formelle, d'autant plus que le corps, ou ce qu'il en reste, que nous gardons à la morgue n'a quasiment plus de visage. Impossible d'effectuer une comparaison !

Vincent se redressa et leva son index.

— Permettez-moi de vous dire une chose, inspecteur Green. Je comprends votre problème ; croyez-moi, je tiens autant que vous à découvrir ce qui est arrivé à Edward, dimanche. Mais Edward était ici vendredi ; je suis persuadé qu'il était toujours vivant ce dimanche ; et je trouve énormément à redire à ces accusations sans preuves que vous portez contre moi ou Miss Clarke, comme si nous avions quelque chose à voir dans ce meurtre !

L'inspecteur Green écarta les mains.

— *Meurtre?* Ai-je parlé de *meurtre?*

— Ce n'était pas nécessaire. L'insinuation était amplement suffisante.

— Oh, très bien, puisque nous jouons cartes sur table. Indépendamment de tout ce que vous avez dit concernant la présence de Mr Merriam ici dans ce magasin, vendredi après-midi...

— Galerie, grimaça Vincent. Galerie, je vous en prie.

— ...ici dans cette galerie, vendredi après-midi... le fait catégorique demeure que l'état dans lequel se trouvait son corps était compatible avec dix jours de décomposition et cela en *été*, or nous sommes en *hiver*, et que, selon le médecin légiste, il est absolument impossible que Mr Merriam ait pu être en vie dimanche, point final.

Vincent poussa un long et patient soupir.

— D'accord, je comprends votre point de vue. Apparemment, il s'est passé quelque chose qui défie toutes les lois de la science médicale.

— Ou bien vous et Miss Clarke n'êtes pas aussi précis dans vos souvenirs que vous devriez l'être.

— Oui, admit Vincent. Vous devez considérer, bien sûr, les raisons éventuelles que l'un de nous deux aurait pu avoir de tuer Mr Merriam ; ou encore, même si nous ne l'avons pas tué, les raisons éventuelles que l'un de nous deux aurait pu avoir de ne pas signaler sa mort au moment où votre médecin légiste semble croire qu'il est mort.

— Il y a l'éternel triangle, suggéra l'inspecteur Green.

Vincent secoua la tête, en proie à une exaspération contenue.

— Miss Clarke et moi sommes amis, pas amants : et Mr Merriam ne s'intéressait à aucun de nous deux. Ce qui exclut toute éventualité d'un ménage à trois, normal ou homosexuel.

— C'est *vous* qui le dites.

— En effet. C'est *moi* qui le dis.

L'inspecteur Green regarda d'un côté et de l'autre, d'un air batailleur, hochant la tête comme pour faire un commentaire silencieux et soutenu sur la galerie, sur Vincent, et sur tout ce qu'il voyait autour de lui : des peintures, *ah oui,* des tableaux anciens valant des millions de dollars, alors qu'il y avait des familles quasiment indigentes en cette période de Noël, et des épaves humaines dormant dans des boîtes en carton sur les trottoirs, et qu'il faisait froid et que des gens s'entretuaient.

— Je reviendrai, dit-il à Vincent, un défi dans le regard.

— Oh, j'en suis sûr, répliqua Vincent.

Une fois l'inspecteur parti, Vincent alla dans la pièce voisine, prit la bouteille de Jameson's dans le tiroir du bureau et s'en servit un petit verre, qu'il but d'un trait. Avec fermeté il revissa la capsule de la bouteille, referma le tiroir du bureau et retourna à son inventaire. Le souvenir de ces vers blanchâtres se tortillant continuait de l'obséder. Il avait tellement pensé à eux qu'il commençait à avoir la sensation qu'ils s'étaient effectivement introduits dans son crâne.

L'inspecteur Green avait entièrement raison. Les vers n'avaient pu ronger le corps d'Edward d'une façon aussi horrible en un laps de temps aussi court. C'était impossible. Même en admettant qu'Edward soit mort peu après que Vincent l'eut quitté, il serait resté étendu sur son lit durant seulement deux jours et deux nuits. Dans des circonstances normales, son corps aurait à peine commencé à dégager une odeur, à ce moment-là, et aucun ver ne serait certainement encore apparu.

Vincent se replongea dans son travail de vérification. Quelqu'un s'était introduit dans la galerie, au cours du week-end ; pourtant il n'avait rien volé, pas même la petite caisse. Vincent était convaincu que c'était la mystérieuse femme aperçue en compagnie d'Edward, à son appartement, qui avait pris les clés et était venue ici. Qui d'autre aurait pu le faire ? Elle était peut-être même responsable de la mort d'Edward. Mais l'inspecteur Green était d'un tout autre avis. Pas un seul des tableaux de Vincent n'avait été volé, et Mrs Turzynski n'arrivait plus à se souvenir de quoi avait l'air cette femme ; en fait, elle ne se souvenait même plus si la femme était vraiment sortie de l'appartement d'Edward. Les clés de la galerie avaient disparu et Vincent avait été obligé de faire changer les serrures, mais qu'est-ce que cela prouvait ? Rien, sauf qu'Edward s'était peut-être montré négligent.

Vincent vérifiait la liste de l'inventaire pour la troisième fois lorsque la porte de la galerie s'ouvrit et un homme trapu, aux cheveux noirs, entra. Il portait un costume trois-pièces bleu, froissé. Son visage était jaunâtre, et il ne semblait pas s'être lavé ou rasé ce matin. Cependant, il avait de grosses bagues en or aux doigts ; donc il n'était pas dans le besoin.

— Puis-je vous aider ? demanda Vincent. Ou désirez-vous seulement jeter un coup d'œil ?

L'homme alla droit au but.

— Je cherche un type du nom d'Edward Merriam. Il travaille ici ?

Vincent considéra l'homme avec soin et, l'air pensif, tambourina des doigts sur le bureau.

— Il *travaillait* ici. Puis-je demander qui désire le savoir ?

— Vous voulez dire qu'il est parti ?

— En un sens, oui.

— Où est-il parti ? L'avez-vous vu partir ? Etait-il accompagné d'une jeune femme ? Vingt-trois ans, mince, cheveux auburn ? Vous les avez vus ?

— J'aimerais savoir qui vous êtes, répliqua Vincent.

— Tout ce que j'ai besoin de savoir, c'est où ils sont allés, dit l'homme. S'ils ont filé, où sont-ils allés ? C'est tout.

Vincent fit le tour du bureau.

— Vous étiez l'un de ses amis ? Un ami d'Edward ?

— Je le connais, effectivement. Mais pas très bien.

Nous ne sommes pas vraiment compatibles, si vous voyez ce que je veux dire.

— Il est mort, annonça Vincent.

Le teint de l'homme devint encore plus jaunâtre.

— Il est *mort?* Il n'a pas... Laura... il n'a rien fait à Laura, hein?

— Laura? le reprit Vincent en fronçant les sourcils.

— Laura est ma femme. Laura Monblat. Je m'appelle Danny Monblat. Laura vivait avec Edward Merriam avant que je fasse sa connaissance, avant notre mariage. Lorsque je suis rentré à la maison hier après-midi, Laura n'était pas là, et j'ai pensé, eh bien, qu'elle était peut-être retournée vivre avec Edward. Elle n'arrêtait pas de me parler de lui, quel gentil type c'était, ce genre de choses. C'était seulement une supposition de ma part.

— Je suis désolé. Mais Edward a été trouvé mort, hier matin, dans son appartement du Central Park West. Il n'y avait personne avec lui lorsqu'on l'a trouvé.

Danny se passa la main sur la bouche.

— C'est affreux! Etait-ce une mort naturelle, ou bien a-t-il été tué? Nom de Dieu!

Vincent montra de la tête l'entrée de la galerie.

— J'ai eu la visite d'un inspecteur, il y a quelques instants. Ils ne savent pas encore ce qui a pu lui arriver. Apparemment, une femme se trouvait avec lui peu de temps avant sa mort... oh, attendez, rassurez-vous... c'était une femme entre deux âges, elle portait un manteau noir et un chapeau noir, orné d'une plume.

— Alors ce n'était pas Laura, dit Danny avec soulagement. Du moins cela ne ressemble pas à Laura, sauf si elle avait décidé de porter un déguisement. L'ennui, c'est que je ne sais toujours pas où Laura peut bien être.

— Vous avez averti la police?

— Oh, bien sûr, et ils se sont contentés de me regarder, l'air étonné, comme si j'étais un parfait demeuré d'avoir pris la peine de venir leur en parler. Vous savez combien de personnes disparaissent chaque jour? Uniquement à New York? Des milliers, ont-ils dit. Pas des centaines. Des milliers. Vous vous imaginez un peu ? Et l'une de ces milliers de personnes disparues est Laura. Mais ils ne s'en occupent pas. Ils ne *peuvent* pas s'en occuper. Vous ne pouvez même pas *espérer* qu'ils s'en occupent !

Vincent baissa les yeux vers sa liste d'inventaire, l'air sérieux. Puis il demanda :

— Vous avez appelé ses parents, je suppose ?

— Bien sûr. Ils ont été avertis les premiers.

— Et ?

— Ils étaient aussi bouleversés que moi. Ils n'ont pas la moindre idée de ce qui a pu arriver.

Danny Monblat se passa la main dans les cheveux, d'un geste las.

— Je ne sais vraiment pas où elle a pu aller. Il y a une chose bizarre. En principe, je devais rentrer à la maison de bonne heure ; elle préparait un dîner spécial à mon intention. Et puis j'ai eu cet appel de Farrar et Bibbie, ou du moins cet appel était censé provenir de Farrar et Bibbie — ce sont des clients à nous — et j'ai dû me rendre à l'autre bout de la ville. Lorsque je suis arrivé là-bas, personne de chez Farrar et Bibbie n'était au courant. Ils ignoraient de quel rendez-vous je voulais parler. Je suis donc rentré à la maison, et c'est alors que j'ai constaté que Laura était partie. Le dîner était toujours là, absolument tout. Le Cuisinart était rempli de... courgettes coupées en rondelles.

Danny Monblat dut inspirer profondément pour retrouver son calme. Il leva les mains avec désarroi, puis les baissa.

— Elle n'a même pas laissé une lettre, rien. S'il y avait eu un genre d'explications, j'aurai accusé le coup. Enfin, j'aurais su quoi faire. Mais lorsqu'une femme disparaît de cette façon, comment diable allez-vous faire pour la retrouver ?

— Avez-vous parlé à la police de cet appel téléphonique que vous avez reçu... quel nom déjà ? demanda Vincent.

— Farrar et Bibbie.

— Ah oui, Farrar et Bibbie. Vous leur en avez parlé ?

— Je l'ai mentionné en passant, oui, mais cela ne les a pas particulièrement intéressés.

— Vous vous rendez compte que cet appel était peut-être une sorte de diversion ? Un moyen de vous tenir éloigné de votre bureau pendant que... eh bien, pendant que votre femme disparaissait.

Danny Monblat regarda fixement Vincent.

— Où voulez-vous en venir ? Quelqu'un m'aurait attiré à l'autre bout de cette foutue ville, *exprès ?* Vous pensez que Laura a été enlevée, c'est ça ?

— Je l'ignore, Mr Monblat, c'était seulement une supposition. Je ne voudrais pas vous alarmer. Il y a probablement une explication très simple, et demain vous serez tous les deux en train de rire du souci que vous vous êtes fait. Peut-être est-elle allée aider quelqu'un qui était malade, une personne qui traversait un moment difficile.

— Elle n'a pas pris la voiture, dit Danny Monblat en secouant lentement la tête. De plus, elle aurait trouvé le temps de me laisser un mot. Laura est ce genre de fille. Elle sait combien je tiens à elle, combien je me fais du souci pour elle. Et c'est pourquoi elle ferme toujours soigneusement la porte, chaînes, verrous, tout, et ne laisse jamais entrer une personne à l'air louche.

— Cela ne fait que renforcer ma théorie. Si ce n'était pas dans ses habitudes d'ouvrir la porte à des inconnus à l'air louche, elle est probablement sortie de sa propre volonté. Qui sait, elle est peut-être rentrée chez vous à présent ? Vous voulez téléphoner ?

— J'ai appelé toute la journée, dit Danny Monblat. Mais... oui, bien sûr. Merci.

Il décrocha le combiné de Vincent et composa le numéro de son domicile. Il attendit, mais personne ne vint répondre. Finalement il raccrocha.

— Vous voulez prendre un verre ? lui proposa Vincent.

Il secoua la tête.

— Je préfère rester lucide. Bon, je pense que je vais rentrer à l'appartement et attendre, au cas où elle reviendrait. C'est probablement ce qu'il y a de mieux à faire.

Vincent posa une main sur son épaule.

— Vous pouvez m'appeler si vous avez besoin de quelque chose.

— Ma foi, ce n'est pas vraiment votre problème. Merci tout de même.

Danny Monblat s'en alla. Vincent s'assit de nouveau derrière son bureau et se frotta les yeux avec lassitude. Il avait la sensation troublante que, tandis que l'hiver se refermait sombrement autour de lui, des forces étranges et inexplicables commençaient à s'éveiller et à s'agiter au sein des ombres de sa vie. Ce qui l'intriguait le plus, c'était la sensation que, d'une certaine façon, il était personnellement responsable de la mort d'Edward, et même, indirectement, de la disparition de Laura Monblat. Eh bien, peut-être pas vraiment responsable, mais certainement *impliqué* dans ces deux affaires. Il savait qu'il n'y avait aucune logique derrière cette sensation, qu'il ne pouvait avoir aucun lien, d'une façon sensée ou raisonnable, avec la catatonie de Ben Miller ou la décomposition hideusement rapide du corps d'Edward, mais c'était comme s'il se fût trouvé dans l'œil d'un typhon tellement sombre et silencieux qu'il lui était impossible de se défaire de cette sensation.

Une main invisible tirait sur sa manche avec insistance ; une voix inaudible lui parlait continuellement à l'oreille. Cette année, le monde avait basculé dans un hiver très particulier, et Vincent éprouvait une appréhension comme il n'en avait jamais connu jusqu'à ce jour.

— *Ils sont revenus,* avait insisté Ben Miller. *Ils sont revenus.*

Lorsque le téléphone modula, Vincent sursauta, effrayé. Puis il décrocha le combiné et dit avec un calme modéré :

— Galerie Pearson. A votre service.

C'était Margot, l'ex-femme de Vincent, et cela ne datait pas d'hier. Elle semblait distante et harassée, comme si, alors qu'elle s'apprêtait à sortir de chez elle pour faire quelque chose de plus important, elle s'était dit que son devoir était de faire savoir à Vincent ce qui se passait.

— A propos de Noël, dit-elle, je me demandais si tu serais d'accord pour que j'amène Thomas là-bas dans l'après-midi plutôt que le matin...

Le ton de sa voix sous-entendait qu'il ferait mieux *d'être* d'accord.

— Je pense que cela ne posera aucun problème, répondit Vincent. Une raison particulière?

— Oh, c'est juste que Bruce arrive de Baltimore ce mercredi, et j'aimerais que Thomas fasse plus ample connaissance avec Bruce.

— Bruce, hein?

— Tu n'as pas à dire « Bruce, hein » de cette façon, protesta Margot, son attitude distante commençant à se craqueler légèrement. Bruce est un homme très gentil, dévoué et intelligent.

— Ai-je dit un jour qu'il ne l'était pas?

— Au moins Bruce ne s'attend pas que tout le monde autour de lui soit d'une perfection surnaturelle.

C'étaient le goût de l'ordre et le sens de la perfection de Vincent qui avaient finalement amené leur mariage à une conclusion douloureuse mais inévitable. Margot était désordonnée et fantasque, et ne se préoccupait pas de savoir si les autres l'étaient; Vincent avait toujours voulu mener une vie réglée et méticuleuse. Cela provenait peut-être de sa peur secrète de devenir aussi négligent et désordonné que son père: aimé de tous mais toujours plongé dans des problèmes juridiques, financiers et personnels, plus complexes les uns que les autres. Ou bien, plus simplement, tout en appréciant énormément Margot, charmante et spirituelle comme elle pouvait l'être, il avait confondu amitié et amour, et ne s'était rendu compte de son erreur qu'après la naissance de Thomas, quand c'était trop tard.

— D'accord, ne commençons pas à nous disputer, dit Vincent. Viens avec Thomas après déjeuner. Mais pas trop tard, s'il te plaît. Nous avons invité des voisins à venir prendre un verre, et ensuite nous irons chanter des cantiques de Noël.

— Tu ne m'as toujours pas dit ce que tu voulais pour Noël, ajouta Margot.

Vincent sourit.

— Je ne sais pas. De toute façon, quoi que je demande, tu m'achètes toujours autre chose. N'importe quoi, du moment que ce n'est pas un autre de ces cendriers mexicains.

— Quels cendriers mexicains?

— Ce truc rouge, bleu et jaune, avec des dessins de poulet dessus.

— Vincent, ce n'est pas un cendrier mexicain. C'est une marmite importée du Portugal, pour faire cuire un poulet.

— Oh, je suis désolé. Mais cela fait un excellent cendrier, également.

— A dimanche prochain, dit Margot, d'une voix pas très chaleureuse.

Vincent raccrocha. Il était presque midi ; il décida de fermer la galerie pour l'heure du déjeuner et de voir si Meggsy était libre. Ils pourraient se retrouver au bar du Plaza et boire deux ou trois de leurs excellents martinis. Le choc causé par la mort d'Edward commençait à se faire sentir: un froid dans tout le système nerveux ; un besoin de faire quelque chose de spontané et d'irrationnel afin de prouver que la disparition soudaine d'Edward n'était pas passée complètement inaperçue.

Il s'apprêtait à enfiler son pardessus lorsqu'un couple aux formes arrondies entra. Ils portaient des manteaux de fourrure aux poils frisés. Ils désiraient voir quelque chose représentant un sujet grec classique, de préférence avec beaucoup de colonnes en marbre et de nymphes aux voiles transparents. Ils se faisaient construire une villa sur l'île de Nisiros et ils étaient intéressés par un tableau de « cent quarante-deux centimètres sur cent quatre-vingt-sept centimètres » pour leur salle de bains du rez-de-chaussée.

Il était plus d'une heure lorsque Vincent réussit à les contenter avec un tableau, *Les jardins des Cyclades,* de Léonard Pym, un peintre américain excentrique qui avait vécu dans le Delaware durant la plus grande partie de sa vie. A présent, il était trop tard pour la pause-déjeuner de Meggsy ; il serait obligé de boire tout seul. Il brancha le système d'alarme et se dirigeait vers la porte lorsque le téléphone sonna.

— Et merde, murmura-t-il.

C'était certainement Margot qui le rappelait, pour lui lancer une remarque acerbe sur l'utilisation qu'il avait faite de sa marmite importée du Portugal. Margot, comme la plupart des gens, n'était jamais capable de trouver une repartie subtile au moment opportun, mais, contrairement à la plupart des gens, elle vous relançait lorsqu'elle avait trouvé une remarque bien sentie et avait soin de vous en faire profiter. Parfois, c'était trois mois plus tard.

— *Margot...*, commença-t-il. Mais ce n'était pas Margot.

— Mr Pearson ? Je suis désolé de vous importuner à nouveau. Ici Danny Monblat. Vous aviez dit que je pourrais vous appeler si j'avais besoin de quelque chose.

— Bien sûr. Que puis-je faire pour vous ?

— Serait-ce trop de vous demander de venir au Village ?

Vincent jeta un coup d'œil à sa montre.

— C'est-à-dire... je suis plutôt pressé.

— Je sais que j'exagère, en vous demandant cela. Mais, à mon avis, vous êtes la seule personne capable de comprendre.

Vincent pensa : Je n'ai pas du tout envie de rester assis ici tout l'après-midi, de toute façon ; et l'idée de boire des martinis tout seul ne m'enchante absolument pas. Alors qu'ai-je à perdre? De plus, je lui avais proposé de l'aider, et ce serait mal élevé de me défiler, à peine une heure plus tard.

— Donnez-moi votre adresse, dit-il à Danny Monblat.

Dehors, la rue était bruyante et il faisait un froid de canard. Vincent réussit à héler un taxi au coin de la Cinquième Avenue et, malgré la circulation, il arriva dans la 10e Rue vingt minutes plus tard. Le chauffeur était un Chinois et il avait sur son tableau de bord une batte de base-ball portant les signatures de toute l'équipe sud-coréenne.

Vincent remonta à pied la moitié du pâté de maisons jusqu'à l'immeuble où habitaient les Monblat. Lorsqu'il sonna, Danny vint lui ouvrir presque immédiatement, sans demander qui c'était. Son visage était livide, et son nœud de cravate était desserré, comme s'il avait eu des nausées.

— Entrez, dit-il. Merci d'être venu.

— Quel est le problème? demanda Vincent en entrant dans le vestibule.

— Venez, je vais vous montrer. Je ne l'ai pas trouvé la première fois que je suis revenu ici ; je cherchais Laura. c'est tout. Mais lorsque je suis rentré cet après-midi, eh bien, j'ai brusquement réalisé que le chat avait disparu, lui aussi. Aussi j'ai commencé à le chercher dans l'appartement, et il est là.

Il précéda Vincent dans le couloir, bordé d'un côté par des portes à claire-voie peintes en blanc. Il ouvrit la porte du fond et dit d'une voix rauque:

— Regardez.

Sur les étagères du dessus, à l'intérieur du placard, il y avait des draps, des couvertures et des serviettes de toilette soigneusement rangées. Dans le bas du placard, à même le plancher, il y avait un certain nombre de grosses bouteilles en verre, ainsi que deux ou trois boîtes en carton. Tout d'abord, Vincent ne comprit pas ce qu'il était censé regarder, puis Danny Monblat répéta : « *Regardez* » et il montra du doigt l'une des bouteilles au fond du placard.

Vincent se pencha en avant, scrutant la pénombre. Ce qu'il vit alors était tellement extraordinaire qu'il lui fallut deux ou trois secondes pour réaliser ce que c'était. Ensuite, lorsqu'il commença à discerner la forme, il fit un pas, puis deux, en arrière. Il regarda fixement Danny Monblat. Il se sentait glacé et terrifié, et il ne savait pas quoi dire.

— Je n'y ai pas touché, dit Danny Monblat. Je n'en ai pas eu le courage.

— Mais comment a-t-il pu... c'est votre chat ?

— C'est mon chat. Je n'ai pas regardé de trop près, mais j'en suis sûr.

Vincent hésita un instant puis tendit le bras vers le placard et déplaça trois des bonbonnes qui se trouvaient sur le devant. Précautionneusement, il prit la bouteille placée tout au fond et la souleva pour la regarder à la lumière du jour. Il crut qu'il allait vomir, mais il retint sa respiration, sortit son mouchoir de sa poche et le pressa contre sa bouche ; au bout d'un moment, la sensation de nausée disparut.

D'une façon ou d'une autre, le chat des Monblat avait réussi à se glisser à l'intérieur de la bouteille de vin vide. Pourtant, le goulot faisait moins de huit centimètres de diamètre. Une fois à l'intérieur, le chat avait tenté apparemment de se mordre et de se mettre en pièces. Le fond de la bouteille était rempli de sang rouge sombre, sur une couche de trois centimètres ; les parois de la bouteille étaient maculées de sang, de poils et de lambeaux de chair.

— Personne n'aurait pu faire ça, à part le chat lui-même, dit Danny Monblat dans un chuchotement rauque.

— Si je n'avais pas vu cela de mes propres yeux, je refuserais d'y croire. Nom de Dieu ! Quelle est la largeur du goulot de cette bouteille ? Comment a-t-il pu faire passer sa tête par le goulot? Et *pourquoi?* Les chats ne sont pas stupides. Parfois ils grimpent aux arbres et ne peuvent plus en redescendre, mais généralement ils ne se glissent pas dans des endroits d'où ils ne peuvent plus ressortir. *Regardez* cette chose!

Danny Monblat détourna les yeux, les mains dans les poches.

— Je suppose qu'il est devenu fou, c'est tout.

— Vous avez vu le chat hier matin? Il avait un comportement normal, à ce moment?

— Bien sûr. Il était gentil comme tout.

— Alors qu'est-ce qui l'a amené à faire une chose aussi horrible?

— Cela me rappelle quelque chose, dit Danny Monblat.

— Eh bien, je suis heureux que cela ne *me* rappelle rien, fit Vincent en secouant la tête. Je n'ai jamais vu un animal se suicider, pas de cette façon, en tout cas. Je ne sais pas quoi dire.

— Vous savez ce que cela me rappelle? insista Danny Monblat. Une photographie que j'ai vue dans un livre consacré au magazine *Life*. Elle montrait un prisonnier tentant de s'échapper, alors que les Allemands s'apprêtaient à le brûler vif. Ce type avait réussi à faire passer sa tête et la moitié de ses épaules par un trou minuscule entre le sol et le mur de sa cabane en bois. Ils l'ont tué tout de même, mais vous auriez vu le trou minuscule par lequel il avait réussi à se glisser, incroyable!

Vincent le regarda.

— Où voulez-vous en venir? demanda-t-il. Quelle sorte de conclusion en tirez-vous?

— Je ne sais pas. Je pense simplement que la seule chose qui ait pu pousser ce chat à se glisser à l'intérieur de cette bouteille, c'était la volonté de vivre.

— Vous voulez dire qu'il essayait d'échapper à quelque chose? Qu'il a essayé de se cacher quelque part où on ne pourrait pas l'attraper?

Danny Monblat acquiesça de la tête.

Vincent tourna les talons et revint dans le living-room. Il avait toujours l'estomac barbouillé. Il resta devant la fenêtre un long moment, regardant au-dehors la 10e Rue, les toits goudronnés, les citernes et les conduits rouillés des climatiseurs. Puis il dit :

— Si ce chat a essayé de se cacher aussi désespérément, alors il voulait échapper à quelqu'un se trouvant ici, dans cet appartement.

— C'est pour cette raison que je vous ai téléphoné, déclara Danny Monblat, au bord des larmes.

— J'aimerais pouvoir vous aider. J'aimerais pouvoir vous donner un conseil judicieux. Peut-être ferions-nous mieux de prévenir la police. Au moins ils connaissent la marche à suivre, enfin, les recherches à effectuer. Lorsqu'ils auront vu ce chat, je suis certain qu'ils changeront d'avis et qu'ils ne considéreront plus Laura comme une personne disparue parmi tant d'autres.

Danny Monblat se tenait dans le couloir, à proximité de la bouteille contenant les restes de son chat. D'une voix plaintive, il demanda à Vincent :

— Vous pensez qu'elle est morte ? Vous pensez que quelqu'un l'a tuée ?

— Vous devez garder espoir, Danny. Dans l'intérêt de Laura aussi bien que dans votre propre intérêt.

— Espoir ? répéta Danny Monblat. Espoir ? Mais vous parlez de ma femme en ce moment ! De ma *vie !*

12.

Harwinton, 18 décembre

Lorsque Jack se réveilla, il neigeait. La chambre à coucher était remplie de cette lumière lilas irréelle que reflètent les champs de neige aux premières heures du matin ; il entendait le doux baiser des flocons contre les carreaux. Il resta allongé un moment, sachant qu'il aurait dû se lever tout de suite mais s'accordant encore cinq minutes de tranquillité. Dans une semaine ce serait Noël. Cette année il avait fait un réel effort et acheté ses cadeaux pour Nancy un mois plus tôt: un flacon de parfum Cartier, un livre de cuisine française et trois paires de collants noirs sexy. Nancy dormait toujours, la main levée vers son visage comme un enfant. La pendulette indiquait 7:21. Jack s'étira et décida que c'était probablement l'heure de se lever.

Il était dans la cuisine, au rez-de-chaussée, lorsque le téléphone sonna. Il se versa une tasse de café noir d'une main et décrocha le combiné de l'autre.

— Smith, dit-il d'une voix rauque.

— Shérif? Ici Norman Goldberg. Je suis désolé de vous déranger d'aussi bonne heure, mais il se pourrait que nous ayons une piste, concernant le meurtre de Nepaug.

— Quelle sorte de piste? Quand?

— Au petit matin, shérif, vers les deux heures, Dunkley a trouvé un jeune auto-stoppeur, blanc, âge vingt-neuf ans, sur Goshen Road, pas très loin de Dog Pond. L'auto-stoppeur a dit qu'il avait une sacrée veine d'être toujours en vie. Apparemment un homme l'a fait monter dans sa voiture, puis a tenté de le convaincre de passer la nuit avec lui. L'auto-stoppeur a refusé ; alors l'homme a voulu lui injecter quelque chose avec une seringue hypodermique. L'auto-stoppeur a braqué le volant, la voiture s'est arrêtée et, après une brève bagarre, il a réussi à en sortir et à ficher le camp. D'après l'auto-stoppeur, l'homme parlait continuellement de sa peau, disant que la peau est une chose merveilleuse. Ce genre de baratin.

— Où est cet auto-stoppeur maintenant ?

— Toujours ici, shérif. Il dormait, la dernière fois que j'ai regardé.

— Ne le laissez pas partir. J'arrive tout de suite.

— Compris.

Jack but son café en hâte, s'habilla et embrassa Nancy sur la joue avant de se frayer un chemin dans la neige. Il maudit sa paresse qui l'avait incité à ne pas rentrer la voiture dans le garage le soir précédent ; la Volkswagen était presque entièrement ensevelie sous la neige. Il passa dix minutes exaspérantes à gratter le givre sur le pare-brise et les vitres ; lorsque finalement sa voiture fut raisonnablement propre, six ou sept tentatives furent nécessaires avant que le moteur consente à partir.

Le trajet jusqu'à Torrington fut infernal. Plusieurs fois les essuie-glaces se bloquèrent et Jack dut s'arrêter, descendre et les dégager avec ses mains nues. A deux reprises la voiture dérapa et se mit en travers de la chaussée, et une fois il heurta une clôture. A voix haute il demanda à Dieu ce qu'il foutait là, dans ce désert blanc et aveuglant, alors que quiconque ayant un peu de bon sens serait tranquillement resté chez lui, près du feu, après avoir appelé son patron pour lui dire qu'il était bloqué par la neige.

Il finit par arriver à Torrington. Il n'y avait pas d'autres véhicules dans le coin, à part un chasse-neige garé sur le bas-côté et deux véhicules aux roues munies de chaînes. Il gara la Volkswagen à côté d'une énorme congère et chemina précautionneusement à travers le parking, se frottant les mains avec vigueur pour se réchauffer. Le ciel était de la couleur du zinc corrodé, et la ville était tellement silencieuse qu'il n'aurait pas été étonné d'apprendre que ses trente-quatre mille habitants étaient morts durant la nuit.

Le commissariat moderne, à la façade en verre, était surchauffé et lumineux, et l'on entendait le crépitement sec des machines à écrire et la sonnerie stridente des téléphones. Jack alla directement dans son bureau et lança ses gants de cuir mouillés dans la corbeille « courrier à expédier ». Norman Goldberg apparut presque immédiatement, un homme grassouillet, doux et au nez crochu, un adjoint juif qui était très fier de la façon impartiale dont il assurait l'ordre dans une enclave prospère de protestants anglo-saxons.

— Le type vous attend en bas, annonça Norman.

— Dans les cellules?

— Nous l'avons également arrêté pour vagabondage. Il a prétendu que l'homme qui l'avait pris en stop lui avait certainement volé son portefeuille ; mais il a déjà été condamné pour vagabondage, pratique l'auto-stop et divers larcins.

— Je veux le voir tout de suite. Demandez à Jenny d'apporter du café en bas. Un pour l'auto-stoppeur et un pour moi. Ainsi que des beignets. Le trajet depuis Harwinton était épouvantable. L'enfer sur glace!

— Vous auriez dû demander à Bradley de venir vous chercher avec la Cherokee.

— Bradley est déjà dangereux lorsqu'il marche sur le trottoir. Vous ne croyez tout de même pas que je monterais dans une voiture lorsqu'*il* est au volant?

L'auto-stoppeur était allongé sur une couchette dans la cellule du fond. Ses yeux étaient fermés mais Jack savait qu'il ne dormait pas. Il y avait beaucoup trop de tension en lui. Il était mince et jeune, avait des cheveux noirs et fins et ce genre de visage pas rasé et pas lavé, plutôt beau, qui avait caractérisé les jeunes clochards américains depuis l'époque des pionniers jusqu'à la *Beat generation* en passant par la Dépression. Il portait une chemise de laine à carreaux verte et des jeans délavés.

Norman ouvrit la grille et Jack entra dans la cellule.

— Il y aura du café et des beignets dans un petit moment, dit-il sans attendre que l'auto-stoppeur ouvre les yeux.

Le garçon ne bougea pas durant un moment, puis il jeta un regard à Jack et se redressa pour se mettre sur son séant.

— Vous allez me relâcher? demanda-t-il avec un accent du Sud. (Il n'avait pas besoin de demander qui était Jack ; l'insigne de shérif du comté de Litchfield le disait clairement.)

— C'est plus que probable. En fait, cela dépend en grande partie de l'assistance que tu es prêt à me donner.

Le jeune type haussa les épaules.

— Tout ce que vous voudrez. Je ne suis pas un malfrat. Je faisais du stop, c'est tout.

— Faire de l'auto-stop est illégal dans l'Etat du Connecticut, comme dans la plupart des autres Etats, à dire vrai.

— Eh bien, je ne faisais pas ce que l'on pourrait appeler de l'auto-stop *sérieux*. C'était seulement histoire d'économiser un peu de fric.

Jack le regarda fixement. Le jeune type soutint son regard un moment, puis il baissa les yeux et croisa les bras sur sa poitrine.

— J'aimerais savoir comment tu t'appelles, dit Jack.

— Elmer John Tweed.

— Où habites-tu, Elmer?

— A Moultrie, Georgie, à l'origine.

— Et que fais-tu au Connecticut?

— J'étais venu voir des amis, c'est tout. Un couple avec qui j'avais fait du stop, il y a quatre ou cinq ans. Vous pouvez vérifier si vous voulez. Nathan et Carla Prescott. Ils habitent une ferme à Canaan ; ils font de la poterie, ce genre de trucs.

— Alors pourquoi faisais-tu du stop sur la route de Litchfield, en pleine nuit ?

Elmer fit une grimace.

— J'sais pas. J'ai passé deux nuits à Canaan et puis je suppose que je suis devenu claustrophobe. Nathan et Carla étaient tellement popote, merde, tout le temps à se bécoter et à se peloter, à mettre des bûches dans la cheminée et à faire cuire leur foutu pain de froment. A la fin, je devais absolument foutre le camp de là-bas, avant de mourir d'une vie trop saine. D'accord, j'avais picolé. L'eau-de-vie de poire de Nathan, fabrication maison. Nous avons eu une divergence d'opinions, comme qui dirait. Cette gnôle est plutôt raide et vous rend sacrément agressif.

Jack chercha dans la poche de sa chemise et en sortit un paquet de chewing-gum. Il en offrit une barre à Elmer, mais celui-ci refusa.

— Je préfère attendre les beignets, merci.

— Raconte-moi ce qui s'est passé la nuit dernière. Depuis le commencement.

— Vous voulez dire depuis le moment où le type s'est arrêté pour me prendre en stop ?

Jack acquiesça de la tête.

— Bon... je marchais sur la route depuis pas mal de temps. Il n'y a pas beaucoup de circulation à cette heure de la nuit, il devait être environ une heure vingt du matin, et même lorsqu'une voiture pointe, personne n'a envie de s'arrêter, parce que vous êtes probablement un criminel ou un fou échappé de l'asile. Je commençais à désespérer, et puis les effets de cette gnôle s'étaient totalement dissipés et j'étais complètement gelé. Ensuite il s'est mis à neiger et j'ai pensé que l'on me retrouverait sur le bas-côté de la route, le lendemain matin, congelé et mort de froid. J'ai déjà vu des types qui ont fini comme ça.

Jack ne dit rien et attendit qu'il poursuive son récit.

A présent, Elmer donnait des signes de nervosité, et son récit devint décousu, comme s'il avait peur de raconter avec une trop grande précision ce qui était arrivé, comme s'il avait peur de faire resurgir les terreurs de la nuit passée.

— Brusquement une grosse Cadillac noire a freiné à ma hauteur. Une Fleetwood, un modèle d'une quinzaine d'années. Je ne l'avais même pas entendue arriver, probablement à cause de la neige. Je me suis dit que j'étais un sacré veinard. Rendez-vous compte, sur une route glacée, au milieu de la nuit ! Je ne pouvais pas voir le visage du conducteur, mais il a tendu le bras et a ouvert la portière, côté passager. J'ai balancé mon sac à dos sur la banquette arrière et je suis monté. Il m'a demandé : « Où allez-vous ? » et je lui ai répondu n'importe où, du moment que j'étais au chaud, et si je pouvais aussi m'offrir un petit déjeuner. Et puis nous sommes partis.

— De quoi avait-il l'air, cet homme ?

Elmer haussa les épaules.

— Un homme d'âge mûr, difficile à dire.

— Bien habillé ?

— Evidemment. Normal, non, pour un type qui est au volant d'une Cadillac ? Je sais pas, complet gris, chemise blanche, tiré à quatre épingles mais plutôt vieux jeu, vous voyez ? Je me souviens cependant qu'il sentait un drôle de parfum, comme de l'eau de lavande.

— De l'eau de lavande ? Quelqu'un comme toi connaît l'eau de lavande ?

Elmer baissa les yeux et regarda ses mains.

— Ma grand-mère en mettait toujours, là-bas à Moultrie. C'était une dame, très vieux Sud. Sa grand-mère *à elle* avait vingt esclaves, du moins c'est ce qu'elle affirmait. Et elle disait que l'eau de lavande... c'était la preuve d'une femme de qualité.

— Alors tu t'es dit que le type qui t'avait pris en stop était un homme de qualité ?

— Il s'exprimait comme un type bien, et était habillé comme un type bien.

— De quoi a-t-il parlé ?

— Oh, de choses et d'autres, pas beaucoup, au début. Il m'a dit qu'il était récemment rentré d'Europe et qu'il était heureux d'être de retour chez lui, au Connecticut. Et puis, au bout d'une dizaine de minutes, il a dit qu'il allait à Darien, où il habitait, et il m'a demandé si ça me plairait de faire tout ce trajet avec lui.

— Et quelle a été ta réponse ?

— J'ai dit que Darien c'était parfait. Darien était mieux que pas d'endroit du tout où aller.

— Quand as-tu commencé à te méfier de lui ?

Elmer se frotta les mains et continua de les frotter, sans arrêt.

— Oh, joliment vite ! Il a dit que, puisque je faisais le trajet avec lui jusqu'à Darien, ce ne serait peut-être pas une mauvaise idée si je passais la nuit chez lui, dans la maison de sa famille. Bon, il faut que je vous dise, avec la quantité de vieux pédés qui s'arrêtent de nos jours, lorsque vous faites du stop, et qui commencent à poser la main sur votre genou tout en roulant, et à vous demander de venir avec eux à la maison, ou d'aller dans un motel ou ailleurs, vous devenez rudement méfiant lorsqu'un type vous propose négligemment de passer la nuit chez lui, même si c'est parfaitement innocent. Alors j'ai dit non, merci beaucoup, je me trouverais bien un endroit où dormir, je ne voulais pas abuser de son amabilité et le déranger. Et puis *il* a dit qu'il insistait et qu'il pouvait me donner un lit confortable, et un petit déjeuner copieux ; et j'ai pensé, ouais, bien sûr, et une bonne bourre dans le cul, si je faisais pas gaffe.

— Tu as dit à mon adjoint quelque chose à propos de peau. Il a parlé de peau.

— Exact. C'était un peu plus tard. Entre-temps, je pensais qu'il avait oublié son invitation à venir passer la nuit chez lui ; il se contentait de conduire et d'écouter la radio, de la musique classique ou autre. Et puis brusquement il a dit : « C'est extrêmement difficile de trouver des garçons de votre âge qui ont une peau parfaite, vous savez. » Bon, cela confirmait la chose, en ce qui *me* concernait. Ce type était pédé. Mais ensuite il a dit quelque chose de plutôt bizarre pour un pédé. Il a dit : « Savez-vous que si vous retiriez toute la peau de votre corps et l'étendiez à plat, elle occuperait une surface de quatre mètres carrés et demi. Juste assez pour tapisser le siège du conducteur d'une Rolls Royce. » Là-dessus, il a touché mon poignet et a dit : « Si vous connaissiez les qualités de la peau humaine, vous auriez un tout autre regard sur vous-même. C'est prodigieux, croyez-moi. » Je pouvais sentir son haleine, tant il était penché vers moi, et elle sentait la menthe, des bonbons à la menthe probablement, comme s'il avait mauvaise haleine et désirait le cacher.

Jack glissa une nouvelle barre de chewing-gum dans sa bouche.

— C'est à ce moment que tu lui as dit que tu voulais descendre ?

— Pas tout de suite. Après, il a commencé à me dire que j'étais beau garçon, et un tas de boniments à la noix dont je me souviens même plus, et j'ai dit : « Bon, ça ira comme ça. Laissez-moi ici, d'accord ? »

— Et qu'est-il arrivé ?

— J'ai voulu ouvrir la portière, mais elle était verrouillée. Je pensais, eh bien, comme il neigeait, je me ferais pas très mal si je roulais sur le sol et heurtais une congère. Je lui ai demandé de déverrouiller la portière. J'ai dit : « Vous voulez bien déverrouiller la portière ? Je veux descendre. » Mais il a continué à rouler sans moufter. Alors je lui ai demandé à nouveau. J'ai dit : « Vous voulez bien me laisser descendre ? » Mais il a répondu : « Vous n'avez nulle part où aller. A présent ne bougez plus, taisez-vous et restez tranquille. » J'ai rétorqué : « Si vous m'emmenez contre ma volonté, c'est un enlèvement. » Mais il n'a rien répondu ; bon, j'ai attendu un peu. Lorsque j'ai repéré une ligne droite, j'ai saisi le volant et j'ai tiré d'un coup sec. La voiture a dérapé sur la neige et nous avons fait un tête-à-queue. Nous nous sommes retrouvés près des rochers sur le bas-côté.

Jack avait observé le visage d'Elmer pendant tout ce temps ; il n'arrivait pas à se rappeler un autre témoin qui ait été aussi constamment agité pendant qu'il l'interrogeait, qui se soit tordu les mains avec un tel acharnement, tout en racontant ce qui lui était arrivé, dont les yeux se soient tournés d'un côté et de l'autre, comme pour suivre tout autour de la pièce les fragments d'un souvenir terrifiant. Pas même les victimes d'une agression à main armée, ou d'un viol, ou les témoins d'un terrible accident de la route.

— Continue, l'encouragea Jack, d'une voix douce cette fois. Qu'est-il arrivé ensuite ?

— Je ne sais pas. Je ne me souviens plus très bien. Cela n'a pas pu durer plus d'une seconde ou deux. J'ai des images très nettes, et puis c'est comme si je ne me souvenais plus de rien, à part l'obscurité, la bagarre et ce boucan qu'il faisait.

— Essaie, dit Jack d'une voix unie, sans insister ; pas plus exigeant que l'opticien d'une petite ville cajolant un client afin qu'il lise les plus petites lettres sur le tableau.

Elmer mit un long moment pour répondre. Jack attendit sans rien dire, mastiquant calmement son chewing-gum. Finalement, Elmer dit d'une voix étrangement étouffée :

— Il m'a attrapé par le poignet, et il était beaucoup plus fort qu'il n'en avait l'air, fort comme un fou furieux, vous savez, ou comme quelqu'un qui a une crise d'épilepsie. Et pendant tout ce temps, il fouillait dans la poche de sa veste avec son autre main, et il a réussi à en sortir quelque chose qui brillait. J'ai vu le reflet et j'ai pensé : « Bon Dieu, il va me poignarder », mais lorsque je me suis débattu, je l'ai vu en train d'arracher d'un coup de dents le bout d'une capsule en plastique, et j'ai réalisé que c'était une seringue. Je l'ai frappé avec ma main droite, du tranchant de ma main droite, à deux reprises, une fois au visage, mais ce n'était pas un coup très violent, vu que nous étions plutôt à l'étroit dans la bagnole. La seconde fois, cependant, lorsque je l'ai frappé, la seringue est tombée sur le plancher.

Elmer transpirait à présent, bien qu'il ne fît pas très chaud dans la cellule.

— Continue, dit Jack.

— Il a baissé la tête, s'est penché... sans doute pour ramasser la seringue. J'ai réussi à libérer mon poignet et je l'ai repoussé de toutes mes forces. Il a dû se cogner la tête contre le volant. J'ai tendu le bras derrière lui, et j'ai débloqué la serrure de la portière. Ensuite je suis sorti de la voiture, si vite que cela ne semblait même pas réel. En descendant, j'ai heurté la portière du coude ; j'ai encore un bleu, regardez.

— Il y a autre chose, n'est-ce pas? Quelque chose que tu as vu?

Elmer acquiesça de la tête.

— Tu peux te confier à moi, l'encouragea Jack.

— J'étais dehors, dans la neige, et la portière de la voiture était ouverte. Il a redressé la tête, s'est tourné et m'a regardé fixement, et je n'ai jamais vu les yeux de quelqu'un ressembler à ça; on aurait dit du plomb fondu. Ensuite il a ouvert la bouche toute grande et il a poussé un hurlement. Bon Dieu, c'était comme si douze hommes hurlaient en même temps! Mes cheveux se sont dressés sur ma tête, comme des petits glaçons, et quelque chose a jailli brusquement de sa bouche. Au début, j'ai cru que c'était de la bave, vous savez, comme les chiens enragés, mais c'était blanc, et ce truc a giclé partout, quasiment comme s'il vomissait de rage. C'est à ce moment que je me suis enfui. J'ai couru et j'ai couru et j'ai continué de courir jusqu'à ce que j'aperçoive la voiture de police.

Jack prit un petit calepin dans la poche de sa chemise et griffonna quelques notes. Puis il renifla et demanda:

— Tu avais bu, hein? Tu es sûr de ne pas avoir imaginé tout ça? Peut-être pas tout, mais une partie?

— Certainement pas! répondit Elmer. (Il était blanc à présent, et apparemment, il lui était impossible de s'arrêter de se tordre et de se frotter les mains.) Certainement pas! Tout ce que je vous ai raconté est vraiment arrivé.

— Et l'homme de la voiture a bien dit qu'il allait t'emmener à Darien, où il a dit qu'il habitait ?

— C'est ça. Darien.

Jack griffonna quelques notes de plus, puis il remit le calepin dans sa poche.

— Tu vas te reposer, Elmer. Si tu as besoin de quelque chose, il te suffit d'appeler. Nous ne te garderons pas ici très longtemps, mais il tombe beaucoup de neige dehors, et j'ai besoin que tu restes dans les parages deux ou trois heures, le temps que je procède à quelques vérifications.

A ce moment, Jenny arriva, apportant le café chaud et les beignets. Jack prit sa tasse de café sur le plateau et fit un signe de tête à Jenny pour qu'elle pose celle d'Elmer sur la table pliante.

— Veillez à ce que ce monsieur ne manque de rien, dit-il à Jenny avec une courtoisie exagérée, puis il emporta son café dans son bureau.

— Alors ? demanda Norman, qui l'avait attendu.

Jack haussa les épaules.

— Difficile à dire. Hystérie ? Drogue ? Possible. Ou, tout simplement, trop de gnôle de fabrication artisanale et deux ou trois heures passées dehors, par une température au-dessous de zéro.

— Mais vous allez tout de même vérifier ?

— Bien sûr. Cet homme mystérieux, bien habillé, d'âge mûr, a prétendu habiter à Darien, après tout, et Darien se trouve à quelle distance de New Haven ? Ou même de Nepaug, en fait. Et cette façon dont il a parlé de « peau »... à mon avis, cela semble indiquer une tournure d'esprit quelque peu inhabituelle, pour ne pas dire plus.

Dehors, la neige continuait de tomber avec une douceur feutrée. Jack comprit qu'il ne rentrerait probablement pas chez lui de toute la nuit. Aussi il appela Nancy et lui dit de ne pas l'attendre pour le dîner, et si elle pouvait penser à téléphoner à Freeman le plombier pour qu'il vienne réparer ce robinet avant que la cour soit transformée en patinoire.

Nancy dit: « Je t'aime », et Jack dit: « Moi aussi, je t'aime. »

Pendant que Norman mangeait la moitié du beignet de Jack, celui-ci appela son vieil ami du commissariat de Darien, George Kelly. George était le genre de policier qui croyait au maintien de l'ordre traditionnel: il tenait à connaître absolument tout le monde, depuis les membres les plus influents des Rotariens jusqu'au garçon qui lavait les pare-brise à la station-service d'Ocean Street, et à tout savoir sur eux. Il était populaire à Darien parce qu'il correspondait à l'image que donnait le *Saturday Evening Post* du policier d'une petite ville qui sauve les chiens perdus et ramène à la maison les petits garçons qui ont fait une fugue, et il défendait toutes ces valeurs venant directement des années soixante, comme l'honneur, la bienséance et le flair-play américain. Très peu de ses collègues savaient qu'il avait été muté du 17ᵉ Commissariat de Manhattan, voilà quinze ans, à la suite d'une « bavure » plus que discutable, mais tous savaient que, lorsque les circonstances l'exigeaient, il pouvait être ferme et rapide, et avoir un vocabulaire aussi âpre que du papier de verre.

— George? dit Jack. J'ai besoin d'un peu d'aide ici.

— Tu veux une pelle pour t'extirper de la neige? répliqua George. J'ai appris que le temps était plutôt moche par chez vous.

— George, je recherche un homme d'âge mûr, bien habillé, qui conduit une Fleetwood noire, peut-être un modèle de 70 ou 71. Il a dit qu'il habitait à proximité de Darien, bien qu'il soit rentré tout récemment d'Europe. Ça te dit quelque chose?

— Tu veux l'arrêter? demanda George.

— Je veux d'abord l'interroger. Nous avons un autostoppeur qui affirme que cet homme l'a agressé la nuit dernière, après l'avoir fait monter dans sa voiture ; cela a peut-être un rapport avec l'homicide du lac de Nepaug.

— Eh bien, dit George lentement, je connais ton homme. C'est l'un des Gray.

— Tu le *connais*? s'exclama Jack.

Norman battit des paupières et cessa de mastiquer le beignet de Jack.

— Bien sûr, dit George. Tout le monde à Darien connaît les Gray. Ils sont revenus de France ou de Belgique, ou d'ailleurs, il y a environ un mois. C'est une très vieille famille de Darien, dont les origines remontent à bien avant l'Indépendance. Ils ont toujours eu une maison ici, appelée Wilderlings, sur la route de New Canaan. Mais ils n'ont pas vécu là-bas depuis cinquante ou soixante ans, peut-être davantage. L'entretien de la maison était assuré par des mandataires, mais d'après ce que j'ai pu en voir, ils n'ont pas très bien fait leur boulot. Elle est plutôt délabrée.

— Pourquoi ont-ils décidé brusquement de revenir?

— Qui sait? Fred Archer, c'est le président de la First Darien Bank, a dit que cela avait quelque chose à voir avec les impôts en Europe, beaucoup trop élevés pour eux. Enfin, il me semble, il n'a pas été très clair. Mais il a dit qu'ils étaient très riches. Garder une maison comme Wilderlings durant un demi-siècle sans même l'habiter, cela demande un sacré tas d'oseille.

Jack but son café à petites gorgées. Il provenait du distributeur automatique installé dans le hall du commissariat, et le gobelet en carton avait un goût de soupe au poulet.

— Alors qui est mon suspect? reprit-il. Et qui d'autre y a-t-il dans cette famille?

— Apparemment, ton suspect est Maurice Gray. C'est le seul membre de la famille que l'on ait aperçu en ville. Certaines fois, il était accompagné d'une femme. A une ou deux reprises, je les ai vus ensemble à la poste, et un soir ils ont dîné à la Steppan House, mais c'est à peu près tout. On pourrait dire qu'ils vivent en reclus. Cependant, le jeune Bill Farkas, c'est le livreur du Colonial Supermarket, va à Wilderlings deux fois par semaine depuis que les Gray sont revenus. Il a aperçu un jeune homme d'une vingtaine d'années, et deux femmes se promenant dans le jardin, et un fauteuil roulant, mais il était inoccupé.

— Parle-moi un peu plus de Maurice Gray, dit Jack. Il conduit une Fleetwood ?

— Une limousine Fleetwood noire, c'est exact.

— Tu as une idée de ses moyens d'existence ? Il travaille ?

— Je ne pense pas qu'aucun membre de la famille Gray ait besoin de travailler. Ils ont beaucoup de loisirs, dirai-je.

— Connais-tu l'origine de leur fortune ?

— Je devrais pouvoir la découvrir.

Jack sourit.

— Je pensais bien que tu le pourrais.

— Que veux-tu que je fasse, concernant Maurice Gray ? Tu veux que je l'arrête ?

Jack but une autre gorgée de café et s'essuya la bouche avec une serviette en papier.

— Je ne pense pas, du moins pas encore. Je dispose d'un seul témoin non corroboré, et ce qu'il raconte sur Gray — si c'était vraiment Gray — cela ne tiendrait pas plus de cinq minutes face à un bon avocat de la défense. Contente-toi d'ouvrir l'œil, si cela ne t'ennuie pas, et essaie de trouver le plus de choses possible sur les Gray. Je ferai un saut là-bas, dans la journée, pour voir si je peux leur parler.

— Comme tu voudras. Mais fais attention, hein, avec toute cette neige ?

— Entendu, George. Et merci.

Jack raccrocha. Norman épousseta d'une chiquenaude du sucre tombé sur sa chemise.

— Vous l'avez trouvé ? Aussi simple que ça ?

— Aussi simple que ça. Il s'appelle Maurice Gray, et il habite à proximité de Darien. Un homme riche, et un original, d'après ce qu'a dit George.

— Vous n'allez pas à Darien aujourd'hui ? s'enquit Norman.

— Je pense que je dois y aller. Supposons que cela ait

un rapport avec le meurtre du lac de Nepaug. Supposons que Gray ait tenté le même genre d'agression sur notre ami qui se trouve en bas. S'il l'a fait deux fois, il a peut-être essayé de le faire une troisième fois. Il lui était facile de recommencer s'il l'avait déjà fait.

Norman inscrivit le nom « Maurice Gray ». Puis il demanda :

— Vous voulez que je contacte le FBI ?

— Et comment ! Ainsi qu'Interpol. Maurice Gray a vécu en France ou en Belgique durant la plus grande partie de sa vie, peut-être *toute* sa vie. Les Gray ont quitté le Connecticut il y a cinquante ou soixante ans, d'après George, et c'est la première fois qu'ils reviennent.

— On sait pourquoi ils sont revenus juste maintenant ?

— George a parlé des impôts en Europe, qui étaient trop élevés. Mais la seule façon de le savoir avec certitude, c'est de le leur demander, et c'est ce que je vais faire.

Norman se tourna vers la fenêtre.

— Il neige vraiment très fort, shérif.

— Je prendrai la Cherokee. Et si je suis bloqué, je vous appellerai.

— Entendu, dit Norman.

Jack connaissait le véritable souci de Norman : se voir confier la responsabilité du commissariat au beau milieu d'une tempête de neige, avec des voitures et des poids lourds dérapant partout et des automobilistes pris au piège dans les congères, des conduites d'eau gelées, et des familles coincées dans leurs maisons. C'était une saison cauchemardesque au Connecticut si vous étiez policier, de la même façon que le plein été était une saison cauchemardesque pour les forces de police à Phoenix, à Dallas et dans le centre de Los Angeles.

— Ecoutez, je n'en aurai pas pour très longtemps. Je veux seulement parler à Gray, le jauger et découvrir ce qui se passe.

— Bien sûr, fit Norman, et il s'empara de l'autre moitié du beignet de Jack, le mâchant bruyamment mais sans plaisir.

Jack se carra dans son fauteuil, souhaitant tout autant que Norman de ne pas avoir à se rendre à Darien ; mais un homicide était un homicide, et il commençait à croire qu'il avait peut-être quasiment résolu cette affaire.

13.

New Milford, 18 décembre

La neige tombait tellement dru que le Dr Serling fut obligé de laisser sa voiture au croisement, là où le chasse-neige avait déblayé la route de New Milford, et de faire à pied le reste du chemin jusqu'à la maison des Miller. Il était quatre heures de l'après-midi, déjà le crépuscule, mais la neige donnait une étrange luminosité au paysage.

Il arriva à la maison des Miller et frappa à la porte. Mrs Miller lui ouvrit presque immédiatement et le fit entrer en hâte.

— J'avais peur que vous ne veniez pas, lui dit-elle en brossant de la main les flocons de neige sur son manteau. Je craignais que vous ne puissiez pas venir, avec toute cette neige. Mais vous êtes là, Dieu vous bénisse. Voulez-vous une tasse de café ? Ou un potage ?

— Pour le moment ça va, merci, répondit le Dr Serling, et il lui tendit son manteau.

Le Dr Serling était un homme corpulent, aux gestes lents ; il avait un grand nez, et un visage hâlé et rassurant qui avait fait de lui l'un des médecins les plus populaires de Litchfield. Il se frictionna les mains pour activer la circulation, puis récupéra sa mallette et demanda :

— Comment va votre fils aujourd'hui ? Une amélioration ?

— Il continue de parler et de divaguer. Il n'a pas dit une seule parole sensée depuis votre dernière visite.

Mrs Miller le précéda vers la chambre de Ben. Le téléviseur était allumé, c'était l'heure du feuilleton *Love, American Style,* mais Ben ne le regardait pas. Il était étendu dans son lit, crispé et le visage blême. Il marmonnait continuellement, gigotait et feintait vers des agresseurs imaginaires, et même lorsque le Dr Serling se pencha vers lui, le saisit par l'épaule et le secoua, il ne lui prêta aucune attention.

— Il ne me parle plus, dit Mrs Miller. Il marmonne, grogne et donne des coups de poing autour de lui, mais c'est tout. J'ai l'impression de l'avoir perdu.

Le Dr Serling s'assit au bord du lit. Il se pencha et releva l'une des paupières de Ben. Puis il prit sa lampe-stylo dans la poche de sa veste et braqua le faisceau lumineux sur l'œil de Ben.

— Hum, les pupilles ne sont pas dilatées. Est-ce qu'il mange ?

— Il n'a aucun appétit, du moins depuis la dernière fois que vous êtes venu. J'arrive à peine à lui faire avaler quelques cuillerées de potage.

— Des vomissements ? Des diarrhées ?

— Des coliques, oui, mais rien de très grave.

Le Dr Serling se redressa, après avoir reposé la tête de Ben sur l'oreiller.

— Je vais devoir lui faire une prise de sang, ainsi qu'un prélèvement d'urine, pour des analyses, mais à mon avis, il fait une crise d'urémie. Il s'agit d'une insuffisance grave du fonctionnement des reins. Ils n'éliminent plus ce qu'ils devraient éliminer. Malheureusement, c'est très fréquent chez les paraplégiques. Ses urines étaient-elles troubles ? Plus foncées que d'ordinaire ?

Mrs Miller secoua la tête.

— Juste normales. Mais je trouve qu'il est plus terrifié que vraiment malade.

— Ma foi, l'urémie provoque fréquemment des convulsions, des crises nerveuses et toutes les hallucinations associées à ce genre de manifestations pathologiques. Je vais probablement devoir faire hospitaliser Ben et le mettre en observation, un ou deux jours. Le problème, May, c'est qu'une attaque vraiment grave risque de le rendre encore plus gravement infirme, ou même de le tuer.

Mrs Miller baissa les yeux vers son fils tandis qu'il gisait sur son lit, marmottant doucement. Le Dr Serling, la main posée sur le poignet de Ben, ne dit rien. Il avait aperçu la lueur fugitive dans le regard de Mrs Miller, une lueur qu'il connaissait depuis longtemps. C'était la lueur infime et coupable d'un espoir secret. *Après toutes ces années de mauvaise humeur, d'incontinence et de souffrances mutuelles, Dieu va peut-être enfin le rappeler à lui. Oh, je vous en prie, Seigneur, prenez-le!*

Le Dr Serling ouvrit sa mallette médicale noire, style cadre commercial, son unique concession au xxe siècle. C'était un cadeau de sa fille, à l'occasion de son dernier anniversaire, afin de remplacer sa vieille trousse victorienne. Il en sortit une seringue, un flacon de sédatif et une petite bouteille d'alcool.

— Je vais préparer le café, dit Mrs Miller. Je n'ai jamais pu m'habituer à la vue du sang.

— C'est seulement un sédatif, lui dit le Dr Serling. Je veux qu'il dorme et se repose ; demain matin, nous verrons comment il va.

Mrs Miller ouvrait la porte de la chambre à coucher lorsque Ben hurla brusquement :

— *Revenus!* Ils sont revenus! Oh, mon Dieu, ne les laissez pas m'emporter! Oh, Seigneur, *ne les laissez pas m'emporter!*

Il se débattit violemment et se tordit sous les couvertures. La mallette du Dr Serling bascula puis tomba sur le plancher, déversant son contenu... seringues, flacons, ciseaux, coton, comprimés. Le Dr Serling voulut saisir le poignet de Ben pour l'immobiliser, mais Ben se retourna et s'écarta vivement, tombant de l'autre côté du lit et heurtant le plancher avec un bruit sourd.

— *Ben!* cria le Dr Serling.

Mais Ben semblait sourd à toute chose, excepté à ce qui se passait dans sa tête : les rêves, les cauchemars, les formes qui s'approchaient dans les ténèbres. Il criait, grognait, se contorsionnait frénétiquement, se roulant par terre, se cognant le visage contre les pieds du lit, heurtant de l'épaule le rebord de sa commode, grattant et griffant le plancher jusqu'à ce que ses ongles saignent. Le Dr Serling fut obligé de se mettre à genoux, à côté de lui, et de lui maintenir les poignets en les plaquant contre le plancher. Mais Ben continuait de se débattre et de se tordre d'un côté et de l'autre comme si on était en train de le torturer.

— Ben, écoute-moi ! ordonna le Dr Serling. Ben, c'est le docteur Serling ! Écoute-moi ! Tu dois reprendre tes esprits ! Tu as compris ? Tu dois absolument te calmer ! Tout de suite, Ben, immédiatement !

Ben émit une longue plainte, un gémissement effroyable, et regarda fixement le docteur. Des capillaires avaient éclaté et ses yeux étaient rouges. Entre ses cris et son flot frénétique de paroles incompréhensibles, il inspirait profondément et péniblement, des inspirations qui faisaient frissonner son corps d'infirme.

— Écoute-moi, Ben, tu dois absolument te calmer, lui dit le Dr Serling. Autrement je serai obligé de t'attacher et de t'emmener, et tu sais que cela ferait beaucoup de peine à ta mère. A présent, je t'en prie, essaie de te maîtriser.

— Ils sont tout près, gémit Ben avec désespoir. Je vous en supplie, empêchez-les de me prendre. Vous le ferez, hein ? Je vous en supplie, ne les laissez pas me prendre. Vous le promettez ? Je vous en supplie !

— Ben, écoute-moi. *Qui* est revenu ?

Ben cessa de se contorsionner et leva brusquement les yeux vers le Dr Serling. Son regard était éperdu et angoissé, exprimant une terreur au-delà de tout ce que le Dr Serling pouvait imaginer.

— *Qui ?* demanda-t-il. Tu répètes constamment qu'ils sont revenus, mais tu ne m'as pas dit *qui* était revenu.

— Ils sont exactement les mêmes, murmura Ben. (Ses paupières s'abaissèrent, mais ses pupilles commencèrent à regarder vivement d'un côté et de l'autre.) Ils sont exactement les mêmes, comme avant, ils n'ont pas changé. Et vous savez ce qu'ils vont faire, n'est-ce pas? Ils sont obligés de le faire! Ils ne peuvent pas vivre sans cela! Oh, mon Dieu, empêchez-les!

Ben sombra dans un sommeil convulsif. Le Dr Serling le prit dans ses bras puis, avec l'aide de Mrs Miller, le recoucha dans son lit et le borda. Il y eut un long silence embarrassé tandis qu'ils le regardaient, la mère et le médecin, en grande partie parce que le médecin savait ce qu'il allait être obligé de dire, et parce que la mère ne souhaitait pas l'entendre.

— May, je suis désolé.

— Vous allez devoir l'hospitaliser, n'est-ce pas?

— Je ne vois pas ce que je pourrais faire d'autre. Il s'agit peut-être d'une urémie chronique, ou peut-être d'autre chose, beaucoup plus grave. Une sorte de pression sur le cerveau. Mais, dans les deux cas, il doit être hospitalisé et faire l'objet d'une surveillance constante.

— Quels seront les frais d'hospitalisation?

— Eh bien, cela dépend. Mais je veillerai à ce qu'ils ne soient pas trop élevés.

Mrs Miller hésita. Ben, ses jambes atrophiées, repliées sous lui, marmonnait et s'agitait, secouant la tête de temps à autre comme s'il discutait avec quelqu'un. Après l'accident, il avait dit à sa mère qu'il était seulement à moitié un homme, et c'était vrai, en partie parce qu'il avait permis qu'il en soit ainsi. Il était devenu irritable, agressif, blessant; il adressait rarement à sa mère un mot de remerciement ou un simple compliment, et il ne lui avait pas dit une seule fois qu'il l'aimait.

Quel prix Mrs Miller pouvait-elle payer pour une vie comme celle-là? Elle songea à ses maigres économies, placées à la Caisse d'Épargne de New Milford. Il lui avait fallu onze années pour mettre cet argent de côté, provenant principalement des gages que lui versait

Vincent Pearson. A présent, Ben allait-il lui prendre également cela?

Elle détourna les yeux. Le Dr Serling l'observait en silence. Finalement elle dit à voix basse:

— Faites pour le mieux, docteur. Je ne peux rien vous dire de plus.

Le Dr Serling s'éclaircit la voix comme s'il s'apprêtait à dire quelque chose de très personnel, puis il se ravisa et haussa les épaules.

— Bon, je vais demander une ambulance. Je ne vois pas d'autre solution.

Il arrangea les couvertures de Ben et attendit un moment pour donner à Mrs Miller une dernière occasion de changer d'avis, mais elle dit:

— Tout est pour le mieux, je le sais. C'est le choix de Notre-Seigneur, pas le mien.

Brusquement, Ben dit d'une voix sifflante:

— Ne vous approchez pas! Restez où vous êtes!

— Quoi? s'exclama le Dr Serling.

— Ne vous approchez pas! répéta Ben. Ne me touchez pas. Ne touchez pas à ma peau.

— Ben? murmura doucement le Dr Seling.

Ben gargouilla et émit un son étranglé ; puis il regarda fixement le Dr Serling et chuchota:

— Surtout ne touchez pas à ma peau! J'ai vu la façon dont vous me regardiez. Je sais ce que vous voulez. Cessez de me regarder. Je sais ce que vous avez l'intention de faire!

Le Dr Serling s'assit au bord du lit et, doucement mais fermement, obligea Ben à lâcher la barre d'appui du lit. Ben continua à lui lancer d'étranges regards de côté, tel un chien battu, comme s'il avait peur du Dr Serling, mais était également furieux contre lui.

— Je vous interdis de toucher à ma peau, fit-il d'une voix rauque. Je vous l'interdis!

Finalement Ben s'assoupit, d'un sommeil superficiel. Le Dr Serling arrangea les couvertures à nouveau, puis se leva avec lassitude.

— Il a des hallucinations très fortes, dit-il à Mrs Miller. J'ignore pourquoi. Peut-être est-ce un effet secondaire de la présence de toute cette albumine dans son organisme. C'est ce qui se produit avec un mauvais fonctionnement rénal. Le corps se comporte comme un tuyau d'écoulement bouché, et cette obstruction peut avoir des répercussions sur le cerveau.

— Il semblait tellement *terrifié,* dit Mrs Miller, bouleversée.

Le Dr Serling ramassa les derniers flacons tombés par terre et referma sa mallette.

— J'ai vu pire. Vous vous souvenez du vieux Burack, qui habitait à proximité de Boardman's Bridge ? Il était convaincu que, chaque nuit, des hommes du FBI s'introduisaient dans sa chambre à coucher et le battaient avec des matraques en caoutchouc. Et il en était *réellement* convaincu, au point d'être couvert de bleus sur tout le corps. Là aussi, il s'agissait d'un mauvais fonctionnement rénal.

— Que voulait dire Ben par « ne touchez pas à ma peau » ?

— Je l'ignore. Lorsque l'esprit humain se met à avoir des hallucinations, d'ordinaire il ne suit pas un processus logique. Cela fait éruption, littéralement, comme un volcan, et toutes les choses qui l'ont effrayé ou préoccupé jaillissent à la surface.

— Il n'avait encore jamais dit de telles choses, fit remarquer Mrs Miller, au bord des larmes.

Le Dr Serling posa une main réconfortante sur son épaule.

— Et si nous prenions une bonne tasse de café chaud ? Je suis seulement à moitié décongelé, vous savez !

Elle jeta un regard vers son fils.

— Vous pensez que nous pouvons le laisser seul ? Et si jamais il se réveillait et avait une autre crise ?

— Nous laisserons la porte ouverte, suggéra le Dr Serling.

Ils sortirent de la chambre à coucher tandis que Ben

continuait de dormir d'un sommeil agité en marmonnant. Mrs Miller alla dans la cuisine pour préparer le café ; le Dr Serling, avec la familiarité de quelqu'un qui connaissait bien la maison, se rendit au salon, ôta ses lunettes et décrocha le combiné.

Mrs Miller allait entrer dans la pièce lorsqu'il obtint la communication avec l'hôpital du comté de Litchfield. Elle s'immobilisa et attendit, les mains jointes sur son tablier à fleurs, le regardant avec tristesse et résignation. Il disait :

— Entendu. Parfait. Alors... plus tôt vous pourrez le mettre en dialyse, et mieux ce sera.

— Le café sera prêt dans un instant, annonça Mrs Miller.

Ce fut seulement cinq minutes plus tard, tandis qu'ils bavardaient dans la cuisine, et que la cafetière électrique crépitait et glougloutait, que Ben ouvrit brusquement les yeux. Il resta immobile un moment, la tête posée sur l'oreiller, ses lèvres formant silencieusement des mots peu familiers, écoutant le tintement des tasses, tandis que sa mère disposait le plateau à café, le claquement des battants du buffet de la cuisine, le murmure de la conversation.

Mrs Miller disait :

— ...depuis qu'il a failli mourir... les cauchemars qu'il a faits... mais jamais comme celui-ci...

Poussant un grognement d'effort, Ben redressa la tête et regarda vers sa table de nuit. Le réveil à l'affichage digital clignota et indiqua 4 : 33 ; la surface de son verre à eau étincela, formant une ellipse d'argent aussi brillante que du mercure.

— Pas *ma* peau, chuchota-t-il d'une voix rauque.

Et il tendit le bras vers la table de nuit, cherchant à tâtons avec une main à demi paralysée, jusqu'à ce qu'il parvienne à prendre le verre et à le tenir. Puis il le ramena vers lui et le posa sur sa poitrine.

D'un geste convulsif, il versa l'eau sur ses couvertures puis approcha le verre de son visage.

— Pas *ma* peau, répéta-t-il. Vous ne toucherez pas à *ma* peau.

Il saisit le bord du verre entre ses dents, crispa les mâchoires un instant, puis mordit le verre, si fort que celui-ci se brisa avec un bruit sec. Un croissant de verre incurvé étincela dans sa bouche, comme des crocs.

Précautionneusement, il extirpa le croissant d'entre ses dents et laissa le verre à eau rouler sur le plancher.

— Peau, murmura-t-il, et il y avait une étrange sensualité dans sa voix.

Tenant le morceau de verre entre le pouce et l'index, lentement mais sans la moindre hésitation, il se fit une profonde entaille à la joue droite, près du nez. Une ligne de sang rouge foncé coula immédiatement au bas de sa joue, vers le menton, puis lui glissa dans le cou, formant une flaque près de sa gorge. Ben leva le morceau de verre vers la lumière. La pointe acérée était teintée de rouge, et il murmura pour lui-même :

— Le verre teinté. Comme les vitraux d'une église. Voilà le secret. Voilà le secret. Le verre sacré, le verre sacré.

Il se taillada la face à nouveau, détachant de sa pommette un large pan ensanglanté de peau et de chair. Il sentit l'arête du verre racler contre l'os lui-même, et cela le fit trembler. Mais il continua de se taillader, en travers de la même joue, dans l'autre sens ; la plaie en diagonale se transforma en deux triangles pâles.

Méthodiquement, d'une main aussi ruisselante de sang qu'une gorge tranchée, il se taillada le front, le menton et les deux joues. A un moment, le morceau de verre lui trancha la moitié de l'oreille gauche, traversa sa joue et pénétra jusqu'à l'intérieur de sa bouche, de telle sorte qu'il se coupa également la langue.

Ce fut seulement alors qu'il laissa échapper un cri de douleur strident, jeta de côté le morceau de verre et enfonça profondément ses doigts dans les effroyables plaies de ses joues, comme s'il voulait s'arracher le visage afin de ne plus avoir aucune ressemblance avec un être humain.

Le Dr Serling fit irruption dans la chambre à coucher. Mrs Miller venait tout de suite derrière lui, mais, quand il eut jeté un seul regard à Ben, il se retourna immédiatement et l'obligea à sortir de la chambre et à reculer dans le couloir, en la poussant contre le mur.

— J'ai vu du sang! hurla Mrs Miller. Qu'est-il arrivé? Dieu du ciel, qu'est-il arrivé?

Le Dr Serling serra le poignet de Mrs Miller. Son visage était hagard.

— Mrs Miller, May, écoutez-moi. L'ambulance est déjà partie ; elle sera là dans un moment. Il s'est produit un accident, j'ignore lequel. Mais n'entrez pas, je vous en prie. N'entrez pas ; laissez-moi faire.

— Un accident? demanda Mrs Miller, au bord de la crise de nerfs. Un accident?

Le Dr Serling refusa de lâcher son poignet.

— Retournez au salon, lui dit-il. Restez là-bas, calmez-vous et prévenez-moi lorsque l'ambulance arrivera. A présent, faites ce que je vous dis, je vous en supplie. Laissez-moi m'occuper de Ben. C'est probablement beaucoup moins grave qu'il n'y paraît.

Ben hurla à nouveau, un hurlement atroce, un gargouillement, comme s'il suffoquait, étouffé par son propre sang. *« Je vous en prie »*, insista le Dr Serling. Finalement, toute tremblante, Mrs Miller se dirigea vers le salon, s'arrêtant à mi-chemin, un instant, pour regarder fixement le Dr Serling avec une expression qu'il souhaita ne plus jamais revoir.

C'était l'expérience la plus terrifiante qu'il pût concevoir: être témoin de la peur absolue sur le visage d'une autre personne.

Le Dr Serling pressa sa main contre sa bouche, rassemblant toutes ses forces et faisant appel à son courage, s'efforçant de calmer les battements éperdus de son cœur. Il prit une longue inspiration, puis retourna dans la chambre à coucher de Ben.

Dieu Tout-Puissant, du sang partout.

— Ben, appela-t-il doucement.

Il regardait Ben, en proie à une horreur complète, et Ben lui retournait son regard, semblable à une créature du fond de l'océan, à un calmar couvert de sang, déchiqueté par un hameçon et agonisant.

— Ben, pour l'amour du ciel, chuchota le Dr Serling.

Ben ne dit rien pendant que le Dr Serling arrachait les draps du lit et s'en servait pour étancher le flot de sang qui se déversait du visage déchiqueté. C'était un vrai miracle que Ben ne se soit sectionné aucune artère, mais le Dr Serling n'avait encore jamais vu quelqu'un qui se soit mutilé d'une façon aussi horrible, pas même à Litchfield, où des femmes mariées, du fait de leur solitude et de leur désœuvrement, étaient poussées parfois à se brûler le dos de la main avec une cigarette, ou à s'enfoncer des brochettes de barbecue dans le corps.

— Ben, dit le Dr Serling d'une voix rauque. Ben, que s'est-il passé ?

Ben hocha lentement la tête. Les draps déchirés enveloppant sa tête étaient déjà noirs de sang, et son visage était si effroyable que le Dr Serling avait du mal à le regarder. Tandis que Ben suffoquait et cherchait à respirer, un filet de salive ensanglantée et de bulles lui coula dans le cou.

— *Pourquoi,* Ben ? demanda le Dr Serling, bien qu'il ne s'attendît pas vraiment à obtenir une réponse.

Ben hocha la tête à nouveau et, à la grande horreur du Dr Serling, parvint presque à sourire.

— Veulent plus de moi maintenant, gargouilla-t-il. Veulent plus de moi maintenant, pas comme ça. Je suis en sécurité.

— *Qui* ne veut plus de toi ? De quoi parles-tu ?

— Tous les douze, répondit Ben en haletant. Veulent plus de moi maintenant.

Les yeux de Ben se révulsèrent, et il perdit soudainement connaissance. Le Dr Serling le secoua et cria son nom plusieurs fois, mais cela ne servit à rien. Puis il entendit la plainte de la sirène de l'ambulance et les aboiements du chien de Mr Dunfrey, puis des lumières rouges scintillèrent sur les vitres des fenêtres.

Mrs Miller avait déjà ouvert la porte aux ambulanciers lorsque le Dr Serling sortit dans le couloir pour les accueillir. Ils frappaient du pied pour faire tomber la neige de leurs bottes et se tapaient dans les mains comme des phoques savants. L'un d'eux était d'origine irlandaise, cheveux roux et visage couvert de taches de rousseur ; l'autre était un Noir, le sosie d'Eddie Murphy. Randy et Wellington, le Dr Serling les connaissait très bien.

— Quoi de neuf, docteur? demanda Randy, sa phrase préférée.

Sans rien dire, le Dr Serling l'entraîna dans le couloir, tout en faisant un signe de tête à Wellington pour qu'il s'occupe de Mrs Miller.

— C'est Ben Miller, dit-il à voix basse. Il s'est tailladé le visage, très grièvement.

— Tentative de suicide?

— Pire que cela.

— *Pire?* s'étonna Randy en haussant ses sourcils roux.

— Entrez et voyez par vous-même. Mais surtout empêchez Mrs Miller de regarder. Il y a des spectacles qu'aucune mère ne devrait jamais voir.

Randy regarda fixement le Dr Serling, un moment, puis il dit :

— Je commence à croire que je n'aurais pas dû manger ce hot-dog.

Tandis que Randy et Wellington apportaient la civière et leurs trousses de secours et s'occupaient de Ben, le Dr Serling retourna au salon avec Mrs Miller. Elle ne voulut pas s'asseoir et resta debout sous le lustre bon marché en teck et laiton. Elle semblait vieille et vaincue, une femme condamnée par le monde à souffrir.

— Est-ce qu'il va mourir? demanda-t-elle.

— Il est grièvement blessé. Mais il est en bonnes mains.

— J'ai vu du sang.

Le Dr Serling acquiesça de la tête.

— Pour quelque raison, Ben s'est mutilé. J'ignore pourquoi. Il a brisé son verre à eau et s'est tailladé le visage.

— Ce sont les cauchemars, dit-elle, comme si cela expliquait tout.

Ils entendirent Randy et Wellington faire rouler la civière dans le couloir, mais aucun d'eux n'alla jeter un coup d'œil. Une bourrasque de vent glacé s'engouffra dans la maison ; les infirmiers n'avaient pas refermé la porte. Les cheveux gris de Mrs Miller se dressèrent sur sa tête comme sous l'effet de quelque étrange force électromagnétique.

Randy rentra dans la pièce et annonça :

— Bon, nous partons, docteur. A tout de suite ?

— Disons dans deux heures.

— Bien sûr, dit Randy, puis : — Bonne nuit, madame. Ne vous inquiétez pas. Ils prendront soin de votre fils.

Le Dr Serling écouta la plainte de la sirène décroître au loin tandis que l'ambulance repartait vers la route principale, puis il prit la main de Mrs Miller.

— Mon garçon, dit Mrs Miller.

Et il y avait dans ces mots tout ce que Ben avait représenté pour elle depuis le jour de sa naissance : le petit enfant, l'écolier insouciant, les étés et les hivers, les rires et les soirs de Noël et les après-midi ensoleillés ; jusqu'à ce dernier après-midi, lorsqu'il avait plongé, comme dans un rêve, vers le trottoir en ciment… et mis fin pour toujours au bonheur de Mrs Miller.

— Je suis désolé, May, dit le Dr Serling. Je suis plus désolé que je ne saurais l'exprimer.

14.

New Milford, 18 décembre

— Tu dois venir. Excuse-moi, mais tu dois absolument venir, avait dit Aaron.

— Aaron, de toute façon je viens pour Noël, avait rétorqué Vincent. Margot amène Thomas, et Charlotte viendra probablement avec moi. Alors pourquoi cette hâte ? Tu peux bien attendre cinq jours.

— Vincent, lui avait dit Aaron, il est très rare que je te demande de me rendre un service. A quand remonte la dernière fois où je t'ai demandé de me rendre un service ?

— Tu m'as demandé de te rapporter de Milan trente kilos de plâtre italien. C'était un sacré service, tu peux me croire.

— C'est très sérieux, Vincent. Il est arrivé quelque chose à Van Gogh.

Vincent avait été sur le point de lancer une remarque cuisante sur Aaron et son chat trop gâté, lorsqu'il avait brusquement pensé au chat de Danny Monblat, ensanglanté et mort dans sa bouteille.

— Aaron, avait-il demandé prudemment, tu ne veux pas dire quelque chose de grave ? Comme un accident ?

— Je ne peux pas te décrire ça, lui avait répondu Aaron, et il y avait eu un soudain chevrotement de chagrin dans sa voix. Vincent, tu viendras, je t'en prie ?

Vincent avait été obligé d'annuler son rendez-vous

avec Meggsy, mais cette fois il était allé jusqu'à son bureau, dans la 47e Rue, où elle était assise — sweater moulant en angora blanc et minijupe noire très ajustée — dans une pièce cloisonnée et éclairée au néon, avec des cactus en plastique et des trombones qui avaient la forme de couples en train de copuler, sous un calendrier représentant le *David* de Michel-Ange. Vincent lui avait donné une plante d'appartement, une bouteille de champagne Moët et un baiser.

— Je suis désolé, lui avait-il dit. Mais Aaron est vraiment bouleversé. Je te revaudrai ça.

Meggsy avait ôté ses lunettes à verres teintés et avait levé les yeux vers lui, ces yeux bleus au regard myope qui l'excitait toujours, particulièrement lorsque les seins de Meggsy, énormes, nichés dans la laine angora et au chaud, étaient pressés contre sa poitrine.

— Si je ne te *vénérais* pas à ce point, avait-elle chuchoté, je te haïrais.

Il l'avait embrassée, avait savouré son parfum Givenchy et lui avait souri, le sourire d'un homme sachant parfaitement que lorsque des jeunes filles se mettent à le vénérer, c'est qu'il devient un peu trop vieux pour elles.

A présent il roulait vers New Milford afin de faire aérer la maison. Ainsi, après avoir rendu visite à Aaron. il pourrait passer la nuit dans son propre lit. La neige avait cessé de tomber, Dieu merci, mais certaines des voies secondaires étaient encore verglacées et brillaient dans la lueur de ses phares, semblables à l'épine dorsale de baleines pétrifiées. Il avait mis du Vivaldi sur son lecteur de cassettes mais, comme les routes devenaient plus glissantes, il l'arrêta afin de pouvoir se concentrer sur la conduite. Les pneus crissaient et produisaient un craquement sourd en écrasant les blocs de glace et de boue disséminés sur la chaussée.

Il arriva chez Mrs Miller peu après six heures. Il se gara et se dirigea vers la porte d'entrée, marchant sur la pointe des pieds, de manière disgracieuse, et contournant les monticules de neige. Il regrettait amèrement de ne pas avoir eu l'idée d'emporter ses caoutchoucs. Bizarrement, la maison des Miller était plongée dans l'obscurité. Il appuya sur la sonnette, puis cogna du poing contre le panneau de la porte, et appela.

Il commença à neiger de nouveau, très légèrement, guère plus qu'une poudre, se déposant sur son visage et le picotant.

— Mrs Miller ? appela-t-il. Mrs Miller, c'est Mr Pearson !

Il commença à faire le tour de la maison, se dirigeant vers l'arrière-cour. Les coutures de ses chaussures Bally laissaient déjà entrer de l'eau glacée. Le chien de Mr Dunfey se mit à aboyer, tirant sur la chaîne qui le retenait à sa niche. Puis Mr Dunfey lui-même apparut, maigre, avec des yeux de fouine, et portant un cardigan marron à fermeture Eclair par-dessus une salopette Osh Kosh.

— Hurlez aussi fort que vous voudrez, dit-il en s'appuyant nonchalamment sur la rampe de son escalier. (Vincent aperçut le rougeoiement de sa cigarette.)

— Elle n'est pas là ?

— Elle est partie y'a environ une heure de ça. Une ambulance est venue et a emmené ce pauvre Ben. Et puis Mrs Miller est partie à son tour.

— Qu'est-il arrivé à Ben ?

— Ai pas vu ; les ambulanciers avaient ramené les couvertures sur lui. Tout d'abord, j'ai cru qu'il était mort, mais le Dr Serling a dit que c'était une simple formalité. Encore une de ses crises, plus que probable.

— Savez-vous à quel hôpital on l'a emmené ?

— Celui du comté de Litchfield, à mon avis.

— Eh bien, merci, dit Vincent.

— Y'a pas d'quoi, répondit Mr Dunfey en s'appuyant sur la rambarde comme s'il avait l'intention de rester là toute la nuit.

Vincent retourna vers sa voiture. Mr Dunfey lui lança alors :

— Feriez mieux de pas prendre la route directe, elle

est complètement enneigée. Repartez dans la direction d'où vous êtes venu, puis faites un crochet par South Kent. C'est c'que je ferais si j'étais vous.

— Merci, dit Vincent.

A présent il faisait très sombre, et un froid de loup. Vincent remonta dans sa voiture, mit le contact et, avec une certaine perversité, prit par le plus court chemin, dans la direction opposée à celle que lui avait suggérée Mr Dunfey, suivant les traces laissées par l'ambulance dans la neige durcie. Mr Dunfey le regarda s'éloigner et cracha son mégot de cigarette vers les ténèbres.

— Ces salopards vous écoutent jamais, marmonna-t-il.

Au début, le trajet fut pénible. Vincent était secoué et ballotté, mais, au bout de dix minutes, il se retrouva sur une route dégagée, conduisant vers le nord-est. Il décida de se rendre directement à Bantam. Si la neige se mettait à tomber encore plus dru, il pourrait toujours demander à Aaron de l'héberger pour la nuit. Il remit la cassette de Vivaldi et commença à chantonner. Puis, au bout d'une minute ou deux, il arrêta le lecteur de cassettes pour réfléchir à ce qui avait bien pu arriver à Ben Miller.

Une telle peur régnait apparemment autour de lui ! Ben avait dit que quelqu'un, ou quelque chose, était revenu ; Laura Monblat avait disparu ; Edward était mort dans une masse de vers. Et, à présent, Aaron l'appelait à l'aide. Vincent regarda son reflet dans le rétroviseur et se demanda s'il était une sorte de porteur de germes, une sorte d'albatros qui apportait le malheur et l'épouvante.

Il arriva à Bantam, se gara à proximité du chêne gigantesque d'Aaron et descendit de voiture, tout ankylosé. Personne ne sortit pour l'accueillir. Il sonna et attendit que quelqu'un vienne lui ouvrir, tout en se frictionnant les mains. Finalement, Marcia apparut ; son visage semblait très pâle.

— Oh, Vincent, dit-elle. Je suis tellement contente que tu aies pu venir ! Entre, je t'en prie.

La maison était anormalement silencieuse et froide.

— Je peux prendre ton manteau? demanda-t-elle.

Vincent lui sourit aussi joyeusement que possible et dit:

— Bien sûr. Merci. Aaron est là?

— Il est à l'atelier, répondit Marcia en l'aidant à s'extirper de son manteau. Il est dans tous ses états, Vincent. Il adorait ce chat. Lorsqu'il travaillait, Van Gogh était toujours là, près de lui. Et puis, c'est arrivé si soudainement. Et la *manière* dont c'est arrivé...

— La *manière* dont c'est arrivé? fit Vincent en fronçant les sourcils. Mais de quoi parles-tu?

— Je suis désolée. Tu dois aller voir toi-même.

— Marcia..., commença Vincent, mais elle prit sa main et la serra; des larmes brillaient aux coins de ses yeux, disant: *J'ai de la peine, nous avons tous de la peine, et nous sommes terrifiés, alors, je t'en prie, sois gentil avec nous.*

— Entendu, dit Vincent en inspirant profondément.

Il se rendit à l'atelier. Une seule ampoule électrique était allumée, tout au fond, et au début Vincent crut que Aaron n'était pas là. La lumière projetait des ombres immenses, changeant toiles et chevalets en bossus, trolls et démons cornus et griffus, transformant les tubes de couleur écrasés en des montagnes de vers de métal contorsionnés. Vincent s'avança lentement le long de la table de travail jusqu'à ce qu'il trouve Aaron assis sur un tabouret, une bouteille de *Beaujolais de Bantam* à moitié vide à côté de lui, la tête appuyée sur ses mains.

— Eh bien, dit Vincent, tu m'as appelé, maestro, et me voici.

Aaron ne releva pas la tête, mais se versa un autre verre de vin.

Vincent attendit un long moment, les mains dans les poches, essayant de se dominer, essayant d'être patient. Puis, comme Aaron refusait toujours de répondre à son salut, il dit:

— Je suis là, Aaron. Mais si tu ne me dis pas bonjour, je ne pense pas que je resterai très longtemps.

Aaron lui jeta un regard, puis détourna les yeux.
— Excuse-moi, je suis encore sous le choc, c'est tout.
— Pourrais-tu me dire ce qui est arrivé ?
Aaron fit une grimace puis hocha la tête.
— Je n'ai pas besoin de te le dire. Je peux te montrer.
— D'accord. *Montre-moi* ce qui est arrivé.
— Pardonne-moi, Vincent, mais je n'ai pas la force de regarder ça à nouveau. Et lorsque je l'ai vu pour la première fois, je t'en ai rendu responsable. Toi et ta famille, en tout cas. Toi, ton grand-père et ce putain de tableau porte-bonheur.
— Le Waldegrave ?
— Vois par toi-même.
D'un geste vague et définitif, Aaron montra le chevalet placé à l'autre bout de l'atelier, toujours recouvert d'un dessus-de-lit.
Vincent fit deux ou trois pas vers le chevalet, puis hésita.
— Qu'est-ce que c'est ? demanda-t-il, se sentant brusquement inquiet. Il n'a pas... *changé,* n'est-ce pas ?
— Vois par toi-même.
Vincent saisit un pan du dessus-de-lit et le retira progressivement de la toile. Au fond de lui-même, il s'était préparé à une sorte de choc horrible mais, à première vue, le tableau semblait exactement le même. Le même groupe de personnes au visage blême et vêtus de noir. La même pièce rouge. La même sensation de décomposition en suspens. Une colonie de lépreux habillés à la mode, dans une salle de réception oubliée depuis longtemps, condamnés par le talent de Walter Waldegrave à pourrir lentement et pour toujours.
Vincent se retourna et dit d'un ton aussi brusque que possible :
— Il n'y a aucune différence, Aaron. Ce tableau est ancien, je te l'accorde, et il est en mauvais état, mais c'est tout.
Aaron lui lança un regard contrarié.
— Lorsque tu étais enfant, tu as vu cette peinture maintes et maintes fois ?

— Oui. Et alors?

— Ne te retourne pas et dis-moi ce que la femme assise sur une chaise, la troisième en partant de la gauche, tient sur ses genoux.

Vincent le regarda avec étonnement.

— Allez, réponds, demanda Aaron, doucement mais avec insistance.

— Nous n'avons jamais su ce que c'était, dit Vincent d'une voix rauque.

— Très bien, tu ne sais pas ce que c'était, admit Aaron. Mais *décris*-le.

— C'était un... euh, comment pourrait-on appeler cela? Une boule de fourrure noire. Un singe, un chat, une araignée. Je ne sais pas.

— A présent regarde.

Vincent se tourna lentement et regarda, et il fut stupéfait de ne pas l'avoir remarqué tout de suite. Pourtant il était bien là, les pattes repliées sous lui, les yeux fermés, blotti avec contentement sur les genoux de la femme en noir et sans visage, dont la main se trouvait à trois centimètres au-dessus de sa tête, comme si elle s'apprêtait à le caresser. Un chat roux tigré, ressemblant tout à fait à Van Gogh. En fait, il ressemblait tellement à Van Gogh que ce ne pouvait *être* que Van Gogh.

Vincent toucha délicatement le portrait du chat, du bout des doigts; lorsqu'il retira sa main, ils étaient poissés d'une peinture couleur de mélasse.

— Je suis désolé, dit-il. Je n'avais pas vu que c'était encore humide. Je l'ai taché.

— Aucune importance, dit Aaron en se levant de son tabouret. Ce n'est pas moi qui l'ai peint.

— C'est ton assistante, celle que tu as engagée récemment? La fille de Gaylordsville?

Aaron secoua la tête.

— Que veux-tu dire alors? Que quelqu'un s'est introduit dans ton atelier et a peint Van Gogh sur l'une de tes toiles? Pour te faire une blague? (Vincent se pencha vers le tableau, plissant les yeux et examinant la toile à nouveau.) Et c'est un peintre plutôt habile. Tout à fait le style de Waldegrave.

— Personne ne s'est introduit dans l'atelier, et personne ne m'a fait une blague, dit Aaron. (Il trébucha comme il contournait le bout de la table de travail.) Ce que tu vois ici, Vincent mon ami, c'est la réalité. Ce... cette tache que tu viens de tacher encore plus... cette tache *est* Van Gogh. C'est tout ce qui reste de lui, en tout cas.

— Aaron, dit Vincent, essayant de se montrer conciliant. Aaron, c'est juste une peinture. Ce n'est pas Van Gogh.

— C'est Van Gogh lui-même, insista Aaron d'une voix rendue hésitante par les deux bouteilles de vin rouge qu'il avait bues à jeun.

— Aaron, de quoi diable parles-tu ? demanda Vincent. Puis il dit : — Tu es ivre, pour l'amour de Dieu !

— Oui, fit Aaron. Je suis ivre. Mais pas pour l'amour de Dieu. Je suis ivre parce qu'on a tué mon chat et qu'à présent il se trouve sur ton putain de tableau, vivant, comme si rien n'était arrivé, excepté qu'il n'est plus que de la peinture maintenant, et non un animal avec de la chair, avec des poils.

Vincent se passa la langue sur les lèvres ; elles étaient sèches. Puis il sortit de sa poche son mouchoir brodé à ses initiales et s'essuya la bouche. En présence d'Aaron, il se sentait citadin, d'une façon incongrue, et vêtu avec trop de recherche.

— Je ne comprends pas, dit-il.

Et il ne comprenait pas. Il n'arrivait pas à déterminer si Aaron lui faisait une sorte de farce, ou bien si trop de *Beaujolais de Bantam* avait fini par lui faire perdre la boule.

Pourtant le chat de Danny Monblat était mort d'une mort atroce, dans une bouteille, en essayant d'échapper à un sort trop terrifiant pour qu'on puisse même y songer ; et à présent, il y avait Van Gogh, en peinture, prisonnier d'un tableau qui se caractérisait uniquement par son délabrement et par son sens profond de la décadence de l'époque victorienne.

— Eh bien, tu ne comprends pas, et moi non plus, je ne comprends pas, dit Aaron. (Il détourna les yeux un instant, s'efforçant de se reprendre, s'efforçant de ne pas pas pleurer.) Je ne comprends foutrement rien. Et pourtant c'est là.

Vincent prit Aaron par le bras, le regarda avec attention et inquiétude, puis il dit :

— Aaron, c'est seulement une peinture.

D'un mouvement brusque, Aaron libéra son bras.

— Mon cher ami, ceci n'est pas « seulement une peinture ». Je souhaiterais que ce soit le cas.

— Mais ce n'est pas comme si on *avait fait du mal* à Van Gogh, uniquement parce qu'on l'a peint sur cette toile. Cela ne prouve absolument rien. Il s'est probablement perdu dans la neige, c'est tout ; quelqu'un l'a recueilli et le garde chez lui en attendant que le temps s'améliore.

Aaron regarda fixement Vincent, les yeux larmoyants.

— J'ai trouvé Van Gogh, dit-il. C'est bien l'ennui. Je l'ai *trouvé.*

— Etait-il blessé ?

— Je vais te montrer. Tu veux voir ? Je vais te montrer.

Aaron se dirigea vers le fond de l'atelier et prit une grosse torche électrique accrochée à une cheville en bois.

— Viens, dit-il. Je vais te montrer.

Vincent le suivit avec hésitation, franchit la porte de l'atelier et avança vers la nuit neigeuse. Un vent aigre de nord-ouest soufflait du Mont Prospect, qui se dressait à presque quinze cents pieds au sein de l'obscurité hivernale, séparant le village de Bantam du lac de Nepaug.

— Je vais chercher mon manteau, non ? demanda Vincent. L'air est aussi froid que le déjeuner d'un ours polaire.

— Cela ne prendra pas longtemps, répondit Aaron.

Vincent ne l'avait jamais vu aussi évasif, aussi mystérieux et aussi inamical. Aaron avança dans le jardin, le faisceau de sa torche moucheté de soudains tourbillons de neige sèche. Vincent le suivit, les chaussures trempées, le col de sa veste relevé pour se protéger du vent, les mains enfoncées dans ses poches.

Ils arrivèrent au pied du chêne gigantesque. Dans le faisceau lumineux, le tronc paraissait encore plus noueux et plissé que d'habitude, ressemblant à l'une des hideuses créatures d'Arthur Rackham. Aaron s'arrêta à proximité, des cernes écarlates autour des yeux, sa barbe luisant de neige, et dirigea le faisceau de sa torche vers le haut afin d'éclairer les basses branches.

— Je suis censé regarder quoi ? demanda Vincent, frissonnant de froid.

— Suis le rayon lumineux, dit Aaron d'une voix terne. Suis le rayon lumineux et dis-moi ce que tu vois.

Vincent loucha vers le haut ; le vent le faisait pleurer. Finalement, il put distinguer quelque chose, quelque chose qui pendait depuis l'une des grosses branches. C'était rouge, en lambeaux, et très long, comme une écharpe tire-bouchonnée. Cela pivotait et tournait lentement au gré du vent glacial, puis cela tournait dans l'autre sens.

Vincent prit son mouchoir, s'essuya les yeux puis regarda à nouveau vers l'écharpe. Cette fois il put voir qu'il ne s'agissait pas du tout d'une écharpe ; c'était le corps écorché d'un animal, pendu par le cou avec du fil de fer.

Durant une seconde, transi et incrédule, Vincent le regarda fixement, puis il se tourna vers Aaron.

— C'est Van Gogh ? demanda-t-il avec horreur.

Aaron acquiesça de la tête et éteignit sa torche.

— Mais comment le sais-tu ?

Aaron chercha dans la poche de sa veste de laine et en sortit finalement un petit collier de chat.

— J'ai trouvé ceci sur le sol, exactement à cet endroit.

— Je n'arrive pas à croire que quelqu'un ait *voulu* faire une chose pareille.

— Eh bien, moi non plus; pourtant, quelqu'un l'a fait.

— Tu as prévenu la police?

— J'ai appelé le shérif Smith. On m'a répondu qu'il était allé à Darien et qu'il serait absent toute la journée, et tous ses adjoints étaient débordés de travail, avec les routes bloquées par la neige. Mais ils enverront quelqu'un dans la matinée; c'est pourquoi je dois le laisser pendu comme ça. On ne doit toucher à rien sur les lieux du crime.

— Nous ne sommes pas en train de piétiner et d'effacer des empreintes de pas, dis-moi? s'enquit Vincent en regardant autour de lui.

Aaron secoua la tête.

— Celui qui l'a tué l'a certainement fait avant que la neige tombe à nouveau. Lorsque je suis venu par ici, à sa recherche, il n'y avait pas d'empreintes de pas, nulle part.

Vincent leva les yeux vers les ténèbres de l'arbre, une dernière fois, puis retourna à l'atelier, à la suite d'Aaron. Tout en se frictionnant les mains, il s'approcha à nouveau du Waldegrave et l'examina attentivement. Le tableau dégageait toujours cette odeur irritante de décomposition; il était plus fuligineux et squameux que jamais. Pourtant, au premier plan, il y avait Van Gogh, le chat roux tigré, peint récemment, avec minutie et précision, dans des tons vifs.

— Cela n'a pas de sens.

— Cela n'a pas le genre de sens que nous concevons ordinairement, fit remarquer Aaron. Mais les faits parlent d'eux-mêmes. Van Gogh disparaît, est écorché, puis réapparaît sur ce tableau.

— Je suis obligé de me demander si tu n'aurais pas pu le peindre toi-même sur le tableau, dit Vincent doucement.

— Vincent, je me suis posé la même question. Si j'avais pu faire ça pendant que j'étais ivre; ou bien si j'avais découvert le corps de Van Gogh pendu à cet arbre, et qu'ensuite je l'avais fait automatiquement, disons, ou hystériquement, sous le choc. Mais regarde-le. Il est magnifiquement peint. Il est peint à la manière de Waldegrave, avec la gamme de couleurs de Waldegrave, et il est incroyablement détaillé. Je n'aurais pas pu peindre quelque chose d'aussi minutieux en une semaine, encore moins en deux heures. Sans même parler du fait que jusqu'à présent je n'ai pas réussi à faire adhérer la moindre peinture à ce putain de tableau.

Il observa un temps d'arrêt, un poing crispé et tremblant, puis ajouta calmement :

— Je ne l'ai pas fait, Vincent. Je le jure devant Dieu. Il est apparu sur la toile, comme ça.

— Tu as l'intention d'en parler au shérif Smith ? Du portrait de Van Gogh, je veux dire ?

— Je ne sais pas encore. J'étais plutôt dans le brouillard jusqu'à ton arrivée. Et il me dirait probablement que je suis complètement timbré.

Vincent prit une chaise maculée de centaines de nuances de peinture séchée et s'assit afin de pouvoir étudier le tableau de près.

— Il se passe quelque chose, dit-il.

— Et comment ! s'exclama Aaron. Le meurtre ignoble d'un chat !

Vincent secoua la tête.

— Non, non, on dirait plutôt... je ne sais pas... on dirait une soirée. Tu sais bien, une petite fête entre amis, tout le monde rit, bavarde et passe un bon moment, et puis brusquement quelqu'un entre et il émane de cette personne une telle atmosphère que le silence se fait dans la pièce, et tout le monde se sent mal à l'aise. Eh bien, c'est exactement cette sensation que j'éprouve en ce moment. C'est comme si quelqu'un avait fait irruption dans notre vie, et nous faisait tous nous sentir maladroits, tendus et mal à l'aise.

— Qui ? demanda Aaron. *Qui* a fait irruption dans notre vie et nous fait nous sentir maladroits et mal à l'aise ?

— Je l'ignore. Mais des choses se sont produites qui ne semblaient avoir aucun rapport entre elles, et pourtant elles en ont peut-être un, d'une façon étrange.

Aaron fourragea sa barbe, l'air morose.

— Prends un verre de vin, dit-il. J'ai l'impression que je ne te comprends pas plus que je n'arrive à comprendre ce qui est arrivé à Van Gogh.

— Ecoute... pour commencer, Edward est mort... d'une façon incroyablement horrible. Ensuite, le fils de Mrs Miller, Ben, a eu une sorte de transe. D'après ce qu'on m'a dit, on l'a transporté à l'hôpital. Ensuite l'ex-petite amie d'Edward a disparu... et son chat s'est fourré dans une bouteille et s'est mis en pièces. Et maintenant, quelqu'un a écorché Van Gogh.

— Je ne vois pas le moindre rapport.

— Le rapport, Aaron, c'est *moi.* Tous ces incidents sont arrivés à des personnes que *je* connais.

— Tu n'as rien à te reprocher. On ne peut vraiment pas parler de rapport.

— Je ne sais pas. Ce que tu as dit tout à l'heure... à propos de ce tableau... eh bien, il a peut-être quelque chose à voir avec tout ça. Mon grand-père avait insisté pour que nous gardions le tableau, c'était devenu quasiment une obsession chez lui. Dans son testament, il y avait des paragraphes entiers concernant le tableau : mon père devait le mettre à l'abri ; il ne devait jamais être vendu ; il ne devait jamais être prêté à une galerie, envoyé à l'étranger, ou montré au public. Et il est là, exactement au centre de tout ce qui est arrivé. Il tombe en morceaux, d'accord. Et tu ne parviendras jamais à le restaurer, malgré tous tes efforts. Et pourtant je ne peux pas m'empêcher d'avoir le sentiment qu'il a une sorte de vie qui lui est propre. En fait, j'ai le sentiment qu'il a *plus* de vie maintenant qu'il n'en avait lorsque j'étais gosse. Comme si, d'une certaine façon, il s'était réveillé.

Aaron se versa un grand verre de vin et en but la moitié d'un trait.

— Je t'avouerai, Vincent, que je ne vois absolument

pas où tu veux en venir. Mais tu as raison. Ce tableau a une vie qui lui est propre, y compris la vie de mon chat.

— Rassure-toi, je vais t'en débarrasser. Je le remporte chez moi, ce soir.

— Ma foi, ce sera avec le plus grand plaisir. Je ne supporte plus de le voir, et je ne supporte plus son *odeur*. Je souhaite ne plus jamais entendre prononcer le nom de Walter Waldegrave, aussi longtemps que je vivrai.

— Si tu décides d'en parler au shérif Smith, dis-lui de m'appeler.

— Je ne pense pas que je lui en parlerai. (Aaron finit son verre de vin et s'essuya la bouche du dos de la main.) Il me ferait probablement enfermer. Et toi aussi, si tu ne fais pas attention.

Ils n'avaient plus grand-chose à se dire. Tous deux étaient bouleversés par ce qui était arrivé à Van Gogh, et troublés par l'idée que le tableau, d'une certaine façon, contenait l'explication des événements horrifiants de ces derniers jours. Aaron l'enveloppa dans du papier d'emballage, plus précautionneusement que cela n'était nécessaire, et Vincent le posa sur son épaule, puis le porta jusqu'à sa voiture et le mit dans le coffre. Ils se tinrent dans la lumière du porche ; leur haleine fumait dans le vent.

— Je te téléphone dès que le shérif sera venu, pour te dire ce qu'il en pense, déclara Aaron en serrant la main de Vincent.

— Merci. Et crois-moi, je suis désolé, pour le tableau.

— Bah, nous nous laissons probablement emporter par notre imagination. Demain matin, toute cette histoire nous semblera ridicule.

— Bien sûr.

Aaron hésita un instant, puis il posa une main sur l'épaule de Vincent.

— Sois prudent, d'accord ? Enfin, on ne sait jamais.

Il montra de la tête le coffre de la voiture.

Vincent repartit vers Candlemas, se sentant malheureux et l'esprit inquiet. La maison était plongée dans l'obscurité lorsqu'il arriva, et de la neige commençait à tomber en spirale. Il se dirigea vers le côté de la maison, où se trouvaient le garage et les dépendances, et laissa le moteur tourner tandis qu'il descendait et ouvrait les vieilles portes du garage peintes en vert. Il gara la Bentley à l'intérieur, éteignit les phares et coupa le moteur. A cet instant, il fut certain d'entendre un cri perçant.

Il resta assis, écoutant attentivement. A présent il n'y avait plus de bruit, à part le craquement du métal se refroidissant et le murmure du système de climatisation. Ce crissement avait peut-être été produit par une courroie de ventilateur. Il haussa les épaules, prit les clés et descendit de la voiture.

Ce fut alors qu'il l'entendit à nouveau, un cri aigu, strident. Il resta où il était, mais cela avait cessé, et rien ne lui permettait de savoir d'où cela avait pu venir ou ce que cela avait pu être. Peut-être un chien, ou un enfant en train de jouer. Ou le miaulement de douleur d'un chat.

Il sortit le Waldegrave du coffre et, le portant sur son épaule, se dirigea vers la façade de la maison. Il ouvrit la porte et entra, cherchant à tâtons l'interrupteur. Le vestibule était glacial et sentait le renfermé ; il y avait également une odeur de fumée de bois. Il posa le tableau par terre et l'appuya contre le mur, puis il alla dans la cuisine pour débrancher le système d'alarme et allumer d'autres lumières.

Cela lui prit une heure pour charger la chaudière et allumer les feux dans trois des pièces du rez-de-chaussée, ainsi que dans sa chambre à coucher. Mais la maison commença bientôt à se réchauffer et à devenir plus accueillante. En guise de récompense, Vincent se versa un grand verre de whiskey irlandais et sortit un tournedos du congélateur, dans l'intention de s'offrir un dîner convenable, grâce au four à micro-ondes.

Il se demandait quel disque mettre — la *Pastorale* de Beethoven ou un concerto de Tchaïkovski ? — lorsque le téléphone sonna. Il décrocha et dit :

— Pearson.

— Oh, c'est vous, Vincent, dit une voix sèche de vieillard. Ici Gary Spellecy, votre voisin d'en face. J'ai vu des lumières chez vous, et je voulais m'assurer que ce n'était pas un cambrioleur.

— Merci, Gary. Je suis arrivé à l'improviste. Je suis passé chez Mrs Miller pour lui demander d'aérer la maison et de s'occuper du chauffage, mais elle n'était pas là.

— Ma foi, elle ne reviendra pas avant un bon bout de temps. Elle est allée passer quelques jours chez les Guthrie.

— J'ai appris que l'on avait transporté Ben à l'hôpital. Quelque chose de grave ?

— Je ne suis pas sûr que ce soit à moi de le dire, fit Gary Spellecy.

— Gary, qu'est-il arrivé ? voulut savoir Vincent.

Les bûches pétillaient bruyamment dans l'âtre ; une soudaine rafale de vent s'engouffra dans la cheminée, soufflant de la fumée dans la pièce.

— Eh bien, Ben s'est mutilé ; il est défiguré, d'après ce que j'ai entendu dire.

— *Défiguré ?* Comment cela ?

— Il s'est tailladé le visage avec un morceau de verre. Horrible ! Le Dr Serling a dit qu'il n'avait jamais vu ça.

Vincent eut l'impression que son cerveau se mettait brusquement à gonfler, menaçant de faire éclater son crâne. Ses tempes l'élançaient et il avait une sensation douloureuse à la mâchoire inférieure qui se propageait jusqu'aux racines de ses dents de sagesse. C'était l'effet du froid, de la tension et du choc soudain.

— Hé, ça va ? demanda Gary Spellecy.

— Oui, bien sûr, je vais très bien.

— Vous n'avez pas *l'air* d'aller très bien.

— Je suis fatigué, c'est tout. Dites-moi, avez-vous le numéro des Guthrie ? Je pense que je devrais téléphoner à Mrs Miller.

— Elle était repartie à l'hôpital, la dernière fois que j'ai eu de ses nouvelles.

Vincent raccrocha. Il contempla son verre de whiskey comme si c'était une dose fatale de ciguë, puis il le but en trois gorgées. L'alcool lui brûla la langue et lui piqua les commissures des lèvres.

Il avait deviné juste. Quelque chose, ou quelqu'un, avait fait irruption dans sa vie et affectait tout ce qui l'entourait. Ce ne pouvait être quelqu'un qu'il connaissait. Le seul indice qu'il ait jusqu'à présent était la description plutôt vague, que lui avait faite la vieille dame de l'Immeuble Wentworth, d'une femme vêtue de noir, au visage très pale, approchant de la quarantaine.

Vincent alla dans le couloir et regarda le tableau dans son papier d'emballage. Il se demandait toujours si Aaron n'avait pas agi sous l'emprise de la boisson. Aaron était le peintre le plus habile que Vincent connaissait, et si quelqu'un avait été capable de faire ce portrait de Van Gogh, c'était bien Aaron. Cela semblait incroyable que le chat soit apparu sur la toile comme par magie — une force magique sinistre — comme s'il avait été peint par l'esprit de Walter Waldegrave lui-même.

L'explication la plus rationnelle était que Aaron l'avait peint lui-même, peut-être sous l'effet du remords d'avoir tué Van Gogh dans un accès de colère provoqué par l'alcool. Mais Vincent n'avait jamais vu Aaron se mettre en colère, du moins pas d'une manière violente, même lorsqu'il était irrémédiablement saoul.

Il se passait quelque chose d'anormal, cela ne faisait pas le moindre doute. Les vents froids de Noël apportaient des événements terrifiants, et malgré tous ses efforts pour les considérer avec logique, Vincent devenait de plus en plus convaincu d'être *lui-même* le centre du tourbillon.

15.

Darien, 18 décembre

Ils l'avaient enfermée dans une petite chambre à coucher, à l'étage ; les fenêtres étaient verrouillées et fermées par des volets de telle sorte que, même lorsque le soleil brilla avec éclat durant quelques minutes juste avant le crépuscule, elle vit seulement d'étroites fentes de lumière orange. Elle leva la main vers le volet, la lumière du soleil traçant sur sa paume comme une ligne de vie rougeoyante, et elle murmura : « Je vous en prie. mon Dieu ne les laissez pas me tuer. »

La chambre était poussiéreuse. Autrefois, les murs avaient probablement été bleu coquille d'œuf ; à présent, ils étaient d'un gris sale et couverts de taches d'humidité. Il y avait un lit en fer au matelas de crin défoncé, mais pas de draps ni de couvertures. Les seuls autres meubles étaient une chaise en bois au dossier cassé et une petite commode de style victorien en noyer fendillé et écaillé.

Malgré le manque de confort, Laura avait dormi deux ou trois heures au cours de la matinée. Lorsqu'elle se réveilla, elle constata qu'on avait apporté un plateau à son intention ; il était posé sur la commode. Sous un couvre-plat en argent terni, elle découvrit une salade de poulet fumé, avec du chou rouge et de la betterave au vinaigre. Un muffin était posé sur une serviette de table. Il y avait aussi un verre de vin blanc, piquant et aigre, comme si on l'avait laissé trop vieillir.

Tout d'abord, Laura n'avait pas voulu toucher à la nourriture, mais durant l'après-midi, elle avait eu faim et en avait goûté quelques bouchées. Cela lui avait rappelé curieusement la nourriture que sa grand-mère avait coutume de préparer.

A présent il faisait nuit, et elle était assise au bord du lit, désemparée, attendant, écoutant, se demandant si ses ravisseurs l'avaient oubliée.

Une pendule dans le vestibule au rez-de-chaussée sonna huit coups.

Laura n'avait encore jamais été terrifiée, ou menacée, ou enfermée. Ses parents avaient toujours veillé sur elle ; Edward avait toujours veillé sur elle ; et Danny l'entourait de soins comme si elle était une personne fragile. Il ne lui serait jamais venu à l'idée de crier, de cogner du poignet contre la porte et de demander à Cordelia de la laisser partir. Au lieu de cela, elle était assise et attendait que quelque chose se passe, que quelqu'un vienne lui dire que sa captivité était terminée. Ou qu'ils allaient la tuer.

A huit heures et demie, elle entendit un bruit de pas dans l'escalier, et des voix. Deux personnes discutaient avec vivacité sur le palier ; il lui sembla que c'étaient Maurice et Cordelia Gray. Maurice dit plusieurs fois le mot « égoïsme » et Cordelia rétorqua sèchement : « Tu as toujours été tellement catégorique. Comment peux-tu décider ce qui convient le mieux ? »

— Parce que je le sais par expérience, dit Maurice. (A présent, il était presque arrivé devant la porte de la chambre, et Laura pouvait l'entendre distinctement.) De plus, Père m'a toujours laissé prendre ce genre de décisions, et si tu me tiens tête, tu tiens également tête à Père.

— Père n'est pas le Très-Haut, Maurice. Il ne l'a jamais été et il ne le sera jamais. La seule raison pour laquelle il *te* laisse décider qui doit en bénéficier ou non, c'est parce qu'il n'a jamais pu supporter de prendre de telles décisions lui-même ; et tu es le plus âgé, du moins parmi les hommes encore en vie. Sa faiblesse et l'accident survenu à Albert ne sont pas vraiment ce que j'appellerai des pièces justificatives de l'autorité paternelle.

— Néanmoins, insista Maurice, tu n'auras pas la fille.

— Qu'est-ce qui est le plus important? demanda Cordelia. *Mon* apparence, ou celle de Mère? Cela fait sept ans que Mère ne peut plus se montrer en public. Une année de plus, quelle différence cela ferait-il? Ou même deux années? Regarde mon visage. Mais regarde-le! Tu peux voir ce qui m'arrive. Comment parviendrai-je à mettre la main sur le tableau si je suis dans l'impossibilité d'aller et venir à ma guise... si je ne suis pas charmante? Si je ne suis pas *plus* que charmante?

— Seigneur, tu es tellement vaniteuse! C'est tout ce qui compte pour toi, hein? Les regards admiratifs d'hommes jeunes et beaux. Tu n'aurais pu trouver un meilleur nom que celui de Sybil Vane. Il te convient à merveille!

— Tu ne connaissais pas Sybil, répliqua Cordelia, et sa voix contenait une sorte de chagrin hautain. J'aimais Sybil, tendrement.

— C'était certainement un amour très tendre en ce qui *la* concernait, renchérit Maurice. En fait, l'amour le plus coûteux qu'elle ait jamais eu.

— Ne parle pas d'elle, dit Cordelia.

Il y eut un silence, puis Cordelia dit quelque chose d'inaudible. Un moment après, Maurice répondit:

— J'attendrai jusqu'à Noël, mais c'est tout ce que je suis disposé à faire. Ce n'est que justice que Mère ait la fille. Tu n'es même pas monté *voir* Mère depuis notre retour; tu ignores à quel point elle est malade. Tout ce voyage, et maintenant être revenue à Wilderlings. Elle a connu ses plus grands triomphes ici, et ses plus grandes tragédies. Cela a été un effort terrible pour elle. Elle ne serait pas venue, tu sais, si tu ne l'avais pas persuadée que tu pourrais trouver le tableau.

— Eh bien, je l'ai trouvé, non?

— Oui, et je te félicite pour ta persévérance. Malheureusement, nous ne *l'avons* toujours pas.

— Nous l'aurons, ne t'inquiète pas. Hier, c'était beaucoup trop risqué. Il y a encore des gens dans le comté de Litchfield qui nous tueraient tous s'ils savaient que nous sommes revenus.

— Voilà que tu parles comme Mère. Allons, tout le monde a oublié.

Cordelia ne dit rien, pendant un moment ou deux, puis elle fit remarquer:

— Nous devons nous emparer du tableau sans que personne sache qui l'a pris, ou pourquoi. Cela a été l'erreur fatale de Père, la dernière fois; les gens l'ont appris.

La conversation se poursuivit à voix basse et Laura entendit seulement la fin de la phrase prononcée par Maurice:

— ...ce chat.

— Et alors? Il ressemblait tellement à Firework[1]. Et as-*tu* jamais pensé à Firework, ou à faire pour Firework ce que nous avons fait avec une telle assiduité pour nous-mêmes?

— Firework est mort, Cordelia. Il n'y avait pas la moindre raison au monde pour que Henry prenne tous ces risques. Lorsque l'un de nous meurt, il n'y a pas de restitution ; tu le sais très bien. Et c'est pour cette raison que tu dois songer à Mère.

Maurice s'éloigna dans le couloir puis ajouta:

— De plus, Henry est tellement maladroit. Henry est un charcutier.

— J'avais l'intention de donner la fille à Henry, dit Cordelia calmement.

— Pas à...?

Cordelia éclata de rire, un rire cristallin.

— Bien sûr que non. Tu crois que je lui permettrais de l'abîmer?

— Elle n'est pas pour toi, Cordelia. J'espère que je me suis bien fait comprendre sur ce point.

1. Feu d'artifice (NdT).

— Entendu, nous pouvons attendre jusqu'au jour de Noël, n'est-ce pas, avant de prendre une décision ? Mère et moi devrions peut-être la jouer au rami ; tu ne trouves pas que ce serait une bonne idée ?

— Parfois tu me glaces le sang, Cordelia.

— Mais tu ne vois pas d'inconvénient à ce que Henry ait la fille pour le moment ?

— Est-ce si important pour toi ?

— Je suis ravie lorsque Henry a ses filles, répondit Cordelia d'un ton espiègle. Je pense que cela réveille en moi une dépravation très *fin de siècle*. Il le fait avec tellement de panache. Cela me rappelle ces moments que nous avons passés à Berlin. Tu te souviens du Dodo Club ?

— Je me souviens que tu t'enivrais à la crème de menthe et que tu t'étourdissais de cocaïne, les deux en même temps.

— Tu es le frère le plus collet monté que l'on puisse avoir, Maurice.

— Et *toi,* Cordelia, tu es la plus intransigeante des sœurs.

Soudainement, Cordelia tourna la clé dans la serrure de la porte de Laura et poussa le battant. Laura recula vivement, craignant qu'ils se rendent compte qu'elle avait surpris leur conversation, mais Cordelia s'avança dans la petite chambre à coucher, avec une élégance glacée, et lui adressa un sourire indulgent, comme si Laura était une laveuse de vaisselle qui aurait trop astiqué les chenets de la cheminée du salon. Laura ne pouvait s'empêcher de trouver qu'il y avait quelque chose d'étrangement démodé chez les Gray, un traditionalisme plus profond que l'habituel conservatisme waspien[1] de Darien, Westport et d'autres parties de la côte est.

Cordelia portait une robe du soir noire, laissant les épaules nues, aux paillettes noires et scintillantes. Il y

1. *Wasp:* Américain blanc protestant d'origine anglo-saxonne (NdT).

avait des barrettes en diamant dans ses cheveux et un collier de diamants autour de son cou. Son maquillage était d'une pâleur mortelle, et bien qu'elle soit toujours belle, elle donnait l'impression de s'être complètement vidée de son sang. Même ses lèvres étaient blanches.

Elle jeta un regard vers le plateau et sourit.

— Je suis contente que vous ayez mangé, dit-elle. Sophonisba n'avait pas utilisé la cuisine depuis des années et des années, mais elle fera de rapides progrès. (Elle observa un temps d'arrêt, puis ajouta) : Nous étions tellement gâtés en Europe, vous savez.

— Je veux téléphoner à mon mari, dit Laura d'une voix ferme.

— Vous le ferez, ma chérie. N'est-ce pas, Maurice ?

Maurice apparut à l'entrée de la pièce, impeccable dans un smoking noir, et hocha la tête, d'une façon vague et peu secourable, à la James Mason.

— Mais bien sûr ; chaque chose en son temps.

— Vous allez me tuer ? dit Laura.

— Vous tuer ? s'exclama Cordelia, pressant sa main contre sa poitrine avec incrédulité. Où avez-vous été chercher une pareille idée ?

— Vous n'avez pas arrêté de dire que vous alliez *me* donner... à votre mère, ou à Henry, ou...

Laura laissa sa phrase en suspens.

— Eh bien, vous avez mal compris, dit Cordelia en prenant Laura par le bras. Venez, nous allons vous présenter à certains membres de notre famille. Ainsi vous ferez mieux connaissance avec Henry, j'en suis sûre.

— Je vous en prie..., protesta Laura. Tout ce que je veux faire, c'est rentrer chez moi.

Elle savait avec force qu'elle *voulait* rentrer chez elle ; pourtant, elle ne parvenait pas à parler avec une réelle conviction. Cela ressemblait davantage à la nécessité urgente qu'elle aurait pu ressentir dans un rêve, lent, glutineux et compliqué. Elle commença à sentir que si elle faisait ce qu'on lui disait, souriait et se conduisait bien, tout se passerait très bien. Elle regarda dans les yeux de Cordelia, semblables à des miroirs, et elle vit avec certitude que tout se passerait très bien.

— Entendu, mais je ne resterai pas très longtemps, dit-elle, laissant Cordelia la conduire vers la porte, puis dans le couloir.

Elle entendit de la musique. Quelqu'un jouait du piano dans l'une des pièces du rez-de-chaussée ; une mélodie étrange, comme si on la jouait à l'envers.

— Oui, bien sûr, la rassura Cordelia.

Maurice, qui marchait derrière elles, émit un grognement ; c'était peut-être une approbation.

Ils descendirent l'escalier jusqu'au rez-de-chaussée. Sur la gauche, les deux battants de la porte en acajou conduisant à la salle de musique étaient ouverts. Sans la moindre hésitation, Cordelia entraîna Laura dans la pièce. Là, pour la première fois, Laura vit la famille Gray.

Du moins, huit membres de la famille Gray. Ils étaient réunis autour de l'immense piano à queue, recouvert d'un tapis marron ressemblant à un châle, et ils étaient tous en tenue de soirée. Trois hommes, y compris Henry, avec des faux cols empesés, et cinq femmes, diversement vêtues de robes vertes, noires et rouges, qui semblaient avoir emprunté leur style respectif à toutes les époques, depuis la fin de l'ère victorienne jusqu'à l'apogée de la princesse Grace.

Henry était au piano ; il s'arrêta de jouer et se leva pour s'incliner devant Laura quand Cordelia la fit entrer dans la pièce.

— Il me tardait de vous revoir, j'éprouvais la même impatience que les Lapons lorsqu'ils attendent la venue du printemps, dit-il.

— Henry est parfois obscur, fit remarquer Cordelia du coin de la bouche, tandis que Henry baisait la main de Laura.

— Voici mon oncle John, dit Cordelia.

Un homme de grande taille aux cheveux blancs s'était

avancé, inclinant la tête en signe de bienvenue. Oncle John paraissait aussi pâle et desséché que les autres Gray, et son visage donnait l'impression très nette de *s'affaisser*, comme la coque d'un bateau commençant à pourrir. Il forma avec ses lèvres le mot « enchanté » puis se retira.

Cordelia présenta Laura à son oncle Belvedere, le frère de sa mère, un homme de petite taille, frêle et affligé du constant dodelinement de la tête dû à la maladie de Parkinson ; à sa tante Willa, une femme corpulente, engoncée dans une robe de soie verte beaucoup trop serrée sous les bras ; à ses cousines Emily, Ermintrude et Nora, trois petites filles aux manières guindées, zézayant et portant des anglaises, que Laura eut du mal à distinguer ; et, au deuxième rang, à sa sœur Alicia, qui semblait plus jeune que Cordelia mais dont le visage était beaucoup plus fané ; et, enfin, à sa cousine germaine Netty, paralysée et assise dans un fauteuil roulant, moderne d'une manière incongrue, une couverture rose recouvrant ses genoux.

— Nous chantions, dit Henry. Du moins, je jouais du piano et nous nous apprêtions à chanter.

— Tante Alicia dit que nous n'avons aucune raison de chanter, intervint Ermintrude avec un petit rire bête. Tante Alicia dit que la vie est une tragédie.

— Très bien, fit Henry. Alors nous chanterons que la vie est une tragédie.

Il commença à jouer le même air, celui qui donnait l'impression d'être joué à l'envers ; ses bagues brillèrent tandis qu'il passait les doigts sur les touches du piano. Laura resta où elle était, terrifiée par cette étrange assemblée, et pourtant hypnotisée par la mélodie et par le sentiment que si elle tentait de partir maintenant, elle manquerait l'événement le plus important de sa vie. Quelque chose allait lui arriver. Quoi, elle l'ignorait, et il ne lui vint pas à l'idée de le demander. Mais elle savait que c'était important.

Le baiser de la mort est sur nos lèvres,

Le jour des aurores d'affliction.
Les anges de marbre projettent leur ombre
Sur les pelouses glacées.

Henry chantait à tue-tête, comme si c'était un chant de marche, puis il entonna « Les Boers ont tué mon papa ».

Les Boers ont tué mon papa,
Mon papa qui était soldat.
Je n'aime pas entendre ma maman soupirer,
Je n'aime pas entendre ma maman pleurer.

Aussitôt, Oncle Belvedere frappa de la paume le dessus du piano et Henry se tut. Tout le monde détourna les yeux avec embarras. Cordelia vint se mettre derrière Henry et dit :

— Ce n'était pas très délicat de ta part, Henry, tu ne crois pas ?

Henry se leva. Il appuya sur une touche, le do, attendit que le son de la note s'éteigne, puis rabattit le couvercle du piano.

— Excuse-moi, mon oncle, dit-il. Je pensais que cela s'était passé il y a si longtemps.

— Pour *toi*, peut-être, répliqua Belvedere. (Sa voix était ténue et rauque.) Mais il y en a parmi nous qui s'en souviendront jusqu'à la fin des temps.

— Je t'ai présenté mes excuses, insista Henry, puis il sortit rapidement de la pièce pour aller dans le couloir, où il resta, les mains sur les hanches, la tête levée avec colère.

Cordelia le suivit, faisant signe à Laura de la rejoindre. Laura, soulagée d'être dispensée de la compagnie de la famille Gray, lui emboîta le pas aussitôt.

— Combien de temps encore avant que nous puissions mettre la main sur le tableau ? demanda Henry avec humeur. Oncle Belvedere devient de plus en plus irritant au fil des jours.

— Nous ferons une nouvelle tentative dimanche, le rassura Cordelia. Si nous avons de la chance, Mr Halperin ne sera pas chez lui.

— Tu es absolument certaine qu'il l'a ?

— Cela ne fait pas l'ombre d'un doute. Mr. Astengo a dit qu'il l'avait vu de ses propres yeux dans l'atelier d'Halperin.

Henry posa sa main sur l'épaule de Cordelia.

— Eh bien, dit-il, je suis obligé d'admirer ton intelligence. *Je* n'aurais jamais eu l'idée de rechercher tous les restaurateurs de tableaux installés dans le nord-est des États-Unis, encore moins de leur téléphoner.

Cordelia sourit.

— En attendant, Maurice est entièrement d'accord pour que tu te divertisses avec cette jeune femme, du moins jusqu'à ce que nous ayons décidé de son sort.

— Bien, bien, excellent! dit Henry.

Il se tourna vers Laura et la regarda de la tête aux pieds avec un plaisir non dissimulé.

— Et quand prendrez-vous cette décision? Toi et l'estimable Maurice?

— Le jour de Noël, répondit Cordelia. Ainsi tu disposes de quelques jours.

— Je te remercie, lui dit Henry.

— Mais n'oublie pas une chose, le prévint Cordelia.

Henry eut un sourire affecté.

— Entendu, j'essaierai. *Cela* serait plutôt désastreux pour toi et Tante Isobel, n'est-ce pas? Aurais-tu la force de continuer? Je ne le pense pas. Néanmoins, elle est très jolie. J'espère que je ne serai pas tenté.

Laura pensait continuellement: *Je dois téléphoner à Danny, je dois m'enfuir.* Mais plus elle répétait ces mots, moins ils semblaient avoir de sens, et tandis qu'elle se tenait auprès de Cordelia et de Henry dans la grande entrée de Wilderlings, elle ne ressentait plus la nécessité impérieuse de s'enfuir. Elle était retenue par l'aura de la famille Gray, aussi irrémédiablement qu'un insecte pris dans la toile d'une araignée.

— Venez, dit Henry, faisant signe à Laura tandis qu'il se dirigeait vers l'escalier.

Elle le suivit docilement. Les motifs sur le sol parurent s'éloigner d'elle et former des angles insensés. Elle commença à monter l'escalier et les marches semblèrent s'incliner. Elle se dit : *Je dois absolument dire à Danny où je suis,* mais ensuite elle ne fut même plus capable de savoir qui était Danny.

Henry la précéda dans le couloir de l'étage et s'arrêta devant une porte à double battant. Il l'ouvrit d'un large geste. D'un hochement de tête, il lui indiqua qu'elle devait entrer dans la pièce. C'était une vaste chambre à coucher. Laura hésita une seconde, essayant de lire les pensées de Henry dans ses yeux, ce qu'il éprouvait, ce qu'il allait lui faire ; mais ses orbites auraient tout aussi bien pu contenir des billes d'acier, pour l'expression qu'elle aperçut dans ses yeux.

Dans la chambre à coucher il y avait un grand lit au dosseret en chêne foncé, orné de sculptures compliquées et recouvert de poussière. Les rideaux étaient à demi fermés, mais Laura put apercevoir le pâle éclat de la neige de l'autre côté de la fenêtre. Il y avait également une ottomane à l'aspect peu confortable, une armoire massive et une commode rococo de style français.

Henry referma les battants de la porte et tourna la clé dans la serrure.

— Il est parfois nécessaire de pardonner à ma famille, dit-il. Avec les années, ils sont hantés par leurs souvenirs.

— Pourquoi votre oncle a-t-il été aussi bouleversé par cette chanson ?

— Eh bien, sourit Henry, retirant négligemment sa veste de smoking et la posant soigneusement sur l'ottomane, cela lui rappelle toujours Albert.

— Albert ?

— Mon cousin. Il a été tué, vous savez.

— Mais pas pendant la guerre des Boers.

Henry défaisait ses boutons de manchette. Il lança un regard surpris à Laura puis éclata de rire.

— Je vous en prie, dit-il. Mettez-vous à votre aise.

— Je ne comprends pas.

Henry s'approcha et la prit par les épaules. Il la

regarda dans les yeux, un long moment. Elle aurait été incapable de dire pendant combien de temps exactement, mais il lui sembla entendre la pendule sonner à nouveau. Par la suite, elle se souvint seulement qu'elle avait contemplé les lèvres magnifiquement dessinées d'Henry tandis qu'elles lui disaient doucement ce qu'elle devait faire.

— Tu es à moi à présent. Est-ce que tu comprends? Tu m'appartiens. Tu es ma servante, et tu feras tout ce que je te demande, sans poser de questions. Ta volonté est complètement soumise à la mienne. Tu ferais n'importe quoi pour moi.

Laura demeura silencieuse et baissa la tête.

Henry poursuivit, d'une voix encore plus douce:

— Je serai gentil avec toi, tu peux en être assurée, à moins que tu essaies de me désobéir, auquel cas je serais obligé de te punir avec sévérité. Tu devras toujours demander ta punition lorsque tu m'auras fait de la peine. Les punitions seront données seulement si tu le demandes; mais, pareillement, ta faute ne te sera pas pardonnée tant que tu n'auras pas été punie.

Finalement il se détourna et traversa la pièce, pour aller dans le cabinet de toilette attenant. Il réapparut, portant un appareil photo, un Hasselblad plutôt ancien, et un trépied télescopique qu'il installa au pied du lit. Laura le regardait faire, en proie à une étrange torpeur. Elle avait l'impression de ne plus avoir la force de bouger ou de parler.

— Tu peux te déshabiller maintenant, dit Henry. Je veux que tu sois entièrement nue.

Il retourna dans le cabinet de toilette et revint avec un projecteur et un parapluie argenté de photographe. Il les disposa de part et d'autre du lit, vissa la lampe flood et l'alluma un instant, pour vérifier son bon fonctionnement.

— Mais tu n'es pas encore déshabillée, dit-il. Attends, je vais t'aider.

Laura avait été éblouie par la lampe et une lueur

verdâtre dansait devant ses yeux. Henry apparut derrière cette lueur puis s'approcha d'elle ; avec des mains froides et un visage sans expression, il commença à déboutonner le corsage de Laura.

— Je suis le plus heureux, et en même temps le plus malheureux, des hommes, dit-il. J'ai connu certaines des femmes les plus ravissantes au monde, depuis des femmes-enfants jusqu'à celles qui avaient atteint le plein épanouissement sensuel de leur maturité. J'en ai photographié des centaines. Mais c'est tout ce que je peux faire. Je ne peux pas les posséder. En raison des restrictions anormales de mon existence, je suis dans l'impossibilité d'assouvir mes désirs. C'est pourquoi je dois me contenter de photographies, de négatifs et de diapositives. Comme ces mots sont exacts ! Des négatifs et des diapositives, des images transparentes. Ils sont tout ce que je suis capable d'aimer. Une assemblée de fantômes.

Laura l'entendait à peine. A présent, ses yeux étaient à demi fermés, et elle avait l'impression de sombrer dans une sorte de sommeil éveillé. Elle sentit les doigts d'Henry déboutonner les poignets de son corsage puis faire glisser son corsage de ses épaules. Elle sentit son haleine froide sur son cou tandis qu'il se penchait en avant et passait les bras derrière son dos pour dégrafer son soutien-gorge. Elle respira l'odeur de son eau de Cologne. Puis il découvrit ses seins et, du plus léger des touchers, le bout de ses doigts suivit leur courbe et leur rondeur ; un instant, il les emprisonna dans ses paumes, puis caressa chaque mamelon jusqu'à ce qu'il durcisse.

Puis ses mains descendirent au bas des hanches de Laura, la faisant frissonner. Il dégrafa sa jupe et la laissa tomber par terre. Sans effort apparent, il la prit dans ses bras et la porta vers le lit.

Elle ouvrit les yeux et le regarda fixement. Dans la lumière, il était remarquablement beau. Elle avait presque la sensation de vivre une aventure romanesque, une idylle d'antan, avec un jeune pâtre. Pourtant il émanait d'Henry quelque chose d'infiniment corrompu et de froid, une absence cruciale d'humanité qui était à la fois érotique et effrayante. Elle avait peur de lui, mais elle le désirait également. Il n'y avait plus de chuchotements dans son esprit ; elle avait oublié Danny, son foyer, la sécurité ou son désir de s'enfuir.

Henry l'étendit sur le lit. Puis il s'agenouilla à côté d'elle, se pencha et l'embrassa sur la bouche ; un baiser étrange, chaste, les lèvres fermées.

— Tu ne sais pas à quel point je te désire, dit-il.

Il baissa la tête et embrassa chacun de ses seins. Ses lèvres effleurèrent les mamelons de Laura, les excitant à nouveau. Ses doigts froids descendirent le long de l'estomac de Laura, puis autour de ses cuisses. Ses phalanges se glissèrent entre les cuisses de Laura.

— *Henry,* dit-elle d'une voix qui ne ressemblait pas à la sienne.

Il ne répondit pas. Il tira doucement sur ses collants de coton blanc et les fit glisser lentement. Durant une seconde fugace, le médius d'Henry suivit la ligne de sa vulve délicatement fermée ; mais, tandis qu'elle frissonnait à nouveau, il se leva, lui sourit et se détourna.

— Tu me tentes autant que la meilleure d'entre elles, dit-il. (Sa main était plaquée contre sa bouche, et elle comprenait à peine ce qu'il disait.)

— Que *veux-tu ?* demanda-t-elle.

Il alla jusqu'au projecteur et alluma la lampe flood, inondant le lit d'une lumière blanche et aveuglante.

— Je veux prendre des photographies de toi, répondit-il. Je veux t'ajouter à ma collection.

Il se pencha sur son Hasselblad et le régla.

— Je ne veux pas que tu poses. Tout ce que je veux que tu fasses, c'est écouter ce que je dis et essayer de faire apparaître une image de ton esprit. Tu es à moi, souviens-toi. Tu n'as plus d'âme. Tout ce que je désire que tu sois, tu le seras, sans poser de questions. Tu es une servante ; en tant que telle, tu dois craindre ton maître.

Laura était allongée sur le dos, nue, les yeux levés vers le plafond. La lumière intense lui donnait la sensation qu'une foule de gens l'observaient depuis les ombres. Sur la défensive, elle joignit les mains sur ses seins et plissa les yeux pour voir au-delà du cercle lumineux. Elle distingua seulement la silhouette bossue d'Henry, penché sur son appareil photo, et le reflet de l'objectif.

— Tu es une Suédoise, une blonde aux yeux bleus, qui a été enlevée, alors qu'elle passait ses vacances en Égypte, par un Arabe, un marchand d'esclaves, un *caboceer*. Des chaînes enserrent tes chevilles, et on t'emmène à travers le désert. Tu fais partie d'une longue file de jeunes esclaves noires. Ta peau blanche est protégée du soleil par un burnous blanc. Finalement tu arrives dans une oasis, très loin, au milieu du désert, et c'est là que tu dois être vendue.

Laura ferma les yeux. Elle entendait à peine le léger ronronnement de l'appareil photo d'Henry. Mais elle pouvait entendre le chuchotement, doux et abrasif, du sable emporté par le vent à travers les dunes ; elle pouvait entendre le reniflement des chameaux et le claquement des toiles de tente ; elle pouvait presque voir la lueur rougeâtre du soleil couchant sur l'oasis.

Elle était conduite dans la tente. Un tapis de laine rouge recouvrait le sol ; des torches flamboyaient tout autour d'elle. Dans la lueur vacillante des torches, elle aperçut un cercle de visages, des Arabes, des hommes au nez crochu et portant des robes noires ; des Nubiens aux djellabas pâles ; des Touaregs dont le visage était dissimulé jusqu'aux yeux, portant à leur ceinturon des poignards dans des gaines incrustées de gemmes. Il y avait une odeur de charbon de bois, de graisse d'agneau et d'épices, mêlée à celle, plus âcre, de la sueur humaine. Quelqu'un frappa dans ses mains ; un tambour commença à résonner, et quelques-uns des hommes se mirent à battre des mains et à taper du pied, suivant la cadence rapide et compliquée du tambour.

— Elle va danser pour vous ! annonça une voix près d'elle.

Et, d'un simple geste, on lui arracha ses robes

blanches, et elle se tint nue devant les visages lubriques de ses acheteurs éventuels.

Le tambour continuait de battre et Laura commença à danser, gracieusement et lentement au début, se passant les doigts dans les cheveux, balançant les hanches. Lorsque la cadence s'accéléra, elle promena ses mains sur son corps et se caressa les seins. Les Arabes poussèrent des cris et l'encouragèrent bruyamment ; l'un d'eux laissa échapper un cacatoès blanc qui se mit à voleter tout autour de la tente, complètement affolé.

Laura se contorsionnait et dansait de la façon la plus provocante possible. Parfois, elle s'approchait si près des hommes qu'elle sentait l'odeur de viande d'agneau et d'épices de leur haleine. Son corps était luisant de sueur et brillait dans la lueur des torches, ses cheveux moites se collaient à ses tempes. Tout au fond de la tente, un garçon entièrement nu, de quatorze ans à peine, la contemplait d'un regard calme et sensuel, son pénis à demi dressé.

Puis elle se mit à genoux et s'inclina en arrière, arquant son corps et écartant les cuisses. Le grondement du tambour devint frénétique. Les Arabes criaient, tapaient dans leurs mains et s'agitaient, sans jamais détacher leurs yeux avides de son corps. Elle plongea ses deux mains entre ses jambes et s'ouvrit pour eux, un rose luisant, de plus en plus largement, leur donnant tout ce qu'ils désiraient... son intimité, sa fierté, sa sexualité, son âme.

Elle sentit un orgasme monter en elle, tendant les muscles de son bassin, grinça des dents et agita la tête d'un côté et de l'autre. Mais, alors qu'elle allait jouir, la lumière aveuglante s'éteignit brusquement, la tente s'effondra, le désert disparut, l'oasis se tarit... et elle se retrouva étendue, nue, sur un lit inconnu et poussiéreux, dans une chambre sombre, haletant, ruisselant de sueur et hébétée.

Le martèlement du tambour se changea en des coups frappés à la porte. Henry alla ouvrir, tandis que Laura restait allongée sur le dos, incapable de comprendre où elle se trouvait ou ce qui s'était passé.

Henry ouvrit la porte.

— Qu'est-ce que c'est, Maurice? demanda-t-il avec irritation. Tu devrais savoir que je suis occupé.

— Je désirais seulement te conseiller, mon cher garçon, de te tenir tranquille, répondit Maurice. Des policiers sont là.

— Entendu, dit Henry, puis il revint vers le lit.

Il tendit la main vers Laura et sourit.

— Tu t'es très bien comportée, mon amour. Tu as beaucoup plus d'imagination que je ne m'y attendais.

Laura, incapable de trouver les mots pour lui répondre, prit sa main et se leva, encore tremblante.

— A présent tu peux t'habiller, dit Henry. Si tu regardes dans la penderie, à gauche, tu trouveras un certain nombre de robes. Elles sont toutes noires, mais tu es une servante et tu dois porter du noir dorénavant. Il y a aussi des chaussures. Tu ne devras pas porter de dessous. Je te l'interdis.

Laura acquiesça de la tête. Henry la prit par le bras et l'embrassa sur le front.

— Nous avons jusqu'à Noël, dit-il. Quatre jours! Ce sera amplement suffisant pour quelques-unes de mes plus belles aventures. As-tu déjà été à Berlin, au Salammbô Club, où les hommes peuvent danser avec des femmes entièrement nues? As-tu déjà été en Thaïlande, dans les bordels?

— Non, chuchota Laura.

— Tu iras, lui promit Henry en l'embrassant de nouveau.

16.

Darien, 18 décembre

George Kelly montra son insigne et demanda :

— Etes-vous Maurice Gray ?

Oncle John eut l'ombre d'un sourire.

— Non, répondit-il. A mon grand regret.

— Maurice Gray est-il là ?

— Pas que je sache.

Jack, qui se tenait près de George, le col de sa canadienne relevé, se tourna et tendit le doigt vers le côté de la maison.

— Cette Cadillac garée là-bas, appartient-elle à Maurice Gray ?

Oncle John secoua la tête. La neige commençait à tomber dru à présent ; George et Jack battaient la semelle sur le pas de la porte pour se réchauffer. Pourtant il ne semblait guère disposé à les prier d'entrer.

— Si cette voiture n'appartient pas à Maurice Gray, à qui appartient-elle ? demanda Jack.

— J'ai bien peur de ne pas le savoir.

George renifla et frictionna patiemment ses mains gantées de cuir.

— Nous aimerions parler à Maurice Gray à propos d'une enquête sur des homicides. C'est important, vous comprenez ; plusieurs personnes ont été tuées. Il est important que nous lui parlions afin que nous puissions rayer son nom de la liste et poursuivre notre enquête.

— Je vois, fit Oncle John en hochant la tête.

— S'il n'est pas là pour le moment, pourriez-vous nous dire quand vous l'attendez? dit Jack.

— Je ne l'attends pas.

— Alors savez-vous où nous pourrions le trouver?

— J'ai bien peur que non, je suis désolé.

A ce moment, Cordelia apparut, dans sa robe du soir noire, venant du fond du vestibule.

— John, dit-elle, pourquoi laisses-tu la porte ouverte? Netty se plaint du courant d'air.

Elle regarda George et Jack et eut un vague sourire; déjà son regard se portait dans une autre direction.

Jack la regardait fixement, avec fascination. Il essaya de détourner les yeux, mais s'aperçut que cela lui était impossible. Il tenta de penser à elle d'une façon conventionnelle, d'avoir des idées de routine, des idées de shérif, mais il constata que cela lui était également impossible. Elle était si froidement sûre d'elle; si hautainement érotique; si méprisante. Elle se tenait la tête légèrement relevée, les yeux rétrécis comme si elle avait du mal à accommoder sur des fournisseurs ou des visiteurs inattendus; une main perchée sur sa hanche gauche en une pose affectée.

Et pourtant, si le récit d'Elmer Tweed contenait une part de vérité, et si les soupçons de George s'avéraient exacts, cette femme était la proche parente d'un tueur psychopathe. Elle était peut-être même impliquée dans ces meurtres.

D'ordinaire, Jack trouvait ennuyeuses et maladroites les personnes qui avaient tué d'autres personnes. Elles n'étaient jamais surprenantes, comme Cordelia Gray. Elles ne le faisaient jamais se sentir inférieur socialement, comme c'était le cas en ce moment. Et elles ne lui avaient jamais donné la sensation d'être une proie

— Je suis Cordelia Gray; la sœur de Maurice Gray. Qui êtes-vous?

Jack essaya de se présenter d'une voix aussi claire et assurée que possible.

— Je m'appelle Jack Smith, madame. Shérif Jack Smith, du comté de Litchfield. Et voici George Kelly, des services de police de Darien.

Le regard de Cordelia se posa brièvement sur chacun d'eux.

— Que cherchez-vous? demanda-t-elle.

— Nous cherchons un certain Maurice Gray.

— A-t-il commis un délit?

— Nous ne le savons pas encore, madame. Mais il faut absolument que nous lui parlions.

Cordelia réfléchit un instant, puis elle dit:

— Vous ne le pouvez pas.

— Une raison valable? demanda Jack.

Il commençait à trouver ces gens déconcertants et frustrants. Qui plus est, il ne sentait plus ses orteils, et il était sûr qu'il n'allait pas tarder à en être de même pour le reste de ses pieds. Il faisait huit degrés au-dessous de zéro, et la température continuait de chuter.

— Cher monsieur, reprit Cordelia, je puis vous donner toutes les raisons que vous désirez. Il n'est pas là ; ou plutôt, il est là, mais il n'est pas assez bien portant pour parler à des inconnus ; il ne parlera à des membres de la police qu'en présence de son avocat ; il est mort l'année dernière ; en fait, il n'est pas mort, mais il a l'impression qu'il pourrait l'être.

George renifla bruyamment.

— Veuillez me pardonner, madame, mais rien de tout cela n'est très constructif. Nous essayons seulement de faire notre travail, dans l'intérêt de la communauté.

— Avez-vous un mandat d'amener pour Maurice Gray?

— Non, madame, nous n'en avons pas.

— Avez-vous une citation à comparaître devant un tribunal ou un jury, le concernant?

— Non, madame, cela non plus.

— Alors, un mandat de perquisition?

George secoua la tête.

— Dans ce cas, lui dit Cordelia, vous pouvez vous en

aller. Et revenez seulement si vous avez les papiers nécessaires. Nous sommes restés longtemps en Europe, mais à présent que nous sommes rentrés aux États-Unis, nous espérons bien profiter des droits que nous garantit la Constitution.

Jack s'apprêtait à dire quelque chose, mais George le prit par le coude et dit :

— Allons-nous-en, Jack. Cette dame a entièrement raison. Nous ne pouvons pas embêter les gens, du moins pas sans mandat.

Jack lui lança un coup d'œil, mais George resta affable.

— Tenez, madame, dit-il en sortant une carte de sa poche et en la tendant à Cordelia. C'est le numéro de téléphone de mon bureau. Si Maurice Gray décide qu'il préférerait bavarder avec nous strictement à titre officieux, nous l'écouterons avec le plus grand plaisir. En attendant, nous allons voir ce que nous pouvons faire pour dénicher quelques mandats.

Cordelia refusa de prendre la carte, gardant les mains sur ses hanches. Mais George ne se troubla pas pour autant. Il remit la carte dans sa poche, eut un sourire radieux et dit :

— Vous me trouverez dans l'annuaire, sans problème. A la rubrique « Flics ».

Un instant, Jack et Cordelia s'affrontèrent du regard. D'ordinaire, Jack n'avait aucun mal à lire dans les yeux des autres, du moins dans ceux des gens qui se retrouvaient dans une cellule de commissariat ; ceux-là n'éprouvaient jamais le besoin de cacher leurs sentiments. Si quelqu'un ne pouvait pas vous blairer, cela se voyait. Mais les yeux de Cordelia exprimaient une malveillance d'une complexité singulière ; une malveillance qui n'était peut-être rien de plus que de l'arrogance et de la vanité, mais qui pouvait aussi évoquer des actes sadiques d'une horreur inconcevable.

— Viens, Jack, dit George. (Pour la première fois Jack comprit que, en dépit de sa désinvolture apparente,

George se méfiait lui aussi de Cordelia.) Allons boire un café quelque part, avant d'avoir le cul complètement gelé.

Jack et George s'éloignèrent et redescendirent l'allée enneigée. Jack se retourna comme l'on claquait la porte d'entrée derrière eux, mais George le prit à nouveau par le bras et l'entraîna.

— Voilà ce que j'appelle une maîtresse femme ! fit remarquer Jack.

George porta un doigt à ses lèvres, indiquant qu'ils devaient attendre d'être dans la voiture pour en discuter.

Lorsqu'ils arrivèrent près de la Chevy Silverado de George, ils virent que le pare-brise était déjà recouvert d'une couche de neige.

— Je te parie deux mois de salaire que c'était la Cadillac de Maurice Gray qui était garée là-bas, et deux autres mois de salaire que Maurice Gray était chez lui, dit Jack tandis que George faisait démarrer le moteur, mettait en marche les essuie-glaces et s'éloignait de Wilderlings en décrivant un cercle serré et craquant.

— Bien sûr que c'était sa bagnole, et bien sûr qu'il est là. Inutile de parier de l'argent avec moi.

— Alors pourquoi avons-nous battu en retraite de cette façon ?

George dit :

— Tu veux bien me passer ces cigarettes ? (De la main droite il en fit sortir une du paquet et la cala entre ses lèvres charnues.) Nous avons battu en retraite parce que ces gens sont très riches et parce qu'ils ne sont pas idiots, et également parce que nous n'obtiendrons jamais un mandat de perquisition, même si nous faisons tout un ramdam.

— Nous avons la déposition d'Elmer Tweed.

— C'est de la crotte de bique, du moins si nous essayons d'obtenir un mandat d'amener, concernant la famille Gray.

George alluma sa cigarette, la faisant passer d'un coin de sa bouche à l'autre.

— D'accord, les Gray ont vécu en Europe durant plus de soixante-dix ans, mais ils ont toujours une énorme influence ici. Ils possèdent un tas de terres et un tas de biens fonciers, et il y a pas mal de familles dans la région de Darien qui les considèrent toujours comme des amis.

— As-tu découvert *pourquoi* ils étaient allés vivre en Europe ?

— Personne ne le sait avec certitude. J'ai consulté les archives du journal, mais il n'y avait même pas un article mentionnant leur départ. Une semaine plus tôt, les Gray étaient cités comme l'une des familles éminentes de la région ; la semaine d'après, ils n'étaient plus là.

— Quelqu'un se souvient-il d'eux personnellement ? Des vieux de la vieille ?

— J'ai réussi à trouver quelqu'un, une certaine Mrs Elizabeth Cartwright. Elle vit à Stamford à présent, mais autrefois elle et sa famille habitaient juste à côté de Wilderlings, dans une maison qu'ils appelaient « The Juggs ». Elle jouait dans le verger des Gray lorsqu'elle était une petite fille, et elle a dit qu'elle se souvenait de certaines des dames de la famille se promenant sous les pommiers au mois d'août, de très belles femmes, c'est ce qu'a dit Mrs Cartwright. Et elle se souvient du père, Algernon Gray, et de son épouse, Isobel. Elle se souvient également de certaines des cousines. Elle jouait avec elles, au cerceau, mais elles ne venaient pas souvent à Wilderlings. Une petite fille qui s'appelait Ermintrude ; elle ne se souvient pas des autres noms. En tout cas, un jour, elle est allée là-bas pour jouer, et toutes les malles étaient faites et posées dehors dans l'allée. Toute la famille est apparue, est montée en voiture et a décampé, parents, enfants, cousines, tout le monde, et elle ne les a jamais revus. Elle se souvient cependant que toute la famille semblait bouleversée. Isobel Gray portait une voilette noire, et elle pleurait.

Jack se carra dans son siège et gonfla ses joues, en signe de déception.

— Et avec le service de l'immigration ? Tu as eu plus de chance ?

— Rien du tout ! La famille Gray est arrivée à Boston le 18 novembre, à bord d'un avion de la Sabena, en provenance directe de Bruxelles. Leurs passeports et les papiers pour la douane étaient parfaitement en règle. Aucun d'eux n'avait un casier judiciaire en Europe, aucun d'eux n'est membre du parti communiste, aucun d'eux n'est connu pour avoir des attaches avec des groupes subversifs ou illégaux. On n'a rien trouvé dans leurs bagages... pas de drogue, pas d'armes, pas de couteaux, pas d'ouvrages pornographiques.

— Je me fais peut-être des idées. Maurice Gray n'a peut-être rien à voir avec ces meurtres.

— Possible. Mais je ne pense pas que nous devrions laisser tomber avant que nous en ayons appris un peu plus sur la famille Gray.

— George, ce n'est pas ton problème.

— Je sais que ce n'est pas mon problème, mais je suis curieux. Ces gens me semblent intéressants, pas toi ? On ne voit pas des gens comme ça tous les jours, même à Darien. Très chic, tu as remarqué ? Robe du soir, parfum de luxe ; pourtant la maison semble toujours plutôt délabrée. Tu sais à quoi ils me font penser ? A la Famille Addams. Cela ne me surprendrait pas qu'ils aient un maître d'hôtel dénommé Lurch !

— Tu mijotes quelque chose, dit Jack.

— Je satisfais simplement mon intérêt légitime et digne d'éloges pour les affaires locales, répondit George. Je suis censé faire respecter la loi dans cette région, d'accord ? Dans ce cas, j'ai besoin de savoir tout ce qui se passe. Qui habite ici, quelle sorte de gens ils sont.

— Alors que proposes-tu ?

Ils aperçurent une station-service ; sa lumière pâle était voilée par la neige du soir.

— Tu veux un café ? demanda George.

— Bien sûr, fit Jack.

Ils se garèrent devant le petit restaurant attenant à la station-service et descendirent de voiture. Tandis qu'ils marchaient dans la neige immaculée et se dirigeaient vers l'entrée du restaurant, George passa son bras autour de l'épaule de Jack et dit :

— Écoute, retourne à Litchfield pour quelques jours, du moins jusqu'à ce que la période de Noël soit terminée. J'ai besoin d'un peu plus de temps, c'est tout, pour voir si je ne peux pas réunir suffisamment de preuves pour te permettre d'obtenir un mandat.

— Comment vas-tu faire ?

— Je vais faire croire que l'on vient de me donner une autorisation en règle — disons, les services de santé, la protection de l'environnement, que sais-je ! — pour fouiller Wilderlings de la cave au grenier et tout ce qui se trouve entre les deux.

— Et que se passera-t-il si l'on découvre la vérité ?

— Personne ne s'en apercevra. Ce n'est pas pour rien que j'ai fait mes classes à Manhattan.

— Cette idée ne me plaît pas beaucoup. Tu vas prendre de gros risques. De surcroît, toute preuve que tu trouveras — si tu en trouves — sera irrecevable. Perquisition illégale.

— Il y a des moyens d'arranger ça, fais-moi confiance.

Jack entrouvrit la porte du restaurant ; à l'intérieur, quelqu'un cria :

— Alors, trou du cul, tu entres ou tu sors ?

— Allons boire ce café, dit Jack. Mais deux conseils. Un, ne fais pas ça. Deux, ne te fais pas prendre *pendant que* tu le fais.

George sourit et lui fit un clin d'œil.

— Jack, mon garçon, tu parles comme un vrai pro. Crois-moi. Nous allons leur rabattre le caquet à ces Gray, vite fait bien fait !

Ils échangèrent à peine quelques mots durant le trajet de retour jusqu'au commissariat de Darien. Ils se serrèrent la main et se souhaitèrent un joyeux Noël ; puis Jack alla récupérer sa voiture dans le parking et prit la direction de Torrington. La neige ne tombait plus, et il constata qu'il pouvait rouler très vite ; il était seul sur la route... une voiture solitaire dans un monde d'une pâleur mortelle.

Il savait qu'il aurait dû insister pour que George se tienne à l'écart de Wilderlings. Il avait presque envie de l'appeler dès son arrivée à Torrington et de lui demander de tout laisser tomber. Sa plus grande peur était que George trouve des preuves accablantes, incriminant Maurice Gray dans ces meurtres horribles, et que tout cela soit rejeté par le juge du tribunal, arguant du fait qu'il avait obtenu ces preuves par subterfuge, en violant les droits de Maurice Gray. D'un autre côté, il savait qu'Elmer Tweed était un témoin peu sûr, au passé douteux, et qu'aucun juge ne leur donnerait jamais le moindre mandat à partir des divagations à demi hystériques de Tweed, portant sur des seringues hypodermiques, de prétendus grognements, et de vagues propos sur la beauté de la peau. Ils avaient besoin de plus de preuves, de beaucoup plus de preuves, et il priait le ciel que George soit capable de les trouver.

Il était onze heures dix lorsqu'il arriva au commissariat. Il descendit de voiture et se dirigea vers l'entrée en boitant précautionneusement. Norman Goldberg était assis derrière son bureau et discutait avec quelqu'un au téléphone, mais il leva la main quand Jack entra, pour indiquer qu'il désirait lui parler.

— Oui, m'dame, disait Norman. Eh bien, je suis désolé, m'dame. Non, absolument pas, je le crains. Oui. Vous devriez vous arranger avec votre époux. Oh, bien sûr, vous pourriez le réveiller maintenant, mais pourquoi ne pas attendre jusqu'à demain matin?

Jack posa ses coudes sur le bureau et se passa les mains sur le visage.

— Qu'est-ce que c'était? demanda-t-il.

— Cette dame voulait savoir si nous pouvions arrêter son mari.

— Pour quelle raison?

— Il rentrait chez lui, après une réunion de l'Elks[1], sa

1. *Elks:* nom d'une association de bienfaisance très connue aux États-Unis (NdT).

voiture a dérapé dans l'allée et il a embouti la Topaz toute neuve de sa femme.

Jack émit un grognement amusé.

— S'agit-il de « Problèmes Domestiques » ou d'un « Accident de la Circulation »? Bon, autre chose?

— Oui. Vous avez eu un appel du Dr Serling, de New Milford. Il a dit qu'il voulait vous parler à propos d'un genre d'incident médical qui s'est produit cet après-midi.

— C'est urgent?

— Il a dit le plus tôt possible, si vous aviez le temps. Il est à l'hôpital du comté de Litchfield, poste 422.

Jack bâilla.

— Bon, d'accord. Vous pouvez demander la communication?

Norman tapota le numéro. Tandis qu'il attendait, il dit:

— Comment ça a marché avec Maurice Gray?

— Ça n'a pas marché du tout. Nous sommes allés là-bas, mais sa famille a dit qu'il n'était pas là, et que même s'il avait été là, il aurait refusé de nous parler.

— Vous vous attendiez un peu qu'ils fassent des difficultés, non?

Jack sortit son paquet de chewing-gum de sa poche et prit une barre.

— Oui, bien sûr. Mais c'est la façon dont ils se sont comportés qui m'a pris à rebrousse-poil. George et moi aurions tout aussi bien pu être deux représentants en aspirateurs, vu le respect qu'ils nous ont montré.

— De nos jours le crime est un marché à la baisse, shérif.

Norman obtint la communication avec l'hôpital et, après une brève attente, on lui passa le Dr Serling. Il tendit le téléphone à Jack, puis s'adossa à son fauteuil, les mains jointes sur sa bedaine.

— Dr Serling? Shérif Jack Smith, de Torrington.

— Ah, merci de m'appeler, shérif. Nous nous sommes rencontrés plusieurs fois, vous et moi. Vous

vous souvenez du colloque consacré à la Recherche sur le Cancer, à Kent Furnace ? Nous avions eu une longue discussion sur les autopsies.

— En effet, docteur. Je m'en souviens. Quel est votre problème ?

— Eh bien, dit le Dr Serling, aujourd'hui j'ai eu à m'occuper d'un cas très grave d'automutilation. L'un de mes patients, un jeune paraplégique, Ben Miller. Il est tombé d'un toit il y a quelques années. Depuis lors, en plus d'être paralysé, il est très dépressif et sujet à des crises d'hystérie... d'une façon compréhensible, bien sûr, puisque son avenir a été brisé.

— Et alors, qu'est-il arrivé ? demanda Jack impatiemment.

— Ce qui est arrivé, c'est qu'il s'est tailladé le visage, si sérieusement que les chirurgiens pensaient, au début de la soirée, qu'il avait peu de chances de s'en tirer. Il a perdu énormément de sang, il a subi un fort traumatisme, et il est toujours en état de choc, psychologiquement et physiologiquement.

Jack se frotta le front. Il commençait à avoir un sacré mal de tête.

— Je suis navré d'apprendre tout cela, docteur, dit-il. Mais je ne vois pas très bien ce que je peux y faire.

— Eh bien... j'espère que cela ne semblera pas ridicule...

— Non, non, docteur, croyez-moi...

— J'ai appris que vous meniez une enquête à propos de ces meurtres horribles, ces gens qui ont été écorchés vivants...

— C'est exact.

— Eh bien, Ben Miller, avant de commettre cet acte d'automutilation, était devenu de plus en plus angoissé depuis quelques jours ; au début il disait que quelqu'un ou quelque chose était revenu, quelqu'un ou quelque chose le menaçant ; et puis, cet après-midi, il a été pris de panique, persuadé qu'ils voulaient lui prendre sa peau ; alors il a décidé que, quoi qu'il arrive, ils ne l'auraient pas... sa peau, vous me suivez ?

Jack se redressa lentement. Norman perçut qu'il était brusquement intéressé par ce que le Dr Serling disait, et il se redressa à son tour.

— Qu'a-t-il dit, très précisément? demanda Jack.

— Il a dit: « Ne vous approchez pas! » Il a dit: « Quoi que vous fassiez, ne touchez pas à ma peau! »

Jack resta silencieux un instant, puis il dit:

— Miller était-il malade, physiquement ou mentalement, avant de se mutiler?

— Je pensais que c'était peut-être le cas. A mon avis, il souffrait des effets secondaires d'un mauvais fonctionnement rénal. Mais lorsqu'on l'a opéré cet après-midi, les chirurgiens ont découvert que ses reins fonctionnaient tout à fait normalement, compte tenu de sa paraplégie.

— Etait-il très influençable?

— Il n'était pas particulièrement équilibré, si c'est ce que vous voulez dire. De temps en temps, il pouvait avoir des colères terribles, mais c'est fréquent chez des personnes clouées dans un fauteuil roulant.

Jack essaya de se faire mieux comprendre.

— Ce que je suggère, en fait, c'est qu'il aurait pu entendre parler de ces meurtres, de ces gens écorchés vifs, aux informations télévisées, et se mettre dans la tête que le tueur en avait également après lui. Cela arrive très souvent, même chez des personnes saines d'esprit.

— Ben Miller n'est pas fou, shérif, rétorqua le Dr Serling d'un ton cassant.

— Excusez-moi, fit Jack. Je ne voulais pas dire cela. Je dis simplement que lorsqu'une série de meurtres est portée à la connaissance du public, il arrive fréquemment que certaines personnes sensibles éprouvent — comment dire? — une peur exagérée d'être la prochaine victime sur la liste.

— Vous faites un excellent psychiatre, shérif.

— Je suis bien obligé, répliqua Jack. (Il était trop fatigué pour se montrer sarcastique.)

— Entendu, reprit le Dr Serling. J'accepte votre

point de vue. Et, après tout, ce que j'essaie de vous suggérer n'est pas particulièrement logique. J'accepte également cela. Mais Ben Miller, après l'accident au cours duquel il s'est brisé la colonne vertébrale, a failli mourir. En fait, durant un très court laps de temps, il était mort, cliniquement.

— Je ne suis pas certain de bien vous comprendre.

— Ma foi, ce n'est pas facile à expliquer. Mais les personnes victimes d'un accident, qui sont mortes techniquement, émergent presque toujours de cette expérience avec une sensibilité très fortement accrue à la mort et au danger. De nombreux cas ont été constatés. Tenez, l'année dernière, à Seattle, une femme qui avait failli trouver la mort dans un accident, alors qu'elle était adolescente, a réussi à sauver son enfant en l'éloignant d'une maison en construction quelques secondes avant que l'échafaudage s'écroule. Par la suite, elle a affirmé qu'elle avait effectivement *vu* la catastrophe avant même que cela ait commencé à se produire.

— Docteur, cette conversation est passionnante, mais...

— Écoutez-moi, je vous en prie, l'interrompit le Dr Serling. Je suis aussi sceptique que vous ; probablement encore plus. Mais j'ai parlé avec la mère de Ben Miller durant toute la soirée, tandis qu'on opérait son fils, et je suis persuadé que le cas de Ben mérite au moins qu'on y réfléchisse un instant. Ben a peut-être senti quelque chose ou trouvé quelque chose dans son esprit que vous, avec vos méthodes de police habituelles, avez peut-être laissé échapper.

— Docteur, dit Jack, voici ce que je vais faire. Je ferai un saut à l'hôpital demain matin, disons à onze heures, et nous reparlerons de tout ça. Peut-être m'autorisera-t-on à voir également Ben Miller. N'allez pas croire que je ne vous sois pas reconnaissant de votre coup de fil. Bien au contraire. Je suis un peu vanné, c'est tout. Toutes les théories m'intéressent, même les plus farfelues. Je m'intéresse même, un tout petit peu, aux sciences occultes. Ma femme a une amie qui prédit l'avenir. Feuilles de thé, cartes, même les poils de votre nez... la façon dont ils poussent.

— Entendu, répondit le Dr Serling. Disons dix heures trente et je pourrai être là-bas. Chambre 454.

Lorsque Jack raccrocha, Norman demanda :

— De quoi s'agissait-il ?

— Je ne sais pas exactement. Le Dr Serling pense que l'un de ses patients est peut-être médium ou un truc dans ce genre, et qu'il a peut-être capté une sorte de — comment appeler cela ? — une *aura*.

— Une aura ?

— Oh, ne me posez pas de questions ! Je pense que je vais rentrer chez moi et me coucher.

— Il y avait autre chose, dit Norman en feuilletant le bloc où il avait noté les messages téléphoniques.

Jack attendit, déjà à mi-chemin de la porte, faisant tinter ses clés de voiture.

— Ah, voilà. Deux appels d'Aaron Halperin... vous le connaissez, le type qui restaure des tableaux, là-bas à Bantam, nous n'arrêtons pas de lui flanquer des amendes pour conduite en état d'ébriété... le premier appel pour dire qu'on avait volé son chat, le second pour dire qu'il avait retrouvé le chat dans son jardin.

Jack eut du mal à croire ce qu'il entendait.

— Vous m'empêchez de rentrer chez moi et de me coucher parce qu'un restaurateur de tableaux ivre mort a perdu son chat et l'a ensuite retrouvé ?

— Hon-hon, fit Norman en secouant la tête. Il l'a retrouvé pendu à un arbre. Et on avait écorché le chat.

Jack cessa de faire tinter ses clés.

— Il se passe quelque chose, dit-il. Quelque chose de très, très déplaisant. Allez me chercher du café. Noir, sans sucre. Je vais appeler chez moi pour dire à Nancy que je vais bien. Ensuite je me rendrai à l'hôpital du comté de Litchfield.

— Vous y allez maintenant ? Ce soir ?

— Vous pensez que je pourrais dormir si je ne le faisais pas ?

17.

Litchfield, 18 décembre

Le Dr Serling sortait en hâte de l'hôpital lorsque Jack arriva. Il traversait le hall d'accueil brillamment éclairé, tout en enfilant son pardessus de tweed marron et en enfonçant sur son crâne son chapeau de pêcheur tout cabossé. Ils faillirent se heurter de plein fouet à l'entrée, et la mallette du Dr Serling cogna contre le genou de Jack.

— Shérif Smith ! s'exclama le Dr Serling. (Puis il fronça les sourcils et regarda Jack attentivement.) Vous êtes bien le shérif Smith, n'est-ce pas ?

Jack se frotta le genou.

— En effet. Je suis très content de vous avoir rencontré.

— Je ne vous attendais pas avant demain matin, dit le Dr Serling en lui tendant la main. Vous avez changé, non, depuis la dernière fois que nous nous sommes vus ? Ne portiez-vous pas la moustache à cette époque ?

— J'ai perdu une dizaine de kilos, répondit Jack. J'ai renoncé à la bière, au sirop d'érable et aux flocons d'avoine, et je suis devenu l'entraîneur d'une équipe de football. Des gosses, les « Massacreurs de Harwinton », vous pouvez me croire !

— Ce soir j'ai l'impression que je suis prêt à croire n'importe quoi, fit le Dr Serling. (Il jeta un coup d'œil à sa montre.) Écoutez, il se fait tard. Si vous voulez voir

Ben Miller ce soir, vous feriez mieux de monter et d'aller trouver tout de suite le Dr Schuhmacher. C'est le chirurgien qui a opéré Ben. Lorsque je l'ai quitté, il s'apprêtait à rentrer chez lui.

Le Dr Serling entraîna Jack vers l'ascenseur aux parois vitrées et appuya sur le bouton « Montée ». Jack regarda autour de lui tandis qu'ils attendaient. L'hôpital du comté de Litchfield était l'un des plus modernes de Nouvelle-Angleterre, avec des sols aux dalles blanches et étincelantes, et une immense sculpture abstraite en bronze tourmenté, *Guérison,* au centre du hall d'accueil. Le Dr Serling trouvait que cela ressemblait plutôt à un cheval bai souffrant de vertiges chroniques, mais il ne l'avait jamais dit à personne.

— Cette histoire m'a bouleversé, dit le Dr Serling à Jack, s'appuyant contre la paroi de l'ascenseur tandis qu'ils montaient jusqu'au quatrième étage.

— Croyez-moi, cette histoire m'a bouleversé également, répondit Jack en sortant de son papier une nouvelle barre de chewing-gum.

Le Dr Serling hocha la tête et continua de hocher la tête, comme pour dire « je sais, je sais ».

— Je n'ai jamais beaucoup cru aux phénomènes paranormaux, déclara-t-il. Vous savez, la lévitation, les ectoplasmes, ce genre de choses. En fait, je crois seulement à l'esprit humain. Je crois que notre esprit et notre corps détiennent des pouvoirs extraordinaires qui sont seulement à moitié compris dans la vie de tous les jours. Lorsque vous êtes médecin de campagne comme moi, vous êtes confronté à toutes sortes de choses insensées et prodigieuses et, la plupart du temps, vous pouvez seulement tâcher de deviner de quelle façon elles ont bien pu se produire. Je vais vous citer un exemple. L'année dernière, à South Kent, l'une de mes patientes, une femme d'un certain âge, a affirmé qu'elle s'était retiré une tumeur de l'estomac à l'aide d'une simple cuillère. Elle m'a montré la cuillère, et elle m'a montré la tumeur, dans un bocal de vinaigre, et elle m'a montré son ventre également, avec une petite cicatrice rouge, parfaitement guérie.

L'ascenseur arriva au quatrième étage et ils sortirent. C'était plus calme ici, et il y avait une odeur de fleurs de pommier synthétiques. Lorsque Jack huma le parfum, le Dr Serling déclara :

— Le conseil d'administration de l'hôpital est persuadé que les gens préfèrent souffrir dans un verger plutôt que dans des toilettes publiques.

Il le précéda, tout en balançant sa mallette.

— J'ai toujours su que Ben avait été mentalement affecté par ce qu'il avait éprouvé quand il a failli mourir. Et il y a des dizaines de cas semblables : des personnes qui avaient été ramenées à la vie, alors qu'elles étaient à deux doigts de la mort clinique, ont affirmé avoir acquis ce que l'on pourrait appeler une « seconde vue ». Mais je n'y aurais jamais cru, du moins pas avec certitude... si je n'avais pas parlé avec Ben cet après-midi, et si je n'avais pas entendu ce que sa mère m'a révélé.

— Et *que* vous a révélé sa mère ? demanda Jack.

Le Dr Serling s'arrêta, à mi-chemin dans le couloir, et considéra Jack, le visage aussi grave que celui d'un entrepreneur de pompes funèbres.

— Elle m'a révélé que depuis son accident, Ben avait été capable de prévoir des orages et de lui annoncer, longtemps à l'avance, que l'une de ses amies allait tomber malade ou mourir, et qu'il avait prédit des accidents de la route, des incendies, et toutes sortes de catastrophes.

— Et vous l'avez crue ?

— Pas tout de suite. Je lui ai demandé pourquoi elle ne m'en avait jamais parlé auparavant, et elle a répondu qu'elle avait toujours eu peur que cela m'amène à penser que Ben était fou et que je le fasse interner.

— Je suppose que c'est une explication plausible. Mais je ne vois toujours pas de raisons de croire que c'était vrai.

— Mrs Miller m'a également dit que Ben avait partagé ma douleur le jour où ma fille était morte, déclara le Dr Serling d'une voix calme et mesurée.

— Mais votre fille n'est pas morte, n'est-ce pas? Il me semble avoir lu un article la concernant, la semaine dernière, dans le *Sentinel* de Litchfield. Elle organisait une sorte de vente de charité, au profit de la recherche sur le cancer, c'est cela?

Le Dr Serling acquiesça de la tête.

— C'est la fille que tout le monde connaît. Mais il y a bien des années, alors que j'étais encore à la faculté de médecine, j'ai engendré une autre fille. Je ne l'ai jamais vue, et j'ai à peine eu de ses nouvelles par la suite. Elle s'appelait Fay, et elle vivait en Floride, à Gainesville. Elle est morte il y a un an environ, de la sclérose en plaques.

— Ben Miller aurait-il pu l'apprendre d'une façon ou d'une autre?

Le Dr Serling secoua la tête.

— Personne ne le savait, en dehors de Fay, sa mère et moi-même. À présent, vous savez également, mais vous êtes la seule autre personne à savoir.

— Alors vous pensez sincèrement que Ben Miller pourrait être médium et qu'il a perçu des pensées menaçantes émanant de ce tueur?

— Je ne sais pas, répondit le Dr Serling. Je suis peut-être en train de me couvrir de ridicule. Je réagis peut-être d'une façon excessive pour tout ce qui concerne Fay. Je me suis refusé à vraiment pleurer sa mort, après tout, et le fait de croire aux dons paranormaux de Ben Miller est peut-être un moyen pour moi d'exprimer mon chagrin.

Jack fit passer son chewing-gum d'un côté de sa bouche à l'autre, le poussant avec sa langue.

— Médecin, cesse d'essayer de te guérir toi-même, fit-il. Ben Miller savait quelque chose sur vous, quelque chose qu'il lui était impossible de savoir, alors ce que vous suggérez à propos de ses dons paranormaux n'est peut-être pas aussi loufoque que vous le pensez.

— Vous croyez qu'il pourrait peut-être vous aider à arrêter le tueur? demanda le Dr Serling.

Jack haussa les épaules.

— Pour le moment, je suis prêt à tenter à peu près n'importe quoi.

— Alors suivez-moi. Nous allons le voir. Il est au service de soins intensifs.

Ils marchèrent côte à côte jusqu'au fond du couloir et arrivèrent dans une salle d'attente avec des yuccas en pot, une table basse, des canapés en cuir et une lithographie au mur, *Tournesols et Chats,* de Geoffrey Callender. Les deux chats sur la lithographie étaient des chats roux tigré, aux yeux d'un vert très vif. Mrs Miller était assise sous le tableau ; son visage était très pâle et elle semblait folle d'inquiétude. Une femme aux cheveux gris, portant un manteau écossais et des lunettes, était assise à côté d'elle, lui tenant les mains pour la réconforter.

— Voici Mrs Miller, annonça le Dr Serling. Je lui ai permis de rester ici un moment, du moins jusqu'à ce que le Dr Kellstrom prenne son service.

— Mrs Miller, dit Jack avec un petit salut de la tête compatissant. Je suis le shérif Jack Smith. J'ai été vraiment désolé d'apprendre ce qui était arrivé à votre fils. Cela a dû être un choc terrible pour vous.

Mrs Miller leva les yeux vers lui, l'air absent, mais ne répondit pas. La femme assise à côté d'elle dit :

— Elle est sous sédatif, shérif. Je vais la reconduire à la maison dans un petit moment, dès que le Dr Schuhmacher aura terminé son dernier examen.

— Et voici Mrs Guthrie, dit le Dr Serling. Elle et son mari prendront soin de Mrs Miller pendant que Ben est à l'hôpital.

Le Dr Schuhmacher apparut à ce moment, un homme de grande taille, avec une barbe noire et des lunettes aux verres aussi épais qu'une loupe. Ses cheveux étaient soigneusement et méthodiquement coiffés de manière à dissimuler une calvitie prononcée.

— Dr Serling, dit-il avec surprise. Je pensais que vous étiez parti.

— J'allais partir, en effet, mais j'ai rencontré mon ami le shérif que voici. Il a décidé qu'il aimerait voir Ben Miller ce soir, si cela vous convient.

Le Dr Schuhmacher regarda vers Mrs Miller et dit :

— Je ne vois pas pourquoi je m'y opposerais. Écoutez, laissez-moi d'abord parler à sa mère, la rassurer et la faire raccompagner. Ensuite je viendrai avec vous.

Le Dr Schuhmacher dit quelques mots à Mrs Miller, et celle-ci s'en alla peu après, accompagnée de Mrs Guthrie. Puis il revint vers Jack et le Dr Serling, nettoyant d'un air affairé les verres de ses lunettes avec sa blouse verte de chirurgien.

— Elle a besoin de repos, déclara-t-il. Elle a eu une journée vraiment traumatisante. En fait, je suis presque plus inquiet pour elle que je ne le suis pour son fils.

Il les précéda dans le couloir, puis tourna brusquement à droite et franchit une porte sur laquelle une pancarte indiquait « Soins intensifs ».

— Comment va le fils? demanda Jack.

— Très mal, répondit le Dr Schuhmacher. Durant un moment, son état a été satisfaisant mais, depuis une heure ou un peu plus, cela a commencé à s'aggraver très sérieusement. Le Dr Ahuja est auprès de lui en ce moment, ainsi que l'équipe de réanimation cardiaque, mais, franchement, je ne pense pas que son organisme soit capable de soutenir le choc postopératoire. C'est un paraplégique, ne l'oubliez pas, et son cœur et ses reins sont déjà en mauvais état. Maintenant il présente toutes les complications physiologiques que l'on puisse imaginer. Durant l'opération, il a fait un collapsus du poumon, à deux reprises, et cela a failli lui être fatal.

— Quelle chance de s'en sortir lui donnez-vous? demanda Jack.

Le Dr Schuhmacher regarda fixement Jack à travers ses verres aussi épais qu'un bocal à poissons.

— Il ne m'appartient pas de lui *donner* quoi que ce

soit, rétorqua-t-il. Tout dépend des soins médicaux et de ses propres facultés de survie.

Jack ne fut pas décontenancé par l'attitude du Dr Schuhmacher. Il n'avait encore jamais rencontré un chirurgien qui aimât les policiers.

— Donnez-moi une estimation, même approximative, dit-il.

Le Dr Schuhmacher lança un regard manifestement irrité au Dr Serling, mais celui-ci l'encouragea d'un signe de tête.

— Bon, entendu, dit-il. Six ou sept heures, tout au plus.

— Est-il conscient ?

Le Dr Schuhmacher secoua la tête.

— A votre avis, est-ce qu'il va reprendre connaissance ?

— Je ne pense pas. Et même si c'était le cas, il serait incapable de vous parler. Il s'est très grièvement coupé à la bouche et, pour le moment, il lui est impossible de remuer les lèvres.

D'un geste las, Jack se frictionna la nuque. La vitre côté passager de la Cherokee ne fermait pas très bien, et il avait eu de l'air glacé dans le dos durant tout le trajet depuis Darien.

— Très bien, dit-il. Allons le voir.

Le Dr Schuhmacher les fit entrer dans la salle de contrôle, contiguë à l'unité de soins intensifs où Ben Miller luttait en ce moment pour rester en vie. Jack alla jusqu'à la cloison vitrée et le regarda en silence. Le patient était entouré de médecins, d'infirmières et d'internes en blouse bleue, appartenant à l'équipe de réanimation de l'hôpital du comté de Litchfield. Tout ce que Jack pouvait voir de lui, derrière les appareils et les tuyaux, c'était une tête enveloppée de pansements comme celle de l'Homme Invisible, avec deux fentes pour les yeux, sombres et impénétrables.

— Il a *senti* quelque chose, dit Jack, davantage pour lui-même que pour le Dr Serling. Il a *senti* quelque chose, exactement comme j'ai senti quelque chose.

— Vous aussi, vous avez senti quelque chose? demanda le Dr Serling.

— Il y a deux ou trois jours ; on venait de me prédire mon avenir. Les cartes n'annonçaient que du malheur, vous voyez le topo? Méfiez-vous des inconnus, ce genre de choses. Et puis je me suis coupé à la main avec l'une des cartes et je me suis quasiment vidé de mon sang, sur le tapis tout neuf de ma femme. Et c'est à ce moment que j'ai eu ce *pressentiment,* vous savez...

Le Dr Serling haussa un sourcil et se tourna vers le Dr Schuhmacher, mais celui-ci dit simplement :

— Veuillez m'excuser. A présent je dois rentrer chez moi. J'ai une mastectomie demain matin, à neuf heures.

Une fois qu'il fut parti, laissant la porte battre derrière lui, Jack dit au Dr Serling :

— J'ai une idée. Si vous êtes vraiment sérieux au sujet de Ben Miller... si vous êtes vraiment persuadé qu'il possède une sorte de sens supranormal... alors je veux que vous m'aidiez.

— Tout ce que vous voudrez, dans les limites du raisonnable, bien sûr.

Jack montra de la tête Ben Miller.

— Il ne lui reste plus que six ou sept heures à vivre, d'accord? Et à mon avis, le Dr Schuhmacher s'est montré plutôt optimiste. Ben ne reprendra pas connaissance, donc nous ne sommes pas en mesure de lui demander exactement ce qu'il a senti, ou ce qu'il a vu, ou ce qui l'a tellement terrifié.

— Continuez, dit le Dr Serling.

— Je pensais à la chose suivante... si ses pouvoirs paranormaux sont aussi étendus que vous semblez le croire, nous devrions être capables de lui parler alors qu'il est toujours dans le coma.

— Je ne suis pas certain de vous comprendre.

— Écoutez, dit Jack, je suis quelqu'un de parfaitement équilibré et de normal. Je ne suis pas superstitieux, je ne crois pas à la magie et je ne crois pas aux revenants. Mais je commence à me dire qu'il y *a* des forces et qu'il y *a* des auras et qu'il y *a* des sortes d'influences bizarres qui se font sentir, dépassant notre expérience de tous les jours. Et pourquoi pas, après tout? Ces forces sont peut-être autour de nous tout le temps, mais la plupart d'entre nous ne s'en apercevront jamais. Interrogez donc sept témoins différents du même accident de voiture. On ne croirait jamais que cet accident est arrivé à la même voiture, le même jour, dans la même putain de rue.

— Ma foi, je partage votre avis, répondit le Dr Serling. Mais je ne vois pas comment nous pourrons communiquer avec Ben Miller s'il est toujours inconscient.

Jack enfonça ses mains dans les poches revolver de son pantalon. Puis, d'une voix aussi timide que s'il proposait au Dr Serling d'aller prendre un dernier café, il dit:

— Nous appelons l'amie de ma femme, Pat, celle qui voit l'avenir dans les feuilles de thé, et nous organisons une... comment appelle-t-on ça? Une séance de spiritisme.

— Une séance de spiritisme? Ici, dans l'hôpital du comté de Litchfield? Vous me faites marcher? Le Dr Schuhmacher aurait une attaque d'apoplexie!

— Le Dr Schuhmacher est-il obligé de le savoir?

— Je ne vois pas comment nous pourrions faire *sans* qu'il le sache.

— Pourrait-on le convaincre?

Le Dr Serling appuya sa main contre son front, réfléchit un moment puis répondit d'un ton catégorique:

— Non. Pas la moindre chance. Il doit songer à sa réputation professionnelle, sans même parler de la réputation de cet hôpital.

— Vous avez également une réputation professionnelle; et moi aussi.

— Oui, mais nous faisons partie de cette catégorie d'hommes pour qui les résultats pratiques comptent plus que la réputation. Ce qui ne veut pas dire que Jerry Schuhmacher n'est pas un excellent chirurgien. Mais le genre de clients à qui il a affaire n'aimeraient pas beaucoup l'idée qu'il croit à la magie noire.

— Personne n'a dit que c'était de la magie noire.

— Personne n'a dit que ce n'en était pas.

— Écoutez, dit Jack. J'ai lu un article à ce propos, pas plus tard que la semaine dernière. Dans le monde entier la police a recours à des médiums pour dépister des criminels et retrouver des enfants qui ont disparu, et je ne sais quoi encore. Ils ont même tenu un séminaire sur ce sujet, l'année dernière à Phoenix.

— Eh bien, je ne sais vraiment pas, dit le Dr Serling. C'est-à-dire... en faisant abstraction des problèmes d'éthique... vous croyez que ça pourrait *marcher?*

— Nous n'avons aucun autre moyen de parler à Ben, d'accord? Cela ne marchera peut-être pas. Mais je sais que Pat se débrouille très bien dans ce domaine. On peut toujours essayer.

Ils s'apprêtaient à sortir de la salle de contrôle lorsqu'on frappa vivement à la porte et Vincent Pearson apparut, son pardessus noir scintillant de flocons de neige fondue.

— Ah, Dr Serling. Une infirmière m'a dit que je vous trouverais sans doute ici.

— Comment allez-vous, Mr Pearson? fit le Dr Serling en lui serrant la main. Je vous présente le shérif Jack Smith.

— Il me semble que nous nous sommes déjà rencontrés, brièvement, dit Vincent, en saluant Jack de la tête.

Jack répondit au salut de Vincent mais il n'aimait pas beaucoup la façon « grand seigneur » dont Vincent était entré dans la pièce et avait pris la situation en main comme s'il était investi d'une sorte de pouvoir royal.

— Je suppose que vous étiez venu voir Ben, dit le Dr Serling. Eh bien... il est là, dans la pièce d'à côté. Le Dr Schuhmacher a très peu d'espoir.

— Avez-vous vu Mrs Miller? demanda Vincent en ôtant ses gants.

— Elle est toujours fortement commotionnée, mais Martha Guthrie s'occupe d'elle.

Vincent regarda à travers la cloison vitrée vers Ben Miller, vers l'enchevêtrement des appareils de réanimation, vers les médecins et les infirmières rassemblés autour du lit. Il resta silencieux un long moment, puis il se retourna.

— Ce pauvre Ben, dit le Dr Serling.

Vincent déboutonna son pardessus et regarda le Dr Serling. Son visage était grave.

— Combien de temps lui reste-t-il à vivre ?

— Six ou sept heures, lui dit Jack. C'est pourquoi nous sommes très pressés.

Vincent acquiesça de la tête, ne comprenant pas qu'on lui demandait de partir. Jack était impatient d'appeler Pat et de lui dire de venir à l'hôpital pour organiser une séance ; mais il n'était pas du tout sûr de la réaction de Vincent si jamais celui-ci découvrait ce qu'ils avaient l'intention de faire ; et, en dehors de cela, il n'était pas du tout sûr de vouloir que Vincent soit mêlé à cette histoire. Pour Jack, Vincent représentait New York, et l'argent ; et tous les gens dont il protégeait les biens — il était payé pour ça — même s'ils venaient rarement dans le Connecticut, et contribuaient à peu près autant à la vie de la communauté que le Pape aux activités d'une équipe de base-ball.

— Vous savez, cela peut paraître absurde, dit Vincent, mais je me sens en partie responsable de ce qui est arrivé à Ben.

— Comment pourriez-*vous* être responsable ? demanda Jack avec une certaine impatience.

— Eh bien, cela n'a pas grand-chose à voir avec la logique, avec un raisonnement scientifique, ou avec une enquête policière, à dire vrai. Mais... depuis la semaine dernière... vous savez, ce n'est pas facile à expliquer... eh bien, toutes sortes de choses extrêmement déplaisantes et tragiques sont arrivées, à moi et à des personnes que je connais, pas seulement ici au Connecticut, mais également à New York.

Il hésita, puis poursuivit d'un ton résolu :

— J'ai l'impression de me trouver dans l'œil d'un cyclone ; comme si j'étais au centre d'un grand tourbillon de malchance, tournant de plus en plus vite. Quasiment comme si j'avais attiré ce tourbillon.

— Malchance ? demanda Jack.

Cette question était moins ironique qu'il n'y paraissait. La malchance... c'était exactement le terme qu'*il* aurait employé pour décrire son sentiment de ce qui se passait. Néanmoins, Vincent interpréta cette demande comme le scepticisme instinctif d'un policier chargé de faire respecter les lois dans une petite ville.

— Je me fais peut-être des idées, dit-il. Pourtant... lorsque vous réfléchissez à ce qui est arrivé à Ben...

— Qu'entendez-vous exactement par malchance ? insista Jack.

— Eh bien, dit posément Vincent en frottant ses paumes l'une contre l'autre, mon assistant à New York est mort le week-end dernier. Il était très jeune, même pas trente ans, et en parfaite santé. Mais, lorsque je suis allé chez lui, le lundi matin, il était mort. Non seulement ça, mais... eh bien, il était dans un état de décomposition avancé.

Jack haussa un sourcil. Vincent, avec un lent spasme de dégoût interne, graisseux, en se souvenant du corps d'Edward, dit à voix basse, en hâte :

— Il avait été presque entièrement dévoré par les vers.

— Il était mort depuis combien de temps ? s'informa Jack.

— Pas plus de trente-six heures. Sans doute moins.

— Et qu'a dit la police de New York ?

Vincent se passa la main dans les cheveux.

— Ils étaient manifestement persuadés que c'était moi qui l'avais tué, plusieurs jours auparavant. Malheureusement pour eux, trop de gens l'avaient vu en vie, durant toute la semaine et jusqu'au dimanche après-midi.

— Des indices? demanda Jack. Des témoins? Quelque chose?

Il tentait de s'imposer et de l'emporter sur les manières doucereuses de Vincent, en se montrant sec et professionnel.

— Un témoin a vu une femme sortir de l'appartement d'Edward. Une femme très belle, apparemment, vêtue de noir, au visage très pâle. Mais c'est tout.

— Vous avez dit qu'il y avait eu d'autres incidents, lui rappela Jack.

Vincent dit d'une voix rauque: « Oui », puis il raconta à Jack et au Dr Serling ce qui s'était passé, leur parlant de Van Gogh, le chat, et du Waldegrave, le portrait.

— Le chat était pendu à une branche d'arbre ; il avait été atrocement mutilé.

— Mutilé? De quelle façon?

— Eh bien, on l'avait... écorché.

Jack regarda Vincent avec attention. Il essayait de découvrir le moindre signe de manque de sincérité ; un battement de paupières, n'importe quoi indiquant que Vincent était peut-être en train de mentir, ou de leur faire une blague, ou de se rendre intéressant. Mais la peur de Vincent, confronté à ce qui se passait, était sincère, et tout aussi forte que celle de Jack, même s'il l'exprimait d'une autre manière. A la différence de Jack, il se sentait responsable de tout ce qui était arrivé ; et peut-être l'était-il. Mais Jack savait repérer un menteur, et il savait repérer un imposteur ; et il savait également repérer un poseur volontiers excentrique. Et Vincent Pearson n'appartenait à aucune de ces catégories.

— Si cela peut vous consoler, Mr Pearson, je vous crois, dit-il doucement.

Vincent leva les yeux.

— Vous croyez tout ce que je viens de vous raconter? Même la façon dont Edward est mort?

— Pourquoi mentiriez-vous? lui demanda Jack.

— Pour dissimuler le fait que c'est moi qui ai tué Edward, suggéra Vincent.

Jack secoua la tête. Durant un long moment, il se tint les bras croisés sur la poitrine, regardant Vincent en silence. Puis il demanda :

— Dites-moi une chose... cette femme que l'on a aperçue alors qu'elle sortait de l'appartement d'Edward Merriam... allant sur la quarantaine, c'est cela ? Vêtue de noir ? Un teint très pâle mais un visage d'une exceptionnelle beauté ?

— C'était la première description que l'on m'avait donnée, mais par la suite, le témoin a tout nié en bloc. Je suppose que cette personne ne voulait pas d'ennuis, c'est tout.

— Je crois l'avoir vue, dit Jack.

— Vous croyez l'avoir *vue* ? répéta Vincent. Mais où, pour l'amour de Dieu ?

— Aujourd'hui. Enfin, hier, maintenant. Je suis allé à Darien afin d'avoir une entrevue avec un certain Maurice Gray, en rapport avec ces meurtres, ces types écorchés, que nous avons eus par ici. Je n'ai pas réussi à voir Maurice Gray lui-même, mais j'ai vu la maîtresse de maison, Miss Cordelia Gray, et elle répond très exactement à ce signalement.

— Il y a une sorte de lien, vous ne trouvez pas ? dit Vincent d'une manière réfléchie. Bien sûr, cela nécessite un certain effort d'imagination. Mais lorsque vous les additionnez — tous ces incidents isolés — ils font apparemment partie du même puzzle.

— Ce que vous avez dit au sujet de Ben Miller m'intéresse énormément, fit remarquer Jack. Il a crié : « Ils sont revenus », n'est-ce pas ? Or la famille Gray vient de rentrer aux États-Unis après être restée en Europe plus de soixante-dix ans.

— Ce n'est pas tout, intervint le Dr Serling. Il a également dit : « Ne touchez pas à ma peau ! » Il était fou de terreur lorsqu'il a hurlé : « Ne touchez pas à ma peau ! » Je lui ai demandé qui le terrifiait à ce point et il a répondu : *« Tous les douze ! »*

— Tous les douze ? fit Jack en fronçant les sourcils. A votre avis, que voulait-il dire par là ?

Vincent sentit qu'une autre pièce du puzzle se mettait lentement en place.

— Il y a douze personnages sur le tableau de Waldegrave, dit-il.

— Les Gray, ajouta le Dr Serling, bien que ce fût inutile.

— J'aimerais jeter un coup d'œil à ce tableau, dit Jack à Vincent. Je peux faire un saut chez vous dans le courant de la matinée. En attendant...

— Ce « en attendant » me donne l'impression que vous essayez de vous débarrasser de moi, déclara Vincent.

— Hum, non, mais...

— Allez-y, shérif, l'interrompit le Dr Serling. D'après ce qu'il vient de nous dire, je pense qu'il acceptera de nous aider.

Jack hésita. Il se sentait emprunté et balourd en face de Vincent, et il aurait préféré garder pour lui cette idée d'organiser une séance de spiritisme. Vincent semblait être le genre d'homme à avoir des amis influents, le genre d'homme qui jouait au golf avec le maire et qui côtoyait des procureurs dans des cocktails. Oh, et puis merde ! Si la séance ne donnait aucun résultat, les choses en resteraient là ; et si cela marchait, la fin pouvait très bien justifier les moyens.

— Nous avions l'intention d'improviser une séance de spiritisme, dit-il, s'efforçant de paraître aussi désinvolte que possible. En fait, pas vraiment une séance mais une sorte d'expérience de télépathie, pour essayer de communiquer avec Ben avant qu'il meure. Ben sait quelque chose, et si nous parvenions à entrer en contact avec son esprit, à découvrir ce que c'est...

Vincent regarda Jack en silence.

— Il y a un problème, je sais, poursuivit Jack avec gêne. Ce que nous découvrirons — *si* nous découvrons quelque chose — ne pourra pas être utilisé comme preuve devant un tribunal. Vous m'imaginez remettant à un juge la transcription d'une séance de spiritisme ? Mais cela pourrait nous fournir une piste, des indices nous permettant de dénicher des preuves solides ; une fois que nous aurons cela, nous serons tirés d'affaire.

— Pardonnez-moi d'être aussi obtus, dit Vincent, mais comment comptez-vous organiser une séance de spiritisme dans un hôpital ? Particulièrement lorsque la personne avec laquelle vous voulez communiquer n'est même pas encore morte, et est entourée de médecins et d'infirmières ?

— Nous tentons le tout pour le tout, répondit Jack. Il est possible que cela ne marche pas, il est possible que cela réussisse. Mais les services de police dans le monde entier font appel à des médiums pour les aider.

— Eh bien, fit Vincent, je ne pense pas que ce soit à moi de me montrer sceptique.

Ils retournèrent dans la salle d'attente. Jack alla téléphoner à Pat pendant que Vincent et le Dr Serling trouvaient un distributeur automatique de boissons, sur le palier, et se payaient une *root beer*[1] chacun, ce qui était tout ce que la machine avait à proposer.

— Je vais vous faire un aveu, dit le Dr Serling. J'ai toujours eu la *root beer* en horreur.

Vincent ne parvenait pas à détacher ses yeux des deux chats roux tigré sur la lithographie. Il savait qu'il s'agissait d'une simple coïncidence, mais ils le mettaient mal à l'aise. C'était comme si le monde dans lequel il vivait se révélait brusquement rempli de signes secrets et menaçants qu'il n'avait jamais remarqués auparavant. A présent il comprenait pourquoi des gens devenaient paranoïaques, interprétant des faits ou des objets quotidiens comme autant d'avertissements que quelque chose de désastreux allait se produire.

Jack revint de la cabine téléphonique. Son visage était empourpré ; convaincre Pat de sortir de son lit en pleine nuit, une nuit glaciale de décembre, et de venir à l'hôpital du comté de Litchfield avait été une tâche embarrassante et délicate.

1. Boisson gazeuse non alcoolisée, qui n'a de bière que le nom (NdT).

— Croyez-moi, Pat chérie, si ce n'était pas une question de vie ou de mort, je ne vous le demanderais pas.

— Croyez-moi, Jack chéri, si jamais vous me faites venir pour rien, vous le regretterez jusqu'à la fin de votre existence ici-bas.

Jack alla se payer une *root beer* tandis qu'ils attendaient. Il était un peu plus de deux heures du matin ; de l'autre côté des fenêtres de l'hôpital, la neige tombait dru, en silence, sur un monde endormi.

— Vous croyez vraiment qu'une séance de spiritisme est une bonne idée? demanda Vincent à Jack.

Il se souvenait de sa grand-mère avec sa tablette Ouija et ses cartes de Tarot, et la façon dont elle chuchotait pour elle-même lorsqu'elle lisait son propre avenir.

Jack lança un regard agressif à Vincent.

— Bien sûr que c'est une bonne idée. Vous avez mieux à nous proposer? (Il marqua un temps, puis dit:) De plus, j'ai vu Pat au travail. Je l'ai vue s'entretenir avec les esprits de personnes défuntes. Si quelqu'un est capable de convaincre Ben Miller de nous parler, c'est bien elle.

— Entendu, répliqua Vincent. Du moment que vous pensez que nous pourrons supporter ce qu'il a à dire.

18.

Darien, 19 décembre

George arriva devant les grilles de Wilderlings un peu après trois heures du matin, et il coupa le moteur de sa Silverado d'un mouvement du poignet.

Il avait choisi son heure avec soin. A trois heures du matin, même les insomniaques commencent à s'assoupir. C'était l'heure la plus calme et la plus froide de la nuit, onze heures depuis que la nuit était tombée, et encore quatre heures et demie avant qu'il fasse jour. Il s'extirpa de son siège et posa les pieds dans la neige. Il était équipé d'une torche électrique, d'une petite trousse de cuir noir contenant tous les outils pour crocheter des serrures et d'un tournevis long de trente centimètres. Calé entre son dos et son large ceinturon en cuir, il portait un Colt Python 57, le canon niché dans le creux de ses énormes fesses. Il se sentait détendu, calme et confiant. Il aimait relever les défis. Il savait qu'il était suffisamment professionnel pour pouvoir se sortir de n'importe quel pétrin. Même après cette fusillade à New York, lorsqu'il avait descendu les frères Loretta, tous les quatre, sans raison particulière, sinon pour s'épargner la peine d'avoir à les arrêter la prochaine fois qu'ils braqueraient une épicerie, personne n'avait été capable d'établir quelque chose avec certitude. George avait été bien trop prudent.

A cause de la neige, les Gray avaient laissé les grilles

en fer forgé ouvertes ; les ornements tarabiscotés étaient recouverts de croûtes de glace semi-circulaires. George franchit le portail et remonta l'allée, restant à proximité des cyprès ombreux qui la bordaient, pour le cas où quelqu'un aurait regardé par une fenêtre de la façade. Son haleine fumait dans l'obscurité et ses bottes produisaient un crissement feutré sur la neige.

Comme il approchait de la maison, il quitta l'allée et traversa la pelouse du côté gauche, passant devant un perron aux marches en pierre et deux urnes remplies de neige. Très vite il fit le tour de la maison et s'accroupit derrière le muret de briques qui bordait le patio. Pas très loin de là, au milieu de la pelouse, il y avait une pièce d'eau, dont la surface gelée était aussi aveugle que les yeux d'un lépreux. Il n'y avait pas de lumière dans la maison ; les fenêtres étaient obscures. De la vigne vierge recouvrait le mur sud, ressemblant aux cheveux emmêlés d'une sorcière. Il toussa une fois, d'une toux sèche et vive, puis réprima un autre toussotement.

Il lui fallut seulement quelques instants pour trouver ce qu'il cherchait : un escalier en pierre, situé derrière la cuisine, conduisant à la porte de la cave. Il resta immobile et écouta un moment, mais le silence de la nuit était complet.

Posant sa torche entre les barreaux de la rampe d'escalier, de façon que le faisceau lumineux éclairât la platine en bronze corrodé de la porte, George sortit ses outils et se mit au travail. Il souriait tout en s'affairant ; la serrure était ancienne et très simple, bien que rouillée. Trois minutes plus tard, le verrou finit par céder. Il toussa, tourna la poignée et la porte s'ouvrit.

Récupérant sa torche, il avança prudemment vers la première pièce de la cave, refermant la porte derrière lui. Le faisceau lumineux éclaira des murs badigeonnés en blanc, des toiles d'araignée aussi épaisses que des foulards d'été pour dames, et un évier de jadis avec un égouttoir en bois sur lequel, inexplicablement, était posée une selle au cuir craquelé et desséché. George traversa la pièce et arriva devant une deuxième porte, qui n'était pas fermée à clé. Il l'ouvrit, s'immobilisant un instant comme ses gonds grinçaient, tendant l'oreille ; mais aucun bruit ne provenait de la maison au-dessus de lui ; pas de bruit de pas, pas de bruissement, pas de craquement de marches. Il poussa le battant et dirigea le faisceau de sa torche devant lui, éclairant un long couloir.

George avança aussi silencieusement et gracieusement que sa carrure le lui permettait. De chaque côté du couloir il y avait des cagibis cloisonnés, fermés par des portes grillagées, où il aperçut des piles de caisses d'emballage, des enchevêtrements de vieilles chaises de salle à manger et des ballots de rideaux pliés et entassés. Il y avait de la poussière partout ; elle s'accrochait aux objets tel le souvenir grisâtre et tenace de jours enfuis à jamais. Il y avait également une odeur: une odeur bizarre, suffocante, comme celle de fleurs d'été se fanant, ou de fleurs séchées.

Dans l'un des cagibis il y avait des casiers et encore des casiers de bouteilles de vin, la plupart avec des bouchons couverts d'une croûte sombre et des étiquettes illisibles. Il prit une bouteille et ôta la poussière. L'étiquette annonçait: *Château Duhart-Milon, 1905*. George reposa la bouteille. Il ne s'y connaissait pas beaucoup en vins. mais il savait que n'importe quel vin de plus de quatre-vingts ans était probablement imbuvable. Il répéta la même opération avec deux ou trois autres bouteilles, mais il ne réussit pas à trouver une seule étiquette indiquant une année au-delà de 1909.

George poursuivit ses recherches, fouillant et furetant un peu partout, ouvrant de vieilles armoires à linge et des coffres, allant de cagibi en cagibi jusqu'à ce qu'il arrive au fond du couloir. Là, il y avait encore une autre porte, fermée à clé cette fois, et recouverte d'une plaque de plomb, probablement une protection contre l'humidité.

Cela lui prit dix minutes d'efforts laborieux pour

crocheter la serrure, mais lorsqu'il y parvint, la porte s'ouvrit facilement, comme si l'on en avait récemment huilé les gonds. Il pénétra dans la pièce suivante, qui était aussi grande que tous les autres cagibis réunis, et dirigea rapidement le faisceau de sa torche tout autour de lui.

L'air était plus sec et les araignées en avaient profité pour tisser des toiles et des nids tellement épais qu'il était quasiment impossible de distinguer ce qui était entassé en dessous. Il enroula les filaments d'une toile d'araignée autour de la tige de son tournevis et l'arracha ; ce fut seulement à ce moment qu'il vit le reflet mat de dorures et comprit que c'était l'endroit où la famille Gray entreposait ses tableaux.

Il ôta les toiles d'araignée recouvrant deux ou trois des tableaux. Le premier représentait des bacchanales à la manière de Rubens, avec un tas de femmes nues, à la chair plantureuse et rose, et de chérubins potelés. Le deuxième montrait une forêt sinistre, sombre et rébarbative, recouvrant le flanc d'une montagne. Le troisième représentait un enfant dans son berceau, mort, tandis que sa mère, folle de douleur, se cachait le visage dans les mains. Derrière la mère, sa face décharnée à peine visible du fait de son capuchon ombreux, se tenait la Mort, sa faux posée sur son épaule.

George fouilla toute la pièce, mais il n'y avait rien permettant d'incriminer les Gray, seulement des dizaines et des dizaines de tableaux de l'époque victorienne. Il n'avait jamais vu autant de tableaux. Il coinça la torche entre ses cuisses et sortit son mouchoir pour s'éponger le visage, couvert de sueur et de poussière. Il toussa à nouveau puis se moucha. Il était temps d'inspecter les étages supérieurs, et il n'avait pas envie de tousser et d'éternuer pendant qu'il se trouverait dans les chambres à coucher.

Il lui fallut un bon moment pour trouver l'escalier conduisant au rez-de-chaussée. Il était dissimulé par une porte en bois uni qui ressemblait tout à fait aux autres portes en bois uni de la cave. Mais il monta finalement les marches et arriva devant une porte en chêne donnant vraisemblablement sur le vestibule. Prenant une profonde inspiration, il tourna la poignée. A son grand soulagement, la porte n'était pas fermée à clé.

Une putain de négligence, songea-t-il. Si j'étais un cambrioleur professionnel, je pourrais vider entièrement cette putain de baraque avant le petit déjeuner et ils ne s'en apercevraient même pas.

La porte de la cave s'ouvrait sous le grand escalier. George la franchit sans bruit et la referma derrière lui, s'assurant qu'il pourrait la rouvrir en cas de besoin. Puis il avança à pas feutrés dans le vestibule, se dirigeant vers la porte à deux battants de la salle de musique.

Il venait de poser les mains sur les poignées de la porte lorsqu'il lui sembla entendre le plus léger des bruits. Il se figea sur place, retenant sa respiration, tendant l'oreille et s'efforçant de surprendre d'autres bruits. Mais presque trente secondes s'écoulèrent et il n'entendit rien d'autre. Wilderlings était la plus silencieuse des demeures ; rien ne bougeait, rien ne remuait. L'endroit ressemblait à un mausolée, séparé du monde extérieur, plongé dans ses rêves impénétrables de temps anciens.

George maintint sa prise sur les poignées, mais une étrange répugnance l'empêchait d'ouvrir les battants. Il n'avait encore jamais éprouvé cela, et il ne parvenait pas à comprendre tout à fait ce qu'était cette sensation. Il était glacé ; pourtant des ruisselets de sueur lui coulaient sous les aisselles ; et la crosse de son revolver commençait à lui meurtrir la chair du dos. Pour la première fois, il commença à se dire que c'était un défi qu'il aurait été plus sage de ne pas relever. En fait, sans le savoir, il était terrifié.

Il hésita encore une seconde, puis il dit à voix basse : « Oh, et puis merde ! » et il poussa violemment les deux battants de la porte de la salle de musique.

Simultanément, dans un accord sonore, plaqué avec force, le piano à queue martela les premières mesures de la Symphonie n°2 de Beethoven. George resta où il était, stupéfait, la bouche grande ouverte, incapable de bouger, tandis que les lustres de la salle de musique s'allumaient progressivement, passant d'un orange terne à un blanc éclatant : des rangées et des rangées de cristal scintillant qui se reflétaient dans les miroirs, les tableaux et les vases.

Au piano était assis un homme entre deux âges, en habit de soirée. A côté de lui se tenait un homme plus jeune, également en habit de soirée, une main glissée dans la poche de son pantalon, l'autre légèrement levée vers son menton. Près du jeune homme, un peu en retrait, il y avait une jeune femme, tout à fait ravissante mais au visage curieusement dénué d'expression. Elle portait une coiffe de dentelle blanche de domestique et ce qui était — du moins jusqu'à la taille — une robe noire à manches longues d'une simplicité irréprochable. Mais, au-dessus de la taille, le devant de la robe avait été relevé et passé dans sa fine ceinture de cuir noir, exposant aux regards de tous ses cuisses d'une blancheur d'ivoire gainées de bas de soie noire, avec un porte-jarretelles noir, et le triangle sombre et fourni de ses poils pubiens.

Aucun des deux hommes en habit de soirée ne semblait trouver qu'il y eût quelque chose de surprenant ou d'insolite dans la façon dont la jeune femme était habillée. En fait, tous deux l'ignoraient complètement. Leur attention était concentrée sur George.

— Bonsoir, dit l'homme d'un certain âge en se levant du tabouret de piano. Ou devrais-je dire bonjour ?

George ne trouva rien à répondre. Durant une fraction de seconde, il se demanda s'il devait s'enfuir en courant et repasser par la cave, ou même sortir par la porte de devant. Mais s'il tentait de s'échapper par la cave, ils le rattraperaient facilement, et il ignorait si la porte de devant était fermée à clé ou non. De surcroît, prendre la fuite serait reconnaître qu'il avait commis un délit. Il était officier de police et fouillait la maison d'une personne soupçonnée d'homicide. D'accord, cette perquisition était quelque peu illégale, mais il avait de bonnes raisons d'être ici.

L'homme d'un certain âge s'approcha de lui, les mains jointes derrière son dos.

— Je m'appelle Maurice Gray, dit-il poliment. Vous êtes certainement l'un des policiers qui voulaient me parler hier après-midi.

— C'est exact, monsieur, bredouilla George, tout en se maudissant intérieurement pour avoir dit « monsieur » à quelqu'un soupçonné d'homicide.

Maurice Gray sourit d'une façon crispée, pensive et contrariée, et tourna autour de George en l'examinant comme s'il était une voiture d'occasion défectueuse.

— Bien sûr, vous n'avez pas besoin de ceci, dit-il, et il releva brusquement le blouson de George pour lui arracher son revolver.

Le guidon du Python lui écorcha le bas du dos. Il se retourna vivement, de douleur et de colère, et aboya

— Rendez-moi cette arme! Elle appartient à la police! Vous entendez? Rendez-moi cette arme!

Maurice tourna le revolver d'un côté et de l'autre, l'examinant soigneusement.

— Je pense que je ferais mieux de la garder. Cette arme me semble particulièrement dangereuse, pour ne pas dire plus. Et elle vous donne également un avantage déloyal.

— Je suis policier, rétorqua George. Si vous ne me rendez pas ce revolver immédiatement, je serai obligé de vous arrêter.

Maurice tendit le Python à Henry.

— Vous êtes peut-être un policier lorsque vous patrouillez dans les rues. Vous êtes peut-être un policier lorsque vous effectuez une perquisition chez une personne soupçonnée d'homicide, nanti d'un mandat en bonne et due forme. Mais ce matin, mon cher ami, vous n'êtes rien de plus qu'un intrus armé ; et en tant que tel, vous avez très peu de droits. En ce moment vous dépendez principalement de ma miséricorde. J'espère que vous en avez conscience.

— Je m'en vais, dit George. Je fais demi-tour, je marche jusqu'à cette porte et je sors. Mais je reviendrai chercher ce revolver, avec tous les mandats que vous voudrez.

Il tourna le dos à Maurice et sortit de la pièce, puis alla jusqu'à la porte de devant. Maurice et Henry restèrent où ils étaient, l'observant avec un amusement contenu tandis qu'il essayait de tirer les verrous et d'ouvrir la porte. Laura s'avança et toucha le bras d'Henry, et Henry prit sa main et y déposa un baiser; ses lèvres étaient aussi froides que la glace.

Au bout d'une minute passée à se démener et à transpirer, George comprit qu'il ne réussirait jamais à sortir. Il rebroussa chemin et revint dans la salle de musique, pour s'arrêter devant Maurice Gray, les poings posés sur les hanches.

— D'accord, dit-il. J'admets que j'ai eu tort de m'introduire par effraction dans cette maison. Mais me retenir ici ne servirait à rien, n'est-ce pas?

Maurice inclina la tête d'un air bienveillant.

— Cela ne *vous* servirait à rien, je l'admets. Enfin, pas à vous dans votre *entier,* si je puis m'exprimer ainsi. Mais une partie de vous trouvera son chemin vers l'immortalité.

— Hé, vous êtes cinglé ou quoi? demanda George. (Puis il jeta un regard vers Laura.) Et ça, qu'est-ce que ça signifie? Cette fille qui se promène en montrant tout ce qu'elle possède. Un genre de perversion, c'est ça?

— La perversion existe seulement dans l'esprit de l'homme pervers, fit remarquer Henry.

Délibérément, il laissa sa main s'égarer entre les cuisses de Laura, tout en continuant de sourire à George. Le visage de Laura demeura impassible; c'était comme si elle dormait les yeux ouverts.

— Elle vous permettra de faire la même chose, dit Henry. Tout ce que vous lui demanderez, elle le fera, pourvu que je sois d'accord. Désirez-vous qu'elle se penche en arrière, prenant appui sur un fauteuil, afin que vous puissiez avoir des relations sexuelles avec elle ? (Il marqua un temps puis ajouta:) Je ne pense pas vraiment que « faire l'amour » serait le terme adéquat pour quelqu'un vêtu d'un blouson crasseux et de jeans taille quarante-deux, n'est-ce pas?

— Vous êtes complètement timbrés, tous les deux, dit George. A présent, laissez-moi sortir d'ici. Ma voiture est garée dehors. Si elle est toujours là-bas demain matin, les gens commenceront à se poser des questions ; ensuite ils viendront ici et demanderont où je suis.

Maurice passa son bras autour des épaules de George.

— Le fait est, mon cher ami, que nous avons déjà pris soin de votre voiture. Pendant que vous étiez occupé à la cave, nous l'avons amenée à l'arrière de la maison et mise à l'abri. Personne ne la retrouvera jamais, vous savez. D'ici demain soir, elle sera entièrement démontée.

George se libéra de l'étreinte de Maurice. A présent il était pris de panique et son visage était empourpré.

— Vous allez m'écouter ! cria-t-il. Ce véhicule est la propriété de la police ! Posez un doigt sur ce véhicule et vous commettrez un acte délictueux ! Et c'est la même chose pour le revolver, et c'est la même chose pour moi ! Je suis un représentant de la loi, et je vous avertis ! Vous avez compris, je vous avertis !

Maurice sembla presque gêné par l'explosion de colère de George, mais lorsque celui-ci eut terminé, il dit :

— Nous sommes parfaitement conscients de tout cela, mon cher ami, mais nous ne pouvons vraiment pas vous laisser partir. En dehors du fait que vous vous êtes introduit dans cette maison sans le moindre mandat, nous avons besoin de vous. Vous êtes une aubaine aussi bien qu'un ennui. Vous comprenez, vous n'avez pas ce que nous appelons la *qualité,* mais vous vous rattrapez par la *quantité.*

— Mais de quoi parlez-vous, putain de merde ! s'écria

George, terrifié et sur la défensive. Vous êtes complètement dingos tous les deux !

Maurice tourna le dos à George et lança un regard à Henry, plissant le front en une indécision feinte.

— Je ne veux absolument pas abîmer le dos, dit-il à Henry. Qu'en penses-tu ?

Henry eut un léger haussement d'épaules résigné.

— Les yeux, je suppose. Pas très satisfaisant, mais tu n'as pas le choix.

— Je veux savoir ce qui se passe ici, intervint George. Hé, vous... Gray... que se passe-t-il ici ?

Il tendit le bras et attrapa Maurice par l'épaule, essayant de le faire se retourner. Maurice ne fut que trop heureux de l'obliger. Pivotant adroitement sur la pointe de son pied gauche, dans un remarquable mouvement à la Fred Astaire, il se retourna et fit face à George, levant la main droite. George gronda :

« A présent, écoutez-moi, sale fils de... » et, dans sa fureur, il ne vit même pas ce que Maurice tenait dans sa main.

Avec une précision malveillante, Maurice plongea dans l'œil gauche de George le bout pointu de son cure-pipe en argent. George porta les mains à son visage pour se protéger, mais Maurice était trop expérimenté et trop rapide pour lui ; le second coup pénétra dans le nerf optique de son œil droit.

George poussa un hurlement de douleur et tomba à genoux sur le parquet, plaquant ses mains sur ses yeux. Maurice fit un pas en arrière et sortit son mouchoir pour essuyer son cure-pipe. Henry battit des mains et dit :

— *Toro! Toro!* Maurice, tu aurais fait un fameux toréador !

— Je suis aveugle ! Oh, nom de Dieu, je suis aveugle ! cria George. Ordure, tu m'as crevé les yeux ! Oh, Seigneur !

Il perdit l'équilibre et roula sur le dos. Étendu sur le parquet, il se tordit et se contorsionna, non seulement de douleur, mais sous l'emprise d'une peur abjecte. Maurice le contempla un moment, puis il dit à Henry :

— Nous ferions mieux de l'emmener en haut, non?

— Ma chérie, tu veux bien aller dans la chambre au fond du couloir, au premier étage? demanda Henry à Laura. Voici la clé. Sur la deuxième étagère tu trouveras une bouteille en verre dépoli avec une étiquette où est marqué « Chloroforme ». Apporte-moi cette bouteille, s'il te plaît, ainsi que du coton propre.

Tandis que Laura allait chercher le chloroforme, Maurice se mit au piano de nouveau et commença à jouer, correctement mais sans beaucoup de sentiment, un choix des *Polonaises* de Chopin. Durant ce temps, George se traînait par terre et cherchait à tâtons autour de lui, s'accroupissant et poussant de petits cris plaintifs. Henry était debout, une main posée sur le dossier d'un fauteuil, croisant négligemment les chevilles et observant George avec un sourire.

Finalement Laura revint, ses cuisses blanches luisant, la couture de ses bas noirs impeccable. Henry prit la bouteille et embrassa Laura sur la joue.

— Tu es un ange, lui dit-il. Si seulement je pouvais te garder pour toujours.

Puis Maurice et Henry vinrent vers George.

— Je suis là, lui dit Maurice d'un ton qui était presque bienveillant. Je vous tends les mains. Prenez-les et je vous guiderai.

George pleura bruyamment : « Je suis aveugle, je suis complètement aveugle. » Mais Maurice dit : « Ne vous inquiétez pas, mon vieux, il y a des choses encore pires que d'être aveugle. » ; et il lui tendit les mains. George les saisit vivement et essaya d'attirer Maurice vers lui comme pour l'étreindre. A ce moment, Henry s'approcha par-derrière et appliqua un gros tampon de coton imbibé de chloroforme sur le nez et la bouche de George.

George se débattit, mais Maurice lui tenait les mains avec force ; plus George se démenait et luttait, plus il respirait le chloroforme. Quelques secondes plus tard, il titubait, s'affaissait sur un genou puis s'écroulait sur le parquet, à plat ventre. Maurice déclara: « Ainsi tombent les puissants! » puis il examina son poignet méticuleusement afin de s'assurer que George ne l'avait pas griffé au cours de la lutte.

A eux deux, Maurice et Henry portèrent George en haut. Ils l'emmenèrent jusqu'à la salle d'opération, au fond du couloir. C'était une pièce nue, haute de plafond et décorée de deux nuances de vert terne, comme dans un hôpital de la Belle Époque. Au centre de la pièce, sous une grande lampe à abat-jour métallique, il y avait une table au plateau de marbre, avec des cannelures sur le pourtour par où le sang et les liquides pouvaient s'écouler. Placé contre le mur latéral, il y avait un grand buffet sur lequel était posé un appareil à stériliser, une bouilloire en cuivre sous laquelle le gaz était allumé et où l'eau frémissait déjà, à côté des instruments de chirurgie soigneusement préparés que Maurice allait utiliser.

Il y avait une odeur de vapeur dans la pièce, provenant du stérilisateur, mêlée à celle du phénol. Mais, plus insidieuse, il y avait cette odeur tenace et écœurante de la chair humaine dépecée. Maurice y était habitué: en fait, il la trouvait extrêmement vivifiante, de la même façon que des soldats qui s'étaient battus en Normandie après le Débarquement trouvèrent, des années plus tard, l'odeur des pommes vivifiante. Cela leur rappelait le sang, la peur et les vergers.

Ils allongèrent George sur la table en marbre, sur le dos. Henry le déshabilla ; il eut du mal pour lui retirer ses jeans. En dessous, George portait un large caleçon décoré de palmiers et de transats. Henry le lui ôta également.

Nu, George était blanc, velu et énorme ; il ressemblait à un morse. Maurice l'examina avec une certaine répugnance. Tout ce que l'on pouvait dire en sa faveur, c'était que sa peau était en bon état, souple et fine, et qu'il y en avait *beaucoup*. Maurice ôta sa veste de smoking, défit ses boutons de manchette et retroussa ses manches de chemise.

— Désires-tu que Laura t'apporte un verre? demanda Henry.

— Plus tard, merci, répondit Maurice. Je dois avoir la main très sûre pour celui-ci.

L'opération commença à quatre heures et demie et se poursuivit durant presque six heures. Dehors, le ciel d'un noir d'encre devint grisâtre, légèrement neigeux, et Henry pouvait apercevoir les arbres dénudés tout au bout du paddock, ou ce qui avait été jadis le paddock, lorsque Wilderlings avait retenti de rires et de fêtes, et que les Gray avaient tout un élevage de chevaux. Lorsqu'il était revenu à Wilderlings, Henry avait espéré qu'un peu de cette gaieté serait toujours présente : mais le monde n'était plus effervescent, pas de la façon dont il l'avait été alors. Qu'étaient devenus les Gould, les Vanderbilt, les Zimmermann? Où étaient les ombrelles, les promenades en barque et le champagne rose? Où étaient les filles Gibson? A cette époque, la séduction avait présenté une saveur particulière, et la dépravation avait été une coupe bue à grands traits, donnant le vertige. Mais que restait-il à présent? Une vie moyenne, sans les extrêmes ; une vie où les riches hésitaient à étaler leurs richesses, et où les aventures interdites étaient portées à la connaissance de tous, dans le monde entier, et étaient uniformément ennuyeuses.

Un jour, Henry avait conduit un dog-cart tiré par six jeunes femmes entièrement nues, toutes des jeunes femmes de la haute société, et il les avait fouettées sans pitié jusqu'à ce qu'elles aient fait le tour du parc de Wilderlings. Ensuite, il les avait emmenées dans son lit, toutes les six.

Tandis qu'il regardait par la fenêtre et épluchait ses souvenirs, Maurice épluchait George Kelly tout aussi minutieusement. Alors qu'il détachait les pans de peau du dos de George, Maurice sut que c'était l'une de ses opérations les plus réussies.

— Je te parie cent dollars qu'il claque avant que tu aies terminé, dit Henry.

— Non, non, répondit Maurice: Il finira par reprendre connaissance, tu verras.

La prédiction de Maurice était exacte, car George trembla brusquement et cria:

— Mère de Dieu! Mère de Dieu! Mère de Dieu!

Lorsque l'opération fut terminée, ils mirent le corps de George dans un sac de vinyle vert et le portèrent en bas. Ils traversèrent la cour enneigée et déposèrent le sac dans le coffre de la Cadillac de Maurice. Après cela, ils restèrent dans le froid un moment, se frictionnant les mains, savourant l'air vif de ce matin d'hiver.

— Oncle Algernon sera très satisfait du travail de cette nuit, tu ne crois pas? demanda Henry.

Maurice semblait très las.

— Je l'espère. J'ai fait de mon mieux. Je souhaite simplement que Cordelia fasse vite et s'empare du tableau. Nous ne pourrons pas continuer à ce rythme indéfiniment.

— Je vais me débarrasser de lui, si tu veux, dit Henry en montrant de la tête le coffre ouvert de la Cadillac.

Mais Maurice secoua la tête.

— Une promenade en voiture me fera du bien. L'atmosphère de cette maison devient plutôt oppressante. Je n'ai rien contre ton père, mais il y a Belvedere, et ses filles malingres. De surcroît, on ne peut pas dire que Père et Mère soient faciles à vivre.

— Pourrais-tu en profiter pour acheter des huîtres? dit Henry. J'ai très envie de manger des huîtres.

Ils s'apprêtaient à faire demi-tour et à rentrer lorsqu'ils entendirent un faible miaulement. Maurice dit: « On dirait un chat » et, presque au même moment, un matou roux tigré sauta du toit du garage couvert de neige et vint se frotter affectueusement contre sa jambe. Maurice prit le chat dans ses bras et l'examina avec fascination. Les yeux du chat n'étaient pas verts, mais aussi sombres que des miroirs.

— Tu veux savoir une chose, Henry? fit-il. C'est

Firework. Je n'arrive pas à y croire, après toutes ces années. Mais c'est bien Firework.

— Qu'est-ce que je te disais ! sourit Henry. Le jour de la véritable renaissance est proche, crois-moi.

19.

Litchfield, 19 décembre

Pat ne fut pas particulièrement ravie lorsqu'elle arriva à l'hôpital et entendit ce que Jack avait à lui dire.

— Une séance de spiritisme? s'exclama-t-elle.

Ses yeux étaient encore bouffis de sommeil et ses bigoudis en plastique vert tilleul étaient seulement à demi cachés par un foulard en nylon rose.

— C'est notre dernière chance d'apprendre ce qui faisait tellement peur à Ben, lui dit Jack. Il faut agir très vite ; Ben sera mort avant demain matin.

— Je n'en crois pas mes oreilles, répliqua Pat. Il est trois heures du matin, et j'ai fait un trajet de quinze miles, dans la neige, parce que le mari de ma meilleure amie veut que j'organise une séance de spiritisme.

— Je pensais que j'étais également votre ami.

— Vous l'étiez, Jack... jusqu'à cette nuit.

Jack se frotta la nuque.

— Ecoutez, Pat, vous savez que je vous revaudrai ça. Mais pour le moment, je ne vois pas d'autre solution.

— Il ne voit pas d'autre solution, répéta Pat à l'intention du plafond. Il est le shérif du comté de Litchfield, l'homme à qui cent cinquante-cinq mille personnes font confiance pour assurer leur sécurité et leur sauvegarde, et il ne voit pas d'autre solution. Jack... qu'est-il arrivé à la bonne vieille enquête policière? On ne fait plus ça maintenant?

Jack jeta un coup d'œil vers la salle d'attente où Vincent et le Dr Serling discutaient à voix basse, en attendant qu'il persuade Pat qu'une séance de spiritisme dans l'hôpital du comté de Litchfield à trois heures du matin était une idée absolument géniale.

— Pat, dit Jack, ceci n'est pas tout à fait le genre de cas dont on s'occupe habituellement. Il comporte des aspects très bizarres.

— Et si vous m'en parliez? demanda Pat. Puisque je suis là, autant savoir pourquoi.

— Vous pouvez rentrer chez vous si vous le désirez. Je vous rembourserai l'essence.

— Non, je veux savoir ce qui se passe. Je veux savoir ce qui amène un shérif intelligent et perspicace à demander de l'aide à quelqu'un qui lit l'avenir dans les feuilles de thé.

Avec hésitation, s'efforçant de rendre crédible toute cette histoire, Jack lui raconta ce qui était arrivé à Ben Miller, et il lui parla du chat d'Aaron Halperin, d'Edward, de sa tentative infructueuse pour avoir un entretien avec Maurice Gray, de Laura Monblat. Il lui dit enfin qu'il était convaincu que tous ces faits isolés avaient un rapport, d'une façon ou d'une autre, avec les meurtres récents, ces gens que l'on avait écorchés.

Lorsqu'il eut terminé, Pat ouvrit son sac à main et prit une cigarette. Vincent s'approcha, la lui alluma et demanda à Jack:

— Alors?

— Ce n'est pas de mon domaine, lui dit Pat.

— Ce n'est pas de votre domaine?

— Toute cette histoire est peut-être du chiqué, mais, dans le cas contraire, je ne veux pas y être mêlée.

— Mais pourquoi? demanda Vincent. Tout ce que nous vous demandons, c'est de communiquer avec un jeune homme tout à fait normal.

— Ah vraiment? lui lança Pat. Il est tellement normal qu'il s'est atrocement tailladé le visage. A votre avis, à quoi ressemble son esprit? Pour se mutiler de cette façon, il faut-être fou à moitié fou, ou terrorisé. Et ce que vous me demandez de faire, c'est de pénétrer à l'intérieur de cette folie, à l'intérieur de cette peur, sans savoir ce qui l'a motivée. C'est ce qui se passe au cours d'une séance de spiritisme, mon ami. Le médium, qui se trouve être *moi,* doit éprouver lui-même les sensations à l'intérieur de la personne avec laquelle il essaie d'entrer en contact. Bon, j'ai communiqué avec l'esprit de personnes défuntes, et ce n'est pas trop éprouvant parce que les sensations sont très faibles ; c'est comme si vous sentiez quelque chose par le mauvais bout d'un télescope. Pourtant, même ainsi, vous pouvez être bouleversé certaines fois, particulièrement lorsque la personne est en colère, ou terrifiée, ou si elle souffre. Mais *ici*... vous voulez que je ressente exactement ce que ressent ce garçon... totalement, alors qu'il est encore en vie. Je ne peux pas faire ça. Je suis désolée. Je n'ai vraiment pas besoin de ça.

Jack resta silencieux un moment ; puis il leva la main en un geste de résignation.

— Entendu, Pat. J'aurais dû songer à tous ces problèmes. C'était juste une idée, et je suppose qu'elle était plutôt lamentable. Rentrez donc chez vous. Si vous êtes trop fatiguée, je peux demander à quelqu'un de vous reconduire.

— Vous n'avez vraiment rien d'autre pour continuer votre enquête? demanda Pat.

Jack compta sur ses doigts.

— J'ai un auto-stoppeur de Moultrie, Georgie, avec une histoire tirée par les cheveux et un casier judiciaire. J'ai deux êtres humains écorchés et un chat écorché. J'ai un tableau du siècle dernier qui tombe en morceaux. Ensuite j'ai un cadavre, l'assistant de Mr Pearson, qui s'est décomposé avant même d'avoir été enterré, une épouse disparue, et une femme au visage très blanc, portant une robe noire, qui est peut-être l'un des membres de la famille Gray mais qui, en fait, pourrait être n'importe qui.

— Je vois, dit Pat. Mais que puis-je ajouter?

— Allons, ne vous inquiétez pas. Je me débrouillerai. Il doit bien y avoir une solution quelque part. Il suffit de la trouver, c'est tout.

A ce moment, comprenant que Jack avait un problème, le Dr Serling les rejoignit.

— Avez-vous décidé comment vous allez arranger ça? demanda-t-il à Pat d'un ton paternel.

— Arranger quoi?

— Eh bien, la séance de spiritisme. Nous *allons* avoir une séance de spiritisme, n'est-ce pas?

Pat hésita un instant, lançant à Jack un regard de sympathie impuissante. Avec toute l'habilité de quelqu'un qui sait, en raison d'années d'expérience professionnelle, comment amener d'autres personnes à se sentir coupables, Jack secoua la tête comme pour dire à Pat qu'elle ne devait pas le faire, à moins qu'elle n'y tienne vraiment, à moins qu'elle ne veuille dépanner un ami qui avait sacrément besoin de son aide et qui ne connaissait personne d'autre à qui s'adresser.

— Organiser une séance de spiritisme ne servirait à rien, répondit-elle avec circonspection. Tout ce que vous obtiendrez de ce garçon, c'est de la souffrance et de la peur.

— C'est bon, dit Jack en posant une main sur son épaule. Rentrez chez vous, Pat, et retrouvez votre lit.

Elle secoua la tête et se tourna vers le Dr Serling, puis elle regarda Jack à nouveau.

— D'accord, dit-elle. Vous gagnez. Nous allons le faire. Mais je veux qu'une chose soit bien claire... si cela devient trop bouleversant, si cela devient trop pénible, nous arrêtons immédiatement, et pas de discussion!

— Vous êtes sûre que c'est ce que vous voulez? demanda Jack. Je ne voudrais surtout pas que vous pensiez que je vous oblige à le faire.

— Ce que je pense ne regarde que moi, rétorqua Pat.

— Devons-nous aller dans la chambre de Ben Miller? s'enquit le Dr Serling.

— Non, répondit Pat. N'importe quel endroit proche fera l'affaire. Et toutes ces foutaises — se tenir par la main, former un cercle — sont inutiles.

Les esprits sont partout et nulle part, les deux à la fois.

Le Dr Serling regarda Jack et dit:

— Eh bien, shérif, nous commençons tout de suite?

Jack acquiesça de la tête. Il n'y avait rien à ajouter. Il se sentait désespérément maladroit et peu sûr de ce qu'il était en train de faire. S'il avait disposé d'un peu plus de temps, il aurait sans doute renoncé à ce projet. Ce qui l'inquiétait vraiment, c'était que l'idée d'organiser une séance de spiritisme lui soit venue aussi facilement et lui ait semblé, sur le moment, tout à fait logique. Il venait de s'apercevoir, à sa grande surprise, qu'il croyait au surnaturel.

Vincent n'avait pas besoin d'être convaincu qu'il y avait des forces occultes dans le monde. Son grand-père avait toujours affirmé qu'il croyait aux revenants et que Candlemas était hanté par le fantôme d'une jeune femme, une Puritaine, qui avait été étranglée durant sa nuit de noces. Tout à fait en dehors de cela, le scepticisme naturel qu'il aurait pu éprouver avait été complètement balayé au cours de la semaine passée par l'horreur de la mort d'Edward et par la vision abominable du chat écorché d'Aaron. Il avait vu de ses propres yeux Van Gogh peint sur le Waldegrave ; c'était une preuve suffisante.

Il se sentait rassuré par la réponse du shérif Smith à tout ce qu'il lui avait dit, particulièrement après l'attitude cynique et méfiante de l'inspecteur Green à New York ; et il se sentait soulagé qu'un représentant de la loi accepte la présence de forces occultes, apparemment sans sourciller.

Puis le Dr Serling s'avança.

— Sommes-nous prêts? demanda-t-il.

Il avait des cernes violacés sous les yeux, et il semblait très fatigué.

— Y a-t-il une pièce que nous pourrions utiliser? dit

Vincent. Un endroit tranquille, où nous ne serons pas dérangés ?

— Il y a une salle de repos, à l'étage du dessus, réservée aux médecins n'appartenant pas à l'hôpital, déclara le Dr Serling. Cela m'étonnerait que quelqu'un nous y dérange, surtout à une heure pareille.

Dans l'ascenseur, sous l'effet de la fatigue, de la tension et de l'appréhension, ils échangèrent à peine quelques mots. Jack ôta le chewing-gum de sa bouche, ce que ses collègues au commissariat considéraient toujours comme le signe qu'il ne plaisantait plus.

La salle de repos était lambrissée et comportait un divan bas, trois fauteuils confortables et une table de salon au plateau en verre, sur lequel il y avait des fleurs séchées dans un vase et une pile de numéros récents de *World Medicine*. Le Dr Serling referma la porte derrière eux et Pat dit :

— Que chacun prenne un siège ; où vous voudrez, cela n'a pas d'importance.

— Voulez-vous que nous débarrassions la table ? demanda Jack, et Pat acquiesça de la tête.

— Et pour les lumières ? s'enquit le Dr Serling.

— Nous pouvons laisser la lumière allumée, répondit Pat. Aucun des esprits avec qui j'ai communiqué ne s'est jamais soucié de la lumière.

— Cela ne sera pas dangereux ? demanda Vincent.

— Je ne sais pas, lui dit Pat. Je n'ai encore jamais essayé d'entrer en contact avec une personne vivante. Cela peut ne pas marcher du tout. (Elle eut un rire sarcastique.) Qui sait, cela peut même me tuer.

— Il ne s'agit pas d'une plaisanterie, fit remarquer Jack.

— A qui le dites-vous ?

Elle prit le fauteuil du milieu, entre Vincent et le Dr Serling. Puis, se tenant bien droite, elle joignit les mains et ferma les yeux.

— Je veux que vous pensiez à Ben Miller, dit-elle d'un ton pratique. Si l'esprit de Ben Miller est capable d'entrer en contact avec nous, plus fort nous penserons à lui, plus vite il viendra. C'est comme si nous pêchions dans un étang rempli d'esprits. Il flotte là-bas, quelque part, exactement comme nous tous.

Vincent jeta un regard à Jack, puis ferma les yeux et pensa à Ben. Il essaya de se représenter le visage de Ben, il essaya de se souvenir du jour où Ben était devenu fou furieux. Il essaya également de penser à Ben avant son accident ; Ben, encore adolescent, dans son *pick-up* Ford blanc, venant chercher sa mère à Candlemas.

— Concentrez-vous, insista Pat. Essayez de vous imaginer que Ben se trouve dans cette pièce avec nous. Essayez de vous persuader qu'il est ici, qu'il est vraiment ici, parce que nous pouvons réellement le faire venir ici, si nous essayons de toutes nos forces.

Fermant les yeux fortement, Vincent fit de son mieux pour s'imaginer que Ben était assis sur le divan en face de lui.

— Ben Miller, Ben Miller, chuchota Pat, je sais que tu es près de nous. Ben Miller, je t'appelle, Ben. Je veux que tu viennes vers moi, Ben, et que tu me parles.

Vincent ouvrit les yeux un instant et vit que Jack regardait Pat avec une expression de doute profond. Jack s'aperçut que Vincent le regardait et ferma les yeux aussitôt.

— Ben Miller, murmura Pat. Où es-tu, Ben Miller? Je désire te parler, c'est tout. Je ne te veux aucun mal. Je ne veux pas te faire peur. Je veux seulement te parler.

— Vous pensez vraiment que ça va marcher? demanda le Dr Serling impatiemment. Je ne sens absolument rien.

— Taisez-vous, lui dit Pat. Tout ce que vous devez faire, c'est vous concentrer et penser à Ben.

Ils restèrent assis en silence durant plus d'une minute. La pièce était parfaitement insonorisée ; ils entendaient seulement leur respiration régulière et la sonnerie lointaine d'un téléphone.

— Ben Miller, je sais que tu es là, répéta Pat. (Mais,

cette fois, sa voix lui parut singulièrement étouffée, comme si elle parlait à travers un voile de mousseline.) Ben Miller, viens plus près ; nous désirons te parler, Ben. Nous sommes des amis.

Vincent fut brusquement conscient d'un léger crépitement, comme si quelque chose s'enflammait. Il ouvrit les yeux pour s'apercevoir que la pièce était plongée dans une obscurité totale.

— Les lumières se sont éteintes, dit-il, et sa voix parut étrange et indistincte.

— Les lumières sont toujours allumées, répliqua Pat. Mais l'obscurité régnant dans l'esprit de chacun de nous a envahi la pièce. A présent, ne parlez plus. Je pense que Ben est tout près. Je crois le sentir qui s'approche.

— Je ne vois plus rien, protesta Jack.

— Vous n'avez pas perdu la vue, le rassura Pat. Votre perception s'est tournée vers l'intérieur, c'est tout. Ce que vous voyez devant vos yeux à présent, c'est l'intérieur de votre esprit.

— C'est tout à fait étonnant, dit le Dr Serling. Je n'avais jamais fait l'expérience d'une chose pareille.

Pat le fit taire.

— Ben Miller, appela-t-elle doucement, d'une voix encourageante. Ben Miller, es-tu là, Ben Miller?

Vincent plissa les yeux ; l'obscurité formait un bloc compact, et plus il la scrutait, plus elle semblait devenir impénétrable. Il avait l'impression que le temps avait modifié sa course, comme s'ils parcouraient chaque seconde de chaque minute avec une lenteur infinie : une caravane de silhouettes se déplaçant d'une façon imperceptible et cheminant à travers le désert sans fin des jours. Il n'avait pas peur. Il éprouvait une sensation de calme, quasiment comme s'il avait été drogué. Il sentait également les autres près de lui ; leur personnalité était aussi réelle pour lui que leur présence physique, leur esprit aussi tangible que leur corps.

Le crépitement se modifia et se changea en un sifflement doux, comme de l'électricité statique. Vincent prit soudainement conscience que quelqu'un d'autre se trouvait dans la pièce ; quelqu'un de différent. Il entendait Pat appeler, mais sa voix était si faible et assourdie qu'il lui était impossible de comprendre ce qu'elle disait.

Puis il entendit une voix d'homme marmonner : « ... *laissez-moi tranquille... laissez-moi tranquille...* »

Les paroles de Pat devinrent plus distinctes, mais sa voix changeait constamment de volume, comme si elle parlait sur une radio à ondes courtes.

— Ben Miller... est-ce toi, Ben Miller ?

— *Laissez-moi tranquille,* répliqua l'homme. (Vincent ne pouvait être certain que c'était Ben.)

— Es-tu Ben Miller ? insista Pat.

— *Laissez-moi tranquille ; ils me trouveront si vous ne me laissez pas tranquille.*

— Dis-moi qui tu es, ordonna Pat. Dis-moi comment tu t'appelles.

Il y eut un long silence, puis Vincent entendit les mots :

— *Bennn... Millerrr...*

— Ben, dit Pat, je veux que tu te montres. Je veux te voir, Ben ; ainsi je saurai que c'est vraiment toi.

— *...laissez... tranquille...*

— Ben, écoute-moi. Nous sommes tes amis, des personnes qui te connaissent, des personnes qui se soucient de ton sort. Tu peux nous aider à te protéger. Tu peux nous aider à empêcher ces autres personnes de venir te prendre. Je t'en prie, Ben, c'est ta seule chance.

Il y eut à nouveau un long silence. Vincent eut l'impression de voir un scintillement lumineux au sein de l'obscurité, mais ce devait être un effet de son imagination. Pat appela à nouveau. Il n'y avait toujours aucun signe de Ben Miller, rien à part l'obscurité, remplie de pensées, d'espoirs et de terreurs inconnues.

— Ben, si tu ne te montres pas, nous allons devoir t'abandonner, dit Pat. Tu veux que nous t'abandonnions afin qu'*ils* puissent te prendre ? Tu veux que nous fassions cela ? Écoute-moi, Ben. C'est ton dernier espoir.

Presque immédiatement le sifflement d'électricité statique s'intensifia et l'obscurité sembla se coaguler, comme du sang. Puis, silencieusement, une averse de petites taches d'un blanc brillant glissa dans l'air, une pluie de météorites tombant au ralenti, pour s'assembler au-dessus du centre de la table au plateau de verre et former le négatif de Ben Miller. L'image tremblotait et s'interrompait de temps à autre, comme l'image sur un téléviseur en noir et blanc, mais c'était Ben, ses yeux blancs luisant dans un visage aussi noir que du graphite.

— Ben, l'encouragea Pat, tu dois nous aider. Nous devons savoir de qui tu as si peur.

Brusquement, l'image de Ben ouvrit sa bouche toute grande et poussa un hurlement strident, à glacer le sang. Vincent ne fut pas certain d'avoir vraiment entendu le cri. Il semblait lui avoir été transmis par les os de son visage. C'était un hurlement hideux, horrifiant, un hurlement de terreur, de souffrance et de désespoir absolu. C'était le hurlement d'un homme broyé par sa propre épouvante.

Pat cria également, d'un cri tout aussi strident Vincent ne pouvait pas la voir, mais il sentit qu'elle s'était recroquevillée sur elle-même et qu'elle serrait les poings, sous l'emprise d'une atroce souffrance. Il entendit le Dr Serling dire :

— Arrêtez! Pat, si cela vous fait souffrir, *arrêtez!*

Mais Pat ne pouvait pas ou ne voulait pas arrêter. Ben criait et vociférait, et Pat criait avec lui, tous deux submergés par la terreur et la souffrance.

— Pat! cria Jack.

Vincent sentit qu'il essayait de se lever du divan mais que, d'une façon incompréhensible, il en était incapable. L'obscurité qu'ils percevaient devant eux était l'obscurité de leur paysage mental, leur âme extériorisée, et aussi longtemps qu'ils seraient unis dans le même effort, ils seraient incapables de bouger. C'était comme si chacun d'eux avait été retourné à la façon d'un gant, de telle sorte que leur esprit les entourât et que le monde matériel, rétréci, se trouvât dans leur tête.

Mais les cris continuaient, et aucun d'eux ne pouvait faire quoi que ce fût, sinon rester assis et prier pour que cela s'arrête.

Vincent commença à éprouver une vive douleur aux maxillaires, juste au-dessous des oreilles. Il grimaça et pencha la tête en avant, en un effort pour soulager cette douleur. Pat criait toujours, mais comme la douleur devenait de plus en plus insupportable, il s'aperçut qu'il ne l'entendait plus parce qu'il criait également.

Le négatif de Ben Miller se déforma d'une façon démentielle ; son visage s'étira en diagonale et son corps se distendit à travers la pièce. Il commença à vaciller et à s'estomper, et Vincent réalisa avec un certain soulagement qu'ils allaient probablement le perdre.

— Il s'en va ! cria Jack. (Lui aussi semblait submergé par la souffrance.) Pat ! Pat ! Pour l'amour du ciel, empêchez-le de partir ! Arrêtez-le, Pat ! Il s'en va !

— Vous ne comprenez pas pourquoi ? hurla Pat soudainement. Il *agonise !* Je ne peux pas le retenir ! Il est en train de mourir !

— Pat ! Je dois savoir qui c'est ! Je dois savoir qui veut s'emparer de lui !

— Non, Jack. Laissez-le partir. Si vous l'empêchez de partir, il connaîtra des souffrances horribles. Et son esprit pourrait ne pas survivre.

Vincent sentit que Jack se démenait, essayant de se lever et de saisir l'image de Ben Miller avant qu'elle disparaisse complètement.

— Que Dieu te damne, Ben Miller ! hurla Jack. Que Dieu t'envoie en enfer, Ben Miller ! De qui avais-tu peur ? Qui te terrifiait ? Est-ce que tu m'entends, Ben Miller ? Qui te terrifiait à ce point ? Qui voulait te prendre ta peau ?

— ...peux pas le dire..., murmura Ben. *Ils me tueront... si je parle... même après que je serai mort...*

— Ben ! rugit Jack. Ben, prends ce risque ! Nous les empêcherons de te retrouver, je te le promets ! Ben, pour l'amour de Dieu, dis-nous qui c'est !

Il y eut un marmonnement indistinct, puis Vincent entendit nettement les mots : *« Cimetière de Litchfield… Johnson… près du chêne… »*

Ensuite il y eut un bruit, comme Vincent n'en avait jamais entendu, une sorte de son déjeté, se tordant, se déchirant. L'image de Ben Miller se rétrécit et se ratatina ; durant une fraction de seconde, Vincent entrevit quelque chose qui ressemblait à un embryon humain, mais c'était étrangement gluant et transparent. Puis les lumières réapparurent brusquement et la pièce reprit son aspect normal ; ils échangèrent des regards stupéfaits et incrédules.

Pat tremblait violemment. Jack s'approcha, se pencha vers elle et lui demanda :

— Ça va ?

Elle acquiesça de la tête.

— Je boirais bien un verre d'eau.

Le Dr Serling alla dans la petite cuisine attenante à la salle de repos, et lui apporta un verre d'eau et un calmant.

— Vous feriez mieux de demander à l'un des adjoints du shérif Smith de vous reconduire chez vous. Vous n'êtes absolument pas en état de conduire.

— Je vais très bien, répondit Pat. La souffrance a disparu maintenant.

— Tout de même, insista le Dr Serling.

— Ben est-il réellement mort ? demanda Vincent. Ce que nous venons de voir… était-ce Ben agonisant ?

Pat but une gorgée d'eau, puis dit :

— Je n'avais encore jamais vu cela, mais j'ai pu le sentir. Il voulait mourir. Il voulait désespérément mourir. Il le voulait tellement que j'ai presque été tentée de mourir avec lui. Est-ce que vous vous rendez compte ? Il *brûlait* de mourir !

Jack se tourna vers le Dr Serling.

— Vous voulez bien téléphoner aux soins intensifs pour voir ce qui s'est passé ?

Le Dr Serling décrocha le combiné et demanda au standard de lui passer le Dr Kellstrom.

Tandis qu'ils attendaient, Jack défit le papier de sa dernière barre de chewing-gum et se la fourra dans la bouche en trois coups de dents mesurés.

— Apparemment, je me suis conduit comme un imbécile, non ? fit-il remarquer.

— Je ne dirais pas cela, le rassura Vincent. Cela valait le coup d'essayer.

— Nous avons presque certainement tué Ben Miller, dit Pat.

— Il ne lui restait plus que deux ou trois heures à vivre, de toute façon.

Pat but le restant de son eau.

— Néanmoins nous l'avons tué. Il était dans le coma, et ce coma protégeait son esprit de la chose qui le terrifiait. Le coma donnait à son système nerveux une chance de récupérer. De fait, nous nous sommes enfoncés profondément sous ce coma et nous avons obligé Ben à en sortir. Il n'était pas prêt à cela. Son système n'a pas supporté ce choc.

Le Dr Serling parlait avec le Dr Kellstrom. Finalement, il raccrocha, se tourna et annonça :

— Il est mort, c'est vrai. Choc postopératoire, hémorragie, insuffisance rénale. Tout ce que l'on peut imaginer, il l'avait.

— Et nous ne savons toujours pas de quoi il avait si peur, dit Jack.

— Je suis prêt à parier qu'il était terrifié par ces douze personnages sur le tableau de Waldegrave, commenta Vincent.

— Ma foi... vous avez peut-être raison, lui dit Jack. Mais « tous les douze » peut signifier à peu près n'importe quoi. Ben était très croyant, surtout depuis son accident. Peut-être voulait-il parler des douze apôtres. Ou bien des douze cartes d'un jeu de poker. Peut-être n'a-t-il pas dit « tous les douze », mais quelque chose qui y ressemblait, allez savoir !

— Arrêtez de chercher des complications, Jack, intervint Pat. (Puis elle se tourna vers Vincent et expliqua :) Il complique toujours les choses. Si la neige se mettait à fondre demain, Jack vous donnerait une dizaine de raisons démontrant qu'elle n'aurait pas dû fondre.

— Que voulait-il dire en parlant du cimetière du Litchfield? demanda Vincent.

— Il délirait, affirma Jack. Il était fou de peur.

— Mais il a mentionné un nom, Johnson. Ainsi qu'un endroit... « près du chêne ».

— Je dois avouer que je n'ai pas entendu cela, dit le Dr Serling. (Il nettoya ses verres de lunettes puis se moucha bruyamment.) J'ai l'impression que je fais une allergie au surnaturel.

— Moi j'ai entendu, dit Pat.

— Peut-être est-ce là où il souhaite être enterré, suggéra Jack.

— Je pense que nous devrions aller y jeter un coup d'œil, insista Vincent.

— Il fait encore noir, fit remarquer Jack.

— Vous avez une torche électrique, n'est-ce pas?

— Bien sûr, mais que sommes-nous censés chercher?

— Je l'ignore. Mais vous lui avez demandé très précisément de quoi il avait peur, et il a répondu qu'il ne pouvait pas vous le dire parce qu'*ils* le tueraient, même après sa mort.

— Cela ne semble pas très logique, intervint le Dr Serling.

— Cela me semble parfaitement logique, dit Pat.

— Vraiment? demanda Jack avec humeur.

La séance de spiritisme n'avait pas donné les résultats escomptés, et il savait qu'il avait agi inconsidérément en demandant à Ben Miller de rester alors que Pat endurait une telle souffrance. Vincent et le Dr Serling ne l'avaient pas critiqué ouvertement pour cela, mais ils étaient conscients que son geste aurait pu coûter à Pat sa raison, ou même sa vie.

Il avait été convaincu que la séance de spiritisme serait un succès ; jusqu'à un certain point, cela avait été le cas, puisque Pat avait réussi à faire apparaître l'esprit de

Ben. Mais Jack avait besoin de plus. Il lui fallait des preuves. Il n'en avait pas obtenu et il se sentait très diminué par cet échec.

Vincent encouragea Pat à poursuivre.

— On dirait que vous avez déjà rencontré ce genre de situation.

— Effectivement. Certains des esprits avec qui j'ai communiqué, bien qu'ils fussent morts, disaient qu'ils avaient toujours peur de mourir.

— Et qu'est-ce que cela peut vouloir dire? demanda le Dr Serling.

— Je n'en suis pas très sûre. Au début j'ai crû qu'ils disaient cela parce qu'ils ne réalisaient pas qu'ils étaient morts. Ensuite j'ai pensé, eh bien, puisque je leur parle, puisqu'ils me parlent, puisque nous avons des conversations constructives, ils ne *peuvent* pas être morts. Alors il est possible que des personnes vivent plus longtemps que nous le croyons, mais sous des formes différentes, comme des papillons. Il est possible que nous passions par cinq ou six stades d'existence avant de cesser d'exister totalement. Peut-être que *cette* partie de notre vie, la partie en chair et en os, correspond à l'étape numéro deux ou trois dans l'ensemble du processus. Peut-être y a-t-il des gens ressemblant à des fantômes et vivant autour de nous, qui sont terrifiés à l'idée de « mourir » et qui se changent en des créatures matérielles, comme nous. Alors... peut-être sont-ils persuadés que *nous* sommes les fantômes et qu'*ils* sont vivants.

— C'est une théorie intéressante, dit Vincent. Parviendrez-vous un jour à le prouver?

— Mais vous avez vu Ben Miller de vos propres yeux, répliqua Pat. Lorsqu'il est mort, il s'est changé en quelque chose qui ressemblait à un embryon. Un bébé esprit, si vous voulez l'appeler ainsi, sur le point de renaître.

— Rien de tout cela ne donne un sens à ce que Ben a dit, concernant le cimetière, intervint Jack.

— Je ne suis pas de votre avis, dit Vincent pensivement. Si Pat a raison, à savoir que nous *vivons* quatre ou cinq vies, alors la peur de Ben d'être tué aurait pu être authentique. Auquel cas, ce qu'il nous a dit pourrait avoir été une sorte d'indication... vous savez, comme les définitions des mots croisés. Il voulait nous dire qui le recherchait ; il voulait nous dire qui le terrifiait à ce point, mais il n'a pas osé le dire explicitement.

— Je pense que nous devrions aller au cimetière, à tout hasard, dit le Dr Serling.

Jack consulta sa montre.

— Il est quatre heures cinq, dit-il en s'efforçant de prendre un ton alerte. Je propose que nous attendions qu'il fasse jour. Je ferais volontiers un brin de toilette et je ne dirais pas non à une tasse de café.

— Je pense que nous sommes tous dans le même cas, fit le Dr Serling. Cette séance de spiritisme m'a épuisé, et je n'ai pas honte de le reconnaître.

Ils allèrent au drugstore ouvert toute la nuit, chez Bonnie's, de l'autre côté de la place enneigée. Chacun but son café, harassé et pelotonné dans son manteau. Ils étaient trop contractés pour manger quelque chose, mais Jack acheta deux paquets de chewing-gum et une tablette de chocolat. Durant un moment, ils discutèrent de la séance de spiritisme et de ce qui s'était passé, mais, tandis que l'aube apparaissait progressivement au-dessus de l'hôpital du comté de Litchfield, ils avaient de plus en plus de mal à croire que tout cela avait été réel.

Des nuages de neige s'amoncelaient dans le ciel, semblables à des voiles de mousseline grise, lorsqu'ils montèrent dans la Cherokee de Jack et prirent la direction du cimetière. Les maisons et les magasins étaient fermés et silencieux, comme si une épidémie s'était abattue sur Litchfield au cours de la nuit, foudroyant tous ses habitants dans leurs lits. Vincent, sur la banquette arrière, bâilla et mit sa main devant sa bouche. Malgré le café, il commençait à se sentir éreinté et à se demander ce qu'il fichait là, se rendant au cimetière de Litchfield aux petites heures du jour, après une nuit blanche, en la compagnie hautement assortie du shérif du comté, d'un médecin de campagne et d'une adepte du spiritisme affublée de bigoudis en plastique.

Ils atteignirent le cimetière peu après sept heures. Les grilles de l'entrée étaient ouvertes ; Jack franchit le portail et se gara à côté de la Maison du Souvenir — une réplique à une échelle réduite de la demeure de Charles Clapp à Portland, Maine, tout en colonnes ioniques, pilastres et fenêtres ovales. De la fumée s'élevait en tourbillonnant de la cheminée du bâtiment, preuve que le gardien du cimetière était déjà arrivé.

Ils s'avancèrent dans le hall de marbre glacial. Jack frappa à la porte du gardien, puis l'ouvrit. Le gardien était un homme à l'air austère, à la voix sèche et hautaine ; il avait une bouche pincée, des yeux pâles au regard désapprobateur, et des cheveux d'un noir luisant qui donnaient l'impression d'avoir été vernis sur son crâne étroit.

— Nous sommes venus voir la tombe Johnson, déclara Jack sans le moindre préambule.

Il avait assisté à des dizaines d'enterrements ici — amis, proches parents, victimes d'homicide, suicides, morts soudaines — et lui et le gardien se connaissaient de longue date. Ils n'avaient guère de sympathie l'un pour l'autre. Le gardien jugeait que, une fois que les morts étaient enterrés ici, ils lui appartenaient, et il considérait comme une offense toute enquête ultérieure sur les causes de la mort. Il protestait tout particulièrement lorsqu'on procédait à des exhumations : à ses yeux, cela troublait le repos de ceux dont il avait la charge, et cela abîmait les pelouses.

— Il y a trois tombes Johnson, répondit-il avec froideur. Laquelle cherchez-vous ?

— Y en a-t-il une se trouvant à proximité d'un chêne ? s'enquit Jack.

Le gardien lui lança un regard méfiant.

— La tombe Frederick E. Johnson. Frederick E. Johnson, Mrs Philomena Johnson et leurs deux enfants,

Charles F. Johnson, âgé de huit ans, et Henrietta Johnson, célibataire, âgée de soixante-dix-neuf ans.

— Étrange, non, ce que la mort fait aux gens? intervint le Dr Serling. Une sœur de soixante-dix-neuf ans et un frère de huit ans.

Le gardien lorgna le Dr Serling par-dessus ses lunettes.

— Ils ne vieillissent pas, docteur, comme nous, qui restons, continuons de vieillir.

Il donna à Jack un exemplaire photocopié du plan du cimetière, et Jack les conduisit entre les rangées de tombes, sous un soleil jaune citron. Des anges de marbre aux ailes couvertes de neige regardaient ces intrus avec des yeux sans expression. Des fleurs fanées gisaient dans des vases gelés. On avait répandu du sel sur les allées pour faire fondre la neige, mais le gravier, pris dans la glace, craquait sous leurs pieds, et tandis qu'ils progressaient vers le faîte de la colline, le bruit de leurs pas résonnait dans le cimetière, les vivants s'avançant parmi les morts.

Le chêne se trouvait au fond du cimetière, au milieu des tombes les plus anciennes. Il avait été planté dix ou onze ans auparavant ; aussi c'était encore un arbuste. A l'origine, le projet avait été de planter des dizaines d'arbres entre les tombes, dans l'espoir que le cimetière finirait par ressembler à un jardin. La tombe Johnson, près du chêne, était un mausolée sombre de granit, avec les noms de la famille Johnson gravés dessus. Il y avait du gravier blanc autour du socle du mausolée qui était entouré d'un muret de granit recouvert de mousse.

Le Dr Serling montra du doigt une autre tombe, non loin de là.

— Voilà pourquoi Ben Miller connaissait cet endroit. Regardez. (L'inscription sur la pierre tombale disait : « Zachariah Miller, 1862-1903. ») C'était certainement son arrière-grand-père.

Vincent se tapa dans les mains pour se réchauffer.

— Je ne comprends pas. Il n'y a rien ici.

Jack renifla.

— Je vous l'avais dit. Ben était complètement terrorisé. Ce qu'il a dit n'a pas de sens, c'est tout. Réfléchissez un peu... il savait qu'il allait mourir d'un instant à l'autre, et il s'est souvenu de cette tombe. Aussi simple que cela !

— Il doit y avoir autre chose, fit remarquer Pat. Je sais qu'il était terrorisé. Je sais qu'il souffrait, mais j'ai vraiment eu l'impression qu'il tentait de me dire quelque chose.

Jack secoua la tête.

— Je suis désolé. Toute cette histoire est ridicule. C'est ma faute. Je n'aurais jamais dû faire cette tentative, et je n'aurais jamais dû vous exposer à toute cette souffrance.

— Jack... il a désespérément essayé de communiquer avec nous. A votre avis, pourquoi est-il apparu dans la pièce ? Les esprits se manifestent seulement lorsqu'ils le veulent bien, et non parce que nous les appelons.

— Ma foi, vous avez peut-être raison, lui dit Jack, mais il a échoué, non ? Je me suis couvert de ridicule, c'est le seul résultat.

Pendant ce temps, Vincent regardait fixement la tombe Johnson. Si Ben avait réellement tenté de leur dire quelque chose, pourquoi avait-il choisi *cette* tombe ? Pourquoi n'avait-il pas choisi celle de son arrière-grand-père, ou n'importe laquelle des autres tombes du cimetière ? La tombe Johnson n'avait rien de particulier. Elle ne comportait aucune épitaphe, aucune décoration, à l'exception du granit martelé ; et il n'y avait pas de statues. Vincent essaya même de former des anagrammes et des acrostiches à partir des noms de la famille Johnson, mais sans le moindre résultat.

— Je suis d'avis d'arrêter pour aujourd'hui, dit le Dr Serling. Nous ferions mieux de rentrer ; nous sommes tous épuisés. Nous trouverons peut-être la solution plus tard.

— On dirait qu'il va neiger, fit observer Jack. J'ai juste le temps de retourner au commissariat.

Ils sortirent du cimetière en silence. Le gardien se tenait à l'entrée de la Maison du Souvenir. Il leur adressa un sourire aigre, se réjouissant de leur découragement évident.

— J'espère que tout s'est bien passé? lança-t-il à Jack.

— A merveille, répondit Jack. Vous êtes entouré d'un tas de gens tout à fait charmants.

Jack les reconduisit à l'hôpital, où ils récupérèrent leurs voitures respectives.

— Si l'un de vous trouve ne serait-ce que la moitié d'une idée, qu'il me le fasse savoir, dit-il.

Ils promirent de le faire. Il hésita un instant puis ajouta:

— Je ne suis pas du tout sûr que cette séance de spiritisme ait été une bonne idée. Et je considère que je n'ai pas été à la hauteur. Je tiens à vous faire toutes mes excuses. Particulièrement à vous, Pat. J'ai l'impression de m'être servi de vous.

Pat prit sa main et l'embrassa sur la joue.

— Ne commencez pas à avoir des remords. Je l'ai fait de bonne volonté. Et cela m'a peut-être appris quelque chose.

Vincent fit un signe de la main à Jack et traversa le parking en compagnie du Dr Serling.

— Un homme intéressant, notre shérif, fit-il remarquer.

— Il a tenté sa chance, je vous l'accorde, répondit le Dr Serling. Dommage qu'il ne manifeste pas plus de courage dans ses convictions. Cela pourrait être dangereux un de ces jours; sinon pour lui, du moins pour quelqu'un d'autre.

Vincent s'éclaircit la voix.

— Vous aviez déjà participé à une séance de spiritisme?

— Une seule fois.

— Avec des résultats?

— Vous croyez que j'aurais accepté de participer à celle de la nuit dernière si cela n'avait pas marché?

— Alors vous y croyez, vous aussi.

Le Dr Serling sourit.

— Je pense que oui, même si je ne sais pas très bien à quoi je crois.

— Au sujet de Ben..., commença Vincent.

Le Dr Serling était arrivé près de sa voiture et cherchait ses clés dans la poche de son pardessus. Il lança à Vincent un regard perçant.

— Ce que vous voulez me demander au sujet de Ben, c'est si nous l'avons tué en organisant cette séance de spiritisme. Eh bien, la réponse est probablement oui... quelques heures plus tôt que prévu ; il serait mort, de toute façon. Et si vous me demandez si j'éprouve un sentiment de culpabilité — d'autant plus que j'étais son médecin, moralement chargé de faire tout mon possible pour prolonger sa vie — eh bien, la réponse à cette question est également oui.

Vincent ne sut pas quoi répondre à cela, mais, un instant plus tard, le Dr Serling déclara :

— Lorsque vous devenez médecin, on vous donne le droit de vie et de mort. Il n'y a pas à discuter là-dessus. Je dois user de ce droit jour après jour, et la nuit dernière, c'était exactement la même chose. Je suis capable d'accepter cette culpabilité. Si je n'en étais pas capable, je raccrocherais mon stéthoscope et je prendrais ma retraite pour aller vivre en Floride. Je serai jugé lorsque viendra le moment du jugement, et si j'ai commis une faute, je serai puni. C'est tout.

Il neigeait à nouveau tandis que Vincent retournait à Candlemas, mais la neige était sèche et floconneuse et ne tenait pas. Il continuait de réfléchir à ce que le Dr Serling avait dit, à la séance de spiritisme et à la tombe Johnson près du chêne sur le faîte de la colline.

Ben Miller avait certainement eu une raison de mentionner cette tombe, mais pourquoi cette tombe précisément ? La seule particularité qu'elle présentât, la seule chose qui la différenciât des autres tombes, c'était le muret de granit qui l'entourait.

D'ordinaire, Vincent était très fort lorsqu'il s'agissait de résoudre des mots croisés. Il était capable de se représenter la tombe Johnson comme un problème intellectuel, et pourtant il ne savait pas par où commencer.

Peut-être cherchait-il quelque chose de trop compliqué. Après tout, Ben Miller avait été un jeune homme plutôt simple d'esprit, avec une instruction peu étendue. Si une personne simple d'esprit vous proposait un problème, comment s'y prendrait-elle? Peut-être pas à l'aide de mots; certainement pas avec des références abstraites; probablement pas avec des chiffres. Non... l'énigme serait plus vraisemblablement très directe et très *visuelle.* Ben Miller avait été un téléspectateur assidu, il avait appartenu à la génération audiovisuelle de Marshall McLuhan, et si quelqu'un ayant cette tournure d'esprit avait pensé à la tombe Johnson, il aurait vu l'image mentale d'une...

— *Nom de Dieu!* dit Vincent à haute voix.

La sépulture Johnson était une tombe entourée d'un mur. La *seule* tombe avec un mur. La tombe entourée d'un mur. Et c'était cela qui avait terrorisé Ben.

Le Waldegrave[1].

1. Waldegrave : phonétiquement *walled grave :* en anglais, la tombe entourée d'un mur (NdT).

20.

New Milford, 19 décembre

Lorsque Vincent arriva à Candlemas, il vit la voiture de sport de Charlotte, une Datsun rouge vif, garée devant la maison, et les lumières dans la salle de séjour. Charlotte vint lui ouvrir la porte. Elle portait le peignoir en laine marron qu'il lui avait acheté chez Harrod's à Londres.

— Je t'ai attendu toute la nuit, dit-elle en l'embrassant. Où diable étais-tu passé ?

Il ôta son pardessus et l'accrocha au portemanteau.

— Si je te le disais, je ne pense pas que tu me croirais. Mais je vais bien. En fait, je vais un peu *mieux* que bien. Je commence à comprendre ce qui se passe. Ou à comprendre à moitié, en tout cas.

— Pour l'amour du ciel, entre vite. Je vais te préparer du café. Tu as l'air complètement vanné.

— Je suis en pleine forme, insista Vincent. Quand es-tu arrivée ici ?

Charlotte le précéda dans la salle de séjour. Elle avait déjà retiré les cendres dans la cheminée et mis de nouvelles bûches ; le feu pétillait joyeusement.

— Je suis arrivée juste après minuit. J'avais envie de te voir.

Vincent retira sa cravate et sa veste sport.

— Apparemment, tu ne me racontes pas tout.

— C'est vrai, fit-elle. Je dînais en ville, avec Dick, et nous nous sommes disputés.

— Est-ce que je connais Dick ?

— Dick Cortabitate. Il travaille chez Artprint.

— Oh, *ce* Dick-là. Ma foi, cela ne me surprend pas. Dick Cortabitate est un personnage tout à fait antipathique, autant que je me souvienne. En fait, il me semble me souvenir que même ses *cheveux* sont odieux.

— C'est bien lui. Dick, le type aux cheveux odieux.

Charlotte fit du café tandis que Vincent allait se changer. Assis au bord du lit, il commença à déboutonner sa chemise, puis il décrocha le combiné du téléphone de la chambre à coucher et tapota le numéro de Jack Smith. Au bout d'un long moment, l'un des adjoints de Jack répondit.

— Il n'est pas là pour l'instant. Puis-je prendre un message ?

— Oui, s'il vous plaît. Dites-lui que la sépulture Johnson était une tombe entourée d'un mur. Ensuite épelez le nom W-a-l-d-e-g-r-a-v-e. Vous avez bien noté ?

— Il comprendra ce que vous voulez dire ?

— A peu près autant et aussi peu que moi.

— Entendu, monsieur. Je lui ferai part de votre appel.

Vincent prit une douche et se changea. Lorsqu'il redescendit, portant un complet pure laine noir et une chemise en soie crème, Charlotte demanda :

— Tu repars ? J'allais te préparer quelque chose à manger.

— Je le dois. Tu peux m'accompagner si tu veux.

— Où vas-tu ?

— Seulement jusqu'à Litchfield. Je dois consulter quelques papiers.

— Vincent, protesta Charlotte. Il se passe quelque chose, et je pense que j'aimerais savoir de quoi il s'agit.

Vincent alla dans le vestibule et revint avec le Waldegrave. Il retira le papier d'emballage et appuya le tableau contre un fauteuil. Charlotte l'examina de près puis se tourna vers Vincent en fronçant le nez.

— C'est horrible, déclara-t-elle. Il *sent* mauvais. Quelle odeur infecte ! On dirait de la viande avariée.

— Mon grand-père disait que ce tableau était le porte-bonheur de la famille Pearson, répondit Vincent. Il a toujours insisté pour que nous le gardions ; c'était tellement important à ses yeux qu'il a même fait ajouter dans son testament une clause spéciale concernant le Waldegrave.

— Et ton père ? Il était du même avis ?

— Mon père se montrait plus réservé à cet égard. Mais il a fait ce que mon grand-père lui avait demandé, et il a gardé le tableau en lieu sûr, comme je l'ai fait ensuite. Non parce que nous comprenions *pourquoi*, mais uniquement parce que l'on nous avait dit de le faire. Et les Pearson ont toujours obéi à leurs aînés. Mon père m'a dit de ne jamais acheter une peinture que je ne comprenais pas, et j'ai toujours suivi son conseil. C'est pour cette raison que la galerie Pearson est prospère.

— En dehors de s'être fait une réputation incomparable de conformisme, dit Charlotte d'un ton acerbe.

— C'est ce que tu penses de moi ? demanda Vincent.

— Tu n'as jamais essayé de me séduire. Pourquoi devrais-je penser différemment ?

Vincent lui adressa un long regard.

— C'est le retour de flamme de ta dispute avec Dick Cortabitate ?

Lentement et délibérément, Charlotte secoua la tête.

— Non, dit-elle.

Vincent finit son café et reposa la tasse.

— J'espère que tu réalises que cela va tout gâcher.

— Et pourquoi donc ?

— Je ne sais pas. Mais je ne veux pas te perdre. Je ne veux pas perdre ton amitié. Et la toute première chose qui écope, lorsque deux êtres décident de devenir amants, c'est l'amitié. Si nous nous aimons et cessons ensuite de nous aimer, ce sera la fin de tout. Les promenades, les conversations, le théâtre, les repas, les week-ends ici à Candlemas.

Charlotte tendit le bras et prit la main de Vincent.

— Certaines fois il faut prendre des risques. Tu ne vas

pas vivre toute ta vie sans prendre de risques. Je t'aime et tu m'aimes, alors pourquoi porter ces ceintures de chasteté invisibles, juste pour le cas où nous pourrions perdre notre amitié? Une seconde d'amour véritable vaut cinq ans d'amitié.

— Pas toujours.

Charlotte s'agenouilla devant Vincent et l'embrassa sur la joue, puis sur les lèvres. Le baiser commença innocemment, lèvres fermées, puis elle explora la bouche de Vincent du bout de la langue ; un instant plus tard, ils s'embrassaient passionnément. Vincent sentit toute son affection longtemps contenue pour Charlotte jaillir en lui, irrésistiblement ; et tous deux comprirent que le moment était venu de devenir amants.

Cela se passa avec dignité et grâce : dans la chambre à coucher de maître, au sein des ombres granulées et violettes, sur le lit qui avait été témoin de l'histoire intime de la famille Pearson depuis les cent dernières années. Nue, Charlotte s'était glissée entre les draps ; lorsque Vincent la rejoignit, elle caressa sa joue et l'embrassa. Du bout des doigts, il suivit ses terminaisons nerveuses, en des circonvolutions picotantes et impatientes : depuis le cou de Charlotte jusqu'à ses épaules, jusqu'à la courbe de ses seins de telle sorte que ses mamelons se dressèrent, ressemblant aux boutons épanouis des roses Madame Grégoire.

Elle prit dans sa main le pénis durci de Vincent et le guida entre ses cuisses écartées. Il se glissa rapidement en elle, la pénétrant aussi profondément qu'il le pouvait, et elle frissonna de plaisir autant que de libération émotionnelle tandis qu'ils consommaient enfin leur relation affective. Soudés l'un à l'autre, ils s'embrassaient et se caressaient. Vincent dit : « Tu m'assassines » et éclata de rire ; puis Charlotte sentit les spasmes irrésistibles d'un orgasme imminent, et elle fut absolument incapable de le retenir plus longtemps. Elle trembla et poussa un cri, et les contractions de son vagin amenèrent également Vincent à l'orgasme ; tandis qu'elle s'accrochait à lui, il l'inonda de chaleur...

Ils firent l'amour encore une fois avant de se lever, plus lentement, savourant la sensation de leurs deux corps réunis, leurs doigts s'attardant entre leurs jambes, constatant avec émerveillement et satisfaction leur union physique.

— Même si cela ne se reproduit jamais, crois-moi, cela en valait la peine, dit Vincent.

Charlotte se redressa, s'appuyant sur un coude, et le regarda d'un air espiègle.

— Nous aurions dû le faire il y a des années.

— Non, je ne pense pas. C'était le bon moment. Je déteste faire l'amour à une inconnue.

— Et Meggsy?

— C'était du désir charnel, pas de l'amour.

— *C'était?*

Vincent prit sa montre posée sur la table de nuit.

— Tu ne crois tout de même pas que je tromperais une gentille fille comme ça?

— Et une gentille fille comme *moi?*

— Je ne te tromperai pas, toi non plus.

Ils s'habillèrent et prirent un verre près du feu ; puis Vincent dit :

— Nous devons partir. J'ai promis à Mr Morris de passer à son cabinet avant l'heure du déjeuner. Et il ne travaille pas le samedi après-midi.

— Mr Morris?

— L'avocat de notre famille.

Ils prirent la direction de Litchfield sous un soleil qui n'était plus jaune, mais pâle comme la mort. La campagne environnante ressemblait à un rêve argenté : des collines embrumées et des champs gris perle. Charlotte était assise tout près de Vincent, une main posée sur sa cuisse, non pas d'une façon possessive, mais avec l'assurance d'une intimité partagée. Leur amitié s'était changée en amour ; c'était plus risqué peut-être, mais tellement plus agréable.

— Tu es obligée de retourner au MOMA[1] avant Noël? demanda Vincent.

1. Initiales pour Metropolitan Museum of Modern Art (NdT).

— J'étais censée reprendre mon travail lundi matin.
— On dirait que tu as changé d'avis.
— Cela dépend. Et *toi,* rentres-tu à New York?
— Je ne le pense pas.
— Dans ce cas, je reste avec toi.

Vincent la regarda et sourit. Charlotte embrassa le bout de ses doigts et les pressa contre les lèvres de Vincent.

Les bureaux de Morris, McClure & Winterman étaient situés à proximité de Litchfield, dans une grande demeure du XVIIIe siècle qui avait été autrefois une maison de ferme.

Le toit était recouvert d'une épaisse couche de neige blanche au-dessous de laquelle les murs sombres à bardeaux semblaient encore plus sombres, et les petites fenêtres à vitres plombées encore plus petites. C'était le genre de maison dans laquelle Vincent aurait pu croire sans peine que des sorcières avaient vécu jadis: l'une de ces demeures coloniales à l'atmosphère étouffante, remplie de couloirs étroits, d'armoires sentant le moisi et d'escaliers formant des angles bizarres. Mr Morris occupait les combles, un antre en désordre, encombré d'actes, de dossiers et de chemises. Il avait des cheveux blancs et un grand nez, portait des lunettes à monture en corne, dont les verres étaient maculés d'empreintes de pouce, et lorsqu'il s'assit et croisa les jambes, l'extrémité de son caleçon long fut visible au-dessus de sa chaussette. Il était toujours ravi de voir Vincent. Il lui serra la main, eut un sourire radieux et offrit à Vincent et à Charlotte un verre de son sherry mis en bouteille en Angleterre.

Charlotte prit place dans un vieux fauteuil en cuir aussi profond qu'une baignoire.

— Votre arrière-grand-père aimait tenir son journal intime, dit Mr Morris en dénouant les rubans qui avaient depuis plus de soixante-dix ans attaché le carton sur lequel était inscrit « Pearson, 1891-1913 ». Ce n'était pas un homme très expansif, loin de là, mais il couchait par écrit absolument tout : depuis la vente du plus petit et du plus insignifiant des tableaux, à qui ce tableau avait été vendu et pourquoi, et s'il croyait ou non que le nouveau propriétaire en était digne, jusqu'à ses propres affaires matrimoniales et les disputes qu'il avait avec votre arrière-grand-mère, et... euh... certaines de ses aventures plus personnelles.

— Ce sont les Gray qui m'intéressent, dit Vincent.

— Oui, bien sûr, comme vous l'aviez dit au téléphone. Je connais ce nom, évidemment. Ils ont été le principal pilier de la haute société du Connecticut depuis les années 1870 jusqu'aux années 1900, lorsqu'ils ont brusquement décampé et sont partis pour l'Europe. Le départ des Gray a provoqué un émoi considérable à l'époque ; les habitants de la région étaient consternés. Imaginez un peu ce qui se serait produit à Newport si les Vanderbilt avaient brusquement disparu. Encore aujourd'hui, il y a bien des personnes âgées à Darien qui sont persuadées que Darien aurait pu être le joyau de la bonne société américaine si les Gray n'étaient pas partis. De leur temps, ils étaient aussi riches et aussi populaires que tous les Astor, Frick ou Havemeyer.

— Les Gray sont-ils mentionnés dans le journal de mon arrière-grand-père ? demanda Vincent.

Mr Morris acquiesça.

— Plusieurs fois. J'ai fait ce que vous m'aviez demandé et j'ai essayé de trouver le plus de références possible les concernant. Malheureusement, j'ai été plutôt bousculé ce matin ; j'ai été chargé de l'affaire Hartley, pour mes péchés ; c'est pourquoi j'ai réussi à en parcourir seulement la moitié. Si vous préférez examiner ces papiers vous-même, bien sûr...

— Ce serait avec le plus grand plaisir, lui dit Vincent. Où pouvons-nous nous installer ?

— Restez donc dans mon bureau. Je dois être au tribunal dans vingt minutes. Vous ne me dérangerez pas, sauf si vous buvez trop de mon sherry. C'est mon cousin qui me l'a rapporté, vous savez. Vous ne trouvez pas qu'il est excellent ?

Vincent en but une autre gorgée et leva son verre.
— Excellent, en effet, dit-il.

Vincent et Charlotte prirent le carton volumineux et s'installèrent à une petite table dans un coin, tandis que l'avocat feuilletait des papiers, s'éclaircissait la voix à plusieurs reprises et décrochait son téléphone de temps à autre pour échanger avec sa secrétaire des propos incompréhensibles.

Le dossier Pearson contenait des pages et des pages de papier in-quarto légèrement réglé, amolli et jauni par le temps, couvertes des deux côtés d'une écriture minuscule à l'encre violette. Le journal commençait l'été 1891 ; à cette époque, l'arrière-grand-père de Vincent avait vingt-sept ans et son grand-père en avait cinq. Il y avait des pages sur Candlemas, décrivant de quelle façon la maison allait être redécorée et aménagée, et disant comment la famille avait passé l'été à se promener à cheval, à canoter et à organiser des pique-niques. Mr Morris avait laissé des petits morceaux de papier buvard entre les pages où il était question des Gray. De toute évidence, l'arrière-grand-père de Vincent avait fait la connaissance des Gray quelques années auparavant, la première référence, datée du 12 août 1891, disait en effet :

« Algernon Gray est venu de Darien pour passer le week-end ici, accompagné de son épouse, Isobel, et de leur fille, Cordelia. Il était parfaitement alerte ; en fait, il n'a guère changé depuis que je lui ai été présenté, à l'âge de dix-neuf ans, à l'occasion du bal du Jour de l'Indépendance de Darien, et Cordelia semblait aussi jeune et resplendissante qu'elle l'était ce jour-là, bien qu'elle soit entrée dans sa vingt-cinquième année à présent. Mr Gray s'est montré vivement intéressé par certaines peintures de la cathédrale de Rouen que Jean Laplage m'a récemment envoyées de Paris, et j'ai accepté de prendre en considération son offre, soit 150 dollars chacune pour deux des meilleures du lot, bien que je n'aie jamais pensé que les Gray étaient le genre de famille à qui l'on doive vendre des peintures pleines de sensibilité. Il y a chez eux quelque chose de beaucoup trop *sauvage*, comme s'ils étaient carnivores d'une façon excessive. »

La mention suivante des Gray était datée de 1893. L'arrière-grand-père de Vincent avait rencontré Belvedere et Willa Gray au théâtre, à New York.

« Ils ne se comportaient pas comme d'habitude mais semblaient en parfaite santé. Ils ont beaucoup parlé d'Oscar Wilde, disant quel grand auteur dramatique c'était, et de sa pièce *Une femme sans importance,* que l'on joue en ce moment à Londres. Je suis très intrigué par la famille Gray ; chaque fois que je les vois, ils semblent être possédés d'une allégresse tellement anormale, et ils ont une confiance en l'avenir qui dépasse de loin l'optimisme habituel avec lequel on regarde ordinairement les années qui vous restent à vivre. Belvedere a parlé du tournant du XXe siècle, affirmant qu'il serait très différent du tournant du XIXe , quasiment comme s'il s'attendait à être toujours là pour y assister. Tout à fait bizarre ! »

Il y avait d'autres passages relatant des rencontres avec la famille Gray, au cours de dîners et de réceptions, couvrant toute cette période jusqu'en 1905. En février 1905, l'arrière-grand-père de Vincent écrivait :

« Je suis à peu près persuadé que la famille Gray a signé une sorte de pacte avec le Diable lui-même. Ils restent, tous sans la moindre exception, aussi jeunes qu'ils l'étaient voici plus de quinze ans. Cordelia doit avoir au moins trente-six ans à présent ; pourtant elle n'est toujours pas mariée, est parfaitement heureuse, et on lui donnerait vingt ans. La dernière fois que je lui ai parlé, lors des régates de Newport, elle m'a dit qu'elle songeait à se marier « bientôt », mais qu'elle voulait être sûre que son futur époux serait à sa convenance. « Après tout, rien ne presse. » Pour une femme de trente-six ans, dire que rien ne presse alors qu'elle envisage la question du mariage, voilà qui est très surprenant ; mais Cordelia elle-même n'est pas moins surprenante : son cou reste lisse, son visage ne présente pas une seule ride, ses cheveux sont toujours aussi brillants et soyeux. Et que dirai-je à propos d'Algernon et d'Isobel, dont la vigueur est remarquable ? Moi-même je vieillis et mes cheveux grisonnent tandis que les mois passent ; pourtant Algernon, qui est mon aîné de quelques années, ne change pas. On dirait qu'il est conservé dans un bloc d'ambre. »

Il y avait deux ou trois passages sans intérêt dans le journal jusqu'en 1911 ; ce fut alors que le bisaïeul de Vincent devint tout à fait convaincu que la famille Gray n'était pas une famille comme les autres, et il décida de découvrir en quoi ils étaient différents, et pourquoi. En juin 1911, il mit « un costume en toile de lin, tout à fait quelconque » et se rendit à Darien afin de parler à certains des voisins des Gray et à « ceux des habitants de Darien qui avaient conservé leur présence d'esprit, et ils étaient moins nombreux que je l'aurais souhaité. »

Brusquement, Vincent montra un long paragraphe, plus dense que les autres, comme s'il avait été recopié d'après des notes.

— *Voilà* ce que nous cherchions ! dit-il à Charlotte. Voilà la preuve. La famille représentée sur le Waldegrave *est* la famille Gray, sans l'ombre d'un doute.

Le paragraphe était un témoignage que le bisaïeul de Vincent avait recueilli d'une femme, une certaine Nora Cartwright, qui avait été l'intendante de Wilderlings. Apparemment, il lui avait été quasiment impossible de retrouver une place, lorsqu'elle était partie de chez les Gray ; ils avaient déjà une « mauvaise » réputation ; et elle avait volontiers répondu aux questions du bisaïeul de Vincent, moyennant un jambon fumé et dix dollars.

« En décembre de l'année 1882, après un voyage en Amérique qui comprenait San Francisco, Leadville, Denver et Savannah, le célèbre esthète irlandais, Oscar Wilde, vint à Newport, Rhode Island, et là il fit la connaissance d'Algernon et d'Isobel Gray au cours d'un dîner donné par les Goelets. Algernon et Isobel Gray étaient tous deux des collectionneurs enthousiastes d'art moderne et ils furent ravis lorsque Wilde les présenta, quelques jours plus tard, à Walter Waldegrave, un peintre anglais à la mode qui avait accompagné Mrs Lily Langtry aux États-Unis lorsque celle-ci était venue à New York, peu après Noël. Waldegrave était un peintre réaliste, appartenant à l'école des préraphaélites, et Algernon était vivement désireux qu'il fasse le portrait de la famille Gray, dans leur demeure de Darien. Malheureusement, Waldegrave contracta une pneumonie lors de son séjour à New York et retourna prématurément en Angleterre, en février 1883, encore trop faible pour accepter des commandes. Cependant, les Gray firent le voyage jusqu'à Londres, au cours de l'été 1883, tout spécialement pour rendre visite à Walter Waldegrave dans sa maison de Norbury, à proximité de Londres, afin qu'il fasse leur portrait. Ils revinrent à Darien au mois d'octobre, mais leur comportement avait « beaucoup changé ». Ils se mirent à traiter leurs domestiques avec une très grande cruauté, et tant Maurice que Henry Gray se rendirent coupables d'abuser d'une façon indécente des jeunes femmes de chambre employées chez eux, à tel point que les familles de l'endroit refusèrent de laisser leurs filles travailler à Wilderlings. Il y eut des rumeurs à propos d'orgies, d'usage de drogues et de pratiques sexuelles dépravées ; on racontait notamment que des jeunes femmes étaient attachées et fouettées. Sans aucun doute, la plupart de ces histoires étaient exagérées, nourries par la peur et la superstition, mais il ne faisait aucun doute que les Gray subissaient une étrange influence et qu'ils semblaient persuadés qu'ils se trouvaient par-delà la loi, tant la loi des hommes que la loi divine. Ils conservèrent leur rang social car, en la compagnie de leurs amis, ils se comportaient toujours d'une manière irréprochable. Mais les jeunes enfants de Darien furent avertis par leurs parents de ne pas s'approcher de Wilderlings, de peur d'être dévorés par des flammes, et chaque fois que les Gray sortaient de leur propriété pour faire une promenade, on les évitait toujours avec crainte. »

Au moment où vincent et Charlotte finissaient de lire ce passage, Mr Morris se leva et les rejoignit. Il prit Vincent par la main et dit :

— J'aimerais pouvoir rester et vous inviter à déjeuner. Mais vous savez ce que c'est. *Hartley contre Hartley.* L'affaire de garde d'enfant la plus compliquée de toute l'histoire juridique du Connecticut. A l'exception de *O'Connell contre O'Connell,* mais c'était une véritable épopée, bien sûr ! Sans parler des honoraires.

— Vous nous avez été d'un grand secours, répondit Vincent. Pouvons-nous rester encore un moment et finir de lire ce journal ?

— Mais je vous en prie, dit Mr Morris en essayant de faire un clin d'œil. En principe, je ne devrais pas vous le permettre, selon les codicilles du testament, mais puisque vous êtes le seul membre encore en vie de la famille, je ne pense pas que nous risquions grand-chose d'un point de vue légal, n'est-ce pas ?

Il émit le plus curieux des rires, comme si on l'avait brusquement saisi à la gorge et qu'on lui avait secoué la tête d'un côté et de l'autre, tout en l'étranglant.

Ils étaient assis dans le silence claustrophobe du bureau de Mr Morris, dans cette maison bâtie pour des sorcières, et ils lurent le reste du journal, bien au-delà des pages que l'avocat avait marquées à l'aide de morceaux de papier buvard, suivant soigneusement du doigt les colonnes, à la recherche de la moindre indication concernant les Gray, ou du moindre passage mentionnant Waldegrave, Darien ou Oscar Wilde.

L'encre violette cessa ; brusquement, à partir de 1910, ils commencèrent à lire des pages écrites à l'encre de Chine, noire, sur un papier d'une qualité différente, et l'écriture était beaucoup plus énergique. C'était le journal du grand-père de Vincent ; il avait repris l'enquête sur les Gray et semblait déterminé à les traquer afin de démontrer leur perversité d'une manière irréfutable.

« A présent j'ai parlé avec des dizaines de domestiques, d'amis et de relations, et j'ai acquis la conviction, *malgré l'apparente absurdité de ce fait,* que les Gray ont subi une extraordinaire métamorphose lors de leur séjour en Angleterre en 1883. Les écrits de Mr Oscar Wilde semblent corroborer cette assertion ; et bien qu'il soit mort depuis une dizaine d'années, j'ai été à même d'interroger plusieurs personnes qui l'ont rencontré alors qu'il se trouvait en Nouvelle-Angleterre en 1882 ; de l'avis général, il semblerait que les Gray se fussent entichés de Wilde, ainsi que de Walter Waldegrave, et que, durant la période de Noël de 1882, ils aient été incapables de parler d'autre chose. En fait, toute la famille Gray semble avoir été sur des charbons ardents jusqu'à ce que la nouvelle leur parvienne d'Angleterre, au cours de l'été 1883, que Mr Waldegrave était à présent tout à fait rétabli et qu'il était prêt à faire leur portrait de famille. »

Il y avait un long intervalle dans le journal, puis un passage souligné avec force, daté de mai 1911.

« Mon correspondant en Angleterre, Mr Frederick Rickwood, vient de m'apprendre que Walter Waldegrave, avant son suicide survenu en 1885, était soupçonné de blasphème et de pratiques de sorcellerie, et qu'il faisait partie de cette secte immonde connue sous le nom des Neuf de Norbury, dont plusieurs membres furent poursuivis en justice, en 1884, pour actes contre nature et sacrifice païen de moutons. Apparemment, Waldegrave avait découvert la formule grâce à laquelle ceux qui promettaient de mener une vie de dépravation et de perversion pourraient vivre éternellement, sans jamais vieillir. Mr Rickwood m'a dit qu'il suffisait qu'un artiste compétent fasse le portrait des solliciteurs et que les paroles de l'Exorcisme soient ensuite récitées, à l'envers, pour que l'immortalité fût assurée. Leur portrait vieillirait comme ils l'auraient sans doute fait, mais eux-mêmes resteraient jeunes.

Le grand-père de Vincent citait l'Exorcisme, à l'envers :

« Nos audi, rogamus te, digneris humiliare Ecclesiæ

sanctæ inimicos ut ; nos audi, rogamus te, seruire libertate facias tibi secura tuam Ecclesiam ut ; Domine nos libera, diabolii insidiis ab ».

Le journal continuait ainsi :

« J'ai parlé des Gray avec le Père Summers, du Collège des Jésuites, et au mois de juillet, il a finalement accepté de venir avec moi à Darien et de leur rendre une visite à l'improviste. Je pense que tous deux, nous éprouvions une certaine appréhension. »

Charlotte dit avec hésitation :

— Tu ne penses pas que Maurice Gray — le Maurice Gray dont a parlé ton shérif Smith — tu ne penses tout de même pas que c'est le *même* Maurice Gray ? Allons, réfléchis, *ce* Maurice Gray était vivant en 1882. Il ne pourrait pas avoir...

Vincent revint à la page précédente et lut à voix haute :

— « Apparemment, Waldegrave avait découvert la formule grâce à laquelle ceux qui promettaient de mener une vie de dépravation et de perversion pourraient vivre éternellement. »

— Mais tu n'y crois pas ? Car si tu y *croyais,* Maurice Gray aurait plus de cent trente ans !

— Hier matin, j'aurais dit que ce n'était pas possible

— Mais la séance de spiritisme t'a fait changer d'avis ?

Vincent leva les mains pour montrer qu'il ne comprenait pas plus qu'elle.

— J'ai vu l'esprit d'un homme, un moribond, flotter dans l'air ; j'ai entendu des voix alors que personne ne parlait. Pour le moment, je pense que je pourrais croire à n'importe quoi... même à un amateur de tableaux âgé de cent trente et un ans.

— Tu étais épuisé. Qu'as-tu vu réellement ?

Il la regarda avec attention.

— Tu ne me crois pas ? J'ai vu Ben Miller, exactement comme tous les autres ont vu Ben Miller. Il était là, pour de vrai. C'est un fait indéniable.

Charlotte toucha le dos de sa main.

— Ces Gray... si tout cela est vrai...
— Tu veux dire qu'ils te font peur?
— Bien sûr qu'ils me font peur!
— Si cela peut te consoler, ils me font peur, à moi aussi.

Vincent revint au journal et lut le paragraphe suivant, lentement et avec application, comme s'il s'agissait de la notice d'emploi d'un lave-vaisselle Whirpool.

« Le Père Summers et moi sommes allés à Wilderlings et avons trouvé la famille Gray dehors, dans le jardin, en train de prendre le thé. C'était un après-midi magnifique. Les Gray étaient l'image même de la courtoisie. Ils semblaient oublier le fait que nous étions à présent en 1911, soit presque trente ans après que Walter Waldegrave eut fait leur portrait, et qu'aucun d'eux n'avait vieilli, ne serait-ce que d'une ride, depuis cette époque. A présent Algernon Gray aurait dû avoir soixante-trois ans, et pourtant il ressemblait à un jeune homme de trente ans. Son épouse, Isobel, paraissait presque aussi jeune que sa propre fille, Cordelia, laquelle aurait dû entrer dans sa quarantième année, et pourtant elle avait le teint aussi frais et pâle que celui d'une jeune fille de vingt ans. Ils avaient le même chat dont j'avais gardé le souvenir depuis mon enfance, un chat roux tigré avec une cicatrice à l'oreille, Firework. Pourtant ce chat aurait dû être mort à présent, depuis bien des années. Le Père Summers et moi n'avons rien dit aux Gray, en tout cas pas d'une manière directe ; mais, alors que nous prenions congé et attendions qu'on nous apporte nos chapeaux, j'ai montré au Père Summers le tableau de Waldegrave, dans la grande salle, et ce qui s'était passé était évident. Le tableau montrait les Gray tels que nous aurions pu nous attendre à les voir — Algernon vieux et les cheveux blancs, Isobel toute ridée, et Cordelia ressemblant à une matrone. Le chat, Firework, avait disparu ; à sa place, il n'y avait plus qu'une ombre noire. Maurice avait des cheveux grisonnants ; il était toujours élégant mais accusait son âge ; et Henry avait le front creusé de rides. Nous eûmes alors l'impression que les gens installés dans le jardin étaient des personnages sortis d'un rêve et que ce tableau montrait leur être à l'état de veille, les montrait tels qu'ils étaient en réalité. Le Père Summers s'est signé et a dit une prière, mais il a été interrompu par la venue soudaine de Maurice Gray, qui nous a fait sortir de la maison, poliment mais avec fermeté, et nous a accompagnés jusqu'au bas de l'allée, où était garée notre voiture automobile. Maurice Gray a dit très peu de chose, mais il nous a fait clairement comprendre que la famille Gray verrait avec le plus grand déplaisir toute nouvelle visite impromptue, et qu'à l'avenir nous ne devions plus nous présenter à Wilderlings. »

Au cours de l'été 1911, le grand-père de Vincent consigna la mort de sept jeunes femmes dans la région de Darien, toutes ces morts restant inexpliquées, et il devint de plus en plus convaincu que c'était l'œuvre de la famille Gray, particulièrement lorsque l'examen de la plupart des corps permit d'établir que les jeunes femmes avaient été attachées et fouettées ; il avait en effet appris que Henry vantait sans cesse à ses amis les plaisirs du *bondage* et proclamait son admiration pour l'œuvre « moins acceptable » de Swinburne. Lorsque Henry Gray fut inculpé d'homicide volontaire, en septembre 1911, mais aussitôt remis en liberté en raison de « preuves insuffisantes », le grand-père de Vincent décida qu'il était temps d'agir. Il engagea un voleur professionnel afin qu'il s'introduise à Wilderlings de nuit et vole le Waldegrave. Ensuite il écrivit à Algernon Gray, l'invitant à venir le voir à Candlemas « s'il désirait savoir où le Waldegrave se trouvait à présent ».

Apparemment, l'entrevue avait été animée. Algernon Gray accusa le grand-père de Vincent de vol et d'entente délictueuse, et dit qu'il le ferait pendre. Mais le grand-père de Vincent expliqua très calmement qu'il avait l'intention de garder le Waldegrave et qu'il le mettrait en lieu sûr, sans y toucher, à condition que les Gray quittent le Connecticut immédiatement et ne reviennent jamais. S'ils revenaient, ajouta-t-il, ou s'ils tentaient de reprendre le tableau, il le brûlerait.

C'était un jeu dangereux, bien sûr, car le grand-père de Vincent n'avait aucun moyen de savoir avec certitude si les rumeurs concernant Walter Waldegrave avaient en fait le moindre fondement. Il était concevable que les Gray fussent restés si jeunes d'apparence en raison d'une excellente santé. Mais lorsque Algernon Gray accepta à contrecœur de quitter les États-Unis, avec l'assurance que le tableau ne subirait aucun dommage, le grand-père de Vincent comprit que tout ce qu'il avait entendu raconter sur les Gray était vrai.

« La vie même de la famille Gray était contenue dans le tableau et, quelles que soient les marques que les années laissaient sur les membres de la famille, le tableau reflétait chacune et la moindre d'entre elles, bien que le visage des Gray eux-mêmes demeurât intact. Chaque débauche, chaque soirée avec usage de drogues, chaque perversion, tout cela apparaissait sur le tableau, comme peint par une main magique, une main qui tenait le compte de chaque seconde, une main qui notait chaque plaisir dépravé et égoïste. Car le temps et la dépravation laissent toujours leur empreinte quelque part, aussi sûrement qu'un homme laisse l'empreinte de ses pas dans la neige. »

Il y avait encore quelques passages dans le journal, concernant le moment où les Gray avaient effectivement fait leurs malles et quitté le Connecticut. Mais une ligne précisait : « Algernon a essayé à nouveau de m'acheter ; comme je refusais, il m'a menacé ! » Le grand-père de Vincent avait certainement été intimidé et cajolé par les Gray beaucoup plus qu'il ne l'admettait. Après tout, le tableau n'était pas simplement un tableau. Ce n'était pas simplement un objet de famille. Le tableau était *eux*, les Gray eux-mêmes, leur identité vivante. Dès l'instant où il n'existerait plus, ils cesseraient d'exister également. Leur peur, lorsqu'ils avaient quitté le Connecticut, avait dû être immense, et ils avaient dû continuer à vivre dans la peur, durant chaque seconde de chaque jour, depuis lors. Il aurait seulement suffi d'un incendie, d'une inondation, ou d'un vandale trop enthousiaste, et « tous les douze » auraient aussitôt péri.

A présent les Gray étaient revenus, ils se trouvaient de nouveau à Wilderlings, et ils voulaient récupérer leur tableau. Vincent songea, *voilà pourquoi Edward est mort.* La femme en noir ne voulait pas son corps ; elle n'avait probablement même pas eu l'intention de le tuer. Elle voulait ses clés, rien de plus, afin de s'introduire dans la galerie. Et qu'avait-elle pris ? Rien, parce que le Waldegrave ne se trouvait pas dans la galerie. Il aurait dû s'y trouver, en toute logique... seulement, Aaron Halperin tentait de le restaurer, là-bas à Bantam, Connecticut.

En partant, elle avait laissé à Edward un cadeau corrompu et terrifiant : les vers du tombeau, les vers qui auraient dû *la* dévorer, voilà plus de soixante ans.

Charlotte dit dans un chuchotement apeuré :

— Vincent... est-ce que cela signifie ce que je pense que ça signifie ?

Il acquiesça de la tête.

— Les Gray ont découvert le moyen de vivre éternellement, ou du moins ils pensaient qu'ils vivraient éternellement. Le seul ennui, c'est qu'ils ont abusé de leur immortalité et ont commencé à mener une vie complètement débauchée, sans se préoccuper de ceux qu'ils faisaient souffrir, ou même de ceux qu'ils tuaient.

— Et ton grand-père a découvert leur secret... et a mis fin à leurs exactions.

— Si seulement il nous avait dit pourquoi nous devions prendre soin de ce tableau, dit Vincent à voix basse.

— Tu penses que vous l'auriez cru s'il l'avait fait ?

— Je ne sais pas. Je ne pense pas que mon père l'aurait cru.

— Dans ce cas, fit remarquer Charlotte, peut-être était-il préférable qu'il garde le silence.

— Ces meurtres, ces corps écorchés... le shérif Smith semble penser qu'ils ont peut-être un rapport avec les Gray, qu'ils sont peut-être une partie essentielle de la même chose.

— Que veux-tu dire?

— Eh bien, le tableau se détériore en raison de la technique médiocre de Walter Waldegrave. Tandis que le tableau tombe en morceaux, il est possible que les Gray tombent en morceaux, eux aussi. Tu vois ce qui est dit ici, dans le journal de mon grand-père: « La vie même de la famille Gray était contenue dans le tableau. » Si la peinture s'écaille, alors la vie des Gray se désagrège également. Je veux dire... peut-être suis-je injuste. La seule preuve que le shérif Smith ait obtenue jusqu'à présent, permettant d'incriminer les Gray, c'est la déposition non corroborée d'un auto-stoppeur au passé douteux. Pourtant tout se tient, non? Les Gray ont une raison de rechercher de la peau saine. Parce que, si, de retour à Candlemas, tu respires l'odeur du tableau, ce que tu sentiras, ce n'est pas de la peinture « a tempera », ou une toile moisie, ou du vernis entrant en décomposition. C'est la puanteur de personnes réelles, en train de pourrir. C'est la nécrose humaine. Et s'ils sont en train de pourrir, de quoi les Gray ont-ils besoin par-dessus tout pour conserver une apparence respectable?

— De *peau,* dit Charlotte, et elle regarda fixement Vincent, horrifiée.

— Ne prends pas cet air choqué. Je pense que tu as raison. Ils veulent de la peau, jeune et intacte, afin de s'en couvrir. Ils veulent des masques humains afin que nous autres ne puissions voir ce qui leur arrive. Ils sont en train de pourrir vivants, mais ils conservent une apparence à peu près normale en volant la peau d'autres personnes et en la portant aussi naturellement que si elle faisait partie d'eux-mêmes, comme un clown met son accoutrement. Ce sont les Gray, sans aucun doute. Ils assassinent des gens pour prendre leur peau, et comme cette peinture se décompose de plus en plus... eh bien, à ton avis?

— Il leur faut toujours plus de peau?

— On le dirait bien, non? Mon Dieu, c'est répugnant.

— Et ils ont besoin du tableau, d'une façon tout aussi urgente?

— Au moins, j'ai fermé la maison à clef en partant, dit Vincent. Dieu seul sait de quoi ils seraient capables si jamais ils réussissaient à mettre la main sur ce tableau.

— On ne peut pas les faire mettre en prison, tout simplement? demanda Charlotte. Si les Gray sont vraiment des meurtriers, s'ils sont aussi malfaisants, pourquoi le shérif Smith ne va-t-il pas directement à Darien pour les arrêter avant qu'ils tuent quelqu'un d'autre?

— Pour arrêter quelqu'un, il faut des preuves, mon amour. (Vincent fut vivement conscient de la nouvelle signification que les événements de cette matinée donnaient aux mots « mon amour ».) Et nous n'avons aucune preuve, indépendamment de ce que nous *croyons*.

— Mais le journal de ton arrière-grand-père. Le journal de ton *grand-père*.

— Ils ne prouvent absolument rien, si ce n'est que mon arrière-grand-père et mon grand-père ont eu un différend au tournant du siècle avec des gens qui s'appelaient Gray, lesquels devraient tous être morts à présent, et ce depuis longtemps. Allons, Charlotte, qui me croirait si j'affirmais que Maurice Gray est le *même* Maurice Gray que mon grand-père a connu en 1891? Ce serait absurde.

— Alors que pouvons-nous faire?

Vincent finit son verre de sherry et dit:

— Nous pourrions détruire le tableau. Alors les Gray seraient également détruits... du moins, c'est ce qu'a écrit mon grand-père dans son journal.

— Tu crois vraiment que tu serais capable de tuer délibérément douze personnes? lui demanda Charlotte.

Dans le soleil du milieu de la matinée, ses yeux étaient aussi verts que des onyx et deux fois plus lumineux.

— Ce ne serait pas comme si je les abattais, d'accord?

Ce serait une exécution télécommandée. Je n'aurais même pas besoin de m'approcher de leur maison. Je pourrais brûler le tableau et lire dans les journaux de Darien, le lendemain, que les Gray sont morts.

— Je ne parle pas de la *méthode,* insista Charlotte. Je parle de la morale.

— Bon, voyons la situation de la façon suivante : il n'y a rien d'intrinsèquement immoral à détruire un vieux tableau de l'époque victorienne qui a perdu depuis longtemps toute valeur artistique et financière, tu es d'accord avec moi ? Et si *par hasard* les Gray meurent à l'instant où je brûle le tableau, je pourrai seulement constater que ce que mon grand-père avait dit sur eux était vrai, et qu'il était temps pour eux de mourir, de toute façon. Mais s'ils ne meurent pas, alors aucun tort n'aura été fait à quiconque.

— Je ne suis pas sûre de la logique de tout ça, dit Charlotte d'un air de doute.

— Je ne suis pas sûr de la logique de *rien* de tout ça, rétorqua Vincent en se levant et en refermant le dossier de son grand-père. Néanmoins, nous allons retourner à Candlemas et brûler ce tableau.

Ils quittèrent les bureaux de Morris, McClure & Winterman et se dirigèrent vers leur voiture.

— Pourquoi ton grand-père n'a-t-il pas détruit le tableau s'il était persuadé que les Gray étaient des êtres néfastes ? demanda Charlotte.

Vincent haussa les épaules.

— La seule chose que l'on puisse dire au sujet de mon grand-père, c'est qu'il a toujours été un homme d'honneur, un homme qui tenait parole, en quoi que ce soit. Il avait promis à Algernon Gray de ne pas toucher au tableau, et il a tenu sa promesse.

— Et tu t'apprêtes à manquer à sa parole d'honneur ?

Vincent déverrouilla la portière de la voiture.

— Je ne pense pas que mon grand-père se soit douté que les Gray allaient se mettre à écorcher des gens vivants.

Ils ne dirent rien durant tout le trajet jusqu'à Candlemas ; Charlotte était blottie contre lui. Lorsque Vincent ouvrit la porte, son répondeur automatique clignotait, ce qui indiquait que quelqu'un l'avait appelé, mais il n'en tint pas compte et alla directement dans la salle de séjour, où il avait laissé le Waldegrave. Le feu s'était éteint et le vent soufflait doucement au bas de la cheminée, faisant voler des cendres sur le tapis, mais il faisait toujours chaud dans la pièce. Il prit le tableau et demanda à Charlotte :

— Tu désires assister à l'opération ?

Elle le regarda fixement.

— Il a changé, dit-elle d'une voix aussi sèche que du carton.

Vincent fronça les sourcils et retourna le tableau afin de le voir plus distinctement.

— Changé ? De quelle façon ?

— Là, dit Charlotte. Elle n'était pas là auparavant, n'est-ce pas ?

Et c'était vrai ; elle n'avait pas été là auparavant. Au premier rang, là où les dames de la famille étaient assises, il y avait une jeune femme portant la robe noire d'une domestique, une robe stricte et austère, sauf que le devant avait été retroussé très haut, de façon à découvrir ses cuisses, et même une suggestion estompée de poils pubiens. L'expression de la jeune femme était calme et impassible, contrairement aux autres personnages figurant sur le tableau, qui avaient souri avant que la putréfaction n'apparaisse. Elle semblait également très moderne ; sa coiffure était typique des années 1980, ainsi que son maquillage.

— Laura Monblat ! s'exclama Vincent.

Du bout du doigt, il toucha le portrait de la jeune femme, mais si on avait récemment appliqué de la peinture sur la toile, elle était sèche à présent.

— Laura Monblat ? Tu veux parler de l'ex-petite amie d'Edward ?

Vincent s'assit dans un fauteuil, posant le tableau sur ses genoux.

— C'est bien Laura. Elle était venue à la galerie avec Edward, le deuxième ou troisième jour où il a commencé à travailler pour moi. A présent toute cette foutue histoire commence à avoir un sens.

— *Un sens?* L'ex-petite amie d'Edward apparaît mystérieusement sur un tableau de l'époque victorienne, et tu trouves que cela a un sens? Elle n'était pas là auparavant, dis-moi... avant que nous sortions? Alors quelqu'un a dû s'introduire dans la maison et faire son portrait sur le tableau, en deux heures de temps, et la peinture est parfaitement sèche?

— Je ne pense pas que quelqu'un se soit introduit ici, dit Vincent. Je pense que Laura est apparue sur le tableau parce qu'elle se trouve effectivement là-bas, à Wilderings, avec les Gray. Pour une raison inconnue, ils ont décidé qu'elle ferait partie de la famille, de la même façon que le chat d'Aaron est apparu à la place du chat roux tigré des Gray, Firework.

— Alors ils l'ont enlevée? C'est ce que tu veux dire?

— C'est ce que je suppose, tout en reconnaissant que je n'ai pas grand-chose, en fait de preuves.

— Je n'en crois rien! s'écria charlotte. Le tout premier jour où nous décidons de devenir amants, et c'est complètement fou et délirant du commencement à la fin!

— Ils l'ont peut-être fait exprès, dit Vincent.

— Fait *quoi* exprès?

— Ils ont peut-être inclus Laura dans le tableau pour m'empêcher de le brûler.

— Je ne comprends pas.

— C'est horriblement simple. Je souhaiterais le contraire. Mais toute personne apparaissant sur ce tableau subit une métamorphose: sa vie est inextricablement contenue dans le tableau. La peinture vieillit tandis qu'*il* — ou *elle* — reste jeune. Aussi, à la seconde même où quelqu'un apparaît sur ce tableau, sa survie dépend de la survie du tableau.

Charlotte regarda fixement le portrait de Laura sans rien dire. Finalement, elle murmura:

— Pauvre fille.

— Oui, pauvre fille. Si je brûle ce tableau, je la brûlerai également, selon toute probabilité.

21.

Housatonic Meadows, 20 décembre

— Ils l'ont trouvé par hasard, dit Norman Goldberg, le col de sa canadienne relevé pour se protéger des bourrasques de neige. Ils étaient à la recherche de leur chien de chasse — ils ne l'ont toujours pas retrouvé — mais il était là, gisant sur le sol. Tout d'abord ils ont cru que c'était un sanglier, ou un élan mort. Et puis, lorsqu'ils ont regardé de plus près...

Jack pouvait voir la chose rouge et hideuse qu'était le corps de George Kelly, même à vingt mètres de distance, à travers le vent et la neige. George était à demi immergé dans une mare d'eau gelée ; des croûtes de glace s'étaient formées entre ses doigts écorchés. Wallace Greenstreet, coiffé d'un chapeau à large bord, était accroupi près de lui, et dégageait avec difficulté des pans de peau et de muscles à l'aide d'un scalpel.

— Des traces de pneus ? demanda Jack. Ils n'ont pas pu l'apporter ici à pied.

— Trop peu marquées pour que cela vaille la peine de prendre un moulage, répondit Norman.

— Des empreintes de pas ?

— Il a neigé et tout a gelé depuis qu'ils l'ont laissé ici.

Jack enfonça les mains dans les poches de son blouson, mastiqua son chewing-gum un instant, puis dit :

— Merde.

— Vous pensez que ce sont les Gray, hein ? dit Norman.

Jack hocha la tête.

— Bien sûr que je pense que ce sont les Gray. Elmer Tweed avait accusé Maurice Gray, et George essayait de trouver des preuves de sa culpabilité. (Il s'avança jusqu'à une dizaine de mètres du corps.) Wallace?

Sans se retourner, Wallace dit:

— Je vous écoute, Jack.

— A votre avis, depuis combien de temps se trouve-il ici?

Wallace redressa son chapeau et posa ses mains sur ses cuisses, en contemplant le cadavre de George Kelly d'un air professionnel.

— Il faudra une tronçonneuse pour le dégager de la glace; il est complètement congelé.

— Faites de votre mieux, en tout cas, lui dit Jack. Vérifiez si on l'a drogué, tout particulièrement. Elmer Tweed a dit que Gray avait essayé de lui injecter quelque chose avec une seringue hypodermique.

— Je vous appellerai, assura Wallace.

Tandis que Jack s'en retournait vers la Cherokee, Norman Goldberg le rejoignit.

— Qu'allez-vous faire? demanda-t-il.

— Je vais avoir un entretien avec Vincent Pearson, voilà ce que je vais faire. Ensuite je file à Darien et je me débrouille pour obtenir un mandat en bonne et due forme pour perquisitionner la maison des Gray; puis je mets toute cette putain de famille en état d'arrestation pour enlèvement, tentative d'enlèvement, homicide au premier degré et tous les chefs d'accusation que je pourrai trouver.

— Vous devriez peut-être attendre un peu, suggéra Norman. Le temps de réunir plus de preuves.

— George Kelly a été assassiné alors qu'il essayait de réunir des preuves, rétorqua Jack. Et je ne risquerai pas d'autres vies, surtout pas la mienne. Avec un peu de chance, les Gray opposeront une résistance lorsque je viendrai les arrêter, et je serai en mesure de les abattre tous. Ce sont des bêtes nuisibles, Norman. Ils sont totalement dépravés. On ne donne pas une deuxième chance à des gens comme les Gray. Vous les abattez d'abord, et vous vous préoccupez des conséquences ensuite.

Norman eut l'air chagriné. Il se cramponna à la portière de la Cherokee, le visage cinglé par les rafales de neige, et dit :

— Vous êtes le meilleur shérif que le comté de Litchfield ait eu depuis très longtemps, vous savez cela ? Je n'aimerais pas que cela change brutalement, du moins pas maintenant.

— Vous tenez à ce que nous ayons un long débat sur le devoir d'un shérif ? Je n'ai pas choisi ce boulot parce que je pensais qu'il était sans danger, Norman. Je l'ai choisi parce que je me soucie de la sécurité des gens, et de leur droit à rester en vie. Je vais vous dire... les Noirs ont des droits, les femmes ont des droits, les homosexuels ont des droits, et même ces fils de putes de Bay Staters[1] ont des droits. Mais des cinglés et des meurtriers comme les Gray n'ont *aucun* droit, et c'est ce que je vais leur faire comprendre, en personne.

— Jack..., l'avertit Norman, ne vous emballez pas.

— Comptez là-dessus ! dit Jack, et il démarra, roulant dans la neige, cahotant sur les touffes d'herbe gelée, brinquebalant dans les ornières et les chemins défoncés. Il serrait les dents, de rage et de chagrin. Dieu savait ce que George avait dû souffrir avant de mourir. Et Dieu seul savait qui d'autre aurait encore à souffrir avant que les Gray ne soient finalement mis hors d'état de nuire.

Il se rendit directement à New Milford puis suivit la route jusqu'à Candlemas. Vincent et Charlotte terminaient un déjeuner tardif, une pizza passée au four à micro-ondes, accompagnée d'un Corvo légèrement glacé. Les bûches crépitaient dans les diverses cheminées et une agréable chaleur régnait dans la maison. Après que Charlotte lui eut servi un verre de vin, il prit place dans le fauteuil de brocart près de l'âtre et commença à se sentir humain, de nouveau.

1. Surnom des habitants de l'État du Massachusetts (NdT).

— J'essaie de vous joindre depuis hier, dit Vincent. J'ai téléphoné à votre bureau une centaine de fois.

— Je n'étais pas là, répondit Jack. J'arrive à l'instant de Housatonic Meadows. Vous vous souvenez de mon ami George Kelly de Darien... celui qui voulait dénicher des preuves un peu plus solides sur les Gray? Eh bien, deux chasseurs l'ont découvert ce matin, mort, pas très loin de Cornwall Bridge. Tout d'abord ils ont cru que c'était un daim que quelqu'un avait abattu et écorché, laissant sa carcasse pourrir à cet endroit.

— Vous voulez dire qu'ils l'ont écorché, lui aussi? demanda Vincent, choqué.

— C'est à peu près cela. (Jack ne voulait pas en dire plus, de peur de paraître hystérique ou assoiffé de vengeance.) Ils l'ont tué, et ils l'ont écorché. Pas nécessairement dans cet ordre.

Charlotte s'approcha, s'assit à côté de lui et posa sa main sur celle de Jack.

Jack avala sa salive et détourna les yeux.

Vincent but une gorgée de vin et dit:

— Nous avons du nouveau.

— Concernant les Gray?

Vincent acquiesça.

— Cela ne constitue pas une preuve, mais cela pourrait nous aider à combattre les Gray sur leur propre terrain.

Vincent lui raconta leur visite à l'avocat de sa famille à Litchfield, et il lui parla de Walter Waldegrave et de son tableau surnaturel. Il le mit également au courant pour Laura. Tout en parlant, il prit le tableau appuyé contre le dossier du canapé, ôta le papier d'emballage et le présenta à Jack pour lui permettre de l'examiner de plus près.

Jack étudia le tableau en silence. Puis il regarda Vincent, l'air sérieux.

— C'est bien vrai, dites-moi? Il ne s'agit pas d'un rêve ou d'une sorte d'hallucination collective? C'est bien vrai?

— Oui, je suis convaincu que c'est vrai, répondit Vincent calmement.

— Alors je vais tout de suite à Darien et j'arrête les Gray, en les inculpant d'enlèvement et d'homicide au premier degré. Ou bien je les descends tous.

— Vous pensez que votre ami George Kelly aurait approuvé cela ?

— George aurait adoré. Il avait toujours été partisan de descendre les criminels. Et qui êtes-vous pour faire des critiques ? Vous vous apprêtiez à mettre le feu à ce putain de tableau, et à brûler toute la famille Gray par la même occasion. Et vous l'*auriez* fait, s'il n'y avait pas eu Mrs Monblat sur cette peinture.

— Si vous tuez les Gray, dit Vincent, il est plus que probable que nous ne récupérerons jamais Mrs Monblat. En tout cas, elle ne sera plus la même.

— Que voulez-vous dire ?

— Je veux dire que Laura Monblat est apparue sur ce tableau pour une excellente raison. Les Gray l'ont mise là pour se protéger. Comme pour dire : « Vous ne pouvez pas détruire ce tableau, parce que, si vous le faites, vous détruirez également Mrs Monblat. » De plus, les Gray sont les seules personnes au monde à savoir comment la faire sortir de la toile et la faire revenir dans la vie réelle. Une vie normale et mortelle... le genre de vie qui se termine lorsqu'elle est censée se terminer. Enfin, *j'espère* qu'ils savent, parce que, dans le cas contraire, elle sera prise au piège dans ce tableau pour toujours.

Jack ne sut pas quoi répondre à cela. Vincent se montrait très persuasif, très précis. Néanmoins, Jack n'était pas entièrement sûr qu'il devait le croire.

— Vous pensez que Mrs Monblat est en danger ? demanda-t-il.

Vincent alluma une cigarette et souffla la fumée sans l'inhaler, dernier plaisir d'un ancien fumeur invétéré.

— Je pense que nous devons supposer qu'elle est en danger... bien que ce soit tout à fait exceptionnel, n'est-ce pas, que l'une des victimes des Gray soit laissée en vie aussi longtemps ? Le jeune homme que vous avez trouvé au lac de Népaug avait été tué et écorché presque immédiatement ; comme cet autre corps que vous avez découvert à West Haven ; même chose pour George Kelly. Je puis seulement avancer des hypothèses, mais j'ai l'impression que Laura Monblat a peut-être été admise au sein de la famille Gray pour servir de femme de chambre ou de domestique. Regardez sa robe. Je sais qu'elle est retroussée de manière à découvrir son sexe, mais c'est un uniforme de femme de chambre, non ? Cela me rappelle ces dessins de *bondage, Gwendoline*[1], et nous savons d'après le journal de mon grand-père que Henry Gray était un grand amateur de *bondage.*

— Vous ne pensez pas que Laura Monblat est déjà morte ? demanda Jack. Ils l'ont peut-être mise dans le tableau pour brouiller les pistes ?

— Je ne le pense pas, répondit Vincent. Je suis persuadé que le tableau et les gens représentés dessus forment un tout indissociable. C'est exactement comme si le tableau était une sorte d'appareil de respiration artificielle, maintenant les Gray en vie longtemps après le moment où ils auraient dû mourir. Comme vous, je me suis demandé s'ils avaient tué Laura Monblat, mais ensuite j'ai regardé le chat. Vous voyez ce chat ? Mon arrière-grand-père a connu ce chat ; il en parlait dans son journal, alors que ce chat était toujours en vie ; et il figurait sur le tableau à l'origine. Mais quand j'étais gosse, le chat a disparu. Il n'y avait plus qu'une sorte de peluche noire, une ombre, comme un trou vide sur la toile.

— Je ne vous suis pas, dit Jack.

— Bon, je vais vous expliquer. Lorsque les Gray ont atteint l'âge où ils auraient dû mourir, lorsque tous sont arrivés à la fin de leur durée de vie normale et naturelle, le tableau a commencé à se décomposer, et je pense

1. Bande dessinée de John Willie, publiée aux éditions Futuropolis (NdT).

qu'eux aussi ont commencé à se décomposer. Peut-être était-ce en raison de la technique imparfaite de Waldegrave. Peut-être que sa magie n'était pas à la hauteur, si c'était réellement de la magie. Quoi qu'il en soit, le tableau et la famille ont commencé, graduellement et simultanément, à se dégrader et à tomber en morceaux, telle est mon opinion. Et c'est pour cette raison que les Gray tuent des gens et prennent leur peau. Ils doivent continuer d'avoir l'air jeune ; ils doivent rester intacts, sinon ils mourront.

— Et le chat ? voulut savoir Jack.

— Ils étaient probablement tellement préoccupés par leur propre sort qu'ils n'ont pas songé au chat. Le chat est mort, laissant sur la toile un contour noir et vide, à l'endroit où il se trouvait autrefois ; et c'est seulement cette semaine, lorsque l'un des Gray a tué le chat d'Aaron Halperin et l'a écorché, que Firework est réapparu. Miraculeusement, comme s'il était né à nouveau.

Jack ne dit rien. L'interprétation de Vincent de ce qui se passait était bizarre, pour ne pas dire plus, mais elle présentait une sorte de logique singulière. L'ennui, c'est que Jack n'avait jamais eu à s'occuper d'une pareille affaire ; pour ce qu'il en savait, on le faisait peut-être marcher en ce moment. Et si Vincent était de connivence avec les Gray ? Et si les Gray avaient payé Pat ? Et si Nancy était au courant et se taisait ? Et comment se faisait-il que le Dr Serling eût accepté aussi facilement de participer à une séance de spiritisme… lui, un médecin de campagne sensé ?

Jack avait accepté la séance de spiritisme et l'apparition de l'esprit de Ben Miller parce que cela avait été son idée… du moins il *croyait* que cela avait été son idée. Mais en supposant que le Dr Serling ait installé une sorte d'appareil de projection dans la salle de repos et qu'il ait truqué la séance ? Et si toute cette histoire concernant Laura Monblat n'était qu'un tissu de mensonges ? Après tout, il n'avait jamais vu le Waldegrave *avant* que Laura Monblat apparaisse sur la toile. Comment pouvait-il savoir que le tableau était authentique ?

Vincent observait Jack attentivement. Il vendait des tableaux et il savait lire le doute sur le visage des acheteurs éventuels.

— Vous vous posez des questions, hein ? demanda-il.

Jack lui décocha un vif regard, sur la défensive, puis détourna les yeux.

— Surtout ne croyez pas que *je* n'ai pas des doutes, dit Vincent. Toutes les trente secondes, je change d'avis sur ce qui se passe ici. Mais j'ai beau l'examiner sous tous les angles possibles, cette affaire peut s'expliquer seulement de la façon suivante : le Waldegrave maintient en vie la famille Gray. Ne me demandez pas comment c'est possible scientifiquement, parce que je serais incapable de vous répondre ; et, de surcroît, je ne pense pas que cela soit possible scientifiquement. Après tout, ce sont des conjectures, des suppositions. Mais ce que je m'efforce de faire, c'est de rationaliser les faits, dans la mesure du possible, en m'appuyant sur ce que nous savons... depuis le journal intime que tenait mon arrière-grand-père dans les années 1890 jusqu'à la déposition d'Elmer Tweed de la semaine dernière.

Jack finit son Corvo mais posa sa main sur le verre lorsque Charlotte voulut le remplir à nouveau.

— Que pensez-vous que nous devrions faire maintenant ? demanda-t-il.

— J'y ai réfléchi, dit Vincent. L'élément capital dans toute cette affaire, autant que je puisse en juger, c'est ce tableau, le Waldegrave. Aussi... ce que nous devons faire, c'est en apprendre un peu plus sur Walter Waldegrave. Si nous pouvions trouver ne serait-ce qu'un vague renseignement sur la façon dont le tableau a été exécuté... de quelle façon le tableau vieillit alors que les Gray restent jeunes... cela nous donnerait peut-être une chance de combattre et de vaincre les Gray sur leur propre terrain.

— Vous avez mentionné quelque chose tout à l'heure... réciter l'Exorcisme à l'envers, c'est cela ?

— Eh bien, c'est ce que mon grand-père a écrit. Mais

je ne suis pas certain que quelques phrases en latin, récitées à l'envers, soient vraiment la solution, vous ne trouvez pas? Pas au jour d'aujourd'hui.

Jack haussa les épaules et ôta le papier d'une nouvelle barre de chewing-gum.

— Ce que nous devons découvrir, reprit Vincent, c'est comment Waldegrave a peint ce tableau, de telle sorte que les personnages sur la toile ont vieilli alors que les personnes réelles sont restées comme elles étaient. Et — le plus important de tout — comment cela peut-il être fait aujourd'hui? Comment Laura Monblat a-t-elle pu apparaître sur cette toile, peinte à la manière de Walter Waldegrave, sans que quiconque ait touché au tableau? Je veux dire, comment diable cela a-t-il été fait?

— Plus exactement, comment diable cela a-t-il été *défait?* ajouta Jack avec philosophie.

Tout à fait soudainement, Charlotte dit:

— J'ai une idée.

Jack fit la grimace et dit à Vincent:

— La dame a une idée. Elle me bat d'une idée, je puis vous l'assurer.

— Écoute, fit Charlotte, tu te souviens de cette exposition que nous avons organisée à MOMA il y a environ dix-huit mois?

— Pas l'exposition Kandinsky? répondit Vincent déconcerté.

— Non, non. Celle que nous avons organisée à l'automne: « L'Art Moderne Allégorique ».

— Ah oui, je m'en souviens, dit Vincent. J'ai trouvé ça très mauvais.

— Je sais. Mais l'homme qui s'en était occupé connaissait à peu près tout ce que l'on a envie de savoir sur l'art et la magie. Comment s'appelait-il déjà? Mac quelque chose. Il me semble que c'était McKinley. Ça ne t'ennuie pas que je téléphone à David Smedley pour lui demander comment nous pouvons joindre McKinley?

Vincent décrocha le combiné et le lui tendit.

— Fais comme chez toi, si tu penses que cela peut nous aider.

Pendant que Charlotte téléphonait, Vincent et Jack se levèrent et examinèrent le Waldegrave. Vincent étudia attentivement le portrait de Laura. Il y avait quelque chose d'impassible et pourtant d'infiniment triste dans son expression ; quelque chose qui lui rappela Wendy de J.M. Barrie[1], volant à moitié endormie dans un ciel de conte de fées, criant tandis qu'elle volait : « Pauvre Wendy, pauvre Wendy ».

— La dernière fois que j'ai vu quelqu'un avec une telle expression, fit remarquer Jack, il était bourré de scopolamine jusqu'aux yeux.

Vincent toucha délicatement le visage du portrait. Lorsqu'il retira ses doigts, l'un d'eux était humide. Il le regarda en fronçant les sourcils.

— La peinture n'est pas sèche ? demanda Jack.

Avec hésitation, Vincent se lécha le doigt.

— C'est du sel, dit-il. Comme des larmes.

— Vous vous laissez emporter par votre imagination !

— Peut-être.

Vincent regarda les visages des douze Gray : Algernon et Isobel debout à l'arrière-plan ; Belvedere et Willa à côté d'eux, sur la gauche ; John et Henry à leur droite ; Maurice se tenant jalousement près d'Algernon, quasiment comme s'il le soutenait par-derrière. Et au premier plan, assises sur des chaises, les dames : Emily, Ermintrude et Nora ; Cordelia, Alicia et Netty l'infirme. Firework était blotti sur les genoux de Netty. Et à côté d'elle, juste au-dessous de Henry, était assise Laura Monblat.

Douze visages imprécis et se décomposant... des visages qui donnaient l'impression d'avoir été photographiés, très loin d'ici et il y avait longtemps, à l'aide d'un appareil photo tenu à la main qui avait été poussé au moment crucial de telle sorte qu'ils étaient tous flous. Seul le visage de Laura était net, mais Laura n'avait pas encore atteint l'âge où elle aurait dû être morte.

Charlotte raccrocha et les rejoignit.

— Nous avons de la chance, dit-elle. L'homme qui

1. L'auteur du célèbre *Peter Pan* (NdT).

avait organisé l'exposition d'Art Moderne Allégorique s'appelle Percy McKinnon. Il vit à Seekonk, Massachusetts. Voici son numéro de téléphone.

— Parfait, appelle-le, dit Vincent.

Charlotte pianota le numéro et attendit. Au bout d'un long moment, elle dit :

— Allô ? Mr Percy McKinnon ?

— *Docteur* Percy McKinnon[1], répondit une voix cassante et professorale, si fort que Vincent put l'entendre du fond de la pièce.

Charlotte expliqua qui elle était et ce qu'elle voulait. Il y eut un bref silence, asthmatique ; puis le Dr McKinnon dit :

— Il serait préférable que vous veniez me voir. Ce n'est vraiment pas le genre de question dont on peut discuter au téléphone. J'ai besoin de vous voir face à face. Pour être tout à fait franc, j'ai besoin de savoir si c'est une plaisanterie ou non.

Charlotte couvrit le micro de la paume de sa main et demanda à Jack :

— Nous pouvons aller à Seekonk ?

— Je le pense, répondit-il. Je vous conduirai là-bas avec la Cherokee. Norman Goldberg peut tenir la boutique en mon absence.

Vincent consulta sa montre.

— Nous arriverons très tard si nous y allons aujourd'hui, disons plutôt demain, vers midi ?

Charlotte proposa cette heure au Dr McKinnon. Puis elle leur annonça :

— Il ne peut pas se libérer avant lundi.

— Ce qui nous fait perdre tout le week-end, dit Jack. D'ici là, les Gray auront eu le temps de tuer quelqu'un d'autre.

— La sœur du Dr McKinnon est souffrante : il doit

1. Ce titre de « docteur », couramment utilisé dans les pays anglo-saxons pour diverses professions, ne l'est pas en France (sauf pour les professions médicales, bien sûr). Nous l'avons gardé pour des commodités de langage (NdT).

aller la voir. Désolée... impossible de le faire changer d'avis.

— Bon, d'accord pour lundi, grommela Jack. En attendant, nous réussirons peut-être à dénicher quelque chose en matière de preuves solides.

Tandis que Charlotte confirmait l'heure et l'endroit du rendez-vous avec le Dr McKinnon, Vincent suggéra à Jack :

— Vous devriez rentrer chez vous et vous accorder un peu de repos. Votre femme doit trouver que vous vous faites rare depuis quelques jours.

Jack mâchonna son chewing-gum.

— Oui, vous avez probablement raison. Je ne me souviens pas de la dernière fois où j'ai dormi chez moi. En fait, je ne me souviens pas de la dernière fois où j'ai dormi.

Charlotte reposa le téléphone et Vincent raccompagna Jack jusqu'à la porte. Dehors, la neige tombait à gros flocons ; le vent qui s'engouffra dans le vestibule était aussi coupant que le bord d'une boîte de conserve que l'on vient d'ouvrir.

Jack mit ses gants et dit, sans regarder directement Vincent :

— Écoutez, cette affaire est complètement dingue. Alors ne vous frappez pas si j'ai parfois du mal à croire ce que vous essayez de suggérer, comme en ce moment. En fait, je pense que j'ai toujours cru à — appelez cela comme vous voudrez — au surnaturel, sauf que jusqu'à présent je n'avais pas besoin d'y croire. Maintenant je suis *obligé* d'y croire, mais cela ne rend pas les choses plus faciles. Dites-vous bien que nous sommes tous les deux du même bord et que nous coincerons ces Gray, d'une manière ou d'une autre. D'accord ?

Vincent lui serra le coude.

— Et comment ! dit-il. A présent rentrez chez vous avant que votre femme demande le divorce pour cruauté mentale.

Vincent referma la porte et revint dans la salle de séjour, se frottant les mains pour se réchauffer.

— J'ai l'impression qu'une tempête de neige se prépare. J'espère que cela ira mieux d'ici lundi.

— Tu veux que je débouche une autre bouteille de vin ? demanda Charlotte.

— Pourquoi pas ? fit Vincent en l'embrassant dans les cheveux. Et emportons-la au lit.

— Ne me dis pas que tu es déjà fatigué, le taquina-t-elle.

Ils s'apprêtaient à monter en emportant la bouteille de vin, deux gros verres à pied et un bol rempli de bretzels, lorsqu'ils entendirent une voiture s'arrêter devant la maison. Vincent alla jusqu'à la fenêtre de la salle de séjour, écarta les rideaux et jeta un coup d'œil dehors, vers la neige.

— Merde, dit-il. C'est Margot.

— Mais elle arrive deux jours plus tôt que prévu, se plaignit Charlotte.

— Margot n'en fait qu'à sa tête, et elle ne changera jamais, répliqua Vincent avec irritation.

Il alla ouvrir la porte de nouveau. Margot avait garé sa Mercedes rouge avec sa maladresse habituelle, en travers de l'allée ; combien de fois lui avait-il dit que lorsqu'elle se garait ainsi, cela rendait un demi-tour quasiment impossible et empêchait une autre voiture de remonter l'allée ? Elle s'extirpa de la voiture, les bras chargés de paquets, tandis que Thomas se tenait à côté d'elle, avec sa valise et une paire de raquettes de neige neuves. Vincent fulmina intérieurement. Une paire de raquettes neuves attendait déjà Thomas là-haut, dans sa chambre à coucher ; c'était son cadeau de Noël. Vincent avait parcouru à pied toute la 58e Rue jusqu'à ce magasin d'articles de sport, par un après-midi glacial, pour acheter ces raquettes, et il l'avait *dit* à Margot.

— Tu es un peu en avance, lui dit-il d'un ton acerbe, en prenant des paquets et en refermant le coffre de la Mercedes. Il me semblait que nous avions dit dimanche. (Il sourit à Thomas, le serra contre lui avec sa main libre, et dit :) Salut, Terreur.

Margot arrangea son bonnet de laine rouge.

— Il ne veut plus qu'on l'appelle Terreur. Il trouve que c'est puéril, et je suis tout à fait de son avis. Il m'avait demandé de t'en parler.

A travers les flocons de neige qui tombaient, Vincent regarda son fils et dit :

— C'est vrai ?

Thomas haussa les épaules, embarrassé, ne voulant pas qu'un parent se serve de lui contre l'autre. Vincent savait qu'il adorait sa mère, et qu'il adorait son père tout autant. Aucun d'eux ne devait l'obliger à faire un choix, dans un sens ou dans un autre, mais ils le faisaient constamment, bien sûr.

— Entrez vite, dit Vincent. Le feu flambe joyeusement dans la cheminée. Nous pourrons faire griller de la pâte de guimauve.

— Je suis heureuse d'apprendre que ta période boy-scout n'est pas encore terminée, fit remarquer Margot. (Puis elle aperçut Charlotte sur le pas de la porte, dans sa robe en soie bleu et blanc.) Oh, peut-être est-elle terminée, après tout.

Margot entra et se rendit directement à la cuisine, se comportant comme si la maison lui appartenait toujours. Elle posa ses paquets sur la table, puis ôta son bonnet et le secoua pour faire tomber les flocons de neige.

— Au bulletin météo ils ont annoncé des tempêtes de neige pour demain. Bruce a dit que si je n'amenais pas Thomas ici aujourd'hui, je ne pourrais probablement plus le faire du tout, du moins pas avant Noël.

Margot était exactement le contraire de Charlotte, physiquement et de tempérament. Elle mesurait un peu plus d'un mètre soixante-seize, avait des cheveux noirs, bouclés et coupés court, et un visage en forme de cœur que Vincent avait décrit un jour à sa mère comme étant « d'un charme presque insupportable ». Elle portait un tailleur — jupe-culotte kaki et veste aux épaules rembourrées, agressives — l'uniforme des femmes qui veulent montrer à tous ceux qu'elles rencontrent que désormais elles ne sont plus tributaires des hommes. Vincent trouva qu'elle ressemblait à un général Patton qui aurait rétréci, mais il était suffisamment poli pour ne pas le lui dire. Son parfum et ses chaussures étaient coûteux, signe certain qu'elle n'avait pas autant d'argent qu'elle estimait qu'elle aurait dû en avoir.

Et elle était toujours aussi désordonnée. Ses paquets étaient éparpillés un peu partout. Elle avait posé son bonnet sur l'évier. Elle retira ses chaussures et les abandonna sur le carrelage.

— *C'est* Charlotte, n'est-ce pas? demanda-t-elle. Oui, il me semblait bien que c'était Charlotte. Dis-moi, c'est Charlotte qui préparera le repas de Noël?

— Non. Nous avons réservé une table au Housatonic Hotel.

— Comme c'est affreux! Charlotte ne sait pas faire la cuisine?

— Pourquoi ne pas le lui demander toi-même, ma chérie? Elle comprend l'anglais.

Margot farfouilla parmi ses paquets.

— Vous ne savez pas faire la cuisine, Charlotte? Thomas apprécie énormément la nourriture traditionnelle des jours de fête, n'est-ce pas, Thomas?

Thomas ne dit rien; il était immobile, dans son anorak, ses raquettes sous le bras, ressemblant exactement à son père: visage sérieux, cheveux frisés, beau garçon, large d'épaules... et attendant que sa mère s'en aille.

— Je préparerai le dîner du réveillon, répondit Charlotte. Carpe, oie farcie, patates douces. Un dîner tout à fait traditionnel. Thomas ne mourra pas de faim.

— Bien, tous vos cadeaux de Noël sont là, dit Margot. Je suis vraiment désolée, mais je n'ai rien apporté pour Charlotte. En fait, j'ignorais qu'elle devait loger ici. De plus, que *peut-on* offrir à une fille qui a déjà tout?

— Si j'étais toi, dit Vincent, je ne m'attarderais pas. La neige s'épaissit, et la nuit tombera très vite. Tu ne voudrais pas te retrouver bloquée ici pour les fêtes de Noël, n'est-ce pas?

— Non, répondit-elle. Certainement pas. Bon... tu veilleras à ce que Mrs Charlesworth reçoive bien ce cadeau? Son nom n'est pas écrit dessus, mais tu t'en souviendras grâce au papier. Celui-ci est pour Jennie. Et celui-là pour les Ullman. Les noms sont indiqués sur les autres paquets.

— Voulez-vous un café avant de reprendre la route? demanda Charlotte.

Margot lui adressa un sourire chaleureux, de manière inattendue, et secoua la tête.

— Merci tout de même. Bruce se demanderait ce qui m'est arrivé si j'étais en retard.

— C'est bien naturel, dit Vincent en passant son bras autour de la taille de Margot — après qu'elle eut remis ses chaussures avec beaucoup de difficulté — et en la reconduisant doucement vers la porte.

Une fois dans l'entrée, il lui tendit son bonnet de laine.

— C'est toujours toi qui me mettais mon bonnet, minauda-t-elle.

— C'était avant.

— Avant, et plus jamais? demanda-t-elle.

Il l'embrassa sur la joue. Sa peau était toujours aussi douce, mais à présent elle lui semblait étrangère.

— Joyeux Noël, lui dit-il. (C'était seulement le deuxième Noël qu'ils ne passaient pas ensemble.)

— Joyeux Noël, répondit-elle d'une voix douce.

Puis elle embrassa Thomas et le serra contre elle, avant de sortir et de marcher dans la neige. Vincent l'accompagna jusqu'à sa voiture et lui donna des indications tandis qu'elle faisait sa manœuvre. Marche arrière, la première, braquer, marche arrière, la première, onze fois. Du temps de leur mariage, il aurait pris le volant et aurait fait la manœuvre lui-même, mais plus maintenant. Finalement, elle réussit à effectuer son demi-tour et disparut au bas de l'allée, en donnant un joyeux coup de klaxon.

Vincent rentra et referma la porte.

— Tu veux *vraiment* que je cesse de t'appeler Terreur ? demanda-t-il à Thomas.

Thomas lui adressa un sourire de guingois, gêné.

— Je sais, je sais, dit Vincent. Que dirais-tu d'un verre de vin pour fêter Noël ?

— Oui, je veux bien, répondit Thomas.

Sa voix semblait plus grave qu'elle ne l'était voilà seulement trois mois. Il était presque aussi grand que Vincent, et Vincent réalisa que dans peu de temps son fils le dépasserait d'une bonne tête. Cette pensée le fit brusquement se sentir très vieux. Cette pensée le fit brusquement se demander : Et si les Gray *pouvaient* vraiment vivre éternellement ? Et si je parvenais à découvrir comment ils font ? Si l'on me donnait le choix entre mourir à l'âge de soixante-dix ans — c'est-à-dire dans moins de vingt-cinq ans — et vivre quasiment pour l'éternité, que ferais-je ?

— Maman m'a acheté ces raquettes, dit Thomas. On pourrait peut-être les essayer demain ?

— Ma foi, c'est une très belle paire de raquettes, fit Vincent. (Il les tourna dans tous les sens, examinant les sangles.) Elle est parfaitement assortie à ton autre paire.

— Quelle autre paire ?

— La paire que *je* t'ai achetée pour Noël, gros nigaud.

Thomas le regarda, l'air consterné, mais Vincent se contenta de rire.

— Ne t'en fais pas. Tu es seulement la pauvre et innocente victime de la rivalité parentale. En fait, à présent que nous avons deux paires de raquettes, nous pourrons faire des promenades ensemble. Que dirais-tu d'aller jusqu'à Gaylordsville demain, et nous pourrions peut-être faire un saut chez les Foster, par la même occasion ? Susie Foster passe les vacances scolaires chez ses parents ; elle est arrivée la semaine dernière.

Thomas ne parut pas particulièrement intéressé, mais Vincent dit :

— Tu ne l'as pas vue depuis longtemps. Elle a grandi. Et quand je dis qu'elle a grandi, je veux dire par là qu'elle a vraiment grandi.

— J'espère que tu ne lui donnes pas des idées obscènes, sourit Charlotte.

— Lorsqu'il verra Susie Foster, il n'aura plus besoin que *je* lui donne des idées obscènes.

Ils allèrent dans la salle de séjour et s'assirent devant la cheminée. Vincent décrocha les brochettes tandis que Charlotte apportait la pâte de guimauve.

Au-dehors, la neige tombait doucement sur les toits et les cheminées des maisons, tandis que le grand silence de la période de Noël descendait sur la vallée de la Housatonic, depuis la Appalachian Trail jusqu'à Painters Ridge.

Au bas de l'allée conduisant à Candlemas, de la fumée sortant de son tuyau d'échappement et ses essuie-glaces dégageant par intermittence la fine couche de neige sur le pare-brise, une Cadillac Fleetwood noire était garée. A l'intérieur, emmitouflés dans des manteaux de vison noir, étaient assis Maurice et Cordelia Gray. Le chauffage était réglé sur « maximum », et il régnait une odeur suffocante de fourrure et de fleurs séchées.

— Tu es tout à fait sûre, cette fois, que le tableau est ici ? demanda Maurice sans essayer de dissimuler le sarcasme dans sa voix.

Ils s'étaient trouvés dans une situation embarrassante cet après-midi, chez les Halperin. Alors qu'ils faisaient discrètement le tour des dépendances, ils avaient été surpris par le jardinier des Halperin, qui coupait du bois juste devant l'atelier. Aaron et le reste de la famille étaient partis faire les derniers achats de Noël, et Cordelia n'avait pas pensé qu'il y aurait quelqu'un d'autre à la maison. Mais — en l'occurrence — le jardinier leur avait été d'un grand secours. Après que Cordelia lui eut assuré qu'ils étaient des amis de la famille, il leur avait appris notamment, car c'était un intarissable bavard, que les Halperin étaient allés acheter un nouveau chat.

— Après ce qui est arrivé au dernier, pauvre petite bête ! Mr Halperin a dit que c'était ce tableau sur lequel il travaillait. Ce tableau porte malheur, voilà ce qu'il a dit. Il l'a rendu à Mr Pearson aussi vite qu'il l'a pu. Voulait plus travailler sur quelque chose qui portait la poisse ; c'est ce qu'il a déclaré. Et c'est pas moi qui le lui reprocherai. C'est un homme qui aime bien picoler. Et je vais vous dire, un homme qui aime bien picoler ne peut pas se tromper dans ses jugements.

Et à présent ils étaient à Candlemas... Maurice et Cordelia Gray... ils avaient enfin retrouvé le tableau de la famille Gray.

— A ton avis, que sait exactement Pearson sur le tableau ? demanda Maurice.

Tandis qu'il parlait, les essuie-glaces balayèrent la neige sur le pare-brise dans un frisson caoutchouteux.

— Je pense que nous devons supposer qu'il en sait autant que son grand-père, répondit Cordelia. Son *cher* grand-père.

Maurice se frotta les yeux.

— Oui, dit-il, tu as probablement raison. Nous devons être prudents. Je ne voudrais pas que quelque chose tourne mal à présent. Après tout ce que Père et Mère ont souffert.

Cordelia jeta un coup d'œil à sa montre, bien que l'heure fût indiquée sur le tableau de bord de la Cadillac.

— On dirait qu'ils ont l'intention de rester là toute la soirée. Nous devrions peut-être revenir demain.

— Entendu, dit Maurice. Et nous pouvons faire quelque chose *d'utile* en attendant.

Cordelia se tourna vers lui ; la lumière reflétée par la neige faisait paraître sa peau encore plus blanche, et ses yeux étaient aussi noirs que du jais.

— Ah, fit-elle. Tu fais allusion à Mr Tweed.

Maurice desserra le frein à main, passa la première et s'engagea sur la route, prenant la direction de Torrington. Tout en conduisant, il fredonnait une chanson du bon vieux temps, « Allô, Mademoiselle, passez-moi le Ciel. » Maurice avait toujours considéré qu'il était « sentimental » Il y avait eu une jeune fille dans sa vie, Pearl ; il l'avait aimée à la passion. Mais son père avait refusé que Pearl fasse partie du portrait de la famille, et la dernière fois que Maurice avait vu Pearl, elle avait des cheveux gris, était mariée et semblait assez vieille pour être sa mère.

— A quoi penses-tu? lui demanda Cordelia.

Maurice sourit.

— A pas grand-chose.

Cordelia toucha son bras.

— Ne songe pas au passé, dit-elle. Songe à l'avenir. Dans peu de temps, nous aurons repris le tableau, et alors toutes ces années de soucis seront terminées.

22.

Litchfield, 21 décembre

La neige cessa de tomber durant la nuit ; le lendemain matin, Vincent et Thomas, raquettes aux pieds, traversaient les bois en direction de Gaylordsville. Le ciel était dégagé et pâle ; les arbres étaient aussi sombres que des ours emmitouflés dans des manteaux blancs.

Thomas était en meilleure forme que Vincent, et la plupart du temps il réussissait à devancer son père ; mais, comme ils parcouraient le dernier mile, il ralentit son allure et ils avancèrent côte à côte.

— A l'école j'ai créé une association littéraire, dit Thomas.

— Est-ce pour cela que tu ne veux plus que je t'appelle Terreur ?

Thomas sourit et secoua la tête.

— Pour assister aux réunions, il faut un mot de passe. Nous avons choisi un mot de passe vraiment décadent.

— Tu veux bien me le dire pour le cas où j'aurais l'intention de venir à l'une de ces réunions ?

— Hum, j'espère que je vais le prononcer correctement. C'est *« Les sanglots longs des violons de l'automne »*[1].

— Paul Verlaine, acquiesça Vincent. Tu as raison. *C'est* décadent.

— Combien de temps Charlotte reste-t-elle ?

1. En français dans le texte (NdT).

Vincent jeta un regard oblique à son fils.

— Elle reste jusqu'au Nouvel An. Ensuite nous devrons tous les deux rentrer à New York. Ça ne t'ennuie pas, j'espère?

— Non, pas du tout. Je l'aime bien. Je la trouve très belle.

— Hé, doucement! Contente-toi de Susie Foster.

Ils descendirent une longue pente jusqu'à la crevasse plus sombre de la Gaylord Branch, à moitié gelée et prise dans des bosses, des colonnes et des courtines de glace aux formes tourmentées.

— Lorsque j'étais gosse, j'appelais cette rivière l'Amazone, dit Vincent. Là-bas, juste en haut de cette cascade, c'est là où je me battais avec des crocodiles et des tribus sauvages de chasseurs de têtes. Tu vois cette corniche, un peu plus loin, avec tous ces petits glaçons? C'était mon poste d'observation. Je restais à plat ventre sur ce rocher durant des heures en été... du moins, j'avais l'impression que des heures s'écoulaient. Parfois, je retirais tous mes vêtements et je faisais semblant d'être le chef blanc de la tribu Ugarugah, perdu dans la jungle. Je me souviens qu'une fois, j'étais embusqué là-bas, entièrement nu, lorsque ma cousine Tilda est venue me chercher. Elle avait douze ans et moi dix. Seigneur, ce que j'ai été gêné! J'ai refusé de sortir des bois avant la tombée de la nuit.

— Est-ce que ça te manque? dit Thomas.

— Quoi? demanda Vincent.

— Être jeune, être un petit garçon. On dirait que ça te manque.

Vincent resta immobile au milieu des bois enneigés, parcourant du regard les arbres silencieux.

— Non, dit-il au bout d'un moment. Je ne pense pas que ça me manque. Parfois, je regrette de ne pas en avoir profité davantage, mais je suppose que c'est le cas pour presque tout le monde. Cela ne peut pas te manquer. Quoi qu'il arrive, il y aura toujours un garçon dans ces bois, jouant au chef blanc des Ugarugahs, même si ce garçon est seulement un souvenir.

Il passa son bras autour des épaules de Thomas, réalisant que c'était l'une des dernières fois où il pourrait le faire.

— Tu es obligé de grandir et tu es obligé de vieillir. On ne peut pas empêcher cela.

Ils se dirigèrent vers la rive opposée de la Gaylord Branch jusqu'à ce qu'ils eussent rejoint la route. Comme elle l'avait promis, Charlotte les attendait à cet endroit, dans la Bentley de Vincent, afin d'aller rendre visite aux Foster ; mais la Cherokee de Jack Smith était également là. Tandis qu'ils parcouraient les derniers mètres de neige durcie, Jack vint dans leur direction, accompagné de Charlotte, et dit :

— Bonjour, Mr Pearson. La promenade était agréable ?

Vincent embrassa Charlotte, en partie parce qu'il en avait envie et en partie pour montrer au shérif Smith qu'il faisait intrusion dans sa vie privée.

— J'ai l'impression que les muscles de mes mollets commencent déjà à protester, répondit-il. Je peux faire quelque chose pour vous ?

Jack regarda Thomas et dit : « Comment ça va ? » puis il se tourna vers Vincent.

— Pouvons-nous parler seul à seul ?

— Bien sûr, dit Vincent.

Il suivit le shérif jusqu'à la Cherokee et demanda :

— Alors ? Vous avez un problème ?

Jack s'éclaircit la voix et renifla.

— Elmer Tweed a été découvert mort dans sa cellule, vers les cinq heures, ce matin.

— Vous plaisantez.

— Je le voudrais bien.

— Mais Elmer Tweed était votre unique témoin. Elmer Tweed était la seule personne qui aurait pu impliquer Maurice Gray dans tous ces meurtres.

— Vous avez entièrement raison ; mais il est mort.

Vincent retira ses gants et s'essuya la bouche.

— Comment est-il mort ? A-t-on la moindre indication ?

— Apparemment, un homme et une femme sont venus le voir la nuit dernière, vers onze heures. Ils ont affirmé qu'ils étaient Mr et Mrs Lyndon H. Tweed et qu'Elmer Tweed était leur fils. Norman Goldberg a dit qu'ils parlaient avec un accent du Sud très prononcé, et pour cette raison, il les a crus.

— Bon Dieu ! murmura Vincent.

— On leur a accordé cinq minutes d'entretien avec Elmer Tweed, reprit Jack. Tweed lui-même n'a rien dit lorsqu'ils sont entrés dans la salle des visites ; je suppose qu'il attendait de savoir qui ils étaient. Il s'est peut-être dit qu'ils appartenaient à l'une de ces associations charitables qui prennent en charge les enfants abandonnés et les font sortir de prison. Très souvent, ces gens obtiennent une entrevue avec le suspect en se faisant passer pour ses parents ou des proches.

— Alors, que s'est-il passé ?

— Ils ont bavardé pendant trois ou quatre minutes. La femme a embrassé Tweed, sur la bouche, plus comme si elle était sa petite amie que sa mère. Ensuite ils sont partis, en disant qu'ils reviendraient voir Elmer très bientôt.

— Et ?

Jack déboutonna la poche de son blouson et en sortit trois photos polaroïd en couleurs. Il les tendit à Vincent, sans faire le moindre commentaire.

Vincent n'eut besoin que d'un seul regard à l'une de ces photos pour savoir ce qui était arrivé à Elmer Tweed. Le cliché montrait une couchette dans une cellule de commissariat, un corps étendu et une masse torrentielle de vers blanchâtres.

— Les Gray, dit-il.

Il prit une profonde inspiration, uniquement pour sentir l'air pur et glacial du Connecticut entrer dans ses poumons, puis il rendit les photos à Jack, sans se soucier de jeter un coup d'œil aux deux autres.

— Sûr que ça leur ressemble, reconnut Jack.

— Et où en sommes-nous, d'un point de vue légal ?

— Sur le cul, si je puis me permettre. Nous pourrions appréhender Maurice et Cordelia Gray, afin de les interroger, mais tout ce que nous avons, ce sont des preuves indirectes, des témoins appartenant à la police, et l'histoire la plus fantastique et la plus démentielle que l'on puisse imaginer.

— Cela mis à part, je suis certain que les Gray ont un alibi en béton.

— Je n'en doute pas.

Vincent réfléchit un moment. Puis il dit :

— Je peux vous faire une suggestion ? Et si nous demandions à votre amie Pat d'organiser une autre séance de spiritisme, mais cette fois en nous concentrant sur le tableau de Waldegrave, au lieu de ce pauvre Ben ? Nous pourrions peut-être faire apparaître l'esprit des Gray, les obliger à nous dire quelque chose qui permettrait de les inculper.

Jack ne parut pas emballé par cette idée.

— Le mari de Pat a été furieux lorsqu'il a appris ce qu'elle avait fait la dernière fois.

— Elle n'a pas été blessée, n'est-ce pas ? Et nous pourrions la payer cette fois.

— Les services du shérif de Litchfield n'ont pas les moyens de s'offrir une séance de spiritisme.

— Je suis d'accord pour payer. Disons, deux cent cinquante dollars ?

Jack sortit son mouchoir et se moucha d'un air affairé.

— Je pense qu'elle pourrait accepter, dans ces conditions.

— Parfait. Disons cet après-midi, à quatre heures ; on se retrouve à Candlemas ?

— J'essaierai. Nancy réussira peut-être à la convaincre.

Avant de partir, Vincent dit :

— Je peux jeter un autre coup d'œil à ces photos ?

Cette fois, son estomac était suffisamment remis pour qu'il pût examiner les trois clichés avec soin.

— Cela ne fait aucun doute. C'est exactement ce qui

est arrivé à Edward. En ce qui me concerne, c'est la preuve irréfutable que les Gray sont responsables de la mort d'Edward.

Jack le regarda droit dans les yeux, tout en mâchonnant son chewing-gum.

— Vous voulez votre part de vengeance, hein, tout comme moi ?

— Je ne sais pas, avoua Vincent. Je ne suis pas vraiment sûr que « vengeance » soit le terme qui convienne.

Jack s'en alla pour voir s'il pouvait organiser une autre séance de spiritisme ; Vincent, Charlotte et Thomas partirent dans la direction opposée pour rendre une visite de Noël à la famille Foster. Les Foster avaient une superbe maison, juste au nord de Gaylordsville, et étaient les amis de Vincent depuis bientôt dix ans. Ils l'avaient aidé à surmonter l'épreuve de son divorce, avec patience, sérénité et quelques bouteilles d'excellent whiskey. Aujourd'hui, d'énormes bûches crépitaient dans l'âtre, et ils avaient préparé des petits gâteaux au fromage et du vin chaud épicé. Tout le monde était assis sur de grandes couvertures indiennes rouge et jaune, riant et parlant de Noël.

Thomas fut immédiatement attiré par Susie Foster. Elle avait changé d'une manière spectaculaire : l'adolescente de treize ans au physique ingrat, plate comme une limande, était devenue une jeune fille aux rondeurs prometteuses. Thomas et Susie prirent un verre avec leurs parents puis sortirent, équipés de leurs raquettes. Vincent se tenait près de la baie vitrée, les regardant se bousculer et jouer dans le jardin recouvert de neige.

Jan Foster s'approcha, se tint près de lui et dit :

— Vous devez être très fier de lui, Vincent. Il est votre portrait tout craché.

Vincent la prit par la taille.

— On dirait qu'ils s'entendent à merveille, n'est-ce pas ? Jan, vous avez là une jeune fille tout à fait ravissante. Si j'avais dix ans de moins... Charlotte leur lança, depuis son coussin près de la cheminée :

— Tu veux dire si tu avais *trente* ans de moins. Ne faites pas attention à lui, Jan. C'est sa période de ménopause masculine. Et en plus, il est retombé en enfance.

— Qu'est-ce que tu racontes? répliqua Vincent. Je n'ai même pas encore fait ma *bar mitz-vah*[1].

Doug Foster émit un rire tonitruant.

— Vincent est persuadé qu'il a toujours douze ans parce qu'il n'a pas fait sa *bar mitz-vah.* Ses parents ont oublié de lui dire qu'il n'était pas juif et qu'il ne le serait jamais. Oh, Vincent, parfois vous avez des idées saugrenues.

— Oui, fit doucement Vincent, observant Thomas et Susie, mais pensant aux Gray.

Jan remarqua son brusque changement d'humeur et demanda:

— Quelque chose ne va pas?

Il secoua la tête.

— Allons, Vincent, dit-elle. Nous en avons vu de dures, vous et moi.

Vincent l'embrassa.

— Bien sûr. Mais c'est quelque chose qui remonte à très loin, longtemps avant vous et moi.

— Je ne comprends pas ce que vous voulez dire.

— Je vous expliquerai lorsque j'y verrai un peu plus clair. Cela a un rapport avec l'héritage. *Delicta maiorum immeritus lues.* Même si vous êtes innocent, vous devez expier les péchés de vos pères. Et de vos grands-pères. Et de vos arrière-grands-pères.

— Vous m'avez bien eue, dit Jan d'un ton enjoué mais visiblement inquiète à son sujet.

— Je vais très bien, lui dit Vincent. Et si nous reprenions un verre de ce grog?

Doug Foster éclata de rire à nouveau.

— Jan a passé deux heures à préparer ce punch épicé

1. Cérémonie juive, correspondant à la communion de la religion catholique, lorsqu'un jeune garçon juif a atteint l'âge de la responsabilité religieuse, c'est-à-dire treize ans (NdT).

« Spécial Vieux Connecticut » et il appelle ça un grog! Vincent, vous me ferez mourir de rire.

Thomas fut invité à déjeuner par les Foster, et il supplia Vincent de dire oui, ce qui lui convenait tout à fait. Tandis qu'ils repartaient sur les routes désertes et enneigées, il raconta à Charlotte ce qui était arrivé à Elmer Tweed, et il lui dit également qu'il avait l'intention d'organiser une séance de spiritisme.

— Est-ce vraiment nécessaire? demanda Charlotte. Cela me fait peur. Ce qui me fait surtout peur, c'est que tu prennes cela au sérieux.

— Nous devons en savoir plus sur les Gray, d'une façon ou d'une autre.

— Demain nous allons à Seekonk pour avoir un entretien avec le Dr McKinnon. Il nous dira tout ce que nous avons besoin de savoir.

— C'est ce que nous espérons. Mais il ne nous apprendra peut-être rien du tout.

— Ne pourrions-nous pas attendre, au moins jusqu'à ce que nous l'ayons vu?

Vincent haussa les épaules.

— Nous *pourrions*. Mais ces Gray sont des bêtes féroces, à mes yeux, et ils retiennent prisonnière Laura Monblat. S'ils ne l'ont pas déjà tuée et écorchée, ils pourraient songer à le faire très bientôt.

Charlotte contempla le paysage blême à travers sa vitre.

— As-tu appelé son mari?

— Danny Monblat? Non, pas encore.

— Tu ne penses pas qu'il a le droit de savoir où sa femme se trouve en ce moment.

— Non, c'est trop tôt.

— Mais la police pourrait faire une descente là-bas et arrêter les Gray s'ils la retiennent contre sa volonté.

Vincent secoua la tête.

— Tu as entendu ce qui est arrivé au meilleur ami du shérif Smith. Et songe à ce qui est arrivé à son meilleur et unique témoin. Rien ne ferait plus plaisir au shérif Smith que de faire irruption chez les Gray et de les coffrer tous, mais il ne s'agit pas d'une enquête de police ordinaire, et les Gray ne sont pas des suspects ordinaires. Ils ont réussi à survivre durant des décennies après le moment où ils étaient censés mourir. Lorsqu'on a fait ce qu'ils ont fait pour s'accrocher à la vie, on ne renonce pas aussi facilement, tu ne crois pas ?

Charlotte toucha l'épaule de Vincent.

— Ton grand-père aurait dû brûler le tableau il y a longtemps.

Ils arrivèrent à Candlemas et remontèrent l'allée. Vincent descendit et fit le tour de la voiture en boitillant, les muscles de ses jambes tout endoloris, pour ouvrir la portière de Charlotte.

— Tu ressembles à Quasimodo, sourit-elle. Va prendre une douche chaude ; ensuite je te ferai un massage.

— Les gens du cru n'aiment pas beaucoup les salons de massage. Ils viennent tout juste d'accepter l'idée des stations libre-service.

Ils passèrent un après-midi paisible et méditatif. Ils parlèrent peu, burent du vin et laissèrent la musique de Mozart calmer leur esprit. Dehors, bien que ce fût seulement le milieu de l'après-midi, l'obscurité commença à empiéter sur les bois et les jardins environnant Candlemas, et de soudaines bourrasques de vent glacial firent danser des tourbillons de neige sur les pelouses blafardes, tels de mauvais présages.

Jack ne téléphona pas. Il arriva un peu après quatre heures, à bord d'une voiture de patrouille ; Pat était assise à côté de lui. Vincent leur ouvrit la porte, et ils entrèrent dans le grand vestibule, tapant du pied pour faire tomber la neige de leurs chaussures. Jack lança un regard à Vincent, à l'insu de Pat, et fit une grimace qui voulait dire : « Ne nous disputons pas, elle est là, non ? »

Pat ôta ses gants et dénoua son écharpe.

— Je ne suis pas venue à cause de l'argent, je tiens à vous le faire savoir, dit-elle à Vincent.

— Ce n'était pas nécessaire, dit-il.

Elle le regarda vivement.

— Comment le savez-vous ?

— L'autre nuit, à l'hôpital, vous m'avez fait l'effet d'être le genre de femme qui se préoccupe du sort des autres. Vous avez un don très spécial et vous le savez, mais vous savez également que le fait d'avoir un don très spécial vous donne certaines responsabilités envers les gens qui vous entourent, que cela vous plaise ou non (Vincent marqua un temps puis ajouta :) Autrement, vous n'auriez jamais accepté d'organiser cette séance de spiritisme à l'hôpital. Il a été très facile de vous convaincre.

Pat décocha un regard à Jack en faisant la moue.

— Il est encore plus fort que mon analyste, lui dit-elle. Motivation, sens des responsabilités, il connaît tout cela.

Ils allèrent dans la salle de séjour. Vincent avait posé le Waldegrave sur un chevalet au fond de la pièce. Il n'avait pas encore fermé les rideaux, mais à part la lueur des flammes dans l'âtre, la pièce était quasiment plongée dans l'obscurité.

Pat s'approcha lentement du tableau. Au bout d'un moment, elle avança la main vers le portrait.

— *C'est malfaisant,* chuchota-t-elle.

— Malfaisant ? s'étonna Jack. Que voulez-vous dire ?

Pat secoua la tête.

— Il émane de ce tableau une telle *ambiance.*

— Il dégage une odeur infecte de putréfaction, reconnut Vincent.

— Je ne parle pas des choses simplement physiques ; je parle des choses psychiques. Il y a une atmosphère spirituelle autour de ce tableau qui est absolument terrifiante. Je n'ai jamais été confrontée à une chose pareille.

Elle tendit le bras un peu plus. Sa main, comme elle approchait de la surface du tableau, se mit à trembler.

— C'est absolument effroyable, dit-elle. Cela semble tellement froid. C'est comme si je plongeais ma main dans de la boue glacée. Il donne une impression de protubérances, en dehors de ce froid intense.

Vincent et Jack vinrent se mettre à ses côtés ; Charlotte resta en retrait, près du feu. Pat avança son autre main vers le tableau et ferma les yeux.

— Que sentez-vous? demanda Jack. Vous sentez quelque chose?

Au début, Pat resta silencieuse, les yeux toujours fermés ; ses mains palpèrent peu à peu la surface du tableau comme si elle était une personne aveugle explorant le visage de quelqu'un qu'elle rencontrait pour la première fois afin de se familiariser avec chacun de ses traits.

Au bout d'un moment, elle dit :

— Ces esprits sont morts, ou *devraient* être morts.

— Comment savez-vous cela, Pat? s'enquit Vincent.

— Je sens leurs corps, répondit-elle en un murmure horrifié. Je sens effectivement leurs corps qui sont morts. Ils sont très froids, comme s'ils étaient dans de la glace, mais de la glace qui aurait à moitié fondu, et ils flottent dans cette glace, tout en se décomposant. Une chair molle, froide et visqueuse.

Il y eut à nouveau un long silence. Pat resta où elle était, puis elle commença à respirer profondément et régulièrement, comme si elle s'endormait.

— Vous pensez qu'elle va bien? demanda Charlotte.

Vincent lui fit signe de rester aussi silencieuse que possible.

Durant un instant, Vincent eut l'impression de voir quelque chose s'accrocher au tableau, comme un voile luisant et transparent de gaz blanchâtre ; Pat écarta ses mains immédiatement, ouvrit les yeux, et cela disparut.

— Qu'est-ce que c'était? demanda Vincent.

— Vous l'avez vraiment vu?

— Je n'en suis pas très sûr. Durant une fraction de seconde. On aurait dit un nuage.

Pat acquiesça.

— Ce que vous avez vu, c'était l'âme de l'une des personnes se trouvant dans le tableau.

— Une âme qui devrait être morte, mais qui ne l'est pas ? demanda Jack.

— Une âme qui aurait dû partir vers l'étape suivante de son existence, le reprit Pat.

— Alors pourquoi ne l'a-t-elle pas fait ? voulut savoir Vincent.

— Je n'en suis pas certaine. C'est une âme très vaniteuse, une âme très orgueilleuse. Elle pense uniquement à sa beauté physique, à quel point elle était belle lorsqu'elle était vraiment vivante. Elle possède très peu de bonté ou de compréhension, mais elle était sans doute différente, autrefois, lorsqu'elle était jeune.

— Vous pouvez savoir tout cela simplement en approchant vos mains du tableau ?

— Il y a beaucoup plus, dit Pat en gardant les yeux fixés sur la peinture. Apparemment, des centaines d'âmes sont enfermées dans ce tableau. Il y a douze esprits dominants, mais il y a des quantités et des quantités d'autres esprits, la plupart sont mutilés et souffrent.

— Les victimes, commenta Jack. Les personnes qu'ils ont assassinées.

— C'est probable, dit Pat.

— Vous voulez dire que les esprits de leurs victimes ne vont pas dans l'au-delà, eux non plus ? Ils restent pris au piège là-dedans, à l'intérieur du tableau ?

Pat leva la main à nouveau. Elle ferma les yeux.

— Ceux qui ont été victimes d'une mort violente ou pénible ont souvent des difficultés à passer dans l'au-delà... particulièrement lorsqu'ils n'ont pas les prières et les pensées affectueuses des personnes qu'ils laissent sur cette terre pour les aider à effectuer ce passage. Ils ressemblent à des enfants à naître, conçus dans un moment de trauma terrifiant, pour être ensuite sous-alimentés et délaissés.

— Mais pourquoi *personne* ne prie-t-il pour eux ? demanda Charlotte. Ils ont bien des proches parents, ou des amis...

— Lorsque quelqu'un disparaît, répondit Pat, ses amis ou ses proches prient uniquement pour qu'il, ou elle, soit toujours en vie. Ils *veulent* que cette personne soit en vie. Mais ce qu'ils ne comprennent pas, c'est que si la personne disparue est déjà morte, si cette personne a été assassinée, l'acte même de vouloir qu'elle soit en vie peut empêcher son esprit d'effectuer ce passage. Les gens n'ont aucune idée de l'effet qu'ils ont les uns sur les autres ; pas seulement physiquement, mais spirituellement. Vous pouvez assommer quelqu'un avec votre poing, mais vous pouvez totalement le détruire avec votre esprit.

Jack jeta un coup d'œil à Vincent comme s'il cherchait son appui pour croire à ce que Pat disait. Vincent évita délibérément son regard. Il ne voulait en aucun cas être tenu pour responsable de la conviction de quelqu'un d'autre.

Les flammes vacillèrent dans l'âtre et les bûches émirent un son étrange, comme le crachotement d'une bougie. Une nouvelle fois, Pat leva les mains vers le Waldegrave et chuchota :

— Sors, je te l'ordonne. Sors.

Durant un long moment il ne se passa rien. Pourtant — était-ce un courant d'air, soufflant sous la porte de devant ? — Vincent sentit un soudain refroidissement dans la pièce. Il frissonna ; Charlotte prit sa main, elle frissonnait également. Jack se dandinait d'une jambe sur l'autre, reniflait et mastiquait son chewing-gum, s'efforçant de montrer qu'il était large d'esprit, concernant l'occulte, mais en même temps pragmatique quant à son utilité éventuelle ; il y croyait, oui, mais en gardant son sens *pratique*.

— Je t'ordonne de sortir, répéta Pat. (A présent sa voix semblait dure et autoritaire.) Sors ou bien tu subiras la punition que je choisirai de t'infliger.

— Vous pouvez punir un esprit ? demanda Jack.

Pat ouvrit les yeux un instant et le regarda.

— Le désir le plus ardent de l'esprit humain est de

poursuivre son voyage depuis la vie précédente jusqu'à cette vie, depuis cette vie jusqu'à la prochaine. Une personne telle que moi, un médium, a le pouvoir de différer le passage de quelqu'un d'autre dans l'au-delà, et croyez-moi, les esprits feraient n'importe quoi pour y accéder. Si vous voulez que j'emploie une comparaison en termes adultes, cela revient à empêcher quelqu'un d'avoir un orgasme au tout dernier moment.

— Laissez-la continuer, shérif, je vous en prie, dit Vincent.

Pat ferma les yeux et commença à réciter :

— Esprit, je t'ordonne de sortir. Je t'ordonne d'apparaître devant moi. Tu n'as pas le choix ; autrement, je t'emprisonnerai dans les limbes pour toujours et à jamais.

La nuée de gaz blanchâtre sembla se reformer, se tordant et se contorsionnant autour du tableau comme un voile de mousseline agité par le vent. La température dans la pièce descendit à nouveau, et chuta jusqu'à ce que Vincent sente une douleur dans son dos et aux tempes ; il était certain que son haleine se mettait à fumer. Il commença également à *entendre* quelque chose, comme la note grave d'un orgue, *basso profundo*, tellement bas que le son était à peine audible. Les porcelaines sur le manteau de la cheminée commencèrent à vibrer et à bourdonner, puis l'un des bibelots préférés de Vincent, une bergère du XVIIIe siècle, explosa brusquement, produisant une pluie de porcelaine blanche.

Pat fit deux ou trois pas en arrière, lentement et soigneusement. Elle leva les mains et cria d'une voix forte :

— Apparais ! Je te l'ordonne ! Apparais !

Progressivement, la nuée blanchâtre virevolta et descendit vers le sol. Puis, dans un silence absolu, elle s'éleva et forma à nouveau une colonne, une colonne tremblotante de vapeurs bouillonnantes. Une jeune femme apparut, nue, ses mains entravées par des menottes derrière son dos, des fers enserrant ses chevilles. Elle baissait la tête, de honte ou d'épuisement, et même lorsque Pat lui ordonna de parler, elle ne dit rien.

— C'est Laura, dit Vincent. (Il fit un pas vers elle.) Laura ! Pouvez-vous m'entendre ? C'est Vincent Pearson ! Edward était mon assistant à la galerie. Laura ! Redressez la tête et parlez-moi !

Laura redressa lentement la tête. Son image était transparente, comme si elle n'était rien de plus qu'un hologramme, mais la façon dont elle regarda Vincent l'amena à croire qu'une partie d'elle, sinon la plus grande partie, était réellement présente. Elle ouvrit la bouche et dit quelque chose, mais c'était trop bas et indistinct pour que Vincent pût comprendre ce qu'elle disait.

— Laura ! cria-t-il.

Mais Pat, les yeux toujours fermés, tendit le bras gauche et saisit la manche de sa veste pour l'empêcher de s'approcher du tableau.

— Mais, bon sang, c'est Laura Monblat, protesta Vincent.

Pat secoua la tête.

— Ce n'est pas Laura Monblat ; c'est une illusion. Ils nous éprouvent. Les douze esprits dans le tableau nous mettent à l'épreuve. Ils veulent savoir jusqu'à quel point nous nous soucions du sort de Laura Monblat ; parce que, si nous nous désintéressons de Laura Monblat, elle ne leur sera plus utile en tant qu'otage.

— Vous voulez dire qu'ils la tueraient immédiatement ?

— Comment le saurais-je, pour l'amour de Dieu ? Jack... j'ai très froid ! Jack, si vous désirez lui poser des questions, faites-le maintenant ! Dépêchez-vous !

Jack s'approcha de l'image de Laura Monblat. Elle était encore plus transparente maintenant, comme si elle était composée seulement des ondes de chaleur vitreuses qui s'élèvent en hiver d'un brasero et ondoient à travers la neige.

— Laura, dit-il d'une voix aussi ferme que possible. Laura, vous voulez bien nous dire où vous êtes? Nous pourrions venir vous chercher. Aidez-nous à vous délivrer. Dites-nous seulement où vous êtes ; et dites-nous si vous êtes toujours vivante, c'est tout. Vous comprenez, je vous vois comme si vous étiez un fantôme, et je ne sais plus très bien où j'en suis.

Laura se tourna vers Jack ; ses yeux étaient immenses et liquides. Puis elle se mit à danser sur une musique inaudible. A présent Jack avait du mal à la voir ; elle tremblotait, apparaissant et disparaissant ; ses mains serpentaient au bas de ses hanches, décrivaient des cercles autour de ses seins.

Juste avant de disparaître complètement, elle écarquilla brusquement les yeux et tendit les mains, exactement comme Pat avait tendu les siennes vers le tableau, et elle forma avec ses lèvres, d'une façon presque inaudible, ces mots terribles: « *Sauvez-moi.* »

Le voile de gaz blanchâtre autour du tableau commença à diminuer et à se dissiper. Le feu dans la cheminée brilla avec plus d'éclat. Vincent se détourna du tableau, sortit son mouchoir soigneusement plié et essuya la sueur glacée sur son front.

— Ce petit spectacle était contrôlé par les Gray du commencement jusqu'à la fin, déclara Jack. Ils la retiennent en otage, cela ne fait pas le moindre doute. Et ils l'obligent à faire exactement ce qu'ils veulent. Même ce « Sauvez-moi » était bidon! Dans quel but? Etait-ce pour que nous nous précipitions là-bas comme des héros à la noix, sans mandat et sans la moindre preuve? Cela foutrait tout par terre!

A cet instant, alors qu'ils pensaient que tout était terminé, ils entendirent Pat crier: « Non! » Elle se tenait toujours devant le tableau, la tête inclinée sur la poitrine, les poings serrés. Elle tremblait violemment.

— Pat, dit Charlotte. Ça va, Pat?

— Ne... vous... approchez... pas..., dit Pat avec difficulté.

— Pat, qu'avez-vous? demanda Jack en l'attrapant par le bras.

Elle tourna brusquement la tête de côté et regarda dans sa direction, les yeux exorbités, les dents serrées si fort que du sang coulait aux commissures de ses lèvres.

— Ils... ne... s'en vont pas. Ils...

— Vincent, cria Jack. Venez vite. Nous avons un problème.

Ils empoignèrent Pat, mais elle continua de grelotter et d'avoir des spasmes, et ses bras étaient aussi raides que si elle était électrocutée.

— Jack, supplia Pat, et sa tête s'affaissa contre son épaule.

A présent, ses soubresauts étaient tellement intenses qu'elle pouvait à peine parler. Vincent sentait un extraordinaire picotement galvanique parcourir ses propres nerfs et ses muscles ; de plus, le devant de sa tête était comme engourdi. Il se rendit compte qu'il criait à pleine gorge, mais, pour une raison inexplicable, il semblait incapable de se faire entendre.

— Eloignons-la.... éloignons-la de...

Il se rendit vaguement compte que Jack avait compris, que Jack lui aussi essayait d'entraîner Pat et de l'éloigner de l'influence maléfique du Waldegrave. La comparaison de Vincent était remarquablement exacte: Pat frissonnait ainsi à cause du pouvoir qui émanait du tableau, comme si elle était victime d'une électrocution.

— Ne la lâchez pas! hurlait Jack. Vincent, vous m'entendez! Ne la lâchez pas! Nom de Dieu, elle va...

Il y eut un grondement retentissant, comme celui d'un train s'engouffrant brusquement dans un tunnel. Pat frissonnait et tremblait, maintenue par les deux hommes, mais ces derniers étaient incapables de bouger. Le gaz blanchâtre commença à sortir du tableau ; mais ce n'était pas un nuage gazeux: c'était un miasme de visages évanescents et grimaçants, et de mains semblables à des griffes ; c'était un hideux enchevêtrement de bras, de jambes et de viscères. Et puis, soudain, il apparut quelque chose de pointu, comme un énorme couteau de boucher, et cela jaillit et s'enfonça dans l'estomac de Pat. Vincent vit la pointe du couteau étinceler momentanément tandis que Pat était transpercée de part en part. Elle s'affaissa et resta étendue par terre, pendant que l'apparition gazeuse se contractait brusquement sur elle-même puis disparaissait.

Finalement, la salle de séjour redevint silencieuse.

— Appelons une ambulance, dit Vincent à Jack.

Mais Pat, le visage reposant contre le tapis, dit :

— Je vais très bien. Je vous en prie. C'est fini à présent. C'était seulement une illusion. Et les illusions ne peuvent pas vous faire de mal.

Charlotte s'agenouilla auprès d'elle.

— Ce couteau...

— Une autre illusion, c'est tout. Ils voulaient me donner un avertissement.

— Vous êtes sûre que vous n'avez rien?

Pat se redressa et se mit sur son séant. Elle prit son mouchoir et le pressa contre son visage.

— Je vais très bien. Inutile de paniquer.

Vincent s'accroupit à côté de Pat et passa son bras autour de ses épaules.

— Cela ne vous a pas blessée? J'ai cru que vous étiez morte.

Pat eut un léger sourire.

— Je prendrais bien un verre. Du cognac, peut-être? J'ai l'impression que le sang ne circule plus dans mes veines, mais je suis toujours en vie!

Tandis que Charlotte ôtait le bouchon de la carafe de cognac, Vincent dit à Pat :

— Vous avez su à quel point c'était dangereux dès le moment où vous avez approché votre main de ce tableau. Vous saviez ce qui allait arriver, hein?

Pat ne répondit pas mais prit le grand verre de Courvoisier que lui présentait Charlotte, avec un hochement de tête et un sourire crispé.

— Bon sang, dit Jack. J'ai bien cru que j'allais me retrouver avec un nouveau meurtre sur les bras!

Apparemment, Pat n'avait pas envie de discuter. Elle but son cognac d'un trait et tendit le verre pour une deuxième tournée. Charlotte le prit sans dire un mot.

— C'était un avertissement? demanda Jack.

Pat acquiesça de la tête.

— Seigneur! Si c'était seulement un avertissement, je préfère ne pas penser à ce qu'ils font lorsqu'ils sont vraiment en colère.

— C'était seulement leur psyché, réagissant à cette intrusion, déclara Pat.

— Ce qui veut dire? demanda Vincent.

— Ce qui veut dire que les Gray en chair et en os qui sont vivants, se portent à merveille, merci pour eux, et habitent à Darien, ne savent peut-être même pas que nous avons fourré notre nez là-dedans. Ce n'était pas leur œuvre. Bon, je m'explique... cela n'avait rien à voir avec les personnes physiques que vous voulez arrêter. Il s'agissait de leurs esprits, les esprits qui occupent leur tableau.

— Je ne vois pas la différence, dit Jack avec une certaine impatience.

— Habituellement il *n'y a pas* de différence, poursuivit Pat. Habituellement une personne est une personne et un portrait est un portrait. L'âme demeure avec la personne, et non avec le portrait de cette personne, même lorsque celle-ci est morte. Vous connaissez beaucoup d'histoires à propos d'un portrait hanté?

Jack, qui avait rarément l'occasion de lire, ou de regarder la télévision, eut un haussement d'épaules indifférent.

— Ce tableau, déclara Pat, s'éloignant du Waldegrave en parlant, est possédé. Croyez-moi.

— Alors que pouvons-nous faire? demanda Jack avec humeur.

— Vous pouvez le brûler, vous pouvez le briser et le réduire en miettes à coups de marteau, vous pouvez l'emporter à Fire Island et le jeter à la mer, ou Vincent peut le vendre au premier venu qui serait assez cinglé pour vouloir l'acheter. Mais vous devriez vous en débarrasser. Vous en débarrasser *définitivement*. J'ignore ce qui s'est passé ici. J'ignore pourquoi ce tableau est aussi maléfique. Mais il est dangereux, et je vous supplie de vous en débarrasser.

— La jeune femme, Laura, celle qui est apparue devant vous..., commença Vincent.

— Elle est vivante.

— Vous le pensez vraiment ? demanda Vincent. Vivante en ce sens que...

— Vivante en ce sens qu'ils ne l'ont pas encore tuée, c'est tout, répondit Pat.

Vincent jeta un coup d'œil à Jack, qui regardait le tableau d'un air grave. Puis il se tourna vers Pat et lui donna la main pour l'aider à se relever. Charlotte mit des bûches dans la cheminée, puis elle traversa la pièce et recouvrit le Waldegrave de son dessus-de-lit.

— Si Laura est toujours en vie, et si nous détruisons le tableau..., dit Vincent à Pat.

— Tout dépend de ce que vous voulez, déclara Pat. Les Gray la possèdent complètement, corps et âme. Ils finiront par la tuer, mais la question que vous devez vous poser, c'est *quand*.

— Vous croyez vraiment qu'ils la tueront ?

— Cela ne fait aucun doute. Vous n'avez pas senti les émanations maléfiques du tableau, moi si.

— Si nous brûlons le tableau, Laura brûlera également, c'est bien ça ? demanda Vincent.

Pat essaya de sourire.

— Je ne suis pas experte en la matière, Mr Pearson. Je n'ai jamais dit que je l'étais.

— Mais c'est ce que vous croyez ?

Pat hocha la tête et se détourna. Vincent eut l'impression que ce qui venait de se passer l'avait bouleversée plus qu'elle ne voulait bien l'admettre.

— Ça va ? lui demanda Jack. Peut-être devriez-vous vous asseoir. Miss Clarke, auriez-vous du thé ? Ou du café ?

— Pat, que préférez-vous? s'enquit Charlotte.

Pat se percha sur le bord de l'un des canapés près du feu. Elle regardait fixement le Waldegrave sous son dessus-de-lit et se frottait continuellement le bras, comme le fait un enfant craintif.

— Ce tableau est tellement maléfique, murmura-t-elle. Cela ressemble à une morgue pour esprits là-dedans.

— Je suis désolé, lui dit Vincent. Lorsque je vous ai proposé de venir y jeter un coup d'œil, je ne pensais pas que...

— Vous devez absolument vous en débarrasser, l'interrompit-elle. Vous n'avez pas le choix.

— Mais que faites-vous de Laura Monblat?

Pat frissonna et se frictionna le bras encore plus nerveusement.

— Vous croyez sérieusement que vous pouvez la sauver? Vous avez vu ce qu'ils lui font faire? Ils ne la laisseront pas en vie. Ils ne laisseront personne en vie, en tout cas personne représentant une menace pour eux ou pouvant leur être utile. Ils sont décidés à continuer de vivre, Mr Pearson, et ils feront tout pour ça, peu leur importe le nombre de personnes qu'ils tueront.

Elle hésita un instant, puis elle fronça les sourcils et porta les deux mains à son estomac.

— Je crois qu'ils m'ont blessée, dit-elle en avalant brusquement une gorgée de salive.

Vincent s'assit à côté d'elle et lui tourna doucement la tête de manière à la regarder au fond des yeux.

— Elle est en état de choc, dit-il à Jack. Vous feriez mieux d'appeler cette ambulance. Essayez également de joindre le Dr Serling.

Jack alla immédiatement téléphoner. Charlotte aida Vincent à coucher Pat sur le canapé puis elle alla chercher une couverture. Le visage de Pat était devenu blême, et elle frissonnait presque aussi violemment qu'elle l'avait fait lorsque l'ectoplasme était sorti du tableau, essayant de l'attraper.

— Tout va bien, la rassura Charlotte, en disposant la couverture. C'est seulement la réaction. Dans un instant, vous vous sentirez mieux.

Jack finit de parler avec le Dr Serling, puis revint et s'agenouilla près du canapé. A présent Pat transpirait abondamment, de la sueur lui coulait dans le cou, elle s'agitait, se tournait d'un côté et de l'autre, et s'agrippait à la couverture.

— Symptômes classiques d'une commotion, dit Jack. Charlotte, vous voulez bien m'apporter un verre d'eau?

— Ne me... touchez pas..., chuchota Pat. Surtout... ne... me...

Elle toussa et cracha de la salive mêlée de sang.

— Mon Dieu! s'exclama Charlotte. Vincent, elle est *vraiment* blessée!

— L'ambulance sera là dans un instant, lui dit Jack. Vincent, aidez-moi à l'empêcher de bouger.

Charlotte apporta le verre d'eau et Pat réussit à en boire une gorgée. Elle continuait de transpirer et de trembler, mais l'eau et la chaleur procurée par la couverture semblaient l'avoir calmée un peu.

— Je vais très bien, je vous assure, chuchota-t-elle à Jack. Je vous en prie, inutile de vous inquiéter.

— Vous plaisantez? sourit Jack, se servant de son mouchoir pour éponger la sueur sur le front de Pat. Je me ferais du souci pour vous même si vous aviez seulement le hoquet.

— Vous devez... détruire le tableau, insista-t-elle.

— Nous y pensons, dit Jack en lui caressant la joue. Ne vous en faites pas pour ça. Les Gray ne s'en tireront pas aussi facilement.

Soudain, Pat saisit le bras de Jack et ferma les yeux avec force.

— Oh, mon Dieu! s'écria-t-elle. Oh, mon Dieu, j'ai mal!

— Où avez-vous mal? demanda Jack. Pat, je vous en prie, *où* avez-vous mal?

Elle le repoussa et se redressa, une main pressée contre sa gorge, l'autre sur son estomac.

— J'ai envie de rendre, dit-elle de la plus calme des voix. C'est certainement cette eau... je...

Et brusquement elle vomit du sang... un sang rouge vif qui éclaboussa le pantalon de Jack. Elle le regarda avec horreur et effroi.

— Jack ! suffoqua-t-elle. Jack ! Sauvez-moi !

Jack hurla à l'adresse de Vincent :

— Rappelez ces foutus ambulanciers ! Demandez-leur ce qu'ils fabriquent, merde !

Vincent se leva. Au même instant, Pat émit un gargouillement et vomit encore plus de sang. Le flot de sang gicla sur le tapis, sur les murs, dans l'âtre. Elle restait assise sur le canapé, tremblant, regardant avec des yeux vitreux et incrédules la mare de sang à ses pieds et sur ses genoux, sachant qu'elle n'avait aucune chance de survivre. Personne n'était en état de parler ; l'horreur de ce qui s'était passé avait été trop soudaine. Personne ne pouvait rien faire sinon regarder Pat se tourner lentement et s'affaisser sur le côté, puis tomber par terre et rester étendue sur le parquet.

— Je... Charlotte...je..., dit Vincent, mais il fut incapable de continuer.

Il se détourna, se tenant la tête à deux mains, essayant de rester maître de lui-même, essayant d'empêcher son esprit d'exploser. Il entendit Charlotte sangloter, et ce fut ce qui lui permit de se ressaisir. Mais, durant un court instant de vertige mental, il eut la sensation qu'il allait devenir fou.

Puis il sentit la main de Jack sur sa manche.

— Vincent ! Vincent, regardez !

Vincent se retourna, gardant les yeux fixés sur Jack, puis il laissa son regard dériver vers l'endroit où gisait Pat. Charlotte, de l'autre côté de la pièce, regardait déjà Pat avec horreur et fascination.

Car le sang qui avait giclé partout s'estompait petit à petit, comme s'il n'avait jamais existé. En moins de quatre ou cinq minutes — tandis qu'ils étaient figés sur place et regardaient avec stupeur — toute trace du terrifiant vomissement de Pat avait complètement disparu.

— Nous avons imaginé cela, chuchota Jack.

— Ou quelqu'un nous l'a *fait* imaginer, suggéra Vincent.

— Les Gray?

— C'est plus que probable, dit Vincent d'une voix mal assurée. N'oublions pas qu'ils ont eu plus de cent ans à leur disposition pour perfectionner leurs pouvoirs supranormaux, trois fois plus de temps que ce qui est accordé à quiconque, que Dieu me pardonne!

Pat était étendue sur le parquet, immobile et le visage blanc. Charlotte s'agenouilla à côté d'elle et lui tâta le pouls.

— Son pouls est presque imperceptible, dit-elle, mais il est très rapide.

— C'est normal, elle est en état de choc, lui dit Jack. Remettons-la sur le canapé, elle ne doit pas prendre froid.

Ils la posèrent doucement sur les coussins et l'enveloppèrent dans la couverture.

— Charlotte, pourriez-vous appeler son mari? demanda Jack. Jerome Lerner; vous trouverez son numéro dans l'annuaire.

Pat ouvrit les yeux. Ses pupilles étaient dilatées et sa voix était rauque.

— J'ai cru que j'allais mourir, chuchota-t-elle.

— Tout va bien, la rassura Vincent. C'étaient seulement les Gray: ils ont riposté.

— Je me sens atrocement mal, lui dit Pat, tout en s'efforçant de sourire.

Ils entendirent la plainte d'une sirène au-dehors, puis l'ambulance s'arrêta devant la porte dans un crissement de pneus.

— Vous avez de la veine, dit Jack, se penchant et embrassant Pat sur le front. Aujourd'hui ils n'ont pas pris la route touristique.

Quelques minutes seulement après que les ambulanciers eurent emporté Pat sur une civière et que l'ambulance fut repartie en hululant, ses lumières rouges scintillant dans l'obscurité, le Dr Serling arriva.

— Je vais suivre l'ambulance, dit-il après avoir baissé la vitre de sa voiture. Inutile que vous restiez dehors tous les trois, à vous geler les fesses.

— J'aimerais que vous entriez un instant, lui dit Jack.

Le Dr Serling se renfrogna et coupa le moteur. Il descendit de sa voiture, ressemblant à un chevalet de peinture que l'on aurait replié afin de le faire passer par la porte d'un grenier, puis il se déplia devant Jack jusqu'à ce qu'il domine le shérif de cinq bons centimètres.

— Qu'est-ce qui ne va pas ? Vous m'avez bien dit que Mrs Lerner s'était évanouie ?

— Ce n'était pas un évanouissement, dit Vincent en le prenant par le bras. Venez. Nous allons vous raconter ce qui s'est passé.

Tandis qu'ils marchaient côte à côte et se dirigeaient vers la maison, Vincent s'efforça de décrire le plus précisément possible la deuxième séance de spiritisme, le mal intense qui avait émané du Waldegrave, la sensation horrifiante de Pat, comme si elle avait plongé la main dans un étang où flottaient des cadavres glacés, à demi conservés dans la quintessence des humeurs quintessenciées de leur propre décomposition.

Il parla au Dr Serling du couteau imaginaire qui avait transpercé l'abdomen de Pat, et de la façon dont elle avait vomi des flots de sang.

Le Dr Serling bourra sa pipe soigneusement et l'alluma. Il examina le tapis que Pat avait éclaboussé de sang — un sang hallucinatoire — puis le canapé.

— Vous l'avez vu également ? demanda-t-il à Charlotte.

Elle acquiesça de la tête.

Le Dr Serling tira des bouffées de sa pipe durant un moment.

— Ce n'est pas de mon domaine, leur dit-il finalement. Cette affaire regarde quelqu'un sachant de quoi il retourne. Un médium qualifié, capable de se défendre.

— Plutôt difficile à trouver, non? fit remarquer Jack.

Le Dr Serling fit une grimace.

— Vous pourriez toujours considérer cette affaire comme une enquête classique, et rien de plus. Vous n'êtes pas *obligé* de combattre le feu par le feu. Les Gray détiennent des pouvoirs surnaturels, c'est indéniable, mais Mrs Lerner n'a subi aucun préjudice aujourd'hui, du moins rien de grave, ce qui m'amène à penser que les Gray ne peuvent pas faire de mal à quelqu'un à l'aide de leurs seuls pouvoirs surnaturels. Peut-être le pourraient-ils s'ils étaient *complètement* morts, s'ils n'étaient *rien d'autre* que des esprits. Mais ils sont apparemment divisés. Leurs esprits sont ici, leurs corps sont là-bas. S'ils veulent vraiment faire du mal à quelqu'un, ils sont obligés de le faire avec leurs propres mains, à mon humble avis.

Vincent servait à boire pour tout le monde. Il redressa la tête et dit:

— Il semblerait que vous ayez une certaine expérience dans ce domaine, non?

— La première preuve visible de l'esprit humain que j'aie jamais eue, ce fut durant la séance de spiritisme, lorsque nous avons fait apparaître Ben Miller.

— Mais vous êtes médecin. Médecin de campagne, de surcroît. Ne me dites pas que vous n'avez jamais été confronté à des cas de possession, imaginaire ou non, ou à des revenants.

Le Dr Serling prit son verre de whiskey.

— J'essaie de peser le pour et le contre, c'est tout.

Jack s'approcha du Waldegrave et releva le dessus-de-lit afin de regarder à nouveau les visages putréfiés de la famille Gray.

— C'est pas croyable! fit-il. La pire affaire que j'aie jamais eue sur les bras, et tous les suspects sont morts avant même que j'aie commencé mon enquête.

Vincent le rejoignit et se tint près de lui.

— Pas assez morts, voilà l'ennui. Ils sont morts, mais pas assez.

23.

Seekonk, 23 décembre

Le Dr Percy McKinnon était un homme de petite taille et corpulent, avec un visage congestionné donnant l'impression qu'il allait exploser, qui rappela à Vincent celui de Teddy Roosevelt. Il portait un costume trois pièces en tweed rouge carotte dans lequel il semblait étriqué.

Durant vingt-trois ans il avait donné des cours sur l'histoire de l'art à la Brown University. A présent il avait pris sa retraite et habitait l'une de ces maisons peintes en blanc, dans County Street, auxquelles des dames maniérées donnent des noms évocateurs. Le dimanche, on pouvait le voir, le dos raide, promener son mastiff blanc dans Slater Memorial Park.

Il avait préparé du café à l'intention de ses visiteurs, qu'il apporta dans une cafetière en cuivre et posa à côté de tasses en porcelaine sur un napperon en dentelle. Charlotte demanda et reçut la permission de servir le café. Puis le Dr McKinnon s'installa près du poêle ventru de sa bibliothèque résolument à l'ancienne mode, croisa ses cuisses aussi énormes que des jambons et les somma de lui dire ce qu'ils voulaient.

— Il se trouve que ma famille possède depuis longtemps un tableau de Walter Waldegrave, dit Vincent.

— Pour son malheur, alors, fit remarquer le Dr McKinnon.

— Qu'est-ce qui vous fait dire cela ?

— Combien de raisons désirez-vous que je vous donne ? rétorqua le Dr McKinnon.

Il ôta ses lunettes à monture d'acier et fixa sur Vincent des yeux bleu pâle et protubérants.

— Toutes celles que vous pourrez trouver.

— Très bien, fit le Dr McKinnon. Walter Waldegrave était immature mentalement, obscur intellectuellement, peu regardant en ce qui concernait sa moralité et son intégrité artistique, un piètre stratège, un coloriste encore plus inqualifiable, et beaucoup trop influencé par les modes éphémères.

— Je ne pense pas que ma famille ait fait l'acquisition de ce tableau pour sa valeur artistique.

— Ma foi, c'est déjà une consolation, dit le Dr McKinnon en buvant son café à petites gorgées. Une chose m'intrigue toutefois : si votre famille ne l'a pas acheté pour sa valeur artistique, alors *pourquoi* l'a-t-elle acheté ? Je ne vois qu'une seule raison possible, et croyez-moi, je préfère ne pas y penser. Oh, que non !

— Inutile de tourner autour du pot, reconnut Vincent. Mon grand-père a pris ce tableau à ses propriétaires parce qu'il craignait qu'ils n'en fassent un mauvais usage. En fait, il redoutait que Walter Waldegrave ne l'ait peint selon certains procédés, de telle sorte que le portrait vieillisse tandis que la famille qui avait posé pour lui resterait jeune.

Vincent n'aurait pu exposer la situation plus franchement. Charlotte serra sa main. Si le Dr McKinnon était l'un de ces universitaires qui n'avaient pas d'atomes crochus avec le surnaturel, ils seraient tout de suite renseignés.

Cependant, le Dr McKinnon chaussa ses lunettes, fit tourner lentement son fauteuil, le genre de fauteuil pivotant que l'on voit dans les westerns consacrés à l'histoire de Tombstone, et chercha du regard l'un de ses livres reliés en cuir sur les rayons de sa bibliothèque.

— Je vais vous dire une chose, déclara-t-il, tout en

essayant de localiser le volume auquel il pensait. Walter Waldegrave était une fripouille, avec un grand F. C'était un jeune homme faible, revêche, dépourvu de talent, et il serait resté complètement inconnu du monde des arts si, tout à fait par hasard, il n'avait attiré l'attention d'Oscar Wilde et de Frank Miles.

Jack, qui était assis dans le coin, les jambes croisées, intervint, s'efforçant de paraître autoritaire :

— Nous savons que Walter Waldegrave s'est adonné à la magie noire, Dr McKinnon. Autrement, nous ne serions pas venus ici.

Le Dr McKinnon trouva le livre qu'il cherchait et l'ouvrit ; puis il lorgna Jack par-dessus ses lunettes et dit :

— Vous êtes shérif, n'est-ce pas ? Ne me dites pas que les *shérifs* croient à la magie noire.

— Toute ma vie j'ai réservé mon opinion sur ce sujet, rétorqua Jack. A présent, pour le meilleur ou pour le pire, je suis obligé de me décider.

Le Dr McKinnon se tourna brusquement vers Vincent et dit :

— Le portrait de *Gray!* C'est cela ! Vous avez le portrait des Gray. Ai-je raison ?

Vincent acquiesça de la tête.

— Mon grand-père a fait l'acquisition de ce tableau en 1911. Cette année-là, il y avait eu une série de meurtres, et mon grand-père était convaincu qu'ils avaient été commis par les Gray. C'est pourquoi, autant le dire franchement, il a volé le tableau et leur a dit que s'ils ne quittaient pas les Etas-Unis, il le brûlerait.

— Ah ! s'exclama le Dr McKinnon. *Voilà* donc ce qui s'est passé ! Je m'étais toujours douté de quelque chose de ce genre. Mais je n'avais pas réalisé que c'était Pearson qui s'en était emparé. Quelle révélation ! Cela mérite presque un cognac. Un cognac avec votre café. Qu'en pensez-vous ?

— Je ne dirais pas non, reconnut Jack. (Le trajet avait été long et pénible depuis Litchfield, avec des détours interminables à proximité de Willimantic et de Norwich.)

— Merci, dit Vincent. Avec le plus grand plaisir.

— Vous voulez que je vous dise ? reprit le Dr McKinnon, après avoir servi à chacun un verre de cognac rien de moins que généreux. J'ai toujours pensé que le Waldegrave — le fameux portrait — réapparaîtrait un jour ou l'autre. Votre famille a été plutôt cachottière à son sujet, n'est-ce pas ? Ils ne l'ont jamais montré, n'en ont jamais parlé, rien du tout. Les Pearson ! J'aurais dû me douter que c'était votre famille ! Votre grand-père était un homme très croyant, n'est-ce pas ? Il a écrit une monographie en 1920... quelque chose sur l'art « d'inspiration divine », il me semble. Bien sûr, le relâchement des mœurs que les Gray ont toujours affiché devait représenter un véritable blasphème pour lui. Mais vous l'avez toujours ! Il existe toujours ! Le portrait des Gray peint par Waldegrave !

— J'espérais que vous pourriez me dire comment cela a été fait, dit Vincent.

— Je vous demande pardon ? s'exclama le Dr McKinnon en battant des paupières. Comment *quoi* a été fait ?

— Comment le portrait a-t-il été fait afin qu'il vieillisse tandis que les personnages du tableau resteraient jeunes ?

— Vous avez apporté le portrait ? demanda le Dr McKinnon d'un ton soudain anxieux.

— Non. Je l'ai laissé chez moi. A New Milford.

— Comme c'est dommage ! J'aurais tellement aimé le voir de mes propres yeux. Une autre fois, peut-être ?

— Bien sûr.

— Le secret est le suivant, déclara le Dr McKinnon en tenant son livre à deux mains. *Toute* effigie de *toute* personne vivante, *toute* représentation de *toute* personne vivante, peut *toujours* être utilisée afin d'influer sur le cours de la vie de cette personne. Vous avez entendu parler des poupées vaudou, naturellement. Des figurines grossières dans lesquelles on enfonce des épingles pour importuner, ou même tuer, quelqu'un que la personne qui s'est adressée au sorcier a pris en grippe. Bon, on peut sourire à propos de ces poupées, mais j'ai ici la preuve, avec documents à l'appui, que des poupées vaudou ont été utilisées avec un résultat tout à fait remarquable lors de la prise du pouvoir par Jean-Claude Duvalier à Haïti ; et j'ai des documents encore plus surprenants, prouvant que certaines factions politiques avaient envisagé l'utilisation d'effigies magiques durant la période qui devait aboutir au fiasco du Watergate. L'histoire des effigies magiques est fascinante. Fascinante ! Mais elle a probablement atteint son apogée à la fin de l'époque victorienne, lorsque la photographie devint suffisamment répandue, permettant ainsi au nécromancien de prendre des images de quasiment n'importe qui et d'infliger le châtiment de son choix, parfois avec une précision remarquable. Certains prétendent, par exemple, que le cancer de la gorge dont fut atteint Ulysses S. Grant lui aurait été infligé par un rival politique. Bien sûr, nous n'avons aucun moyen de prouver la vérité de ces assertions.

Le Dr McKinnon but une gorgée de cognac, ôta ses lunettes et se pencha vers Vincent avec un air de conspirateur.

— En ce qui concerne le domaine des arts, l'utilisation d'images et d'effigies a fleuri avec les préraphaélites : Rossetti, Holman Hunt, et tous leurs disciples et imitateurs. Leur technique était si méticuleuse, les détails si précis, la ressemblance tellement parfaite, que leurs portraits pouvaient être utilisés comme les effigies vaudou jadis, à la condition que celui qui possédait le portrait connût les incantations appropriées.

Il se pencha encore plus et déclara dans un chuchotement rauque ;

— Selon certaines rumeurs, le portrait de Lady Penelope Cleaver, l'œuvre de Millais, aurait été utilisé par son mari afin de détruire sa beauté, par un cancer du visage, parce que celle-ci avait eu une liaison avec l'un de ses associés.

— Parlez-moi un peu de Walter Waldegrave, dit Vincent.

— *Ah,* voilà tout le problème, rétorqua le Dr McKinnon. Walter Waldegrave n'était pas seulement un peintre dont on pouvait utiliser les portraits pour faire souffrir des ennemis ou des adversaires. Lui-même s'intéressait à la magie noire et au pouvoir des symboles et des effigies, avant même de donner son premier coup de pinceau sur une toile. C'est pourquoi, lorsqu'il a commencé à peindre, il l'a fait dans l'intention précise d'utiliser ses peintures à des fins occultes. Si vous préférez, il a été le principal artiste religieux du mouvement anti-chrétien du XIXe siècle ; ce fut l'une des raisons pour lesquelles Oscar Wilde l'appréciait tellement. Oscar Wilde adorait les hommes beaux, et Walter Waldegrave pouvait se vanter de mériter ce qualificatif — sans doute serait-on d'un avis différent aujourd'hui, à en juger par ses photographies — et Wilde adorait les jeunes hommes irréligieux.

— Donc, l'interrompit Vincent, lorsque Walter Waldegrave est venu aux Etats-Unis avec Lily Langtry, et que Oscar Wilde l'a présenté aux Gray...

— La fusion d'intérêts fut à la fois naturelle et historique, dit le Dr McKinnon en faisant claquer ses doigts boudinés. Les Gray étaient très riches, charmants et d'une incroyable vanité. Ils sentaient qu'ils avaient atteint leur apogée social, et ils désiraient s'y maintenir. C'est pourquoi, lorsque Walter Waldegrave a suggéré qu'il devrait faire leur portrait de famille et que *certains rituels* devraient accompagner la signature du tableau lorsque celui-ci serait terminé... ma foi, comment auraient-ils pu refuser son offre? On leur donnait une chance de vivre éternellement. On leur donnait une chance de fréquenter la haute société, saison après saison: Palm Beach en hiver, Bar Harbor en été, Londres et Paris chaque fois que l'envie leur en prendrait. Et pas seulement pour cette saison, pas seulement pour la saison suivante, mais *pour toujours.* Vous vous imaginez un peu? Savoir avec une certitude absolue, avec une assurance absolue, que vous serez toujours vivant dans cent ans. Et pas seulement vivant, mais *jeune!*

Vincent ne dit rien tandis qu'il lançait un regard à Jack. Ils apprenaient de plus en plus de choses sur les Gray, mais ils n'avaient toujours pas la moindre idée sur la façon dont ils pourraient les détruire ; soit d'une façon directe, en les arrêtant pour homicide et enlèvement, soit d'une façon surnaturelle, en brisant leur lien avec le Waldegrave.

— Dans son journal, mon grand-père disait qu'il fallait réciter l'Exorcisme à l'envers, déclara Vincent.

Le Dr McKinnon feuilleta son livre.

— C'est en partie exact. Vous devez faire faire votre portrait, avec une très grande précision dans le détail, par un artiste de talent. Si possible, un artiste de très grand talent. Il faut que ce soit un portrait en pied ; autrement, vos jambes vieilliront bien avant le reste de votre corps, et vous deviendrez un infirme, un jeune homme avec des jambes de vieillard.

Il trouva la page qu'il cherchait.

— Voici le rituel. Il est en partie fondé sur l'Exorcisme, oui ; parce qu'il est indispensable de séparer votre esprit de votre corps, de votre enveloppe charnelle, sans vous tuer. En d'autres termes, votre esprit se retrouve pris au piège dans le tableau, enchâssé dans les molécules de peinture qui sont assemblées de manière à vous ressembler, tandis que votre corps et votre intellect vont et viennent librement. Dans le cas où quelqu'un *ferait* cela, il serait absolument sans cœur et ne connaîtrait plus la moindre joie, parce qu'il continuerait de vivre sur cette terre en ayant perdu son âme, laquelle, comme chacun sait, comprend la conscience, le sens des responsabilités envers autrui, la bonté, la pitié, et même le sens de l'humour. N'avoir aucun sens de l'humour... c'est une chose très grave !

Le Dr McKinnon renifla, toussa et but une gorgée de cognac.

— Si vous voulez mettre un terme aux agissements

des Gray, mes amis, tout ce que je puis vous dire c'est : « bonne chance ! » parce que vous en aurez besoin. Vous dites qu'ils ont commis des meurtres ; trois, sinon plus. Ma foi, pour le moment, c'est un score relativement modeste. Ils continueront de tuer des gens aussi longtemps qu'ils le désireront, aussi longtemps qu'ils le devront, sans le moindre remords ou scrupule. Ils n'ont pas d'âme, Mr Pearson, pas de la façon dont vous et moi avons une âme. Vous pouvez rentrer en vous-même et sentir votre personnalité nager et évoluer comme un dauphin dressé. Ils en sont incapables, car ils sont vides. Et c'est de cette façon qu'ils survivent. Ils sont immortels, mais ils sont complètement superficiels. Ce sont des animaux empaillés. Ils ont une peau, qui est sans tache extérieurement, mais ce que cette peau recouvre, Dieu seul est capable de l'imaginer.

Vincent fit tourner le restant de son café dans le fond de sa tasse.

— Ils essaient de toutes leurs forces de découvrir où est le portrait, dit-il. Ils ont même tenté de s'introduire dans l'atelier de mon restaurateur de tableaux, à Bantam.

— Mais bien sûr! s'exclama le Dr McKinnon. Ils veulent avoir le portrait en leur possession ; ils veulent se sentir en sécurité et être certains que leur existence, si l'on peut dire, ne tombera pas brusquement entre les mains de personnes irresponsables ou hostiles à leur égard.

— Cela se résume seulement à ça? demanda Charlotte. (Elle avait mal à la tête et elle avait envie de fumer une cigarette.)

Le Dr McKinnon fronça les sourcils en la regardant.

— Ceci est de la psychologie sociale élémentaire, livre un, page un ; et non un livre de poche à sensations sur les phénomènes paranormaux.

— Ils nous ont déjà montré qu'ils pouvaient se servir du tableau contre nous, alors que celui-ci se trouvait en lieu sûr, dit Jack. Pourraient-ils faire quelque chose de plus s'ils parvenaient effectivement à s'en emparer?

Le Dr McKinnon fit une grimace.

— Je ne pense pas qu'ils auraient *besoin* de vous faire quelque chose si jamais ils récupéraient le tableau, bien que, du fait de leur malveillance, ils cherchassent certainement à se venger sur vous, à cause de ce que votre grand-père leur a fait. Non... le véritable danger serait qu'ils restaurent le tableau et qu'ils continuent de vivre durant des générations et des générations, en restant toujours aussi jeunes. Souvenez-vous, ils n'ont pas de conscience et ignorent la pitié. Votre grand-père a décidé d'agir lorsqu'ils ont assassiné des gens, et je suis sûr qu'ils se sont rendus coupables de bien d'autres actes immondes et impies qui, pour leurs victimes, étaient presque aussi préjudiciables que le meurtre. Si jamais ils parvenaient à reprendre leur tableau, ils seraient virtuellement intouchables. Ils sont une famille influente dans leur région, ils ont de l'argent, beaucoup d'argent ; et je les soupçonne d'avoir pratiqué la corruption et le chantage. Ils n'ont pas toujours été seuls lorsqu'ils s'adonnaient à leurs débauches dans les années 1890, et combien de familles huppées du Connecticut aimeraient que l'on sache que leur grand-père prenait de la drogue, par exemple, ou bien forniquait avec des brebis et des mineures, ou bien a eu des enfants illégitimes ?

Le Dr McKinnon se versa du cognac mais n'en proposa pas à ses visiteurs.

— Non seulement ils seraient immortels et intouchables, ajouta-t-il, mais ils auraient *toujours* un moyen de s'échapper, en cas de nécessité.

— Un moyen de s'échapper ? De quoi parlez-vous ? demanda Jack.

— Le *portrait,* cher monsieur. Le *portrait !* répondit le Dr McKinnon. Tenez... regardez ce livre. Oh, c'est vrai, vous n'y comprendriez pas grand-chose, c'est écrit en latin. Mais voici ce que dit cet ouvrage : ceux qui ont obtenu l'immortalité en faisant faire leur portrait ont toujours la possibilité de quitter leur corps physique et de se réfugier à l'intérieur du tableau lui-même. En d'autres termes, ils peuvent dissimuler leur corps physique en des endroits où, normalement, personne n'aurait l'idée de chercher quelqu'un qui se cache — enterré dans un cercueil, par exemple — et ils peuvent rejoindre leur âme à l'intérieur du tableau. Ou, plus précisément — et c'est là où toute cette affaire devient passionnante — à l'intérieur de *n'importe quel* tableau.

Jack se renfrogna.

— Je ne comprends pas. Je ne comprends rien du tout.

— Bon, je vais vous expliquer, et c'est au shérif que je m'adresse, dit le Dr McKinnon. Si jamais les Gray reprennent possession de leur portrait, et nous devons tous prier les dieux, quels qu'ils soient, qui guident notre destinée, pour que cela ne se produise pas, il sera impossible de les arrêter. Vous pouvez extrader un meurtrier de l'Etat d'Indiana ; mais comment pourriez-vous extrader un meurtrier d'une peinture à l'huile ? Vous les aurez perdus pour toujours, cher monsieur, et ils seront en mesure de continuer leurs meurtres et leurs débauches toutes les fois que cela leur plaira, pour toujours et à jamais, amen.

24.

New Milford, 23 décembre

Thomas revint à la maison peu après deux heures de l'après-midi. Ses joues étaient rêches et rouges, il avait les pieds glacés, mais il se sentait dans une forme terrible. Susie et lui avaient joué dans la neige durant la plus grande partie de la matinée ; ensuite la mère de Susie lui avait donné des hamburgers pour le déjeuner ; et le père de Susie lui avait permis de boire un verre de Miller, sans en faire toute une histoire, et il s'était senti adulte, sûr de lui, et plus qu'un peu amoureux de Susie.

Avant de partir, il lui avait dit au revoir près de la boîte aux lettres, et il l'avait embrassée — des lèvres humides et chaudes, un nez sec et froid — puis il avait fait du slalom à travers bois, en s'en retournant à Candlemas. Durant tout le trajet, il avait sifflé et chanté à tue-tête.

Il arriva à Candlemas et passa par le jardin où les arbres ressemblaient à des fantômes frigorifiés, et où les sentiers de l'été étaient enfouis sous la neige, tels des souvenirs qui ne reviendraient jamais. Aucune fumée ne s'élevait des cheminées, ce qui voulait dire que les feux s'étaient éteints. Il devrait mettre des bûches et les rallumer avant que Papa rentre à la maison, mais après cette matinée passée avec Susie, cela ne l'ennuyait pas du tout.

Il sortit les clés de la porte de devant et fit le tour de la maison, tout en les agitant. Et ils étaient là, vêtus de noir et silencieux, en manteaux noirs et gants noirs, près de leur longue limousine noire, l'attendant avec un calme et une patience infinis.

— Monsieur Thomas Pearson, je suppose? le héla l'homme d'une voix claire et sèche.

Thomas se figea sur place. Son père l'avait averti. Si jamais tu rentres à la maison avant moi, referme bien la porte et ne laisse entrer personne. Si on sonne, ne réponds pas. Mais qu'était-il censé faire lorsque les visiteurs lui barraient la route jusqu'à la porte, l'empêchant ainsi d'entrer et de se barricader en toute sécurité?

— Je, euh, je viens juste apporter quelque chose, dit Thomas. Mr. Pearson a oublié quelque chose chez mes parents, et je... je venais le rapporter.

— Allons, allons, Thomas Pearson. (L'homme sourit, avec un amusement glacé.) Nous connaissons parfaitement votre visage, ma sœur et moi. Nous sommes des amis de la famille.

Thomas s'approcha prudemment de la porte. Ils semblaient plutôt polis, ces deux-là, l'homme et la femme, dans leurs manteaux de fourrure noirs. Thomas trouva que leur Cadillac ressemblait un peu trop à un corbillard, mais ils devaient être riches pour posséder une voiture comme celle-là, et qui a jamais entendu parler de cambrioleurs riches?

— Mon père rentrera très tard dans la soirée. Vous feriez peut-être mieux de revenir demain?

L'homme soupira et releva son gant en cuir afin de pouvoir consulter sa montre-bracelet.

— Si seulement c'était possible, mon jeune ami. Malheureusement, nous devons être rentrés à Darien dans l'après-midi, et après cela... eh bien, qui sait *où* nous serons après cela?

— Tu es un si joli petit garçon, dit la femme, prenant la parole pour la première fois. (Elle s'avança précautionneusement, ses talons hauts s'enfonçant dans la neige, une main sans gant serrant le manteau de vison noir contre sa poitrine. Thomas entrevit le scintillement d'une grosse broche de diamants.) N'est-ce pas qu'il ressemble tout à fait à Vincent ? Exactement les mêmes yeux ! Et cette bouche dédaigneuse !

Thomas recula un peu comme la femme s'approchait, même si cela semblait plutôt impoli de battre en retraite devant deux personnes qui connaissaient manifestement son père. La femme continua de s'approcher et écarta la voilette noire qui dissimulait son visage, afin que Thomas puisse voir combien elle était belle. Elle souriait. Ses yeux étaient tellement noirs que les orbites auraient pu être vides.

— Ton père ne t'avait pas dit que nous devions venir ? roucoula-t-elle d'une voix particulièrement irritante, comme si elle s'adressait à un enfant en bas âge.

— Il l'a certainement fait, affirma l'homme en poussant un grognement enjoué. Nous avons téléphoné à Vincent, avant de partir de Darien.

— Aujourd'hui il est allé à Seekonk, rétorqua Thomas.

— Seekonk, tiens, tiens, fit l'homme. Cela ne ressemble guère à Vincent d'oublier ainsi ses amis.

— Je devais peut-être entrer et l'appeler, suggéra Thomas. Il a laissé un numéro de téléphone, au cas où il arriverait quelque chose. Vous pouvez attendre un petit moment ?

— Eh bien, sourit la femme, nous préférerions attendre *à l'intérieur*, si tu n'y vois pas d'inconvénient, car ici il fait plutôt froid.

Thomas hésita une dernière fois. Il y avait quelque chose de bizarre chez ce couple. Ils étaient trop polis, trop cérémonieux, et ils ne semblaient jamais parler franchement. Mais son père serait furieux s'il congédiait un couple de vieux amis ; et tout aussi furieux s'il se montrait grossier envers eux et les faisait attendre dehors, dans la neige.

Il mit un genou à terre et défit les sangles de ses raquettes.

— De très belles raquettes, dit l'homme.

Il se tenait tellement près que Thomas voyait seulement les jambes de son pantalon au pli impeccable et ses chaussures Oxford noires parfaitement cirées.

Thomas ouvrit la porte et pénétra dans le vestibule. L'homme et la femme le suivirent avec une telle hâte que cela parut presque indécent à Thomas.

— Je ne connais pas vos noms, dit-il en ouvrant la fermeture Eclair de son anorak.

— Basil Hallward, répondit l'homme, ôtant son chapeau et le brossant soigneusement de la main pour faire tomber la neige. Et voici ma sœur, Mrs Vane.

— Est-ce la salle de séjour? demanda la femme.

— J'ai peur que les feux se soient éteints, expliqua Thomas. Il doit faire plus chaud dans la cuisine, si cela ne vous ennuie pas d'attendre là-bas.

— Non, non, pas du tout, répondit la femme. (Elle semblait avoir vu quelque chose dans la salle de séjour qui avait retenu son attention.) Du moment que je suis à l'abri du vent.

Thomas les suivit dans la salle de séjour. Le feu venait de s'éteindre, et il y avait encore des étincelles orange parmi les cendres.

— Ranimer ce feu ne serait pas un problème, dit l'homme en s'accroupissant devant l'âtre et en attisant les braises avec le tisonnier. Quelques allume-feu, une ou deux bûches, et dans un instant nous aurions une belle flambée.

Pendant ce temps, la femme avait traversé la pièce jusqu'à l'endroit où se trouvait le Waldegrave, dissimulé par le dessus-de-lit, sur son chevalet. Ses bras pendaient avec raideur à ses côtés, mais ses doigts semblaient se tortiller d'impatience. Sa poitrine se soulevait et s'abaissait sous son vison noir comme si elle avait du mal à respirer.

Thomas décrocha le combiné, écouta la tonalité, puis pianota le numéro que son père avait écrit sur le bloc-notes à son intention. L'homme avait continué de tisonner le feu. A ce moment, il se releva, essuya son manteau de la main, vint se mettre à côté de Thomas et posa son doigt sur la fourche du téléphone, coupant la communication.

Thomas le regarda fixement. L'homme dit :

— Il est tout à fait inutile de déranger ton père. Je pense que nous avons trouvé ce que nous étions venus chercher.

— Vous êtes des voleurs, rétorqua Thomas. C'est ça, hein ? Vous êtes des voleurs ! Vous ne connaissez pas mon père ! Eh bien, je vais prévenir la police ! Et ne croyez surtout pas que j'ai peur !

Son cœur cognait si fort contre sa poitrine qu'il avait des difficultés à parler.

L'homme posa une main sur l'épaule de Thomas et la serra doucement.

— Mon cher garçon, tu te trompes entièrement à notre sujet. Nous sommes venus ici simplement pour reprendre un seul objet qui nous a toujours appartenu, et que les Pearson ont gardé pour nous... comment dire ?... à titre de prêt prolongé. Ton père est au courant de tout cela. Nous n'avons pas l'intention de mettre cette maison à sac, ou de filer avec l'argenterie. Tout ce que nous allons faire, c'est prendre ce seul objet sans importance, et nous en aller.

— Vous ne prendrez rien du tout ! s'écria Thomas. Vous n'avez pas le droit !

Puis il se tut, car la femme avait retiré son manteau de fourrure pour le poser sur le canapé. Alors elle s'approcha du tableau, de la démarche souple d'une servante égyptienne s'approchant de l'effigie de Thot. Elle saisit le bord du dessus-de-lit qui recouvrait le portrait, et attendit durant ce qui sembla être des minutes avant de trouver le courage de le retirer.

Finalement, elle le fit, et le portrait fut révélé : décomposé et luisant dans la lumière de cet après-midi hivernal. La femme le regarda fixement, horrifiée ; et tandis qu'elle le regardait fixement, elle leva lentement les deux mains jusqu'à agripper ses cheveux avec force.

Elle poussa un cri de douleur strident et tomba à genoux, puis elle se recroquevilla sur elle-même, frissonnant et tremblant, laissant échapper d'étranges vagissements et geignements.

Même l'homme était devenu blême ; et la pâleur de son visage faisait ressortir les cernes noirs sous ses yeux.

— Regarde ce qu'ils nous ont fait ! s'écria la femme. Regarde ce qu'ils nous ont fait ! Oh Dieu du ciel, regarde ce qu'ils nous ont fait, Maurice !

L'homme traversa la pièce et posa les mains sur les épaules de la femme, l'encourageant à se relever. Elle regardait fixement le portrait, tandis que l'homme la serrait dans ses bras et la berçait, mais sans lui apporter le moindre réconfort. Pour la première fois depuis plus de soixante-dix ans, elle voyait son visage non pas tel qu'elle avait réussi à le préserver, non pas masqué à l'aide de fards ou de poudres ou de la peau d'autres personnes sacrifiées, mais tel qu'il était en réalité.

Thomas fit un pas en direction de la porte. S'il pouvait s'enfuir de la maison pendant que l'homme et la femme étaient tellement préoccupés par le tableau, il lui suffirait ensuite de courir à travers bois jusqu'à la maison des Waxman, d'où il pourrait appeler la police. Ils étaient trop vieux pour courir à sa poursuite, et ils ne pourraient jamais passer par les bois avec leur Cadillac.

Un pas, deux, trois. Puis son anorak frôla le petit guéridon placé près de la porte et un cendrier en verre heurta le mur en tintant. Thomas se retourna ; l'homme se retourna. Et, d'une voix ressemblant à un coup de cymbales, l'homme hurla :

— Arrête-toi !

Thomas s'arrêta. Il ne savait pas pourquoi il s'était arrêté. Il ne savait pas pourquoi il ne s'était pas enfui. Mais il s'arrêta, et il attendit sur le pas de la porte, pétrifié de terreur, tandis que l'homme le rejoignait rapidement et le prenait par le bras.

— Tu ne dois pas *partir*, dit l'homme d'un ton onctueux. Il est beaucoup trop tôt pour que tu partes. De surcroît, nous apprécions énormément ta compagnie. Je pense que tu es un gentil garçon ; et crois-moi, il n'y en a pas beaucoup. La plupart des garçons sont scrofuleux et grossiers. Toi, en revanche, tu es un gentil garçon.

La femme s'était finalement détournée du portrait. Elle semblait atterrée, et des larmes brillaient encore sur ses joues.

— Tu dois essayer de penser à l'avenir maintenant, ma chérie, lui dit l'homme. (Thomas trouva qu'il n'était pas très compatissant, ou même qu'il ne faisait aucun effort pour l'être.) Nous prenons le tableau, nous emmenons le garçon et nous partons. Son pauvre père pourrait revenir plus tôt que prévu.

La femme semblait toujours hébétée ; elle se tournait désespérément d'un côté puis de l'autre, comme quelqu'un qui souhaite s'évanouir mais qui n'y arrive pas.

— Je ne veux pas venir avec vous, dit Thomas d'une petite voix. Je vous en prie. Je ne dirai à personne qui vous êtes. Je vous promets de ne rien dire.

— Mais nous *t'aimons bien*, fit remarquer l'homme. A présent, ça suffit. Je ne veux plus entendre la moindre discussion. Il neige et nous avons beaucoup de chemin à faire.

— Tu as vu ce qu'ils nous ont fait ? demanda brusquement la femme, d'une voix suraiguë.

L'homme passa son bras autour des épaules de Thomas.

— Rassure-toi, ma chérie. Bientôt tu auras l'occasion de faire bien pire à l'un d'eux.

25.

Seekonk, 23 décembre

Le Dr McKinnon s'emportait de plus en plus tandis qu'il essayait de donner des explications. Il s'adressait principalement à Vincent et à Charlotte, parce qu'il considérait visiblement Jack comme une sorte de débile mental. Mais l'idée qu'un être humain puisse réellement entrer dans son propre portrait, qu'il puisse exister en trois dimensions dans une peinture à deux dimensions, c'était plus qu'ils ne pouvaient accepter.

— C'est extrêmement simple, une fois que vous avez assimilé cette idée, protesta le Dr McKinnon. Je ne dis pas que c'est facile à expliquer, logiquement ou scientifiquement, mais il y a nécessairement une explication logique et scientifique.

— Même s'il y a une explication, dit Jack, je ne pense pas que je désire la connaître. (Il secoua sa montre, la tint contre son oreille puis demanda:) Quelle heure est-il?

— Cinq heures passées, répondit Vincent. Nous allons devoir rentrer. Mais d'abord, j'aimerais comprendre toute cette histoire de personnes vivantes se réfugiant à l'intérieur de peintures.

— Je vais faire de mon mieux, dit le Dr McKinnon avec une certaine lassitude.

— Oh oui, je vous en prie, demanda Charlotte.

— Eh bien, soupira le Dr McKinnon, en 1948, le

professeur Jerome Frank a écrit un article pour l'Institut de la Recherche Dimensionnelle, à Berkeley. Cet article fit beaucoup de bruit à l'époque. « Perspectives artistiques et Création de Réalités Alternatives ». Je l'ai ici, parmi mes papiers ; c'est tout à fait intéressant. Voici ce que Frank disait en substance : Lorsqu'un artiste peint un tableau, en dépit du fait que ce tableau est à deux dimensions — c'est-à-dire plat — sa création pourvue d'une profondeur *visuelle* acquiert une réalité qui lui est propre. Cette théorie n'a rien de révolutionnaire. Elle provient en droite ligne des travaux sur les phénomènes psychologiques et métapsychiques effectués à Vienne dans les années trente. Vous avez peut-être entendu parler de la théorie de Meissner sur les manifestations de l'imaginaire ; sinon, vous avez certainement entendu parler de Jung et de l'inconscient collectif. Meissner et Jung ont travaillé ensemble durant plusieurs années, et ils ont échangé une correspondance très importante. Finalement, en 1933, ils en sont arrivés à la conclusion qu'il y avait des preuves évidentes, sinon indiscutables, que des personnes et des lieux créés dans des romans et des tableaux, *si les lecteurs ou les spectateurs croyaient en eux avec une conviction suffisante,* pouvaient effectivement se manifester dans le monde réel. Ils pouvaient revêtir une forme physique... certaines fois, ils avaient seulement l'aspect de fantômes, mais d'autres fois ils étaient tout à fait matériels.

Il sourit pour lui-même.

— C'est exactement comme si Peter Pan demandait qu'il y ait suffisamment d'enfants qui croient aux fées pour que Clochette reste en vie. Parce que, après tout, de quoi sommes-nous faits, nous, les êtres humains ? Nous ne sommes rien de plus que des assemblages physiques de particules chargées électriquement. Et de quoi est faite notre imagination ? D'assemblages *abstraits* de particules chargées électriquement. Et croyez-moi, en termes de physique, il n'y a pas une grande différence entre la main que vous pouvez imaginer et la main que vous pouvez effectivement serrer. Meissner devint convaincu que des personnages de livres et de tableaux vivaient réellement parmi nous : la fiction et l'art faits chair. Il était sûr que beaucoup de maisons et de lieux évoqués dans des œuvres d'imagination, livres ou tableaux — une fois qu'ils étaient représentés mentalement dans l'inconscient collectif d'un nombre de personnes suffisant — en venaient à exister réellement. Quelque part dans le monde, il y *a* un Shangri-La[1].

Vincent s'appuya contre le dossier de son fauteuil. Il commençait à soupçonner que le Dr McKinnon n'allait pas leur fournir grand-chose en manière d'aide pratique. Jusqu'à présent il avait écouté en faisant preuve d'aussi peu de scepticisme que possible, se disant que le Dr McKinnon savait certainement de quoi il parlait. Mais des personnages de romans qui vivaient réellement ? Des maisons provenant de paysages fictifs qui apparaissaient brusquement en pleine campagne ? Shangri-La ?

Le Dr McKinnon se leva, remit le volume à sa place sur le rayon du haut, et déclara sèchement :

— Beaucoup de collègues de Meissner l'ont pris pour un fou. Après un certain temps, même Jung a désavoué les travaux qu'il avait effectués avec Meissner. Meissner était peut-être fou. Je vous l'accorde, il est difficile de croire, par exemple, que le château du comte Dracula est réellement en train de tomber en poussière quelque part en Transylvanie, uniquement parce qu'un grand nombre de personnes sont capables de se le représenter.

— Vous avez raison, intervint Jack. *C'est* difficile à croire.

— Ah, fit le Dr McKinnon, mais vous avez déjà constaté par vous-même le pouvoir de ce portrait ; aussi vous êtes obligé d'admettre qu'une sorte de force inhabituelle est à l'œuvre ici. Et je crois ceci... les peintures *constituent* quelque chose de plus que la somme de

1. La ville idyllique perdue dans les montagnes du Tibet, décrite dans le roman de James Hilton, *Les Horizons perdus*, dont Frank Capra fit un film en 1937 (NdT).

leurs couleurs et de leurs pigments. Un artiste *crée* sur sa toile une autre réalité ; et il est possible pour des gens comme les Gray, qui ont effectué une extraordinaire transaction spirituelle et surnaturelle afin de séparer leur corps de leur âme, de se réfugier dans cette réalité alternative. En fait, de disparaître dans leur propre tableau.

Il y eut un instant de silence, puis Jack dit :

— Entendu. Supposons qu'ils soient capables de faire ça. Existe-t-il un moyen de les poursuivre une fois qu'ils ont disparu ?

Le Dr McKinnon fit la moue.

— Théoriquement, je suppose, celui qui voudrait les poursuivre pourrait faire faire *son* portrait puis effectuer la même transaction surnaturelle.

— Mais cela voudrait dire que *son* âme serait séparée de *son* corps ? fit remarquer Charlotte.

— Effectivement, c'est ce qui se produirait, reconnut le Dr McKinnon. Celui qui déciderait de se lancer à la poursuite des Gray devrait prendre les mêmes engagements que les Gray, à savoir la vie éternelle en perdant son âme.

— Ne pourrions-nous pas détruire le portrait, tout simplement ? demanda Jack.

— Normalement, ce serait la seule solution. Mais les Gray ne sont pas stupides. Ils ont survécu pendant trop longtemps pour se laisser prendre sans se défendre. Ils ont un otage, en la personne de Mrs Montag...

— *Blat*, dit Vincent. Mrs Monblat.

— Ah oui, Mrs Monblat, répéta le Dr McKinnon. Et les Gray vous ont placés devant un choix difficile : êtes-vous prêts à sacrifier sa vie comme le prix à payer pour être débarrassés d'eux ? Je suppose que si Mrs Monblat n'était pas apparue sur le tableau, vous l'auriez déjà brûlé ?

— Oui, admit Vincent. Puis, se renfrognant, il dit : — Non.

Il ne savait pas très bien pourquoi, mais quelque chose

à propos de l'idée de détruire le Waldegrave le préoccupait. Il commençait à se demander pourquoi son grand-père ne l'avait pas détruit, pourquoi son père ne l'avait pas détruit. Il savait que tous deux étaient des hommes de parole et que si l'un d'eux avait promis aux Gray que le tableau ne subirait aucun dommage, ils avaient certainement mis un point d'honneur à ce qu'il en soit ainsi. Pourtant cela paraissait étrange que le grand-père de Vincent n'ait pas détruit le tableau dès qu'il s'était douté que les Gray assassinaient des gens par plaisir. Et cela paraissait étrange que lui-même éprouvât de tels scrupules. Il était disposé à attendre que Laura Monblat ait été sauvée des Gray, mais une fois que cela serait accompli et que les Gray seraient seuls sur le portrait, qu'est-ce que cela pouvait lui faire s'ils étaient livrés aux flammes? Les Gray étaient des êtres complètement dépravés, des assassins, des tortionnaires et des blasphémateurs. Et cependant... et cependant... il ne savait pas. Il ne parvenait pas à s'expliquer cette répugnance. Il se tourna pour lancer un regard à Jack, mais Jack n'avait pas remarqué son air pensif et se contenta de lever son verre vide en disant:

— Santé!

Le Dr McKinnon déclara:

— J'imagine que les Gray, si jamais ils s'emparaient de ce portrait, disparaîtraient durant plusieurs années, surtout après tous ces meurtres. Ils pourraient très bien rester cachés dans le portrait aussi longtemps qu'ils le désireraient, jusqu'à ce que nous soyons tous morts depuis belle lurette. Alors ils pourraient ressortir et réoccuper leurs corps, ou plus vraisemblablement les corps d'autres personnes. Je me souviens de mon père disant qu'on ne devait jamais dormir dans une chambre où un portrait était accroché au mur, dans le cas où l'esprit du portrait en sortirait au cours de la nuit, pendant que vous dormez profondément, pour prendre possession de votre corps. En vous réveillant, vous vous apercevriez que c'est *vous* qui êtes accroché au mur, prisonnier du portrait, tandis que l'esprit qui se trouvait à l'intérieur du portrait occupe à présent le corps qui était le vôtre. Avez-vous remarqué que dans les hôpitaux catholiques il n'y a pas de portraits, hormis ceux de Christ et de la Vierge Marie ? Eh bien, c'est pour cette raison. Cela remonte à une recommandation papale de 1873, de Pie IX. « *Ab insidiis diaboli, libera nos Domine.* » Délivrez-nous des démons insidieux, O Seigneur.

— Existe-t-il un moyen de faire sortir Laura Monblat du tableau ? demanda Vincent. Puisque les Gray l'ont mise dans le portrait, cela doit être possible dans l'autre sens ?

— Seulement par la méthode que je vous ai indiquée. En faisant faire votre propre portrait et en les poursuivant dans leur réalité alternative.

Jack s'éclaircit la voix.

— Je pense que nous devrions essayer de trouver une solution dans *cette* réalité, Vincent. Peut-être nous mettre en rapport avec les Gray, les appeler et leur demander ce qu'ils veulent. Traiter cette affaire comme une prise d'otage normale. A titre officieux, bien sûr. Avec les preuves dont je dispose... pas question d'une brigade d'intervention.

— Et si nous essayions de découper Laura Monblat dans le tableau ? demanda Vincent. Je veux dire... avec des ciseaux. Quel effet cela aurait-il ?

— Je pense que cela la tuerait, répondit le Dr McKinnon. Cela tuerait peut-être les Gray, également, mais nous ne pouvons avoir aucune certitude. Voyez-vous, la réalité du tableau dépend de son ensemble, de son intégralité, tel que l'artiste l'a créé.

Vincent se tourna vers Jack.

— C'est une question délicate, Jack. Supposons que ce *soit* une prise d'otage. Supposons que les Gray soient des terroristes retranchés dans une maison, et que vous sachiez que vous ne pouvez pas les en déloger sans mettre en danger la vie de leur otage. Que vous sachiez également que s'ils réussissent à prendre la fuite, ils tueront certainement d'autres personnes. Que feriez-vous dans ce cas ?

Jack leva les mains.

— En principe, tout doit être fait pour délivrer l'otage sans exposer inutilement la vie des policiers, ou mettre en danger la population civile.

— En d'autres termes ?

— En d'autres termes, bien que personne ne l'admette jamais, l'arrestation immédiate de dangereux criminels est généralement considérée comme une priorité légèrement plus importante que la vie des personnes qu'ils retiennent en otage.

Jack hésita un instant, puis ajouta ;

— Cela dépend, jusqu'à un certain point, de l'otage. Habituellement, on demande au service de relations publiques de la police de faire une estimation de la réaction du public pour le cas où un otage en particulier devrait trouver la mort. Il est probable qu'ils ne laisseraient pas Michael Jackson ou Billy Graham se faire trouer la peau si on les prenait en otages, mais ils se préoccuperaient beaucoup moins du sort de Trucmuche ou de Tartempion.

— Mon Dieu, cela semble plutôt cynique, fit remarquer Charlotte.

Jack secoua la tête.

— C'est moins cynique qu'il n'y paraît. On fait toujours le maximum pour sauver la vie de chaque otage. Mais certaines fois, on doit fermer les yeux et ouvrir le feu, et prier pour que tout se passe bien.

— Vous discutez de la vie d'une femme en ce moment, dit Charlotte. Vous ne *pouvez* pas détruire le tableau si cela met en danger Laura Monblat.

— *Nous* le savons, répliqua Vincent, mais les *Gray* le savent-ils ? Souviens-toi, ils n'ont pas de conscience, pas de sentiments humains ; ils sont sans pitié. Cela fait des années qu'ils vivent ainsi. Pourquoi se préoccuperaient-ils de la vie de quelqu'un qu'ils connaissent à peine ?

— Vous avez raison, intervint le Dr McKinnon. Et

c'est sans doute important. Mais à votre place, je veillerais de très près à la sécurité de votre famille, Mr Pearson. Si les Gray doutent de la valeur de Mrs Montag en tant qu'otage, ils pourraient essayer de prendre un autre otage, une personne encore plus proche de vous.

Vincent pensa brusquement au Waldegrave, posé sur son chevalet, dans la salle de séjour. Il pensa brusquement à Thomas rentrant à la maison, seul, à travers les bois enneigés, après avoir passé la matinée avec Susie Foster. Il pouvait entendre ses propres paroles résonner à ses oreilles : « Si nous ne sommes pas à la maison lorsque tu rentreras, mets-toi à ton aise. J'ai enregistré *La Guerre des étoiles* sur une cassette, et il y a du Coca-Cola et des petits gâteaux à la cuisine. Nous serons là de bonne heure. »

— Est-ce que je pourrais téléphoner ? demanda-t-il au Dr McKinnon.

Le Dr McKinnon parut surpris, mais il dit :

— Certainement. Il y a un appareil dans l'entrée.

Vincent se dirigea rapidement vers le vestibule sentant le renfermé, se tint dans la lumière multicolore provenant du vitrail au-dessus de la porte, et composa le numéro de Candlemas. Le téléphone sonna et sonna, mais personne ne répondit. Il cala le combiné sous son menton et feuilleta son petit carnet d'adresses en cuir noir jusqu'à ce qu'il trouve le numéro des Foster. Il le composa et attendit. Au bout d'une minute, la domestique des Foster répondit.

— Allô ? Ici Vincent Pearson. Mon fils Thomas a passé la matinée avec Susie.

— C'est exact, Mr Pearson.

— Est-il parti ? Ou est-il encore là ?

— Oh, il est parti, Mr Pearson, il y a une bonne heure de cela.

Une heure, songea Vincent. Thomas avait emporté ses raquettes ; peut-être a-t-il fait un détour pour les essayer. Mais une heure ?

Sapristi, se dit-il, cesse de te faire de la bile. Thomas

est un grand garçon maintenant. Mais il ne pouvait s'empêcher de penser à la séance de spiritisme de la veille et à tout ce sang rouge vif.

Il revint dans la bibliothèque.

— Veuillez m'excuser, dit-il. Je dois rentrer à New Milford. Dr McKinnon... merci pour tout. Charlotte, Jack... je suis désolé de vous bousculer ainsi.

— Quelque chose ne va pas? demanda Charlotte.

Ils repartirent à travers le Connecticut dans la nuit grandissante. Lorsqu'ils atteignirent Manchester, Jack demanda par radio qu'on le mette en communication avec ses services. Il dit à Norman Goldberg d'envoyer un officier de police à Candlemas pour vérifier que tout était normal. « Et pas un coup d'œil rapide depuis la route, d'accord ? Il va jusqu'à la maison, il sonne, il parle au garçon et il s'assure que le garçon est O.K. à cent pour cent. »

— Compris, shérif.

Ils quittaient Hartford lorsque Norman rappela.

— Mr Pearson est avec vous, shérif?

— Affirmatif.

— Eh bien, je ne voudrais pas l'inquiéter inutilement, mais la porte de devant était grande ouverte, le feu était allumé, et il y'avait personne dans la maison.

— Demandez-lui pour le tableau, insista Vincent, se sentant brusquement glacé. « *Ils pourraient essayer de prendre un autre otage, Mr Pearson, une personne plus proche de vous.* »

— Il dit qu'il ne sait absolument rien au sujet d'un tableau.

La neige venait heurter le pare-brise de la Cherokee telle une nuée de sauterelles blanches.

— Qu'il retourne là-bas, murmura Vincent. Dites-lui qu'il doit vérifier .

Jack décrocha à nouveau le micro de sa radio et dit :

— Renvoyez-le là-bas, Norman. Nous avons besoin de savoir s'il y a une peinture à l'huile, dans la salle de séjour, recouverte d'un dessus-de-lit.

Il y eut un crachotement, un silence, puis la voix de Norman répondit :

— Il vient d'arriver ici. Il dit qu'il a vu le dessus-de-lit, par terre, avec un chevalet, un chevalet de peintre. C'est tout. Pas de tableau.

Vincent prit une profonde inspiration et se renversa contre son siège.

— Jack, dit-il, conduisez-moi directement à Darien.

Jack le regarda avec attention.

— Vous croyez que c'est la meilleure chose à faire ?

— Conduisez-moi à Darien, nom de Dieu ! Ces salauds ont pris le tableau, et ils ont également emmené mon fils !

26.

Darien, 23 décembre

Lorsqu'ils arrivèrent devant les grilles de Wilderlings, ils constatèrent qu'elles étaient fermées et munies d'une grosse chaîne. La neige tombait dru et ils voyaient à peine ce qu'ils faisaient. Pourtant ils descendirent de la Cherokee et firent le tour de la propriété jusqu'à l'endroit où le mur était moins haut. Ils l'escaladèrent puis cheminèrent péniblement dans une neige d'un mètre d'épaisseur, Vincent en tête, Jack tout de suite derrière lui, et Charlotte faisant de son mieux pour les suivre. Ils atteignirent la porte principale. Vincent souleva le heurtoir et frappa un coup violent. L'écho retentit dans le jardin enneigé, mais il n'y eut pas de réponse.

— Trois possibilités, dit Jack en levant les doigts. Ou bien ils sont partis, ou bien ils ne viennent pas ouvrir, ou alors...

Vincent termina la phrase pur lui.

— Ou alors le Dr McKinnon, en dépit de toutes ses divagations, avait raison, et ils se sont réfugiés dans le portrait, avec Thomas et Laura comme otages.

— C'est complètement dingue ! cria Charlotte. Tu te comportes comme si c'était vrai ! Comment cela pourrait-il être vrai ?

— Que puis-je croire d'autre ? rétorqua Vincent. Tu as vu ce qui est arrivé à Pat ; tu as vu ce qui est arrivé à Laura Monblat. Ils ont tué Edward pour s'emparer de ce portrait. Tu crois que je vais rester là sans rien faire et les laisser tuer Thomas de la même façon ? Bon Dieu, je sais que c'est impossible, Charlotte, mais quelle autre explication y a-t-il ?

— Je vais forcer la porte, dit Jack. J'ai des pinces dans la voiture. Continuez de frapper, on ne sait jamais...

Jack rebroussa chemin dans la neige tandis que Vincent et Charlotte attendaient devant la porte. Vincent frappa à nouveau, sans beaucoup de conviction, car il savait qu'il n'y avait personne à l'intérieur. Le vent soufflait autour de la maison ; des paillettes de glace grésillaient contre le porche. Le ciel était irrémédiablement maussade, le genre de ciel qui promet que l'été sera tardif cette année. En admettant qu'il revienne. Et Noël était seulement dans deux jours. Et Thomas avait disparu.

Jack revint et, sans dire un mot, entreprit de forcer la porte à double battant. Le bois de chêne craqua et se fendilla, les gonds se plaignirent. Finalement le verrou du milieu céda et le battant de gauche s'ouvrit en grinçant.

— C'est toute une technique, dit-il d'une voix rauque. Et c'est crevant.

Vincent fut le premier à se diriger vers le vestibule obscur. Il hésita en haut des marches de marbre et appela : « Ohé, il y a quelqu'un ? » Mais la maison était déserte, silencieuse et poussiéreuse, une maison prétentieuse qui gardait ses secrets et continuerait de les garder, même lorsque des promoteurs finiraient par venir et décideraient de la faire démolir pierre par pierre.

— Appelez-les encore, hein ? dit jack. Inutile de commettre une violation de domicile.

Vincent appela, mais personne ne répondit. Jack jeta un regard à la ronde et déclara :

— Je pense que c'est okay.

— Ça ne vous dit rien d'être ici, n'est-ce pas ? fit remarquer Vincent.

— J'y *suis*. Ça ne vous suffit pas ?

— Bon sang, mais qu'est-ce que vous avez? voulut savoir Vincent. Les Gray ont tué votre ami, George Kelly, vous le savez ; ils ont également tué Elmer Tweed, et ils ont enlevé Laura Monblat. Que vous faut-il de plus pour les foutre en taule?

— Si vous tenez vraiment à le savoir, il me faut des preuves, rétorqua Jack. Des témoins dignes de foi. A votre avis, comment un juge réagirait-il si je faisais venir à la barre un homme comme le Dr McKinnon avec toutes ses théories sur des personnages de livres et de tableaux qui vivent réellement? « Oh, oui, Dr McKinnon, ainsi des personnages de livres peuvent vivre réellement? Dans ce cas, où vit en ce moment le petit Chaperon rouge? A Palm Springs? Et sa mère-grand? »

— Nom de Dieu! lui cria Vincent. Des preuves, c'est tout ce qui compte pour vous? Et la justice alors? Ces dégénérés ont enlevé mon fils! Vous êtes le shérif, non? Vous avez été élu pour protéger les gens! Alors faites votre boulot, merde!

A ce moment, Charlotte dit: « Regardez! » Ils se retournèrent et ils le virent pour la première fois, posé sur un chevalet doré, drapé de tentures de soie cramoisie, le portrait, le Waldegrave.

Vincent s'avança dans le vestibule, d'une démarche d'automate, et s'arrêta devant le tableau pour le regarder fixement.

— Ils l'ont fait, dit-il

Mais il était incapable de dire à voix haute ce qu'il entendait par là, et ce qu'il avait vu immédiatement. Debout à côté de Nora, tout au bord du portrait, pâle et le regard fixe, il y avait Thomas ; son propre fils, Thomas, portant un costume en velours noir de l'époque victorienne, avec des knickerbockers et un col de chemise en dentelle, l'air soumis, soigneusement peint à la manière de Walter Waldegrave.

Charlotte le rejoignit et lui prit la main.

— Oh, mon Dieu, dit-elle. Vincent, je suis tellement désolée.

— Ils sont fous, murmura-t-il. (Il avait l'impression que quelqu'un l'avait frappé au visage avec un marteau de dix livres.) *Ils sont fous!*

Il se retourna vers Jack et cria:

— La voilà votre preuve, nom de Dieu! Mon fils, dans cette peinture! Vous voulez montrer *cela* à votre juge? Est-ce une preuve suffisante? Pourquoi n'avez-vous pas tué toute cette foutue famille lorsque vous en aviez la possibilité?

Jack s'approcha et examina le portrait soigneusement. Il toucha l'image peinte de Thomas; elle était tout à fait sèche.

— Je ne sais pas quoi vous dire, murmura-t-il. Je suis navré, croyez-moi.

— Je vais fouiller la maison de fond en comble, dit Vincent. Ils l'ont peut-être attaché et enfermé quelque part. (Il alla rapidement jusqu'au pied du grand escalier et hurla:) Thomas! Tu es là, Thomas? Thomas!

Charlotte dit brusquement:

— Regarde, Vincent. Il y a une lettre.

Vincent se retourna. Sur un petit guéridon en acajou aux pieds contournés était posée une enveloppe en papier vélin crème. Il revint jusqu'au guéridon et prit l'enveloppe. Elle était adressée à « Mr V. Pearson »: une écriture soignée, une encre lilas.

— Ils avaient prévu notre visite, merde! jura Vincent.

Il déchira la partie supérieure de l'enveloppe et en sortit la lettre. Elle disait:

Wilderlings, 23 décembre

Cher Mr Pearson,

Comme vous pouvez le constater, nous avons enfin repris le portrait qui nous appartenait légitimement depuis toujours. Vous êtes incapable d'imaginer les souffrances que votre grand-père et les générations suivantes des Pearson nous ont imposées; et c'est uniquement parce que nous sommes une famille sentimentale que nous n'avons pas cherché à nous venger sur vous.

— Sentimentale, mon cul! intervint Jack. (Il avait lu la lettre par-dessus l'épaule de Vincent.) Que veulent-ils dire par sentimentale?

La lettre continuait ainsi:

Nous avons emmené votre fils avec nous par mesure de précaution. Nous prendrons soin de lui, nous pouvons vous l'assurer, de même que votre famille a pris soin de votre tableau. Vous devez comprendre, toutefois, si vous ne l'avez pas déjà compris, que toute tentative de votre part pour endommager ou détruire le tableau aurait pour résultat immédiat la mort de votre fils ou de graves préjudices. Vous devez également vous résigner au fait que vous ne reverrez jamais plus votre fils et que nous sommes hors de votre atteinte. Vous pourrez nous rechercher dans le monde entier jusqu'à la fin de vos jours, mais vous ne nous trouverez jamais.

Laissez le tableau où il est. Si vous essayez de l'emporter, nous punirons votre fils avec sévérité. Je pense que vous savez combien nous pouvons être sévères lorsque la situation l'exige. Après les vacances de Noël, nos mandataires viendront prendre le tableau et le mettront en lieu sûr, afin qu'il soit conservé dans des conditions appropriées.

Nous sommes satisfaits que justice ait été faite. Nous souhaitons que vous vous consoliez de la perte de votre fils.

Respectueusement,
Maurice Gray

Vincent relut la lettre puis la tendit à Jack afin qu'il puisse l'examiner plus attentivement.

— Qu'en pensez-vous? demanda-t-il, un peu plus calme à présent.

— Cette ligne, disant qu'ils sont hors de votre atteinte, fit remarquer Jack. Vous pensez qu'ils ont réussi à faire ce truc dont nous a parlé le Dr McKinnon ? Vous pensez qu'ils sont vraiment *là-dedans,* à l'intérieur de ce portrait ?

— Vous me demandez si je crois à quelque chose qui est absolument impossible. L'ennui, c'est que c'est la seule explication raisonnable que nous ayons.

— Ils auraient pu partir, tout simplement, en emmenant Thomas et Laura Monblat avec eux, suggéra Charlotte. Ils sont peut-être partis en Amérique du Sud ou au Mexique, un endroit comme ça.

Vincent se retourna et contempla le hall obscur et sentant le moisi, avec ses rideaux de toiles d'araignée qu'agitait le courant d'air.

— Non, dit-il. Je pense que le Dr McKinnon avait raison. Je pense qu'ils sont toujours ici. Je *sens* leur présence.

Ils inspectèrent les étages supérieurs de la maison, depuis les combles peuplés de ténèbres dont les lucarnes ovales donnaient sur le parc enneigé et laissé à l'abandon, jusqu'aux chambres à coucher rococo poussiéreuses où flottaient des parfums étranges, jusqu'à la salle d'opération avec sa table au plateau de marbre et ses rangées d'instruments chirurgicaux immaculés. Finalement ils revinrent dans le vestibule où se trouvait le tableau.

— Et voilà, dit Jack. S'ils sont vraiment encore ici, ils sont à l'intérieur du portrait.

— Je pense que je vais piquer une crise de nerfs et me mettre à crier, dit Charlotte. D'accord, c'est moi qui ai eu l'idée d'aller voir le Dr McKinnon. Mais des « manifestations de l'imaginaire » ? Des gens qui entrent et sortent de tableaux ?

— McKinnon a mentionné autre chose, leur rappela Jack. Il a dit que lorsque les gens entraient dans le portrait, se réfugiaient dans, hum, quel terme a-t-il employé ?

— La réalité alternative, lui souffla Vincent.

— Exact. Donc, lorsqu'ils se réfugiaient dans cette réalité alternative, ils laissaient leurs corps dans le monde normal, comme s'ils mettaient de la viande au frigo. Par conséquent... si c'est vrai, s'il y a la moindre vérité dans toutes ces divagations, et si les Gray ont disparu à l'intérieur du tableau... leurs corps doivent se trouver quelque part dans la maison. Logique, non?

Vincent hocha la tête d'un air sévère.

— Où, à votre avis? demanda Jack en mastiquant son chewing-gum. Peut-être la cave? Nous n'avons pas encore cherché là-bas.

Charlotte saisit Vincent par le bras.

— Je t'en prie, Vincent, toute cette affaire nous dépasse complètement.

— Non, non, répondit Vincent.

Il commençait à se sentir plus déterminé. Après le choc initial — lorsqu'il avait vu Thomas sur le portrait, et compris que les Gray l'avaient enlevé — il était disposé à entreprendre une action positive, même la plus bizarre, afin de délivrer son fils.

Ils trouvèrent la porte de la cave sous l'escalier principal — la porte par où George Kelly était sorti pour se jeter dans les griffes de Maurice et Henry Gray. Jack localisa l'interrupteur et ils descendirent prudemment les marches, se glissant entre les murs glacés.

— On ne fait plus de caves comme ça, dit Jack, son haleine fumant à cause du froid. Regardez ces voûtes.

— Regardez plutôt ces toiles d'araignée, répliqua Charlotte en frissonnant.

Leurs chaussures crissaient bruyamment sur le sol en ciment. Ils allèrent d'une pièce à l'autre, jetant un coup d'œil aux casiers à bouteilles, aux meubles et aux caisses. Charlotte farfouilla dans l'une des caisses et en sortit un plateau or et azur, tout à fait ravissant.

— Vous avez vu ça? Royal Worcester... au moins cent cinquante ans!

Ils trouvèrent la réserve remplie de tableaux. Vincent en examina cinq ou six et déclara:

— C'est stupéfiant. Bonnard, Vuillard, Denis. Les nabis les plus prestigieux; chacun de ces tableaux vaut quelque chose comme un million et demi de dollars. Regardez... voici un Moreau. C'était un symboliste. Et là, un Signac.

— Une sacrée collection, hein? demanda Jack.

— Ah! vous êtes loin de la vérité! L'ensemble de ces peintures atteint probablement un montant de plus de deux ou trois cents millions de dollars!

Ils fouillèrent les pièces l'une après l'autre, où étaient entassées les reliques d'une vie familiale qui avait été prolongée de plus de soixante-dix ans. Ils trouvèrent des pots, des vases, des bocaux et des coffrets, des selles et des harnais, et même le moteur démonté d'une automobile De Dion. Ils trouvèrent une sorte de tissu, dur comme du cuir, soigneusement plié et glissé entre des couches de papier de soie jaune: aucun d'eux ne voulut y toucher, dans le cas où cela aurait été de la peau humaine. Mais les Gray restèrent invisibles, ainsi que Thomas et Laura.

— Nous devrions peut-être essayer les anciennes écuries, suggéra Jack.

Ils sortirent en passant par la porte de derrière. Le parc était gelé et lugubre. Le ciel bas ressemblait à un plat en étain. La neige crissait sous leurs pas, et Jack s'éclaircit la voix deux ou trois fois parce qu'il était glacé et avait la goutte au nez.

Le garage, les écuries et les dépendances étaient déserts.

Jack se tenait dans la neige, les mains dans les poches et le visage crispé par le froid et la déception.

— Vous vous souvenez de ce que le Dr McKinnon a dit? Qu'ils cacheraient probablement leurs corps en des endroits où normalement on ne s'attendrait pas à trouver quelqu'un.

— Vous pensez qu'ils ont enterré leurs corps? demanda Vincent.

— Ils n'en ont pas eu le temps. De toute façon, dès que la neige se mettrait à fondre, quelqu'un verrait aussitôt l'endroit où ils les ont enterrés. De plus, aucun d'eux n'est ici, et si l'un d'eux a enterré les autres — ce qu'il aurait été obligé de faire — alors où est-il ? Ou elle, bien sûr. J'oubliais. Je ne dois pas faire de discrimination.

Leur haleine fumait. Ils regardèrent autour d'eux, essayant d'imaginer où quatorze personnes auraient pu se cacher, rapidement et facilement. Ce fut à ce moment que Vincent repéra une tache sombre dans la neige au milieu de la pelouse.

— Qu'y a-t-il là-bas ? demanda-t-il à Jack en mettant sa main en visière.

— Je ne sais pas. On dirait un genre de pièce d'eau.

Vincent plissa les yeux, regardant en direction du bassin dans le crépuscule neigeux.

— Où les criminels jettent-ils leurs armes lorsqu'ils veulent s'en débarrasser ? Où les gangsters balancent-ils les corps de leurs victimes ? Quel est le dernier endroit au monde où vous auriez l'idée de rechercher quelqu'un qui se cache de vous ?

Ils traversèrent rapidement la pelouse, marchant dans la neige, jusqu'à ce qu'ils eussent atteint le rebord du bassin. La plus grande partie de la surface était gelée, mais la couche de glace avait été récemment brisée, à l'endroit plus sombre que Vincent avait remarqué au loin. La glace se reformait déjà et l'eau était une bouillie de fange opaque. Mais, au cours de ces dernières heures, quelqu'un avait manifestement jugé que cela valait la peine de percer et de briser une couche de glace de plus de dix centimètres d'épaisseur, en un cercle parfait de quatre-vingt-quinze centimètres de diamètre, puis de laisser l'eau geler à nouveau et la glace obstruer le trou.

Malgré la neige, Vincent se mit à quatre pattes et essaya de voir ce qu'il y avait sous l'eau.

— Donnez-moi votre torche, dit-il à Jack.

Jack obtempéra. Vincent dirigea le faisceau lumineux d'un côté puis de l'autre, éclairant de la glace, des poissons rouges et des filaments de mauvaises herbes.

Il braqua la torche vers le fond du bassin, et ce fut

alors, avec la plus grande épouvante qu'il eût jamais éprouvée, qu'il aperçut le visage. Le visage de son fils, aussi blanc que le ventre d'un poisson, le regardant fixement depuis un mètre cinquante de profondeur sous la surface du bassin en train de geler. A côté de Thomas, le serrant contre elle en une étreinte froide et maternelle, gisait Laura, et il y avait également Belvedere, et Henry, et Netty la jeune infirme. Un enchevêtrement de bras et de jambes, gelés et blancs. De toute évidence, ils avaient espéré que leurs corps seraient cachés durant l'hiver par la glace et la neige ; et durant l'été par les nénuphars et le miroitement de l'eau. Cette année, l'été et l'hiver serviraient ces aristocrates de la mort et de l'immortalité, de la même façon qu'étés et hivers les avaient servis jusqu'à présent, et comme ils les serviraient pour toujours.

Au fond de l'eau opaque, son visage reposant contre une grappe de plantes aquatiques, Vincent aperçut Cordelia ; et, auprès d'elle, le visage verdâtre et les traits tirés, gisait Maurice.

— Je suppose que nous allons devoir les sortir de là, dit Jack, prenant la torche des doigts de Vincent et dirigeant le faisceau de part et d'autre du bassin. C'est un massacre !

— Non, pas encore, répondit Vincent.

Il se releva et fit signe à Jack de le suivre. Vincent frissonnait de froid, et du choc d'avoir vu Thomas au fond du bassin. Il se répétait continuellement que Thomas n'était pas mort ; qu'aucun d'eux n'était mort ; qu'ils s'étaient enfuis à l'intérieur du portrait. Mais il y avait des moments où l'incrédulité était la plus forte, tel un gouffre s'entrouvrant sous ses pieds ; et il commençait à penser que tout allait se terminer ici... une noyade collective dans un bassin sordide du Connecticut, et des corps ruisselants d'eau, repêchés par les services du coroner.

Charlotte sortit de la maison ; elle les cherchait. Jack lui fit signe de les rejoindre.

— Ils sont tous dans le bassin, dit-il en s'essuyant le nez du dos de la main.

— Pas Thomas? demanda Charlotte, atterrée.

Vincent hocha la tête.

— Il avait quatorze ans, dit-il d'une voix sourde et furieuse. Quatorze ans. C'est tout. Bon Dieu, pourquoi ne l'ai-je pas emmené avec moi à Seekonk?

Bouleversée, horrifiée, Charlotte dit:

— Ils sont... ils sont tous morts? Noyés?

Vincent se détourna du bassin.

— Ils ne sont pas morts, déclara-t-il d'une voix rauque. C'est l'endroit où ils ont choisi de dissimuler leurs corps, c'est tout, tandis qu'ils s'échappaient. Je suppose qu'ils auraient pu trouver une meilleure cachette, mais sans doute étaient-ils pressés par le temps. En outre, ils n'ont probablement pas réalisé que nous savions ce qu'ils pourraient faire.

« Du moins, ajouta-t-il, ce que nous *espérons* qu'ils ont fait, pour le salut de Thomas, et pour celui de Laura Monblat.

— Tu penses vraiment qu'ils se sont réfugiés dans leur tableau?

— Dieu seul le sait, dit Vincent.

— Mais ne pourrions-nous pas sortir les Gray de là... les repêcher de ce bassin... et les tuer, les cribler de balles ou je ne sais quoi? demanda Charlotte.

Vincent secoua la tête.

— Maurice Gray a spécifié tout cela dans sa lettre. A présent les Gray sont hors de notre atteinte. Ce que tu vois là, ce sont seulement leurs corps. Mais eux-mêmes, leurs esprits, tout ce qu'ils sont réellement... *ils* sont toujours libres. Ils n'ont plus aucune inquiétude à avoir... d'être arrêtés, de vieillir ou de tomber malades. Ils peuvent faire tout ce qu'ils veulent, quand ils le veulent, à toute personne de leur choix.

Ils se dirigèrent vers la maison. Vincent luttait contre l'envie de retourner en courant vers le bassin et de sortir Thomas de l'eau en train de geler. C'est mon fils qui est là-bas, mon fils unique, gisant côte à côte avec des dégénérés et des assassins à demi décomposés.

Mais il savait qu'il n'y avait qu'une seule façon de sauver Thomas. Ainsi que Laura Monblat. Et c'est pourquoi il rebroussait chemin vers la maison, marchant devant Jack et Charlotte. Il se sentait le cerveau vide, choqué ; il avait l'impression de faire un rêve impossible, mais il était toujours résolu.

Quand ils furent rentrés dans le vestibule, Jack demanda :

— Bon... que faisons-nous maintenant ? Nous gardons l'idée du Dr McKinnon et nous continuons, ou quoi ?

— Nous n'avons pas le choix, répondit Vincent. Si nous ne poursuivons pas les Gray dans leur propre tableau, nous ne les retrouverons jamais. Vous avez entendu ce que le Dr McKinnon a dit : ils peuvent rester cachés dans le tableau pendant des années et des années jusqu'à ce que nous soyons tous morts et oubliés. Nous ne devons pas toucher au portrait parce que Thomas et Laura se trouvent à l'intérieur, et nous ne devons toucher à aucun de ces corps parce qu'ils puniraient Thomas et Laura par représailles.

— Alors que faisons-nous ? répéta Jack. Nous nous lançons à leur poursuite, mais comment ?

— Je vais appeler Aaron Halperin, dit Vincent. C'est le peintre le plus rapide et le plus compétent que je connaisse. Je vais lui demander de venir ici, tout de suite, et de faire mon portrait. Charlotte, tu vas téléphoner au Dr McKinnon. Demande-lui de te lire tout le rituel en latin que l'on utilisait pour séparer l'âme d'une personne de son corps. Et note-le avec le plus grand soin, je t'en prie. Une seule erreur, et cela ne marcherait pas.

— Ecoutez, Vincent, intervint Jack. C'est moi qui mène cette enquête, d'accord ? Vous ne pensez pas que *je* devrais être celui qui part à la poursuite des Gray dans ce foutu tableau ?

Vincent secoua la tête énergiquement.

— C'est mon fils qui est là-bas, Jack. De plus, que feraient les services de police du comté de Litchfield d'un shérif doté de la vie éternelle ? Sans parler de son épouse.

Il sortit son carnet d'adresses et appela Aaron à Bantam. Aaron avait une voix plutôt pâteuse et Vincent eut du mal à se faire comprendre.

— Vincent ? D'où appelles-tu ? J'ai téléphoné chez toi. Je voulais te dire de venir ici pour goûter ma nouvelle eau-de-vie. Un vrai « rampe-boyaux », tu en bois seulement deux verres, et après tu rampes et tu te traînes par terre !

— Aaron, c'est très urgent. Tu te souviens du Waldegrave ?

— Mon cher Vincent, comment pourrais-je l'avoir oublié ?

— Bon, il est arrivé quelque chose. Quelque chose de très grave. Je veux que tu viennes à Darien, que tu apportes ton matériel de peinture et que tu fasses mon portrait, un portrait en pied, immédiatement.

Il y eut un long silence, ponctué par le tonnerre réprimé de la respiration d'Aaron.

— Un portrait ? *Maintenant ?* Tu as perdu la tête ? Nous sommes quasiment à la veille de Noël !

— Aaron, dit Vincent, de toute ma vie je n'ai jamais eu autant besoin de quelqu'un que j'ai besoin de toi en ce moment. Demande-moi le prix que tu voudras, je te promets de payer. Écoute... je te donnerai ces dessins à la plume de Charles Wilson Peale, plus dix mille dollars. Mais pour l'amour de Dieu, Aaron, j'ai besoin de toi. C'est une question de vie ou de mort.

Aaron resta silencieux un long moment. Puis il dit :

— Je suis complètement bourré, tu sais.

— Alors prends un taxi. Je paierai le prix de la course. Mais viens, je t'en prie. Je me trouve dans une maison qui s'appelle Wilderlings, au nord de Darien sur la route de New Canaan. Tu viendras ?

— Mais *pourquoi,* Vincent ? Pourquoi es-tu aussi pressé que je fasse ton portrait ? Tu sais, faire faire son portrait, ce n'est jamais une affaire très *urgente.*

— Aujourd'hui, si, Aaron. Je t'assure. Tu comprendras pourquoi lorsque tu seras ici.

Aaron hésita un instant, puis il dit :

— Je viens d'en parler à la famille. De l'avis général, je ne devrais pas bouger d'ici, et si tu tiens vraiment à avoir ton portrait, tu devrais aller au photomaton chez Woolworth's.

— Aaron, insista Vincent, tu te souviens de Van Gogh ?

— Van Gogh ? Quoi, Van Gogh ?

— Écoute bien. Van Gogh est toujours sur le Waldegrave, mais à présent, Thomas est également sur le portrait.

— *Thomas ?* Oh, Seigneur, ils ne l'ont pas...

— Non, Aaron, ils ne lui ont fait aucun mal. Pas encore, autant que je puisse le savoir. Mais cela pourrait bien arriver, et je veux le sortir de là.

Il y eut encore un moment d'hésitation, puis Aaron dit :

— Entendu, Vincent, je viens. Donne-moi deux heures. Le temps de rassembler mon matériel.

— Prends un taxi si tu veux. Je paierai.

— Je vais très bien. Tu entends ? Je vais très bien. Deux heures, c'est tout. Tu peux attendre deux heures, non ?

— Je compte sur toi, Aaron.

Dès que Vincent eut fini de parler avec Aaron, Charlotte téléphona au Dr McKinnon. Tout d'abord il se montra bourru et réticent. Il n'avait guère l'habitude que des visiteurs le plaquent brusquement, comme Vincent, Charlotte et Jack l'avaient fait, et il n'était pas homme à supporter les difficultés psychospirituelles d'autrui, du moins pas avec plaisir.

— J'ai eu l'impression très nette, dit-il, qu'aucun de vous ne croyait vraiment à ce que je disais.

— Dr McKinnon, l'interrompit Charlotte, les Gray ont enlevé le fils de Mr Pearson !

— Cette affaire regarde la police, il me semble.

— Dr McKinnon... ils l'ont emmené avec eux dans le portrait !

Un silence hérissé. Puis :

— Dites-moi, s'agit-il d'une plaisanterie ? C'est ce que j'ai commencé à subodorer, pas plus tard que ce matin.

— Ce n'est pas une plaisanterie, Dr McKinnon, je vous le promets. Mais je dois absolument connaître le rituel, le rituel permettant à une personne de vivre éternellement tandis que son portrait vieillit.

— *Au téléphone ?* s'exclama-t-il, manifestement scandalisé.

— Dr McKinnon, insista Charlotte, nous sommes extrêmement pressés. Croyez-moi, si je pouvais venir chez vous, ou vous envoyer une lettre, je le ferais. Mais tout ce qu'il me faut, ce sont les paroles du rituel. Je vous en prie. Et toutes les instructions particulières que vous pouvez me donner.

— Ceci n'est pas très régulier, vous savez. Les rituels sont secrets, et ils l'ont été durant cinq cents ans. Le fait de vous les lire au téléphone...

— Dr McKinnon, lança Charlotte d'un ton cassant, bon Dieu, laissez tomber toute cette discussion académique. Nous sommes au xxe siècle, pas au Moyen Age, et des gens ont besoin d'aide !

— Dites donc, se récria le Dr McKinnon, je ne tolère pas qu'on me parle de la sorte. Je commence à en avoir plus qu'assez !

Néanmoins il resta en ligne.

— Excusez-moi, dit Charlotte. Je panique, c'est tout. Je vous en prie. C'est le tout dernier espoir qu'il nous reste.

Le Dr McKinnon resta silencieux si longtemps que Charlotte fut obligée de dire « Allô ? » pour s'assurer qu'il n'avait pas raccroché. Vincent l'observait avec attention, et il haussa un sourcil interrogateur, mais

Charlotte lui fit un signe de la main indiquant que le Dr McKinnon était toujours en ligne et qu'il était apparemment en train de considérer sa requête.

— Vous avez un réel problème, c'est bien cela? demanda finalement le Dr McKinnon.

— Oui, un réel problème.

— Bien, dit le Dr McKinnon. J'espère qu'il ne s'agit pas d'une plaisanterie de très mauvais goût. Ne quittez pas ; je vais chercher le livre en question.

Charlotte couvrit le micro de la paume de sa main et chuchota à Vincent :

— Il va le faire.

— Merci, mon Dieu, dit Vincent.

Lentement et d'une voix pédante, le Dr McKinnon lut les paroles du rituel. Charlotte, qui avait été une excellente secrétaire, les nota en sténo. C'était du latin archaïque et difficile, mais le Dr McKinnon prononçait chaque mot avec une délectation manifeste.

Lorsqu'il eut terminé, Charlotte dit :

— Je ne sais vraiment pas comment vous remercier.

Le Dr McKinnon émit un son bizarre, mi-reniflement, mi-toux.

— Servez-vous du rituel à bon escient, c'est tout. Et lorsque vous aurez délivré ces personnes, eh bien, veuillez m'en informer.

— Oh, bien sûr. Dr McKinnon, vous êtes un amour !

Une fois que Charlotte eut recopié en écriture ordinaire les mots latins, Vincent les lut soigneusement et dit :

— Parfait. A présent, il ne nous manque plus que le portrait ; alors nous pourrons partir à leur poursuite.

Vincent et Charlotte restèrent ensemble tandis qu'ils attendaient Aaron. Jack trouva la chaudière et la remit en marche pour le cas où la température chuterait brutalement au cours de l'après-midi. Wilderlings retentit alors de craquements et de bruits bizarres. Jack remonta finalement de la cave, s'essuyant les mains sur un grand rouleau de gaze. Il ne regarda pas en direction du Waldegrave ; plus personne ne regardait le portrait. La peur de ce qui pouvait se produire s'ils échouaient était trop grande.

Jack avait également conscience qu'il ne se comportait pas du tout comme un shérif. Il aurait dû prévenir la police de Darien depuis longtemps. Mais il était déjà allé trop loin en ce qui concernait les Gray ; à présent il ne pouvait plus revenir en arrière. Une perquisition officielle aboutirait inévitablement à la découverte des corps dans le bassin, et si le coroner tentait une autopsie sur eux, les conséquences seraient sanglantes et désastreuses.

Lorsque Aaron arriva, il faisait nuit. Il chemina lentement dans la neige, sa mallette sous le bras, et adressa un sourire crispé à Vincent et Charlotte.

— J'espère que vous réalisez que je suis un saint.

— On canonise des juifs maintenant?

— Saint Aaron de la Palette Immuable. Bon, et si vous m'expliquiez ce qui se passe?

Ils lui montrèrent le Waldegrave avec ses nouvelles adjonctions, Laura et Thomas ; puis ils l'emmenèrent dans le jardin et lui montrèrent les corps sous la glace luisante.

— Bon, ça va, j'ai compris, dit-il en déglutissant.

— Alors fais mon portrait, insista Vincent.

— Est-ce que tu te rends compte de ce que cela signifie si je fais ton portrait et si tu récites le rituel? Tu vivras éternellement, comme eux, nous sommes d'accord? Tu vas perdre ton âme, Vincent ; et comment feras-tu pour la récupérer? Thomas a déjà perdu la sienne. Quelle sorte de vie mènera-t-il si jamais tu réussis à le sauver? Il deviendra un tueur, écorchant des gens afin de rester jeune? Et *toi,* deviendras-tu la même chose?

— Aaron, pour l'amour du ciel, chaque chose en son temps, tu veux? Pour le moment, mon fils est retenu en otage par une famille de dégénérés et d'assassins dans quelque lieu imaginaire où je ne peux même pas l'atteindre. A présent, s'il te plaît, fais mon portrait, et laisse-moi au moins le sauver.

Aaron ouvrit sa mallette et commença à sortir ses pinceaux.

— Aaron, tu comprends ce que je demande ? s'écria Vincent.

Aaron hocha la tête et sortit sa palette et ses fusains.

— Je sais ce que tu veux, Vincent, et je le ferai pour toi, bien sûr. Ne te fais pas de bile. J'ai autant la frousse que toi.

Vincent prit place dans une bergère à oreilles en velours marron qu'ils avaient apportée de sa salle de musique, et croisa les jambes afin d'être à son aise. Aaron commença à dessiner. Les contours de la tête et du corps de Vincent commencèrent à apparaître sur la toile, puis ses jambes. Puis il coloria au lavis les contours, peignant avec adresse et précision. Après cela, il s'occupa du fond, puis des tons autour du front, des orbites, des pommettes et des ailes du nez, construisant le visage.

Avec une incroyable rapidité, dans des couleurs ocre, vert émeraude, rouge vif, noir et blanc, Aaron fit un portrait saisissant de la tête de Vincent : ses cheveux frisés, noirs et striés de gris, son nez droit, ses yeux enfoncés, sa mâchoire puissante. Lorsque la pendule sonna neuf coups, le pinceau d'Aaron était toujours à l'ouvrage, ajoutant des nuances, des rehauts et des ombres inattendues. A deux heures du matin, le portrait était pratiquement terminé ; à présent les mains d'Aaron étaient glacées, il était épuisé et cela lui prenait de plus en plus de temps pour finir chaque détail.

A quatre heures du matin, d'un geste brusque, il jeta par terre son pinceau en poil de martre et déclara :

— C'est tout ce que je peux faire. Je suis désolé.

Vincent se leva avec raideur de son fauteuil où il était resté assis durant ces trois dernières heures, pelotonné dans son pardessus. Il examina le portrait encore brillant, puis posa une main sur l'épaule d'Aaron.

— Aaron, j'ai toujours dit que tu étais un génie. En voici la preuve. Quoi qu'il arrive, laisse tomber la restauration de tableaux. Fais des portraits et tu deviendras riche.

— Je prendrais bien un verre, déclara Aaron d'une voix rauque.

Il se leva et s'étira, remuant ses doigts engourdis.

— Maintenant le rituel, dit Vincent.

— Maintenant? demanda Charlotte.

— C'est *Thomas* qui est là-dedans, Charlotte. C'est mon fils.

— La peinture est encore humide.

— Aucune importance. Faisons-le.

— Où ai-je déjà entendu cette phrase? s'interrogea Jack. Oh, je sais. Gary Gilmore.

— Le rituel, répéta Vincent, trop fatigué pour discuter.

Charlotte lui tendit le morceau de papier sur lequel elle avait écrit les mêmes mots qui, quatre-vingt-dix ans auparavant, avaient fait don de l'immortalité à la famille Gray. Les mains de Vincent tremblaient lorsqu'il prit le morceau de papier, et il dut inspirer profondément avant de commencer à réciter.

« *Sanctum suum Spiritum per concedat agere Dominus nobis quod. Superatis nequitiam multimodam eorum uobis in prius cum, imperabitis doemonibus aliis in recte etenim tunc.* »

Même sous sa forme abrégée, le rituel était long. Il comprenait non seulement l'Exorcisme à l'envers, mais un passage sur les puissances du temps et les puissances de la créativité, constatant que les forces du monde étaient divisées en quatre parties: le Mal, la Pureté, l'Altruisme et la Jalousie.

Jack et Charlotte observaient Vincent attentivement tandis qu'il récitait ces paroles ; mais à la fin du rituel, il était toujours là, toujours épuisé, la tête penchée, et le portrait se trouvait toujours sur le chevalet portatif d'Aaron, une légère larme de vert émeraude coulant sur sa joue gauche. Le vent des petites heures du matin soufflait, glacial et insistant, par la porte de devant aux battants disloqués. L'immense demeure craquait et grinçait ; au-dehors, le monde était blanc, à peine perceptible.

— Ça ne marche pas, dit Jack.

Depuis le commencement, il avait su que ça ne marcherait pas. Depuis le commencement il avait su que le Dr McKinnon était un être trop excentrique pour dire la vérité, avec ses divagations sur des gens, des maisons et des paysages imaginaires existant réellement. Très rarement dans sa vie, Jack avait éprouvé l'envie d'enfoncer le canon de son calibre 38 dans sa bouche, jusqu'à ce qu'il touche le palais, même s'il supposait que cela devait arriver à tout policier à un moment ou à un autre ; mais cette nuit il en aurait été capable. Le contact froid et désagréable de l'acier, et ensuite l'oubli.

Vincent gardait les yeux fermés. Il ne s'était rien passé ; il n'avait pas été transporté dans une autre réalité. Pourtant les paroles du rituel lui avaient procuré une extraordinaire sensation qu'il savait être juste. Il se retourna, les yeux toujours fermés. A présent il ignorait dans quelle direction il s'était tourné, mais cela n'avait aucune importance. Ce qui importait, c'était d'*avancer*, de marcher tout droit, vers les ténèbres qui s'amoncelaient derrière ses globes oculaires.

Charlotte, Jack et Aaron le virent marcher, tout à fait tranquillement et méthodiquement, avancer dans le vestibule jusqu'à la porte, la franchir et se diriger vers la neige du petit matin. Jack appela : « Vincent ! Tout va bien ? » mais il n'y eut pas de réponse. Charlotte hésita un instant, puis courut jusqu'à la porte et regarda au-dehors, vers le jardin d'un gris aveuglant. Vincent avait disparu. L'empreinte de ses pas dans la neige continuait sur deux ou trois mètres au-delà du perron, puis cessait brusquement.

Jack la rejoignit et posa une main sur son épaule.

— Il l'a fait, chuchota-t-il. Il est parti. Putain, il est immortel !

27.

Darien, 24 décembre

Maurice Gray était assis dans le salon cramoisi, fumant la pipe, lorsque Thomas entra, vint se mettre près de la cheminée et le regarda fixement. Maurice en éprouva de la gêne. Il n'aimait pas qu'on le regarde tandis qu'il lisait le journal, particulièrement les jeunes garçons, et encore plus particulièrement les jeunes garçons ne faisant pas partie de la famille. Il s'efforça de lire un long paragraphe consacré aux projets du Président Harrison pour l'achat d'argent ; mais à la fin, il fut obligé de replier son journal et de dire :

— Oui, jeune homme ? Tu désires quelque chose ?

— S'il vous plaît, dit Thomas, je peux rentrer chez moi ?

Maurice soupira avec une impatience feinte. Il posa le journal par terre, du geste ultime dont se sert un père dérangé par son fils pour lui donner un sentiment de culpabilité. *Tu as perturbé la Très Importante Lecture des Nouvelles, mon garçon. Mais parle, et je t'écouterai...*

— Je ne sais pas où je suis, dit Thomas. (Sa lèvre inférieure tremblait, mais il se refusait à pleurer.) Je ne comprends pas ce qui m'arrive.

— Eh bien, répliqua Maurice, je crois être en mesure de mettre fin à ces deux incertitudes, mais il t'appartient de décider si les réponses sont satisfaisantes ou non. Tu es à Wilderlings, à Darien, Connecticut. C'est la veille de Noël. Demain il y aura des cadeaux, de l'oie, du pudding, et toutes les sucreries dont raffolent les petits garçons. Et quant à ce qui t'arrive, c'est très simple : tu es venu vivre ici avec nous parce que tu es récemment devenu orphelin, et tu es sur le point de commencer une vie nouvelle, très satisfaisante et agréable.

— Orphelin ?

Maurice sourit.

— Quel autre nom donner à un garçon qui n'a pas de parents en vie ?

— Mais mon père est vivant. Ma mère est vivante.

Maurice secoua la tête.

— Absolument pas. Ni ton père ni ta mère ne sont encore nés. Regarde par la fenêtre, Thomas, et dis-moi ce que tu vois.

Thomas alla jusqu'à la fenêtre et écarta les épais rideaux de dentelle aux motifs de paons et de corbeilles de fleurs. Au-dehors, il pouvait voir la neige, l'allée et les grilles de Wilderlings. Mais sur la route, au-delà, il aperçut des traîneaux tirés par des chevaux, des dames portant des manteaux tombant jusqu'aux chevilles et des manchons de fourrure, et des messieurs coiffés de hauts-de-forme.

Maurice se leva, s'approcha de la fenêtre et se cura les ongles avec application à l'aide de la pointe acérée d'un canif en argent.

— Ceci est l'année où le Waldegrave a été peint, dit-il. Nous sommes revenus ici pour le moment parce que nous sommes les enfants du tableau. Nous sommes à l'intérieur du tableau, à l'intérieur ! Et toi, grâce au talent d'Oncle Belvedere, tu es également à l'intérieur du tableau, avec nous.

— Je veux rentrer chez moi, insista Thomas.

Il ignorait toujours si ceci était un cauchemar ou non, mais il était décidé à rentrer chez lui, même si cela ne signifiait rien de plus compliqué que de se réveiller.

— Non, dit Maurice. *Ici* tu es chez toi. *Ici !* A présent tu fais partie de notre famille. En fait, je pense que tu devrais faire leur connaissance.

— Je veux rentrer chez moi, c'est tout, répéta Thomas.

L'air bienveillant, Maurice ne tint pas compte de cette demande. Il prit Thomas par le bras et l'entraîna vers le vestibule, brillant, lumineux et décoré de statues grecques en bronze, représentant de jeunes hommes musclés au corps parfait, s'apprêtant à lancer un javelot ou un disque, ou à courir le marathon.

Maurice fit remarquer :

— Savais-tu que le mot *gymnaste* vient du mot grec qui veut dire « celui qui fait des exercices nu » ?

Thomas était peu disposé à l'accompagner, mais la poigne de Maurice sur son bras était implacable. Il obligea Thomas à monter les marches, à suivre le couloir, puis à monter une autre volée de marches. Des tableaux étaient accrochés aux murs, des paysages lugubres, des vues de Münster durant un orage, et des flots déchaînés au large de Helgoland. Finalement ils arrivèrent devant une grande porte dont le panneau était orné de fruits ; autrefois les fruits avaient été peints, mais la peinture en était écaillée et flétrie à présent, comme par suite d'une négligence. Maurice frappa à la porte et sourit à Thomas tandis qu'ils attendaient.

La porte fut ouverte de l'intérieur par une garde-malade : une vieille femme desséchée, portant un tablier blanc et une coiffe blanche. Elle chuchota :

— Il dort. Je vous en prie, ne le réveillez pas.

Marchant sur la pointe des pieds, ils s'avancèrent dans l'immense chambre à coucher obscure qui sentait la maladie et le liniment, et s'approchèrent du lit où était couché, maladroitement appuyé sur ses oreillers, Algernon Gray, le père de la famille. Il dormait et ronflait tranquillement, comme s'il était en paix avec le monde.

Ce qui horrifia Thomas, cependant, c'était que son visage grouillait de vers. Ils entraient et sortaient par ses narines en se tortillant, se glissaient dans sa bouche et faisaient ondoyer ses cheveux blancs clairsemés comme s'ils étaient agités par un vent imperceptible.

— Il est très malade, tu comprends, fit remarquer Maurice avec une apparente indifférence, et Mère est dans le même état. Mais à présent que nous avons repris le portrait, nous allons le faire restaurer, et *ils* seront restaurés par la même occasion. Père et Mère, que Dieu les bénisse !

Thomas ne trouva rien à dire. Il se sentait terrifié, pris de nausées et désespérément seul. *Il s'agit forcément d'un rêve, n'est-ce pas ? Je vous en prie, quelqu'un, dites-le moi !*

— C'est ta famille, vois-tu, les Pearson, qui est la cause de tous ces ennuis, dit Maurice, en entraînant Thomas hors de la chambre. Ils étaient les amis des Gray dans les années 1890. Ils allaient toujours ensemble à des réceptions, ils faisaient toujours des promenades en barque ensemble. L'arrière-grand-père de ton père venait très souvent à Wilderlings.

— Il est couvert de *vers !* chuchota Thomas avec épouvante.

Maurice serra sa main avec force.

— Des vers, oui. Des vers ! Mais aucun de nous n'est plus tout à fait ce que nous étions. C'est triste, n'est-ce pas ; plutôt mélancolique, à la réflexion. J'ai souvent pensé à écrire des poèmes sur ce sujet, sur la tristesse de mourir. Mais, bien sûr, nous ne mourrons pas... bien que nous consacrions plus de temps que nous ne le devrions à nous maintenir en forme.

Ils redescendirent l'escalier principal et s'avancèrent dans le couloir du rez-de-chaussée jusqu'aux cuisines. Il n'y avait personne pour le moment. Des casseroles en cuivre étaient accrochées par ordre de taille ; des spatules en argent luisaient telles des sardines fraîches que l'on a suspendues pour les faire sécher.

— Nous avons toujours été une famille très unie, tu sais, dit Maurice à Thomas, son visage à demi dissimulé par les casseroles pendues au plafond. Si l'un de nous attrapait la grippe, eh bien, nous avions *tous* la grippe. Certaines maladies devenaient des réunions familiales tout à fait admirables, l'occasion de petites fêtes : « Vous ne devinerez jamais ! Hourrah ! Je crois bien que j'ai la rubéole ! Débouchez une bouteille de Gewürtzraminer ! »

Maurice hésita puis dit, plus sérieusement :

— Aujourd'hui, survivre devient de plus en plus difficile pour nous. Nous sommes des proscrits ; nous le savons, même si d'autres personnes ont réussi à nous accepter. Sans le portrait, nous étions perdus ; nous ne pouvions plus contrôler notre destinée, mais nous l'avons récupéré à présent, et nous pourrons *nous restaurer.*

De toute évidence Thomas ne comprenait pas. Maurice le fit asseoir sur un siège au haut dossier et s'appuya contre la cuisinière à charbon, les bras croisés, et dit :

— Nous voulions la jeunesse. Qu'est-ce que cela avait de si épouvantable ? Nous voulions rester tels que nous étions : jeunes, animés et joyeux. Et nous l'avons fait. C'est seulement lorsque ton bisaïeul est intervenu que nos malheurs ont commencé. Il a volé le portrait et l'a gardé sous clef ; ensuite il nous a contraints à partir en Europe comme des exilés. Cela s'est passé en 1911, une année qui est encore à venir dans ce portrait, et une année qui ne *viendra* jamais, parce que les portraits restent tels qu'ils étaient le jour où ils ont été faits. Jeunes, rayonnants de joie, et vivants.

Maurice chercha dans le placard et trouva une bouteille de Kir. Il se servit un petit verre et le but d'une seule gorgée.

— Le portrait doit rester à proximité de ceux qui l'ont commandé au peintre, tu comprends, parce que de temps à autre, afin d'empêcher que nous vieillissions d'une façon trop dramatique, nous devons retourner — *à travers la peinture elle-même* — jusqu'à l'année où il a été fait. Disons que cela revient à une cure de rajeunissement. Tandis que les années passent, nous nous éloignons de plus en plus du jour où nous *aurions dû* mourir, nos forces déclinent et notre apparence de jeunesse nécessite quelque attention.

« Tout allait à merveille jusqu'à ce que ton bisaïeul vole le portrait. Alors nous avons été obligés, afin de continuer à vivre — puisque nous ne pouvions plus retourner périodiquement dans le tableau lui-même, comme nous le faisions auparavant — de changer de peau tous les deux ou trois mois, pour rester présentables et acceptables. Beaucoup de personnes innocentes sont mortes à cause de cette nécessité ; nous les avons tuées ; mais je rejette la faute de chacune de ces morts sur la famille Pearson. Si les Pearson n'étaient pas intervenus, les Gray n'auraient probablement fait de mal à personne, ils n'auraient agressé personne et ils seraient restés *la crème de la crème*[1] de la haute société du Connecticut.

Maurice se frotta le front du bout des doigts, en un léger mouvement circulaire, comme s'il commençait à avoir la migraine.

— Le portrait est indispensable à notre survie. Pour disparaître à l'intérieur du tableau, chacun de nous doit toucher physiquement sa propre image sur celui-ci. Et, ô merveille, nous nous retrouvons ici ! Assis dans la cuisine, bavardant entre nous, en 1883. Mais tu es jeune. Tu dois commencer à t'ennuyer ; toutes ces histoires de rajeunissement, de grippe et de la tristesse de vies qui ne servent plus à rien depuis longtemps. Ce n'est pas étonnant que Dieu nous envoie sur terre pour une durée aussi courte !

— Je veux rentrer chez moi, dit Thomas.

— Mon cher garçon, lui dit Maurice, dorénavant, tu *es* chez toi. Du moins, aussi longtemps que je le dirai. Tu n'as aucun moyen de retourner là-bas, sauf par mon intermédiaire ; aussi tu ferais mieux d'accepter cette situation et d'être gentil. Si tu ne te trouvais pas ici, ton père aurait probablement mis le feu au tableau et il nous aurait tous fait brûler vifs ; mais tu es ici, ainsi que Laura... c'est pourquoi nous sommes tout à fait en sécurité, qu'en penses-tu ? Hein ?

1. En français dans le texte (NdT).

— Je croyais que vous aviez tué Laura, dit Thomas.

— La tuer? Certainement pas, mon jeune ami. Mais elle doit prendre certaines décisions, très importantes, concernant sa vie, comme c'est le cas pour chacun de nous.

— C'est-à-dire?

Maurice sourit d'un air suffisant.

— Elle doit décider si elle veut être la servante de Henry pour le restant de sa vie, devenant ainsi quasiment immortelle, ou bien si elle désire faire le sacrifice de sa peau afin d'éviter à ma mère de perdre complètement son apparence.

— C'est tout ce qu'elle peut choisir? C'est affreux! C'est de l'exploitation!

— Mon cher garçon, nous sommes en 1883, avant que le mot « exploitation » soit devenu d'un usage courant, surtout parmi les garçons de ton âge. Mon Dieu, tu es un rigoriste, dis-moi? Exactement comme ton père.

Maurice passa sa main dans les cheveux de Thomas, mais celui-ci écarta vivement la tête.

— Et si nous allions voir Laura? proposa Maurice. Ce pourrait être amusant de découvrir ce que Henry lui réserve aujourd'hui. Tu veux venir? Ou préfères-tu rester ici toute la journée et bouder?

Maurice sortit de la cuisine et se dirigea vers la salle de musique. Thomas sentit qu'il ne pouvait faire autrement que de le suivre. Il avait conscience que l'air dans la maison était étrangement brumeux, comme si chaque chose était filtrée à travers la plus fine des mousselines. Quelque part, une boîte à musique jouait un air depuis longtemps oublié; et il entendit une femme chanter:

Et si tu cueillais des lis
Au bord du ruisseau tranquille;
Et si tu respirais le parfum là-bas
En des heures qui te font rêver...

Dans la salle de musique, Henry était au piano, les cheveux ébouriffés, une *papirosi,* une cigarette russe noire, non allumée, aux lèvres. Il était en tenue de ville, complétée d'une cravate en soie grise, mais il avait ôté et suspendu sa veste au dossier de la chaise. Il ne jouait pas du piano ; il se contentait de regarder fixement la partition, un morceau compliqué de Chopin, une forêt noire de doubles croches.

Laura était assise dans un petit fauteuil capitonné, les mains posées sur ses genoux, raide et silencieuse. Lorsque Thomas entra dans la pièce, elle se tourna pour le regarder, ses yeux clairs voilés par l'atmosphère brumeuse, mais elle ne dit rien. Elle portait une robe longue, noire et stricte, avec une quantité de minuscules boutons noirs sur le devant.

— Eh bien, cousin, dit Henry d'un air désolé, quelle est la grande décision?

Maurice fit craquer systématiquement les articulations de ses doigts et jeta un regard circulaire avec une expression peinée à la James Mason.

— Je ne pense pas qu'il y ait jamais eu une grave controverse à ce sujet, Henry. La fille doit revenir à Mère.

— Demain, je suppose?

— Demain c'est le jour de Noël. Il me serait pénible de...

Henry plaqua une suite d'accords.

— Oh non, bien sûr, Maurice. Je sais combien tu as l'estomac délicat. Et puisqu'il serait préférable pour Mère de l'avoir plus tôt que plus tard.

— Eh bien, cet après-midi ce serait parfait, dit Maurice.

Henry fit pivoter son tabouret et cria à Laura:

— Tu entends cela, mon ange? Tu dois être écorchée cet après-midi! Tout cela dans l'intérêt de la mère de Maurice, qui ne se porte pas très bien...

Thomas regarda Laura, horrifié, mais le visage de la jeune femme demeura impassible. Maurice posa une main sur l'épaule de Thomas, la tapota et dit:

— C'est une chose merveilleuse, tu sais, la régénération. En plus de sauver la vie de ma mère, Laura revivra, en elle. Nous sommes toujours très reconnaissants.

Henry sortit de sa poche une boîte d'allumettes et alluma sa cigarette. Il y eut une forte odeur de soufre brûlé et de tabac des Balkans.

— Maurice considère que sa gratitude est une récompense suffisante pour toute chose. On peut mourir dans d'atroces souffrances, mais du moment que Maurice est reconnaissant, n'est-ce pas?

— Viens maintenant, dit Maurice à Thomas. Nous avons une bibliothèque fascinante à l'étage. Peut-être aimerais-tu y passer l'après-midi, près du feu, à lire des encyclopédies. Ensuite nous demanderons à la cuisinière de nous apporter des crêpes avec du beurre et de la confiture.

Thomas ne pouvait rien dire ou faire. Terrifié et soumis, il laissa Maurice le guider hors de la salle de musique et vers le grand escalier.

— Tu n'as aucun souci à te faire pour ta propre sécurité, dit Maurice tandis qu'ils avançaient dans le couloir. A présent que nous avons repris le portrait, nous avons besoin de nous restaurer une seule fois. Ce qui veut dire que nous avons besoin d'un gentleman encore pour Père, et peut-être d'une jeune femme pour ma sœur Cordelia. Cordelia n'a pas *vraiment* besoin d'avoir quelqu'un d'autre, mais elle est tellement fière de sa beauté!

A l'instant où Thomas et Maurice pénétraient dans la bibliothèque et en refermaient la porte, celle de la maison fut ouverte précautionneusement et Vincent entra. Il faisait chaud dans le vestibule ; les flocons de neige sur ses épaules fondirent presque immédiatement. Il hésita et écouta attentivement ; il comprit d'après le crépitement des feux dans chaque pièce et d'après l'arôme de tabac et de fleurs séchées, que la théorie du Dr McKinnon était exacte: il avait réussi à s'introduire dans l'existence créative du Waldegrave. L'air avait un aspect inhabituel, et lorsqu'il inspecta le vestibule du regard, les meubles et les statues lui parurent déformés, comme s'il les voyait à travers un miroir convexe. La lumière était imprécise, et les conversations qu'il entendait semblaient étrangement ternes. Mais, à part cela, c'était bien la maison et il était bien là, et il était impossible de nier la « réalité » de ces deux faits.

Il n'avait eu aucune sensation de se déplacer dans le temps ou dans l'espace lorsqu'il était sorti par la porte de devant et s'était dirigé vers le jardin. Il avait fait trois ou quatre pas, puis s'était retourné et était rentré dans la maison.

Il s'avança sans bruit dans le vestibule jusqu'à la porte de la salle de musique. Les battants en étaient ouverts. Henry était appuyé contre le clavier du piano, tournant le dos à Vincent, et Laura était debout près de la fenêtre, regardant la neige au-dehors.

Vincent jeta un coup d'œil derrière lui pour s'assurer qu'il n'y avait personne d'autre à proximité. Il respirait péniblement, du fait de sa tension et de sa détermination. Il défit le nœud de sa cravate et la retira doucement, puis enroula chaque extrémité autour de ses mains, les serrant comme un garrot.

Henry disait :

— Personne n'a jamais su ce que Chopin trouvait à Konstancja Gladkowska. Pourquoi l'aimait-il aussi passionnément ? Pourquoi ne l'a-t-il pas épousée ? Et, bien sûr, personne ne peut plus le lui demander maintenant.

Vincent s'avança et franchit la porte, tenant sa cravate entre ses poings. Au même moment, Laura se retourna et l'aperçut. Elle porta la main à sa bouche et le regarda avec stupeur.

— Qu'est-ce que tu as ? lui demanda Henry. On dirait que tu viens de voir un fantôme.

Durant un instant, Vincent fut persuadé que Laura allait le montrer du doigt et le trahir, or il était encore trop loin de Henry pour se jeter sur lui avant que celui-ci ait eu le temps de se retourner et de se défendre. Puis Laura détourna les yeux et dit :

— Cela me rend triste, la vie de Chopin.

— Cela te rend triste ? Quelle chose extraordinaire à dire ! s'exclama Henry.

Il se leva à demi de son tabouret, puis s'assit de nouveau. A ce moment, Vincent s'approcha par-derrière et passa la cravate autour du cou de Henry.

Henry fit un bond de côté. Le tabouret de piano se renversa et heurta le parquet avec fracas. Henry se démenait et se débattait, et il était costaud. Vincent pouvait sentir les muscles dans les épaules de Henry se tendre contre ses cuisses. Mais Vincent tordit la cravate de toutes ses forces et la serra impitoyablement en maintenant sa prise. Il savait que s'il desserrait sa prise ou laissait Henry se libérer, il était perdu.

Henry rugissait et gargouillait, le visage empourpré, les yeux exorbités. Il se contorsionnait et donnait des coups de pied, essayant de frapper Vincent et de le faire tomber. Ses escarpins gris raclaient le parquet. Mais Vincent serrait toujours plus fort, grognant sous l'effort, et enfonçait son genou dans le dos de Henry pour l'empêcher de se lever.

Brusquement Henry se mit à cracher des vers. De petits jets tout d'abord ; les vers s'éparpillèrent sur le plancher en se tordant et en gigotant. Puis tout son corps se convulsa, il s'effondra et resta immobile. Vincent pria le ciel pour qu'il lui ait définitivement réglé son compte. A présent Henry semblait ne plus avoir de substance ; son corps n'était guère plus qu'un squelette, mollement drapé d'une peau délicate et pâle. Les vers commencèrent à sortir de lui, abandonnant leur hôte et leur demeure, partant vraisemblablement à la recherche d'un autre corps à occuper. Vincent en fit tomber une demi-douzaine de ses mains et de sa manche ; il dut secouer sa cravate deux ou trois fois pour se débarrasser des derniers.

— Laura, dit-il en la rejoignant et en prenant sa main. Laura, c'est Vincent Pearson. Vous ne vous souvenez pas de moi ? Vincent Pearson. Je suis le propriétaire de la galerie où travaillait Edward.

— Edward..., murmura Laura.

— Vous devez partir d'ici, Laura, dit Vincent d'un ton pressant. Ils ont l'intention de vous tuer. Laura, écoutez-moi !

— Edward est ici ? demanda-t-elle confusément. (Elle fronça les sourcils vers lui comme si elle avait du mal à accommoder sur son visage.)

— Edward... Edward est dehors, lui dit Vincent sur une inspiration subite. Venez vite, je vais vous conduire vers lui.

D'un air indécis, traînant les pieds, elle le laissa l'emmener hors de la salle de musique et vers le vestibule. Il ouvrit la porte de devant et dit :

— Là ! Juste dehors ! Dépêchez-vous ou vous allez le manquer !

— Mais il fait froid dehors ! protesta Laura. Il fait froid et il neige. Et de toute façon, Henry a dit que je ne pouvais aller nulle part. Henry a dit...

Vincent la prit par les poignets et l'entraîna vers le perron.

— Il est là-bas ! lui cria-t-il. Allez le retrouver !

Hébétée, frissonnant, se frottant les poignets, Laura s'avança dans la neige. Au début Vincent fut terrifié... Et s'il ne se passait rien ? Et s'il leur était impossible de s'échapper du tableau ? Mais, tandis que Laura s'éloignait dans le jardin, sa robe noire commença à se décolorer ; elle devint grise puis sembla quasiment transparente. En quelques instants, Laura avait disparu ; il n'y avait plus rien pour montrer qu'elle avait été là, à l'exception des traces laissées par ses mules dans la neige, qui s'interrompaient brusquement.

A présent Vincent devait trouver Thomas. Il rentra dans la maison et commença à ouvrir des portes, l'une après l'autre, cherchant son fils. Il regarda à nouveau dans la salle de musique mais la pièce était déserte. La plupart des vers avaient rampé jusqu'aux tentures de velours où ils grouillaient, cherchant de la chaleur dans les plis et les ourlets. Il alla dans la cuisine, mais il n'y avait personne. Puis il fit irruption dans la salle à manger et se retrouva en face de Willa et de ses filles, et de Netty l'infirme.

– Qui êtes-*vous*? cria Willa. Comment osez-vous pénétrer dans notre demeure!

Vincent hésita. C'étaient des petites filles, après tout; des enfants; et l'une d'elles était infirme. Mais il savait pourquoi il se trouvait ici: afin de détruire les Gray, complètement. Les vies prolongées de ces petites filles avaient été achetées avec la peau d'autres enfants écorchés vifs, Dieu seul savait combien, durant toutes ces années. Elles avaient vécu trois fois plus longtemps qu'elles ne l'auraient dû, de toute façon, et à quel prix pour leurs victimes. Des heures d'agonie, des jours de peur, et même pas une sépulture en terre consacrée. Les esprits de leurs victimes étaient toujours pris au piège à Wilderlings, attendant la délivrance, et ils accéderaient à l'au-delà seulement lorsque les Gray eux-mêmes seraient morts.

Vincent devint un peu fou. Cela devait être fait, mais il ne pourrait le faire que dans un accès d'hystérie légitime, lorsque son sens instinctif de la justice et de la pitié serait obnubilé par une fureur ardente et irrépressible. Il s'empara du lourd tisonnier à la poignée en cuivre près de la cheminée et, d'un seul mouvement du bras, il frappa Willa sur le côté de la tête, juste au-dessus de l'oreille où était noué son bonnet de dentelle. Il la frappa à nouveau comme elle s'écroulait, cette fois à la nuque; même si elle n'était pas morte, elle ne marcherait jamais plus.

Les petites filles se mirent à hurler. Netty se cramponnait à son fauteuil roulant en acajou, secouant la tête, terrorisée. Emily et Ermintrude tentèrent de se cacher derrière les rideaux, mais Vincent frappa à coups redoublés sur les pans de tissu, jusqu'à ce qu'Emily s'effondre sur le parquet, assommée, et qu'Ermintrude tombe à genoux, demandant grâce.

Néanmoins Vincent parvint à les tuer. Un tel acte de

violence était complètement étranger à sa nature. Mais il était déterminé, et il savait que c'était la seule chose à faire. Cela revenait à tuer des bébés phoques à coups de gourdin. Ermintrude était agenouillée devant lui, et il la frappa deux fois, lui fracassant le crâne. Quant à Netty, il la tira de son fauteuil roulant et la jeta à terre, la frappant de toutes ses forces derrière la tête jusqu'à ce qu'elle ait un soubresaut et ne bouge plus. Du sang et des robes garnies de dentelles étaient éparpillés partout, comme dans la salle des accidentés d'un hôpital de poupées. Willa gémit et leva une main, ornée de bagues de diamants. Puis la main retomba mollement.

Vincent se tenait à l'entrée de la pièce ; sa poitrine se soulevait et s'abaissait avec effort. Mon Dieu, pensa-t-il je les ai toutes tuées. Mais supposons que ceci *ne soit pas* une autre réalité ; supposons que je sois devenu fou et que je me sois *imaginé* tout cela. Supposons que j'aie battu à mort des petites filles normales et innocentes.

Il n'eut pas à attendre longtemps, cependant, avant que la preuve apparaisse... la preuve qu'il avait eu raison d'agir ainsi et qu'il n'avait pas le cerveau détraqué. Les jupes et les culottes des petites filles commencèrent à remuer et à ondoyer, comme si elles revenaient à la vie. Leurs manches bougèrent et leurs jupons froufroutèrent.

Vincent souleva légèrement le corps de Netty à l'aide de l'extrémité noircie du tisonnier, et ils étaient là, par milliers. Les vers qui avaient infesté la famille Gray depuis le jour où les Gray auraient dû mourir. Vincent sortit de la pièce, saisi de dégoût, et referma la porte derrière lui.

Au même moment, Cordelia apparut en haut de l'escalier, occupée à se poudrer le visage. Elle aperçut Vincent immédiatement et referma son poudrier d'un geste brusque.

— Maurice ! appela-t-elle. (Elle fit demi-tour et se mit à courir dans le couloir.) Maurice ! Pour l'amour de Dieu, Maurice ! Vincent Pearson est ici ! Maurice !

Brandissant toujours le tisonnier, Vincent traversa le hall en courant et gravit les marches à une allure folle.

Comme il arrivait sur le palier, il eut juste le temps d'apercevoir le bord noir de la robe de Cordelia disparaître à l'intérieur de la bibliothèque, tel l'aileron d'un requin plongeant sous la surface.

Il s'élança dans le couloir et courut jusqu'à la porte donnant sur la bibliothèque. Puis il s'arrêta et écouta attentivement. Il ne voulait surtout pas tomber dans un piège, ou qu'il arrive quelque chose à Thomas.

— Maurice Gray? appela-t-il d'une voix rauque.

Personne ne répondit.

— Maurice Gray, c'est Vincent Pearson. Je veux mon fils, Mr. Gray, et je le veux maintenant!

Il s'apprêtait à enfoncer la porte à coups de pied lorsque les battants furent ouverts pour lui, de l'intérieur, et Cordelia apparut. Blanche et silencieuse, elle fixait sur lui des yeux semblables à des miroirs.

— Où est mon fils? demanda Vincent.

— Tiens, tiens, dit Cordelia en s'avançant dans le couloir et en tournant autour de Vincent. Ainsi vous êtes Vincent Pearson. Vous ressemblez à votre grand-père, vous savez. Physiquement, mais également par votre insouciance morale. Vous imposez votre morale à la vie d'autres personnes sans vous soucier un seul instant des conséquences.

Vincent brandit le tisonnier.

— Si vous ne me dites pas où est mon fils, je vous tue immédiatement.

Cordelia lui adressa un sourire glacial. Puis elle écarta un peu plus les battants de la porte. Vincent aperçut une cheminée, un devant de foyer sur lequel était posée une encyclopédie ouverte à une page consacrée à la mante religieuse, et un fauteuil. Au-delà du fauteuil, il y avait une porte lambrissée, entrebâillée.

— Votre fils est parti en voyage avec mon frère Maurice. Un voyage fascinant vers d'autres pays! Et je puis vous assurer dès à présent que vous ne le trouverez jamais. Vous feriez aussi bien de vous résigner, mon cher, de retourner vers votre existence monotone et d'oublier les Gray pour toujours.

28.

Darien, 24 décembre

Vincent traversa la bibliothèque et regarda par l'entrebâillement de la porte. Au-delà, il y avait un étroit escalier en colimaçon.

— Où conduit cet escalier?

— Il conduit quasiment partout où vous désirez, répondit Cordelia d'un ton désinvolte.

Sans lui poser d'autres questions, Vincent franchit la porte et commença à descendre rapidement l'escalier. Il était en bois d'acajou, magnifiquement charpenté, et il avait été manifestement destiné à permettre au premier maître des lieux de sortir discrètement, peut-être pour échapper à ses créanciers, ou bien de faire entrer ses maîtresses, tout aussi discrètement. L'endroit était sombre et sec, et il y avait une odeur d'encaustique. Vincent se souvint, tandis qu'il dévalait les marches, que cette maison de l'époque victorienne avait été construite seulement vingt ou trente ans plus tôt dans la réalité alternative du portrait.

Il y avait une porte massive au pied de l'escalier, et lorsqu'il la poussa, il se retrouva dans les caves. Des lampes à gaz étaient allumées ; donc Maurice Gray était descendu par là.

— Thomas! appela Vincent. Thomas! Est-ce que tu m'entends, Thomas? C'est papa! Thomas, réponds-moi si tu m'entends!

Il attendit et écouta attentivement, mais il n'y eut aucun bruit. Il avança rapidement dans le couloir central qui s'étendait sur toute la longueur de la cave, essayant d'ouvrir les portes, mais elles étaient toutes fermées à clé. Finalement il arriva devant la porte derrière laquelle la collection de tableaux des Gray était entreposée. Elle était ouverte. Seulement d'un quart de centimètre, mais elle était ouverte.

Vincent durcit sa prise sur le tisonnier et s'engagea prudemment à l'intérieur. La pièce était obscure, froide et silencieuse ; il distinguait seulement le faible reflet des cadres dorés.

— Thomas ? chuchota-t-il. Thomas ?

Tout d'abord il n'y eut pas de réponse. Puis il entendit la plus petite et la plus ténue des voix ; il sut de suite que c'était la voix de son fils.

« Papa... » Une voix qui semblait aussi lointaine que le murmure de la mer dans un coquillage.

« Papa... au secours... »

Vincent tendit l'oreille, mais il était incapable de discerner d'où venait cet appel au secours. Comment la voix de Thomas pouvait-elle paraître aussi lointaine alors que la pièce faisait seulement dix mètres carrés ? A moins que... à moins qu'il ne soit pas dans la pièce, pas dans le sens ordinaire de ce mot. Au fait, qu'avait dit Cordelia dans la bibliothèque ? « Votre fils est parti en voyage. » Et comment pouvait-on partir en voyage dans les limites de cette cave aux murs de pierre, à moins d'entrer dans les tableaux entreposés ici, de la même façon que Vincent était entré dans *ce* tableau ?

— Thomas ! cria Vincent. Thomas, est-ce que tu m'entends ?

— *Faiblement....*, lui parvint la réponse.

Vincent chercha frénétiquement parmi les toiles entassées.

— Thomas, donne-moi une indication, pour l'amour du ciel ! Où es-tu ? Thomas, où es-tu ?

— *Rivière...*, lança Thomas. *Des roseaux et de l'herbe et...*

Thomas se tut brusquement ; Maurice Gray lui avait sans doute ordonné de cesser de crier. Une rivière, pensa Vincent désespérément. Une rivière, des roseaux et de l'herbe. Dieu Tout-Puissant, il y avait des dizaines de paysages ici. Il se mit au travail, couvert de sueur, examinant une vingtaine de tableaux, puis les empilant dans un coin.

Ce fut à ce moment que Thomas lui donna une indication capitale. D'une voix si ténue qu'il aurait pu s'agir seulement d'une mouche se posant sur son épaule. Vincent entendit les mots : *« horloge... blanche... »*

Une horloge blanche. Une rivière, des roseaux et une horloge blanche. Il n'y avait qu'une seule peinture présentant tous ces détails caractéristiques, autant qu'il s'en souvienne. *Une Vue de Dennisburg*, un tableau peint en 1854 par Charles K. Barraclough. Les Gray avaient dû le vendre avant de quitter le Connecticut en 1911, parce qu'il était à présent exposé à la Brightwell Gallery, à Philadelphie. Mais ceci était l'année 1883 ; par conséquent le tableau devait être encore ici. Maurice Gray avait peut-être choisi de s'enfuir dans cette peinture uniquement pour jeter le trouble dans son esprit.

Vincent trouva le tableau facilement. Après tout, Maurice Gray était très pressé lorsqu'il était venu ici. Un tableau de grand format, représentant la rivière Heron, bordée de roseaux, et dans le lointain, la tour de l'horloge blanche tout à fait caractéristique.

Vincent examina attentivement le paysage ; là, sur le pont, se tenant par la main, il distingua les silhouettes d'un homme et d'un jeune garçon, en train de courir.

Fermant les yeux, il toucha la surface du tableau des deux mains. La peinture était lisse et froide, encore légèrement odoriférante. Vincent ne savait pas s'il était nécessaire de réciter les paroles de l'Exorcisme. Dans ce cas, il serait obligé de retourner dans sa propre réalité et de récupérer le morceau de papier. Mais il garda les yeux fermés et adressa une prière à Dieu pour qu'il puisse entrer dans le tableau ; il pensa uniquement à Thomas, et à sa volonté de le sauver. Cela devait suffire.

Sous ses doigts, la peinture devint rugueuse, puis sèche, puis herbacée. Soudain il y eut du vent, puis le bruissement de roseaux. C'était l'après-midi, au printemps, et le ciel était aussi clair que du verre bleu de cobalt. Vincent se redressa, de l'herbe lui arrivait à hauteur du genou, et il se trouvait sur la berge est de la rivière Heron dans le Delaware, et là-bas, à moins d'un quart de mile de distance, s'étendait la petite ville côtière de Dennisburg, avec sa célèbre tour de l'horloge blanche et ses toits orange serrés les uns contre les autres.

Des mouettes tournoyaient et décrivaient des cercles dans le ciel, et il y avait une forte odeur de sel dans l'air.

Vincent se mit à courir. Il serrait toujours dans sa main le lourd tisonnier. Des Fougères craquèrent sous ses pas ; il glissa sur des galets et piétina des nids de hérons abandonnés. Il lui fallut seulement cinq minutes pour arriver au pont en bois peint en blanc, mais le temps qu'il y parvienne, l'homme et le garçon avaient disparu. Il traversa le pont et s'avança sur la promenade construite en planches qui longeait la berge opposée. Il y avait des petites maisons de pêcheurs, coquettes, avec des capucines jaunes poussant dans des bacs, et des filets de pêche suspendus à des cordes, et de grandes bassines en zinc pour vider les poissons.

Une vieille femme, portant un fichu blanc, était accoudée à la barrière de sa maison. Lorsqu'elle dévisagea Vincent ouvertement, il réalisa qu'elle avait de quoi être stupéfaite… il devait valoir le coup d'œil avec son costume Bijan et sa chemise Turnbull & Asser, tenant à la main un lourd tisonnier en fonte !

— Avez-vous vu un homme et un jeune garçon passer par ici ? demanda-t-il à la vieille femme.

— D'où venez-*vous* ? demanda-t-elle en retour.

— De New York. Vous les avez vus ?

Elle montra du doigt la promenade.

— Ils sont peut-être allés par là, si ce renseignement a de la valeur.

Vincent sortit son portefeuille et lui donna un dollar.

Il trouvait que cinq dollars auraient été une trop forte somme en 1854. La vieille femme lorgna le billet, ouvrit de grands yeux vers Vincent, puis rentra dans sa chaumière afin de pouvoir continuer à l'observer par la fenêtre, à une distance respectueuse.

Vincent poursuivit son chemin sur la promenade. Bientôt les planches firent place à du sable et à des broussailles. Il n'apercevait nulle part Thomas ou Maurice Gray. Mais il continua d'avancer. Le terrain commença à monter vers des dunes de sable, et il pouvait voir, sur sa droite, l'océan Atlantique aux flots gris et brillants. Près de l'horizon, un bateau de pêche virait de bord ; ses voiles blanches étincelaient dans le soleil de l'après-midi.

Il gravit une autre dune de sable et il les aperçut, se tenant toujours par la main et se hâtant sur la grève. Son cœur fit un bond dans sa poitrine et un flot d'adrénaline s'irradia à travers son corps. Il reconnut la couleur des cheveux de Thomas et ce costume victorien de velours noir que les Gray l'avaient obligé à porter.

Vincent fut tenté de crier, mais il se ravisa. Il dévala et escalada les dunes, l'une après l'autre, baissant la tête et se cachant chaque fois qu'il pensait que Maurice Gray risquait de se retourner. Bientôt il fut presque à leur hauteur, bondissant parmi les touffes d'herbe du bord de mer. Alors il sortit à découvert et courut sur le sable, s'approchant d'eux en diagonale et faisant tournoyer le tisonnier au-dessus de sa tête. Finalement, il cria :

— Thomas ! Thomas ! C'est Papa !

Thomas se retourna et se libéra aussitôt de la prise de Maurice Gray. Il revint en courant vers son père, le visage crispé par cette expression acharnée de concentration enfantine qu'il avait lors des compétitions sportives.

Maurice Gray resta où il était, grand et plein de dignité dans son costume de ville, ses demi-guêtres souillées d'eau de mer, ses cheveux grisonnants agités par le vent qui soufflait de l'Atlantique.

— Ah, fit-il, mon châtiment.

Vincent était trop essoufflé pour lui répondre, trop furieux, trop fou de rage. Thomas resta légèrement derrière lui tandis qu'il tournait autour de Maurice Gray, faisant tournoyer le tisonnier, écoutant la façon dont il vrombissait et sifflait.

— Vous avez l'intention de me frapper? demanda Maurice, en levant son poignet gauche pour boutonner soigneusement un gant de chevreau gris.

Vincent s'immobilisa ; il se tenait derrière Maurice. Au moment où ce dernier tourna la tête pour voir ce qu'il faisait, Vincent le frappa au côté du cou, de biais, un coup si impétueux et féroce qu'il ploya la tige du tisonnier.

Maurice porta vivement la main à son cou et murmura : « Mon Dieu ! » avant de s'écrouler sur le sable, sur le flanc. Il resta étendu là, les yeux ouverts, pas encore mort, tandis que Vincent se dressait au-dessus de lui, respirant péniblement.

— Vous feriez mieux de m'achever, dit Maurice. Je ne supporte pas de regarder la mer depuis ce point de vue. Cela me rappelle trop combien nous sommes fragiles.

Thomas regardait ailleurs, les mains dans les poches, une attitude que les petits garçons emploient pour montrer à leurs pères qu'ils ne sont pas d'accord, qu'ils sont terrifiés, et qu'ils ne comprennent pas ce qui se passe.

Vincent frappa Maurice à la nuque, quatre fois. C'était probablement trois fois plus que nécessaire ; mais dans le cas de Maurice, Vincent voulait être absolument certain que sa proie était morte.

Maurice gisait sur le sable, les bras et les jambes tordus en des angles disgracieux. Du sang coula de son cuir chevelu et remplit une petite coquille blanche de coque près de lui.

Vincent prit Thomas par la main et l'emmena en hâte, s'éloignant sur la grève. Il ne voulait pas que Thomas voie les vers qui infestaient le corps de Maurice Gray en sortir en un flot immonde. Pourtant, une vingtaine de mètres plus loin, il jeta un regard en arrière pour s'assurer qu'ils le faisaient. A cette distance, ils ne ressemblaient pas à grand-chose. On aurait dit que quelqu'un avait répandu sur le sable un sac de riz blanc.

— Tu l'as tué, dit Thomas.

— Oui. Je devais le tuer. Il n'était pas vraiment réel. Pas dans le sens où nous le sommes.

— Comment allons-nous rentrer à la maison ? demanda Thomas.

Vincent serra sa main et sourit.

— Nous croisons les doigts et nous récitons une prière.

Ils retraversèrent la ville, franchirent le pont et allèrent jusqu'au bord de la rivière, se frayant un passage parmi les roseaux. La vieille femme au fichu les vit passer devant sa fenêtre ; poussée par la curiosité, elle les suivit à distance. Elle se tenait sur le pont, s'abritant les yeux de la main contre l'éclat du soleil, lorsqu'ils disparurent brusquement, se volatilisant comme des fantômes. Elle était loin de se douter qu'elle-même existait seulement dans un tableau, lequel, cent trente ans plus tard, serait exposé dans l'une des salles de la Brightwell Gallery à Philadelphie.

Vincent et Thomas firent un autre pas parmi les roseaux, et le jour commença à s'éteindre et à s'assombrir. Se tenant par la main, ils éprouvèrent une sensation étrange, comme s'ils glissaient en avant et vers le bas, comme s'ils descendaient un escalier mécanique glacial.

— Dans un instant, nous serons en sûreté, dit Vincent à Thomas d'une voix lente et sourde.

Cependant, tout à fait soudainement, le jour s'éclaira à nouveau, et ils se retrouvèrent en train d'avancer dans une rue pavée. Les maisons leur étaient inconnues, avec des façades mates et sans relief, et des fenêtres aux volets verts. Les cloches d'une église carillonnaient quelque part, des chiens aboyaient, et, depuis un endroit proche, leur parvenait un bruit étrange, un cliquetis extraordinairement caverneux, comme si on frappait sur le sol avec des centaines de cuillères en bois. Dans le ciel au-dessus de leurs têtes, les nuages ondoyaient et se gonflaient comme les voiles d'antiques galions ; le vent soulevait des tourbillons de poussière et de fétus de paille sur la chaussée.

— Où sommes-nous ? demanda Thomas, effrayé.

Vincent regarda autour de lui. Il y avait une boucherie de l'autre côté de la rue, avec d'énormes carcasses de bœufs orange suspendues à des crochets en devanture. L'enseigne au-dessus de l'échoppe annonçait *Vlesswaren,* en lettres d'or flétries.

— C'est du hollandais, dit Vincent. Nous avons dû nous tromper de direction.

— N'allons pas plus loin, lui conseilla Thomas avec inquiétude. Rebroussons chemin.

— Thomas, dit Vincent, je ne sais pas comment rebrousser chemin. Tu ne comprends donc pas ce que c'est ? C'est un autre tableau.

— Mais si nous retournons jusqu'à l'endroit où nous sommes entrés dans ce tableau ?

— Nous sommes revenus jusqu'à l'endroit où nous étions entrés dans le paysage de Dennisburg, d'accord ? Et nous nous sommes retrouvés ici. Si nous pouvions découvrir quel est ce tableau, cela nous aiderait peut-être.

Deux religieuses portant des cornettes blanches descendaient la rue d'un pas vif, venant dans leur direction. Comme elles s'approchaient, Vincent alla à leur rencontre et leur dit :

— Excusez-moi, mes sœurs. Pourriez-vous me renseigner, s'il vous plaît ?

Elles s'arrêtèrent et le regardèrent, l'air perplexe. L'une des sœurs avait le pâle visage ovale d'une sainte, aussi joli qu'une image pieuse. L'autre était borgne, et un rictus permanent retroussait ses lèvres.

— *Parlez-vous français ?* demanda Vincent.

— *Oui, monsieur.* Avez-vous besoin d'aide ?

— Nous nous sommes perdus, mon fils et moi. Pourriez-vous nous dire quelle est cette ville ?

— Leiden, *monsieur.* Désirez-vous autre chose ?

— Oui. Savez-vous si des peintres habitent ici, des artistes ?

— *Non, monsieur.* Seulement les moines.

— Vous êtes très aimable, dit Vincent. Pourriez-vous faire encore une chose pour moi ?

— Bien sûr, *monsieur.*

— Pourriez-vous me dire en quelle année nous sommes ?

— *Quelle année ?* s'enquit d'un air soupçonneux la religieuse au rictus. (De toute évidence elle commençait à le prendre pour un fou, d'autant plus qu'il était habillé d'une façon très étrange.)

Mais la religieuse au joli visage répondit gentiment :

— Nous sommes en 1631, *monsieur.*

Puis elle baissa les yeux pudiquement et poursuivit son chemin en hâte, entraînant l'autre religieuse à sa suite.

Vincent resta où il était, une main pressée contre le côté de son cou comme s'il eût essayé de comprimer une artère pour arrêter une hémorragie. Thomas le regardait avec anxiété en se mordillant la lèvre.

— Mon Dieu, dit Vincent finalement. L'année 1631. Ce qui veut dire que Rembrandt est encore vivant ; pourtant je ne me souviens pas que Rembrandt ait jamais peint un tableau comme celui-ci. De plus, je ne pense pas que les Gray aient jamais *possédé* un Rembrandt.

— Qu'allons-nous faire ? demanda Thomas d'une voix pitoyable.

— Je pense que la meilleure chose que nous puissions faire, c'est parcourir la ville. A présent, écoute-moi, ne t'affole pas. Inutile de paniquer. Nous sommes ensemble, n'est-ce pas ? Et nous avons vaincu les Gray. Il ne nous reste plus qu'à trouver un moyen de rentrer chez nous.

Ils tournèrent au coin de la rue et ils découvrirent la

cause de ce vacarme. C'était jour de marché, et il y avait un grand nombre d'échoppes, abritées par des bannes blanches claquant au vent, sur la place principale de la ville ; et c'étaient les gros sabots en bois des acheteurs, des vendeurs et des enfants courant et jouant, qui produisaient tout ce bruit.

Prudemment, faisant de leur mieux pour ne pas attirer l'attention, Vincent et Thomas s'avancèrent dans les allées, regardant les étals où étaient entassés des fromages d'un jaune luisant, les étals de poissons, avec des harengs fumés et des civelles saumurées, les étals de pain, avec des miches brunes et rugueuses, aussi larges que des roues. La plupart des commerçants portaient des bonnets en cuir ou des foulards, et de grands tabliers de cuir ; mais il y avait quelques hommes vêtus avec plus d'élégance, portant des chapeaux à large bord, des capes et des culottes de cuir. Vincent fut frappé par le manque d'éclat des robes des femmes, des roses ternes et des bruns poussiéreux, puis il se souvint que le nombre des matières colorantes était encore très limité en 1631.

Le vent de l'après-midi chassait à travers la place du marché l'arôme des fromages et l'odeur forte du poisson. Vincent prit conscience d'un fait étrange : apparemment personne ne parlait sur la place du marché, les commerçants ne criaient pas leurs marchandises, alors que les sabots produisaient un vacarme infernal. C'était presque comme s'ils mimaient la vie quotidienne des habitants de cette petite ville hollandaise du XVIIe siècle, et Vincent trouva leur silence extrêmement inquiétant.

Ils étaient presque arrivés à l'Hôtel de ville à la façade de brique lorsqu'ils furent hélés par un homme à la mine patibulaire, portant une cape marron et une casquette de cuir rabattue sur le front. Il s'approcha d'eux sans hésiter, ôta sa casquette et les salua d'un air effronté.

— Que voulez-vous? demanda Vincent.

— *Yoop thar,* dit l'homme avec un large sourire.

— Quoi? s'exclama Vincent. *Parlez-vous français?*

— *Nee, nee,* répondit l'homme en agitant ses cheveux collés par la crasse. *Yoop thar.*

Et il montra du doigt une fenêtre au premier étage de l'une des maisons qui donnaient sur la place du marché. Une maison peinte en jaune, avec des petites fenêtres aux vitres plombées, et des chiffres annonçant qu'elle avait été construite en 1611.

Vincent fronça les sourcils comme il regardait vers la maison ; à ce moment, il aperçut une main faisant des signes depuis cette fenêtre.

— *Yoop thar,* répéta l'homme à la casquette de cuir, invitant Vincent à le suivre d'une main à laquelle il manquait deux doigts. *Kom, kom, yoop thar.*

— Il veut dire « là-bas », dit Vincent à Thomas. Il veut que nous venions avec lui.

— *Kom, kom,* insista le gaillard.

Mais Vincent leva les deux mains.

— Nous ne connaissons personne ici. Nous sommes des étrangers. Est-ce que vous comprenez cela ? Nous ne connaissons pas cet homme, qui que ce soit. Vous faites certainement erreur.

— Winson ? demanda le gaillard en montrant Vincent du doigt. Vous Winson ?

— C'est exact. Je suis Vincent. Mais comment diable pouvez-vous le savoir ? Et qui est-ce, là-bas, à cette fenêtre ?

— *Kom,* répéta le gaillard.

Vincent haussa les épaules.

— Nous n'avons apparemment pas le choix. Allons voir de qui il s'agit.

Ils suivirent l'homme à la casquette de cuir jusqu'à la petite rue qui menait à la maison jaune. Le gaillard leur ouvrit la porte et les invita à entrer d'un geste cérémonieux. Vincent laissa sa main sur l'épaule de Thomas et s'avança prudemment dans le vestibule.

A l'intérieur, la maison était sombre et sentait le moisi. Par une porte latérale, Vincent aperçut une jeune femme coiffée d'un bonnet brodé, assise à une petite table et occupée à coudre. Un oiseau chanteur gazouillait dans une cage accrochée au mur à côté d'elle. La scène lui rappela fortement un intérieur de Vermeer, mais les religieuses lui avaient dit que cette ville était Leiden, et non Delft, où avait vécu Vermeer ; et à nouveau il douta que les Gray eussent été assez riches pour posséder un Vermeer.

Ils traversèrent le vestibule au carrelage noir et blanc, et l'homme à la casquette de cuir les précéda dans l'escalier conduisant au premier étage. L'escalier était en bois de chêne, lourd et massif, orné de sculptures représentant des fruits. Leurs pas produisirent un son mat sur les marches en bois. En haut, il y avait une fenêtre ovale par laquelle Vincent pouvait voir des branches d'arbres ondoyant au vent, comme des nageurs agitant les bras pour appeler au secours.

L'homme les guida le long du couloir sombre jusqu'à ce qu'ils arrivent devant une porte tout au fond de la maison. Il cogna du poing contre le panneau puis leur ouvrit la porte.

— *Kom,* fit-il en hochant la tête.

Vincent et Thomas entrèrent dans la pièce. Les murs étaient badigeonnés en blanc, le plafond bas, et les fenêtres en losange donnaient sur les bannes agitées par le vent de la place du marché. Le plancher était en chêne ciré. Il y avait un pupitre, avec une chaise à dossier droit, et un encrier en argent avec une plume d'oie enfoncée dedans, comme si quelqu'un avait été en train d'écrire un instant plus tôt, bien qu'il n'y eût pas de feuille de papier sur la petite table.

Près de la fenêtre, sa haute silhouette se découpant sur la lumière du jour, il y avait un homme portant une robe de velours marron à capuchon. Il se tenait de trois quarts par rapport à eux ; aussi il leur était impossible de voir qui il était. L'homme fredonnait un air que Vincent ne reconnut pas. Cela semblait répétitif et médiéval : l'une de ces chansons très simples sur la moisson, ou la pêche, ou la vache qui ne donne jamais de lait.

— Vous avez envoyé votre serviteur nous chercher, dit Vincent d'une voix rauque.

Il y eut un moment de silence, puis la silhouette encapuchonnée acquiesça de la tête et dit :

— Oui, en effet.

Les mots étaient presque inaudibles, comme si l'homme parlait la bouche pleine.

— Je ne pense pas que ce soit impertinent de ma part de vous demander qui vous êtes, et pourquoi vous vouliez nous voir, reprit Vincent.

— Absolument pas, répondit l'homme. Mais j'aurais pensé que mon identité était parfaitement évidente.

L'homme se retourna et fit glisser son capuchon sur sa nuque. Thomas poussa un hurlement terrifié.

C'était Maurice Gray, toujours vivant, mais ses cheveux grisonnants étaient recouverts de caillots de sang figé ; des vers grouillaient sur le col de sa robe, sur son front, et tombaient des commissures de ses lèvres. Ses yeux — qui avaient toujours été sombres et ressemblé à des miroirs — brillaient à présent d'une lueur argentée, comme s'ils avaient été remplis de mercure jusqu'au bord.

Vincent attrapa Thomas par le bras et se dirigea vers la porte ; mais l'homme à la casquette de cuir les attendait, arborant un large sourire qui découvrait des chicots jaunâtres, tenant à la main un couperet à large lame. Il fit tourner le couperet d'un côté et de l'autre, puis ricana.

Maurice fit deux ou trois pas dans leur direction, pesamment. Un ver s'extirpa d'entre ses lèvres en se tortillant et tomba sur sa robe.

— Je vous ai tué, affirma Vincent. Je vous ai tué sur la grève, à Dennisburg.

Maurice sourit et dit, d'un ton presque indulgent :

— Normalement, vous auriez dû me tuer. Mais j'ai hérité de tout ce que les Gray ont acquis au cours de ces quatre-vingts dernières années. Je suis investi par la force de la famille, Mr Pearson, et il n'est pas facile de se débarrasser d'un homme tel que moi.

Il leva une main et des vers tombèrent de la manche de sa robe.

— Vous aimez cette peinture ? Je dois avouer que j'ai toujours eu un certain penchant pour elle, en dépit du manque d'intérêt de son sujet. Ce tableau a tété peint en 1631 par Gérard Dou, qui était un élève de Rembrandt. Un peintre très minutieux, un précurseur de Vermeer, dirais-je. Le rendu de la lumière est tout à fait intéressant, vous n'êtes pas de cet avis ?

— Tout ce que nous voulons, c'est sortir d'ici, répliqua Vincent.

Maurice fixa sur lui ses yeux argentés au regard vide.

— Les Pearson ont été la malédiction de ma famille depuis le premier jour où nous avons fait connaissance. Vous ne pensez pas sérieusement que je vais vous laisser vous échapper ? Vous pourriez rester ici pour toujours ; ce serait probablement la punition la plus appropriée pour un marchand de tableaux aussi prétentieux que vous. Pris au piège dans une petite ville du XVIIe siècle d'un ennui insurpassable.

Il s'interrompit un instant et fit tomber des vers qui se tortillaient sur son col.

— Pourtant, il serait peut-être préférable que je vous fasse découper en morceaux par notre ami ici présent, et que je vous jette en pâture aux chiens de Leiden.

Vincent fit un pas vers l'homme à la casquette de cuir. Il lança un coup d'œil à Maurice, puis il regarda Thomas.

— Thomas, dit-il d'une voix unie. Tu te souviens du vieux un-deux ?

— Quoi ? demanda Thomas, pétrifié de terreur devant l'aspect horrible de Maurice.

— Le vieux un-deux, Thomas. Souviens-toi. Sur la pelouse, à Candlemas.

Thomas se tourna et le regarda avec stupeur. Vincent n'était pas du tout sûr qu'il eût compris.

— Ce garçon est terrifié à juste titre, dit Maurice d'un ton doucereux. Après tout, la mort est une chose que l'on doit redouter, vous ne pensez pas ?

Vincent bondit brusquement, prenant au dépourvu l'homme à la casquette de cuir. Il saisit le poignet crasseux du ruffian à deux mains et lui cogna violemment la main contre le montant de la porte. L'homme lâcha son couperet. Vincent le repoussa en arrière ; au même instant, Thomas se laissa tomber à genoux et se mit en boule, le vieux un-deux. L'homme trébucha contre lui, partit à la renverse et tomba sur le dos, heurtant le plancher bruyamment.

Vincent ramassa le couperet. Il le brandit vers Maurice Gray. Instinctivement, celui-ci leva les deux bras au-dessus de sa tête pour protéger.

— *Papa! Non! Papa! Tu ne peux pas faire ça!* hurla Thomas d'une voix hystérique.

Mais Vincent abattit le couperet sur les bras de Maurice, férocement et aveuglément. Il sentit l'épaisse lame de métal s'enfoncer dans la chair molle et putréfiée, puis dans des os. Il frappa encore et encore, jusqu'à ce que des lambeaux de chair et d'étoffe commencent à voler dans toute la pièce. Il n'y avait presque pas de sang ; seulement une espèce de mélasse noirâtre et glutineuse qui adhérait à la lame du couperet à chaque coup.

Sans un bruit, Maurice s'affaissa et tomba à genoux. Ses bras mutilés pendaient à ses côtés. Alors Vincent se mit à lui taillader l'arrière du crâne, lui tranchant les oreilles, le scalpant à demi. Bientôt la tête de Maurice avait le même aspect que si elle avait été lacérée et déchiquetée par des animaux.

Il aurait sans doute continué de le frapper et de le découper en morceaux, mais Thomas s'accrocha à son bras et lui cria :

— *Arrête! Arrête! Tu l'as tué! Tu l'as tué! Papa! Arrête! Papa, tu l'as tué!*

Vincent jeta finalement le couperet dans un coin et resta immobile, regardant fixement son fils et ressemblant au fou furieux pour lequel les religieuses l'avaient pris. L'homme à la casquette de cuir était blotti contre un mur, à l'autre bout de la pièce. Lorsque Vincent regarda dans sa direction, il rabattit sa casquette sur ses yeux et balbutia :

— *Nee, nee, nee!*

Le corps de Maurice Gray s'affaissa de côté sur le plancher ; ses yeux argentés étaient grands ouverts. Les épaules de sa robe commencèrent à ondoyer tandis que les vers le quittaient. Vincent leva ses mains et les contempla. Jusqu'à aujourd'hui il n'avait jamais fait de mal à quiconque. A présent il était un tueur.

— Papa, viens, allons-nous-en, papa, le supplia Thomas.

Vincent hocha la tête et suivit son fils vers le couloir. Il était tellement abasourdi par ce qu'il venait de faire qu'il remarqua à peine le subtil passage du jour à la nuit, et que brusquement le couloir n'était plus un plancher grossier sous leurs pas, mais était à présent recouvert d'un tapis, et que des lumières bleu-gris scintillaient devant eux, et que l'on entendait le grondement de voix inconnues.

— Où sommes-nous ? demanda Thomas en prenant Vincent par la main.

Vincent scruta le couloir, afin que ses yeux s'adaptent à l'obscurité. Il distingua tout au fond une entrée étroite, partiellement tendue de rideaux rouges. Il lui sembla voir quelqu'un se tenant là-bas, une femme peut-être, bien qu'elle portât des pantalons. Les lumières continuaient de scintiller et de trembloter, et les voix continuaient de gronder. Il y avait une forte odeur de cigarette dans l'air.

— C'est une salle de cinéma, dit Vincent à Thomas. Nous sommes peut-être revenus à notre époque. Viens, allons jeter un coup d'œil.

Ils s'avancèrent dans le couloir jusqu'à ce qu'ils arrivent à l'entrée de la salle de cinéma. C'était une salle immense et délabrée, aux murs d'un jaune criard et aux lumières couleur fleur de pêcher. Sous les appliques se tenait une ouvreuse aux cheveux blonds, portant un costume-pantalon bleu ; elle grattait consciencieusement le vernis vieux de deux jours sur ses ongles. Elle leva les yeux vers eux comme ils entraient et demanda :

— Vos billets ?

Vincent fit semblant de chercher dans ses poches, et en profita pour jeter un regard à la ronde. Il se rendit aussitôt compte, en voyant la façon dont les spectateurs étaient habillés, que ce n'était pas l'époque actuelle. Les hommes portaient des vestes à larges revers, et la plupart des femmes semblaient avoir des robes et des manteaux aux épaulettes rembourrées. Les années quarante, peut-être ; ou la fin des années trente. Le film projeté sur l'écran confirma cette supposition. Robert Donat, dans *Goodbye Mr Chips.* Si la mémoire de Vincent était bonne, c'était en 1939, l'année où *Autant en emporte le vent* avait remporté l'Oscar du meilleur film.

— Vous avez un billet, oui ou non ? voulut savoir l'ouvreuse.

— Eh bien, il a dû tomber de ma poche, dit Vincent. (Il posa sa main sur l'épaule de Thomas.) Je vais essayer de le retrouver. A tout de suite.

Ils retournèrent dans le couloir puis montèrent l'escalier.

— Tu sais où nous sommes ? demanda Thomas d'une voix apeurée.

— Cela ressemble beaucoup à *Cinéma de New York.* C'est un tableau d'Edward Hopper, peint en 1939.

— Mais comment allons-nous en sortir ? implora Thomas.

— Je ne sais pas. Mais les Gray l'ont fait ; donc il y a forcément un moyen.

Ils arrivèrent dans le hall du cinéma. Dehors il faisait nuit ; au-delà de la façade vitrée et luisante du cinéma, Vincent pouvait voir une rue de New York animée, encombrée de Hudson, de Plymouth et de Packard. Le hall était quasiment désert, à l'exception de la jeune fille au guichet, occupée à compter l'argent des entrées, et de deux adolescents boutonneux, fumant une cigarette et attendant que leurs petites amies reviennent des toilettes.

— Que faisons-nous ? demanda Thomas.

Vincent allait lui proposer de sortir et de marcher un peu dans la rue lorsque la porte peinte en rouge avec la pancarte *Directeur de la salle* s'ouvrit, et un jeune homme aux cheveux coupés court en sortit et dit :

— Mr Pearson ?

Vincent se figea sur place et serra la main de Thomas.

— Qu'est-ce que c'est ? demanda-t-il sèchement. Comment savez-vous qui je suis ?

— Pourriez-vous venir un moment dans le bureau du directeur, monsieur ?

— Je pense que cela ne me dit rien, merci.

Le jeune homme sourit.

— Le directeur pourrait vous aider, je crois. Vous *cherchez bien* un moyen de sortir ?

Vincent hésita. Puis il dit prudemment :

— Oui.

— Dans ce cas, monsieur, par ici, je vous prie.

A contrecœur, Vincent suivit le jeune homme dans le bureau du directeur. Il y avait une grande table en contre-plaqué, une rangée de stylos, et un fauteuil au dossier en cuir inoccupé. Au mur il y avait vingt ou trente photographies de vedettes de cinéma.

— Le directeur sera là dans un instant, monsieur, si vous voulez bien attendre.

La porte se referma derrière eux, et Vincent et Thomas restèrent seuls dans le bureau, en silence. Ils se sentaient perdus, désemparés et contractés.

— Tu penses vraiment que le directeur pourra nous aider ? demanda Thomas.

Vincent haussa les épaules.

— Je n'en ai pas la moindre idée. Je ne vois même pas pourquoi il désirerait nous aider. Le directeur d'une salle de cinéma ? Oh, après tout, je ne sais pas... tout se passe comme si la vie à l'intérieur de ces peintures possédait une logique différente de la vie normale. Tu as remarqué que tous ces gens sur la place du marché étaient silencieux ? Aucun d'eux ne parlait. Cela a peut-être quelque chose à voir avec la façon dont l'artiste les a peints.

Ils attendaient toujours lorsque les lumières s'éteignirent brusquement dans le bureau, et ils se retrouvèrent dans l'obscurité la plus complète. Vincent se retourna et chercha à tâtons la poignée de la porte, mais lorsqu'il l'abaissa d'un coup sec, il découvrit que la porte était fermée à clé.

— Papa, dit Thomas. Où es-tu ? Papa !

— Attends une seconde, le rassura Vincent. Je vais essayer de trouver l'interrupteur.

Il s'avança maladroitement, tâtonnant le long du mur, mais sans trouver le moindre interrupteur. Il effleura la collection de photographies encadrées du directeur, et elles s'entrechoquèrent bruyamment dans les ténèbres.

— Papa... tout va bien ? demanda Thomas d'une voix inquiète.

— Ça ira mieux lorsque j'aurai trouvé l'interrupteur.

Ils entendirent la clé tourner dans la serrure. Tous deux se figèrent sur place et retinrent leur respiration. La poignée grinça, puis la porte s'ouvrit.

— Oh, mon Dieu, chuchota Vincent.

Se découpant dans l'embrasure de la porte, il y avait une haute silhouette vêtue de ce qui semblait être un smoking. Vincent pouvait seulement distinguer la tache blanche du plastron. Un directeur de salle de cinéma vêtu avec élégance, s'occupant d'une salle de cinéma qui existait seulement dans une peinture. L'homme leva les mains et tira sur sa manchette.

— Vous êtes le directeur ? lui demanda Vincent.

La silhouette fit un pas en avant.

— Je suis beaucoup de choses, mon ami. Je joue beaucoup de rôles. Aujourd'hui, je joue le rôle du poursuivant vindicatif. C'est un rôle exaltant, vous n'êtes pas de cet avis ?

Les lumières clignotèrent et se rallumèrent brusquement. Thomas poussa une exclamation rauque. Le directeur de la salle de cinéma était Maurice Gray. De ses cheveux il ne restait plus que quelques touffes poissées de sang. Ses mains, en dépit de ses manchettes immaculées, étaient tailladées et à vif. Et il grouillait de vers, partout. Tandis que Vincent le regardait, en proie à une horreur absolue, ils dévoraient les petits morceaux de chair écarlate qui pendaient des pommettes de Maurice.

Maurice Gray s'avança vers eux. Son regard était sans expression, comme s'il n'était plus à même d'avoir la moindre sensation ou la moindre pensée.

— Le poursuivant vindicatif, répéta-t-il. (Il plongea la main dans la poche intérieure de sa veste et, d'un geste théâtral, en sortit un scalpel.) Avez-vous déjà vu ce que l'un de ces instruments peut faire sur de la chair humaine ? Il peut vous trancher le corps jusqu'au foie sans que vous sentiez quelque chose. Il peut vous découper la peau du visage sans difficulté, et la laisser gisant sur le sol.

Il fit un autre pas en avant. Vincent, tirant Thomas par le bras, se réfugia derrière la grande table.

— Vous ne pouvez pas m'échapper, chuchota Maurice. Vous ne pouvez pas m'échapper, seriez-vous en enfer.

Vincent saisit les accoudoirs du fauteuil au dossier en cuir, le souleva au-dessus de sa tête et le lança de toutes ses forces, droit sur le torse de Maurice. Maurice chancela puis trébucha. Vincent sauta par-dessus la table et lui décocha un violent coup de pied, le faisant s'étaler de tout son long. Maurice frappa dans sa direction avec le scalpel, tailladant le bord de sa chaussure ; mais Vincent lui donna un nouveau coup de pied, dans les côtes. Maurice cracha des vers. Vincent s'empara du fauteuil tombé par terre, le brandit un instant, puis l'abattit violemment sur la tête de Maurice. Avec un craquement écœurant, son crâne se brisa comme un vase de porcelaine et, durant un moment abominable, les fragments bouillonnèrent de vers.

Vincent recula, en respirant bruyamment.

— Il est vraiment mort maintenant ? lui demanda Thomas.

Vincent secoua la tête désespérément.

— Je l'espère. Dieu Tout-Puissant, je l'espère !

Ce fut à ce moment, cependant, qu'il aperçut une autre silhouette se tenant sur le pas de la porte. Elle était svelte, élégante, et vêtue de noir. Son visage était encore plus lumineux que d'habitude. C'était Cordelia Gray. Elle s'avança dans la pièce avec toute l'élégance d'une femme appartenant à la haute société du Connecticut.

— Vous avez finalement détruit mon frère, dit-elle dans un sifflement rauque. Vous êtes sans doute fier de vous.

Elle s'agenouilla et toucha l'épaule de Maurice.

— C'était un homme du monde, vous savez. Je ne pense pas que vous compreniez vraiment ce que vous avez fait.

— Cela met un point final à toute cette affaire, Miss Gray, répliqua Vincent. Nous voulons sortir de ce tableau et retourner vers la réalité.

— La réalité ? Vous méritez de rester ici pour toujours, après ce que vous avez fait.

Vincent saisit le poignet de Cordelia et le tordit dans son dos.

— Vous allez nous montrer comment sortir d'ici, et c'est tout.

Il n'avait jamais touché un poignet aussi fragile et aussi fin. Il sentit qu'il pourrait le briser, d'une simple torsion. Mais Cordelia Gray lui adressa un regard de mépris absolu.

— Vous pourriez me lâcher, dit-elle.

Vincent secoua la tête ;

— Seulement lorsque vous nous aurez ramenés dans la réalité.

— Je refuse de faire ça !

— Vous voulez que je vous casse le bras ?

— Lâchez-moi tout de suite ! Si vous ne me lâchez pas, je vais...

Cordelia se libéra d'un geste brusque et se releva, et au moment où Vincent pensait qu'elle allait dire quelque chose, elle ouvrit violemment la porte du bureau et s'éloigna en courant dans le hall.

— Vite ! cria Vincent à Thomas.

Ensemble, ils traversèrent le hall et franchirent les portes vitrées du cinéma. Ils se retrouvèrent dans la rue, en plein centre de New York, par une douce soirée du début de l'automne, avec des voitures qui klaxonnaient et des sirènes qui hululaient, et des trottoirs encombrés de personnes faisant leurs achats, de touristes et de dactylos rentrant à la maison.

Vincent aperçut une silhouette vêtue de noir, marchant rapidement vers le croisement de la 36e Rue et de la Cinquième Avenue. « Là-bas ! » dit-il, et il se remit à courir. Côte à côte, lui et Thomas traversèrent la Sixième Avenue, provoquant un concert d'avertisseurs, mais ils réussirent à ne pas perdre de vue Cordelia Gray. Ils bousculaient des passants, repoussaient des mendiants, des musiciens des rues et des marchands de journaux. Au-dessus d'eux, la mosaïque illuminée de l'Empire State Building luisait parmi les nuages. Pendant ce temps, aussi pressée qu'une bobine de machine à coudre, la silhouette sombre de Cordelia Gray se frayait un chemin à travers la foule des promeneurs.

Au coin de la 38e Rue, Vincent faillit être renversé par une DeSoto Custom S6 dernier modèle 1939. Le conducteur baissa sa vitre et lui cria :

— Tu rêves ou quoi ?

Mais comme ils approchaient de la 39e Rue, Vincent rejoignit Cordelia et l'attrapa par le bras.

— Lâchez-moi ! s'exclama-t-elle avec colère. Vous avez tué mon frère, cela ne vous suffit pas ?

— Remmenez-nous, lui ordonna Vincent. Remmenez-nous ou je vous arrache votre foutu bras !

— Vous n'avez pas encore compris, hein ? se moqua Cordelia. Vous êtes aussi désemparé qu'un enfant. Vous n'êtes même pas capable de le faire tout seul.

— Miss Gray, vous allez nous remmener, fit Vincent d'un ton menaçant.

— Mon cher ami, vous pouvez le faire tout seul. Ceci est votre esprit, pas votre corps. Au lieu de courir d'un tableau à l'autre, il vous suffit de fermer les yeux et de penser que vous êtes revenu ; et alors vous serez effectivement revenu.

— Je veux que vous reveniez avec moi.

— Comment pourrais-je vous garantir cela ? Et pourquoi devrais-je vous garantir quoi que ce soit ?

— Parce que je vais continuer à vous tenir par le bras et parce que je ne vous lâcherai pas.

— Vous êtes un porc, Mr Pearson. Un porc de tout premier ordre.

Brusquement, le trottoir de New York disparut sous leurs pieds et ils se retrouvèrent seuls au milieu d'un désert brûlant et aveuglant, avec d'étranges constructions en bois sur la ligne d'horizon.

Des créatures en train de fondre, semblables à des limaces, se glissaient tout autour d'eux ; des canons jappaient et aboyaient comme des chiens. Vincent reconnut une peinture allégorique de Salvador Dali ; mais, presque au même instant, ils furent ballottés sur le pont d'un voilier, au milieu du Pacifique, le vent mugissait dans les voiles, et la charpente grinçait sous leurs pieds.

— *Papa !* cria Thomas en se cramponnant à son bras.

Vincent comprit que Cordelia jouait avec lui. Elle lui montrait à quel point il était innocent. Il saisit la main de Thomas, ferma les yeux et pensa : *Ceci doit s'arrêter. Nous ne sommes absolument pas ici. Nous sommes revenus au Connecticut, à notre époque, dans notre réalité, et ceci n'est rien d'autre que de la sorcellerie.*

Des embruns glacés lui cinglèrent le visage. Le navire donnait de la gîte et tanguait ; ses ponts ruisselaient d'écume et les drisses craquaient. Puis, soudain, Vincent fut inondé d'une eau froide comme de la glace. Mais c'était une eau stagnante et dormante ; et lorsqu'il ouvrit les yeux et aperçut les contours gris et fuligineux de corps se balançant doucement, il réalisa avec stupeur qu'il se trouvait au fond du bassin de Wilderlings et qu'il était entouré des dépouilles mortelles de tous les Gray.

Il remonta à la surface, brisant la légère couche de glace et de fange, et surgit telle une otarie, en suffoquant. Et juste à côté de lui, Thomas apparut à la surface, lui aussi. Criant et grelottant, Vincent battit des bras et se tourna vers Thomas, tandis que les corps des Gray venaient heurter ses jambes. Il prit son fils dans ses bras et le sortit de l'eau, puis le déposa sur le rebord enneigé du bassin ; enfin, il se hissa sur le rebord et sortit de l'eau glacée à son tour.

A présent le ciel était sombre et les premières bourrasques d'une nouvelle tempête de neige commençaient à tomber. Ils firent trois ou quatre pas sur la pelouse puis, tremblant et frissonnant, à peine capable d'articuler, Vincent dit :

— Nous sommes revenus, bon sang ! Du moins nous *devrions* être revenus.

Comme pour le rassurer, un 737 passa dans le ciel au-dessus d'eux dans un grondement de tonnerre, ses lumières clignotant, effectuant sa première approche du terrain d'aviation de Bridgeport.

— Nous sommes revenus, dit Vincent triomphalement. Rentrons maintenant et brûlons ce putain de tableau.

Ils se dirigèrent vers la maison, s'enfonçant la neige jusqu'aux chevilles. Puis ils ouvrirent la porte de derrière et entrèrent dans le hall. L'eau glacée gargouillait dans leurs chaussures comme ils marchaient.

— Nous sommes là ! cria Vincent. Nous l'avons fait ! Nous avons réussi !

Ils allèrent directement dans la salle de musique ; mais le *tableau vivant*[1] qui s'offrit à leurs regards avait été manifestement préparé à leur intention seulement quelques instants auparavant. Charlotte et Aaron étaient là, chacun assis à un bout de l'un des sofas anciens des Gray. Laura Monblat était là ; elle semblait secouée et commotionnée, mais avoir l'esprit lucide. Pourtant aucun d'eux ne sourit lorsque Vincent et Thomas fran-

1. En français dans le texte (NdT).

chirent la porte, ou ne leva la main pour saluer leur arrivée. Parce que Cordelia Gray était là également, serrant Jack Smith contre elle en ce qui ressemblait à une étreinte impie ; sa robe noire tempée lui collait au corps, de l'eau ruisselait tout autour de ses chaussures à talons hauts, et sa main tenait un scalpel luisant, appliqué sur la gorge de Jack.

D'une voix calme, Vincent dit à Thomas :

— Ne t'approche pas et ne dis rien.

Puis il avança vers Cordelia et lui fit face, les mains sur les hanches.

— Toute cette histoire est terminée, dit-il à Cordelia. Thomas et Laura sont revenus parmi nous, ici. Vous n'avez plus d'otages. Nous pouvons détruire le portrait, et vous avec lui, quand nous voulons.

Cordelia frissonna.

Vincent s'approcha d'elle et tendit la main.

— Votre famille a tenté de faire quelque chose qui était humainement impossible, Miss Gray. Je pense que vous devriez admettre que tout cela est fini maintenant. Auriez-vous l'obligeance de me donner ce scalpel ?

— Et qu'avez-vous l'intention de me faire ? demanda-t-elle d'un ton cinglant. Me battre à mort, comme vous avez battu à mort mes infortunées jeunes cousines ? M'étrangler, comme vous avez étranglé Henry ?

— Auriez-vous oublié ce que vous et votre famille avez fait afin de rester en vie aussi longtemps ? répliqua Vincent.

Jack dit à Cordelia :

— Si vous acceptez de témoigner, vous serez condamnée à vingt ans d'emprisonnement, pas plus. Avec une remise de peine, vous n'en ferez que dix.

— Donnez-moi ce scalpel, répéta Vincent.

Cordelia secoua la tête.

— Vous avez tué mon frère, Mr Pearson. Vous avez assassiné mes cousines. Une pauvre petite infirme, vous lui avez fracassé le crâne ! Je refuse de me soumettre à votre justice ridicule et je refuse de me soumettre à votre sentence! Vingt ans d'emprisonnement! En plus, je devrais vous dire *merci?*

Vincent marcha lentement jusqu'au Waldegrave. Cordelia l'observait attentivement; le scalpel brillait toujours près de la gorge de Jack, à moins de dix centimètres de sa pomme d'Adam.

— Vincent... pas de geste inconsidéré, d'accord? dit Jack d'une voix inquiète. Je pense que cette dame parle tout à fait sérieusement.

Vincent chercha dans la poche de sa veste et en sortit un petit canif en argent, celui dont il se servait pour examiner les couches de peinture et l'état des toiles. Il déplia la lame et approcha la pointe du portrait, à une fraction de centimètre du visage de Cordelia.

— Si vous blessez le shérif Smith, ne serait-ce qu'une égratignure, Miss Gray, je plante la lame de ce canif dans votre portrait, sans la moindre hésitation. Et vous savez ce que *cela* vous fera, n'est-ce pas?

Cordelia resta silencieuse une seconde, puis elle éclata de rire... un rire aigu et fragile, comme du verre se brisant.

— Oui, je le sais, Mr Pearson... mais savez-vous ce que cela *vous* fera.

— Elle bluffe, dit Charlotte à voix basse. De quoi parle-t-elle?

— Je n'en suis pas très sûr, fit Aaron. Écoutons ce qu'elle a à dire.

Avec une satisfaction suprême, Cordelia déclara:

— Mr Pearson, vous vous êtes probablement demandé pourquoi votre grand-père n'avait pas détruit le Waldegrave. Certes, il était un homme d'honneur, mais il était également un homme doté de sens moral, un homme doté d'une considérable conscience sociale, et vous savez ce qu'on dit à propos des promesses faites à des meurtriers et à des voleurs... ne pas les tenir est quasiment un devoir. Avec une simple allumette, il aurait pu nous faire disparaître tous.

Vincent ne dit rien, mais sa main commença à hésiter

près du portrait de Cordelia, et il lança un regard anxieux à Charlotte.

— Pareillement, poursuivit Cordelia, vous vous êtes probablement demandé pourquoi mon père, Algernon, avait accepté de laisser le Waldegrave à la garde de votre grand-père, sachant que son sort, celui de sa femme et celui de toute sa famille, serait entre les mains d'une autre personne. Vous ne pensez pas qu'il aurait dû tenir tête à votre grand-père et se battre avec plus d'énergie ? Pourquoi a-t-il consenti à s'exiler sans trop se faire prier ?

— Je pense que vous feriez mieux de nous le dire, rétorqua Vincent.

— J'en ai bien l'intention, sourit Cordelia. Voyez-vous, les Pearson et les Gray ont toujours été de très bons amis. Parfois ils étaient *plus* que de bons amis. Votre arrière-grand-père, Mr Pearson, venait passer presque tous ses week-ends à Wilderlings.

— Mon arrière-grand-père n'en parle pas dans son journal intime.

— Il ne pouvait pas en parler, Mr Perason, parce que la raison pour laquelle votre arrière-grand-père venait ici presque chaque week-end, c'était *moi.*

— De quoi diable parlez-vous ? lui demanda Vincent d'un ton brutal.

— Je vais vous expliquer, dit Cordelia en souriant à nouveau. (La main qui tenait le scalpel contre la gorge de Jack demeurait aussi ferme que si elle était moulée dans de l'albâtre.) Votre arrière-grand-père et moi étions amants, Mr Pearson, en ces jours où j'étais belle et encore préservée de — comment les appellerai-je ? — nos petits amis blancs du cimetière.

— Vous étiez amants ? Vous perdez la raison !

— J'ai des photographies pour le prouver, Mr Pearson. Des photographies de votre arrière-grand-père et de moi-même, faisant du yachting au large de Sherwood Island. Des lettres, des cadeaux, des petits mots d'amour. Il y eut un long et merveilleux été et, à la fin de cet été, j'étais enceinte. C'était un scandale, je suppose, particulièrement à cette époque ; mais les Gray ont toujours été considérés comme une famille plutôt scandaleuse, bien que *la crème de la crème*. Je refusai de me faire avorter parce que j'aimais votre arrière-grand-père passionnément, et l'année suivante je lui donnai un enfant, un fils.

Le silence était intense dans le vestibule de Wilderlings. Vincent sentait ce qui allait venir, il pouvait le sentir — ce train sombre filant dans la nuit — mais il devait le savoir avec certitude.

— Continuez, dit-il, la gorge sèche.

— Je ne pouvais pas garder l'enfant, bien sûr. Une mère célibataire ? A cette époque, l'idée était ridicule. De plus, je ne désirais pas élever cet enfant. Je devais me rendre à des réceptions et à des soirées, et il y en aurait toujours. Mais votre arrière-grand-père ne fit aucune objection, parce que son mariage avait été stérile. Lui et votre chère arrière-grand-mère prirent mon fils chez eux et l'élevèrent comme si c'était le leur. Ainsi, voyez-vous, votre grand-père était mon fils ; votre père était mon petit-fils ; et *vous*, Mr Pearson, que Dieu vous bénisse, vous êtes mon arrière-petit-fils.

« Voilà pourquoi votre-père ne pouvait pas détruire le portrait. Et voilà pourquoi mon père a accepté de s'exiler aussi facilement, après que votre grand-père lui eut donné l'assurance que le portrait serait conservé en lieu sûr. Bien sûr, aucun de nous ne savait à cette époque qu'il était essentiel pour nous de rester en communion avec le portrait. Au fur et à mesure que les années passaient et que notre état devenait de plus en plus désespéré, nous avons supplié à maintes reprises votre grand-père et votre père de nous rendre le portrait, afin de pouvoir nous restaurer, mais ils ont refusé chaque fois, et ont menacé de révéler les meurtres que nous étions censés avoir commis. Nous ne pouvions faire autrement que rester en exil, en essayant de survivre de notre mieux.

— Alors... si je poignarde le portrait maintenant? demanda Vincent. Que se passera-t-il?

— Si vous poignardez le portrait, vous me détruirez. Je deviendrai de la poussière de tombe et des ossements, sous vos yeux. Oui, et des vers, également, parce que c'est tout ce que je suis. C'est ce que votre famille a fait de moi. Mais j'ai continué d'exister avec la gracieuse permission de Walter Waldegrave. Vous me voyez en ce moment telle que j'étais avant que je fasse la connaissance de votre arrière-grand-père. Et si vous me détruisez maintenant, la chaîne historique et matériellement impossible sera brisée ; votre grand-père n'aura jamais existé, ni votre père, ni vous.

— *Vincent...*, dit Charlotte.

Mais Vincent, tournant la tête vers Thomas, comprit brusquement ce que cela signifierait s'il devait disparaître comme s'il n'avait jamais existé. Thomas disparaîtrait, lui aussi. Perdu dans des limbes à venir, où les âmes attendent désespérément d'être conçues, et où le temps et l'amour n'ont aucun sens. L'éternité, songea-t-il, n'a rien d'attirant.

Il replia la lame de son canif.

— Entendu, dit-il. Vous pouvez garder le portrait. Et grand bien vous fasse en attendant le châtiment que Dieu vous réserve.

Cordelia sourit et écarta le scalpel de la gorge de Jack.

— Nous pouvons considérer que tout se termine bien, dit-elle.

Jack s'éloigna rapidement de Cordelia et se tourna vers Vincent.

— Mon vieux, je ne sais pas si vous venez de me sauver la vie ou non. Pat avait prédit que j'allais rencontrer une femme très séduisante et que je devrais me méfier.

— Je pense qu'un certain nombre de vies ont été sauvées ces derniers temps, répondit Vincent calmement.

Charlotte étreignit Vincent, comme si elle ne voulait

pas le laisser partir, tout en sachant qu'elle devrait le faire. Vincent lui caressa les cheveux, mais il avait le sentiment très étrange, maintenant qu'il savait que Cordelia Gray était son arrière-grand-mère, de l'avoir perdue. Désormais leur étreinte ne serait plus celle d'amants mais d'amis, des amis qui s'éloigneraient peu à peu l'un de l'autre et qui finiraient par se perdre de vue. Après les fêtes de Noël il appellerait peut-être Meggsy.

— N'oublie pas ton propre portrait, Vincent, dit Aaron. Ces trucs-là, c'est de la dynamite, autant que je puisse le savoir.

Vincent alla récupérer le portrait qu'avait fait Aaron. Comme il était encore collant, il le prit par un coin.

— Vous *étiez* retors, hein ? lui demanda Cordelia avec un sourire glacé. Je suppose que c'est de famille.

Puis elle porta le bout de ses doigts à ses lèvres et souffla vers Vincent le plus froid et le plus abstrait des baisers.

Ils quittèrent Wilderlings et s'avancèrent dans le jardin recouvert de neige. Vincent regarda une seule fois vers le bassin. Les corps des Gray dont il avait tué les esprits allaient pourrir là-bas à présent. Ceux qui avaient échappé à sa vengeance resurgiraient de l'eau un jour, mais il préférait ne pas y penser. A cet instant, un petit animal crotté de boue courut dans la neige et vint vers lui, poussant des cris pitoyables à cause du froid. C'était Firework, la réincarnation de Van Gogh. Vincent lui tendit les bras ; le chat bondit et se blottit contre sa poitrine, comme s'il le connaissait déjà. Il lui caressa la tête.

Lorsque Vincent regarda Cordelia pour la dernière fois, elle se tenait dans l'embrasure de la porte, un bras levé et appuyé contre le montant, les observant s'éloigner. A présent que les Gray avaient récupéré le portrait, ils n'auraient plus besoin de tuer des personnes innocentes pour prendre leur peau ; c'était une certaine consolation, songea-t-il. Et les deux membres les plus meurtriers et débauchés de la famille, Maurice et Henry, étaient morts.

Ils repartirent vers New Milford. En cours de route, Jack gara la Cherokee sur le bas-côté, et ils se serrèrent tous la main, s'embrassèrent et se congratulèrent.

— Et pour votre portrait? demanda Jack, tandis qu'ils se dirigeaient vers le nord, aux petites heures du matin.

Vincent prit le portrait et le regarda.

— Oui, et alors?

— Eh bien, lorsque vous avez fait faire votre portrait, vous avez conclu le même genre de pacte que les Gray, non? A présent le portrait va vieillir et vous allez rester jeune.

— Certainement pas! répondit Vincent en riant. La vieillesse me gagnera petit à petit, d'une manière naturelle. J'ai vu ce qu'était l'immortalité. Très peu pour moi!

Lorsqu'ils arrivèrent à Candlemas, Jack entra boire un verre de champagne pour Noël, puis il repartit chez lui, où l'attendait Nancy. Vincent, Charlotte et Thomas s'installèrent devant le feu et parlèrent des Gray et de tout ce qui s'était passé dans la journée jusqu'à ce que les bûches soient entièrement consumées et qu'un courant d'air glacé commence à s'engouffrer par le conduit de la cheminée. Dans deux heures, ce serait le jour de Noël. Comme ils n'avaient pas de cadeaux à s'offrir, ils allèrent se coucher et dormirent jusqu'à ce qu'il soit temps d'aller déjeuner.

Après les fêtes de Noël, Vincent rentra à New York, Thomas retourna chez Margot et Charlotte retrouva MOMA. Le printemps arriva, et les arbres en fleurs embaumaient le jardin de Candlemas. Mrs Miller venait entretenir la maison. Vincent passa les vacances de Pâques à Candlemas, avec Thomas et Meggsy. Jack lui rendait visite; un soir, ils se saoulèrent ensemble et rirent beaucoup.

L'été passa très vite, telle une roue ardente et dorée. Puis ce fut l'automne, avec ses feuilles mortes et ses tons mélancoliques. L'hiver revint, et Vincent retourna à

Candlemas, seul cette fois parce que Meggsy était partie à Vancouver pour vivre avec un jeune architecte canadien, Zeke, et c'était au tour de Margot d'avoir Thomas pour Noël.

Vincent était assis devant le feu, buvant du whiskey irlandais et écoutant du Mozart. Son portrait, qu'il avait fait encadrer, était accroché au-dessus du manteau de la cheminée. Vincent regarda le portrait, leva son verre et dit : « *Prost!* »

Puis il fronça les sourcils et regarda le portrait plus attentivement. Il se leva, s'approcha de la cheminée et le regarda fixement pendant presque cinq minutes. Sur un côté de la tête du portrait, le côté gauche, il y avait une mèche de cheveux blancs, tout à fait visible. Pourtant — lorsqu'il se tourna vers le miroir — il n'y avait aucune mèche correspondante dans ses propres cheveux.

— *Non!* chuchota-t-il.

Il resta éveillé toute la nuit, les yeux fixés sur le portrait. Au petit matin, un peu après sept heures, il composa le numéro des Gray à Darien et attendit une réponse. Il n'était pas très sûr de ce qu'il voulait. Un réconfort? Un soulagement? Mais un message enregistré lui dit d'une voix monotone : « *Le numéro que vous avez demandé... 203-555-9904... n'est plus en service. Veuillez consulter le nouvel annuaire. Le numéro que vous avez demandé...* »

Épilogue

Tite Street
7 septembre 1891

Mon cher Oscar,

Je viens de finir de lire votre manuscrit (à minuit, pas moins !) et je dois avouer que l'histoire est palpitante et effrayante au dernier degré, tout en étant admirablement écrite.

Cependant, mes amis, en tout bien tout honneur, de New York (nous dînons ensemble pas plus tard qu'hier) m'ont dit que les Gray du Connecticut, outre le fait qu'ils sont *très* riches, sont également *très* procéduriers, et si jamais vous révéliez *l'affaire Waldegrave*[1] — ne serait-ce qu'en y faisant une simple allusion — les Gray vous poursuivraient aussitôt en justice, et ce d'une façon ruineuse pour vous.

Aussi mes amis vous donnent le conseil suivant : si vous *désirez* tirer un profit littéraire de cette histoire remarquable, vous devez la remanier de telle sorte que la famille Gray n'ait plus la moindre raison de vous intenter un procès. En d'autres termes, le portrait de

1. En français dans le texte (NdT).

famille pourrait devenir le portrait d'un seul individu, et vous devriez également changer le nom un tant soit peu.

J'espère que vous tiendrez compte de ces suggestions, parce que l'idée de votre roman est tout à fait originale et terrifiante, et elle va certainement me faire trembler dans mon lit durant de longs mois.

Votre ami sincère
Charles Petrie

P.-S. Ci-joint le manuscrit de *Le Portrait des Gray de Darien*.

Achevé d'imprimer en avril 1996
sur les presses de l'Imprimerie Bussière
à Saint-Amand (Cher)

POCKET - 12, avenue d'Italie - 75627 Paris Cedex 13
Tél. : 44-16-05-00

— N° d'imp. 823. —
Dépôt légal : septembre 1989.

Imprimé en France

